HEYNE <

Zum Buch

Das eher gleichförmige Leben des erfolgreichen Geschäftsmannes Jaime Berenguer gerät vom einen auf den anderen Tag aus den Fugen, als ein Arbeitskollege in seinem Büro einem Anschlag zum Opfer fällt. Während die Ermittlungen auf Hochtouren laufen und auch das FBI zugeschaltet wird, vermutet seine attraktive Kollegin Karen dahinter die Machenschaften einer machtgierigen religiösen Sekte – den *Hütern des Tempels*. Karen selbst ist Mitglied der Katharer, einer Geheimgesellschaft, die sich seit Generationen dem Kampf um Freiheit verschrieben hat. Obwohl ihm als rational denkenden Menschen die mysteriösen Versammlungen der Katharer eher suspekt sind, tritt Jaime der Sekte bei und muss erkennen, dass seine Seele wiedergeboren wurde – er taucht ein in ein früheres Leben. Im Spanien des 13. Jahrhunderts war er ein König zwischen bedingungslosem Machtwillen und leidenschaftlicher Liebe. Die Ereignisse spitzen sich zu, als eine weitere Mitarbeiterin des Unternehmens auf brutale Weise gefoltert und ermordet wird.

Zum Autor

Jorge Molist wurde 1951 in Barcelona geboren. Durch seine Arbeit als Ingenieur verbrachte er viele Jahre in den Vereinigten Staaten und verschiedenen europäischen Ländern. Seine Begeisterung und Kenntnis der Geschichte brachte ihn zum Schreiben historischer Romane. Für *Das zweite Testament*, alleine in Spanien über 150.000 Mal verkauft, wurde er 2004 für den Premio de Novela Histórica Alfonso X el Sabio nominiert. Heute lebt Jorge Molist als Unternehmensleiter in Madrid.

Lieferbare Titel

Das zweite Testament

Jorge Molist

HÜTER DES TEMPELS

Roman

Aus dem Spanischen von
Antoinette Gittinger

WILHELM HEYNE VERLAG
MÜNCHEN

Die Originalausgabe erschien unter dem Titel EL RETORNO CÁTARO
bei mr ediciones, Madrid

FSC
Mix
Produktgruppe aus vorbildlich bewirtschafteten Wäldern und anderen kontrollierten Herkünften
Zert.-Nr. SGS-COC-1940
www.fsc.org
© 1996 Forest Stewardship Council

Verlagsgruppe Random House FSC-DEU-0100
Das für dieses Buch verwendete FSC-zertifizierte Papier *München Super* liefert Mochenwangen.

Vollständige deutsche Erstausgabe 07/2007

Printed in Germany 2007
Umschlagfotos: © Darama/CORBIS; Craig Lovell/CORBIS
Umschlaggestaltung: Nele Schütz Design, München
Satz: Greiner & Reichel, Köln
Druck und Bindung: GGP Media GmbH, Pößneck
ISBN: 978-3-453-81090-7

www.heyne.de

Für Florenci und Francisca

In dieser vom Teufel erschaffenen Welt kannst du nur Unverhofftes erhoffen.

RAMÓN VI., GRAF VON TOULOUSE, 1156–1222

Film und Fernsehen stellen zwei der bedeutendsten Kräfte zur Überzeugung anderer dar.

MARIO CUOMO,
EX-GOUVERNEUR DES STAATES NEW YORK, Juli 1997

Darauf erhob das Volk das Kriegsgeschrei und die Widderhörner wurden geblasen … Die Stadtmauer stürzte in sich zusammen, und das Volk stieg in die Stadt hinein, jeder an der nächstbesten Stelle. Und so eroberten sie die Stadt. Mit scharfem Schwert weihten sie alles, was in der Stadt war, dem Untergang. Männer und Frauen, Kinder und Greise …

JOSUA, 6:20–21

MONTAG

1

Der schwache Schein des Bildschirms beleuchtete ein Paar weiße, nahezu makellose Hände auf der Tastatur eines Laptops.

Das Programm verlangte ein Passwort, und die schlanken Finger tippten entschlossen »Erzengel«.

In der Mailbox warteten mehrere ungelesene Mails, doch der Cursor fuhr zielstrebig zu einer Nachricht von Samael. Sein rechter Zeigefinger, der einzige Finger, der nicht schön, sondern wie eine Tierklaue der Länge nach gespalten war, drückte rasch die Enter-Taste.

»Deine Anweisungen wurden genauestens befolgt. In zwei Tagen werden die Trompeten der Auserwählten schmettern und die Mauern von Jericho einstürzen. Der Kreuzzug beginnt«, lautete die Mail.

»Gott segne dich, Samael. Und möge er unseren Brüdern beistehen«, schrieb er als Antwort und setzte seine Unterschrift darunter:

»Erzengel.«

MITTWOCH

2

Als sich Jaime von seinem Schreibtisch erhob und ans Fenster trat, hatte er keine Ahnung, dass er kurz darauf dem Tod ins Auge blicken und diese Erfahrung sein Leben für immer verändern würde.

Mit der Kaffeetasse in der Hand stand er vor den großen Scheiben, die Sonne flutete in sein Arbeitszimmer.

Die schneebedeckten Bergspitzen im Norden von Los Angeles bildeten einen starken Kontrast zu den Palmen, die unten auf dem Boulevard dem stürmischen Wind trotzten.

Nach einer Woche Nebel und einem regnerischen Montag hatte sich der Dienstag von seiner schönsten Seite gezeigt, und auch der Mittwoch begann wolkenlos. Jaime sah sich einer strahlenden, unberührten Welt gegenüber, und er sann darüber nach, was für ein Luxus es war, einfach nur aus dem Fenster zu blicken, ohne Telefonate, Sitzungen oder andere Dringlichkeiten, und wie selten er sich diesen Luxus gönnte.

Ein wunderbarer Morgen, dachte er bei sich und genoss die wohlige Wärme der Sonne und des Kaffees. Mehr brauchte es gar nicht, um die Schönheit der Welt außerhalb dieser Mauern aus Glas, Stahl und Marmor aufs Neue zu entdecken. Und dennoch – irgendetwas stimmte nicht. Er hatte doch allen Grund, glücklich zu sein. Woher also rührte der bittere Beigeschmack? Sein Privatleben? Die Scheidung? Wahrscheinlich.

Der Verkehr um das Einkaufszentrum herum nahm zu, und am tiefblauen Himmel zogen ein paar Wolken träge dahin.

»Genau so langsam wie meine Gedanken«, murmelte er, während er die Wolken betrachtete und ihr strahlendes Weiß bewunderte. Jaime führte die Tasse zum Mund und trank noch einen Schluck Kaffee.

Dann geschah es. Ein heftiger Stoß erschütterte das Gebäude. Jaime spürte, wie ihm das Herz bis zum Halse schlug und sich der warme Kaffee über sein Hemd ergoss. Seine Gedanken überschlugen sich, die Zeit schien still zu stehen. Dann brach die Hölle los.

»Mein Gott, ein Erdbeben! Ein großes Erdbeben«, murmelte er und wollte fliehen. Die Fensterscheiben klirrten.

»Das Gebäude ist gesichert, es wird standhalten, es muss standhalten! Oje, die Fenster!«

Er verfluchte seinen eleganten Designertisch aus Glas und wünschte sich einen massiven Holztisch, unter den er kriechen könnte, falls die Scheiben zu Bruch gingen.

Mühsam arbeitete er sich zur Mitte des Zimmers vor, während die Bücher aus den Regalen auf den Boden purzelten. Auch die Regale, alles aus Glas! Sein Blick fiel auf die kleinen Bäumchen, die den Raum schmückten und wie verrückt ihre grünen Blätter schüttelten.

Dann war es plötzlich ganz still, als hätte die Welt aufgehört sich zu drehen. Nichts bewegte sich mehr. Das Ganze war zu kurz für ein Erdbeben.

Etwas lenkte seinen Blick zum Fenster.

Ein Hagel aus Glassplittern, die in der Sonne glitzerten, ergoss sich auf die Straße. Ein Schatten huschte vorbei.

»Um Gottes willen, ein Körper! Ein Mann!«

Er meinte, eine graue Hose und ein Hemd gesehen zu haben. Ein weißes?

Vorsichtig näherte er sich den großen Scheiben, die jetzt nicht mehr zitterten. Der Winkel und die Höhe des Fensters verwehrten ihm die Sicht auf die Straße.

Draußen schwebte wie in Zeitlupe eine Unmenge von Papier vorbei.

Die Wolken waren nicht weitergezogen, und er hielt noch immer die Tasse in der Hand.

Langsam setzte der Ton wieder ein. Zuerst nur Gemurmel, dann ferne Schreie und schließlich Sirenen.

Jaime stellte die Kaffeetasse auf den idiotischen Designertisch aus Glas und rief durch die Tür zum Vorzimmer.

»Laura, bist du okay?«

3

»Ich rate von dem Kauf ab. Ich halte ihn für einen Fehler.«

Karen Jansen sprach entschlossen, legte besonderen Nachdruck auf ihre Worte, obwohl sie wusste, dass sie sich damit in die Höhle des Löwen wagte. Es fiel ihr schwer zu akzeptieren, dass sie sich wie alle anderen vor diesem Mann fürchtete und vielleicht war gerade das der Grund, weshalb sie nun die Konfrontation mit ihm suchte, um ihre Kraft und ihren Mut auf die Probe zu stellen.

Vom Sitzungssaal im 31. Stock hatte man an jenem Morgen einen fantastischen Blick auf den Pazifik. Die Küste verschwand hinter Hügeln, Bäumen und einigen Gebäuden, aber am Horizont trennte eine klare Linie Himmelblau von Meerblau, und das Grün der Pflanzen und das Ocker der Erde bildeten einen schönen Kontrast. Doch interessierte sich in diesem Augenblick niemand auch nur im Geringsten für die Landschaft.

Das eigentliche Spektakel, das Drama, fand über dem mahagonibraunen Tisch statt, der mit Akten, Pappbechern und Kaffeetassen bedeckt war.

»Die europäischen Gesetze«, fuhr Karen nach einer kleinen Pause fort, in der nur das leise Rauschen der Klimaanlage zu hören war, »sind besonders restriktiv, wenn es um die Kontrolle von Kommunikationsunternehmen seitens …«

»Unsinn«, unterbrach Charles White sie scharf. »Ihr Anwälte sollt euch bemühen, die Gesetze zu umgehen und Geschäfte als legal darzustellen.« Der Mann stand auf und präsentierte den Anwesenden seine volle Größe von einem Meter neunzig und sein Gewicht von über hundert Kilo. »Dafür bezahlen wir euch.«

Und die blassen Augen mit den dunklen Augenringen fest auf Karen geheftet, fügte er mit gedehnter Stimme hinzu: »Natürlich nur gute Anwälte.«

Es war ein unfairer Kampf, nicht nur in physischer Hinsicht, sondern auch wegen des ungleichen Ranges der beiden im Konzern. White war der mächtige Direktor des Bereichs Konzernentwicklung und Controlling und Karen lediglich eine junge Anwältin, die für den Leiter der Rechtsabteilung arbeitete.

Karen sah ihm in die Augen. Ein paar Jahre zuvor wären ihr angesichts dieser gemeinen und gezielten Bloßstellung in aller Öffentlichkeit noch Tränen der Wut in die Augen geschossen, doch nun tat sie etwas, das nur wenige wagten: Sie hielt Whites Blick stand. Doch vor innerer Anspannung biss sie sich auf die Unterlippe. Hatte sie jetzt Lippenstift an den Zähnen?

Sie wollte gerade etwas zu ihrer Verteidigung sagen, als der Leiter der Rechtsabteilung, Andrew Andersen, für sie in die Bresche sprang.

»Charly, unsere französischen Anwälte sind der Meinung …«

»Zum Teufel mit deinen französischen Anwälten. Die Davis Corporation wird ihre eigenen Fernsehkanäle in Europa erwerben, und zwar unverzüglich«, fiel White ihm ins Wort. »Wir haben genug finanzielle Mittel, um eine Mehrheitsbeteiligung an einem großen europäischen Fernsehsender zu erwerben, und wir werden nicht warten, bis sich die Gesetze oder die politische Lage ändern.«

White durchbohrte Karen immer noch mit Blicken, Andersen hatte er nicht einmal angesehen, als dieser mit ihm sprach. »Ist es nicht so, Bob? Erklären Sie es ihr, verdammt noch mal. Wir haben genug Kapital, nicht wahr?«, wandte sich White an den Finanzchef, der nicht widersprach.

»Mister White«, fuhr Karen mit fester Stimme fort, »es ist egal, ob Sie Kapital haben oder nicht, wenn Sie sich nicht an die Gesetze der einzelnen Länder halten. Europa ist nicht Amerika.«

White ging ans Fenster, stemmte die Hände in die Hüften und schien sich in den Anblick der Landschaft zu vertiefen. Karen sprach weiter zu dem Mann, der ihr den Rücken kehrte.

»Der produktivste, schnellste, legalste und politisch akzeptable Weg besteht darin, unsere *Inhalte* über das – konventionelle oder terrestrische – Digitalfernsehen zu verbreiten, das sich in Europa immer stärker durchsetzt. Diese Strategie bietet den Vorteil des minimalen Aufwands und der langfristigen Bündnisse mit den großen europäischen Anstalten …«

»Das bringt nichts, das ist Quatsch«, sagte White, der den anderen noch immer den Rücken kehrte, mit einer abwehrenden Handbewegung. »Wir wollen die Kontrolle über einen bedeutenden Teil der Medien. Das ist unser Ziel, und dafür müssen alle arbeiten. Kontrolle lautet die Devise. Kontrolle!«

»Wofür brauchen wir Kontrolle? Warum sollen wir uns auf unnötige Kämpfe einlassen?« Karen ließ nicht locker. »In Europa werden wir auf massiven Widerstand stoßen, wenn unsere Gesellschaft lokale Kommunikationsmedien erwirbt. Wir sollten uns eher darauf konzentrieren, unsere Programme zum bestmöglichen Preis zu verkaufen, ansonsten …«

»Andrew«, schnitt White ihr das Wort ab und drehte sich zu Andersen um, »sag diesem Fräulein, dass ihre Arbeit darin besteht, zu tun, was man von ihr verlangt. Dafür wird sie bezahlt und nicht dafür, dass sie mit uns debattiert. Wir können auf ihre strategischen Überlegungen verzichten.«

»Charly«, widersprach Andersen, »ich glaube, was Miss Jansen sagt, ist durchaus erwägenswert, und …«

Die Tür sprang jäh auf und eine Staubwolke drang in den Raum. Der Donnerschlag von draußen schien den Einsturz des Gebäudes anzukündigen. Der Tisch wackelte, Tassen und Gläser fielen herunter, Akten wirbelten durch den Raum. White klammerte sich an einen Pfeiler am Fenster, um nicht umgerissen zu werden. Alle anderen hielten sich fest, wo immer sie konnten.

Ein schriller Schrei ließ die Flüche verstummen. Karen würde nie erfahren, ob sie geschrien hatte oder Andersens Sekretärin, die immer das Protokoll der Sitzung in einen Laptop tippte.

The Big One, das riesige Erdbeben, das manchen Wahrsagern zufolge Kalifornien verwüsten würde, dachte sie plötzlich, und ihr blieb die Luft weg.

Als das Beben nachließ, herrschte absolute Stille im Raum. Alle schwiegen, verharrten reglos und blickten wie hypnotisiert auf die Tür, bis sie einige Sekunden später Schreie aus der Ferne hörten.

White ging auf die Tür zu, anfangs zögerlich, dann mit festen Schritten, warf von der Schwelle aus einen Blick in den Flur, verließ ohne ein Wort den Raum und wurde von der Staubwolke verschluckt.

Die Übrigen sahen sich an, überzeugten sich davon, dass niemand verletzt war und verließen murmelnd den Sitzungssaal, um herauszufinden, was passiert war.

4

Gus Gutierres begriff sofort, dass sie Opfer eines Attentats waren. Seit Wochen ahnte er die Gefahr, er rechnete mit einem Anschlag, denn sein Rücken hatte ihm – wie sein Rheuma, das einem Gewitter vorausging – genau das angekündigt, was in diesem Moment geschehen war.

Heute Morgen war er wieder unruhig aufgewacht. Vom Steißbein bis zum Nacken war sein ganzer Rücken schmerzhaft verspannt gewesen. »Etwas geht schief«, signalisierte sein Körper, doch Gus hätte nicht sagen können, woher diese Besorgnis rührte. Eine Vorahnung? Die Folge eines Albtraums oder nur einer seiner häufigen Anfälle von beruflichem Perfektionismus?

Was auch immer der Grund sein mochte, er konnte nicht wieder einschlafen und beschloss, persönlich zu überprüfen, ob alles in Ordnung war. Ohne Gewissensbisse weckte er Bob, um ihn zu informieren, dass er sich von der Sicherheit des Ortes überzeugen werde, an dem David Davis, der Vorstandsvorsitzende der Davis Corporation, residierte.

Bei spärlichem Verkehr gelangte er ziemlich schnell ins Büro. Mit geübter Routine überprüfte er die Sicherheitsvorkehrungen. Die Kontrollen ergaben nichts Besonderes, alles war am rechten Platz. Doch seine innere Unruhe hielt an.

»Du glaubst doch nicht an Eingebungen, du bist ein Profi«, murmelte er vor sich hin.

Trotzdem wusste er, dass sich hinter einer Vorahnung etwas sehr Konkretes verbergen konnte. Er war darin geübt, sich immer und überall genau einzuprägen, an welchem Ort sich Menschen oder Gegenstände befanden. Im Nachhinein konnte er sich an Abweichungen erinnern und einschätzen, was ungewöhnlich aussah. Alles Fremde, jede Abweichung von der Norm barg eine potenzielle Gefahr.

Manchmal jedoch registrierte sein Unterbewusstsein Einzelheiten, die sein Verstand nicht wahrnahm. Diese oder jene Bilder oder Worte blieben gespeichert, und die unbewusste Seite seines Hirns funktionierte auch im Schlaf. Wenn etwas ungewöhnlich war und sich nicht einordnen ließ, stieg es in Form von Unruhe in ihm auf, von einem Gefühl wie an jenem Morgen, an dem etwas außer seiner Kontrolle lag. In jedem Fall nahm er seine Unruhe und seine Vorahnungen ernst und kämpfte nicht gegen sie an.

Und bezüglich der Sicherheit seines Chefs verstand Gutierres nicht einmal den Anflug von Spaß.

Als ehemaliger Leibwächter des Präsidenten der Vereinigten Staaten war er heute sehr viel mehr als nur ein Sicherheitsexperte. Er war der Anführer der »Prätorianer«, die David Davis schützten. Und diese Aufgabe schloss umfassende Verantwortung ein, auch bei außergewöhnlichen Anlässen.

Gus reagierte in Sekundenschnelle. Obwohl er davon überzeugt war, dass es Davis gut ging, eilte er mit Riesenschritten auf das Büro des Vorstandsvorsitzenden zu, um sich zu vergewissern. Der Alte saß gelassen an seinem Tisch mit Blick auf den Pazifik und musterte ihn über den Rand seiner Brille, die er zum Lesen am Computerbildschirm brauchte.

»Was ist los, Gus?«

»Ich weiß es noch nicht, Sir«, erwiderte dieser. »In wenigen Augenblicken werde ich Sie über die Lage informieren.«

Der Alte nickte und las weiter, als ob das Ganze ihn nicht berührte.

Das Unbehagen, das Gus wenige Augenblicke vor der Explosion gespürt hatte, war völlig verschwunden. Er war ein Mann der Tat, und in jenen kritischen Momenten gab er sein Bestes. Er hatte zwei Pläne für den Notfall: das Stockwerk räumen oder ausharren. Er musste nur ein Detail des Anschlags in Erfahrung bringen, um seine Entscheidung zu treffen.

5

Die Detonation erfolgte im Nordflügel, und Davis erkannte am Knall, dass eine Sprengladung gezündet worden war. In seinem Alter vermied er es, sich aufzuregen, und nur wenige Dinge konnten ihn wirklich aus der Ruhe bringen. Im Krieg hatte er gelernt, dass ihm gar nichts anderes übrig blieb, als sein Leben den Kameraden anzuvertrauen, und schließlich bezahlte er Gus dafür, dass er ihn beschützte. Er schätzte seinen Leibwächter sehr, weil er im Sicherheitsbereich eine echte Nummer eins war, und er wusste, dass das Geld, das er Gus bezahlte, sinnvoll angelegt war.

Er brauchte ihn nicht zu sehen, um sicher zu sein, dass Gus die Situation unter Kontrolle hatte, und als Gus erschien, spürte der Alte einzig die Erleichterung, dass sein Beschützer am Leben und – wie nicht anders zu erwarten – sein Geld wert war.

Die Davis Communications Corporation war die mächtigste Kommunikationsholding des Landes. Der Alte war Gründungsgesellschafter und Mehrheitsaktionär, Vorstandsvorsitzender und obendrein Vorsitzender des Aufsichtsrates.

Allein in den Vereinigten Staaten bildete die Holding mit ihren verschiedenen Fernsehkanälen, Rundfunksendern, Tageszeitungen, Musikproduktionsfirmen, Verlagen und Kinos das größte Unternehmen der Welt für Kommunikation und Entwicklung von Unterhaltungsinhalten, Nachrichten und Meinungen im 21. Jahrhundert. Doch für Davis war das erst der Anfang. Er wollte in den nächsten fünf Jahren seine Geschäfte in die wichtigsten Länder der Welt ausweiten. Tatsächlich hatte er im englischsprachigen Raum bereits erfolgreiche Niederlassungen errichtet. Der runzlige Alte tauchte in allen Listen der mächtigsten Männer der Welt auf. Aber niemand wagte es, ihn unter die ersten Fünf zu platzieren. Er hasste übermäßige Popularität, und er nutzte seine Macht, um ungestört im Hintergrund wirken zu können.

Davis fuhr an jenem Morgen in seiner gepanzerten Limousine vor, die von einem eleganten Angestellten gesteuert wurde. Ein zweiter Leibwächter saß auf dem Beifahrersitz. Getönte Scheiben verhinderten den Blick in den Fond, in dem Davis hinter dem *Wall Street Journal* verborgen saß.

Die geräumige Limousine bildete einen deutlichen Gegensatz zum zierlichen Körper des Alten, der infolge seiner Runzeln geschrumpft zu sein schien. Sein schütteres Haar war weiß, und seine dunklen Augen bewegten sich hinter seiner Brille lebhaft hin und her.

Abgesehen von seinem zerbrechlichen Äußeren und seinem Alter von weit über siebzig war Davis ein eitler Mann. Er kokettierte damit, der Bürger Kaliforniens zu sein, der die meisten Morddrohungen erhielt. Wie seine Begleiter wussten, entsprach das der Wahrheit, und seine ausgesucht gekünstelte Art war vielleicht nur eine Folge seiner Anspannung.

Als der Wagen nach rechts abbog, glänzten die Blätter der Palmen am Boulevard im Sonnenlicht, das sich in dem imposanten, hoch aufragenden Gebäude aus Stahl, weißem Marmor und Glas am Ende der Allee spiegelte.

Der Weiße Turm war der Firmensitz der Davis Corporation.

Die Limousine fuhr an der Zufahrt zum hauseigenen Parkplatz vorbei und steuerte eine Tür an, die sich im selben Augenblick öffnete.

In der Garage standen zwei weitere Angestellte. Der Ältere mit den breiten Schultern und dem durchdringendem Blick wartete, bis die Außentür der Garage völlig geschlossen war und öffnete erst dann die Tür der Limousine.

»Guten Tag, Mister Davis.«

»Guten Tag, Gus.« Der Alte stieg aus. »Wie ich sehe, bist du heute früh auf.«

»Stimmt. Ich wollte vor Ihrer Ankunft ein paar Dinge erledigen.«

»Gut, ich habe nichts dagegen, wenn du Überstunden machst. Sag mir, wann hab ich die erste Besprechung heute?«

»Keine Besucher heute Vormittag im Terminkalender, Sir. Erst nachmittags um fünf die Sitzung mit dem Vorstand.«

»Danke, Gus.« Der Alte ging hinter dem Fahrer und seinem Begleiter zum Aufzug. Gus Gutierres folgte ihnen und blickte sich misstrauisch um; der Schmerz in seinem Rücken hielt an. Er musterte diese ausstaffierten Männer immer mit dem kritischen Blick eines perfektionistisch veranlagten Sicherheitschefs. Sie waren Leibwächter, aber er wusste genau, dass nur wenige in der Lage waren, den hohen Ansprüchen dieses Jobs wirklich gerecht zu werden.

Er erwartete von ihnen nicht nur die Fähigkeit, in- und außerhalb des Büros für Davis' höchste Sicherheit zu sorgen, sondern auch Sekretariats- und Verwaltungsarbeiten auszuführen. Sie kannten die dienstlichen und privaten Freunde des Vorstandsvorsitzenden ganz genau und konnten jede Person nach Namen, Aussehen und Lebenslauf identifizieren. Als Akademiker fielen sie im teuersten Restaurant Hollywoods nicht auf, weil sie mühelos eine Unterhaltung führen konnten, die nichts mit dem Geschäft zu tun hatte, sondern sich um den neuesten Gesellschaftsklatsch drehte.

Tatsächlich wussten die meisten Bekannten von Davis nicht, dass dieser sympathische Mensch, der neben ihnen am Tisch saß, ihnen mit einem Handkantenschlag das Genick brechen konnte. Und dass er keine Sekunde zögern würde, genau das zu tun, wenn er nur die geringste Gefahr für seinen Chef witterte.

»Ich darf Ihnen Gus Gutierres von der Rechtsabteilung vorstellen«, sagte Davis zu seinen Gesprächspartnern. »Er wird heute an unserer Besprechung teilnehmen.«

Die Angestellten des Turms nannten diese persönliche Leibgarde in Anspielung auf die Palastwachen der Cäsaren die »Prätorianer«. Sie arbeiteten unabhängig von den uniformierten Wachleuten des Hauses, deren Chef Nick Moore für die Sicherheit des Konzerns verantwortlich war.

Die Prätorianer wurden respektiert und waren als Konkurrenten gefürchtet. Gelegentlich bekleidete einer von ihnen einen Posten in einer Abteilung des Konzerns und wurde wie jeder andere Angestellte befördert. In Ausübung dieses »Zweitberufes im Konzern« wurden die Prätorianer häufig zu Besprechungen außerhalb des Hauses eingeladen, und man vermutete, dass sie einen privilegierten »Informationskanal« bildeten.

Es hieß, dass sie für dieselbe Verantwortung weitaus mehr verdienten und viel schneller befördert wurden als die übrigen Angestellten.

Etwas musste schließlich für sie dabei herausspringen, dass der Vorstandsvorsitzende ihnen sein Leben anvertraute.

»Guten Tag, Mister Davis«, grüßte die Angestellte, die den Aufzug bediente.

»Guten Tag«, erwiderte Gutierres im Namen der Gruppe. Davis begnügte sich mit einem Kopfnicken und zog eine Grimasse, die ein Lächeln andeuten sollte.

Gutierres hätte lieber die Chipkarte verwendet, die den Aufzug für andere blockierte und direkt in den 32. Stock schickte, wie er es bei hochgestellten Besuchern tat. Doch Davis lehnte das ab. Er wollte die Leute in den Büros aufscheuchen und in ihren Angelegenheiten herumschnüffeln. Und da Gutierres wusste, dass abgesehen von der 32., die er kontrollierte, alle übrigen Etagen des Turms den Sicherheitsanforderungen für den Vorstandsvorsitzenden in keiner Weise entsprachen, sah er sich bei jedem Halt gezwungen, einen kompletten Sicherheitscheck durchzuführen.

Im Erdgeschoss erkannte Davis unter den Menschen, die den Aufzug betraten, einen altgedienten Angestellten.

»Guten Tag, Paul.«

»Guten Tag, Mister Davis.«

»Wie geht's der Familie? Deine zwei Töchter waren doch an der Uni, nicht wahr?«

»Ja, Sir. Sie haben ihr Studium vor einiger Zeit beendet.«

»Und was machen sie jetzt?«

»Die eine arbeitet in der Finanzbuchhaltung bei Save-on, die andere bei einer Versicherungsgesellschaft.«

»Sind sie verheiratet?«

»Die ältere schon.«

»Na, dann werden Sie bestimmt bald Großvater?«

»Ja, Sir, bestimmt.«

»Du hast doch vor ein paar Jahren die Abteilung gewechselt, nicht wahr?«

»Ja, ich bin jetzt beim Fernsehmarketing.«

»Das habe ich gehört. Was denkst du, welche Quote *Unser Agent in Miami* diesen Freitag bei Nielsen erreichen wird?«

Gutierres konnte sehen, wie sich der Angestellte angesichts dieser Frage verspannte.

»Nun ja … sie leidet unter der starken Konkurrenz der neuen Krimiserie, die zur selben Sendezeit ausgestrahlt wird, aber … ich glaube, wir werden zumindest eine Quote von 8,5 zu 16 erzielen.«

»Das wäre gut. Und …«

»Ich muss hier aussteigen, Mister Davis. Es war mir ein Vergnügen, Sie zu treffen. Ich wünsche Ihnen einen angenehmen Tag.« Die Erleichterung des Mannes, aussteigen zu dürfen, war nicht zu übersehen.

»Auf Wiedersehen, Paul.«

Die Angestellten hassten und fürchteten diese Verhöre. Wenn eine Antwort nicht korrekt war oder wenn Davis eine Abweichung entdeckte, die ihn stutzig machte, wurde der Angestellte eine halbe Stunde lang mit Fragen und Bitten um Erläuterungen bombardiert, die von Stockwerk zu Stockwerk schlimmer wurden. Vom obersten, in dem David residierte, bis zu dem des Unglücklichen gab es keine Möglichkeit zu entkommen.

Trotz seines hohen Alters besaß Davis einen wachen Verstand. Er entdeckte blitzschnell jede Unstimmigkeit und verfügte über ein erstaunliches Gedächtnis für Zahlen und kleinste Details. Und er ließ sich nicht mit unbefriedigenden Erklärungen abspeisen.

6

Die Gruppe bewegte sich an der Tür zu den Notausgangstreppen vorbei auf den Mittelteil des Gebäudes zu. Ein paar Angestellte stürzten aus ihren Büros und wollten wissen, was geschehen sei. White war nirgends zu sehen.

»Das ist eindeutig kein Erdbeben«, sagte Karen zu einer Sekretärin, die ihr auf wackeligen Beinen folgte.

Sie erreichten den Flur vor den Aufzügen. Bei einigen blinkten die Leuchtknöpfe für die Ankunft. Ein Wachmann sprach in sein Handy. Papierfetzen und Schutt bedeckten den teuren Teppichboden. Aus einem Aufzug stiegen Nick Moore, der Sicherheitschef des Hauses, und ein Wachmann mit einem Feuerlöscher. Aus dem anderen Aufzug stürzten weitere Wachleute.

»Eine Explosion im Nordflügel«, rief Moore ihnen zu. »Folgt mir! Jim, hol noch einen Feuerlöscher!«

Und die fünf Männer rannten in eine andere Richtung als die Gruppe. Die Büros von White und Steven Kurth – Geschäftsführer der Eagle Motion Pictures und nach Davis mächtigster Mann der Davis Corporation – lagen am äußersten Ende des Nordflügels.

Erneut blinkten die Leuchtknöpfe an den Aufzügen, ein Prätorianer tauchte auf, griff nach dem Arm eines Wachmanns, der gerade aus einem anderen Aufzug stieg, und fragte:

»Was ist passiert?«

»Eine Explosion hat den Nordflügel des Stockwerks zerstört.«

Der Prätorianer sprach in sein Handy, während der Wachmann seinen Kollegen folgte.

Als Karen mit ihren Leuten am Ort der Explosion ankam, blieben die meisten stehen und wussten nicht, ob sie die Flucht ergreifen oder ihre Neugier stillen sollten. Seltsamerweise hörte man keine Sirenen für eine Evakuierung, und die Aufzüge funktionierten auch noch. Karen dachte, die Explosion habe vielleicht die Sensoren für den Alarm zerstört.

Andersen eilte den Wachleuten hinterher, Karen folgte ihrem Chef. »Weiter vorn gibt es einen Notausgang«, bemerkte sie.

Gemeinsam liefen sie weiter, überall lagen Papiere und Schutt. Die edel gerahmten Originalplakate der berühmtesten Klassiker der Filmgeschichte, die den Flur schmückten, hingen schief oder waren zu Boden gefallen.

Die Etage am Ende des Flurs war verwüstet. Sie sah so ganz anders aus, als Karen sie in Erinnerung hatte. Abgesehen vom äußersten Nordosten, an dem noch ein paar Mauern das Stockwerk markierten, war der Rest völlig zerstört. Die Büros von White und Kurth existierten nicht mehr.

In Augenhöhe dehnte sich ein riesiger freier Raum, auf dem Boden türmten sich Trümmer von Tischen, Stühlen und Schränken, Schutt und Papier, sehr viel Papier.

Karen bemerkte, dass die getönten Fensterscheiben an der nordwestlichen Ecke fehlten. Die Sonne schien viel heller als gewöhnlich. Hier war die Ladung hochgegangen. In Steven Kurths Büro.

Die fehlende Zwischendecke gab das Skelett des Gebäudes frei. Kabel hingen herab, aus verschiedenen Stellen der Decke ergossen sich Wasserstrahlen. Vermutlich die Sprinkleranlage.

Von der Straße scholl das Heulen der Sirenen herauf.

Moore, der Sicherheitschef des Hauses, und zwei seiner Wachleute bargen einen menschlichen Körper aus den Trümmern. Ein Wachmann rief übers Handy den Notarzt, die übrigen Männer suchten nach weiteren Opfern.

Karen erkannte die Frau, die sie aus der Lücke zwischen einem umgestürzten Schrank und einem Tisch hervorholten.

»Sara«, rief sie und rannte zu ihr. Die Haare der Frau waren staubig, und auf ihrer Stirn klaffte eine Wunde. Moore fühlte ihren Puls.

»Sara, wie geht's?«, erkundigte sich Andersen. Die Frau öffnete mühsam die Augen und schloss sie sofort wieder.

»Mister Kurth«, brachte sie mühsam hervor, »Mister Kurth ist in seinem Büro.«

»Das Büro gibt es nicht mehr«, erwiderte Andersen und richtete den Blick auf die Stelle, an der sich noch wenige Minuten zuvor das luxuriöse Büro des zweitmächtigsten Mannes des Konzerns befunden hatte.

An einer merkwürdigerweise von Schutt freien Stelle stand Charles White mit dem Rücken zum Raum, seinen wuchtigen Körper den Sonnenstrahlen zugekehrt, die durch das riesige Loch fluteten, das die Explosion gerissen hatte.

»Wir müssen Kurth finden«, rief Andersen den Männern zu, die in den Bruchstücken wühlten.

White drehte sich langsam um, entfernte sich von der Öffnung zur Straßenseite und ging ein paar Schritte auf die Stelle zu, die einst den Mittelpunkt des Büros bildete.

»Sie brauchen nicht mehr nach Kurth zu suchen.« Seine tiefe Stimme schreckte die Männer auf, und alle hielten inne, um ihn anzuschauen. »Ich habe ihn gefunden.« White schwieg. »Er liegt einunddreißig Stockwerke tiefer auf der Straße.« Und er fügte hinzu: »Gott sei seiner Seele gnädig.«

Sara schluchzte. Ein paar Männer liefen zu dem geborstenen riesigen Fenster, um nach unten zu schauen. Die Sirenen waren jetzt deutlicher zu hören.

»O mein Gott«, hörte Karen jemanden hinter sich rufen. »Mister Kurth!«

Sie wandte den Kopf und erkannte die Sekretärin Dana, die auf der Suche nach Trost nach ihrem Arm fasste. Karen sah sie an, und ihre dunkelblauen Augen glänzten stärker als gewöhnlich, als sie sagte:

»Der Nachfolger ist tot.« Sie warf einen feindseligen Blick auf White, der noch immer seine gewaltige Körpermasse im ehemaligen Büro des Verstorbenen aufrichtete wie ein Jäger, der sich mit seiner erlegten Beute zu Füßen fotografieren lässt. »Und dieser Mann strebt nach seinem Thron«, murmelte Karen zwischen den Zähnen.

7

Gemälde und Skulpturen berühmter moderner Künstler schmückten den geräumigen Salon im Nordflügel der 32. Etage. Draußen strahlte die Morgensonne, als habe die Tragödie wenige Minuten zuvor auf einem anderen Planeten stattgefunden.

Schweigend saßen die Geschäftsführer der verschiedenen

Konzernbereiche um den großen Tisch aus Nussbaumholz. Nur ein Geschäftsführer auf Dienstreise fehlte und die Geschäftsführer für die Bereiche Musik und Verlage mit Büros in New York und der Direktor Internationale Presse mit Sitz in London. Davis hatte auf Nick Moores Anwesenheit bestanden. Der Sicherheitschef des Gebäudes war ein Fremder bei solchen Meetings. Ein Prätorianer begleitete ihn, da Moore trotz seiner Funktion keine Chipkarte für den Zugang zur 32. Etage besaß.

Die kurze Notiz zur Tagesordnung der Vorstandssitzung lag auf dem Tisch. »Stevens Tod. Zu ergreifende Maßnahmen.«

»Der Alte ist unglaublich«, bemerkte Andersen gegenüber dem Finanzchef. »Gerade wurde sein bester Freund und Mitarbeiter seit mehr als vierzig Jahren getötet, und er diktiert schon wieder Tagesordnungen für Meetings.«

Ein leerer Sessel am Kopfende des Tisches wartete auf den Vorstandsvorsitzenden. Davis betrat pünktlich den Raum. Seine Miene war ernst und entschlossen. An seiner Seite wie immer der unvermeidliche Gutierres.

»Guten Tag«, sagte er und ging zu seinem Platz.

»Guten Tag«, erwiderten die anderen leise.

»Nun«, begann er, nachdem er sich in seinen Sessel gesetzt und einen langen Blick in die Runde geworfen hatte, »ihr wisst, weshalb wir hier versammelt sind.« Er schwieg einen Moment. »Wir werden die Lage besprechen und unverzüglich eine Strategie entwickeln.«

Er schwieg, und niemand rührte sich. Alle Aufmerksamkeit richtete sich auf sein Gesicht.

»Wir haben die Vorstandsmitglieder erreicht, die sich außerhalb des Hauses aufhalten«, fuhr er nach wenigen Sekunden fort. »Ich habe ihnen persönlich mitgeteilt, was geschehen ist.« Davis legte zum dritten Mal eine Pause ein und studierte die Miene jedes Einzelnen. Es schien ihm Mühe zu bereiten, weiter zu sprechen: »Angesichts der Ereignisse habe ich Mister Moore eingeladen, weil heute Sicherheit unser Thema ist. Fangen wir an.«

»David«, begann Andersen mit feierlicher Stimme, »ich bin überzeugt, im Namen aller zu sprechen, wenn ich unseren großen Schmerz und unsere Empörung darüber ausdrücke, was Steven zugestoßen ist. Er war ein Gentleman, ein wunderbarer Freund und ein liebenswerter Mensch. Wir wollen dir vor allem unser tief empfundenes Beileid zu Stevens Tod ausdrücken, weil wir wissen, dass euch eine enge Freundschaft verband.«

»Danke, Andrew, ich danke allen«, erwiderte Davis. Dann hob er die Stimme und warf Moore einen strengen Blick zu: »Mister Moore, erklären Sie uns, was passiert ist.«

Moores gewöhnlich rosiges Gesicht erbleichte. Der Mann, ein Ex-Polizist von stattlicher Größe, mit resolutem Auftreten und gebieterischer Stimme, saß sichtlich nervös auf der Stuhlkante. Die Lage und der ungewohnte Ort schienen ihn einzuschüchtern.

»Eine Bombe, Mister Davis«, stammelte er. »Wir glauben, dass es eine Bombe war.«

»Und wer zum Teufel kann einfach in die 31. Etage spazieren und eine Bombe legen?«, fragte White. »Nur wenige Leute haben Zugang zu dieser Etage, und das sind alles Angestellte.«

»Und das Personal von der Wartung und der Reinigung wird beim Betreten und Verlassen der Etage strengstens überprüft, Sir«, fügte Moore hinzu.

»Soll das heißen, es war ein Angestellter des Konzerns?«, fragte Davis und furchte ungläubig die Stirn.

»Die Polizei beginnt unverzüglich mit ihren Untersuchungen, aber höchstwahrscheinlich handelt es sich um eine Paket- oder Briefbombe.«

»Was zum Teufel machen denn Ihre Leute?«, rief Davis. »Wir bezahlen sie dafür, dass sie uns beschützen!«

»Ich weiß es nicht«, stammelte Moore. »Tut mir leid, aber das scheint die plausibelste Theorie zu sein. Wir müssen abwarten, bis wir Sara fragen können, wenn sie in der Lage ist, mit uns zu reden. Mister Kurth erhielt viele Briefe und Pakete mit Büchern oder Drehbüchern. Ich versichere Ihnen, dass niemals ein verdächtiges Paket ausgeliefert wurde und dass nur solche in sein Büro gelangten, deren Absender Sara identifiziert und akzeptiert hatte.«

Betretene Stille machte sich breit. Davis' Zorn schien sich zu legen. Sein fortgeschrittenes Alter sah man heute so deutlich wie nie zuvor. Er wirkte kleiner und zerbrechlicher als sonst.

»David«, begann White, »die Angestellten sind sehr verstört, und ich glaube, alle reden über nichts anderes als über die Katastrophe. Ich schlage vor, dass wir sie – Steven zu Ehren – nach Hause schicken und das Gebäude zum Zeichen der Trauer für den Rest des Tages schließen.«

»Wenn Sie mir erlauben, Sir«, sagte Moore, »halte ich das für eine gute Idee. Wir sollten das Gebäude räumen, für den Fall, dass es weitere Bomben gibt. Außerdem besteht die Polizei darauf.«

»Verdammt noch mal! Wir werden das Gebäude nicht räumen!«, protestierte Davis und schlug mit der Handfläche auf den Tisch. Seine lauten Worte ließen die Anwesenden zusammenzucken. »Genau das will der Hurensohn von Bombenleger doch!« Der Alte musterte jeden einzelnen der Versammelten mit durchdringendem Blick. »Sie wollen uns einschüchtern, uns Angst einjagen, uns zum Nachgeben zwingen. Nein, nein, David Davis wird ihnen diesen Gefallen nicht tun.«

»Entschuldige, David, aber ein paar Angestellte sind in Panik geraten, weil sie eine weitere Bombe fürchten, sie vermuten islamische Fundamentalisten. Wir können sie nicht zwingen, die Helden zu spielen«, meinte Andersen. »Ich halte es für angemessen, das Gebäude zu räumen.«

»Dieser Konzern wird wie andere Firmen in diesem Land, wie die gesamte Nation, ständig bedroht«, erwiderte Davis seelenruhig, »und einige von uns sogar persönlich. Wie viele Drohungen erhältst du jede Woche, Tom?«

»Ziemlich viele«, bestätigte der Direktor des Bereichs Fernsehen.

»Mister Moore, wie viele Drohungen, Beleidigungen und Verleumdungen nimmt unsere Poststelle entgegen?«

»Dutzende am Tag, Sir.«

»Wie viele Briefe mit negativen Bemerkungen über unsere Fernsehprogramme oder Filme erhalten wir mit begründeten anderen Meinungen, wie viele mit Beschimpfungen, ja sogar Morddrohungen?«

»Unzählige«, erwiderte White.

»Unzählige, das ist das Zauberwort!«, fuhr Davis fort und hob wieder die Stimme. »Steven bekam unzählige Schmähbriefe und Morddrohungen! Ich bekomme unzählige Schmähbriefe und Morddrohungen! Wisst ihr, was ich damit mache?«

Die meisten Anwesenden hoben den Kopf, wenn Davis sie anblickte, und nickten.

Im Grunde kannten alle die Gewohnheit des Vorstandsvorsitzenden, die Briefe mit den originellsten Schmähungen oder fürchterlichsten Drohungen oder die Briefe von bedeutenden Persönlichkeiten auszuwählen, einzurahmen, um sie dann in den Waschräumen der 32. Etage aufzuhängen. Die Wände waren von oben bis unten mit diesen Briefen tapeziert, und die extremsten wurden in die Toiletten verbannt.

»Ich kümmere mich einen Scheiß darum!«, fuhr er nach kurzem Schweigen fort. »Ich habe nicht nur für dieses Land gegen die Nazis gekämpft, sondern auch für die Freiheit! Und dazu zählt auch Meinungsfreiheit.«

Alle wussten, dass Davis sein Alter falsch angegeben hatte, um im Zweiten Weltkrieg als freiwilliger Jagdflieger für England kämpfen zu können, und dass er die Tapferkeitsmedaille bekommen hatte.

»Steven ist nicht der erste Freund, den ich an meiner Seite sterben sehe.« Seine Stimme versagte.

Die anderen betrachteten ihn bestürzt. In seinen Augen glitzerten Tränen. Würde David Davis, der härteste aller harten Männer Hollywoods, in Tränen ausbrechen?

»Die Zeiten von Senator McCarthy und seiner Hexenjagd haben wir mit Würde überlebt«, fuhr Davis mit festerer Stimme fort. »Regisseure, Drehbuchautoren, Schauspieler, alle wussten das und respektierten uns dafür.

Wie oft belagerten die Verfechter der Mehrheitsmoral unsere Sender, schickten tonnenweise Briefe, übten Druck auf unsere Moderatoren aus, weil eine Talkshow die Abtreibung befürwortete oder weil ein Film alleinstehende Mütter verteidigte oder wegen seiner angeblich obszönen Sprache? Jeder Vorwand ist ihnen recht.

Und wie oft geschieht dasselbe mit anderen Vorzeichen? Sie behaupten, wir geben in unseren Produktionen Latinos und Schwarzen »unwürdige« Rollen oder zahlen Schauspielerinnen für dieselbe Arbeit weniger als ihren männlichen Kollegen oder ihnen gefällt dieses oder jenes Gesicht nicht. Auch dann belagern sie unsere Sender, bedrohen die Moderatoren oder setzen sie unter Druck.

Täglich treten neue radikale Gruppen auf den Plan. Eine hebräische Extremistengruppe warf uns vor, wir würden den Kampf der Araber gegen die Juden befürworten, sie wollten einen Boykott anzetteln! Verdammt! Steven war Jude. Ich bin Jude. Unsere Gesellschaft ist stets für die Legitimität und das Existenzrecht des Staates Israel eingetreten. Aber wir sind keine Fanatiker, und Araber sind auch menschliche Wesen.

»Wir sind immer unserem Gewissen gefolgt, und wir lassen uns nicht einschüchtern. So haben wir zu Stevens Lebzeiten gehandelt, und so werden wir jetzt erst recht handeln, nachdem einer dieser geisteskranken Hurensöhne ihn getötet hat.« Er wandte sich an Charles White und sagte: »Und im Gegensatz zu dem, was du als Zeichen der Ehrerbietung Steven gegenüber vorschlägst, werden wir heute ganz normal arbeiten.«

»David«, begann Andrew Andersen mit größter Behutsamkeit, »als Leiter der Rechtsabteilung muss ich darauf bestehen, dem Rat der Polizei zu folgen und die Büros sofort zu schließen. Sollte es eine weitere Bombe und womöglich weitere Verletzte oder sogar Tote geben, würden uns die Prozesse und die Verurteilungen wegen Fahrlässigkeit nicht nur ein Vermögen an Schadenersatz kosten, sondern könnten sogar einige von uns ins Gefängnis bringen.«

»Und dafür sollen wir dem Mörder die Freude bereiten, auf die er spekuliert? Und ihm den Weg für künftige Verbrechen weisen? Nein und nochmals nein.«

»David, bitte, überleg es dir noch mal«, beharrte Andersen. »Niemand hat vor, Schwäche zu zeigen, es geht nur um ein ganz normales und konsequentes Zeichen der Trauer.«

»Schluss jetzt! Ich habe deinen Rat und den Rat der anderen zur Kenntnis genommen. Du hast deine Pflicht getan und deinen hübschen Anwaltsarsch in Sicherheit gebracht. Doch ich fälle die Entscheidung und ich übernehme persönlich die Verantwortung dafür. Ich wäre doch nicht im Filmgeschäft, wenn ich unfähig wäre, Risiken zu kalkulieren.«

Dann herrschte Schweigen. Nach einer Weile wagte der Direktor des Bereichs Fernsehen das Wort zu ergreifen.

»Wie verkaufen wir die Meldung den Journalisten?«

»Wir müssen sie so weit wie möglich runterspielen«, empfahl der Finanzchef. »Die Angelegenheit schadet unserer Börsennotierung. Die Kurse unserer Aktien werden fallen. Wir haben nicht nur einen bedeutenden Geschäftsführer verloren, hinzu kommt, dass er ausgerechnet im Firmensitz durch eine Bombe getötet wurde. Wenn die Wall Street den Eindruck gewinnt, dass die Davis Corporation Ziel eines terroristischen Angriffs wurde, werden die Investoren schleunigst unsere Aktien abstoßen.«

»Natürlich werden wir die Meldung runterspielen«, räumte Davis ein, »aber nicht wegen der beschissenen Börse. Die Mörder dürfen so wenig wie möglich von dem Verbrechen profitieren.«

»Wir könnten das Geschehene als *Unfall* tarnen«, schlug Andersen vor, »als Gasexplosion oder etwas Ähnliches.«

»Das dürfte schwierig werden, weil es in dieser Etage gar kein Gas gibt, aber nichts ist unmöglich«, schaltete sich ein anderer ein. »Es wäre akzeptabel, aber nur als letzte Möglichkeit.«

»Nein«, erwiderte Davis. »Ich will, dass man überhaupt nicht darüber redet, was hier geschehen ist. Tom, du übernimmst es, die Intendanten der anderen Fernsehkanäle persönlich zu informieren. Und du, Charles, wirst über unsere PR-Agentur die Rundfunksender und die Zeitungen informieren. Hier ist nichts passiert, verstanden?«

Alle nickten zustimmend.

»Ich fürchte, zwei oder drei Männer werde ich kaum überzeugen können«, kündigte der Direktor des Bereichs Fernsehen an.

»In diesem Fall erklärst du ihnen, dass ich mit ihren Chefs reden werde«, konterte Davis. »Bombe hin oder her, ich kann immer noch einigen Leuten in den Hintern treten. Und ich möchte persönlich den Polizisten sprechen, der die Ermittlungen leitet.«

»In Ordnung, Sir, wann wollen Sie ihn sehen?«, erkundigte sich Moore eilfertig.

»Vielleicht heute Nachmittag oder morgen. Im Augenblick habe ich andere Prioritäten.«

»Anna?«, fragte Andersen.

»Ja, genau.« Plötzlich schien Davis in sich zusammenzusinken. »Ich habe bereits mit ihrem Sohn gesprochen. Wir werden in Begleitung ihres Hausarztes zu ihr gehen, um ihr die Unglücksbotschaft zu überbringen. Voraussichtlich findet die Beerdigung am Samstag statt, nur im Kreis der Familie und der engsten Freunde.

Morgen werden wir ab zwölf Uhr zum Zeichen der Trauer die Arbeit niederlegen. Und man möge meinen persönlichen Dank den Angestellten übermitteln, die in ihre Kirche, ihre Synagoge oder ihren Tempel gehen, um für Steven zu beten.

Der Turm bleibt geöffnet, aber die für den Nachmittag anberaumten Besuche werden abgesagt. Man soll nur jene empfangen, die einen weiten Weg zurückgelegt haben und ihren Termin nicht verschieben können, und zwar aus Respekt den Besuchern gegenüber, nicht aus Geschäftsgründen. Die Besprechungen werden kurz sein. Am späten Nachmittag kehren die Angestellten ins Haus zurück, und die Abteilungsleiter und Bereichsdirektoren verlesen kurz vor Feierabend eine kleine Rede zu Stevens Ehren. Alles klar?«

Alle stimmten zu.

»David«, sagte Andersen, »es ist unvermeidlich, dass die Angestellten miteinander reden und sich das Gerücht über die tatsächlichen Ereignisse verbreitet.«

»Das spielt keine Rolle. Solange die Medien nichts berichten, gibt es keine Nachricht. Und ich versichere euch, dass sie nichts melden werden, weil ich mich persönlich darum kümmern werde. Hier ist nichts passiert. Abgesehen davon hoffe ich, dass du mit den Zeugen der Explosion im 31. Stock und mit den Personen, die den Körper auf der Straße gesehen haben, reden wirst. Ich werde ihnen für ihre Diskretion dankbar sein.« Der Alte überlegte kurz und fuhr dann fort: »Auf jeden Fall sprechen wir von dem Unglück immer nur als *Stevens Tod.* Verstanden?«

Wieder stimmten alle zu.

»Andrew.«

»Ja?«

»Du sprichst jetzt mit dem Polizisten. Sag ihm, ich mache ihn persönlich dafür verantwortlich, dass seine Leute den Mund halten, wenn sie dieses Gebäude verlassen. Sag ihm, sein Posten stehe auf dem Spiel. Er soll ruhig wissen, dass der Bürgermeister der Stadt vor seinem Telefon sitzt und nur darauf wartet, dass ich ihn anrufe.«

Davis schwieg einen Augenblick, und Stille breitete sich aus. Dann fuhr er bewusst langsam fort, indem er seine Worte in die Länge zog.

»Sag ihm, ich hoffe, dass er die Schuldigen bald findet. Sag ihm, dass ich es als einen persönlichen Gefallen betrachte und mich immer dankbar gezeigt habe, wenn mir jemand einen Gefallen getan hat. Sag ihm, dass es besser ist, wenn er zehn Fanatiker findet, die für diesen Mord verantwortlich sind, statt nur einen. Er soll sich keine Sorgen machen, auch wenn sie noch so gute Anwälte haben, sie werden ihre Strafe bekommen! Die Haut dieser Elenden ist nichts wert. Ich weiß, was ich zu tun habe. Danke. Die Sitzung ist beendet.« Und ohne noch etwas zu sagen, ging er hinaus.

Alle wussten, was seine Worte bedeuteten.

Andersen erhob sich sofort und ging ans Ende des Tisches, wo ein Prätorianer das Protokoll tippte.

»Nimm Davis' letzte Bemerkungen nicht ins Protokoll auf«, wies er ihn an.

8

Auf der Straße war es kalt. Der strahlende Morgen hatte sich in einen trostlosen, leicht nebeligen Nachmittag verwandelt.

Die Sonne war im Pazifik versunken. Die Autos fuhren mit eingeschalteten Scheinwerfern. Auf dem San Diego Freeway herrschte dichter Verkehr. Die Lichter bildeten zwei riesige Leuchtschlangen – rot in Richtung Süden und weiß in Richtung Norden –, die langsam vorwärts krochen. Das Radio spielte einen traurigen Countrysong, der von verschmähter Liebe handelte.

Nein, er konnte jetzt nicht in seine Wohnung zurückkehren. Sie erwartete ihn dort, verborgen zwischen all seinen Möbeln. Sie war wieder da. Diese verdammte Einsamkeit.

Jaime nahm die nächste Ausfahrt, lenkte seinen BMW in eine spärlich beleuchtete Allee und parkte vor einem einstöckigen Holzhaus. Das letzte Licht des Tages verbreitete ein großes Leuchtschild, auf dem »Ricardo's« stand.

Als Jaime die Tür öffnete, schlugen ihm heiße karibische Rhythmen und der Geruch nach Brandy, Rum und Tabak entgegen. Der Laden hatte einen breiten glänzenden Holztresen mit vergoldeten Metallteilen und hohen Hockern. In der Mitte standen niedrige Tische und Sofas. Auf der schwach beleuchteten Tanzfläche entdeckte Jaime einige Paare und zwei Frauen und einen Mann. Er setzte sich an die Theke und fing den Blick einer hübschen Rothaarigen in eng anliegendem Rock auf, die nur ein paar Meter weiter saß. Er sah ihr Lächeln, ihre weißen Zähne, ihre üppigen roten Lippen und ihre leuchtend blauen Augen. Sie hielt seinem Blick stand. Jaime erwiderte ihr Lächeln und wandte sich dann wieder den Tanzenden zu.

War es ein aufforderndes Lächeln oder nur ein Gruß? Vielleicht amüsierte sie sich über sein Hemd mit dem Kaffeefleck? Er wünschte sich, etwas in den Händen zu halten, ein Glas oder eine Zigarette. Doch das Rauchen hatte er vor fünf Jahren aufgegeben.

»Willkommen, mein Freund! Wie geht's? Ich freu mich riesig, dich zu sehen.«

Ricardo tauchte hinter der Theke auf, lächelte und trocknete sich die Hände an einem weißen Tuch ab.

Die beiden Männer drückten sich über die Theke hinweg beide Hände.

»Gut, und dir?«

»Auch gut. Aber ich habe schlechte Nachrichten für dich.« Ricardo enthüllte blitzend weiße Zähne unter seinem dichten schwarzen Schnurrbart.

»Welcher Art?«

»Die Rothaarige ist nicht allein da«, sagte er leise. »Tut mir leid, mein Junge!« Doch seine Augen funkelten schadenfroh.

Jaime fühlte sich eher erleichtert, so, als hätte sein Freund ihn aus einem Dilemma befreit.

»Ricardo, du musst mehr Werbung bei den alleinstehenden Damen für deinen verdammten Laden machen.«

»Yes, Sir! Ich werde mein Möglichstes tun. Cuba libre?«

»Nein, heute nicht. Bring mir einen Brandy.«

Während Ricardo sich entfernte, drehte sich Jaime zur Tanzfläche. Die beiden Mädchen wiegten sich im Takt. Er blickte wie gebannt auf ihre wogenden Hüften und schlug mit den Füßen den Takt.

Der Mann in Jackett und Krawatte hielt sich sehr aufrecht beim Tanzen, vollführte sparsame Bewegungen und lächelte die beiden Frauen abwechselnd an.

Die Rothaarige bekam von einem dunkelhaarigen jungen Mann einen langen Kuss auf den Mund. Danach lächelte sie Jaime erneut an und begann sich dann mit dem Jungen zu unterhalten.

Jaime wandte sich wieder zur Theke und hielt Ausschau nach Ricardo.

»Scheiße, wo bleibt er denn?«, murmelte er zwischen den Zähnen. Seine Füße waren aus dem Takt geraten.

Ricardo tauchte mit zwei Gläsern und der Brandyflasche auf. Er lächelte.

»Jaime, was ist mit deinem Hemd passiert?«

»Kaffee von heute Morgen.«

»Ein Mordsfleck, mein Freund.« Ricardo hatte wenig zu tun und Lust, sich zu unterhalten. »Sag mal, wie hast du das angestellt, dein Hemd so zu versauen, ohne dass deine Achtzig-Dollar-Krawatte was abgekriegt hat?«

»Das sag ich dir, wenn du mir eines Tages verrätst, wie du es anstellst, trotz deines Alters einen so schwarzen Schnurrbart zu haben.«

»Na schön, und wie geht es deiner Tochter?«, lenkte Ricardo ab. »Wie alt ist sie jetzt?«

»Jenny ist acht. Es geht ihr sehr gut, und ich seh sie am Wochenende.«

»Geht Delores immer noch mit dem Gringo ?«

»Ja, der Gringo ist ein guter Mensch, er behandelt die Kleine anständig.«

»Na ja, trotzdem werde ich nie begreifen, wie eine so hübsche Frau einen so schlechten Geschmack haben kann, sich mit einem solchen Typen einzulassen. Entschuldige, ich komm gleich wieder.«

Mit seinem strahlendsten Lächeln ging Ricardo zu dem jungen Mann, der sich immer noch angeregt mit der Rothaarigen unterhielt, um nach seinen Wünschen zu fragen.

Ja, Delores und Jaime waren häufig in Ricardos Laden gekommen, als sie noch frisch verliebt waren. So viel Zeit war seither verstrichen, dass es Jaime schwer fiel sich vorzustellen, was alles geschehen war. In den letzten Jahren hatte er ein paar Frauen kennen gelernt, aber für keine hatte er wirklich etwas empfunden. Das Leben ist kurz, sagte er sich, und das gilt auch für die Schwüre ewiger Liebe.

»Meine Freunde von der Polizei haben mir erzählt, dass es im Weißen Turm eine Explosion gegeben hat, aber im Fernsehen kam nichts darüber«, sagte Ricardo und unterbrach damit seine Gedanken. »Du arbeitest doch dort ...«

»Ja, und ein dicker Fisch ist aus dem Fenster geflogen.«

»Na ja, vielleicht war er ja ein echter Schweinehund«, lachte Ricardo. »Oder ein fliegender Fisch.«

»Wie witzig, Ricardo. Der Mann war kein übler Kerl.«

»Na ja, tut mir leid. Was ist denn mir dir los, bist du heute schlecht drauf?«

»Es gibt gute und schlechte Tage, das ist alles.«

»Hör mal«, bemerkte Ricardo und schenkte Jaime und sich selbst einen zweiten Brandy ein, »ein reinrassiger Kubaner wie du lässt sich doch von ein bisschen Rabatz nicht aus der Ruhe bringen. Auch nicht von Schüssen oder Bomben.«

»Das ist es nicht. Oder zumindest nur teilweise. Manchmal nervt einen eben, was man so macht. Man hat das Gefühl, auf der Stelle zu treten. Die Jahre vergehen und dir wird plötzlich bewusst, dass das Beste von dir auf der Strecke geblieben ist.«

»Aber du bist doch noch jung!«

»Immerhin neununddreißig. Aber das ist es auch nicht. Was ist aus dem Kerl geworden, von dem ich mit neunzehn träumte? Erinnerst du dich, wie wir, du und ich, mit zwanzig das Leben betrachtet haben? Die Welt war so romantisch und voller Ideale.«

»Was ist denn in dich gefahren, Jaime? Du bist ein erfolgreicher Geschäftsführer einer der größten Konzerne Amerikas! Du fährst einen großen ausländischen Wagen, du hast ein Segelboot in Newport. Und du lebst nur deshalb in einer Wohnung statt in einem Haus, weil du es so willst. Was kann sich ein Kubaner in Amerika mehr wünschen? Willst du Präsident werden?«

»Nein. Das will ich nicht, und ich will auch das nicht, was ich habe. Ich habe mich in einen *Yuppie* verwandelt und zu allem Unglück auch noch in einer Zeit, in der Yuppies längst aus der Mode sind.«

»Du willst mir doch jetzt nicht sagen, du trauerst deiner Hippiezeit hinterher, den langen Haaren und der Gitarre, der Zeit, in der wir schmutzig und hungrig durch die Gegend liefen. Wir waren Scheißhippies.«

»Doch, ich trauere der Zeit nach. Aber weniger der Ästhetik als der Ethik. Wo ist der Idealismus hin, die Poesie, die Suche nach Freiheit? Ich weigere mich zu akzeptieren, dass man für Geld alles kaufen kann, dass das Ende kommt und von uns nichts anderes bleibt als eine Summe auf einem Bankkonto, die man verteilen kann.«

»Jaime, du kriegst jetzt keinen Brandy mehr«, sagte Ricardo sehr ernst und nahm die Flasche mit. »Er tut dir heute nicht gut.«

DONNERSTAG

9

Mit der Sicherheit eines Menschen, der seine Arbeit perfekt beherrscht, glitten seine Finger über die Tasten.

Auf dem Bildschirm erschien die Liste der ungeöffneten Mails. Eine stammte von Samael:

»Der Beginn des Kreuzzuges wurde von einem großen Erfolg gekrönt. Die erste Mauer ist gefallen. Samael.«

Er antwortete sofort.

»Glückwunsch unseren Brüdern. Aber sie müssen gewappnet sein, denn die innere Mauer, die letzte, ist bei weitem besser geschützt. Die notwendigen Schritte müssen jetzt eingeleitet werden, um sie einzureißen. Wir müssen listig sein und das Fundament der Mauern unterminieren. Jeder Einzelne muss an seinem Platz sein, denn wenn die Trompeten von Neuem erklingen und die Mauer fällt, gehört Jericho uns und der Feind wird vernichtet werden. Erzengel.«

Die Mail wurde sofort verschickt und im selben Moment aus dem Speicher des Laptops gelöscht.

FREITAG

10

»Jaime, was für eine Überraschung!« Hübsches Lächeln, tiefblaue Augen, blondes, fast rotes Haar! »Wie geht's dir?«

Jaime fiel aus allen Wolken. Er saß beim Essen bei Roco's, war mit dem Salat fertig und kaute an einem Hamburger. Mit dem Rücken zur Kasse konnte er auf die Straße schauen und die Gäste des kleinen Restaurants beobachten, und dennoch hatte er die Blondine nicht kommen sehen. Jetzt stand sie an seinem Tisch, jonglierte ein Tablett mit einem Salat, einem Hamburger und einer Tasse dampfendem Kaffee. Kein sehr originelles Menü, aber dem Haus angemessen.

»Sehr gut.« Trotz ihres ungewohnten Outfits, Jeans und Jeansjacke, erkannte er das Mädchen sofort. »Danke, Karen. Was führt dich hierher?«

»Ich hab das Essen meiner Köchin satt. Und als ich mich an dieses griechische Restaurant hier erinnerte, wollte ich einen saftigen, echten amerikanischen Hamburger essen.«

»Du hast eine Köchin?« Jaime grinste ungläubig.

»Natürlich. Sie heißt Karen Jansen. Aber sag mal, willst du mich nicht endlich an deinen Tisch bitten?«

»Bitte, setz dich doch.« Mit seiner hamburgerfreien Hand machte er eine einladende Geste.

Karen stellte ihr Tablett ab und nahm ihm gegenüber Platz. Sie lächelte ihn an. Die Kurven unter ihrer engen Hose entgingen Jaime nicht.

»Ich glaube, es ist das erste Mal, dass ich dich in Hosen sehe.«

Sie kannten sich seit einiger Zeit, aber er hatte sie immer nur gemäß dem ungeschriebenen Kodex für Frauen in verantwortlicher Position bei der Davis Corporation gekleidet gesehen. Sicher eine Obsession des Alten: Röcke, die bis über das Knie reichten und hochgeschlossene Blusen. Strümpfe waren sogar im Sommer Pflicht.

Im Augenblick trug Karen ein schwarzes, tief ausgeschnittenes T-Shirt, das ihren Busen gut zur Geltung brachte.

»Hosen sind eine gesellschaftliche Errungenschaft, auf die ich nicht verzichten möchte. In diesem Land haben wir Frauen seit einer Ewigkeit das Wahlrecht. Hast du das gewusst?«

In Jaimes Kopf schrillte eine Alarmglocke und für einen Augenblick verkrampfte er sich. Karens Aggressivität war auch ihm bekannt; er hatte sie mehr als einmal in Aktion gesehen.

Doch sie betrachtete ihn mit einem freundlichen Lächeln, und in ihren Augen blitzte der Schalk. Zumindest für den Moment schien sie nicht für die Rechte der Frauen kämpfen zu wollen.

»Und hat deine Köchin auch das Wahlrecht?« Jaime erwiderte ihr Lächeln.

»Nein, sie ist illegal hier.«

»In letzter Zeit haben wir in Südkalifornien nicht besonders viele blonde Einwanderinnen mit blauen Augen und dem Namen Jansen. In meiner Wohnung herrscht das absolute Chaos. Glaubst du, wenn ich deiner illegalen Einwanderin ein gutes Angebot mache, könnte sie ab und zu meine Wohnung aufräumen?«

Sie schwieg und widmete sich ihrem Salat. Jaime fürchtete, zu weit gegangen zu sein, angeregt von Karens blauen Augen, ihrem freundlichen Blick und den freizügig dargebotenen Rundungen. Er genoss ihre Gesellschaft außerhalb der Firma und wollte sie unter keinen Umständen vertreiben. Also wartete er schweigend auf ihre Antwort und widmete sich seinem Hamburger.

Nach endlosen Minuten war sie mit dem Salat fertig, stützte die Ellbogen auf den Tisch, beugte sich leicht vor und blickte ihn durchdringend an. Ihr Lächeln war verschwunden, ihr Ausschnitt verschob sich und bot interessante Einblicke. Endlich sagte sie: »Jimmy, versuchst du mich anzubaggern?«

Er hatte nicht vor, sich an seinem Hamburger zu verschlucken, bevor er antwortete. Kauend dachte er nach und überlegte, wie man gleichzeitig so hübsch und so aggressiv sein konnte.

»Kay«, erwiderte er, indem er ebenfalls die Verkleinerungsform verwendete, »das ist rein geschäftlich, nichts Persönliches.«

»Ich habe heute um sieben aufgehört. Arbeitest du um diese Zeit immer noch für die Davis Corporation oder hast du einen Nebenjob bei der Mafia?«

»Wenn du nicht mehr im Dienst bist, dann bist du im Privatleben offenbar genauso aggressiv wie in der Firma«, sagte er und betrachtete sie ganz ernsthaft.

»Keine Sorge, Mann, das ist meine Masche. Privat bin ich ganz sanft.« Wieder spielte ein Lächeln um ihre Mundwinkel.

Jaime fragte sich, was passiert wäre, wenn er ehrlich geantwortet hätte, dass er sie bewusst anbaggerte. Doch er verzichtete gern auf die Antwort und wartete lieber ab, wie es weitergehen würde. Sie aßen stillschweigend weiter. Von Zeit zu Zeit trafen sich ihre Blicke.

»Ist diese Geschichte mit dem Attentat nicht grauenhaft?«, bemerkte Jaime, um das Schweigen zu brechen.

»Unfassbar«, erwiderte sie mit traurigem Blick. »Bitte, red nicht mehr davon, es ist Freitag, und ich würde das gern übers Wochenende vergessen.«

»Kommst du oft her?« Schnell wechselte er das Thema, um sie wieder lächeln zu sehen.

»Eigentlich nicht, der Laden hier ist viel zu weit von meiner Wohnung entfernt. Aber ich hatte Appetit auf einen ordentlichen Hamburger, wie er bei uns gemacht wird, und da fiel mir dieser Laden ein.«

»Woher kommst du denn?«

»Aus Deluh, Minnesota.«

»Ach, hätte ich mir denken können. Die typische Blondine aus Minnesota, eine direkte Nachfahrin der Einwanderer aus den nordischen Ländern und die beste Cheerleaderin ihrer Schule. Ich schließe daraus, du bist eine glühende Anhängerin der Demokraten.«

»Ja zum Ersten, ja zum Zweiten und das Dritte geht dich nichts an. Du weißt ja, dass die Wahlen in diesem Land geheim sind. Und woher kommst du?«

»Ich wurde auf Kuba geboren, habe aber fast mein ganzes Leben in Südkalifornien verbracht.«

»Na klar, hätte ich mir denken können. Der *latin lover* mit Rhythmus im Blut, aktiver Anticastro-Kämpfer und überzeugter Republikaner.«

»Ja zum Ersten und das Zweite geht dich ebenfalls nichts an. Du weißt ja, dass Männer in diesem Land dieselben Rechte besitzen wie Frauen.«

Sie schenkte ihm ein Lächeln und widmete sich schweigend wieder ihrem Essen.

»Du und ich, wir sind gleich«, murmelte sie leise nach einer Weile.

Jaime brach in lautes Gelächter aus.

»Das ist doch nicht dein Ernst!«, rief er. »Willst du sagen, du isst gerade mit einer Blondine mit blauen Augen, die nahe am Nordpol geboren wurde und die aussieht wie du?«

Absichtlich dreist starrte er ihr in den Ausschnitt.

»Du und ich, wir sind gleich«, beharrte sie mit geradezu katzenhafter Sanftheit. »Ja, wir sind gleich«, bekräftigte sie energisch, obwohl er immer noch lachte. »Wir sind Minderheiten, die im Geschäftsleben Verantwortung übernommen haben, die uns erst recht zu Vertretern einer Minderheit macht. Wie viele Latinos haben im Konzern den Posten eines Stellvertretenden Geschäftsführers? Keiner außer dir! Wie viele gibt es auf der nächsten Hierarchiestufe unter dir? Keine, und es wird eine Menge Zeit vergehen, bevor wieder mal jemand so weit kommt.« Karen schwieg und musterte ihn. Dann fuhr sie fort: »Wie viele Frauen gibt es auf deiner Ebene? Gar keine. Und auf meiner, drei Stufen unter der Konzernleitung? Schlappe sechs.«

Er hörte ihr aufmerksam zu, schwieg aber.

»Die großen Ideale der siebziger und achtziger Jahre sterben aus in diesem Land. Leistung zählt nicht mehr. Du und ich, wir würden nicht noch mal dahinkommen, wo wir heute sind.«

»Na ja, du hast ja Recht, aber du übertreibst«, räumte Jaime ein und kaute seinen Hamburger. »In anderen Konzernen gibt es mehr Frauen, auch auf den höheren Ebenen.«

»Sehr wenige, und in den meisten Fällen haben sie es nur mit Beziehungen geschafft. Ich übertreibe nicht, Jaime. Fest steht, dass man uns trotz aller Entlassungen in der Firma behält, weil wir bewiesen haben, dass wir sehr gut sind. Doch wenn wir heute noch mal anfangen müssten, hätten wir nicht mehr dieselben Chancen wie damals. Deshalb sind wir, du und ich, gleich«, schloss sie. »Vertreter einer gefährdeten Spezies in großen Konzernen.«

»Wer hätte gedacht, dass die attraktive Blondine an meinem Tisch die Vorsitzende der Schutzgesellschaft für Minderheiten in leitender Position ist?« Jaime lächelte spöttisch.

Sie antwortete mit einem gequälten Lächeln.

»Danke für den Titel und das Kompliment, aber du weichst

dem Problem aus«, fuhr sie fort und beugte sich über den Tisch. Ihr Lächeln verschwand. »Sag mal, Jaime, interessiert dich das wirklich nicht? Findest du es gut, dass Jugendliche aus Minderheiten heutzutage nicht mehr die gleichen Möglichkeiten haben, die du früher hattest, um deine Leistungsbereitschaft zu beweisen?«

Jaime fühlte sich unwohl, und seine Alarmglocke schrillte erneut. Instinktiv lehnte er sich an die Stuhllehne zurück. Es schien ihm zwar seltsam, vor einer so attraktiven Frau zurückzuweichen, denn eigentlich sollte ihm sein Instinkt das Gegenteil befehlen. Oder siegte hier gerade sein Instinkt für die Gefahr über den Sexualtrieb? Karen konnte bestimmt gefährlich werden.

»Vielleicht hast du nicht ganz Unrecht«, erwiderte er ernsthaft, »aber du urteilst zu emotional.«

»Zum Teufel mit dir, Jimmy!«, erwiderte sie und hob die Stimme. »Ich bin jetzt nicht im Geschäft und deshalb kann ich mir den Luxus leisten, emotional zu sein.« Ihre Augen glänzten, doch Jaime fürchtete, den Glanz zum Erlöschen zu bringen. »Sag mal, ist dir dieser Wandel wirklich egal?«

»Nein, Karen«, erwiderte er vorsichtig, »ich hab nur in letzter Zeit die Sensibilität für die wirklich wichtigen Themen verloren.«

Wieder fühlte er sich unbehaglich. Ihm gefiel die Wendung nicht, die das Gespräch nahm, und er fühlte sich bedrängt, weil er seine geheimsten Gedanken einer Frau anvertrauen sollte, die er kaum kannte.

»Sag mal, was beschäftigt dich dann?«, fragte Karen mit sanfter Stimme. Jaime fühlte sich erleichtert. »Erzähl's mir.« Sie sah aus, als erwarte sie eine überaus wichtige Enthüllung.

»Was du beschreibst, ist lediglich ein Symptom, ein Zeichen für den Untergang der großen Ideologien.« Jaime beschloss, sich zu öffnen.

»Mich beschäftigt, was dahinter steckt. Ich glaube, heutzutage benehmen sich die Menschen so, als hätte jemand gerufen *rette sich wer kann!*. Sie rennen zu den Rettungsbooten und trampeln alles nieder, was sich ihnen in den Weg stellt.«

»Das ist *Yuppie*-Philosophie – und die Philosophen mögen mir den Gebrauch des Begriffs Philosophie verzeihen.«

»Ich würde es höchstens *Yuppie*-Ästhetik nennen. Nur eines steht fest: Ich vermisse heute die Poesie, den Geist der Abenteurer, die Suche nach der Freiheit, das Streben nach Idealen, den leidenschaftlichen Glauben an etwas, auch wenn es sich später als Irrtum herausstellen sollte.« Er sagte viel mehr als er eigentlich wollte. »Na ja, ich fürchte, ich langweile dich. Ich bin jetzt Ende dreißig, und langsam gerate ich in die berühmte Krise.«

»Nein, du langweilst mich nicht, ganz im Gegenteil. Ich bin erst Anfang dreißig, aber denke wie du.«

Er warf ihr einen erstaunten Blick zu.

»Solche Themen beschäftigen unsere höchst aggressive Anwältin? Machst du Witze?«

»Poesie und Abenteuer beschäftigen unseren gelangweilten Controller? Machst du Witze?« Dann fuhr sie mit ihrer Raubkatzenstimme fort. »Habe ich dir nicht gesagt, wir sind gleich?«

»Die dunkle Nacht hielt eine hübsche Überraschung für mich bereit. Ich habe eine Seelenverwandte gefunden«, bemerkte Jaime ironisch.

»Vielleicht.« Sie betrachtete ihn sehr ernst.

»Glaubst du?«

»Vielleicht«, erwiderte sie nachdenklich. »So, der Hamburger war so gut, wie ich ihn in Erinnerung hatte. Jetzt muss ich los, ich habe einen weiten Heimweg.« Sie stand auf.

»Karen, es war mir wirklich ein Vergnügen«, sagte er und erhob sich ebenfalls.

Sie trug Stiefel und war so groß wie in der Firma, wenn sie Pumps trug. Er reichte ihr die Hand, doch sie küsste ihn auf die Wange.

»Auch ich hatte einen schönen Abend; die Hamburger sind wirklich wie zu Hause in Minnesota.« Dann fügte sie lächelnd hinzu: »Wenn ich erfahre, dass du wieder herkommst und mich nicht einlädst, dann wirst du erleben, was eine aggressive Anwältin ist. Ich habe keine Lust, meinen Hamburger allein zu essen. Adiós, Jim.«

»Adiós, Kay.«

Er sah ihr nach, wie sie zu ihrem Cabriolet ging, die Handtasche über die Schulter gehängt, mit wiegenden Hüften, die er ihr nicht zugetraut hätte. Als er sah, wie sie sich entfernte, fühlte er sich wohl, so wohl, wie er sich seit langem nicht mehr gefühlt hatte.

Er dachte, dass sie ganz bestimmt keinen Freund hatte, wenn sie an einem Freitagabend allein essen ging, und vielleicht …

SONNTAG

11

»Hi daddy! How are you?« Jenny rannte über den Rasen zum Auto.

Ihre Mutter Delores stand hinter der Gardine und beobachtete sie. Jaime winkte ihr zu. Er trauerte den Zeiten nach, in denen sie eine Familie gewesen waren. Seine Ex-Frau reagierte nicht auf seinen Gruß, zumindest sah er keine Bewegung. Er stand vor ihrem einst gemeinsamen Haus, dessen Anblick ihn deprimierte. Wie viele Stunden hatte er voller Eifer daran gearbeitet, aus diesem Haus das Heim zu machen, das sie sich wünschte, und nun war es das Zuhause eines anderen Mannes.

»Hallo, mein Liebling«, begrüßte er das Kind und küsste es. Das kleine Mädchen umarmte ihn stürmisch. »Mir geht es sehr gut, und dir?«

»Great, daddy! Are we going out today with your boat? Will we see the grandpas?«

»Ja, mein Liebling, wir fahren mit dem Boot und wir besuchen auch die Großeltern, aber sprich bitte Spanisch mit mir. Du musst es lernen und machst Großvater damit glücklich. In Ordnung?«

»All right, daddy«, erwiderte das Kind.

Jaime lächelte. Sie würden sich einen schönen Tag machen.

Sie verbrachten drei vergnügliche Stunden auf seinem Segelboot. Eine angenehme Brise wehte, und sie segelten vor den Stränden von Newport Beach und zur Insel Catalina, die am nördlichen Horizont umhüllt von leichtem Nebel aus dem Wasser ragte.

Als sie Hunger bekamen, legten sie an und fuhren mit dem Auto den Pacific Coast Highway an der Küste entlang bis Laguna Beach.

Dort erwartete sie bereits der Großvater im Garten.

»*Grandpa*«, rief Jenny und umarmte ihn liebevoll.

Joan war über siebzig. Er lächelte breit unter seinem dichten grauen Schnurrbart und freute sich ganz offensichtlich über die Ankunft seiner Enkelin.

»Wie geht es meiner Prinzessin?«

»*Great, grandpa. And you*?«

»Jenny, Jaime!« Der Ruf aus dem Haus übertönte Joans Antwort.

»*Grandma*«, rief Jenny und rannte los, um ihre Großmutter zu umarmen, die aus dem Haus kam und sich die Hände an ihrer Schürze abtrocknete.

»Jaime! Wie geht's dir, mein Junge?«, fragte Joan, als er Jaime in die Arme nahm.

»*Good*«, rief das Mädchen und schnupperte in die Luft. »*We are having arroz cubano. I love it*«.

»Ja, meine Süße«, sagte die Großmutter. »Was sonst sollte ich kochen, wenn ich weiß, dass du kommst?«

Die Sonne schien, und sie aßen in einem kleinen Pavillon hinten im Garten. Kolibris umschwirrten die Blumen und die kleinen Vogeltränken, die der Großvater an strategisch günstigen Stellen im Garten für sie aufgehängt hatte.

»*Grandpa*«, sagte Jenny, als sie sich über den Nachtisch hermachte, »*tell me about* deine Familie und *what happened in your old country*.«

»Aber ich habe dir diese Geschichte doch schon so oft erzählt«, sagte Joan schmunzelnd. »Bist du sicher, dass du sie noch mal hören willst?«

»Ganz ehrlich, Großpapa! *Please!*«

»Ich kenne sie auswendig«, erklärte Großmama Carmen. »Ich mach inzwischen den Kaffee.«

Die beiden Männer und das kleine Mädchen machten es sich gemütlich, aßen den Nachtisch und hörten die alten Geschichten des Großvaters vom anderen Kontinent.

»Ich wurde im Frühjahr 1925 geboren. Die Mandelbäume blühten, als meine Mutter Rosa María mich im großen Ehebett im Schlafzimmer unseres Hauses in einem kleinen Dorf in der Nähe von Barcelona zur Welt brachte. Mein Vater Pere schmückte das ganze Zimmer mit Rosen aus unserem Garten und rannte los, um echte Havannazigarren für die Familie, die Freunde und die Kunden zu besorgen. Er war so aufgewühlt, dass er um ein Haar die Bonbons und die Zuckermandeln für die Frauen vergessen hätte.

Ich verbrachte eine glückliche Kindheit zwischen Schule, Dorfstraßen, Strand und dem Laden, den meine Eltern im Erdgeschoss unseres Hauses eingerichtet hatten. Mein Vater war träumerisch und leidenschaftlich, und meine Mutter kümmerte sich um die irdischen, die eher materiellen Dinge.

Papa diskutierte oft mit Handelsvertretern, die ihm Stoffe anboten, oder mit den Kunden über die Republik, die Verfassung und vor allem die Freiheit.

Die Gedanken meiner Mutter kreisten vor allem um die Gesundheit der Familie, die Schule für ihre Söhne und die Begleichung der Rechnungen. Gelegentlich schickte sie mich zu den Kunden, um etwas zu liefern oder um kleine Rechnungen einzutreiben.

Mein Sohn, du musst anständig und fleißig sein, sagte sie zu mir. *Zahl deine Rechnungen immer pünktlich, und dein Wort muss mehr gelten als alles Geld der Welt.*

Als ich einmal von einem solchen Auftrag zurückkam, traf ich meinen Vater, der gerade die Taverne verließ. Er hatte mit anderen Männern diskutiert und war sehr aufgeregt.

Joan, sagte er zu mir, hielt mich an den Schultern fest und blickte mich durchdringend an, *du bist elf geworden, das heißt, du bist fast volljährig. Versprich mir, dass du ein freier Mann sein wirst, lass nicht zu, dass man dich schlecht behandelt oder demütigt, kämpfe immer für deine Freiheit.*

Ich wunderte mich über seine unerwartete Rede und über die seltsame Art, in der er mit mir sprach. Seine Augen glänzten, und er schaute mich erwartungsvoll an. Ich überlegte kurz, bevor ich sagte: *Ja, Papa, ich verspreche es dir.* Der kräftige Schnurrbart meines Vaters hob sich, als er lächelte. Mitten auf der Straße umarmte er mich und gab mir einen Kuss. Dann legte er den Arm um meine Schulter, und wir gingen gemeinsam nach Hause. Mein Vater erzählte mir sehr wichtige Dinge über die Freiheit, über unser Land, über die Politik und erklärte mir andere für einen Mann wichtige Dinge, der gerade erst zu den Erwachsenen gezählt wurde wie ich. In jener Zeit begann ich mich für die politischen Debatten zu interessieren, die mein Vater hie und da führte.

Eines Morgens im Juli, mitten in den Sommerferien, kam einer von Papas Freunden aus der *Partit* in unser Geschäft gerannt.

Pere, rief er. *Das Militär hat sich gegen die Republik erhoben. In den Straßen von Barcelona wird gekämpft.*

Mein Vater riss sich die weiße Schürze vom Leib, die er stets im Laden trug, warf sie auf den Ladentisch und rief meiner besorgt dreinblickenden Mutter zu:

Ich geh mal schnell zum Apotheker, um zu hören, was es Neues gibt.

Ich rannte hinter meinem Vater und seinem Freund her. Ich wusste nicht genau, was das alles bedeutete, aber intuitiv war mir klar, dass es mit meiner Freiheit zu tun hatte.

In Barcelona scheiterte der Militärputsch. Das Militär wurde von einer Volksmiliz und von der Polizei entwaffnet, doch in vielen anderen Gegenden Spaniens hatten die Generäle Erfolg.

Im folgenden Jahr gab es widersprüchliche Nachrichten, Gerüchte und flammende Reden. Junge Leute marschierten an vorderster Front des Kampfes und sangen patriotische Lieder. *Es ist besser, sehenden Auges in den Tod zu gehen als sich blind zu unterwerfen*, sagte mein Vater.

In jenem Jahr kam ich auf dem Schulweg am Büro der *Partit* vorbei. Meine Freunde und ich trugen mit unseren Holzgewehren fantastische Kämpfe aus. Doch mein Bruder und ich mussten immer öfter unserer Mutter helfen, weil Papa häufig nicht da war.

Eines Tages hörten wir im Esszimmer im ersten Stock eine ungewöhnlich lautstarke Diskussion, die aus dem Schlafzimmer meiner Eltern zu uns drang. Als Rosa María herauskam, waren ihre Augen gerötet. Ich sollte im September nicht mehr zur Schule gehen, sondern im Geschäft helfen, weil Papa an die Front gehen würde.

Joan, ich kämpfe für unser Vaterland und für unsere Freiheit, sagte er mir beim Abschied. *Gib auf deinen Bruder Acht, gehorche deiner Mutter und bete für mich.*

Rosa María umarmte ihn innig und gab ihm eine Weizenähre mit, die er als Symbol für unser Heim aufbewahrte. Ich griff nach der Hand meines Bruders, der lautlos weinte, und fühlte Tränen in meine Augen steigen. *Bona sort, pare!*, rief ich dem offenen Truppentransporter hinterher, in dem mein Vater mit einer Gruppe der *Partit* nach Barcelona fuhr.

Ich sehe immer noch meinen lächelnden Papa mit dem Gewehr über der Schulter. Eine gelbe Fahne mit vier roten Streifen, in Wirklichkeit das Blut eines gefallenen Helden, hing am Transporter und flatterte im Wind über den Köpfen der Freiwilligen. Ein paar Männer stimmten die Hymne an, mein Vater sang mit und winkte mit der Hand. Auch wir, die wir uns von den Männern verabschiedeten, begannen zu singen. Ich sah, wie meine Mutter dem Transporter hinterherlief.

Eine Zeit lang erhielten wir viele Briefe von ihm, und seinen Berichten zufolge schien es sich mehr um ein Abenteuer als um einen Krieg zu handeln. Er schrieb, er wolle Rosa Marías Ähre mit Gedichten vergelten. Deshalb schrieb er so viel.

Er starb an den Ufern des Ebro an einem Bajonettstoß.

Seine Freunde von der *Partit* behaupteten, Pere sei ein glücklicher Mann: *Er ist in Frieden – im Kampf für Vaterland und Freiheit – gestorben*, erklärten sie uns. Er sollte nicht mehr erfahren, dass der Krieg verloren war, und er musste nicht lange leiden. Er brauchte die Demütigung der Niederlage oder das Verbot nicht zu ertragen, nicht in seiner Muttersprache sprechen zu dürfen. Er litt keinen Hunger, ihn peinigte keine Krankheit und auch das Konzentrationslager blieb ihm erspart.

Er erlebte es nicht mehr, dass die Seinen besiegt und grausam verfolgt wurden.

Peres Leiche ruhte für immer am Ufer des Ebro. Und der Vater Fluss nahm sein Blut auf und verströmte es über die Felder unseres Landes. Dann gab er es an Mutter Meer weiter, die es mit dem Blut all der Helden vermischte, die seit Tausenden von Jahren an den Ufern des Mittelmeers für Vaterland und Freiheit gekämpft haben.

Und das Mittelmeer schwemmte es an den Strand unseres kleinen Dorfes.

Von nun an ging ich immer, wenn ich für meinen Vater betete, an den Strand.

Rosa María war untröstlich und vergoss bittere Tränen, als man ihr die Geschichte zum ersten Mal erzählte. Beim zweiten Mal erklärte sie den Leuten von der *Partit*, sie sollten nicht mehr ins Geschäft kommen und nicht mehr mit mir reden. Außerdem, woher zum Teufel wollten sie wissen, ob Vater Fluss nicht dem Blut des Feindes, der Pere getötet hatte, dieselbe Ehre zuteil werden ließ?

Sie sagte, sie wäre lieber die Frau eines Feiglings als die Witwe eines Helden. Und sie sei überzeugt davon, dass die Frau des Mannes, der ihren Mann getötet hatte, genauso dachte.

Aber ich wusste, dass irgendwo am Ufer des Ebro die goldene Ähre aus dem Haus meiner Eltern keimen und neue Ähren hervorbringen würde. Und wenn der Westwind blies, würden sie leise die Gedichte vortragen, die Pere nicht vollenden konnte. Und seine Verse würden zu Rosa María flattern. Und so würde Pere schließlich seine Schuld ihr gegenüber abtragen.

Im Jahre 1939 war die Niederlage nicht mehr abzuwenden. Gruppen erschöpfter und demoralisierter Soldaten zogen durch unser Dorf nach Norden, nach Frankreich. Sie sangen nicht mehr, verkündeten aber stolz, sie kämen bald zurück, um das Land zu befreien.

Die Überlebenden der *Partit* und anderer Gruppen und Parteien versteckten ihre Fahnen und gingen ins Exil.

Ich war vierzehn und erklärte meiner Mutter, ich würde mit ihnen gehen. Rosa María erwiderte, ich sei verrückt und sie erlaube es nicht. Ich sagte, ich habe meinem Vater versprochen, für meine Freiheit zu kämpfen und keine Demütigungen hinzunehmen. Auch wenn es mir ihretwegen leid täte, müsse ich gehen.

Die arme Frau glaubte, der Irrsinn sei vermutlich das einzige Erbe, das der Vater seinem Sohn hinterlassen habe, und trug dem Pfarrer, dem Lehrer und einigen Verwandten und Freunden auf, mit mir zu reden, um mich zur Vernunft zu bringen. Doch ich änderte meinen Entschluss nicht. *Joan, du bist zu jung. Wenn du noch ein paar Jahre wartest, wirst du deinem Vater gegenüber nicht wortbrüchig*, erklärte Rosa María, um Zeit zu gewinnen. *Mama, du hast mir beigebracht, dass mein Wort mehr wert sein muss als alles Geld der Welt*, erwiderte ich und blickte ihr ruhig in die Augen. *Willst du, dass ich dich ebenfalls hintergehe?*

Rosa María erkannte, dass sie verloren hatte, doch als typische Krämerin feilschte sie bis zuletzt. Am Ende erklärte ich mich bereit, nach Kuba zu gehen. Einer ihrer Brüder hatte auf der Insel ein Import-Export-Geschäft eröffnet. Dieser Onkel nahm mich als Lehrling an und behandelte mich natürlich wie ein Familienmitglied.

Die gute Frau arrangierte meine Reise nach Marseille in einem Fischerboot, das heimlich die Küste entlang fuhr. In Marseille sollte ich mich nach Havanna einschiffen.

Gegen Abend verabschiedete ich mich in dem kleinen Hafen von meiner Familie.

Joan, pass auf dich auf und schreib mir, gab Mama mir auf den Weg. *Sei fleißig und anständig, zahle immer deine Rechnungen und halte stets dein Wort.*

Ich konnte den Blick nicht von der kleinen Frau mit den grünen tränenerfüllten Augen und dem dunklen, graumelierten Haar wenden. Sie kämpfte nicht an der Front wie mein Vater, sondern sie setzte mit ihrer Beharrlichkeit und Tapferkeit großzügig und heroisch täglich ihr Leben für ihre Lieben ein. Ich wollte mir ihr Bild für immer einprägen, vielleicht sah ich sie zum letzten Mal.

Wir lagen uns in den Armen, und ich strich über ihre viel zu früh ergrauten Haare.

In diesem Augenblick fragte ich mich, wen ich mehr bewunderte, Pere oder Rosa María. Ich fand keine Antwort.

Es gibt Fragen, auf die man nie eine Antwort findet, auch wenn man noch so lange lebt.

Und ich stieg in das kleine Boot und nahm Kurs auf die Freiheit.«

MONTAG

12

»Ich gehe zu Douglas.« Jaime war ruhelos und musste unbedingt raus.

»In Ordnung«, erwiderte Laura und lächelte maliziös. »Ich hoffe, du kommst besser gelaunt zurück.«

Jaime schätzte Daniel Douglas, seinen Kollegen in der Vizedirektion Controlling, nicht besonders. Da jedoch beide auf der gleichen Hierarchieebene arbeiteten, konnten sie Themen und Eindrücke besprechen, die sie weder ihrem Chef und noch weniger ihren Untergebenen anvertrauten.

Zum Glück waren ihre Verantwortungsbereiche sauber voneinander getrennt. Jaime war für alles zuständig, was den Vertrieb betraf: Kino, Video, Fernsehen, Zeitungen, Musik und Bücher. Douglas konzentrierte sich auf die Eagle-Studios und auf die Produktion von Filmen und Fernsehserien. Häufig stritten sie über die Zuordnung bestimmter Konten, über die Höhe und die Art von Provisionen und sogar über die korrekte Abwicklung des Controllings. Diese fachlichen Differenzen und ihre so verschiedenen Temperamente führten zu manchen Diskussion in einer Lautstärke, die den Rahmen des Zulässigen überschritt. Manchmal, wenn sie gar keinen gemeinsamen Nenner fanden, musste sogar ihr Chef, Charles White, eingreifen.

Doch im Moment ging es nicht um mangelnde Harmonie. Jaime wollte mit jemandem reden und mit ihm seine Ängste nach Kurths Ermordung teilen.

»Guten Tag, Jaime.« Douglas' Sekretärin empfing ihn mit einem übertrieben freundlichen Lächeln.

»Guten Tag, Sharon.« Er lächelte ebenfalls.

»Möchtest du David sprechen?«

»Ja bitte.«

»Ich fürchte, das geht jetzt nicht. Er ist in einer Besprechung, ich darf ihn nicht stören.« Hinter der Tür hörte man laute, erregte Stimmen.

»Soll ich ihm sagen, dass du ihn sprechen möchtest?«

»Ja, sei bitte so nett.«

Sie stand auf und ging zur Tür.

Im selben Moment flog die Tür auf und eine hübsche Frau mit finsterer Miene und verkniffenen Lippen kam heraus. Es war Linda Americo, die Leiterin der Rechnungsprüfung in Douglas' Bereich. Sie warf die Tür hinter sich zu.

»Guten Tag, Jaime«, grüßte sie und zwang sich zu einem verkrampften Lächeln. Ohne seine Erwiderung abzuwarten, eilte sie hinaus auf den Flur.

»Ich glaube, er ist bereits frei.«

Sharon fragte spöttisch: »Möchtest du ihn immer noch sprechen?«

»Ich habe gerade an dich gedacht.« Douglas' lebhafter Ton klang gekünstelt.

»Und weshalb?«

»Wegen des Rotationsprogramms für Führungskräfte. Erinnerst du dich?«

»Ja klar. Aber was hat das mit mir zu tun? Hast du einen neuen Job für mich?«

»Nein. Aber ich habe einen idealen Kandidaten für deinen Bereich. Diese Person muss zum Hauptbuchhalter ernannt werden. Und du suchst doch jemanden für die Stelle.«

»Aha?« Jaimes Neugier war geweckt. »Wer ist es?«

»Die Person hat eine ausgezeichnete Ausbildung und bereits Erfahrung als Rechnungsprüfer und Controller. Sie besitzt Begeisterungsfähigkeit, gutes Urteilsvermögen, Verantwortungsgefühl und kann hart arbeiten.« Douglas unterstrich seine Worte mit Nachdruck. »Unser Chef ist von ihrer Arbeit beeindruckt und davon überzeugt, dass sie ihren Aufstieg rechtfertigen wird.«

»Aber gewiss doch. Nun sag schon, wer ist es?«

»Die Person arbeitet seit dreieinhalb Jahren für den Konzern, sie hat ein glänzendes Examen an der UCLA abgelegt«, fuhr er fort, ohne Jaimes Frage zu beantworten, »und als Controller bewiesen, dass sie Teams leiten kann.«

»Wer ist es?« Obwohl er die Antwort kannte, tat Jaime immer noch so, als sei er es leid, fragen zu müssen.

»Linda Americo, eine erstklassige Kraft.«

»War das nicht das Mädchen, das eben aus deinem Büro kam?«

»Ja.«

»Sie wirkte sehr aufgeregt, als ob ihr eine Auseinandersetzung gehabt hättet. Du hast doch nicht vor, mir dein Problem aufzuhalsen?«

»Keineswegs«, erwiderte Douglas kategorisch. »Linda ist eine ausgezeichnete Mitarbeiterin. Und ich werde dir erklären, warum.«

»Schieß los.«

»Du weißt doch, wie konkurrierende Frauen sind … Sie arbeiten viel und gut, aber manchmal treffen sie auf andere Frauen mit denselben Eigenschaften. Ich habe eine zweite Teamchefin, die ein bisschen altmodisch ist. Ihre Probleme sind dieselben, und beide machen mir das Leben zur Hölle.«

»Du Armer.« Jaime heuchelte Mitleid.

»Linda hat mir von ihrem letzten Streit erzählt. Sie hat die Situation satt und möchte in Ruhe arbeiten. Ihr beide passt perfekt zueinander, und sie wird von dir besonders motiviert werden.«

»Schlag es dir aus dem Kopf! Ich habe nicht vor, den Posten zu besetzen.«

»Jaime, du würdest mir einen persönlichen Gefallen tun.«

»Na, dann lass mich überlegen, welche Möglichkeiten wir haben. Sie ist eine sehr hübsche Frau. Ich hoffe, dass sie beruflich so gut ist, wie du behauptest.«

»Du wirst sehen, dass sie sogar noch besser ist.«

»Gibt es was Neues über den Tod des Alten?«, fragte Jaime und wechselte das Thema.

»Angeblich hat sich eine *Gemeinschaft zur Verteidigung der Würde* bei einer Zeitung gemeldet und sich zu dem Mord bekannt.«

»Scheißkerle! Wer sind diese Irren und was wollen sie?«

»Dasselbe wie alle. Respekt und Anerkennung ihrer Rasse in Filmen und in Fernsehserien. Alle Psychopathen und Bösewichte in den Filmen sollen blonde Männer mit blauen Augen sein.«

»Es gibt einfach zu viele Extremisten und Fanatiker.«

»Du wirst sehen, eines Tages wird eine Gruppe deiner lateinamerikanischen Freunde mit ähnlichen Forderungen auf den Plan treten.« Douglas grinste.

»Wie kommst du darauf?«, erwiderte Jaime verdrießlich.

»Du weißt doch, jede Herde hat ihre schwarzen Schafe, die über den Zaun springen.«

»Manchmal springen auch blonde ...«

»Hör mal, ich hab nur Spaß gemacht.« Douglas schlug ihm auf die Schulter.

»Ich muss jetzt wieder an die Arbeit.«

»Gut. Vielen Dank für deinen Besuch. Wann sagst du mir Bescheid wegen Linda?«

»Bald.«

Jaime hatte absolut keine Lust, sich festzulegen.

»Sagst du's mir morgen? Einverstanden?«

»Mal sehen. Auf Wiedersehen.«

Jaime kehrte schlecht gelaunt in sein Büro zurück. Was für eine taktlose Art, um einen Gefallen zu bitten.

Als er sein Büro betrat, studierte Laura über ihre Brille hinweg seine Miene. Sie schwieg und deutete lediglich ein Lächeln an.

MITTWOCH

13

Am Wochenende gelang es ihm noch mühelos, nicht an Karen zu denken, am Montag und Dienstag fiel es ihm schon schwerer, doch nun kam die Erinnerung an Karen immer wieder. Jaime trat ans Fenster, und seine Gedanken eilten wie streunende Hunde einem unbekannten Ziel entgegen. Doch am Ende des Weges stand immer Karen.

Er konnte sich nicht erinnern, wann er sich zuletzt bei jemandem so wohl gefühlt hatte, und die Versuchung, sie einzuladen und mit ihr auszugehen, wurde übermächtig. Doch sie war ihm wichtig, und weil er sie nicht überrumpeln wollte, traute er sich nicht. Sie würde sofort merken, wenn er sie anrief, dass er sie unbedingt sehen wollte. In diesem Augenblick läutete sein hausinternes Telefon.

»Den stellvertretenden Direktor des Controllings, bitte.«

Jaimes Herz schlug schneller.

»Karen?«

»Genau, die aus der Hamburgerbude.« Ihre Stimme klang heiter.

»Ach, Karen.« Er beschloss, Gleichgültigkeit zu heucheln. Er wollte es genießen, dass sie ihn anrief. »Was kann ich für dich tun? Brauchst du jemanden, der dich kontrolliert?«

»Sehr witzig, Herr Direktor«, fuhr sie munter fort. »Ich sollte mit meinem Anwalt darüber reden, in welchem Ton Sie mir Ihre Kontrolle angeboten haben.«

»Ich habe gar keinen Anwalt. Kannst du mir einen empfehlen, falls es zum Prozess kommt?«

»Ich kenne eine gute Anwältin, aber sie ist teuer.«

»Wie teuer?«

»Einen griechischen Hamburger.«

»Gut. Wir werden uns bestimmt einig.« Er fühlte sich wie Humphrey Bogart und wollte keine Eile zeigen. »Wie wäre es Donnerstagmittag?«

»Unmöglich, da habe ich eine andere Verabredung«, antwortete sie. »Ich schlage Freitagabend vor.«

Jaime spürte, dass er seinen vermeintlichen Vorteil einbüßte, und der Gegenvorschlag machte ihn einen Augenblick lang sprachlos. Freitagabend war eine erheblich verheißungsvollere Verabredung als Donnerstagmittag, was ihn freute. Er dachte an sein Training als Gesprächsführer. Er musste seine Position zurückgewinnen und erklären, er sei am Freitag bereits verplant. Nach den Regeln dieser Kunst musste er ihr den Montag darauf anbieten.

»Besser am Samstag«, hörte er sich sagen. Der Gedanke, sie erst nächste Woche wiederzusehen, versetzte ihn in Panik.

»O, tut mir leid, Samstag kann ich nicht.«

»Gut, ich bin mit Freitag einverstanden.« Das war eigentlich eine Kapitulation, aber er vertraute darauf, dass sie es nicht merkte. »Aber als Ausgleich für einen so kurzfristigen Termin zahlst du.«

»Unsere Anwälte sollten das beim Essen besprechen«, sagte Karen. »Meiner geht gern in ein kleines Restaurant in New Port, in das Red Gull. Ist dir das recht?«

»Willst du denn keinen Hamburger?«

»Doch, doch, aber ein andermal. Wir sprechen von Freitagabend. Sei doch nicht so nervig, mein Lieber.« Sie lachte.

»Aber du warst doch die …« Jaime merkte, dass er nicht viel dagegen sagen konnte. »Also gut, einverstanden.«

»Hol mich um acht Uhr ab.« Karen gab ihm ihre Adresse. »Bis bald, Liebling.«

Jaime starrte auf den Hörer und hätte ihn am liebsten geküsst.

FREITAG

14

Sieben Minuten vor acht parkte Jaime seinen Wagen vor der Zugangsschranke zu dem Wohngebäude. Er hatte ein paar Runden gedreht, um Zeit zu gewinnen und sich zu verspäten, in der Hoffnung, Karen würde sich darüber ärgern, aber nicht so sehr, dass sie ihnen der Abend verdarb.

In der Pförtnerloge saß ein grimmig aussehender Riese, der ihn fragend anschaute.

»Karen Jansen.«

Der Pförtner schwieg eisern, griff nach dem Telefon und wählte eine Nummer, ohne Jaime aus den Augen zu lassen.

Neun nach acht. Jaime hatte nicht die Absicht, so viel zu spät zu kommen, war sich jedoch ziemlich sicher, dass sie ihn jetzt warten lassen würde.

Plötzlich lachte der Riese laut, grinste über sein ganzes schwarzes Gesicht und enthüllte zwei Reihen blendend weißer Zähne.

»Mister Berenguer?«, fragte er und legte den Hörer auf.

»Ja.«

»An der Ecke fahren Sie rechts rum.« Der Mann lächelte immer noch. »Hundert Meter weiter kommen Sie links auf einen Parkplatz in der Grünanlage. Da können Sie den Wagen abstellen. Miss Jansen wohnt im Haus D, dritter Stock, Aufgang B.«

»Danke«, erwiderte Jaime und wunderte sich über die unverhoffte Freundlichkeit des Mannes, der ihm mit einer höflichen Handbewegung den Weg wies.

Das Ensemble bestand aus mittelgroßen Gebäuden im alten Kolonialstil mit Innenhof. Die Rasenfläche und die hohen Bäume waren bereits für die Nacht angeleuchtet.

Er überlegte noch, welches wohl Haus D sein mochte, hatte aber keine Zeit mehr, es herauszufinden. Sie kam bereits durch den Garten auf ihn zu. Sie musste also ihre Wohnung verlassen haben, gleich nachdem sie mit dem Pförtner gesprochen hatte. Jaime bekam nun doch Gewissensbisse wegen seiner absichtlichen Verspätung.

Schwarzer Mantel, passende Handtasche und Schuhe mit hohen Absätzen. Die blauen Augen und die Lippen, deren Rot stärker als gewöhnlich leuchtete, lächelten ihn zur Begrüßung an. Sie war wirklich außergewöhnlich hübsch. Er stieg aus dem Auto. Nur noch dreißig Zentimeter trennten sie.

»Hi Jim.«

»Hi Karen.«

Obwohl er Gefahr lief, den feministischen Überzeugungen zuwider zu handeln, die er der jungen Frau unterstellte, machte er ihr ein Kompliment:

»Du siehst verdammt gut aus.«

»Danke«, erwiderte sie und freute sich offensichtlich über das Kompliment. »Du siehst ja auch ziemlich gut aus.«

Karens entspannte fröhliche Haltung überraschte Jaime. Im Gegensatz zu seinen Befürchtungen zeigte sie nicht den geringsten Funken von Aggressivität. Er überlegte kurz, was er tun sollte, und beeilte sich dann, ihr die Wagentür aufzuhalten.

»Danke«, wiederholte sie und setzte sich auf den Beifahrersitz. Als sich ihr Mantel öffnete, bemerkte er ihre hübschen langen Beine unter dem geraden kurzen Rock.

Jaime schluckte, schloss behutsam die Tür und ging um den Wagen herum. Er dachte, dass er Karens Beine heute zum ersten Mal sah. Bisher gehörten sie zu Karens Anatomie, die er gar nicht wahrnahm, aber plötzlich waren sie zu einer begehrenswerten Wirklichkeit geworden.

Er stieg ein, startete den Wagen und unterdrückte die Versuchung, einen weiteren Blick auf seine faszinierende Entdeckung zu wagen.

Karen reagierte auf den überschwänglichen Gruß des Pförtners.

»Auf Wiedersehen, Wes.«

Der Mann lächelte und deutete auf seinen Revolver.

Jaime verstand gar nichts mehr.

»Karen«, fragte er schließlich, »was hast du dem Pförtner am Telefon gesagt, als ich kam?«

»Ich hab ihm gesagt, dass man sich zum ersten Date nicht verspäten darf«, erwiderte sie gleichmütig, »und dass er dir einen Kopfschuss verpassen soll, wenn du auch nur eine Sekunde trödelst.«

»Ich glaube, er hätte keine Hemmungen gehabt, es zu tun«, bemerkte Jaime scherzhaft. »Aber das wäre eine unangemessen harte Strafe gewesen.«

»Natürlich hätte er es getan, und das ist auch gut so!«

Dann wurde Karen ernst. »So also behandelt ihr Latinos eine Dame beim ersten Rendezvous?«

»Nicht immer. Nur wenn es sich um eine erfolgreiche leitende Angestellte handelt«, erwiderte er ironisch.

»Aber nicht doch«, protestierte sie mit amüsiertem Eifer. »Am Wochenende arbeite ich nicht, und ich will wie jede andere Frau behandelt werden. Komm bloß nicht auf die Idee, mich zu diskriminieren, das wäre verfassungswidrig.«

»Sieh an, da kommt schon wieder die Anwältin durch.« Er sah

ihr in die Augen. Sie lächelten beide. Unwillkürlich wanderte sein Blick immer wieder zu ihren Beinen, die ihn magnetisch anzogen. Er sah, dass sie es bemerkte, und verfluchte sich, weil er sich nicht beherrschen konnte. Doch dann dachte er, schließlich hatte Karen ihn gebeten, er solle sie wie jede andere Frau behandeln und nicht diskriminieren.

Schließlich musste er die Verfassung achten!

Das Red Gull war ein romantisches Restaurant im maritimen Stil mit leiser Musik, schummerigem Licht und roten Kerzen auf den Tischen.

Die Unterhaltung wechselte rasch von der Banalität der Hobbys zu den wichtigeren Themen. Beide erforschten neugierig die unbekannte Seite des anderen und ließen zu, dass der andere ihre entdeckte.

»Mein Großvater väterlicherseits fiel im Krieg in Europa, als er für die Freiheit kämpfte«, erzählte Jaime. »Und mein Vater verließ seine Heimat und wanderte nach Kuba aus. Anfangs unterstützte er Castro, dann musste er von der Insel hierher flüchten. Auch er war auf der Suche nach Freiheit.«

»Dann hat er sie gefunden«, bemerkte Karen, »und ist ein glücklicher Mann.«

»Ich glaube nicht, dass er davon überzeugt ist, die Freiheit gefunden zu haben.«

»Warum?«

»Freiheit ist ein schillernder Begriff, eine Utopie, die sich entwickelt. Die Freiheit, die du und ich suchen, ist doch nicht mehr dieselbe Freiheit, die die Schöpfer der Verfassung der Vereinigten Staaten meinten. Die Freiheit der Französischen Revolution.«

»Na ja, es ist doch schon ein Stück Freiheit, keine Ketten zu tragen, sich frei bewegen zu können und seine Regierung frei wählen zu dürfen, meinst du nicht?«, gab Karen zurück. »Aber manchmal müssen wir alle Dinge tun, die uns missfallen. Um vollkommene Freiheit zu erlangen, müsste man die absolute Macht besitzen.«

»Genug philosophiert. Ich fürchte, ich langweile dich und du nimmst nie wieder ein Kompliment von mir an.«

»Da irrst du dich.« Ihre Augen glänzten im Kerzenlicht. »Das Thema interessiert mich. Du hast mir ja neulich in der Hamburgerbude schon erklärt, dass unsere Zeit ihre Ideologien verliert. Nicht wahr?«

»Ja. Ich glaube, der Idealismus ist ausgestorben, genauso wie die Suche nach der Freiheit.«

»Das ist der Grund, weshalb ich am Samstag nicht mit dir ausgehen kann.«

»Wie bitte?«

»Das ist der Grund, weshalb ich morgen, am Samstag, nicht mit dir ausgehen kann. Die Freiheit.«

»Wenn wir miteinander ausgehen, was hat das mit Freiheit zu tun?« Jaime war überrascht. »Inwiefern schränkt es deine Freiheit ein, wenn du am Samstag mit mir ausgehst? Sehe ich aus wie ein Sklavenhändler?«

Karen lachte vergnügt und genoss Jaimes Verwirrung.

»Ich kann morgen nicht mit dir ausgehen, weil ich mit ein paar Freunden an der UCLA einen Vortrag über die Freiheit und die Macht in unserer Zeit besuche. Wie du siehst, ist die Freiheit der eigentliche Grund für meine Absage.«

»Subtile Begründung.«

»Gewiss, aber jetzt lade ich dich ein, morgen mit mir auszugehen. Natürlich unter der Voraussetzung, dass du mit mir zu dem Vortrag gehst.« Und dann fügte sie fröhlich hinzu: »Ich glaube, du hast das nötige intellektuelle Niveau.«

»Danke für die bestandene Prüfung, Frau Doktor. Aber ich

darf dich daran erinnern, dass du vorgeschlagen hast, heute auszugehen.«

»Das bestreite ich kategorisch«, rief sie und lachte. »Ich habe noch nie einen Mann gebeten, mit mir auszugehen. Männer bitten mich darum!«

Karens Hand lag auf dem Tisch, und Jaime brauchte seine nur auszustrecken, um sie zu berühren. Er wünschte es sich sehnlichst, aber er dachte, es sei vielleicht noch zu früh und er könne damit alles verderben. Er wollte keinen Fehler begehen.

»Du bist ein sympathisches, freches Mädchen.«

»Vielleicht«, erwiderte sie mit einem spitzbübischen Lächeln.

Jaime fragte sich, ob sie ihn nicht ein bisschen zu deutlich provozierte.

SAMSTAG

15

Sie kamen zu spät zum Vortrag. Dieses Mal hatte Karen ihn über eine halbe Stunde warten lassen. Jaime wollte sich beklagen, beschloss jedoch, den Mund zu halten.

Etwa dreihundert Personen, offenbar ausnahmslos Akademiker, hörten aufmerksam zu. Alle waren leger gekleidet, und ein paar Frauen saßen auf dem Boden, in der Nähe des Redners. Jaime und Karen setzten sich auf freie Stühle im hinteren Teil des Saales.

»Der große Vorzug unserer Zeit ist die Tatsache, dass die große Mehrheit der Beherrschten und Ausgebeuteten ihr Los geduldig erträgt, ja schlimmer noch: Sie glaubt, frei zu sein.« Der Mann, der das sagte, war Mitte dreißig, trug einen Spitzbart und gestikulierte mit den Händen, um seine Worte zu unterstreichen. »Sind wir auf dem Weg zu dieser so berühmten glücklichen Welt?

In der Entwicklung der Menschheit gibt es Augenblicke, in denen sich eine kritische gesellschaftliche Masse bildet. Als *kritische Masse* definieren wir eine ausreichende Zahl von Individuen, die in gleicher Richtung denken und handeln und somit Dinge verändern. Früher erfolgten gesellschaftliche Veränderungen durch Revolutionen oder Eroberungen, heute zum Glück durch demokratische Wahlen.

Und wie entsteht diese kritische gesellschaftliche Masse?«

Der Redner hob kaum die Stimme, er sprach eher langsam und betonte sorgfältig seine Worte. »Religion, Kultur – definiert als Gefühl von Recht und Unrecht – und wirtschaftliche Praxis sind ausschlaggebend für die Bildung des Denkens des Einzelnen und der Masse.

Die Verbindung dieser drei Elemente führt zu der Vorstellung von Recht und Gerechtigkeit und definiert den politischen Standpunkt der Bürger.«

Die dunklen Augen des Redners suchten die Augen seiner Zuhörer, und sein Blick verweilte bei dem einen oder anderen. Er schien in den Augen der anderen zu lesen, Energie aus ihnen zu schöpfen und die Macht seiner Botschaft zu verstärken. Ganz allmählich hob sich seine Stimme und gewann an Überzeugungskraft.

»In einer Gesellschaft wie der unseren, in der jeder Bürger ein Stimmrecht besitzt, sind Überredung und Überzeugung die wesentlichen Waffen, um die Macht zu erlangen, sei sie politischer, wirtschaftlicher oder sogar religiöser Natur.

Aber damit sich eine kritische gesellschaftliche Masse bildet, muss die *Vorstellung von Recht und Gerechtigkeit* verbreitet und eine große Zahl von Bürgern überzeugt werden.

Diese Aufgabe erfüllten in der Vergangenheit die Priester mit der Religion und die Troubadoure und Komödianten mit der Unterhaltung. Ihnen fiel die Aufgabe zu, die Bürger davon zu überzeugen, was richtig und gerecht war. Und wer füllt diese Rolle heute aus? Die Kommunikationsmedien. Sie haben sich diese große Macht angeeignet, und sie bringen ihre Botschaft kontinuierlich mit Filmen, Fernsehsendungen oder Presseartikeln in Umlauf.

Wir haben dem Rundfunk, dem Fernsehen und den Zeitungen den Schlüssel zu unserem Haus und den Zugang zu unserer Wählerstimme überlassen. In der Demokratie übertragen wir bei der

Wahl unseren kleinen Anteil politischer Macht jemandem, der sie letztlich seinem eigenen Verstand und seiner Überzeugung gemäß nutzen wird.«

Jaime fand, dass der Mann eher einem Fernsehprediger als einem Universitätsprofessor ähnelte. Seine Wortwahl entlarvte ihn eindeutig als Missionar, und Jaime wurde misstrauisch. »Kinofilme und Fernsehserien stehen an zweiter Stelle des US-Exports – in ihrem Geldwert. Doch ihre Bedeutung geht über die Ökonomie hinaus. Sie sind besonders wirksame Waffen. Die Verbreitung des amerikanischen Lebensstils auf den fünf Kontinenten hat den Fall des Eisernen Vorhangs, den Zusammenbruch und die Veränderungen des kommunistischen Systems befördert.

Die Bürger in den kommunistischen Ländern wurden als eifrige Konsumenten von Bildern und Unterhaltung – trotz der regionalen Propagandamaschinerien – davon überzeugt, dass der hohe amerikanische Lebensstandard ihr Lebensziel sei, weshalb sie die Veränderungen in ihren Ländern mit Nachdruck forderten, wobei ihnen die Ineffizienz der Systeme, die Philosophen eines alternativen Lebens anbieten, zu Hilfe kam. Deshalb haben die Vereinigten Staaten den Dritten Weltkrieg gewonnen, ohne einen einzigen Schuss abzugeben.«

Jaime beobachtete Karen, und die sichtliche Andacht, mit der sie der Rede folgte, verstärkte seine Vorbehalte dem Mann gegenüber.

»Das ist nur ein Beispiel für die Macht der Medien. Sie überzeugen den Bürger, sie verleiten ihn, sie verkaufen ihm Denkweisen, sie gründen neue Religionen, sie bringen Präsidenten an die Macht, die das Schicksal der Nationen bestimmen. Sie trichtern uns ein, das System sei gerecht und das Individuum sei frei.

Aber ist unser Durchschnittsbürger frei? Hat er die Freiheit zu entscheiden, wie viele Stunden er schläft? Um welche Uhrzeit er aufsteht und ob er arbeiten geht oder nicht? Hat er diese Freiheit wirklich? Nur Narren glauben das! Können wir entscheiden, was wir am Sonntag machen oder wohin wir in Urlaub fahren, sofern wir das Geld dafür haben? Welche wichtigen Dinge in unserem Leben können wir ändern? Analysieren Sie Ihre Lebensumstände, und Sie werden erkennen, dass Sie wirklich wenig ändern können. Ist das Freiheit? Haben die Medien uns glauben gemacht, dass wir frei sind?« An dieser Stelle legte der Mann eine lange Pause ein. »Ich schließe meinen Vortrag mit einer schlichten Zahl: 75 Prozent der Kommunikationsmedien werden heute von den großen Multis kontrolliert. Und diese großen Konzerne haben die Macht zu kommentieren, zu manipulieren und die Nachrichten zu zensieren.

Jeff Cohen, der Ex-Kolumnist von *USA Today* und der *Los Angeles Times*, sagt, dass wir in diesem Land *die Schaffung eines Propagandasystems erleben, das viel raffinierter ist als das der ehemaligen Sowjetunion*.

Denken Sie über diese Worte nach. Ich danke Ihnen.«

Beifall erklang. Als er endete, forderte ein junger Mann aus der vierten Reihe die Zuhörer auf, Fragen zu stellen. Karen beugte sich zu Jaime und flüsterte ihm ins Ohr.

»Interessant, nicht wahr?«

»Ja, dieser Mann ist ein Revolutionär.« Aber er verriet ihr nicht, was er wirklich dachte: Ist jemand, der so polemisiert, nicht selbst ein nach Macht strebender Demagoge?

Als alle Fragen beantwortet waren, bildeten sich kleine Gruppen, in denen lebhaft diskutiert wurde.

»Der Redner ist ein Freund von mir. Er heißt Kevin Kepler. Ich werde ihn dir gelegentlich vorstellen, aber im Augenblick ist er von zu vielen Leuten umringt.« Karen nahm seine Hand und zog ihn mit sich. »Ich möchte, dass du einen anderen Freund von mir kennen lernst.«

Sie gingen auf eine Gruppe zu, aus der sich ein Mann löste, als er sie kommen sah.

»Peter, das ist Jaime Berenguer«, stellte Karen ihn vor. »Jaime, das ist mein Freund Peter Dubois.«

Sie gaben sich die Hände. Der Mann hatte weiße Haare, einen weißen Bart und war um die sechzig. Er trug eine lässige Wolljacke mit indianischen Motiven, Jeans und Stiefel.

»Freut mich, Sie kennen zu lernen, Mister Berenguer.« Er sah ihn mit seinen hellen, ungewöhnlich durchdringenden Augen an.

»Ist mir ein Vergnügen«, erwiderte Jaime, auch wenn er daran zweifelte, ob es wirklich eines werden würde.

»Jaime ist ein Kollege aus dem Konzern«, erklärte Karen.

»Sie haben einen interessanten Namen, Mister Berenguer. Woher stammt Ihre Familie?«

»Aus Kuba.«

»Und zuvor? Woher kommt sie ursprünglich?«

»Aus Spanien.«

»Und ich wage zu behaupten, aus dem ehemaligen Königreich Aragon.«

»Ja, Sie haben Recht.« Jaime lächelte erstaunt. »Wie haben Sie das erraten?«

»Peter lehrt Geschichte«, mischte sich Karen ein, »sein Spezialgebiet ist das Mittelalter.«

»Sie sind ein Nachfahre der Familie Ramón Berenguer, der Grafen von Barcelona und späteren Könige von Aragon«, fuhr Dubois feierlich fort und lächelte. »Ich habe mich lange mit dieser Epoche und den Ereignissen beschäftigt, bei denen die Berenguers und ihre Nachfahren eine Hauptrolle spielten. Faszinierende Menschen.«

»Ich wusste gar nicht, dass ich solche Vorfahren habe.« Die

Überraschung freute Jaime. »Ich würde gern mehr über sie erfahren.«

»Ich bin sicher, dass Sie noch mehr wissen, aber sich im Augenblick nicht daran erinnern.« Der durchdringende Blick des Mannes wurde starr. Seine weit aufgerissenen Augen erinnerten an eine Schlange.

»Wie meinen Sie das?«, fragte Jaime verwundert.

»Der Mensch, Mister Berenguer, besitzt in seinem Inneren ein ungeahntes Register. Die einen nennen es genetisches Gedächtnis, die anderen verwenden alle möglichen Begriffe dafür. Es ist vorhanden, man muss es nur abrufen. Sie wären überrascht, wenn Sie feststellen würden, was Ihr Gedächtnis alles gespeichert hat.«

»Sie scherzen?« bemerkte Jaime. »Einfach so abrufen? Wie von der Festplatte eines Computers?«

»Nein, er scherzt keineswegs«, erklärte Karen. »Ich habe Bekannte, denen es gelungen ist, einen Teil ihres Gedächtnisses wiederherzustellen. Das ist eine einmalige Erfahrung.«

»Genau, Mister Berenguer.« Dubois machte eine Bewegung mit der linken Hand, und Jaime entdeckte einen Ring in der seltsamen Form eines Hufeisens. »Ich arbeite mit einer Gruppe von Menschen zusammen, die Techniken entwickeln, um diese Erfahrungen zu ermöglichen. Bisher haben wir in vielen Fällen Erfolg gehabt. Sie dürfen mir glauben, wenn das eintritt, wird Ihre Mühe reich belohnt werden.«

»Ich bin sehr verwundert. Ich glaube, ich habe so etwas Ähnliches schon mal gelesen, aber ich habe solche Geschichten nie ernst genommen.«

»Ich versichere Ihnen, dass einige davon wahr sind.«

»Wollen Sie damit sagen, ich könnte etwas *heraufbeschwören*, das nicht mir, sondern einem meiner Vorfahren widerfahren ist?«

»Es ist sehr wahrscheinlich, dass Sie sich erinnern. Das hängt von Ihrer Haltung und von dem Glauben ab, die Sie für nichtkartesianische Erfahrung entwickeln. Es gibt Menschen, deren Ungläubigkeit sie völlig blockiert und die deshalb diese Erfahrung nie machen werden.«

»Könnte ich mich an die Ereignisse erinnern, die meinen Vorfahren, den König, betreffen? Von Berenguer, wie Sie ihn nennen?«

»Ja, aber es ist unwahrscheinlich. Logisch ist, dass Sie zuerst mit den Erfahrungen anderer konfrontiert werden. Ihre genetische Geschichte besteht aus dem Beitrag Tausender Individuen.«

»Seien Sie bitte nicht beleidigt, wenn ich skeptisch bleibe, aber das hört sich nach spiritistischen Praktiken an, und daran glaube ich nicht.«

»Ich bin nicht beleidigt. Sie können glauben, woran Sie wollen, doch ich kenne viele kultivierte Menschen mit hoher Intelligenz, die es erlebt haben. Wenn Sie sich dafür entscheiden, vorschnell zu urteilen, an offiziellen Überzeugungen festhalten und kein Interesse daran haben, ist das Ihr gutes Recht, ich werde nicht darüber urteilen.« Immer noch lächelnd wechselte der geheimnisvolle Mann das Thema. »Wie fanden Sie den Vortrag?«

»Interessant. Aber um noch mal auf die Geschichte mit der Erinnerung zurückzukommen, verstehen Sie bitte mein Erstaunen«, fügte Jaime eilfertig hinzu, »natürlich wäre ich bereit, es auszuprobieren …«

»Nun, dann kommen Sie zu einem Treffen. Morgen machen wir einen Ausflug. Vielleicht möchte Karen Sie einladen, falls sie keine andere Verabredung hat.«

»Natürlich habe ich eine andere Verabredung«, erwiderte Karen. »Außerdem, wozu sollte ich diesen ungläubigen Kubaner einladen?«

Jaime amüsierte sich über Karens Provokation. Er konnte den Blick nicht von ihr wenden, neigte den Kopf zur Seite und sah sie flehend an.

»Na ja, wenn er mich brav bittet und wenn es ihm gefällt, ändere ich vielleicht meine Pläne und lade ihn ein.«

»Karen, bitte.«

»Ich schau mal, was ich tun kann. Aber zuerst muss ich einen Blick in meinen Terminkalender werfen.«

»Entschuldigen Sie mich, ich muss jetzt gehen«, sagte Dubois liebenswürdig und reichte ihm die Hand. »Hat mich gefreut, Sie kennen zu lernen, Mister Berenguer. Ich werde ja morgen sehen, ob es Ihnen gelungen ist, Karen zu überreden.«

»Ich freue mich ebenfalls, und bis bald«, erwiderte Jaime und drückte seine Hand.

16

»Wie geht es Sara?«, erkundigte sich Davis in seiner energischen Art.

»Sie erholt sich gut von dem Schock«, erwiderte Andersen, der Leiter der Rechtsabteilung. »Sie will ihre Arbeit wieder aufnehmen, doch der Arzt besteht darauf, dass sie sich ausruht. Sie hat über dreißig Jahre für Steven gearbeitet, und es geht ihr nicht aus dem Kopf, dass sie ihm die Bombe überbracht hat. Sie fühlt sich schuldig.«

»Was für ein Blödsinn! Wenn sie will, soll sie wieder arbeiten. Arbeit ist die beste Medizin. Wenn sie ihre Kollegen um sich hat, wird sie weniger grübeln.« Davis wandte sich an einen Mann von Anfang fünfzig, der am Konferenztisch saß. »Inspektor Ramsey, ich denke, Sie haben Sara bereits befragt. Woran erinnert sie sich?«

Davis hatte bis Samstag warten müssen, um endlich den Inspektor zu treffen, der die Ermittlungen leitete. Ramsey trug einen unauffälligen Anzug, eine billige Krawatte und spielte mit einer Zigarette. Er unterschied sich deutlich von Gutierres' Eleganz mit seinem teuren Anzug und seiner italienischen Krawatte. Ramsey sah wie ein beliebiger Beamter der Stadtverwaltung aus und wirkte wenig beeindruckend, doch der Bürgermeister persönlich hatte ihn Davis empfohlen, und dieser ließ sich weder von Maßanzügen noch von Markenkrawatten beeindrucken.

»Nichts, das uns weiterhelfen würde«, erwiderte er langsam. »Sie sagt, sie hat Mister Kurth ein paar große Umschläge überreicht, auf denen stand *nur vom Empfänger persönlich zu öffnen*. Sie glaubte, es wären Drehbücher. Das Übliche eben. Wir haben ihr Reste der Umschläge gezeigt, die wir aus den Trümmern des Büros gefischt haben, aber Sara hat keinen wiedererkannt.«

»Steht etwas in dem Bekennerbrief zu dem Attentat?«, mischte sich Gutierres ein.

»Das FBI hat keine Beweise für die Existenz einer Organisation namens ›Die Verteidiger Amerikas‹. Es kann sogar die zweite oder dritte Bezeichnung für eine militante Extremistengruppe sein. Die Ermittlungen laufen noch. Andere Medienunternehmen haben identische Schreiben bekommen. Sie enthalten Drohungen wegen der liberalen, antiamerikanischen Inhalte der Fernsehprogramme oder Filme. Aber noch nie haben sie sich zu einem Attentat bekannt.«

»Sie sind aber alte Bekannte von uns«, erklärte Gutierres. »Seit mehr als einem Jahr überschütten sie uns mit Schmähungen und Drohungen, insbesondere die Herren Kurth und Davis.«

»Ich muss diese Briefe unbedingt sehen«, sagte Ramsey. »Bewahren Sie sie auf?«

Gutierres warf Davis einen fragenden Blick zu. Dieser nickte zustimmend.

»Sie können sie heute noch bekommen.«

»War an dem Brief etwas auffällig?«, wollte Davis wissen.

»Keine Spur, ganz gewöhnliches Papier, der gängigste Drucker Amerikas, das gewöhnlichste Schreibprogramm. Keine Fingerabdrücke, keine wichtige Information.«

»Was hat man über den Anruf der Bruderschaft für die Verteidigung der Würde herausgefunden?«

»Nichts. Auch das FBI weiß nichts über diese Gruppe. Der Anrufer hatte einen New Yorker Akzent, das ist der einzige Anhaltspunkt.«

»Und was haben die Untersuchungen des Büros ergeben?«

»Es war eine gewaltige Explosion. Die Außenscheiben des Gebäudes sind gegen die Einwirkung von Fremdkörpern geschützt, dennoch sind sie zerborsten. Mister Kurth befand sich zwischen der Bombe und dem Fenster.« Ramsey sprach langsam und schleppend. »Er starb auf der Stelle, er wurde buchstäblich durch die gewaltige Explosion in die Luft gesprengt. Als er durch das Fenster flog, war er bereits tot.«

»Sparen Sie sich die Einzelheiten«, unterbrach Davis ihn barsch. »Ich habe Sie gefragt, was vom Büro noch übrig war. Ich nehme an, all die Leute, die Sie geschickt haben, hatten eine Aufgabe zu erfüllen.«

»Mister Davis«, erwiderte Ramsey, setzte seine Zigarette mit der Filterseite auf den Tisch auf und drückte die Spitze seines Zeigefingers auf das andere Ende, »Sie leiten diese Firma und ich leite die Ermittlungen.« Er beugte sich leicht vor. »Lassen Sie uns von Anfang an klarstellen, wer hier was tut: Wir ermitteln, und Sie wirken mit. Das ist Ihre Pflicht, und Sie wollen ja nicht als Gesetzesbrecher dastehen. Ich stelle die Fragen, und wenn ich Ihre Fragen beantworte, geschieht das aus purer Höflichkeit und nur in dem Umfang, wie ich es für angebracht halte. Sie haben genug Probleme und es wäre besser, Sie machen sie nicht noch größer.«

Atemlose Stille trat ein. Der Prätorianer, der das Protokoll schrieb, hielt die Hände über der Tastatur des Computers in der Luft. Er starrte Ramsey an und sperrte vor Überraschung den Mund auf. Gutierres betrachtete den Polizeibeamten wie ein Kater die Maus. Andersen brauchte alle Selbstbeherrschung, um sich ein Grinsen zu verkneifen. Niemand sprach so mit dem Alten.

»Mister Ramsey«, begann Davis wenige Sekunden später, »ich glaube, Sie haben die Situation noch nicht richtig erfasst, ich möchte sie Ihnen erklären.« Er legte eine Pause ein. »Ein großer Teil des Geldes, mit dem Ihr Gehalt bezahlt wird, stammt von den Steuern, die der Konzern zahlt, den ich leite. Und das gilt auch für das Gehalt Ihres Chefs und des Chefs Ihres Chefs. Mit diesem Telefon kann ich jemanden anrufen, der sofort jede Besprechung unterbrechen wird, um meinen Anruf entgegenzunehmen. Dieser Jemand kann Ihnen den Arsch so versohlen, dass Sie den Rest Ihres Lebens nicht mehr sitzen können. Und ich tu es, wenn ich es will, denn Sie verdanken Ihren verdammten Arbeitsplatz der Unterstützung dieses Konzerns und Sie haben Schiss, Ihren Sessel zu verlieren.«

Ramsey lehnte sich in seinem Sessel zurück und wartete ein wenig, bevor er antwortete.

»Soll ich Ihnen helfen zu sagen, was Sie sich nicht zu sagen trauten? Wollten Sie vielleicht sagen *Ihren verdammten schwarzen Arsch versohlen?*« Er schwieg einen Moment.

»Drohen Sie in aller Öffentlichkeit dem Beamten, der die Ermittlungen zu einem Mord in Ihren Büros leitet? Mister Davis, Sie sind sehr mächtig, aber Sie konnten nicht verhindern, dass Ihr bester Freund ermordet wurde. Sie wissen nicht, wer es war oder ob die Täter es noch mal versuchen, aber wenn sie es noch mal versuchen, dann könnte es auch Sie treffen. Mister Davis, auch die Macht hat ihre Grenzen, und eine Wespe kann einen Elefanten stechen, ohne dass er es verhindern kann. Auch wenn der Elefant dann das Glück hat, der Wespe den Garaus zu machen, würde das den Schmerz des Stichs nicht lindern. Denken Sie darüber nach!«

»Inspektor«, schaltete sich Andersen ein, »bitte missdeuten Sie die Worte von Mister Davis nicht; das ist unser üblicher Umgangston. Selbstverständlich unterstützt der gesamte Konzern Sie bei der Aufklärung des Falles.«

»Danke für deine Hilfe, Andrew«, unterbrach ihn Davis, »aber ich brauche sie nicht. Ramsey, ich hoffe, Sie arbeiten genauso gut wie Sie reden. Ich respektiere Ihre Worte. Wir werden mit Ihnen zusammenarbeiten, aber schnappen Sie diese Scheißkerle von den Verteidigern Amerikas so schnell wie möglich. Dann ernten Sie nicht nur meine Achtung, sondern auch meinen persönlichen Dank. Und der zählt viel in dieser Stadt und in diesem Land. Und ich hoffe, dass Sie die Angelegenheit stets vollkommen diskret behandeln, vor allem gegenüber der Presse. Und enttäuschen Sie mich nicht, denn sonst versohle ich Ihnen höchstpersönlich Ihren verdammten schwarzen Arsch und sorge dafür, dass weitere fünfzig Personen dasselbe tun.«

»Sie sind ein wenig vorschnell«, fuhr Ramsey fort und ignorierte Davis' Drohung. »Es ist sehr wahrscheinlich, dass die Verteidiger Amerikas oder die Bruderschaft zur Verteidigung der Würde nur eine Tarnung für eine andere Gruppe oder irgendwelche dubiosen Interessen darstellen. Sagen Sie, wem nützt Kurths Tod? Ihrer Konkurrenz? Jemand, der im Konzern nach seinem Posten strebt? Persönliche Feinde? Ich bin davon überzeugt, dass die Leitung der Filmstudios keine wohltätige Angelegenheit ist. Politische Feinde? Mister Kurth hatte politische Macht. Wem war er ein Dorn im Auge?«

»Sie glauben, dass die Verteidiger Amerikas nur eine Tarnung sind«, murmelte Davis nachdenklich.

»Hören Sie zu, Ramsey«, mischte sich Gutierres ein, »seit Jahren erhalten wir Drohungen von Einzelpersonen oder Gruppen. Kirchenprediger haben uns als den Antichristen bezeichnet und den Boykott unserer Fernsehproduktionen gefordert. Diese Menschen existieren wirklich, und viele von ihnen sind bereit zu töten.«

»Ja, es gibt sie tatsächlich. Natürlich gibt es viele Extremisten und Verrückte. Zweifellos eine passable Erklärung«, konterte Ramsey.

»Ramsey«, sagte Davis, »es wird sehr schwierig werden, Feinde und Gekränkte zu finden. Steven Kurth musste vielen Menschen auf die Füße treten und bei seinen Geschäften häufig Nein sagen. Dieser Ansatz wird zu einer endlosen Untersuchung führen.«

»Die Analyse der Motive kann zu einer Spur führen«, beharrte Ramsey, »aber auch die Analyse der Mittel, mit denen die Mörder hantierten. Mister Kurth war Jude, genau wie Sie, nicht wahr?«

»Ja, das stimmt. Aber was spielt das bei den Ermittlungen für eine Rolle?«

»Ich weiß es noch nicht. Es kann so belanglos sein wie die Tatsache, dass ich Schwarzer bin«, konterte Ramsey gelassen, »aber es kann auch sehr wichtig sein. Stimmt es, dass Mister Kurth seine Haltung zum Nahost-Konflikt sehr deutlich formulierte? Dass er sich dafür einsetzte, Israel möge Gebiete an die Palästinenser abtreten, um auf diese Weise Frieden zu schaffen? Dass Sie so etwas ebenfalls befürworten? Dass diese Haltung den Zorn sehr mächtiger Gruppen erregt, die direkten Einfluss auf die Regierung des Staates Israel ausüben? Stimmt es, dass Sie nach Fernsehreportagen, die ganz offen Frieden gegen Konzessionen vorschlugen, Drohbriefe erhalten haben? Dass besagte Gruppen Sie als Verräter betrachten? Dass womöglich ein extremistischer Rabbi Sie mit seinem Fluch belegte und Ihnen Vergeltung androhte? Sie haben die Macht, die amerikanischen Bürger zu beeinflussen und ihnen nahe zu legen, wer in diesem Konflikt die Guten und wer die Bösen sind. Die Meinung der Bürger hat viel mehr Einfluss auf die Politik der amerikanischen Regierung als der Druck der Finanzkreise, und die Politik der Regierung der Vereinigten Staaten ist für Israel sehr wichtig. Es könnten also durchaus politische Interessen dahinterstehen, wenn Sie jemand aus dem Weg räumen will.«

»Ich glaube, Sie haben rassistische Vorurteile«, warf Davis ihm vor, »und ich fürchte, Sie sehen zu viele Spionagethriller.«

»Mister Davis, es hat viel Mühe gekostet, den verwendeten Sprengstoff zu identifizieren, doch mit Hilfe eines Freundes, der im Speziallabor des FBI arbeitet, ist es mir gelungen. Es handelt sich um einen sehr seltenen Sprengstoff. Wissen Sie welchen?«

»Natürlich nicht. Woher zum Teufel soll ich das wissen!«

»Er heißt RDX. Ein einziges Gramm ist so wirkungsvoll wie ein Kilo Dynamit. Man konnte den Sprengstoff mit Leichtigkeit im Gebäude verstecken. Der Zündmechanismus war vermutlich auch ein sehr kleines High-Tech-Gerät. Wissen Sie, wer diesen Sprengstoff benutzt?«

»Ramsey, der Teufel soll Sie holen. Lassen Sie diese alberne Fragerei!«

»RDX ist der bevorzugte Sprengstoff des Geheimdienstes einiger Länder«, erklärte Ramsey grinsend, »insbesondere des israelischen Geheimdienstes. Mit diesem Sprengstoff und einem Handy als Zünder gelang es ihnen, Isadín Ayash, den Chef der Hisbollah-Milizen der islamischen Fundamentalisten, zu töten.«

»Soll das heißen, dass der Mossad dahintersteckt?«

»Es ist zumindest nicht auszuschließen«, antwortete Ramsey und studierte aufmerksam Davis' Gesichtsausdruck.

17

»Du musst dir deine Einladung zum morgigen Ausflug noch verdienen. Ich geh doch nicht mit jedem in den Wald«, hatte Karen ihm erklärt, als sie sich nach dem Vortrag von ihm verabschiedete.

Jetzt saßen sie in einem exklusiven, völlig überteuerten französischen Restaurant, in dem sie sich elegant über ihre Schnecken hermachte. Er hatte eine frische Gänseleberpastete gewählt. Anzug und Krawatte waren Pflicht. Karen trug ein elegantes dunkles Kostüm mit schmalem Rock und großzügigem Ausschnitt, das einen eindrucksvollen Kontrast zu ihrem blonden Haar und ihrer hell schimmernden Haut bildete. Sie war wunderschön.

Karen hatte beschlossen, dass der Preis für die Einladung zum Ausflug eine Einladung zu einem hervorragenden Essen war, und sie hatte das Restaurant ausgewählt.

Jaime musste also seine Pläne für den Abend und den nächsten Tag ändern, was ihm allmählich zur Gewohnheit wurde. Doch um nichts in der Welt hätte er sich eine Gelegenheit entgehen lassen, mit ihr zusammen zu sein.

Offensichtlich war das Restaurant maßlos teuer, und Karen bot auch nicht an, die Hälfte der Rechnung zu übernehmen.

Trotzdem fand er sein Geld gut angelegt und wollte das Essen in vollen Zügen genießen.

»Erzähl mir von dem Ausflug morgen. Muss ich meine Pfadfinderuniform suchen und ausklopfen?«

»Bis zum südlichen Ende des Sequoia Nationalparks fahren wir mit dem Auto, dann marschieren wir ein paar Kilometer durch den Wald und werden mit einer Gruppe von Freunden frühstücken.«

»Und was werdet ihr dort tun? Die Waldkobolde herbeirufen? Eine mystische Zeremonie abhalten? Hexenzauber vollführen?«

»Wir bringen tatsächlich Menschenopfer dar, und du bist der Auserwählte«, erklärte Karen und grinste breit.

Die Anwältin war brillant im Wortgefecht. Sie hatte Spaß daran, ihm Schlag für Schlag Paroli zu bieten. Verteufelte Karen, dachte er. Wie schaffte sie es, die Lage immer im Griff zu behalten? Das herauszufinden, war eine echte Herausforderung. Sie war so hübsch! Er stellte sich vor, wie er sie im Wald auf einem Moosteppich in den Armen hielt und küsste.

»Mach nicht so ein Gesicht«, stichelte sie, als er schwieg. »Es ist eine große Ehre.«

»Es wird eine große Ehre sein, aber ich warne dich: Wenn das morgige Fest schon auf meine Kosten geht, dann zahl ich das heutige Abendessen nicht auch noch.«

Sie brach in schallendes Gelächter aus und widmete sich der nächsten Schnecke. Sie schien das Gespräch zu genießen, was Jaime großen Spaß machte und zu weiteren Sticheleien anregte.

»Zumindest hoffe ich, dass du mir einen letzten Wunsch erfüllst, wie es bei Verurteilten üblich ist.«

Karen wollte die Schnecke gerade zum Mund führen, hielt mit der Gabel jedoch auf halbem Weg inne. Sie betrachtete ihn stirnrunzelnd, doch mit einem leichten Lächeln auf den Lippen. Ihre Augen funkelten, und er spürte einen süßen Schauder. Nach endlosen Augenblicken schob sie die Schnecke in den Mund, wobei sie ihre Zunge leicht herausstreckte und zwischen ihren feuchten roten Lippen hin und her bewegte. Dann löste sie ihren Blick von Jaimes Augen, um sich auf den Teller zu konzentrieren und das nächste Tierchen aus dem Gehäuse zu holen. Sie sagte kein Wort, aber auf ihren Lippen lag ein Lächeln. Jaime konnte sich nicht erinnern, in seinem Leben je etwas so Sinnliches gesehen zu haben.

»Und was tut ihr abgesehen von Hexenzauber und Menschenopfern?«, fragte er, um das Schweigen zu brechen, in das Karen sich demonstrativ gehüllt hatte.

»Leben und die Natur genießen, mit den Freunden zusammen sein und mit ihnen plaudern. Gern erweitern wir unsere Gruppe. Wir haben eine ähnliche geistige Haltung und laden Freunde ein, unsere Denkweise kennen zu lernen.«

»Und in welchem Zusammenhang steht das zu dem genetischen Gedächtnis, das Dubois heute Morgen erwähnt hat?«

»Manchmal in einem sehr engen und manchmal in gar keinem. In der Doppeldeutigkeit liegt das Mysterium. Alles hängt davon ab, worauf die Unterhaltung hinausläuft.«

»Kommt Kevin Kepler?«

»Vielleicht, er ist häufig dabei.« Karens Lächeln verschwand, und ihr Ton wurde ausweichend.

»Wie lange kennst du diese Leute schon?«

»Ein paar Jahre«, sagte sie, nachdem sie sich mit der Antwort Zeit gelassen hatte. »Einige Leute kenne ich noch von der Uni. Dann hat sich der Kreis erweitert. Ich mag diese Menschen. Na, wie schmeckt dir denn deine *foie?*«

»Ausgezeichnet. Und deine Schnecken?«

»Du solltest *escargots* sagen. Sie schmecken, aber ich will mir wirklich nicht vorstellen, wie sie durch den Garten kriechen.«

Karen wollte die Unterhaltung eindeutig auf ein anderes Thema lenken. Jaime beschloss, sie nicht zu drängen, mit der Zeit würde er schon alles erfahren.

»Apropos Geschmack: Du bist sehr hübsch.«

»Wir haben doch übers Essen gesprochen.«

»Wenn wir Kubaner mit einer so hübschen Frau an einem Tisch sitzen, sagen wir, wir finden sie zum Fressen schön. Und du bist zum Fressen schön.«

»Siehst du jetzt, wie wir füreinander geschaffen sind?«, erinnerte sie ihn und blickte ihn mit ihren leuchtend blauen Augen an. Ein spöttisches Lächeln umspielte ihre Mundwinkel. »Ich opfere Menschen, du hingegen frisst sie.«

»Aber meine Art, sie zu fressen, tut nicht weh, sie wird dir gefallen, und bald bist du viel lebendiger und glücklicher.«

»Ist das eine Drohung oder ein Angebot?«

»Ein Angebot.«

»Vielen Dank, ich wusste doch, dass du mich zum Essen einladen wirst.« Plötzlich blickte sie ernst und runzelte die Stirn. »Weißt du, dass du mit dieser Art kubanischer Redensarten in diesem Land sehr anecken kannst?«

»Es gibt Gelegenheiten, bei denen es das Risiko wert ist, es zu wagen«, konterte Jaime, streckte die Hand aus und berührte mit den Fingerspitzen Karens Hand. Sie betrachtete ihn weiterhin intensiv, als ob nichts geschehen wäre. Er fühlte sich angespannt und bekam ein flaues Gefühl in der Magengrube. Aber er konnte sich der Faszination nicht entziehen, die Karen auf ihn ausübte. »Und für dich würde ich mehr als das riskieren«, schloss er.

»Ist das wieder nur ein Kompliment, oder meinst du es ernst?«

»Todernst«, erwiderte Jaime im Brustton der Überzeugung.

Sie betrachtete ihn mit einem seltsamen Ausdruck.

Sie gingen in die kühle Nacht hinaus. Als Jaime den Wagen anließ, verkündete er:

»Ich lade dich an einem ganz besonderen Ort auf einen Drink ein.«

»Ich habe indiskret einen Blick auf die Rechnung geworfen und ich glaube, ich sollte dich jetzt einladen.«

»Sehr einfühlsam von dir, Gewissensbisse zu verspüren, nachdem ich die Rechnung bereits bezahlt habe, aber mach dir keine Sorgen, das vergisst du bei einem Drink. Lass uns den Abend genießen.«

»Tut mir leid, aber ich muss morgen früh raus. Ein andermal, Jaime. Bring mich bitte nach Hause.«

Das kann sie nicht bringen, dachte er. Sie spielt mit mir.

»Karen, das kannst du mir nicht antun. Es war ein wunderbarer Abend, bleib noch ein wenig bei mir.«

»Nein. Auch ich habe den Abend mit dir sehr genossen, aber du willst zu diesem Ausflug. Morgen sind wir den ganzen Tag zusammen. Und jetzt bring mich bitte nach Hause.«

»Karen«, bettelte er in gespielt kläglichem Ton, »nur eine Stunde.«

»Jaime, verdirb doch nicht einen so wundervollen Abend«, warnte sie ihn in ernstem Ton. »Sei vernünftig. In ein paar Stunden sehen wir uns wieder. Und jetzt fahr mich bitte nach Hause.«

Er hatte ein Gefühl, als habe sie ihm eine Ohrfeige verpasst. Er schwieg, wendete an der nächsten Ecke und fuhr in die Richtung von Karens Wohnung.

Im Radio erklang leise Countrymusik. Ein Cowboy beklagte sich über die Undankbarkeit seiner Dame, die ihm das Herz gebrochen hatte.

Nach einem langen Schweigen erkundigte sich Karen:

»Holst du mich morgen ab oder fahre ich allein?«

»Natürlich hol ich dich ab.«

»Danke für dein liebenswürdiges Angebot. Also dann um acht«, sagte sie sehr sanft.

Als sie vor der Zugangsschranke hielten, empfing Wes sie mit breitem Grinsen. Karen grüßte ihn mit einer Handbewegung, als er die Schranke öffnete. Der Mann nickte und hörte nicht auf zu grinsen.

Jaime fuhr los und stellte sich vor, wie er ausstieg und dem Mann mit der Faust ins Gesicht schlug.

18

Jaime lenkte den Wagen zum Besucherparkplatz. Als er ausstieg, knallte er seine Tür zu, öffnete die Beifahrertür für Karen und wünschte ihr eine gute Nacht.

Sie gab ihm zum Abschied die Hand. Flüchtig umspielte ein Lächeln ihre Mundwinkel. Jaime tat, als wolle er gehen, aber sie ließ seine Hand nicht los. Er sah ihr tief in die Augen und entdeckte ein seltsames Leuchten.

»Hätte der Herr vielleicht Lust auf einen Drink bei mir?«

Jaime hatte Mühe, seine Überraschung zu verbergen. Dann warf er einen Blick auf seine Armbanduhr und sagte betont beiläufig:

»Gern, aber nur ganz kurz, es ist nämlich schon spät.«

Sie schwieg, aber ihr Lächeln wurde intensiver. Sie nahm seine Hand und führte ihn stumm ins Haus.

Jaimes Herz schlug zum Zerspringen. Würde Karen wieder ihre Spielchen mit ihm treiben?

Das Apartment war modern eingerichtet, mit weißen Wänden und schwarzen Möbeln. Große Krüge mit Kunstblumen durchbrachen die Zweifarbigkeit. Die Bilder an den Wänden wirkten wie Farbkleckse. Ein von einem Spot angestrahlter, mit Silber- und Goldfäden reich bestickter Wandteppich, der ein Hufeisen darstellte, erregte Jaimes besondere Aufmerksamkeit. Er erinnerte sich an den seltsamen Ring mit dem Hufeisen, den Dubois trug. War das Zufall?

»Die Bar ist da hinten«, unterbrach Karen seine Gedanken. »Für mich bitte Whisky mit Eis und ein Perrier. Mach es dir bequem.«

Jaime zog sein Jackett aus, knipste das Licht an der Bar an und mixte zwei Whiskys.

Aus einer Ecke sang Sheryl Crow *Leaving Las Vegas*. Karen kam auf ihn zu. Sie berührte mit ihren roten und verführerischen Lippen den Rand ihres Glases und stieß mit ihm an.

»Willst du tanzen?«

»Sehr gern, mein Herr.«

Mit der linken Hand ergriff er ihre rechte und umfasste mit der rechten Hand ihre schmale Taille. Sie legte die linke Hand auf seine Schulter. Langsam begannen sie zu tanzen, leicht auf Abstand. Jaime fühlte sich berauscht von ihrem Parfüm, davon, sie in den Armen zu halten.

»Karen, du bist wunderbar«, flüsterte er ihr ins Ohr.

»Und ich bin sehr gern in deiner Gesellschaft.«

Sie tanzten eine Weile schweigend, bis Jaime bemerkte, dass er eine Erektion bekam.

Einen Moment lang war er verwirrt. Doch dann dachte er, verdammt, wir sind erwachsen, das ist doch ganz normal, dass ich sie begehre. Als er sie behutsam an sich zog, stellte er fest, dass sie keinen Widerstand leistete. Ihre Brüste und ihr Leib berührten ihn leicht. Sie hatte die Botschaft seines Verlangens bereits bemerkt. Jaime küsste sie sanft auf den Hals, sie streichelte seinen Nacken.

Er glaubte, in tausend Teile zu zerspringen und unaufhaltsam zu fallen, doch Karen genoss es, mit ihm zu spielen, und sie konnte ihn jeden Augenblick zurückweisen.

Er küsste sie auf den Mund, vorsichtig mit den Lippen tastend. Sie hielt ihre Lippen geschlossen, und er küsste sie leidenschaftlicher. Es wurde ein langer inniger Kuss. Sie blieben stehen und schmiegten sich eng aneinander. Jaime nahm ihre Hand und führte sie zu einem verheißungsvoll wirkenden weißen Sofa. Sie flüsterte ihm zu:

»Wirst du mich jetzt fressen?«

Er konnte den Humor der jungen Frau, den sie sogar in dieser

Situation bewies, nur bewundern. Er antwortete auf Spanisch und spielte, ohne sich wirklich anstrengen zu müssen, den leidenschaftlichen Liebhaber.

»Sí, mi amor, enterita. Toda tú.«

Vielleicht verstand Karen die Worte nicht, den Tonfall konnte sie jedoch deuten und lachte leise.

Als sie auf dem Sofa saßen, küsste Jaime sie voller Glut, griff mit einer Hand in ihren tiefen Ausschnitt und streichelte ihre Brust. Sie war genauso warm wie ihr Mund.

Er dachte, der Himmel öffne sich. Karen überließ ihm die Initiative, gab sich ohne Vorbehalte hin und vergaß die Spiele, die er so sehr fürchtete.

Er küsste ihren Hals, wanderte mit den Lippen langsam bis zu ihrem Busen hinunter. Als er behutsam an ihrer Knospe knabberte, hörte er, wie sie stöhnte. Er legte seine freie Hand auf ihr Knie und ließ sie langsam über den Strumpf nach oben gleiten. An der Stelle, an der der Strumpf endete, fühlte er ihre warme zarte Haut und streichelte sie. Dann strich er über ihren Slip, schob seine Hand darunter, um ihre Vagina zu liebkosen. Karen stöhnte erneut. Als sie Jaime die Hand zwischen die Schenkel legte, wusste er, dass auch sie ihn begehrte.

Mit der linken Hand suchte er den Reißverschluss des Kleides auf ihrem Rücken.

»Warte«, sagte Karen und drehte sich um, so dass Jaime den Reißverschluss mühelos öffnen konnte. Unter dem Stoff verbarg sich die schimmernd weiße Haut ihres schönen Rückens. Als Karen aufstand, fiel das Kleid zu Boden. Was für ein vollkommener Hintern und was für aufreizende Hüften!

Er nestelte ungeduldig an seiner Krawatte, zog rasch Hemd und Hose aus. Karen blickte ernst, als sie sich umdrehte, wirkte aber höchst aufreizend. Sie umarmten sich und ihre Lippen fanden sich erneut. Die Berührung ihrer Haut raubte ihm die Sinne.

Karen führte ihn ins Schlafzimmer, und Jaime legte sich auf das Bett, das Platz für zwei bot. Er zog sie zu sich herunter, streichelte und küsste sie. Dann streifte er ihr den Slip herunter und wollte in sie eindringen.

Doch Karen wehrte ihn ab, indem sie mit beiden Händen gegen seine Brust drückte.

Er spürte, wie sein Herz stehen blieb. Nein, keine Spiele mehr. Das durfte sie ihm nicht antun!

Im schwachen Licht des Zimmers blickte er ihr in die Augen. Sie lächelte schüchtern. Ihr Blick war sehr sanft.

»Warte einen Moment«, sagte sie. Sie bewegte sich auf die Seite des Betts und reichte ihm ein Kondom.

Jaime seufzte erleichtert, wenn auch leicht verärgert. Er wünschte sich nichts anderes, als in sie einzudringen, aber es war absurd, das Kondom abzulehnen und den Zauber des Augenblicks zu zerstören. Was hatte er denn erwartet? Doch ja, es hatte den Anschein, als ob Karen zum ersten Mal die Kontrolle über sich verlor. Zweifellos nur eine zeitweilige Unbeherrschtheit.

Jetzt ließ sie zu, dass er sie ungehindert liebte und schlang Beine und Arme um ihn, während sie sich in einem langen Kuss fanden. Sie bewegten sich immer ungestümer, Jaime fühlte sich jenseits von Raum und Zeit.

Dann warf sie den Kopf nach hinten, ein Schauder durchlief ihren Körper, der ihm verriet, dass sie den Höhepunkt erreicht hatte. Auch er war so weit, und bei leiser Musik erklommen beide den Gipfel höchsten Genusses. Jaime glaubte in ihr zu explodieren. Doch es war mehr als ein äußerer Akt. Seine Nerven und sein ganzer Geist explodierten in einem Gefühl der Wonne. Und er war weit weg, sehr weit weg.

Fern von allen weltlichen Dingen, von seinem Leben und seiner persönlichen Geschichte. Fern von allem, abgesehen von der warmen, weichen Haut neben ihm.

»Ich liebe dich«, sagte er, als er ins Bewusstsein zurückkehrte.

Nach kurzem Schweigen flüsterte sie:

»Bleib heute Nacht bei mir.«

»Und der Ausflug morgen?«

»Wir fahren vorher bei dir vorbei und holen deine Sachen.« Kurz darauf fügte sie hinzu: »Jaime, ich kenne dich. Ich kenne dich.«

»Ich kenne dich auch, Liebling, und jetzt noch viel mehr.«

»Aber ich kenne dich von früher.«

»Von früher?«

»Ja«, erwiderte sie, umarmte ihn und küsste ihn auf den Mund.

Er reagierte leidenschaftlich und spürte erneut brennendes Verlangen nach ihr. Darüber verlor er jegliches Interesse, ihrer rätselhaften Behauptung auf den Grund zu gehen. Er wollte sie noch einmal lieben. Das war nicht die Stunde zum Plaudern.

SONNTAG

19

Die Finger »klickten« auf den Laptop und suchten die Abendnachricht:

»Erzengel.«

Pünktlich wie ein Wachtposten stand da die Mail von Samael.

»Der Kreuzzug geht erfolgreich weiter. Es gelang uns, Inspektor Ramseys Ermittlungen auf eine falsche Fährte zu lenken. Er ahnt nicht, dass unsere Brüder in Jericho sind.

Während wir auf den Fall der inneren Mauer warten, besetzen wir weiterhin entscheidende Positionen. Zwei neue leitende Angestellte sind von unseren Brüdern kontaktiert worden. Einer verfügt über hervorragende Anlagen. Samael.«

Erzengel antwortete: »Brüder, Gott segnet uns mit diesen kleinen Triumphen. Bewahrt den Glauben an unseren Sieg und an den letzten Angriff. Erzengel.«

Dann löschte Erzengel beide Texte aus allen Archiven.

20

»Nein«, schrie Karen. »Nein!« Vor Angst wie gelähmt versuchte sie der Vision zu entkommen. Sie riss die Augen auf und merkte, dass sie nur geträumt hatte.

Sie richtete sich keuchend im Bett auf; kalter Schweiß stand auf ihrer Stirn und rann an ihrem Körper hinunter. Doch die vertrauten Umrisse des Schlafzimmers lösten langsam ihre Anspannung.

»Nein! Mein Gott! Nein, und nochmals nein!«, rief sie leise. Jaime war bei ihrem ersten Schrei aus dem Schlaf hochgeschreckt und streichelte beruhigend ihre Hände.

»Ganz ruhig, mein Liebling, es ist nichts. Es ist schon alles vorbei. Du bist hier bei mir.«

Er nahm sie in die Arme und wiegte sie wie ein kleines Mädchen. Sie kauerte sich zusammen und schmiegte sich an ihn.

»Karen, was ist passiert? Was war los?«

»Nichts. Ich hatte nur wieder diesen bösen Traum. Immer wieder derselbe Albtraum«, murmelte sie, aber sie wusste, dass es mehr als ein Traum war.

»Erzähl ihn mir.«

»Ich kann mich nicht genau erinnern, aber jetzt geht's mir wieder gut. Danke, mein Liebster.«

Karen erinnerte sich nur zu gut an den Traum. Sie erinnerte sich an jede Einzelheit des Traums in dieser Nacht und auch an den Traum der vorherigen Nächte. Sie warf einen Blick auf den Wecker.

»Es ist erst fünf. Schlaf weiter.«

Er lächelte sie glücklich an und nahm sie in die Arme. Sein gleichmäßiger Atem zeigte ihr kurz darauf, dass er friedlich schlief.

Sie konnte nicht wieder einschlafen. Der Albtraum spielte sich immer gleich ab, die Bilder in ihrem Gedächtnis blieben ganz frisch. Auch das Datum wusste sie genau: 1. März A. D. 1244.

Karen drehte sich auf ihrem Felllager, das sie auf dem Boden zurecht gemacht hatte. Sie hatte nicht viel geschlafen. Trotz ihrer Erschöpfung fand sie nicht mehr in den Schlaf.

Hunger? Nein. Der Durst und die quälende Kälte waren viel schlimmer.

Das einzige Licht des Raumes kam von den Sternen, die durch eine Luke schienen, an der Eiszapfen hingen. Ein schwacher Schein zeigte ihren an die Dunkelheit gewöhnten Augen die Öffnung, an der sich einst die Tür befunden hatte.

Zwei Tage zuvor hatten sie die Tür und das Fenster herausgerissen, um das Holz zu verbrennen. Nicht nur, um Leib und Hände zu wärmen, sondern auch um Schnee zu schmelzen und Trinkwasser zu gewinnen. Lauwarmes Wasser war eine der wenigen Freuden, die ihnen geblieben war.

Sie fror, als ein erneuter eisiger Windstoß durch den Raum fegte. Trotz der Fellkapuze, die ihren Kopf und fast ihr ganzes Gesicht bedeckte, spürte sie den Wind heftiger als zuvor. Jemand drehte sich und wimmerte neben ihr. Ihre geliebte Esclaramonda?

Nein. Das Schlimmste war nicht der Durst oder die Kälte, sondern die Angst. Der gütige Gott sandte ihr körperliche Qualen, um die nagende Angst zu lindern, die ihr Inneres verzehrte. Oder nagte der Hunger in ihr?

Der Wind trug das Jammern der Verwundeten und das Weinen der wenigen überlebenden Kinder zu ihr. Als das Klagen für einen Augenblick verstummte, herrschte absolute Stille in der eiskalten Nacht. Doch bald begannen das Heulen des Windes und der traurige Chorgesang des menschlichen Leids von neuem. Und mit dem Wind kam die Angst zurück. Ihr Körper zitterte. Aus Angst oder vor Kälte?

Sie wusste, dass sie als Herrin von Montségur Privilegien besaß. Sie ruhte auf einem Holzboden, vielleicht auf den letzten Balken, die noch nicht für die Verteidigung gebraucht oder ins Feuer gewandert waren. Sie erhob sich und tastete die gefrorene Wand ab. Die Kälte drang durch ihren Fellhandschuh.

Dort, zu Füßen der Mauer, stand ihre letzte Truhe. Sie enthielt nur noch einen armseligen Haufen an metallischen Gegenständen, ihren Spiegel und das Gewand, das ihr der König geschenkt hatte.

Sie hatten in ihrer Not alle Bretter und Balken und auch die ältesten Gewänder verbrannt. Davor waren die Möbel an der Reihe gewesen. Ihre Juwelen hatte sie längst gegen Lebensmittel eingetauscht und für den Sold der Truppen verwendet. Doch die Söldner und Abenteurer, die, angelockt von den Heldenepen des Troubadours Montahagol und seiner Freunde, herbeieilten, um das befestigte Dorf zu verteidigen, konnten nichts ausrichten. Die einen flohen und die anderen starben.

Der Bergkamm war wie der Rücken eines riesigen schlafenden Drachen, der sich von Osten nach Westen ausstreckte. Roc de la Torre bildete den flachsten Teil und das von Mauern umgebene Dorf Montségur den höchsten.

Das Dorf auf dem oberen Teil des Kamms galt als uneinnehmbar, weil es keine Kriegsmaschine gab, die vom Fuße des Berges Steine hinaufschleudern konnte.

Trotzdem gelang es im Oktober ein paar baskischen Kletterern im Dienste der Franzosen, in einer Nacht die sechzig Meter hohe Steilwand zu erklimmen und die Verteidiger von Roc zu überrumpeln.

Und nachdem Roc verloren ging, stieg das überlegene katholische Heer hinauf und eroberte in mehreren Kämpfen die gesamte Spitze dieses tausendzweihundert Meter hohen Berges. Die Soldaten stellten ihre Katapulte auf, machten Stein für Stein die Häuser des Dorfes dem Erdboden gleich und töteten die Bewohner, die in der Festung eingeschlossen waren.

Auch die Geheimpfade waren von Feinden besetzt, die bisher das belagerte Dorf mit der Außenwelt verbunden hatten. Es gab keinen Nachschub mehr, keinen Proviant und keine Hoffnung.

Ausgerechnet an Weihnachten gelang es dem Feind, die östliche Befestigung und die Gebäude außerhalb des eingemauerten Innenrings zu erobern, in denen der gesamte Holzvorrat lagerte, der lebenswichtig war, um den harten Winter in den Bergen zu überstehen.

In ihrer Schmuckschatulle, um die sie einst alle Damen Okzitaniens und der Provence beneidet hatten, bewahrte sie nur noch die Goldkette mit den blutroten Rubinen auf, die ihr der König einst geschenkt hatte.

Sie zog einen Handschuh aus und tastete nach diesem kostbaren Schmuck, mit dem sie so viele Erinnerungen verband. Sie spürte, wie kalt der Spiegel war und dachte an ihre Schönheit zurück, die einst von Troubadouren besungen wurde.

Der Spiegel war ihr bester Freund gewesen, der ihr verführerisches Lächeln zurückwarf, um das nicht wenige Ritter aus Okzitanien einst wetteiferten. Doch ihre enge Beziehung zu ihrem Spiegel zerbrach, als ihre vollendet schönen Zähne auszufallen begannen.

Die Lieder überlebten ihre Schönheit, auch wenn ihr vollkommener Körper mit der Zeit verwelkte, wie alle physischen Illusionen, die der böse Gott und der Teufel erschaffen hatten. Doch ihre Schönheit verging weniger durch die Zeit und mehr durch Kummer und Leid. Sie verzichtete darauf, in den Spiegel zu schauen.

Sie fand die Kette und legte sie an.

Dann schlug sie die Kapuze zurück und ließ ihren Bärenfellmantel zu Boden gleiten. Sie zog sich aus und spürte, wie ihr Körper vor Kälte zitterte. Nur noch angetan mit der Kette, die einst soviel Wärme verströmt hatte, tastete sie nach dem Gewand ihres Königs und legte es an.

Obwohl dreißig Jahre verstrichen waren und sie fünf Söhne geboren hatte, passte das Gewand noch immer.

Sie deckte sich mit dem Mantel zu, streifte die Handschuhe über und tastete sich zu dem schwachen Licht an der Tür vor. Der Holzboden knarrte unter ihren Schritten.

Als sie am Türsturz anlangte, hauchte sie denen, die in der Dunkelheit schliefen, einen Handkuss zu und spürte, dass die Windböen heftiger und kälter wurden.

Entschlossen stieg sie die Steintreppe hinunter, die vom zweiten Stock des alten, gemauerten Hauses zur Straße führte.

Über ihrem Kopf weitete sich ein strahlender Sternenhimmel, zu ihren Füßen lag das zerstörte Dorf im Schnee versunken, das nach Osten bis an seine vielfach beschädigten Mauern reichte.

In der Dunkelheit erhob sich zu ihrer Rechten die Gebirgskette der Pyrenäen mit dem Massiv von San Barthélemy und dem Pic de Soularac, die mit ihren über zweitausend Metern die warmen Südwinde abhielten.

Am Ende des Tals, ebenfalls zu ihrer Rechten, sah man die Lagerfeuer der Franzosen, die im Auftrag des Seneschalls von Carcassonne ihr geliebtes Dorf Montségur belagerten, das sie den Kopf des Drachens oder die Synagoge des Satans nannten. Dort lagerten der Erzbischof von Carcassonne mit seinen gefürchteten Inquisitoren und Bischof Durand, der als bester Experte für Kriegsmaschinen bekannt war. Er verdankte seinen Ruf der Kunst, mit der er mit Feuerbällen schoss, die sogar Felsen in Brand setzten, und den großen Steinen seiner Katapulte, die Wände und Mauern zum Einsturz brachten.

Nachts hielt Durand seine Maschinen an und ließ die Natur eine noch unerbittlichere Waffe einsetzen: Kälte und fehlendes Brennholz.

Am Ende der Ostmauer sah man den Widerschein des großen Lagerfeuers, das die Belagerer unter der Felskuppe angezündet hatten, über der sich immer noch unversehrt ein Verteidigungsturm erhob. Das Feuer war schlimmer als die Wurfmaschinen des Bischofs.

»Darin werden wir euch alle verbrennen, ihr Ketzer!«, schrien die Soldaten. Und zweifellos war im Augenblick der größte Wunsch der Belagerten, sich dem Lagerfeuer zu nähern, um den beißenden Schmerz des eisigen Windes zu lindern.

Doch das wäre Selbstmord gewesen. Wer es wagen würde, den Kopf an der Ostmauer der Festung hinauszustrecken, hätte nicht lange seine Freude an dem Feuer. Die geschickten französischen Bogenschützen, die in der Dunkelheit der Nacht im Hinterhalt lagen, würden den Unseligen wie ein Reh erlegen, und zwar im Nu.

Karen ging langsam die Treppe hinunter, prüfte mit den Füßen, die in groben Stiefeln aus Leder und Fell steckten, die Stufen. Der Boden war eisglatt, und zu ihrer Rechten herrschte dunkle Leere.

Als sie die Steinplatten der Straße erreichte, ging sie weiter zu dem kleinen Platz, an dem die Häuser dicht nebeneinander standen. Der schwache Lichtschein des einzigen Feuers, das im Dorf brannte, kam aus dem Haus, das die Verwundeten, die Kranken und die Kinder beherbergte. Sie überquerte den Platz bis zur anderen Seite. Sie lief entschlossen, aber vorsichtig; das schwache Licht des alten Hauses und der Sterne lenkte ihre Schritte.

Plötzlich zuckte sie zusammen. Mitten im freien Gelände, schwach beleuchtet vom Licht des Hauses, stand eine unbewegliche Gestalt und versperrte ihr den Weg.

Sie spürte, wie heftig ihr Herz schlug und wie die Angst ihren Magen verkrampfte. Ein weißer, fast leuchtender Umriss ließ die Gestalt als einen aus dem Grab Auferstandenen erscheinen. Eine Erscheinung? Gütiger Himmel! So viele waren gestorben!

Sie blieb ruhig, hielt den Atem an und lauschte auf das Gemurmel, das aus dem Haus zu ihr drang und spürte den Wind. Als das Gespenst auf sie zukam, wuchs ihre Angst. Sie erstarrte in Panik vor dem Unbekannten, versuchte zu fliehen, konnte es aber nicht. Ihre Beine waren wie festgenagelt, sie gehorchten ihr nicht. In ihrer Furcht wollte sie schreien. Doch sie blieb stehen, vor Angst wie gelähmt, während jene gespenstische Gestalt auf sie zukam, lautlos, bedächtig, unaufhaltsam wie der Tod. In wenigen Augenblicken würde sie die kalte Berührung spüren … und ihr Herz würde vor Angst stehen bleiben.

In diesem Moment wachte Karen auf. Sie wollte weiterträumen, ein für allemal den Traum zu Ende träumen, um nicht mehr zu leiden, aber sie wachte auf.

Sie warf einen Blick auf Jaime, der glücklich neben ihr schlief, und strich über sein krauses schwarzes Haar, in dem sich bereits die ersten grauen Strähnen zeigten. Sie betrachtete ihn nachdenklich. Dann seufzte sie und flüsterte ihm wie ein einlullendes Wiegenlied ins Ohr:

»Du willst es wissen, lieber Jaime, du willst es wissen, aber du weißt noch nicht, wie viel Schmerz du wirst leiden müssen.«

21

»Hast du gut geschlafen?«, erkundigte er sich.

Sie sah ihn lächelnd an, in ihren Augen blitzten der Schalk und ein Hauch Boshaftigkeit, während sie in aller Seelenruhe weiterkaute und dann den Inhalt ihres Mundes hinunterschluckte.

Der kühle Morgen und die beschlagenen Fensterscheiben verliehen der Frühstücks-Fast-Food-Kneipe in der Nähe von Bakersfield eine geradezu intime Atmosphäre. Es war einer dieser heruntergekommenen Läden, in denen man sich dennoch sehr wohl fühlte, in denen Trucker, Polizisten und Handelsvertreter ihre Fahrten mit gemeinschaftlichem Kaffee beendeten.

Karen und Jaime hatten einen Bärenhunger. Sie bestellten zwei große Gläser Orangensaft, Spiegeleier mit Schinken und Bratkartoffeln, Toast mit Butter und Marmelade. Auf dem kleinen abgewetzten Tisch stand jede Menge Geschirr.

Trotz des schäbigen Eindrucks war der Laden für Jaime ein kleines Paradies. So wohl hatte er sich seit vielen Jahren nicht mehr gefühlt. Zwei große Tassen mit dampfendem Kaffee machten die Szene perfekt. Und das Wichtigste von allem: Karen war da. Sie war so schön, saß ihm auf der anderen Seite des kleinen Tisches gegenüber und erfüllte mit ihrer magischen Anziehungskraft das fast leere Lokal.

Jaime fühlte sich glücklich, unglaublich glücklich. Es kostete ihn Mühe, sich von seinem Glück zu überzeugen und zu glauben, dass er nicht bloß träumte. Er hatte diese unnahbar wirkende Frau erobert und zu seiner größten Seligkeit war der Sex mit ihr wunderbar gewesen. Zumindest empfand er es so.

»Es war alles gut«, erwiderte Karen, die endlich ihren Mund leer hatte. »Du brauchst dir keine Sorgen zu machen, du hast die Prüfung gut bestanden. Und wie hat es Don Jaime gefallen?«, fragte sie und trank einen Schluck Kaffee.

»Don Jaime fand es wunderbar. Nur seine Kreditkarte hat sehr gelitten.«

Die Kaffeetasse gab das Echo von Karens Lachen zurück.

»Na schön, dafür lade ich dich jetzt zum Frühstück ein. Ich will nicht, dass man dir meinetwegen das Konto sperrt.«

»Danke, dass du dir Sorgen um meine Finanzen machst.« Seine Stimme war leise und liebevoll.

»Ich hoffe, du lädst mich noch öfter zum Essen ein, schon deshalb sollte deine Kreditkarte gültig bleiben.«

»Für dich werde ich mich immer in Unkosten stürzen, vor allem wenn die Nacht so endet wie gestern.«

Karen lachte.

»Du Lustmolch«, spottete sie. »Du lädst mich ein, aber dann entscheiden das Schicksal und das Glück.«

»Ich erwartete eine verbindlichere Verabredung.«

»Von einer Anwältin? Du machst wohl Witze.«

Jetzt brach er in vergnügtes Lachen aus.

Ich sollte eigentlich mehr Lebenserfahrung haben, dachte Jaime. Mit einer Scheidung und diversen Beziehungen davor und danach sollte ich mich eigentlich nicht so Hals über Kopf verlieben. Er fühlte sich wie ein Primaner, der zum ersten Mal verliebt ist. Diese Krankheit sollte einen – wie die Masern – im Alter nicht mehr befallen. Doch nun, mit beinahe vierzig, war er hoffnungslos verliebt in diese hübsche Frau, die er intuitiv für höchst gefährlich hielt. Und diese Ahnung einer Gefahr machte das Ganze noch prickelnder.

Doch etwas hatte er im Lauf der Jahre gelernt: So viel Glück, wie er im Augenblick genoss, ist eine seltene Gnade Gottes, und sie auszuschlagen ist eine Sünde. An jenem Morgen fühlte er sich unendlich glücklich und wusste zugleich, dass er in Zukunft würde kämpfen müssen, um noch weitere so glückliche Momente zu erleben.

Hier und jetzt war das Glück einmalig. Er sah, wie der erste Sonnenstrahl durch die Scheiben drang, roch den köstlichen Duft von Speck und Kaffee. Allein beim Klang der Stimme dieser Frau geriet er in Ekstase. Ihr Lächeln, Karens Lächeln, wärmte mehr als die Sonne am kühlen Morgen. Er griff über den überladenen Tisch nach ihrer Hand. Sie reagierte sofort auf die liebevolle Geste. Ihre Blicke versenkten sich ineinander. Jaime spürte, wie sich die Tore des Himmels öffneten und eine Woge seltener und berauschender Glückseligkeit über ihn hereinbrach.

Sie fuhren durch Bakersfield und nahmen die 178 in Richtung Sierra Nevada. Kurz darauf tauchte links von der Fahrbahn der Fluss Kern auf und bald kündigten Schilder an, dass sie den Sequoia Nationalpark erreichten.

Eine Weile folgten sie dem Fluss, der parallel zur Autobahn verlief. Karen lotste Jaime zu einem Parkplatz, auf dem bereits viele Autos standen.

»Komm, wir müssen noch ein paar Schritte gehen.«

Sie schlüpften in ihre Jacken, streiften sich die Handschuhe über und tauchten in den kühlen Morgen. Karen schlug einen engen Pfad zwischen den hohen Bäumen ein. Sie bewegte sich mit der Sicherheit eines Menschen, der seinen Weg kennt. Jaime hielt sie bei der Hand. Leichter Schwindel erfasste ihn beim Anblick der Mammutbäume. Fünfzig Meter über ihren Köpfen zwitscherten kleine Vögel in den Baumkronen, die von wärmenden Sonnenstrahlen beleuchtet waren.

An einer Wegbiegung zog er sie hinter einen riesigen Stamm. Karen folgte ihm willig. Sie legten sich auf den moosbedeckten Boden, umarmten und küssten sich. Was noch vor vierzehn Stunden ein Traum schien, war jetzt Wirklichkeit. Er wollte mehr, doch sie mahnte ihn zur Eile.

»Los, Jaime, wir kommen zu spät. Sie werden nicht auf uns warten.«

Sie keuchten, und die eisige Luft verwandelte ihren Atem in Dunst, als sie auf den Weg zurückkehrten.

Wenig später schlugen sie einen anderen Pfad ein und gelangten zu einer Lichtung zwischen den höchsten Bäumen. Sie stießen auf eine Gruppe von etwa fünfzig Personen, die plauderten, lachten und aus riesigen Thermoskannen Kaffee einschenkten. In einiger Entfernung standen die Geländewagen, die vermutlich Essen und Trinken geliefert hatten.

Karen wurde von allen Seiten herzlich begrüßt und stellte Jaime überall vor. Man bot ihm Kaffee an, und ein Mann namens Tim begann über jene wunderbaren Bäume zu reden, während sich Karen lebhaft mit drei Frauen unterhielt, die sie mit großer Begeisterung willkommen hießen. Wenige Minuten später trennte sich Karen von den Frauen und kehrte zu Jaime zurück. Sie deutete auf einen Mann, der, an einen Baum gelehnt, zu etwa zehn Personen sprach, die ihm aufmerksam lauschten.

Es war Peter Dubois. Es schien, als rede er nur mit denen, die ihn umringten, aber bald hörten ihm alle zu.

»Das ist Peter, einige nennen ihn *den Vollendeten*«, erklärte ihm Karen leise. »Aber er zieht es vor, *Guter Mensch* oder *Guter Christ* genannt zu werden. So nennen wir jene, die das Wissen haben, die Übrigen zu unterweisen und ihnen zu helfen.«

»Diese Mammutbäume um uns herum sind älter als zweitausend Jahre, doch unsere Tradition ist noch älter«, erklärte Dubois. »Sie geht auf biblische Zeiten und die Lehren Christi zurück, auf das Wissen der Urchristen, das aus der Ursprungsquelle stammt und vom Evangelium des Heiligen Johannes überliefert wurde. Die Worte Christi wurden im Lauf der Zeit verfälscht, unterdrückt und von jenen zensiert, die aus der Religion ein Werkzeug zur Unterwerfung des Menschen gemacht haben. Wir sind unmittelbare Bewahrer des Erbes der Guten Christen, jener Menschen, die im 13. Jahrhundert die Evangelien im Original lesen wollten, um das Ursprungswort kennen zu lernen und die jene offiziellen Versionen ablehnten, mit denen die Kirche ihre irdische Macht und ihren Reichtum rechtfertigte und die zur Verderbnis und zur selbstsüchtigen Auslegung des Wort Gottes zugunsten der Mächtigen auf der Erde führten. Diese Christen wurden von den katholischen Inquisitoren Katharer genannt. Sie glaubten an die Gleichheit von Mann und Frau und aller Menschen untereinander. Jene Christen glaubten an die mehrfache Reinkarnation des Menschen, bis er gelernt hat, seine Schwächen zu besiegen und über den bösen Gott und die Dämonen zu triumphieren.«

Seine Stimme erhob sich zwischen den Bäumen und schwang sich zum Himmel empor. Auf Jaime wirkte der Wald wie eine riesige gotische Kathedale und Dubois wie ein mittelalterlicher Prediger. Sie wurden an einen anderen Ort, in eine andere Zeit zurückversetzt.

»Die Inquisition und die Kreuzzüge gegen Christen wurden erfunden, um die Katharer auszurotten. Sie wurden erschlagen oder auf Scheiterhaufen verbrannt. Man nahm ihnen ihr Hab und Gut und vertrieb sie aus ihrer Heimat. Damals starb die Freiheit. Das liegt jetzt achthundert Jahre zurück.

Aber die Katharer wussten, dass sie wiederkehren würden und dass sie, wenn sie wiederkehrten, bessere Menschen sein würden, weil sich ihre Seelen mit der Zeit entwickeln und nach Vollkommenheit streben würden.

Wir sind ihre geistigen Nachfahren und obwohl sich unsere Glaubensvorstellungen weiterentwickelt haben, schreiten wir fort auf demselben Weg.

Freunde, verbündet euch in erster Linie mit uns, wir fordern euch auf, den Weg gemeinsam zu gehen. Den Weg der echten Freiheit. Der Freiheit des Kopfes und des Geistes.«

Dubois verstummte. Für eine Weile hörte man keine anderen Geräusche als das Rauschen des Windes und das Zwitschern der Vögel.

Bald erhob sich eine andere laute Stimme. Es war Kevin Kepler, den Jaime bisher übersehen hatte. Er saß nur wenige Meter von Dubois entfernt.

»Wir bitten euch um euer Engagement für den Kampf um unser Ziel und um die Achtung unserer Regeln, die Disziplin erfordern. Wir sind viele, die sich engagieren, wir verfügen bereits über eine gewisse Macht und haben die Pflicht, sie einzusetzen, um für die Freiheit der anderen zu kämpfen. Für die höchste Freiheit, für die Freiheit des Denkens. Diese Freiheit wird ständig von fundamentalistischen Gruppen verschiedener Richtungen bedroht, die uns ihren Glauben aufnötigen wollen.

Uns interessieren ihre Lehren nicht, sie können Christus oder Mohammed oder Konfuzius folgen. Aber alle, die vorgeben, ihre Religion sei die einzig wahre und dem Einzelnen das Recht streitig machen, ihre Lehren und seine Gedanken zu prüfen, sind gleich. Sie schaden dem Menschen, weil sie ihm seine Freiheit nehmen, und behindern seine Entwicklung zu einem besseren Menschen.« Kevin legte eine Pause ein und alle schwiegen.

»Herzlich willkommen seid ihr alle, die ihr uns nicht kennt; ich lade euch ein, in unserer Mitte zu bleiben. Viele von euch werden es tun, denn die Freunde, die euch hierher eingeladen haben, wissen, dass ihr auf der Suche seid. Es ist sehr wahrscheinlich, dass ihr hier euer Ziel findet. Wenn dem so ist, freuen wir uns sehr über euer Kommen und nehmen euch mit Freuden auf.

Wenn dem nicht so ist, freuen wir uns trotzdem über euer Kommen und wünschen euch einen angenehmen Tag in der Natur. Wisset, wenn euer Lebensweg euch eines Tages dahin führt, ähnlich zu denken wie wir, dann seid ihr jederzeit herzlich willkommen.« Er schwieg und lächelte. »Für heute keine weiteren Reden, sondern nur noch Gespräche unter Freunden. Und nun lasst uns gemeinsam essen.«

22

»Andy, sie lügt«, sagte Daniel Douglas zum wiederholten Male.

»Möglich. Ich zweifle nicht an deinen Worten, aber hast du Beweise?«

Andrew Andersen, der Leiter der Rechtsabteilung des Konzerns, saß hinter seinem Schreibtisch, lehnte sich in seinem Sessel zurück und strich sein weißblondes Haar glatt.

Er trug eine weiße Hose, einen Seemannspullover und weiße Leinenschuhe. Er sah aus, als komme er vom Segeln.

Auf der anderen Seite des Tisches saßen Douglas und sein Chef, Charles White, der Direktor des Bereiches Konzernentwicklung und Controlling, in Jeans und Sweatshirt. An jenem Sonntagmorgen hatte er tiefe, dunkle Ringe unter den Augen.

Der dritte Stuhl war frei. Bis vor wenigen Minuten hatte Linda Americo dort gesessen.

Offensichtlich nutzte Andersen seinen Schreibtisch als Barriere, um seine Gesprächspartner auf Abstand zu halten, denn sonst fanden Besprechungen mit ihm an einem runden Glastisch am anderen Ende seines Büros statt. Die Gespräche wirkten dadurch weniger offiziell, man sprach auf gleicher Augenhöhe miteinander.

»Andy, ich bitte dich. Ich habe fünfzehn Jahre loyal für den Konzern gearbeitet. Es gab keinerlei Beschwerden über mich, weder beruflich noch privat.«

Douglas saß auf der Stuhlkante und ließ den Blick zwischen den anderen beiden Männern hin und her wandern.

»Ganz im Gegenteil! Bis heute waren alle voll des Lobes, und ich wurde immer wieder befördert. Ich arbeite auf meinem Posten als stellvertretender Geschäftsführer zur vollen Zufriedenheit meines Chefs. So ist es doch, Charles?«

White nickte zustimmend, aber er schwieg.

»Ich glaube, ich verdiene mehr Glaubwürdigkeit als dieses Mädchen, das nur die Rechnungsprüfung leitet und erst kurze Zeit für den Konzern arbeitet. Mein Wort steht gegen ihres.«

»Es spielt keine Rolle, was wir glauben, Daniel«, sagte Andersen langsam. »Was zählt, ist die Entscheidung der Geschworenen, wenn Linda einen Prozess gegen uns anstrengen würde. Sie würde ihn immer gewinnen.«

»Es ist aber nicht so, wie sie es darstellt.«

»Tut mir leid, aber wir können nicht zulassen, dass der Ruf des Konzerns wegen sexueller Belästigung leidet.«

»Charles, du hast gesagt, du würdest mit Davis reden. Er kennt meine Arbeit und meine Loyalität in all diesen Jahren.«

»Ich habe mit ihm geredet«, erwiderte White kopfschüttelnd.

»Ich möchte persönlich mit ihm reden.«

»Es ist bereits alles gesagt«, gab Andersen zurück. »Davis hat klare Anweisungen gegeben. Er möchte nichts mehr davon hören, und er wird dich nicht empfangen.«

»Was willst du damit sagen?«, erkundigte sich Douglas irritiert.

»In deiner Position solltest du das genauso gut wissen wie wir.« Andersen senkte die Stimme. »Dein Arbeitsverhältnis mit dem Konzern ist beendet.«

»Einfach so? Linda hat dir vor drei Tagen diese Geschichte aufgetischt, und heute, am Sonntag, feuerst du mich«, rief Douglas laut.

»Daniel, um Gottes willen!«, sagte Andersen, hob ebenfalls die Stimme und schlug gleichzeitig mit der flachen Hand auf den Tisch. »Wir haben eine gründliche, neutrale Untersuchung durchgeführt. Du hast deine Meinung dargelegt und sie ihre. Wir haben Zeugen befragt. Willst du leugnen, dass du mit ihr geschlafen hast?«

Douglas schwieg.

»Natürlich kannst du es nicht«, fuhr Andersen fort. »Sie besitzt alle möglichen Beweise für eure Beziehung und Zeugen, die erklären, dass du sie ständig unter Druck gesetzt hast. Sie behauptet, du hättest sie aufgrund deiner Stellung in der Konzernhierarchie sexuell genötigt.«

»Aber Charly«, verteidigte sich Douglas und wandte sich an

seinen Chef, »es muss doch eine andere Lösung geben. Es war eine Beziehung zwischen Erwachsenen, die von beiden freiwillig eingegangen wurde. Vollkommen freiwillig. Ich schwöre es. Außerdem habe ich eine Familie und vier Söhne, die studieren wollen. Ich brauche dringend Geld.«

»Tut mir leid, Daniel«, sagte Andersen. »Mach es uns nicht noch schwerer. Ich kann nichts für dich tun und Charles auch nicht. Du kanntest die Risiken, die du eingegangen bist. Du besitzt Aktien der Gesellschaft, deren Wert in letzter Zeit enorm gestiegen sind. Wir können sie zum aktuellen Marktwert zurückkaufen. Außerdem bist du ja wohl nicht an einem Skandal interessiert. Wir werden dir ein gutes Arbeitszeugnis ausstellen und es wird dir leicht fallen, eine neue Stelle zu finden.«

Daniel senkte den Kopf. Er war geschlagen. Die beiden anderen Männer sahen sich kurz an, konzentrierten ihre Aufmerksamkeit dann jedoch wieder auf Douglas.

»Das ist unfair«, jammerte er nach einer Weile. »Was wird mit ihr passieren?«

»Sie wird ihre Stelle behalten.«

»Und warum diese Diskriminierung? Sie macht fröhlich weiter, und ich stehe auf der Straße. Das ist doch total ungerecht.«

»Ich werde dir sagen warum, obwohl du es wissen müsstest«, erklärte Andersen barsch. »Wenn wir sie entlassen, steht sie als Opfer eines Komplotts und einer sexistischen Rache da. Das ist ganz schlechte Publicity für den Konzern. Außerdem warst du ihr Chef, du hattest aufgrund deiner Stellung Macht über sie, und deshalb bist du der Verantwortliche.« Er öffnete die Hände und ließ sie auf den Tisch fallen, um zu zeigen, dass das Gespräch beendet war. »Es tut mir leid, Daniel, aber es ist so.«

»Aber solche Affären sind in den Eagle-Studios und in anderen Agenturen und Studios, die für uns arbeiten, an der Tagesordnung, das ist was ganz Normales im Showbusiness.«

»Kann schon sein. Vielleicht bei Künstlern, die sich ihren Ruhm und ihre Ambitionen damit erkaufen. Produzenten wissen, wie man sich vor Klagen gegen das Studio schützt. Hier in diesem Hause und in diesem Konzern ist das nun einmal unsere Politik, und nicht nur aus rechtlichen Gründen, sondern weil Davis es so will.«

Andersen erhob sich von seinem Sessel und warf einen Blick auf seine Armbanduhr, um deutlich zu machen, dass die Besprechung beendet war. »Ich muss jetzt gehen.« Er deutete auf die Tür. »Viel Glück. Draußen wartet ein Angestellter, der euch begleiten wird.«

Die beiden Männer gingen schweigend durch die verwaisten Gänge der 21. Etage zum Aufzug.

An einem sonnigen Sonntagmorgen wie diesem war das Gebäude fast leer. Nur Angestellte, die ganz dringend etwas zu erledigen hatten, oder die hochmotivierten und besonders ambitionierten Streber arbeiteten an einem Sonntag. Wer hier war, trug im Gegensatz zur strengen Kleiderordnung an Arbeitstagen lässige Freizeitkleidung, als wollte er sich selbst suggerieren: »Ich bleibe nur ganz kurz und bald genieße ich das Wochenende.« In vielen Fällen wurde daraus ein ganzer Tag.

Daniel trug ein paar Kartons unter dem Arm, die er aus Andersens Büro mitgenommen hatte, um seine persönlichen Sachen zu verstauen. Beide kannten das Ritual.

Bis vor wenigen Minuten war Douglas ein leitender Angestellter, der uneingeschränktes Vertrauen genoss. Er verfügte über den Zugang zu allen Daten und wichtigen Informationen.

Auf einen Schlag und nach fünfzehn Jahren Arbeit für den Konzern hatte er sich in ein verdächtiges Individuum verwandelt, das seine Geheimnisse an Konkurrenten oder gefährliche Personen verraten konnte.

Sein Ex-Chef White wartete mit einem Sicherheitsbeamten im Gang und beide passten auf, dass er nur persönliche Dinge mitnahm. Nachdem sie so viele Jahre zusammengearbeitet, oft erst bei Einbruch der Nacht die Firma verlassen und viele Probleme miteinander gelöst hatten, war es eine grauenhafte Situation.

»Sie ist eine gewöhnliche Nutte, Charles«, sagte Daniel, nachdem er die eingerahmten Fotos mit seiner lächelnden Frau und seinen Söhnen in einen Karton gepackt hatte.

»Sie ist eine gewöhnliche Nutte, die mich gezielt angemacht hat. Ich war ein Trottel, und ich verdiene diese Strafe Gottes, weil ich der Versuchung erlag und mich ihrer verdammten Möse bediente.« Er packte weiter seine Sachen. Nach einer Weile fuhr er fort: »Ich hoffe, dass Gott und meine Frau mir verzeihen.« Er hielt inne und blickte White eindringlich an. Dann sagte er laut: »Zum Teufel mit der Firma. Wie oft habe ich unbezahlte Überstunden gemacht, schlaflose Nächte verbracht und mir den Kopf für sie zerbrochen, alles umsonst.«

»Daniel, beruhige dich.« White war froh, dass die Angelegenheit an einem Sonntag abgewickelt und ein öffentlicher Skandal vermieden wurde.

»Du und Andersen, schert euch doch zum Teufel«, rief Douglas erbost. »Ihr habt mir nicht geholfen. Ich habe von dir und anderen Freunden Unterstützung erwartet, und ich habe sie nicht bekommen.« Er stand dicht vor seinem Ex-Chef und deutete mit dem Zeigefinger zwischen dessen Augen.

White straffte die Schultern seines riesigen Körpers, musterte ihn eindringlich, ließ seine dröhnende Stimme ertönen und erwiderte mit Entschiedenheit, wobei er jedes Wort einzeln betonte:

»Daniel, reiß dich zusammen. Ich weiß, wie schwierig das für dich ist, aber du hast mit dem Feuer gespielt und dich daran verbrannt. Benimm dich jetzt wie ein Mann. Du hattest Macht über sie, und sie wirft dir vor, dass du diese Macht benutzt hast, um sie sexuell gefügig zu machen. Du hast es getan, du hast deine Frau betrogen und die Schuld des Ehebruchs auf dich geladen.« Er schwieg und beobachtete Douglas' feindselige Haltung. »Ich habe mit Davis gesprochen, ich habe das Menschenmögliche getan. Du weißt, dass ich unter keinen Umständen will, dass du gehst, aber Andersen hat Davis tausendundein einleuchtende Argumente geliefert. Er ist für deine Entlassung verantwortlich. Er und deine eigene Verfehlung. Beruhige dich und akzeptiere es. Der Sicherheitsmann, der im Gang auf uns wartet, hat die Anweisung von Andersen, dich mit Gewalt hinauszuwerfen, falls du Schwierigkeiten machst. Ich nehme jedoch an, dass du aufrecht und mit Würde durch die Tür hinausgehen willst.« Er schwieg und fuhr dann fort: »Außerdem lassen deine Freunde dich nicht im Stich.«

Douglas schwieg und packte weiter seine Kartons. Als er fertig war, fragte er:

»Wie verabschiede ich mich von meinen Untergebenen und von meinen Kollegen?«

»Ich werde ihnen sagen, dass du gekündigt hast. Und wenn jemand mehr wissen will, soll er dich anrufen. Das hat Andersen empfohlen, und Davis hat es angeordnet. Du kannst ihnen sagen, was du willst. Der Konzern wird keine Einzelheiten preisgeben. Die Wachleute werden dich nicht hereinlassen, sofern dich nicht ein Bevollmächtigter in die Firma zitiert. Wir hoffen, dass du niemanden anrufst, außer mich oder Andersen. Und natürlich wurden deine gesamten Passwörter gelöscht.«

»Was muss ich noch tun?«, erkundigte sich Daniel mürrisch.

»Ich brauche die Chipkarte für das Betreten des Gebäudes, die Kreditkarte des Konzerns, deine letzte Spesenrechnung und die Schlüssel für den Firmenwagen. Steht er an seinem Parkplatz in der Garage?

»Ja«, erwiderte Daniel, schlug seine Brieftasche auf und warf die Karten auf den Tisch. Danach die Schlüssel für den Wagen. »Die Spesenrechung schicke ich dir mit der Post.«

»In Ordnung. Wenn die Ausgaben geprüft sind, schicken wir dir einen Scheck nach Hause. Sonst noch Fragen?«

»Nein, keine.«

23

Auf der Rückkehr aus dem Sequoia Nationalpark schlief Karen im Auto mit dem Kopf an Jaimes Schulter. In einer Kurve blendete ihn die untergehende Sonne trotz seiner Sonnenbrille. Die Landschaft war schön, doch seine ruhelosen Gedanken hinderten ihn, sie wirklich zu genießen. Was bedeuteten die Ereignisse der letzten Stunden? Warum drangen jene in der klaren Luft des Waldes von den Katharern verbreiteten Ideen in seinen Geist wie Pfeile in eine Zielscheibe?

Diese Leute waren nicht, was sie zu sein vorgaben. Und welche Rolle spielte Karen in diesem Kreis?

Das Automatikgetriebe des Autos und der gerade Verlauf der Autobahn ohne enge Kurven gestatteten es ihm, seine rechte Hand auf Karens Knie zu legen. Sie bewegte sich und legte ihre Hand auf seine.

»Wie fühlst du dich?«, fragte sie.

»Gut, Liebling, und du?«

»Ausgezeichnet. Ich bin eingeschlafen.«

»Hab ich gemerkt. Schließlich war meine Schulter dein Kopfkissen.«

»Ein schönes. Sag, wie hat dir der Tag gefallen?«

»Mit dir war er großartig.«

»Was hältst du von meinen Freunden?«

»Sie sind erstaunlich.«

»Warum?«

»Weil sie viel mehr sind als eine Gruppe von Freunden. Worum geht es? Sind sie eine religiöse Sekte? Was für Ziele haben sie? Warum hast du mich zu der Versammlung eingeladen?«

»Jaime, sie sind meine Freunde, und du bist auch mein Freund. Ich wollte, dass du sie kennen lernst. Das ist doch normal …« Karen hatte sich aufgerichtet und sah ihn erwartungsvoll an.

»Ja, aber sie sind keine normalen Freunde. Sie haben die gleiche Lebensanschauung. Und anscheinend auch ein Programm. Und eine Religion. Das erwartet man nicht von Freunden.«

»Warum nicht? Wir glauben an dieselben Lehren, und das schafft Vertrautheit. Also sind wir eine Gruppe miteinander verbundener Menschen und folglich Freunde.«

»Gut. Und wie erklärst du mir die Reden eurer Gurus? Kevin Kepler hat was von Disziplin gesagt. War das ein Treffen von Freunden oder eine Sektenversammlung?«

»Die du *unsere Gurus* nennst, sind Leute, die etwas zu sagen haben, das die anderen interessiert. Man hört ihnen mit Respekt zu. Warum sollten wir nicht Prinzipien und Lehren teilen? Ist es besser, wenn wir uns versammeln, um Baseballspiele oder das neueste Automodell zu besprechen? Oder sollen wir uns in einer Bar treffen, die gerade in ist und uns über Börsenkurse unterhalten? Jaime, ich dachte, dich interessieren tiefergehende Themen, deshalb habe ich dich eingeladen. Aber anscheinend habe ich mich getäuscht. Wenn das so sein sollte, dann tut es mir leid.«

Mit ernstem Gesicht zog Karen ihre Hand zurück.

Jaime war beunruhigt, er wollte sich den Tag nicht durch eine Diskussion verderben. Er hielt mit beiden Händen das Lenkrad, was bedeutete, dass er die Hand von ihrem Knie nahm. Er ließ sich Zeit mit seiner Antwort.

»Nein, du hast dich nicht getäuscht, und ich danke dir, dass du mich deinen Freunden vorgestellt und mir die Gelegenheit gegeben hast, mehr über dich zu erfahren. Aber ich habe so eine Versammlung nicht erwartet.«

»Nach allem, was du mir erzählt hast, glaubte ich, es könnte dich interessieren.«

»Etwas von alldem, was gesagt wurde, interessiert mich. Und es stimmt, dass ich eine Leere in meinem Leben fühle.« Jaime beschloss, den Konflikt zu vermeiden und Vertrauen zu zeigen. »Ich habe meine Jugendträume begraben, ohne einen Ersatz dafür zu finden. Und ich habe das Gefühl, eine wertvolle Familientradition zu verraten.«

»Die Tradition deines Großvaters und deines Vaters? Erzähl mir mehr über sie.«

Jaime fühlte sich erleichtert, als Karen wieder lächelte. Es schien, als ob sich am Ende jenes Winternachmittags eine viel hellere Sonne ankündigte.

»Die Geschichte ist lang.«

»Unser Heimweg auch.«

»Ich werde versuchen, das ein wenig zusammenzufassen.«

Karen kuschelte sich in ihren Sitz und schaute ihn an wie ein kleines Mädchen, das ein Märchen hören will.

»Mein Großvater väterlicherseits kämpfte in einem Bürgerkrieg in Europa für seine Freiheit, für die Freiheit seiner Söhne und seines kleinen Vaterlands. Er starb, ohne sein Ziel erreicht zu haben. Es gelang ihm nur, seinem Sohn, meinem Vater, ein Beispiel zu geben. Er ließ ihn geloben, ein Mann zu werden, der sich nicht demütigen lassen und immer für seine Ideale kämpfen würde.

Mein Vater Joan wanderte nach Kuba aus und arbeitete viele Jahre lang für seinen Onkel, der sich in Havanna niedergelassen hatte und dort ein florierendes Geschäft betrieb. Einige Zeit später, nachdem er bereits eine hübsche Summe gespart hatte, heiratete er ein Mädchen aus der besseren Gesellschaft. Dann kam ich zur Welt. Mein Vater sympathisierte mit Castros Revolution und unterstützte sie sogar heimlich.

In der Silvesternacht des Jahres 1959 eroberten die Revolutionäre Havanna, der Diktator Batista und seine Anhänger flohen. Trotz der Bestürzung der übrigen Familie stieß man im Haus meiner Eltern fröhlich auf die Zukunft und das neue Leben in Freiheit an.

Sehr bald war mein Vater ernüchtert. Das neue Jahr brachte nur eine neue Diktatur. Die Spannungen mit den Amerikanern bewogen Castro, die Hilfe der Russen in Anspruch zu nehmen, und kurz darauf wurde der Handel mit den Vereinigten Staaten verboten.

Für meinen Vater bedeutete das den wirtschaftlichen Ruin. Ein moralischer Schlag folgte, denn er hatte sein ganzes Geld, auch wenn es nicht viel war, auf die neue Regierung gesetzt. Er hatte an ihre Botschaft der Freiheit geglaubt, und jetzt verlor er einen großen Teil seiner persönlichen Freiheit. Meine Mutter sagte: *Joan, wir kommen vom Regen in die Traufe. Dieser Castro macht uns alle zu Kommunisten. Liebster, lass uns gehen, bevor alles noch schlimmer wird.*

Sie verkauften, was sie konnten, und von ihren Ersparnissen bezahlten sie die Überfahrt in die Vereinigten Staaten. Sie hätten auch nach Spanien fliehen können. Die Familie meines Vaters bot uns an, uns bei der Eingewöhnung zu helfen, doch Joan verkündete, er wolle nicht mehr in einer Diktatur leben, und wir wählten die Freiheit. Er vertraute unserem Entschluss, in die USA zu emigrieren, wie einem dornigen Weg zur Hoffnung.

Als wir in den Hafen von New York einfuhren, erblickten wir die Freiheitsstatue. Ich war noch zu jung, um mich daran zu erinnern, aber meine Mutter hat es mir erzählt. Mein Vater nahm mich auf den Arm. Mit dem rechten Arm hielt er mich fest, den linken legte er um die Schulter meiner Mutter. Während er vom Deck des Schiffes das wunderbare Symbol der Freiheit betrachtete, sagte er feierlich zu uns: *Das ist die Heimat der freien Menschen. Wir sind frei.*

Unser neues Leben begann sehr hart. Die Geschäftsfreunde meines Vaters in New York konnten ihm nur eine Arbeit als Handelsvertreter anbieten. Er betreute einen Bereich, den niemand wollte: Harlem und andere Armenviertel. Doch mit seinem schlechten Englisch und einer Familie am Hals blieb Joan keine Wahl.

Wenn er die Randgebiete New Yorks besuchte, begann er seine Arbeit sehr früh am Morgen. Viele seiner Kunden sprachen Spanisch und waren Einwanderer, die wie wir erst vor kurzem in die Metropole der Freiheit gekommen waren. Sie hatten kein Vertrauen zu den Banken, und mein Vater musste das Geld für seine Verkäufe in manchem Hinterzimmer einziehen, Dollar um Dollar in bar. Er wusste, dass sein Leben viel weniger wert war als das Bündel zerknitterter Dollars, die er in einer Bruchbude in Empfang genommen hatte.

Gegen Mittag wollte Joan die gefährlichen Gegenden verlassen. Mittags erwachten die Jungs der Straßengangs nach wilden Nächten und begannen darüber nachzudenken, woher sie das Geld für den Tag nehmen sollten.

In jener Zeit erfuhr Joan, was Angst ist. Er fürchtete nicht um sein Leben, sondern um das meiner Mutter und um meines, falls er ermordet würde. Er wusste, dass auch meine Mutter ständig in Angst lebte. Und er wurde sich klar darüber, dass er nicht frei war, dass er seine Arbeit hasste, aber dass sie das Einzige war, was er hatte. Er konnte sie nicht aufgeben, weil er für seine Familie sorgen musste. Am schlimmsten ging es ihm morgens, wenn er sich mit einem Kuss verabschiedete und überlegte, was aus uns werden würde, wenn er abends nicht zurückkehrte. Und auch in Situationen, in denen er mit einem Schnappmesser bedroht wurde, war seine Angst, verletzt oder getötet zu werden, geringer als die, die er morgens empfand, wenn er uns mit Tränen in den Augen verließ.

Er war nicht frei. Mit solchen Sorgen konnte er nicht frei sein, niemand kann auf diese Weise frei sein.

Mein Vater sagte immer, in New York gebe es zwei Freiheitsstatuen. Eine riesige mit ernstem und abweisendem Blick, die man bereits aus der Ferne erkennen kann. Sie ist unerreichbar, hart und so kalt wie der Stein, aus dem sie gemeißelt wurde.

Die andere ist klein und verborgen. Sie ist liebenswürdig, unkompliziert, freundlich und warm. Sie ist mit Gold überzogen und bietet sich großzügig jedem dar, der fähig ist, sie zu entdecken, doch nur die auserwählten Einwanderer können sie sehen, jene wenigen, die mit viel Geld ins Land kommen und denen alle Türen offen stehen.

Ein paar Jahre verstrichen, und unser Englisch und die finanzielle Lage unserer Familie besserten sich ein wenig. Aber mein Vater war unglücklich.

Eines Tages reisten wir erneut auf der Suche nach Freiheit nach Westen. Wir gelangten nach Südkalifornien, und mein Vater baute hier ein kleines Geschäft auf, das gut lief, wenn auch nicht so gut wie jenes in Havanna. Hier wurden wir amerikanische Staatsbürger, und hier bin ich aufgewachsen.«

»Aber wenn dein Vater von diesem Land so enttäuscht war, warum ließ er sich dann einbürgern?«

»Ich weiß es nicht, vielleicht weil er in diesem Land seinen Traum zu verwirklichen hoffte. Oder weil er vielleicht schon zu alt und zu müde war, um weiterzusuchen. Eines Tages lade ich dich zu uns nach Hause ein, und dann fragen wir Joan persönlich.«

»Ich komme gern.« Sie lächelte verbindlich. »Aber wie steht es mit deiner Freiheit und deinen Idealen?«

»Ich hatte sie. Ich war ein später Hippie auf der Suche nach Utopien. Im Laufe der Jahre habe ich meine Ideale verloren. Zurück blieb eine Leere, die mir oft Unbehagen bereitet.«

»Siehst du, Jaime? Ich wusste doch, dass ich mich nicht in dir getäuscht habe.« Jetzt legte sie ihre Hand auf sein Knie. »Ich hab dir doch gesagt, wir sind gleich, erinnerst du dich? Und du hast dich darüber lustig gemacht.«

»Ja, ich erinnere mich, aber woran hast du das gemerkt? Woher wusstest du, dass ich mich nicht nur für Baseball oder Autorennen interessiere?«

»Ist doch egal, vielleicht ist es Intuition. Wichtig ist, dass du einer der Unseren bist. Schließ dich uns an, um für deine Freiheit und die anderer Menschen zu kämpfen.«

»Karen, welche Rolle spielst du in der Gruppe?« Jaime war beunruhigt, da war etwas, was er nicht einordnen konnte.

»Ich bin wie alle anderen auch. Ich glaube an ihren Kampf und kämpfe mit ihnen. Der Einzige, der sich von den anderen unterscheidet, ist Dubois. Er ist ein *Guter Christ* oder *ein Vollkommener*. Er hat die Funktionen eines Bischofs und hat Helfer in San Francisco und in San Diego. Seine Position ist rein spiritueller Natur. Er lehnt jede Art von Gewalt ab, aber akzeptiert, dass wir anderen uns vehement für unsere Ideale einsetzen. Aber was spielt das jetzt für eine Rolle? Das Wichtigste bist du. Du passt perfekt zu uns. Was meinst du?«

»Karen, vielleicht möchte ich mehr über die Gruppe erfahren. Insbesondere über ihren Kampf und über ihren Gehorsam.« Etwas in seinem Inneren warnte ihn, sich zu verpflichten, aber er hatte Angst, seine neue Freundin zu verlieren. »Vielleicht haben diese Leute etwas, das ich suche, auf jeden Fall machen sie mich neugierig. Aber vor allem du bist mir wichtig. Deshalb bin ich mit dir zusammen, und ich werde mit deinen Freunden zusammen sein, um sie besser kennen zu lernen.«

»Das ist wunderbar«, erwiderte sie strahlend und küsste ihn auf die Wange. »Du wirst sehen, es wird dir gefallen.«

Die Sonne war untergegangen und hinterließ einen faszinierenden rötlichen Schimmer, der einen starken Kontrast zum Dunkelblau der Wolken am Himmel bildete.

Der Verkehr war dichter geworden, und die Autos fuhren mit aufgeblendeten Scheinwerfern.

Eine Weile hingen sie ihren Gedanken nach und lauschten der Musik aus dem Radio.

»Das muss gefeiert werden!«, brach Karen endlich das Schweigen. »Ich habe im Kühlschrank was zu essen und eine gute Flasche Wein. Ich glaube, ich kann meine Köchin überreden, uns etwas Gutes zu kochen.«

»Meinst du deine illegale blonde Einwanderin mit den blauen Augen?«

»Genau die.« Karens Hand lag immer noch auf seinem Knie.

»Ich nehme die Einladung gern an.«

»Aber vorher sollten wir deinen Pyjama holen.«

»Stört es dich, wenn ich ohne schlafe?«

Karen ließ wieder einmal ihr perlendes Lachen ertönen.

Dienstag

24

»Hast du auch gehört, dass Daniel Douglas den Konzern verlassen hat?«, erkundigte sich Jaime.

Sie aßen bei Roco's einen Hamburger mit Salat. Es war ihr erstes Treffen seit dem Abschiedskuss am Montagmorgen in Karens Wohnung. Jaime hatte die Stunde voll innerer Unruhe erwartet, nachdem er Karen zwei lange Tage nicht gesehen hatte.

»Ich habe es gehört, aber du weißt bestimmt mehr.«

»Am Montag rief mich White an, um es mir mitzuteilen. Das offizielle Rundschreiben war ein wenig zweideutig und endete mit den Worten *wir wünschen ihm für seine neuen beruflichen Pläne alles Gute*, aber in Wahrheit haben sie ihn gefeuert.«

»Weißt du warum?« Karen wirkte ein wenig beunruhigt.

»Nicht offiziell. Aber jeder weiß es, und Laura, meine Sekretärin, hat mir erzählt, dass er eine Affäre hatte. Ich bat White um nähere Informationen, und er sagte mir ganz im Vertrauen, Douglas habe ein Verhältnis mit einer Untergebenen gehabt. Sie heißt Linda Americo, sie ist jung, attraktiv und eine ehrgeizige leitende Angestellte, die dank seiner Protektion ziemlich flott Karriere machte.«

»Und deshalb wurde er gefeuert?« Karen klang ungläubig.

»Obwohl ich mich mit Douglas nicht besonders gut verstand,

hatte ich häufig mit ihm zu tun. Er gehört zu den Kerlen, die immer die Fotos ihrer Frau und ihrer Kinder an prominenter Stelle im Büro platzieren. Zu Weihnachten verschickte er als Weihnachtskarte ein Foto seiner weihnachtlich gekleideten Familie vor Kamin und Weihnachtsbaum. Er war politisch und gesellschaftlich gesehen erzkonservativ, deshalb überrascht mich diese Affäre.«

»Leute, die Moral trompeten, haben meist ein paar Leichen im Keller«, bemerkte Karen und lächelte spöttisch.

»Ich hatte keine Ahnung von dieser Affäre, aber ich wusste, dass er Probleme mit Linda hatte, weil er mich letzte Woche überreden wollte, sie in mein Team zu nehmen, was einen Aufstieg für sie bedeutet hätte.«

»Die Idee ist ihm wohl zu spät gekommen.«

»Ich fürchte auch. Ich hab gewartet, und weil Douglas kein Lebenszeichen von sich gab, habe ich ihn heute zu Hause angerufen. Er ist am Boden zerstört, nicht nur weil er seinen Job verloren hat, sondern weil seine Frau womöglich die Scheidung einreicht. Linda hat ihn benutzt, um Karriere zu machen, und als er ihr eine erneute Beförderung verweigerte, hat sie ihm zuerst gedroht und dann ihre Drohung wahr gemacht.

Das Mädchen kennt keine Skrupel, sie hat ihn elendiglich ausgepresst, und als sie nichts mehr aus ihm herausholen konnte, hat sie ihn wie eine leere Bier-Dose weggeworfen, nur um des reinen Vergnügens willen, das Geräusch zu hören, das die Dose macht, wenn sie auf den Boden fällt. Sie hat sein Leben zerstört.

Sie ist eine ehrgeizige Frau, die nicht zögerte, ihn zu verführen und die Beine breit zu machen, so lange Douglas ihr geben konnte, was sie wollte. Und als sie nichts mehr aus ihm herausholen konnte, hat sie ihn abserviert. Warum hat sie ihn nicht einfach sitzen lassen? Sie weiß genau, wie empfindlich Davis ist, wenn es um Affären zwischen Mitarbeitern geht. Als sie ihn verpfiffen hat, wusste sie, dass er damit erledigt ist. Linda ist eine hübsche Frau, aber sie ekelt mich wirklich an.»

»Moment, warte mal!« Karen lächelte nicht mehr, sondern fiel ihm schroff ins Wort. »Du ziehst sehr voreilige Schlüsse. Woher weißt du, dass Douglas' Version stimmt? Ich sehe das anders. Sie hatten eine Affäre, die übel endete. Du sagst, sie hat ihn benutzt, um Karriere zu machen. Ich kenne Linda. Sie ist in ihrem Beruf exzellent und wäre auch ohne seine Hilfe aufgestiegen. Und wenn sie tatsächlich aufgrund ihres Verhältnisses mit Douglas berufliche Chancen bekam, dann ist er dafür verantwortlich und nicht sie. Was hat sie ihm im Ausgleich dafür gegeben?« Karen runzelte die Stirn und sprach mit einer Härte, die Jaime erstaunte. Sie erwartete nicht, dass er antwortete. »Linda war ein bequemes Verhältnis für ihn, was ihm schmeichelte, denn er schlief mit zwei Frauen gleichzeitig. Douglas hatte nicht nur zu Hause seine Bilderbuchfamilie und ging jeden Sonntag zur Kirche, daneben hatte er eine junge Geliebte, die, wie du sagst, auch noch hübsch ist, während die junge Frau ihre Zeit und ihre Jugend mit einem Verhältnis ohne Zukunft vergeudete. Sie hat die Beziehung nicht ausgenutzt, glaubst du mir das? Douglas hatte keine Skrupel, seine Frau zu betrügen und zu belügen, stimmt's? Und du sagst, Douglas habe seine Geliebte protegiert? Was für ein ekelhafter Kerl er doch ist, er hat seine Macht missbraucht und eine Untergebene genötigt!«

»So ist es nicht, Karen. Er hatte sich in sie verliebt.«

»Ah ja? Er war also in sie verliebt, aber sie nicht in ihn? Du urteilst immer noch vorschnell über die Affäre wie ein echter Macho.«

»Was heißt hier Macho?« Jaime begann sich zu ärgern. »Diese Frau hat böswillig gehandelt. Wenn nicht, dann sag mir, warum sie ihn wegen sexueller Belästigung angeschwärzt hat, obwohl es doch eine private Angelegenheit zwischen beiden war? Welche Veranlassung hatte sie, ihn zu ruinieren?«

»Linda ist meine Freundin, und du ergehst dich in bloßen Vermutungen. Er besaß ihr gegenüber eine Machtposition, einzig und allein deshalb, weil er ihr Chef war. Und er hat diese Macht missbraucht, damit sie erst nachgab und später das Verhältnis aufrecht erhielt. Er wollte die Situation lassen, wie sie war. Er schlief mit ihr, wann immer er Lust hatte, und kehrte dann nach Hause zu seiner perfekten Familie zurück, um die Ehefrau zu vögeln. Linda bat ihn, sich zu entscheiden, doch er wollte unbedingt, alles solle so bleiben. Ihn zu verpfeifen war der einzige Weg, der Linda blieb, um ihre Freiheit wiederzuerlangen.«

»Und selbst wenn es so sein sollte, bin ich überzeugt, dass es eine andere Lösung gegeben hätte.« Jaimes Stimme wurde lauter. »Und ich bin auch sicher, dass sie versucht hat, ihre Position in der Firma auszubauen. Der Preis dafür war der Sex mit ihm. Ihre Position genügte ihr nicht, und der Trottel von Douglas hatte ihr vermutlich eine weitere Beförderung versprochen, um sie zu halten. Als sie sah, dass er ihr nicht mehr helfen konnte, befreite sie sich ein für alle Mal von ihm. Diese Grausamkeit wäre nicht nötig gewesen. Auch wenn sie eine noch so gute Freundin von dir ist, für mich ist sie schlicht und einfach eine Nutte.«

»Gut, und was glaubst du, wird mit ihr geschehen? Man hat sie nicht entlassen, und rein theoretisch steht der Konzern auf ihrer Seite als Opfer einer sexuellen Belästigung. Aber die Firma hat nur Angst vor einem Skandal und einem möglichen Prozess. Das ist der einzige Grund. Sie wird ihr ganzes Berufsleben lang gezeichnet sein, weil ihre Chefs ein paar Macho-Dreckskerle sind wie du und immer sagen werden, wenn von ihr die Rede ist: *Diese Nutte, die mit Daniel schlief, damit er ihre Karriere beschleunigt und die ihn dann anzeigte.* Ihre Aussichten im Konzern sind gleich null. Linda hat großes Format bewiesen, als sie sich auf diese Weise von ihm befreit hat.«

»Was für ein Format denn, ach das arme Mädchen! Niemand

hat sie verfolgt. Sie haben miteinander gevögelt, und zwar außerhalb der Firma. Stell dir vor, sie wäre die Chefin gewesen. Alle würden über ihn lachen, und Linda würde nie entlassen werden.«

»Du kannst ruhig vom Thema ablenken, aber ich billige ihre Methode, um ihre Freiheit zu erlangen. Und ich unterstütze sie.«

»Karen, so geht es nicht«, begann Jaime nach kurzem Schweigen wieder. Sie lässt sich von Emotionen leiten und denkt nicht logisch, überlegte er bei sich. »Stell dir vor, du beendest unser Verhältnis, und ich will dich weiterhin sehen, du aber nicht, obwohl ich darauf bestehe. Welchen Grund hättest du, mich als Vorgesetzten anzuschwärzen, der dich belästigt? Ich bin sicher, du würdest es nicht tun.«

Karen sah ihn an und schwieg. Ihre blauen Augen glänzten, und ein Lächeln umspielte ihre Mundwinkel.

»Ach nein? Woher willst du das wissen?«, fragte sie sanft. Als ihr Lächeln intensiver wurde, fing auch Jaime an zu lächeln. Die starke Spannung zwischen ihnen löste sich allmählich. Er fühlte sich erleichtert.

»Weil du eine Frau mit moralischen Prinzipien bist und mir so etwas nie antun würdest.«

»Aber ich bin auch eine ehrgeizige Frau. Stell dir vor, du gibst mir nicht, was ich will, während ich dir alles gegeben habe, was du wolltest. Ich könnte sehr wütend werden.«

»Aber was du willst und was ich will, ist das Gleiche. Ist es nicht so, mein Liebling?«

»Sei nicht so eingebildet und sei nicht so sicher.«

»Aber du würdest so etwas nie tun.«

»Linda ist meine Freundin, und ich habe sie als Freundin und Anwältin beraten. Ich würde keine Sekunde zögern, dasselbe zu tun.«

Karen lächelte nicht mehr und betonte ihre Worte besonders nachdrücklich. Jaime bemerkte, wie sein eigenes Lächeln gefror.

Nach einem unangenehmen Schweigen, bei dem sie einander in die Augen schauten, begann Karen plötzlich zu lachen und wirkte sehr fröhlich.

»Ich habe dich in meiner Gewalt, mein Herr stellvertretender Direktor!«, rief sie sanft.

»Willst du mich ins Bockshorn jagen?«

»Aber ja doch, Liebling. Schon die ganze Zeit. Aber sie ist meine Freundin.«

Jaime betrachtete sie voller Misstrauen. Im Innern spürte er, dass sie sehr wohl fähig wäre zu tun, was Linda getan hatte. Er glaubte nicht, dass sie ihn nur neckte, und er spürte, wie sich ein Graben zwischen ihnen auftat. In was für eine Falle war er getappt, als er mit Karen geschlafen hatte?

»Du musst auch mal den positiven Aspekt dieser Affäre erkennen«, fuhr Karen fort. »Nachdem Douglas gefeuert wurde, ist es sehr wahrscheinlich, dass dein Chef dich zum alleinigen Geschäftsführer für die Rechnungsprüfung ernennt. Nicht übel für einen Latino!«

Jaime spürte, dass das Spiel noch weitergehen und gefährlicher werden könnte. Ein unbekanntes Gefühl, eine Mischung aus unwiderstehlicher Anziehungskraft und Angst vor einer verborgenen, aber realen Gefahr erfasste ihn.

Eine innere Stimme warnte ihn: »Du bist der Schmetterling, der die Flamme umkreist.«

MITTWOCH

25

Die Sonne ging unter, und Senator McAllen betrachtete die Schatten der Eukalyptusbäume, der Palmen und der großen Oleanderbüsche auf dem Mittelstreifen der Autobahn.

»Er ist stur«, erklärte er seinem Begleiter. »Er ist wie ein alter König, und so handelt er auch. Das macht die Dinge nicht gerade einfacher.«

»Sie überbringen ihm eine Botschaft des Präsidenten der Vereinigten Staaten, Senator, das öffnet alle Türen des Landes und die meisten Türen der Welt.«

»Nein, John, nicht unbedingt die Tür von David Davis«, beklagte sich McAllen. »Im Grunde glaubt Davis, der Präsident müsse ihm seinen Posten überlassen. Und das verkündet er, ohne rot zu werden.«

»Vielleicht stimmt es ja.«

»Wie auch immer, Davis erwartet zweifellos, dass der Präsident seine Anweisungen befolgt und nicht umgekehrt.«

»Ist der Weiße Turm wirklich mächtiger als das Weiße Haus? Steht er über dem Präsidenten?«

»Für Davis ist dieses Land eine Monarchie, er ist der König, der Präsident ist bloß sein Premierminister.« McAllen seufzte.

Die Limousine und die vier Polizisten der Motorrad-Eskorte

hielten vor dem großen Gittertor, hinter dem die Ranch lag. Videokameras richteten sich automatisch auf die Gruppe.

Die Tore gingen auf, dahinter standen zwei Männer im Anzug, die von Wachleuten mit Sturmgewehren umringt waren. Dieses Empfangskommando wirkte wie eine kleine, schlagkräftige Miliz.

McAllen wusste, dass nicht alle Sicherheitskräfte zu sehen waren, und er suchte instinktiv mit dem Blick nach Scharfschützen, die zwischen den vereinzelten Büschen des Gartens auf der Lauer lagen. Doch er konnte keinen entdecken.

Die Tore schlossen sich, und ein Prätorianer trat an die Scheibe des Senators.

»Willkommen Senator. Ich freue mich, Sie zu sehen.«

»Danke, Gus. Ich habe Mister Beck mitgebracht.«

»Sehr erfreut«, grüßte Gutierres durch die Scheibe. »Wir haben Sie erwartet.«

»Freut mich«, erwiderte Beck knapp.

»Senator, Sie kennen ja bereits die Gepflogenheiten des Hauses. Ich fürchte, Ihre Eskorte und Ihr Wagen müssen hier bleiben. Mein Kollege wird Sie ins Empfangsgebäude begleiten. Dort kümmert man sich um Sie.«

»Gut, gut«, brummte McAllen und gab Beck ein Zeichen auszusteigen.

In diesem Moment hielt ein anderes Auto vor ihnen. Der Fahrer stieg aus und ging direkt auf Beck zu.

»Ich bin sicher, Mister Beck wird es aufgrund seines Berufs verstehen«, bemerkte Gutierres, während der Prätorianer den Mann durchsuchte. »Reine Routine …«

Der Leibwächter fand den Revolver, den er suchte, aber sonst nichts. Er nahm ihn an sich und verstaute ihn in seinem weiten Jackett.

»Natürlich bekommen Sie Ihren *kleinen Freund* beim Verlassen des Gebäudes zurück, Mister Beck. Ich bitte Sie um Verständnis«, sagte Gutierres. Dann wandte er sich an McAllen.

»Ich denke, der Senator ist wie üblich nicht bewaffnet, habe ich Recht, Sir?«

»Nein, ich bin nicht bewaffnet«, bestätigte McAllen verärgert.

»Danke, Senator. Wir können einsteigen.«

Die Fahrt dauerte nur wenige Minuten. Sie fuhren auf einer einspurigen Straße, die von hohen Palmen und einem makellosen Rasen gesäumt war. In der Ferne erblickte man Baumgruppen und Gärten.

Sie fuhren einen Zaun entlang, hinter dem Pferde grasten. Im Hintergrund sah man diverse Gebäude, vermutlich die Ställe. Dann gelangten sie in den Garten des Hauptgebäudes – ein weitläufiges und schönes Haus im spanischen Kolonialstil, vor dem der Wagen hielt.

Beck dachte, dass es weniger den typisch modernen Gebäuden in Los Angeles ähnelte, die mit Holz, Fliesen und Stuck diesen Stil nachahmten. Dieses Haus sah echt und alt aus. Vermutlich war es das Wohnhaus einer Hacienda aus den spanischen und später mexikanischen Zeiten Südkaliforniens.

Gutierres führte sie zu einem der großen Räume im Seitenflügel. Die Bibliothek war mit Mahagoni- und Nussbaumholz vertäfelt, die Bücherregale reichten bis zur Decke aus Edelholz. In dem steinernen Kamin, der mit silbernen Schmiedearbeiten verziert war, brannte ein loderndes Feuer und verlieh der Bibliothek eine wohnliche Atmosphäre. In krassem Gegensatz zum aristokratischen Dekor stand eine Wand mit sechs großen Fernsehbildschirmen, die auf verschiedene Kanäle eingestellt waren und in deren Anblick Davis vertieft war.

Er erhob sich aus seinem Sessel, als Gutierres die Ankunft der Besucher ankündigte. Mit einem Klick der Fernbedienung erloschen die Bildschirme, und eine Holzwand, die so alt wie die übrige Bibliothek schien, schob sich lautlos vor die Technik der Moderne.

McAllen trat vor und schüttelte überschwänglich Davis' Hand.

»Wie geht's dir, David? Ich freu mich, dich zu sehen.« Der hoch aufgeschossene McAllen bildete einen seltsamen Kontrast in Größe und Aussehen zu dem kleinen, dürren Davis.

»Sehr gut, danke Richard«, erwiderte Davis, der sich nicht von der Stelle rührte und sich aufrichtete, als könne er dadurch größer werden. »Du siehst auch gut aus.«

»Danke. Darf ich dir John Beck vorstellen? Ich hatte dir angekündigt, dass er mitkommen würde.«

»Mister Beck.«

»Freut mich, Sie kennen zu lernen, Mister Davis.«

»Ganz meinerseits. Nehmen Sie bitte Platz.« Davis deutete auf ein paar Lehnstühle.

Die beiden Männer setzten sich, Gutierres ebenfalls.

»David, ich möchte dir zu Stevens Tod mein aufrichtiges Beileid und das deiner Freunde in Washington aussprechen.«

»Ermordung.«

»Genau, Ermordung. Obwohl sie bereits mit dir telefoniert haben und der Gouverneur sie bei der Beerdigung vertreten hat, übermitteln der Präsident, der Vizepräsident und ihre Frauen dir ihr Beileid.«

»Weshalb ist der Vizepräsident nicht mitgekommen?«

»Der Vizepräsident?« McAllen wunderte sich.

»Ja«, bestätigte Davis. »Wenn der Grund deines Besuchs so wichtig ist, wäre zu erwarten gewesen, dass mich der Vizepräsident persönlich aufsucht.«

»Nun, David, das Thema ist sicherlich wichtig, aber heute geht es um technische Dinge. Ich bin sicher, dass der Vizepräsident und der Präsident persönlich daran interessiert sind, was du nach dieser Besprechung zu sagen hast.«

»Technische Dinge? Ich bin es nicht gewohnt, mich um technische Dinge zu kümmern.«

»Aber um diese Dinge musst du dich persönlich kümmern, David. Sie haben mit deinem eigenen Leben und der Zukunft des Konzerns zu tun.«

»Ich höre.«

»Wie du weißt, bekleidet Mister Beck eine hohe Stellung beim FBI. Die Abteilung, die er leitet, ist auf Ermittlungen spezialisiert, die sich nicht in normalen Bahnen bewegen, weil sie sich mit Gruppen befassen, die politischen oder wirtschaftlichen Druck ausüben.«

»Worauf willst du hinaus, Richard? Es wird ja kaum noch jemanden geben, den wir nicht überwachen, oder?«, spottete Davis.

»Das sind Gruppen mit extremen politischen Ideologien«, fuhr McAllen fort. Er quittierte den Kommentar mit einem knappen Lächeln, das eher einer Grimasse glich, »oder religiöse Sekten, die nach der Macht streben und ihre Anhänger unterdrücken. Sie wenden physische und psychische Gewalt an und stehen am Rande oder außerhalb der Grenzen unserer Verfassung.«

»Sie haben eine interessante Arbeit, Mister Beck. Vielleicht können wir uns eines Tages darauf einigen, dass Sie uns ein Drehbuch für einen Krimi schreiben. Aber was nutzt uns das im Augenblick?«

»Inspektor Ramsey hat um Hilfe gebeten, um herauszufinden, wer sich zur Ermordung von Mister Kurth bekennt«, erklärte Beck. »Das FBI kennt mehr als achthundert regierungsfeindliche Organisationen. Mehr als vierhundert verfügen über ausgebildete Soldaten, die sich mit Waffen und Sprengstoff auskennen. Doch wir wissen nichts über die Gruppe, die sich zu dem Anschlag bekannt hat. Ihr Erfolg und ihre Methoden sind für eine reine Bande von Verrückten oder für eine ganz neue Gruppierung viel zu ausgefeilt. Wir glauben, das Bekennerschreiben ist eine absichtliche Irreführung, weil jemand, der genau weiß, was er tut, uns auf eine falsche Fährte locken möchte. Wir glauben aber auch, dass dieser Mord erst der Anfang ist, nur ein Teil eines besonders ausgereiften und ehrgeizigen Plans.«

»Wenn Sie meinen, die Gruppen, die sich zu dem Anschlag bekannt haben, gebe es gar nicht«, unterbrach Gutierres ihn, »wie erklären Sie sich dann, dass wir über ein Jahr lang Drohungen von ihnen erhalten haben?«

»Die Mörder planen schon sehr lange.«

»Und wir haben allen Grund zu der Annahme, dass du ihr nächstes Ziel bist«, warf McAllen ein. »Der Präsident möchte, dass du deine Sicherheitsvorkehrungen verschärfst.«

»Sag dem Präsidenten, ich danke ihm für seine Besorgnis, aber für meine Sicherheit ist gesorgt, wie du selbst feststellen kannst.«

»Der Präsident möchte, dass du die Nachfolge in der Davis Corporation regelst. Du weißt besser als jeder andere, wie mächtig der Konzern ist. Ihr besitzt Zeitungen, die wichtigsten Zeitschriften und die größte Verlagsgruppe des Landes. Ihr beherrscht vier der großen Fernsehkanäle, außerdem zahlreiche kleine Nachrichten- und Spezialsender. Die Eagle-Studios spielen weltweit immer die besten Ergebnisse ein, und eure Fernsehsender bringen in jeder Saison neue Programme für ein breites Publikum. Ganz zu schweigen von eurer Führungsrolle im Rundfunk. Die Davis Corporation hat strategische Bedeutung für die Sicherheit des Landes.«

»Du meinst für die Sicherheit eures Wahlsiegs, stimmt's?«

»David, du weißt genau, dass die strategische Bedeutung des Konzerns in der Welt fast genauso groß ist wie die unserer Pazifikflotte.«

»Du irrst dich. Der Konzern ist heute, zu Beginn des neuen Jahrhunderts, von viel größerer Bedeutung als die Flotte. Besonders für den Vizepräsidenten, wenn er bei den nächsten Wahlen zum Präsidenten gewählt werden will.«

»Mit Kurths Tod ist dein designierter Nachfolger verschwunden.« McAllen überging Davis' Kommentar. »Die Aktien des Konzerns sind so gestreut, dass keine absolute Mehrheit entsteht, auch wenn deine Erben alle ihre Aktien verkaufen würden. Und der Wert des Konzerns ist viel zu hoch, als dass eine feindliche Übernahme möglich wäre. Damit ist die Macht der leitenden Angestellten des Konzerns der entscheidende Faktor seiner Politik, auch wenn sie in der Aktionärsversammlung nahezu kein Gewicht haben.«

»Ich sehe, du hast deine Hausaufgaben gemacht.« Davis rang sich ein Lächeln ab. »Doch inwiefern betrifft mich das?«

»Die Davis Corporation ist dein Lebenswerk. Sie ist von deinem Stil geprägt und spiegelt dein Freiheitsideal wider, das mit unserer Vision einer toleranten und liberalen Welt übereinstimmt, in der der Staat das Leben der Bürger so wenig wie möglich beeinflusst. Das kann sich dramatisch ändern, wenn du stirbst, ohne deine Nachfolge geregelt zu haben. Dein Werk stirbt mit dir, und diese riesige Medienmaschine könnte in die Hände eines Menschen fallen, der sie ganz anders einsetzt, als du es getan hast. Er könnte die Bürger dieses Landes im Sinne obskurer Ideologien oder Religionen beeinflussen.«

»Richard, ich glaube, eure Besessenheit, an der Macht zu bleiben, beschert euch Albträume. Außerdem unterscheiden sich meine Ideale in vielerlei Hinsicht von euren.«

»Das sind keine Albträume«, konterte McAllen. Dann wandte er sich an Beck. »John, erklär es Mister Davis.«

»Wir haben Informanten und Spione in fast allen Sekten, vor allem in den aktivsten. Sie wären erstaunt, wenn Sie wüssten, wie mächtig manche sind und welche Kontakte sie haben, weil die Anhänger einander helfen, Machtpositionen zu besetzen.«

»In diesem Fall wissen Sie ja bestens Bescheid über meine letzte Spende an meine Synagoge, nicht wahr, Beck?«, spottete Davis und kniff die Lippen zusammen.

»Einige Sekten sind ganz besonders abgeschottet und tun Dinge, von denen nur sehr wenige Anhänger überhaupt wissen«, fuhr Beck fort, ohne Davis' ätzenden Humor zu beachten. »Gelegentlich neigt sogar eine radikale Fraktion innerhalb einer Sekte zu extremistischen Aktivitäten, ohne dass die Kerngruppe das weiß. Die Ermittlungen in dieser Richtung sind sehr kompliziert. Ich kann Ihnen jedoch versichern, dass es eine mächtige Geheimgesellschaft gibt, die seit einiger Zeit die Davis Corporation unterwandert. Einige Mitarbeiter bekennen sich ganz offen zu dieser Gruppe, und manch leitender Angestellter könnte ein heimlicher Anhänger sein.«

»Beck, kommen Sie zur Sache. Sagen Sie mir, wer es ist, und lassen Sie uns handeln.«

»So einfach ist das nicht. Obwohl wir einen begründeten Verdacht gegen eine bestimmte Sekte hegen und einige Mitglieder im Konzern identifiziert haben, können wir ihre Verbindung mit dem Anschlag nicht beweisen.«

»Wir brauchen aber handfeste Beweise«, schaltete sich Gutierres ein. »Wir können nicht zulassen, dass es heißt, wir würden im Konzern eine Religion oder eine Sekte verfolgen. Bloße Verdachtsgründe reichen nicht aus.«

»Die Namen, Beck«, beharrte Davis.

»Er kann sie dir im Augenblick nicht nennen«, vermittelte McAllen, »aber wir sind sicher, dass der Mord ein wichtiger Schritt bei ihren Plänen zur Machtübernahme durch die Sekte darstellt. Sie werden weitermachen, David, und du bist ihr größtes Hindernis.« Der Senator schwieg einen Moment, dann fuhr er mit Nachdruck fort. »Wir haben beschlossen, dass Special Agent Beck ab heute die Ermittlung leitet. Somit bist du besser geschützt und …«

»Einen Augenblick, Richard.« Davis' Stimme verriet seinen Ärger. »Ihr erzählt mir die Geschichte einer Sekte und eines Komplotts, aber ihr wollt nicht verraten, um welche Sekte es sich handelt, und es ist euch auch nicht gelungen, ihre Verbindung zu dem Anschlag zu beweisen. Ihr nennt mir nicht die Namen der verdächtigen Mitarbeiter. Ihr legt mir keinerlei Beweise vor. Und das sind die Gründe dafür, dass diese Leuchte vom FBI die Untersuchung leitet und ihre Nase, die per Internet mit Washington verbunden ist, in meine Angelegenheiten steckt? Jeden Tag lehnen meine Studios zehn Drehbücher ab, die besser sind als dieses.«

McAllens rotes Gesicht wurde blass.

»Bitte David, sei vernünftig. Wir wollen deine Sicherheit und die Sicherheit des Konzerns.«

»Na schön, Mister Beck«, fuhr Davis fort, ohne McAllen zu beachten, »da Sie ja so gut informiert sind: Was halten Sie von dem Sprengstoff, den diese Verteidiger Amerikas benutzten? Was ist das überhaupt für ein blödsinniger Name, sind das Comic-Helden?«

»Ich habe noch keine Einzelheiten mit Ramsey besprochen, auch nicht mit dem Labor, das die Analysen gemacht hat.«

»Aber Sie glauben, Sie könnten mir hier gute Ratschläge erteilen«, wies Davis ihn mit steinerner Miene zurecht. »Sagen Sie es ihm, Gus, sagen Sie ihm, was es war.«

»RDX, ein vom Geheimdienst verwendeter Sprengstoff.«

»Ja, Geheimdienste«, fuhr Davis fort. »Und ich halte von Geheimdiensten so viel wie Sie von Sekten. Ich weiß wohl, dass die Tat von einem Geheimdienst ausgeführt wurde, aber ich weiß nicht, von welchem. Senator, käme vielleicht sogar unser eigener in Frage?«

»Aber David«, entrüstete sich McAllen. »Wie kannst du so etwas sagen?«

»Der Präsident der Vereinigten Staaten von Amerika macht

sich Sorgen um meine Nachfolge«, sprach Davis weiter, ohne sich im Geringsten um McAllens jämmerlichen Ton zu kümmern. »Habt ihr schon einen Kandidaten? Wer ist es, Richard?«

»Unsere Hauptsorge gilt deiner Sicherheit, und davon abgesehen solltest du uns nicht beleidigen.«

Davis schwieg.

»Ich respektiere den Präsidenten, bitte übermittle ihm meinen Dank für seine Sorge«, bemerkte Davis nach einer langen Pause. Sein Ton klang jetzt entspannt und versöhnlich. »Ich danke für die Informationen, die mir Mister Beck übermittelt hat, aber es wäre mir lieber, wenn er mir nächstes Mal nicht nur Gerüchte vorsetzt. Ich will die Namen und eine vernünftige Erklärung. Und Beweise. Wenn nicht, kann er sich die Mühe sparen, mich aufzusuchen. Er soll mit dir verhandeln, Gus. Oder mit Ramsey. Bis er uns die Namen und die Motive dieser Leute liefert, arbeiten wir unverändert bei den Ermittlungen mit, die Inspektor Ramsey weiterhin leiten wird. Er besitzt mein volles Vertrauen.«

»Und wie sieht es mit einem passenden Nachfolger aus?«, wollte McAllen wissen.

»Sag dem Präsidenten, dass ich mir Gedanken über einen möglichen Nachfolger machen werde. So, meine Herren, und jetzt ist es Zeit zum Essen.« Davis erhob sich von seinem Stuhl, und die anderen folgten sofort seinem Beispiel. »Richard«, wandte er sich an den Senator und ergriff seinen Arm, »wir beide müssen uns noch über alte Zeiten unterhalten, lass uns allein zusammen essen.« Und er fügte hinzu: »Mister Beck und Gus essen auch gemeinsam. Ich bin sicher, dass sie eine Menge *technischer Dinge* finden werden, über die sie reden können.«

Beck sah, wie Davis McAllen nach draußen führte. Als er sich umwandte, begegnete sein Blick dem von Gutierres. Um die Lippen des gewöhnlich ausdruckslosen Gesichts des Chefs der Prätorianer spielte ein überaus amüsiertes Lächeln.

26

»Weißt du, Dubois hat mich neugierig gemacht, als er von diesem genetischen Gedächtnis sprach, aber seither habe ich nichts mehr darüber gehört.«

Jaime hatte Karen auf einen Drink bei Ricardo's eingeladen. Er fühlte sich hier zu Hause und hoffte, dass Karen in dieser intimen Atmosphäre etwas zugänglicher werden und ihm mehr über die mysteriösen Katharer erzählen würde.

»Aha! Interessierst du dich wirklich dafür?« konterte Karen, riss die Augen auf und täuschte Überraschung vor.

»Natürlich. Aber um sicher zu gehen, würde ich gern ausprobieren, was Dubois gesagt hat.«

»Es ist so, Jaime. Glaub mir, es ist so.« Sie schwieg kurz und fuhr dann fort: »Ich garantiere es dir.«

»Warum bist du so sicher? Du sprichst so, als ob du es erlebt hättest.«

»Ich habe es erlebt.«

»Du? Was hast du erlebt?«

»Nicht jetzt. Du bist nicht bereit.«

»Warum nicht?«

»Hör mal, Jaime, das ist keine Sache, die man besichtigen kann wie ein Tourist die Mammutbäume im Sequoia Nationalpark. Man braucht eine vorausgehende Erkenntnis, eine positive Einstellung und eine Verpflichtung.«

»Ich versteh dich nicht. Was für eine vorausgehende Erkenntnis braucht man denn?«

»Vor der Erkenntnis kommt erst mal deine Grundhaltung. Du musst bereit sein, Ereignisse zu akzeptieren, die deine Erziehung und dein derzeitiges Denken heftig ablehnen könnten.«

»Was bedeutet das, Karen? Was muss ich denn alles akzeptieren?«

»Ich spreche lieber nicht davon, wenn ich deine positive Einstellung nicht voraussetzen kann.«

»Bitte, Karen, rede nicht um den heißen Brei herum. Ich verspreche dir, mit allem Respekt zuzuhören, wenn du mir etwas erzählst. Glaub mir, ich kann gar nicht positiver eingestellt sein.«

»Gut, wenn du willst.« Karen schwieg und blickte ihn durchdringend an. Das Licht des Raums ließ ihre blauen Augen seltsam funkeln. Dann fuhr sie leiser fort. »Das genetische Gedächtnis ist ein Euphemismus, den Dubois benutzt. Du erinnerst dich nicht an das, was deine Großeltern oder Urgroßeltern oder sonstige Vorfahren erlebt haben. Du erinnerst dich an das, was deine geistigen Vorfahren erlebt haben.«

»Was ist ein geistiger Vorfahre? Ich höre so etwas zum ersten Mal.«

»Jaime, das ist dein inneres Ich, dein Geist.«

»Karen, ich verstehe das nicht. Was hat mein Geist mit meinen Vorfahren zu tun?«

»Dein Geist hat bereits frühere Leben durchlaufen und ist immer ein und derselbe gewesen. Deswegen sind die Individuen, die mit deinem Geist und ihrem eigenen Leib gelebt haben, deine geistigen Vorfahren. Der Leib stirbt, aber der Geist lebt weiter.«

»Du sprichst von Reinkarnation, stimmt's?«

»Ja.«

In diesem Augenblick tauchte Ricardo auf und stellte die Drinks auf den kleinen Tisch.

»Alles in Ordnung, meine Süßen?«

»Ja«, erwiderte Jaime.

Ricardo gab ihm einen freundschaftlichen Klaps auf die Schulter und grinste breit. Karen lächelte strahlend zurück. Als er sich zurückzog, blinzelte er Jaime zu, ohne dass Karen es bemerkte, und hielt als Zeichen der Bewunderung den Daumen nach oben. Karen gefiel ihm.

»Es fällt mir schwer, an Wiedergeburt zu glauben«, bemerkte Jaime, als Ricardo außer Hörweite war.

»Ich habe dich gewarnt.«

»Mal angenommen, ich glaube daran«, beeilte er sich zu versichern, »oder halte es zumindest für möglich. Könnte ich mich dann an vergangene Leben erinnern?«

»Genau davon reden wir ja. Unter bestimmten Voraussetzungen kannst du Zugang zu Bruchstücken von Informationen, zu Erinnerungen an vorherige Erfahrungen bekommen, die dir helfen, deinem Leben einen Sinn zu geben, als Fortsetzung eines Lernprozesses, der vor langer Zeit begonnen hat.«

»Hast du diese Art von Erfahrung selbst gemacht, oder hat man es dir nur erzählt?«

»Ich habe schon gesagt, dass ich es selbst erlebt habe.«

»Was ist geschehen? Was hast du gesehen? Erzähl es mir, Karen.«

»Tut mir leid, aber das kann ich nicht. Es ist etwas sehr Intimes. Ich glaube nicht, dass wir genug Vertrauen zueinander haben.«

»Was sagst du denn da? Vertraust du mir nicht? Wir haben uns sehr persönliche Dinge anvertraut. Wir haben oft miteinander geschlafen, und du warst keineswegs besonders reserviert und ich genauso wenig. Unsere Beziehung ist höchst intim. Warum plötzlich diese Zurückhaltung?«

»Du täuschst dich, Jaime. Ich habe dir meinen Leib ohne Vorbehalte dargeboten und du mir den deinen. Aber das ist etwas Physisches. Etwas, das eines Tages an Glanz verlieren wird und zuletzt vergeht. Unsere Leiber haben einander genossen, und das war sehr gut so. Aber das ist wenig. Es ist sehr viel leichter, die intimste Seite seines Leibes zu zeigen als seine intimsten Gedanken. Und genau hier liegt die Kontinuität des Lebens, in deinem Geist, in deinem innersten Wesen.«

Jaime konnte Karen nicht folgen. Er merkte, dass sein Mund

offen stand und schloss ihn schnell wieder. Wenn Ricardo ihn in diesem Augenblick sehen könnte, würde er sich den Rest seines Lebens über »Jaimes idiotischen Gesichtsausdruck in Anwesenheit jener Blondine« amüsieren.

»Das wahre Wesen ist der Geist, der sich zum Teil mit den Erfahrungen im physischen Leben weiterentwickelt und vorankommt. Der Leib ist lediglich sein Instrument. Wenn ich es in der mittelalterlichen Sprache ausdrücke, würde ich sagen, dass der Teufel den Leib geschaffen hat. Deshalb ist der Leib endlich, während der Geist ewig ist.«

»Teufel auch! Was für einen hübschen Leib du hast, Kay!«, rief Jaime, der sich in den Humor flüchtete, um seine Überraschung und seine Ungläubigkeit zu kaschieren.

Karen ließ ihr perlendes Lachen hören.

»Der Leib ist also ein Instrument des Teufels, wie du sagst«, fuhr er fort, angeregt durch ihr Lachen, »aber ich genieße deinen Leib teuflisch gern mit meinem Instrument.«

»Was soll das?«, unterbrach ihn Karen ernst. »Verspottest du mich? Verstehst du jetzt, weshalb ich gesagt habe, du bist noch nicht bereit?«

»Entschuldige Karen, bitte sei nicht gekränkt. Ich respektiere, was du mir gesagt hast. Es ist nur so, dass das Thema Leib und Teufel zum Scherzen reizt, und ich konnte mich nicht zurückhalten.«

»Das merke ich. Ich habe gesagt, es ist die Sprache des Mittelalters. In Wirklichkeit glaube ich kaum an den Teufel, aber von Zeit zu Zeit tut es gut, jemandem die Schuld für die Dinge zuzuweisen, für die man ausschließlich selbst verantwortlich ist.« Sie lächelte verschmitzt. »Glaubst du nicht auch, Jimmy?«

»Unbedingt.« Auch er lächelte. »Und weil du gerade vom Leib sprichst und darüber, was ich denke: Statt dem Teufel die Schuld zu geben, sollte ich ihm danken.«

»Du bist ja besessen«, stellte sie fest. »Aber du bist nach wie vor skeptisch.«

»Nein, Karen. Ich möchte mit aller Intensität meine eigene Erfahrung machen und mich an meine Vergangenheit erinnern.«

»Das erfordert Verpflichtungen. Ernsthafte Verpflichtungen.«

»Was für Verpflichtungen?«

»Verschiedene. Diese Erfahrung kann dir den Schlüssel zu einem Weg geben, den du, ohne es zu wissen, bereits eingeschlagen hast, und ein Bewusstsein für dein Lebensziel, das dich verpflichtet, nicht vom Weg abzuweichen und ohne Unterbrechung weiterzugehen. Du musst dich unserer Gruppe anschließen und unsere Regeln akzeptieren. Das ist nicht so einfach. Die Freiheit ist nur eines der Güter, nach denen wir streben. Trotzdem darf niemand auf dem Weg dahin die Freiheit aufgeben, um das gemeinsame Ziel zu erreichen. Mit anderen Worten: Du musst den Führern der Gruppe gehorchen.«

»Karen, ich verstehe den Zusammenhang nicht. Was genau bedeutet Gehorsam? Was muss ich tun? Sie haben doch unter den Mammutbäumen die Freiheit gepredigt?«

»Ich weiß nicht, was der Gehorsam in jedem Augenblick erfordern kann.«

»Aber Karen, merkst du denn nicht, dass alles, was du mir da erzählst, nach Sekte stinkt?« Er hatte die Stimme erhoben.

»Du hast gefragt, und ich antworte. Wir haben schon mal darüber diskutiert, und ich will es jetzt nicht. Es sind meine Freunde und ich bin mit ihnen zusammen. Jaime, du bist ein mündiger Erwachsener. Entscheide dich für das, was du willst. Ich weiß, was ich will.« Karen stand auf. »Und jetzt möchte ich nach Hause, es ist spät. Bringst du mich nach Hause?«

»Selbstverständlich. Ich habe dich ja auch hergebracht«, erwiderte Jaime und erhob sich von seinem Platz.

Es war nicht mehr viel Verkehr auf den Straßen, doch Jaime fuhr absichtlich langsam, um länger mit Karen zusammen zu sein. Sie schien diesen Wunsch nicht zu teilen.

»Sehen wir uns am Freitag?«

»Ich habe dir bereits gesagt, dass ich mich mit meinen Freunden treffe.«

»Schließt du mich da aus?«

»Nein. Wenn du mitkommst, bist du willkommen. Aber erst mal musst du dir selber klar werden, was du willst, und eine Entscheidung treffen. Wenn du mitkommst, dann deshalb, weil du zur Gruppe gehören möchtest.«

»Danke für die Einladung. Ich werde deinem Rat folgen und darüber nachdenken. Ich ruf dich an und sag dir Bescheid. Wie lange habe ich Zeit?«

»Bis Freitag. Ich habe keine anderen Pläne. Entweder gehe ich mit dir oder allein.«

Schweigen machte sich zwischen ihnen breit wie eine verschlossene Tür, die sie voneinander trennte. Jaime fühlte sich unter Druck. Und das gefiel ihm nicht. Was steckte dahinter? War die Geschichte mit dem Geist und der Reinkarnation ein Märchen? Was riskierte er, wenn er Karen auf ihrem Weg folgte? Er begann zu begreifen, was er aufs Spiel setzte, wenn er es nicht tat. Er würde sie verlieren, und das war das Letzte, was er wollte. In wenigen Tagen hatte sich Karen in die kleine Sonne verwandelt, um die sich der Planet seines Lebens drehte. Diese Abhängigkeit machte ihm Angst, aber eine Alternative schien ihm bereits undenkbar.

Jäh kam ihm ein Verdacht, so heftig und schrecklich wie ein Blitz in finsterer Nacht.

»Karen, Linda Americo …«

»Was ist mit Linda?«

»Gehört sie zu deinen *Freunden?*«

»Ja, ich habe dir doch gesagt, dass wir Freundinnen sind.«

»Karen, ich frage dich, ob sie zu *diesen* Freunden gehört, über die wir gesprochen haben, zu denen, die ihren Führern gehorsam sein müssen.«

»Wie kommst du darauf?«

»Das könnte erklären, was sie mit Douglas gemacht hat. Ich kann mir nicht vorstellen, dass sie eigene Motive hat, ihn mit solcher Grausamkeit zu verletzen. Sag Karen, gehört sie zu den Katharern?«

»Jaime, ich werde nicht darauf antworten. Frag sie doch selbst. Sie wird dir antworten, wenn sie will. Ich kann dir keine Informationen über Linda geben, die ich habe, weil ich ihre Freundin oder weil ich Katharerin bin. Du wirst es erfahren, wenn du dich unserer Gruppe anschließt.«

»Welches Interesse könnte eure Gruppe daran haben, Douglas zu erledigen?«

»Was ist denn mit dir los? Was soll diese Frage? Merkst du eigentlich, dass du uns anklagst? Ich habe keine Lust, diese Art Unterhaltung fortzuführen«, bemerkte Karen knapp.

Das Schweigen wurde wieder zum dritten Mitfahrer, ein unbehagliches, drückendes Schweigen. Voller Fragen. Voller Vorahnungen.

Sie passierten die Zufahrtsschranke zu den Wohnhäusern, und Jaime parkte in der Besucherzone.

»Nimmst du mich noch mit?«, fragte er zweifelnd.

»Heute nicht. Tut mir leid. Morgen muss ich sehr früh in der Firma sein; ich habe einen schweren Tag vor mir.« Sie drehte sich zu ihm, legte die rechte Hand auf seine Schulter und küsste ihn. Es war ein langer inniger Kuss. Diese Zärtlichkeit erleuchtete die finstere Nacht.

»Ruf mich an«, hauchte sie ihm zum Abschied zu.

Auf dem Heimweg war Jaime sehr glücklich, doch sein verdammter Rechnungsprüferverstand ließ sich nicht unterdrücken. Was bedeutete diese Geschichte mit Douglas? Hatte Linda ihn unter Druck gesetzt, dass er sich den Katharern anschließen sollte, wie Karen es mit ihm tat? Die Parallelen zu dem Verhältnis zwischen Linda und Douglas waren zu augenscheinlich. War seine erste Begegnung mit Karen bei Roco's reiner Zufall? Interessierte sich Karen persönlich für ihn oder wollte sie durch ihn etwas für ihre Gruppe erreichen? Würde der Augenblick kommen, da Karen seinen Sturz plante, wie Linda es mit Douglas getan hatte? Wieder spürte er eine Gefahr, stärker denn je. Ja, Karen war gefährlich. Und die Gruppe, zu der sie gehörte, war womöglich noch viel gefährlicher.

Jaime wusste, dass sein Entschluss feststand. Doch weder sein Geist noch sein Verstand waren daran beteiligt, allein sein Herz leitete ihn. Und er konnte nicht anders handeln. Er würde Karen folgen, wohin auch immer sie ihn führte: Wie der Schmetterling, der in die Flamme flog.

FREITAG

27

»Tut mir leid, Chef.« Lauras Mitgefühl klang geheuchelt. »Vielleicht sind dir diese Leute nicht gerade sympathisch, aber du musst dich um sie kümmern. Mit mir wollen sie nicht reden.«

Mit einer kleinen Verbeugung drückte sie ihm die Liste mit den anstehenden Telefonaten in die Hand. Als sie sein Büro verließ, fragte sie: »Wen willst du zuerst anrufen?«

Doch Jaime scherte sich weder um die Anrufe, die erledigt werden mussten, noch um sonst eine dringende Angelegenheit. Nur ein Thema beschäftigte seine Gedanken. Nur ein wichtiger Anruf: Karen.

Es war bereits Freitag, und um so zu tun, als denke er über die Verpflichtungen nach, die sie ihm auferlegen wollte, hatte er sie seit jenem Mittwochabend bei Ricardo's nicht mehr angerufen.

Er wollte am frühen Morgen mit ihr reden. Als er sie nicht erreichte, begann er sich Sorgen zu machen. Er hinterließ eine Nachricht auf dem Anrufbeantworter in ihrem Büro und auf der Mailbox ihres Handys. Als er nichts von ihr hörte, ging er nach dem Mittagessen hinunter in die Rechtsabteilung. Sie schien geradezu verwaist, aber er traf einen Anwalt, der ihm erklärte, er habe Karen den ganzen Vormittag nicht gesehen. Nein, er wisse auch nicht, wann sie ins Büro zurückkomme. Ihre Assistentin sei wohl beim Essen. Jaime legte eine Notiz auf Karens Schreibtisch: »Miss Jansen, rufen Sie mich bitte an. Es ist dringend. Jaime Berenguer.«

Der Nachmittag verlief drückend und schien sich endlos hinzuziehen. Das Telefon glich einem Folterinstrument. Er litt, wenn es stumm blieb, er bekam Herzklopfen, wenn es läutete. Aber am schlimmsten war es, wenn die Stimme nicht die geliebte war. Dunkelheit breitete sich aus, und die Schatten kletterten an dem Gebäude auf der gegenüberliegenden Straßenseite hinauf, der Sonne entgegen. O Gott! Und wenn sie ihn nicht anrief, wenn er sie am Wochenende nicht sehen würde? Allein der Gedanke an diese Katastrophe war niederschmetternd. Jaime konnte nicht mehr still sitzen. Erneut läutete das Telefon.

»Mister Berenguer?«

»Karen.« Jaime spürte ungeheuere Erleichterung.

»Ja. Sie wollten mich sprechen, Sir?«

»Ich versuche den ganzen Tag, dich zu erreichen. Wo warst du denn?«

»Ich habe die Interessen des Konzerns auf dem Schlachtfeld verteidigt. Und du? Was hast du getan?«

»Ich habe an dich gedacht.«

»Mein Herr Rechnungsprüfer, dafür bezahlt der Konzern Sie aber nicht. Was hast du gedacht?«

»Dass ich heute Abend an dem Treffen mit deinen Freunden teilnehmen möchte. Sofern die Einladung unverzüglich erfolgt.«

»Sie ist hiermit erfolgt. Du weißt ja nicht, wie sehr ich mich freue!«

»Aber ich habe eine Frage.«

»Nicht jetzt, Jaime. Das Telefon eignet sich nicht dafür und hinterlegte Botschaften auf dem Schreibtisch auch nicht. Ich erwarte dich um sieben bei mir.«

Dann hörte Jaime ein Knacken, und Karens Stimme verstummte. Sie hatte aufgelegt. Aber das machte ihm überhaupt nichts aus. Er spürte einen heißen Kuss auf seiner Wange. Der Nachmittag wurde wunderbar und strahlend.

Jaime wusste weder, wohin sie gehen würden, noch in welche Abgründe er nach sieben hinabsteigen würde. Er sagte sich, es sei ihm egal. Er würde überallhin gehen, und sei es direkt in die Hölle. Aber nur mit Karen.

28

Es war ein Gebäude am Wilshire Boulevard, weißer Stuck, mittelgroß, zwei Stockwerke, ein wenig verwittert von Alter und Luftverschmutzung. Jaime sagte sich, es könnte genauso gut ein Ärztezentrum oder der Sitz einer Versicherungsgesellschaft sein. Karen bog vom Boulevard rechts ab und fuhr ihren Wagen auf den Parkplatz.

»Wir sind da«, sagte sie lächelnd und zog den Schlüssel ab.

Als sie ausgestiegen waren, nahm sie Jaimes Hand und führte ihn gemächlichen Schritts wie bei einem Spaziergang zum Eingang. Neben der Doppeltür aus Milchglas, das einen Blick ins Innere verwehrte, hing ein diskretes Bronzeschild an der Wand. Darauf stand: »Christlicher Katharerclub«.

Sie stießen einen Flügel der Tür auf, und das Innere erinnerte Jaime an das Wartezimmer seines Zahnarztes. Ein paar Sofas, ein kleiner Tisch in der Mitte, beladen mit allen möglichen Zeitschriften, daneben Zierpflanzen, an den Wänden ein paar schlicht gerahmte Bilder, die weit entfernte, auf Felsen thronende Burgen zeigten.

Hinter der Theke begrüßte sie lächelnd eine etwa fünfzigjährige Frau mit Brille.

»Guten Abend. Hallo Karen.«

»Hallo Rose.« Sie erwiderte ihr Lächeln. »Wie geht's dir? Wir haben eine Verabredung mit Dubois.«

»Ja, ich weiß, er erwartet dich. Geh nur hinein.«

»Rose, darf ich dir Jaime vorstellen. Jaime, das ist Rose.«

Beide zeigten sich erfreut. Karen ließ ihnen keine Zeit für Förmlichkeiten, sondern ergriff Jaimes Hand und führte ihn zu einer Tür.

»Bis später, Rose.«

Karen geleitete ihn durch einen Gang, klopfte leicht an die Tür eines Büros, öffnete sie, ohne eine Antwort abzuwarten und trat ein.

»Guten Abend.«

Am anderen Ende des Zimmers standen ein Schreibtisch, in der Mitte ein kleiner Tisch mit Sofas und Stühlen. Als sie eintraten, erhoben sich zwei Männer – Peter Dubois und Kevin Kepler.

»Hallo Karen. Wie geht es Ihnen, Berenguer?« Dubois begrüßte sie mit einem Lächeln, das seinen strengen Gesichtsausdruck milderte. Er reichte Jaime die Hand, die dieser drückte.

»Sehr gut, danke. Und Ihnen?«

»Ausgezeichnet«, erwiderte er, während Karen Kepler mit einem Kuss auf die Wange begrüßte. »Sie kennen ja Kevin Kepler bereits.«

»Ja, wir haben uns im Wald kennen gelernt.«

»Berenguer, ich freue mich, Sie wiederzusehen«, sagte Kepler, und die beiden Männer gaben einander die Hand.

»Setzen wir uns, und reden wir über das, was sie zu unserem Club führt.« Dubois machte eine einladende Geste.

»Karen sagte uns, Sie würden sich gern unserer Gruppe anschließen«, begann Kepler, gleich nachdem sie sich gesetzt hatten. »Warum?«

»Nun, ich fand Ihre Rede im Wald sehr interessant.« Jaime sprach langsam und ließ den Blick zwischen den beiden Männern hin und her wandern. Er war nicht auf diese Frage gefasst; er fühlte sich wie damals auf der Suche nach seiner ersten Stelle, als man ihn prüfte. Er war nicht auf eine Prüfung vorbereitet, doch er wollte diese »Stelle« und fürchtete, Karen zu verlieren, wenn sie ihn ablehnten. Aber das würde nicht geschehen. Sie war der einzige Grund, der ihn zu ihnen geführt hatte. Der einzige und der uneingestandene. »Im Grunde«, fuhr er fort, »kann ich viel von dem Gesagten akzeptieren, und obwohl es mir schwer fällt, jeden Punkt zu glauben, bin ich positiv eingestellt.«

»Was fällt Ihnen schwer zu glauben?«, erkundigte sich Kepler, dessen Gesichtsausdruck im Gegensatz zu dem von Dubois sehr ernst war. Dubois lächelte, während seine Augen Jaime durchdringend musterten.

»Das mit dem genetischen Gedächtnis. Oder mit den Erinnerungen an frühere Inkarnationen, wie mir Karen es später erklärte. Es ist faszinierend, es ist eine schöne Geschichte, die mir gefallen würde, wenn sie wahr wäre. Aber mein Verstand weigert sich, sie zu glauben.«

»Möchten Sie es versuchen?«, fragte Dubois.

»Mich an frühere Leben zu erinnern?«

»Genau.«

»Ja, gerne.«

»Das ist ein Ritus in einer fortgeschrittenen Phase«, wandte Kepler ein. »Es könnte noch zu früh sein.«

»Gewiss«, bestätigte Dubois. »Natürlich passiert das oft, dass man es versucht und der Mensch dann gar nichts erlebt; das kann zu großen Enttäuschungen führen, wenn jemand zu viel von der Zeremonie erwartet.«

»Peter«, mischte sich Karen ein, »ich glaube, Jaime ist bereit.«

»Ich stimme Karen zu«, bekräftigte Dubois und wandte sich an

Kepler. »Und wenn Jaime Berenguer bereit ist, unsere Regeln und Vorschriften zu beachten, sollten wir ihm die Gelegenheit so bald wie möglich geben. Schon morgen.«

»Gut«, erklärte sich Kepler einverstanden. »Ihr kennt ihn besser als ich. Ihr kennt auch die Risiken. Wenn ihr trotzdem weitermachen wollt, dann soll es morgen sein.«

»Was meinen Sie, Berenguer?«, fragte Dubois. »Wollen Sie sich uns anschließen?«

»Ich möchte diese Erfahrung machen«, bestätigte Jaime, der das Gefühl hatte, die Prüfung zu bestehen. »Karen hat mir etwas von den Regeln Ihrer Gruppe erzählt, und ich bin bereit, sie zu befolgen.«

»Sie werden die Einzelheiten noch erfahren«, begann Kepler wieder, »aber im Grunde genommen sind es drei Punkte. Erstens: Sie dürfen niemandem etwas von dem, was Sie sehen, hören oder mit uns besprechen, erzählen; zweitens: Sie müssen die Brüder und die Ziele der Gruppe mit allen Ihnen zur Verfügung stehenden Mitteln unterstützen, und drittens: Sie müssen einen vernünftigen und strikten Gehorsam gegenüber den Führern leisten.«

»Ich bin bereit, die Regeln zu befolgen, vorausgesetzt, es handelt sich um einen vernünftigen Gehorsam.«

»Dann können Sie morgen den feierlichen Schwur leisten.« Dubois sprach langsam. »Und bedenken Sie: Es gibt keinen Weg zurück.« Er lächelte nicht, und sein Gesicht wirkte fremd, wie das einer anderen Person. Jaime spürte einen kalten Schauer. An wen erinnerte er ihn?

»Denken Sie heute Nacht darüber nach. Wenn Sie morgen noch unentschlossen sind, ist das kein Problem. Das Ritual kann warten, und Sie können sich unserer Gruppe auch mit einem geringeren Grad von Verpflichtung anschließen. Denken Sie darüber nach, und warten Sie, wenn Sie sich nicht bereit fühlen.«

Jaime warf Karen einen Blick zu. Sie machte ihm mit einer beruhigenden Geste Mut.

»Wenn Sie Ihre Meinung ändern, teilen Sie es morgen Karen mit«, bemerkte Kepler. »Wenn nicht, dann sehen wir uns um elf. Denken Sie lange genug darüber nach. Sie müssen innerlich bereit sein.«

»Ich lade dich zum Essen ein«, erklärte ihm Karen, als sie hinausgingen. »Bei mir.«

Jaime spürte ihre warme weiche Hand und fühlte sich sehr glücklich.

Aber die Stimme aus seinem tiefsten Inneren, die gerade besonders ungelegen kam, wiederholte ihre Warnung.

SAMSTAG

29

Jaime legte eine weiße Tunika an, und vielleicht erinnerte ihn die Tür deshalb an die Räume, in denen er sich für eine Röntgenuntersuchung entkleiden musste. Sie sagten ihm, dass nur wenige Menschen sich bereits beim ersten Mal an frühere Leben erinnern könnten. Er war voller Erwartung, wenn er auch angesichts des seltsamen Rituals und der Art, wie er bis hierher gelangt war, seltsam erregt war.

»Bald erkläre ich dir alles«, hatte ihn Karen beruhigt.

Er wachte morgens auf und spürte ihren warmen Körper neben sich im Bett. Sie frühstückten lachend und scherzend in der Küche und genossen die Wärme der Sonnenstrahlen. Dann fuhr Karen mit ihm zum Parkplatz eines Einkaufszentrums. Bevor sie ausstiegen, sagte sie zu ihm:

»Du musst das aufsetzen. Wundere dich nicht, wenn du nichts siehst, das ist der Sinn der Sache.«

Es handelte sich um eine Sonnenbrille, die an den Seiten geschlossen war. Als Jaime sie aufsetzte, merkte er, dass er tatsächlich nichts mehr sehen konnte.

»Wozu soll dieses Theater gut sein, Karen?«

»Vertrau mir. Später wirst du es begreifen, im Moment musst du mir einfach vertrauen.«

Jaime hatte keine andere Wahl. Er merkte, wie Karen den Wagen auf einen bestimmten Parkplatz lenkte, den Motor abstellte und seine Wagenseite öffnete.

»Bitte, lauf nicht weg und lass die Brille auf«, instruierte sie ihn, bevor er ausstieg.

Sie führte ihn zu einem anderen Wagen in der Nähe und setzte ihn auf den Rücksitz.

»Guten Tag, Berenguer.« Er erkannte Keplers Stimme. »Wollen Sie jetzt unsere kleine Sitzung voller Mysterien genießen?«

»Da hab ich vor, Kepler, das hab ich vor.«

Karen setzte sich neben ihn und nahm seine Hände in die ihren. Der Wagen setzte sich in Bewegung. Am Ende der Fahrt, die ungefähr eine Stunde dauerte, bemerkte Jaime Kurven und Steigungen. Sie befanden sich offenbar in einer gebirgigen Gegend. Als das Auto hielt, vernahm er, wie sich die Automatiktür einer Garage öffnete. Sie stiegen aus, passierten verschiedene Gänge und stiegen eine schmale Treppe hinunter. Als er die Brille abnehmen durfte, bemerkte er, dass er vor einer Tür stand.

»Du machst das sehr gut«, sagte Karen in einem Ton, den man gewöhnlich bei kleinen Kindern anschlägt. »Zieh dich aus, auch die Schuhe, und streif diese Tunika über. Rühr dich nicht von der Stelle, bis ich dich abhole.«

Fünf Minuten später tauchte Karen wieder auf, ohne Schuhe und ebenfalls in eine weiße Tunika gekleidet. Als sie seine Hand fasste und ihn mit sich zog, nutzte er die Gelegenheit, seine Freundin unter der Tunika zu berühren. Zu seiner Freude stellte er fest, dass sie unter dem feinen Stoff ebenfalls nackt war. Er wollte das Gewand gerade hochheben, doch sie entzog sich ihm.

»Jetzt doch nicht«, warnte sie ihn, deutete mit dem Zeigefinger auf seine Brust und runzelte die Stirn. »Benimm dich. Das ist sehr ernst und wichtig für uns und, wie ich hoffe, auch für dich. Mach mich bitte nicht lächerlich.«

Jaime sah unwillkürlich die komische Seite dieser Szene, hielt es aber für klüger, Karen zu gehorchen, um sie nicht zu verärgern.

»In Ordnung, ich bin ein braver Junge.«

Sie geleitete ihn durch einen kurzen, schwach erleuchteten Gang, öffnete eine Tür und schob einen schweren Vorhang zur Seite. Sie befanden sich in einem normal großen Raum. Schwere, granatrote Vorhänge bedeckten die Seiten und verbargen wohl Türen und Fenster.

Die Rückwand war in den Fels gehauen, und Jaime wurde sich bewusst, dass sie sich an einem Ort unter der Erde befanden.

Ein etwa drei mal zwei Meter großer, hinter Glas aufgehängter Wandteppich bedeckte die Felswand, und eine einzige elektrische Lampe warf einen sanften Schein auf das Gewebe.

Auf einem massiven Holztisch standen ein goldener, mit grünen und roten Steinen verzierter Kelch und vier brennende Kerzen, die einen seltsamen Duft verströmten.

Jaimes Blick richtete sich auf den Wandteppich. Er war vermutlich sehr alt. Die Farben waren verblasst, doch in dem Muster schien sich eine ganze Welt von Menschen verschiedener Größen und einfacher, aber ergreifender Ausdruckskraft zu bewegen und zu leben.

Ein großes, mit Gold- und Silberfäden durchzogenes Hufeisen funkelte in der Mitte des Teppichs.

Über dem Hufeisen thronte ein Pantokrator – der Allmächtige Gott als König und Herr – ein Werk der Romanik. Der Pantokrator trug ein antikes Gewand und beherrschte die Szene mit einem ernsten Gesichtsausdruck und ungewöhnlich großen Augen. Er hatte einen Bart und geschwungene Augenbrauen. Der Ausdruck war statisch, er richtete den Blick nach vorn, saß auf einem Thronsessel, die rechte Hand zum Segen erhoben, in der linken ein Buch haltend.

Ein Gott mit der Ausstrahlung heiterer Erhabenheit. Über der

Krone, die seinen Kopf mit kreuzförmigen Bündeln umgab, stand der griechische Buchstabe Omega, der letzte des Alphabets, der nach der mittelalterlichen Symbolik das Ende der Zeiten und das Jüngste Gericht ankündigte. Außerhalb des Ovals beteten zwei Engel die Gottheit an.

Unter dem Hufeisen befand sich eine weitere Gestalt in ähnlicher Größe und Darstellung. Auch sie saß auf einem Thronsessel. Aber sie passte nicht zu dem, was Jaime über die Kunst der Romanik wusste. Statt die rechte Hand zum Segen zu erheben, schwang sie ein Schwert. Die andere Hand ruhte im Schoß – mit der Handfläche nach oben, auf der zwei kleine nackte Menschengestalten standen. Adam und Eva?

Das Haupt war von Flammen umgeben, und das gerötete Gesicht wirkte ernst. Die Gestalt war etwas kleiner, aber symmetrisch zur obigen, der ovale Rahmen war dunkler und von kleinen Flammen umgeben. Über der Krone symbolisierte der Buchstabe Alpha den Anfang. Die Schöpfung.

Im rechten Teil fiel eine Person auf, die etwas kleiner war als die beiden anderen. Ein Christus in einem wallenden Gewand, mit gekreuzten Armen, aber ohne Kreuz. Auf seiner Seite tummelten sich wilde Tiere, arbeitende Bauern, Kaufleute und im oberen Teil Mönche, und alles in diesem erstaunlichen Stil, der zugleich schlicht und von höchster Ausdruckskraft war.

Auf der linken Seite des Hufeisens war ein drachenähnliches Tier mit Hörnern und sieben Augen zu erkennen. Mit seinem langen Schwanz erwürgte es einen Menschen. War das der Antichrist? Über dem Drachen lauerte ein Teufel mit Hörnern und Ziegenohren und langen Krallen an Händen und Füßen. Er war fast schwarz und umklammerte einen sehr viel kleineren Mann mit einer Klaue. Eine spitze Zunge schien das Gesicht des Menschen abzulecken.

Seeungeheuer, kämpfende Heere, Städte in Flammen, Männer und Frauen, die auf Scheiterhaufen wehklagten, vollendeten die linke Seite. Jaime war fasziniert von der Schönheit und der Lebendigkeit der Bilder.

Dann tauchte Peter Dubois zwischen den Vorhängen auf und stellte sich auf die andere Seite des Tisches. Karen und Kepler standen neben Jaime. Alle trugen weiße Tuniken und gingen barfuß.

Ohne Umschweife begann Dubois in feierlichem Ton mit hoher Stimme zu deklamieren:

»Wer möchte in den zweiten Grad unseres Glaubens initiiert werden?«

»Jaime Berenguer«, antwortete Karen etwas leiser.

»Wer steht ihm als Pate bei seiner spirituellen Taufe zur Seite?«

»Karen Jansen«, erwiderte sie.

»Kevin Kepler«, ergänzte Kepler.

»Karen und Kevin, übernehmt ihr die Verantwortung dafür, dass der Initiierte in der Lage ist, seine spirituelle Taufe zu empfangen?«

»Ja, Guter Mensch«, erwiderten beide gleichzeitig.

»Übernehmt ihr die Verantwortung, ihn bei künftigen Zweifeln und spirituellen Nöten zu leiten?«

»Ja«, wiederholten beide.

»Jaime Berenguer, möchtest du in unsere Gruppe eingeführt werden?«

»Ja, ich möchte es.«

»Versprichst du, alles, was du hörst und siehst, für dich zu behalten und niemandem die Identität der Personen preiszugeben, denen du hier begegnest?«

»Ja, ich verspreche es.«

»Versprichst du, die Gruppe bei ihrem gemeinsamen Anliegen zu unterstützen und deinen Freunden zu helfen und in vernünftigem Rahmen deinem dir zugewiesenen Führer zu gehorchen?«

»Sofern es vernünftig ist, verspreche ich es.«

»Weißt du, dass du mit dem größten Unglück rechnen musst, wenn du dieses Versprechen brichst? Akzeptierst du das?«

»Ja, ich akzeptiere es.«

»Bist du bereit, dich der Prüfung der katharischen Taufe zu unterziehen, obwohl du weißt, dass du abgelehnt werden oder einen großen spirituellen Schmerz empfinden kannst?«

Jaime zögerte angesichts dieser unerwarteten Einzelheiten ein wenig, aber da er sich im Klaren darüber war, dass es für Fragen zu spät war, antwortete er:

»Ja, ich bin bereit.«

»Dann trink den Inhalt des Kelchs und stelle ihn erst auf den Tisch zurück, wenn er leer ist.«

Jaime hob den goldenen Kelch. Er war ungewöhnlich schwer. Die Flüssigkeit erinnerte an einen leichten, aromatischen Rotwein. Jaime trank.

»Wir sprechen jetzt ein Vaterunser, damit der Gute Gott uns helfe, dir, damit du deine Initiationsprüfung bestehst, und mir, damit ich sie korrekt durchführe«, sagte Dubois mit leiser Stimme.

»Vater unser, der du bist«, fing Dubois zu beten an und die anderen stimmten im Chor ein.

Jaimes Blick fiel wie magisch angezogen auf den Wandteppich. Automatisch betete er und stellte fest, dass das alte Gebet, das er von seinen Eltern und in der Kirche gelernt hatte, ein wenig abwandelt war, aber er maß dem keine Bedeutung bei. Er spürte, wie sich sein Körper und sein Geist entspannten und eine nie gekannte Empfindsamkeit ihn erfüllte.

Der Wandteppich …! Hatte sich der Drache wirklich bewegt? Die Bilder! Da waren noch mehr, davon war er überzeugt. Der Wandteppich hatte ein Eigenleben!

Das Gebet war zu Ende, und er spürte Karens Hand in seiner.

»Komm«, sagte sie und führte ihn hinter den Tisch.

Dort standen ein kleines Sofa und ein paar Stühle. Karen forderte ihn auf, Platz zu nehmen. Sie setzten sich, Karen zu seiner Rechten, Kevin zur Linken und Dubois dahinter.

Jaime starrte immer noch auf den Wandteppich. Die Personen begannen sich zu bewegen, die Augen der Gottheiten glänzten. Er spürte Dubois' Hände auf seinem Kopf – sie strahlten eine intensive Wärme aus. Er konnte den Blick nicht von den Bildern wenden. Das Feuer war wirklich, der Stoff würde in wenigen Sekunden in Flammen aufgehen.

»Jaime, schließ die Augen«, hörte er eine Stimme.

Er tat, wie ihm geheißen, doch die Gestalten bewegten sich weiter, jetzt in seinem Kopf.

Jaime befolgte Dubois' Anweisungen, dic anfangs wie Entspannungstechniken auf ihn wirkten. Er spürte, wie sein Körper schlaff und seine Atmung langsam und gleichmäßig wurden.

Bald war sein Kopf leer, und nur die Bewegungen und der Schatten seltsamer Personen blieben übrig. Als Einziges in seinem Körper spürte er die zunehmende Hitze, die von Dubois' Händen ausging.

Wie aus weiter Ferne hörte er die Anweisungen des Guten Menschen, die jetzt befremdliche Formen annahmen. Jaime gehorchte instinktiv, ohne sie in Frage zu stellen. Stand er unter Hypnose?

Seine Gedanken lösten sich auf.

Er wurde sich bewusst, dass ihn nichts mehr berührte. Nichts auf dieser Welt und in dieser Zeit war von Bedeutung.

30

Ende Juli A. D. 1212.

Fünf Mädchen mit einem zarten Schleier über dem Mund tanzten sich in den Hüften wiegend und bewegten graziös die Hände über dem Kopf. Unter ihren mit Tüll bedeckten Brüsten zeigten sie ihren Bauchnabel, waren aber von den Hüften bis zu den Fußknöcheln in fließendes Gewebe gehüllt, unter dem man ihre Rundungen erraten konnte, während sie sich nach einer fernen arabischen Musik im Takt wiegten. Die anfangs verschwommenen Bilder wurden immer klarer, die Geräusche immer lauter. Er hörte Schreie, Rufe, Gelächter. Eine Schar von Soldaten und ein paar Frauen, die Frauen der Soldaten oder Prostituierte oder beides, umringten die Tänzerinnen, liefen um den Tisch und klatschten in die Hände. Der Nachmittag neigte sich seinem Ende zu, und der Schatten einiger großer Pinien linderte die brütende Julihitze.

Die Truppe war glücklich, die Adeligen zufrieden. Ein siegreiches Heer war von einem Kreuzzug zurückgekehrt, bei dem die katholischen Könige Spaniens die teuflischen Almohaden besiegt hatten. Ja, sie kämpften auf fremden Schlachtfeldern gegen einen Feind, der das Reich des Königs Don Pedro II. von Aragon, seines Lehnsherrn, nicht direkt bedrohte, aber indem sie jetzt die Kastilier unterstützten, bewahrten sie ihr eigenes Land vor einer künftigen großen Bedrohung.

Außerdem hatte ihnen der Papst mit der Kreuzfahrerbulle all ihre Sünden vergeben. Alle. Ungeachtet der Zahl und der Tatsache, dass womöglich Todsünden darunter waren. Für viele der hier Versammelten war die Vergebung der Sünden ein nicht zu verachtender Vorteil, wenn man an die Gewissensqualen dachte, die sie vor dem Kreuzzug gepeinigt hatten.

Und schließlich war die Beute auch nicht zu verachten, die sie in der Schlacht den Almohaden abnahmen oder bei der Eroberung von Dörfern und Städten machten: Araberhengste, Schmuck, Waffen, Stoffe und die fünf Tänzerinnen und die Musikanten, die aufspielten. Alle waren zufrieden und genossen das Fest.

Den Vorsitz führte der Hochadel an einem großen Tisch aus rohen Holzbrettern. Auch Jaime gehörte dazu. Das Fest neigte sich dem Ende zu und der Tisch sah mit Resten von Fleisch, Brot und Obst wie ein Schlachtfeld aus. Alle schlugen mit ihren Silberbechern den Takt.

Jaime stimmte nicht wie gewöhnlich in das Lachen und Scherzen ein. Etwas beunruhigte ihn.

»O liebliche Dame!« Neben ihm erhob sich sein Freund Hug de Mataplana mit einem Becher in der Hand, der im Licht der untergehenden Sonne funkelte. Er verneigte sich vor den Mädchen und übertönte mit seiner dröhnenden Stimme die Musik. »Von höchster Vollendung zeugen der Rhythmus Eurer Füße, das Lächeln Eurer Lippen, der Glanz Eurer Augen, die Wölbung Eurer Wangen …« Er schwieg und blieb mit dem Becher zum Himmel erhoben stehen. Erwartungsvolles Schweigen breitete sich aus. »… und die Rundung Eurer Hintern.«

Schallendes Gelächter und Applaus folgten auf Hugs improvisierten Trinkspruch. Er prostete der Runde zu und leerte seinen Becher mit einem Zug, bevor er sich wieder setzte.

Hug de Mataplana, ein edler Ritter, zeichnete sich durch Tapferkeit auf dem Schlachtfeld aus und war auch ein bekannter Troubadour, der seine Lieder nicht auf die Hohe Minne[°] beschränkte, sondern mitunter derb und sinnlich dichtete.

[°] Hohe Minne: platonische Liebe, die sich die Ritter und Damen jener Zeit gestanden und die die Troubadoure besangen. So konnte ein Ritter auch einer verheirateten Frau seine Liebe erklären, auch wenn er selbst verheiratet war, und die Dame erklärte ihn zu ihrem Ritter, da ihre Liebe nicht körperlicher Art war.

Hug setzte sich und betrachtete Jaime mit breitem Grinsen. Seine weißen Zähne hoben sich deutlich vom schwarzen Kraushaar seines Bartes ab.

»Welche von den fünf wollt Ihr heute Nacht, Don Pedro?«, fragte er Jaime in leisem, verschwörerischem Ton. »Wie gefällt Euch die mit den blauen Augen? Seht Ihr, wie sie sich in den Hüften wiegt? Aber wenn Ihr Euch bereits in Fátima verguckt habt, dann überlasst sie mir.«

Hug brachte ihn zum Lachen, und Jaime dankte ihm, entschied aber, nicht zu antworten, sondern seine Aufmerksamkeit auf den Tanz und auf die aufreizenden Lippen zu lenken, die er unter dem Schleier erahnte.

Die Musik wurde immer schneller und lauter, die Tänzerinnen drehten sich immer wilder und bimmelten mit Glöckchen. Mit einem Schlag brach die Musik ab, und das Publikum schrie vor Freude und applaudierte.

Die Mädchen rannten aus dem Kreis, beschützt von königlichen Wachen, die sich nicht allzu sehr bemühten, sie vor den grapschenden Händen der Soldaten zu schützen.

Kaum endete der kleine Tumult, als ein junger Mann von etwa zwanzig Jahren mit einem spärlichen Bart und als Spielmann gekleidet mit einer Laute in die Mitte des Kreises trat.

»Das ist der Spielmann Huggonet, der aus Carcassonne und Toulouse kommt«, rief Hug, und die Nachricht eilte bis zur Truppe am anderen Ende des Tisches.

Der junge Mann stimmte ein paar Töne auf seinem Instrument an, und die weinselige Menge wurde überraschend still.

Huggonet verbeugte sich, nahm seine Mütze ab und verkündete mit einer lauten und mächtigen Stimme, die niemand diesem zarten jungen Mann zugetraut hätte:

»Ich bitte Don Pedro, Graf von Barcelona, König von Aragon,

Herr über Okzitanien, die Provence, das Roussillon, Montpellier, Bearn und Besieger der Mauren in den Ebenen von Toulouse, um die Erlaubnis, einige Sirventes zu singen, die ein okzitanischer Troubadour und mein eigenes Herz mir diktiert haben.«

Erneut trat Stille ein und alle schauten auf Jaime, der nach kurzem Nachdenken mit einer Handbewegung zustimmte:

»Ihr habt meine Erlaubnis.«

Huggonet stimmte seine Laute und begann mit leiser Stimme halb rezitierend, halb singend, von der Invasion der almohadischen Heere aus dem Süden zu berichten. Er sang von der Intoleranz und dem Fanatismus der Truppen gegenüber den verhandlungsbereiten Mauren aus Al-Andalus, davon, wie König Don Pedro die christlichen und die jüdischen Flüchtlinge und sogar einige Muselmanen in sein Land aufnahm, die aus den eroberten Gebieten flohen und Angst hatten, ihre Religion oder ihr Leben oder beides zu verlieren.

»Oh großzügiger, mitfühlender und toleranter Don Pedro!«

Huggonet sang in seiner Sprache, in Okzitanisch, aber vermischte es mit vielen aragonischen und katalanischen Ausdrücken, um von den Anwesenden aus Aragon und Katalonien verstanden zu werden.

Er sang davon, wie christliche Mütter ihre Kinder in den Schlaf wiegten und wie sie angesichts der grausamen Flut, die aus dem Süden auf sie eindrang, um ihr Leben bangten, davon, wie die katholischen Könige im alten Spanien ihre Kräfte und Schicksale vereinten, um die Eindringlinge zu bekämpfen. Huggonets Stimme wurde laut und beschwörend, als er den letzten Kampf besang. Die Anwesenden schwiegen und spürten, wie ihnen Ergriffenheit die Kehle zuschnürte.

Am 16. Juli A.D. 1212 stießen Christen und Almohaden in der Ebene bei Toulouse aufeinander.

Die Almohaden waren hart und kriegserfahren, doch die Kastilier tapfer, die Navarrer verwegen und kühn die Aragonier und Katalanen. Die Krieger aus Kastilien wehrten tapfer den furchtbaren Angriff der als unbesiegbar geltenden Vorhut der Almohaden ab.

Inzwischen vernichteten Katalanen, Aragonier und Navarrer den Hauptteil des almohadischen Heeres, wie ein Jagdhund einem Hasen das Rückgrat bricht, wenn er ihn in seinem Fang schüttelt.

Was für ein Tag des Ruhmes und was für ein Tag des Schmerzes! Ruhm, als die Ritter aus Aragon und Katalonien mit ihrem König Don Pedro an der Spitze kämpfend den Hauptteil des feindlichen Heeres vernichteten und sogar bis an das Zelt von Miaramamolín, dem Heerführer der Almohaden, gelangten.

Ruhm, als Don Pedro zeigte, dass er der beste und erste Ritter der Christenheit ist und seine Ritter hinter dem ersten den zweiten Platz einnahmen. Und wie tapfer sich die Ritter schlugen! Und wie die Königssöhne kämpften!

Was für ein Ruhm und was für ein Schmerz, weil so viele verwundet wurden oder starben, die wie Helden in der Schlacht gekämpft hatten!

Huggonet zählte die Namen der ruhmreichen Toten auf, während er seine Laute in einer deprimierenden Geste in der rechten Hand wie leblos herunterbaumeln ließ. Er wirkte tief betrübt. Das Schluchzen und Wehklagen, das die Anwesenden bislang mehr oder weniger unterdrückt hatten, wurde jetzt deutlich vernehmbar. Huggonet musterte die Menschen, die ihn in einem Halbkreis umgaben, und fuhr fort:

So tapfere Königssöhne, so edle Ritter, die nicht zauderten, Leib und Leben dranzugeben, um die Christenheit zu retten. Ihnen und den Tapferen, die überlebten, gebührt höchster Ruhm!

Huggonet senkte die Stimme.

Ruhm all denen, die dafür sorgten, dass Miaramamolín, der einst so tapfere und unbesiegbare Heerführer, seit dem Tag der Schlacht auf der Flucht ist und solange flüchten wird, bis er Gibraltar erreicht hat und nach Afrika übergesetzt ist.

Ruhm für all die Christen, die wie Helden starben und jetzt bei den Engeln zur rechten Seite des Herrn Jesus Christus sitzen.

Ruhm und Ehre euch, meinen Zuhörern, die ihr auf der Ebene gekämpft habt. Ihr werdet immer Helden bleiben und in den Liedern, die die Troubadoure dichten und wir Spielleute singen, weiterleben.

Nach einem Gemurmel und einem kraftvoll angeschlagenen Ton verstummte Huggonet.

Schweigen herrschte, und die Menge wartete ab, ob er die Stimme wieder erheben würde. Dann spendeten sie Applaus und ließen ihn hoch leben. Sie wollten noch mehr hören.

Der Spielmann wartete, bis der Applaus erstarb, stimmte seine Laute, und wieder trat Stille ein. Er verbeugte sich abermals vor Jaime, um seine Erlaubnis zu erbitten. Dieser machte eine aufmunternde Handbewegung.

Und Huggonet schlug die Laute und begann zu singen:

Während König Don Pedro mit seinem Blut und dem Blut seiner Untertanen Land und Seelen für die Christenheit verteidigt, übt man Verrat an ihm und beraubt ihn.

Die Stille wurde drückend. Die Menge erstarrte. Jaime spürte, wie eine altbekannte Beklemmung ihn erfasste.

Unter dem Vorwand, die Katharer zu bekämpfen, drangen die Franzosen durch die Hintertür in die königliche Residenz, um Don Pedro zu bestehlen. Der Papst höchstpersönlich öffnete die Tür, als der Hausherr, sein eigener Vasall, Pedro der Katholische, im Kreuzzug gegen die Mauren kämpfte.

Welche Niedertracht, wenn diejenigen, die sich katholisch nennen, den katholischen König bestehlen, der sie verteidigt.

Welcher Verrat, wenn der Lehnsherr den Eid bricht, den Vasallen zu verteidigen.

Welche Grausamkeit der Franzosen, Frauen und Kinder zu töten!

Fragt in der Kirche der Magdalena in Béziers, wo der verruchte Gesandte Innozenz' III., Arnaut Amalric, der Abt des Zisterzienserordens, das Kreuz am Hochaltar und die heiligen Mauern befleckte und den Boden mit unschuldigem Blut besudelte. Jene, die behaupten, das Haus Gottes zu achten, schänden es.

Gütiger Gott! An jenem Tag wurden in der Kirche achttausend Gute Christen getötet und zwanzigtausend in der Stadt, ob sie nun Katholiken, Katharer, Männer, Frauen, Kinder oder Alte waren.

Du, Rom, und du Zisterzienserorden, ihr tragt für alle Zeiten den Makel der Niedertracht und der Ruchlosigkeit.

Auch Raimon Roger de Trancavall, der edle, schöne Vicomte von Béziers und Carcassonne, der liebenswürdigste unter den Vasallen König Pedros, der sich einfand, um mit den Franzosen zu verhandeln und die braven Leute von Carcassonne zu retten, wurde hinterlistig ermordet. Tapferer Vicomte, dein Lehnsherr, Don Pedro, muss dich rächen!

Man bestiehlt den König und tötet seine Untertanen. O mein Okzitanien! Was wird aus dir?

Huggonet ließ erneut den rechten Arm herunterbaumeln und verstummte niedergeschlagen. Er ließ den Kopf auf die Brust sinken und schwieg.

»Tod den Franzosen!«, brüllte die Menge voller Empörung. »Wir werden es diesen Feiglingen zeigen!«

Jaime spürte, wie seine Angst wuchs, und ein Gefühl der Empörung und des Hasses flackerte in ihm auf. Neben ihm erhob sich Hug vom Tisch. Er hob die Faust und rief der Menge zu:

»Sie werden für ihre Niedertracht büßen.«

Die Menge geriet außer Rand und Band. Links neben Jaime schien Miguel de Luisián, der Bannerträger des Königs in der Schlacht, die allgemeine Empörung nicht zu teilen. Er schlug mit der Faust auf den Tisch und brummte:

»Verdammter Huggonet.« Seine tief zwischen den hochgezogenen Brauen liegenden, blauen Augen funkelten. Seine senkrecht abfallende Nase, die deutlich aus seinem Gesicht hervorragte, verlieh ihm das Aussehen eines jungen Löwen.

Der Spielmann hob den Blick und ließ erneut seine Laute erklingen.

»Welche Grausamkeit von Simón de Montfort, der im vergangenen Jahr Lavaur einnahm. Dona Guiraude de Montreal, die hübsche Dame mit den schönen dunklen Augen, wurde vergewaltigt, in einen Brunnen geworfen und bei lebendigem Leib solange mit Steinen beworfen, bis sie darunter begraben war. Und der verrückte Simón ließ seinen tapferen Bruder Aimeric aufhängen und an jenem trostlosen Frühlingstag verbrannten auf dem Scheiterhaufen vierhundert unschuldige Menschen.

Ein empörtes Gemurmel, fast ein Geschrei, erhob sich, als der Spielmann eine kleine Pause einlegte. Jaime spürte, wie seine Bestürzung immer größer wurde.

Während König Don Pedro gegen die Ungläubigen kämpft, ermordet der Verräter Simón trotz des Eides, den er dem König leistete, seine braven christlichen Untertanen. Und die Franzosen machen sich über unseren tapferen König Don Pedro lustig und nennen ihn einen Feigling.

»Verdammter Ketzer!«, hörte man Miguel de Luisián brüllen, der mit großem Geklapper von Bechern und Tellern über die Bretter des Tisches hechtete.

Er stürzte sich auf Huggonet, der verstummte und ihn mit weit aufgerissenen Augen anstarrte. Auf dem kurzen Weg, der ihn von dem Spielmann trennte, hatte Miguel seinen Dolch gezogen, dessen Klinge in der untergehenden Sonne bedrohlich blitzte.

Der Spielmann reagierte zu spät, er fand nur noch die Zeit, einen Schritt zur Seite zu machen, während seine Laute zu Boden fiel.

Miguel packte ihn mit einer Hand an der Kehle und zielte mit dem Dolch auf sein Herz.

»Du Verräter, ich werde dir zeigen, was einem geschieht, der unseren Herrn beleidigt.«

Der Spielmann wirkte wie eine Marionette in den Händen des wütenden blonden Mannes, der ihn vor sich hielt, am Haar packte, mit dem Dolch auf seine Kehle zielte und seinen Kopf zu Jaime drehte. Hinter Miguel postierte sich ein ebenfalls blonder Mann, den jedermann als den Schildknappen Abdón erkannte. Er hielt ebenfalls einen Dolch in der Hand, um damit seinen Herrn zu schützen.

»Gnade, Herr«, begann Huggonet zu winseln. »Das sagen doch die Franzosen und nicht ich.«

Mit noch lauterem Klappern von Bechern und Tellern sprang Hug de Mataplana über den Tisch, zückte seinen Dolch und rief: »Miguel, lass ihn los!«

Die Menge brach in lautes Gebrüll aus und Soldaten und Ritter versuchten, in die Mitte des Kreises vorzudringen, einige mit Dolchen in den Händen. Den Wachen des Königs gelang es nicht, die aufgebrachten Soldaten zurückzudrängen.

»Holt ihn euch, wenn ihr es wagt«, rief Miguel, grinste drohend und zeigte eine Reihe von Zähnen und ähnelte mehr denn je einem Löwen. Inzwischen drückte er den Dolch an die Kehle des Spielmanns, der seinen Kopf in den Nacken zu legen versuchte.

Huggonet schrie mit einer Stimme, die völlig kraftlos klang.

»O König Pedro. Rettet mich! Ich habe eine Nachricht für Euch.«

Jaime ergriff die Initiative. Es war nicht zu übersehen, dass in wenigen Augenblicken hier ein Kampf ausbrechen würde. Er erhob sich und brüllte so laut, dass er den Tumult der Menge übertönte und über sich selbst staunte:

»Alle stehen bleiben! Wer noch einen einzigen Schritt macht, wird im Morgengrauen gehängt. Und Ihr, Miguel, lasst Huggonet sofort los.«

»Ja, mein Herr«, erwiderte Miguel und durchschnitt im selben Moment die Kehle des Spielmanns.

Huggonet fiel Miguel zu Füßen, Blut spritzte auf.

31

Wie in einem Albtraum sah Jaime Huggonets klaffende Kehle und Miguel de Luisiáns Grinsen, das eher der Entblößung der spitzen Reißzähne eines blonden Löwen gleichkam, der die Todesangst seines Opfers genoss und jeden drohend anknurrte, der es wagte, ihm dieses Vergnügen streitig zu machen.

Erst allmählich wurde Jaime sich bewusst, wo er sich befand.

Das verschwommene Bild des einmaligen Wandteppichs wurde nach und nach immer deutlicher, und die Gestalten darauf bewegten sich nicht mehr.

Er hörte den Guten Menschen mit leiser Stimme eine eintönige und unverständliche Kantilene beten und spürte die Wärme seiner Hände. Den seltsamen Duft der Kerzen nahm er viel stärker, durchdringender wahr. Unter seiner Tunika war er schweißgebadet. Lieber Himmel, was für ein Erlebnis! Ihm schien, als sei die Bluttat erst vor Sekunden verübt worden.

Er versuchte, sich aufzurichten, spürte jedoch, dass ihm die Kräfte fehlten. Er ließ sich abermals fallen und schloss die Augen. Er sah noch immer das Blut und Miguels Raubtierzähne vor sich. Dubois beendete sein Gebet und nahm die Hände von Jaimes Kopf. Jaime spürte an der Stelle, an der sie gelegen hatten, eine gewisse Kälte.

»Jaime, geht's dir gut?« Karen streichelte zärtlich seine Hand.

Etwas zögerlich erwiderte er: »Ja.« Er öffnete die Augen und es gelang ihm jetzt sogar, sich aufzurichten.

»Sie haben es erlebt, nicht wahr?«, fragte Kepler, und Jaime war überrascht, dass er immer noch an seiner Seite saß. »Sie sind tatsächlich in die Vergangenheit zurückgekehrt, ins 13. Jahrhundert, nicht wahr?«

»Woher wissen Sie das? Woher wissen Sie, was ich erlebt habe?«

»Das ist ganz einfach, mein Freund«, erwiderte Kepler langsam. »Genau das haben wir erwartet. Oder soll ich Sie lieber Don Pedro nennen? Außerdem haben Sie Befehle gerufen. Ich habe nicht viel verstanden, aber Sie haben zweifellos Okzitanisch und Altkatalanisch gesprochen.«

Jaime war verdutzt. Er hatte es so gewollt, aber nie erwartet, dass es tatsächlich eintreten würde. Er war verwirrt. Er musste nachdenken.

»Jaime«, fragte Dubois mit sanfter Stimme. »Sind Sie schon in der Lage zu reden? Es ist eine harte und traumatische Erfahrung, und ich will versuchen, Ihnen zu helfen.«

»Ja, aber zuerst möchte ich mich anziehen. Mir ist kalt.« Sein Schweiß verursachte ihm Schüttelfrost.

»Ziehen Sie sich um. Wenn Sie fertig sind, setzen wir unser Gespräch hier fort.«

Er legte die Tunika ab und kleidete sich an. Als er zurückkehrte, saß Dubois allein in dem Raum. Jaime berichtete ihm sein Erlebnis in allen Einzelheiten.

»Sie haben Glück«, bestätigte ihm Dubois. »Es gibt nur sehr wenige Menschen, denen bei der spirituellen Taufe ein solches Erlebnis widerfährt, und das hat eine große Bedeutung.«

»Was für eine?«

»Sie sind nicht nur der, für den wir Sie hielten, sondern Sie sind auch ausersehen, eine wichtige Rolle zu übernehmen. Sie haben eine Aufgabe zu erfüllen.«

»Wie kann ich der sein, den Sie in mir vermuteten?«, wunderte sich Jaime. »Soll das heißen, Sie haben mich gesucht? Und wenn ja, wie haben Sie mich gefunden?«

»Einige von uns waren bereits dort, wo sie vor wenigen Augenblicken waren. Und es gelang uns, Sie zu erkennen.«

»Erkannten Sie die Person, die ich jetzt oder vorhin verkörperte?« Jaime konnte seine Überraschung nicht verbergen. »Wer erkannte mich? Wie ist das möglich? Und was für eine Aufgabe soll ich haben?«

»Sie haben für heute genug erlebt und gefühlt. Hätten wir das, was Sie gerade erlebt haben, vorweggenommen, hätten Sie uns nie und nimmer geglaubt. Jetzt gibt es keine andere Möglichkeit mehr als zu glauben. Ein paar Fragen können Sie sich selbst beantworten, wenn Sie in Ihrer Erfahrung weiter fortgeschritten sind, und andere Antworten geben wir Ihnen später, wenn Sie die heutigen Erlebnisse verarbeitet haben. Es gibt auch Fragen, die noch gar nicht formuliert wurden, und Antworten, die für den Augenblick viel zu gefährlich sind. Vertrauen Sie uns, lassen Sie sich auf uns ein und Sie werden im rechten Augenblick alles erfahren.«

»Was darf ich heute erfahren?«

»Sie dürfen wissen, dass Sie bereits eine sehr hohe Position in unserer Gruppe einnehmen. Sie sollen wissen, dass Sie untrennbar mit uns verbunden sind, weil ein Teil von Ihnen, den einige als wahres Ich bezeichnen, schon früher gelebt hat. In einem anderen Leben teilten Sie die Zeit und die Vorhaben mit vielen Mitgliedern unserer Gruppe. König Pedro II., der Katholische, der im Mittelalter zwischen dem 12. und 13. Jahrhundert lebte, ist einer Ihrer spirituellen Vorfahren. Wir hatten bereits den Verdacht, jetzt haben wir die Gewissheit.«

»Was soll ich jetzt tun?«

»Ihre Erlebnisse des heutigen Tages verarbeiten. Darüber nachdenken. Sie sind jetzt ein Eingeweihter, und vielleicht erleben Sie auch ohne die Hilfe unseres Rituals diese Rückkehr zu sich selbst. Erzwingen Sie es nicht, lassen Sie zu, dass es Ihnen ganz natürlich widerfährt. Sie haben einen bestimmten Augenblick aus dem Leben einer historischen Persönlichkeit nachgelebt, von der Sie vermutlich noch nie gehört haben. Ist das so?«

»Genau. Ich weiß nichts über das Mittelalter.«

»Umso besser. Lassen Sie zu, dass die Geschichte sich Ihnen zeigt. Pedro II. von Aragon kommt in den Geschichtsbüchern vor. Lesen Sie keines. Fragen Sie keinen Experten. Lassen Sie nicht zu, dass Sie davon abhängig werden. Sie müssen zuerst Ihren Erinnerungskreis vollenden, danach können Sie das Erlebte mit dem Geschriebenen vergleichen.«

Jaime dachte ein paar Minuten über Dubois' Worte nach.

»Mir leuchtet ein, was Sie sagen«, bemerkte er schließlich.

»Jetzt fahren Karen und Kevin Sie zu der Stelle zurück, an der Sie sich trafen. Diese Sicherheitsvorkehrungen, die Ihnen vielleicht lächerlich erscheinen, sind leider unerlässlich, es tut mir leid. Bald werden Sie unseren jetzigen Standort kennen lernen und die Notwendigkeit, ihn geheim zu halten, begreifen. Sie waren in unserem Monte Seguro, zu dem nur Personen Zugang haben, die unserer Organisation angehören. Genießen Sie das Wochenende und bleiben Sie in Karens Nähe. Ich bin mir sicher, dass sie in Ihrer unmittelbaren Nähe bleiben wird.«

Warum war er sich so sicher?, fragte sich Jaime. Was wusste Dubois über seine Romanze mit Karen? Gehörte seine Liebe zu den Plänen der Katharer?

»Sie fungierte bei Ihrer spirituellen Taufe als Taufpatin, womit sie eine Verantwortung übernommen hat. Karen sollte jegliche Verabredung an diesem Wochenende absagen, um bei Ihnen zu sein. Es ist ein schwieriger Augenblick, und sie muss Ihnen helfen. Kevin ist genauso verantwortlich für Sie, aber ich habe den Eindruck, dass Sie Karen vorziehen.« Nach einer Pause fügte er mit einem Lächeln, das seinen intensiven Blick nicht milderte, hinzu: »Ich täusche mich doch nicht?«

32

Er war aufgewühlt und verwirrt. Die schwarze Sonnenbrille hinderte ihn nicht nur daran, den Rückweg zu erkennen, sondern stand gleichsam für die Blindheit, mit der er sich in dieses unglaubliche Abenteuer gestürzt hatte. Was er am Morgen noch für ein Spiel gehalten hatte, war inzwischen mehr als real und entzog sich völlig seiner Kontrolle. Aber jemand kontrollierte ihn, während er wie eine Marionette nach einem fremden Willen tanzen musste. Diese Einsicht ärgerte ihn.

Dennoch, das Erlebte war so außergewöhnlich, so unerwartet und so real, dass ihn tausend Fragen bewegten. Er war aufgeregt, aber auch verwirrt. Er musste in Ruhe nachdenken, die Erlebnisse begreifen, verarbeiten und vielleicht gelang es ihm am Ende dieses Vorgangs, an das zu glauben, was ihm im Augenblick so unwahrscheinlich erschien.

Auf der Rückfahrt versuchte Karen ein paar Mal ein Gespräch mit ihm zu beginnen, doch Jaime zeigte sich wortkarg. Schließlich respektierte sie sein Schweigen und unterhielt sich mit Kepler über belanglose Dinge. Dann gelangten sie zum Parkplatz des Einkaufszentrums und stiegen in Karens Wagen um.

»Darf ich die Brille abnehmen?«, fragte er, als sie den Wagen startete.

»Ja. Tut mir leid wegen der Geheimniskrämerei, aber jener Ort muss geschützt werden.«

»Wozu braucht ihr einen sicheren Ort?«, erkundigte sich Jaime. »In diesem Land ist jede Religion, die unsere Gesetze beachtet, erlaubt.«

»Du wirst es bald verstehen. Vielleicht brauchen wir eines Tages dieses geheime Refugium, das wir Montségur nennen. Bitte, frag im Augenblick nicht weiter danach, vertrau mir einfach«, sagte sie mit einer graziösen Gebärde. »Einverstanden?«

»Karen, versteh mich bitte richtig, je mehr ich erlebe, umso mysteriöser erscheint mir die ganze Angelegenheit. Statt Antworten zu bekommen, stoße ich auf immer neue Fragen, und du bittest mich um Vertrauen. Ich vertraue dir, aber ich tanze zum Takt einer Musik, die ein anderer spielt. Dieses Gefühl behagt mir ganz und gar nicht.«

»Gut, aber immerhin tanzen wir miteinander. Bedeutet dir das keinen Trost?« Sie setzte ihr bezauberndes Lächeln auf. »Gib mir

Zeit und gib dir Zeit. Nach und nach folgen die Antworten. Du machst keine Touristenreise an den Strand von Waikiki in Hawaii, sondern eine spirituelle Reise. Dafür gibt es keine Reiseagentur und kaum Landkarten. Auch ich habe viele Fragen und tappe gelegentlich im Dunkeln. Hättest du Lust auf Pasta und einen knackigen Salat?«, rief sie plötzlich ganz aufgeregt. »Ich kenne ein nettes italienisches Restaurant, und es ist ganz in der Nähe. Heute lade ich dich ein. Und du erzählst mir von deiner Erfahrung, ja?«

Das Restaurant hatte einen gewissen Charme, das Essen und der Wein waren sehr gut. Nach und nach besserte sich Jaimes Stimmung. Karen lauschte seinem Bericht sehr aufmerksam. Ab und zu unterbrach sie ihn und stellte eine Frage.

»Diese Erinnerungen leiten einen Zyklus ein. Wir haben das Privileg, unsere Vergangenheit noch mal zu erleben und die Lehren daraus zu ziehen«, erklärte sie ihm, als er seinen Bericht beendet hatte. »Es gibt einige bereits verarbeitete Lektionen, die in unser Unbewusstes eingegraben sind. Leider gibt es aber auch nicht bewältigte Erfahrungen oder schlechte Angewohnheiten, die wir aus anderen Leben mit uns herumtragen. So bewegen wir uns von Irrtum zu Irrtum, bis wir lernen. Dieser Vorgang bringt uns jedes Mal Gott näher. Hast du den Wandteppich bemerkt?«

»Der war nicht zu übersehen … Er ist faszinierend.«

»Dieser Wandteppich ist echt, er stammt aus dem 13. Jahrhundert. Corva de Landa y Perelha und ihre katharischen Damen höchstpersönlich haben ihn gestickt, der Entwurf und vielleicht auch die Komposition stammen aus dem 12. Jahrhundert. Experten für Romanik schreiben ihn einem geheimnisvollen unbekannten Künstler, einem wahren Picasso des 12. Jahrhunderts, zu, den sie Maestro de Taüll nennen. Sehr wenige seiner Werke wurden uns überliefert, aber er war eindeutig ein Genie.

Die Katharer lehnten den Bilderkult ab, und deshalb und weil die Inquisition alles verbrannte, was sie fand, ist dieser Wandteppich so einmalig. Man benutzte ihn, um den Kindern und den Eingeweihten die Grundbegriffe der Religion beizubringen. Er umreißt einige Grundelemente des Glaubens der Katharer und ist ein Teil des legendären Schatzes, der aus Montségur, aus unserer Heimat, gerettet wurde. Montségur war ein befestigtes kleines Dorf, der Zufluchtsort der letzten Katharer, die den Inquisitoren Widerstand leisteten. Karens Augen glänzten, und ihre Worte verrieten Leidenschaft. »Mit dem Wandteppich und einigen Büchern, die den wahren katharischen Glauben enthielten, entkamen wenige Gläubige über Geheimpfade in die Berge, bevor das Dorf von unseren Feinden zerstört wurde. Über viele Jahrhunderte wurden diese Lehren und der Glaube geheim gehalten, um erneute Verfolgungen zu vermeiden. Der Glaube wurde in kleinen Gruppen übermittelt.«

»Und wie gelangte der echte Wandteppich nach Amerika?« Das gute Essen hatte Jaimes kritischen Verstand wieder geweckt. »Oder ist er eine moderne Kopie?«

»Der Wandteppich wurde mit der Radiokarbonmethode datiert, er stammt tatsächlich aus dem 12. oder 13. Jahrhundert. Vorfahren von Peter Dubois brachten ihn aus Frankreich mit – in der Hoffnung, in der neuen Welt mehr Freiheit zur Verbreitung des Glaubens zu finden. Vor wenigen Jahren hat der Glaube der Katharer diese ganz geheimen Zirkel verlassen, obwohl die kompliziertesten Fragen nach wie vor nur von den Eingeweihten beantwortet werden können, die das Privileg hatten, Reinkarnationen durchlaufen zu haben.«

»Was bedeutet das große Hufeisen in der Mitte des Gemäldes?«

»Die Reinkarnation. Da heutzutage die asiatische Spiritualität Mode ist, wird diese Vorstellung bei uns allmählich akzeptiert, aber in Europa glaubten die Katharer bereits vor achthundert Jahren daran.«

»Vielleicht wurden sie deshalb verbrannt«, konterte Jaime mit spöttischem Grinsen.

»Deshalb und weil sie mit ihrem Glauben die katholische Kirche angriffen, weil sie im Reichtum schwelgte und Hab und Gut an sich raffte. Sie gab ein Beispiel für alles, nur nicht für Armut und Keuschheit. Die Katharer fanden sehr schnell viele Gefolgsleute, und der Papst fürchtete, seine weltliche Macht und die reichen Geschenke zu verlieren, die Adlige ihm im Gegenzug für die Rettung ihrer Seelen machten. Deshalb organisierte der Papst mit Hilfe des Adels aus dem Norden, insbesondere aus Frankreich, einen Kreuzzug gegen die Katharer und schuf die Inquisition, um ihren Glauben auszurotten. Aber ich darf dir nicht so viel erzählen, denn du musst dich daran erinnern.«

»Du hast gesagt, dass du dich ebenfalls erinnert hast, stimmt das?«

»Ja, das stimmt.«

»Dann bist du jetzt an der Reihe«, forderte Jaime sie erwartungsvoll auf. »Erzähl mal, hast du zur selben Zeit wie Pedro II., der Katholische, gelebt? Hast du ihn gekannt?«

»Ich erzähle dir mein Erlebnis«, gab Karen nach, »aber ich mache dich darauf aufmerksam, dass ich für den Augenblick etwas weglassen werde, weil es zu meinen Verpflichtungen gehört.«

»Einverstanden, los«, willigte er ungeduldig ein.

»Ich habe mehrere Male als eine katharische Dame die Belagerung von Montségur erlebt. Erinnerst du dich an die Nacht, als ich aus einem Albtraum aufwachte und du mich getröstet hast?«

»Es war unsere erste gemeinsame Nacht. Ich glaube nicht, dass ich sie jemals vergessen werde.«

»Nun, es war nicht unbedingt ein Albtraum, aus dem ich erwachte.«

»Was dann?«

»Eine Erinnerung, und zwar eine peinigende.«

»Was heißt Erinnerung?«, wunderte sich Jaime. »Du hast doch keine Zeremonie mit dem Wandteppich abgehalten.«

»Der Wandteppich, das Getränk in dem Kelch, die Gebete des Guten Menschen, das ganze Ritual sind lediglich Instrumente, um dir zu helfen, dich in die Vergangenheit zurückzuversetzen und zu erinnern. Manchmal nutzen sie auch nichts. Die Erfahrung gehört dir, und sie kommt aus deinem Inneren. Wenn dein Bewusstsein erst einmal aktiviert ist, kann es passieren, dass du dich ganz von selbst erinnerst und eine noch unvollendete Erinnerung abschließt.«

»Und woran hast du dich in jener Nacht erinnert?«

»Wie gesagt, es war eine peinigende Erinnerung. Ich war eine katharische Dame, eingeschlossen in das Dorf Montségur, das von den Franzosen und der Inquisition belagert wurde.«

»Und was geschah?«

»Ich weiß nicht, Jaime. Das muss ich ja herausfinden«, erwiderte sie niedergeschlagen. »Diese Erinnerung hat sich für mich in einen Albtraum verwandelt. Viele Nächte wache ich mit denselben Bildern auf, die immer an derselben Stelle abbrechen. Ich bin blockiert, ich komme nicht weiter. Es scheint, als bräuchte ich etwas mehr, um die Erfahrung abzuschließen und den Zyklus zu vollenden.«

»Aber was siehst du denn?«

»Ich befinde mich auf einem kleinen Platz des belagerten Dorfs. Es ist eine klirrend kalte Nacht. Ich bin ganz allein und gehe schweigend meinen Weg, als plötzlich eine weiße Gestalt auftaucht, ein Gespenst, ein Phantom, das mich erschreckt. Ich zucke zusammen und fürchte mich. Und da wird die Erfahrung unterbrochen, die sich von Zeit zu Zeit wiederholt, ohne dass ich weiterkomme.«

»Und Dubois? Warum hilft er dir nicht?«, fragte Jaime besorgt.

»Nun ja, wir haben mehrere Male die Zeremonie durchgeführt, mit dem Ziel, meine Erinnerung fortzusetzen. Aber ohne Ergebnis. Dubois sagt, ich sei vielleicht noch nicht so weit, dass die Erinnerungen von selbst kommen.«

»Du hast meine Frage nicht beantwortet. Hast du mich in deinem Vorleben gekannt?«

»Ich habe nicht geantwortet, weil ich nicht antworten darf.« Karen blickte ihn mit ihren dunkelblauen Augen durchdringend an. »Du musst in deiner Erinnerung forschen. Du musst mir sagen, ob du mich damals getroffen hast und wer ich bin.« Karen schenkte ihm ein strahlendes Lächeln. »Wenn du mich erkennst, dann heißt das, unsere Erfahrungen stimmen überein und ich war wichtig für dich und du für mich, was doch wunderbar ist, findest du nicht?«

»Ja, das ist es«, erwiderte Jaime nachdenklich.

33

Der Zauber, der sie im Restaurant umgeben hatte, verflog, als sie auf die Straße traten. Auf dem Weg zu Karens Kabriolett spürte Jaime seinen Ärger und seinen kritischen Verstand. Warum hatten sie ausgerechnet ihm das Privileg eingeräumt, sich an sein vergangenes Leben zu erinnern, obwohl er erst vor kurzer Zeit zur Gruppe gekommen war? Was wollten die Katharer von ihm? Warum hatten sie ihn angeworben? Welche Rolle spielte Karen bei diesem Komplott? Zu viele Fragen, zu viele Geheimnisse. Die Katharer zogen ihn in ein fein gesponnenes Netz, und Karen enthielt ihm Informationen vor. Warum musste er das lächerliche Spiel mit der Brille spielen, die ihn blind machte?

»Karen, bitte fahr mich nach Hause.«

»Zu dir?«

»Ja, zu mir nach Hause. Ich möchte allein sein.«

»Aber Jaime, ich wollte heute Abend mit dir essen gehen und die Nacht mit dir verbringen.«

»Nein, Karen. Tut mir leid. Ein andermal. Heute will ich allein sein und nachdenken.«

»Ich glaube, du brauchst eher das Gespräch mit mir«, konterte sie mit einem Lächeln und einem Augenzwinkern. »Vertrau mir, ich werde dich besonders gut behandeln.«

»Karen, bitte, besteh nicht darauf.« Jaime versuchte, seinen Ärger zu unterdrücken, konnte jedoch einen scharfen Ton nicht vermeiden. »Bitte, fahr mich nach Hause.«

»Wie du willst, aber darf ich dich daran erinnern, dass dein Wagen bei mir steht?«

»Das hatte ich ganz vergessen. Würdest du mich bitte hinfahren?«

»Selbstverständlich.«

Sie schwiegen während der Fahrt. Im Radio sang Mark Collie *Trouble's coming like a train*. Wie in dem Lied ahnte er an diesem strahlenden sonnigen Winternachmittag das Gewitter und entdeckte dunkle Gewitterwolken am Himmel.

Als Karen ihren Wagen neben Jaimes Auto anhielt, sagte sie zu ihm:

»Jim, ich werde heute nicht mehr aus dem Haus gehen. Es ist meine Pflicht, in deiner Nähe zu sein, aber ich kann es nicht ändern, wenn du allein sein willst. Wenn du mich brauchst, ruf mich an, ich warte auf dich. Bis bald!«

Sie bot ihm ihre Lippen zum Kuss. Jaime berührte kurz ihren Mund – eher in der Art eines Schnabelhiebs. Karens Lippen blieben an seinen haften, doch sie konnte ihn nicht aufhalten.

»Danke und auf Wiedersehen«, sagte er zum Abschied. Dann fuhr er schnell den kurzen Weg vom Parkplatz zur Pförtnerloge zurück.

Jaime nahm den Ventura Freeway Ost. Er fuhr viel zu schnell, und er wusste es. War das, was er erlebt hatte, wirklich? Oder hatten die Katharer ihm in einer Art Hypnose dieses Erlebnis suggeriert? War es eine suggestiv erzeugte, virtuelle Realität? Wie konnte ein Traum so real sein? Und wie viele vor ihm hatten dasselbe erlebt und sich für König Pedro II. von Aragon gehalten? Beherrschten Dubois und seine Freunde eine ganz spezielle Technik? Und wenn ja, war das eine mächtige Waffe, um Macht über einen anderen Willen zu erlangen!

Außerdem fühlte er seine Abhängigkeit von Karen, und nicht nur wegen seines brennenden sexuellen Verlangens. Schlimmer noch. Womöglich hatte er sich in sie verliebt und war deshalb vollkommen wehrlos. Und sie? Liebte sie ihn, oder benutzte sie ihn nur zu ihrem persönlichen Vorteil und für die Ziele der Sekte? Wenn sie wollte, konnte sie ihre Beziehung als Waffe gegen ihn im Konzern benutzen. Wie es Linda mit dem Pechvogel Douglas getan hatte. Sie besaß alle Beweise, dass sie miteinander geschlafen hatten. Linda. Er war davon überzeugt, dass auch Linda eine Katharerin war. Karen hatte es nicht zugeben wollen. Warum hatte Linda Douglas wegen sexueller Nötigung angezeigt und ihn beruflich ruiniert, statt einfach die Beziehung zu beenden? Jaime war davon überzeugt, dass die Katharer dahintersteckten. Wollten sie den Konzern unterwandern? Karen hatte ihn gefragt, ob er jetzt, nachdem Douglas ausgeschaltet war, der Nachfolger seines Chefs werden würde. Er hatte mit *wahrscheinlich* geantwortet. Wenn White von der Bildfläche verschwand, wie der arme Steve Kurth, der aus dem 31. Stock gesprengt worden war, würde er Direktor der Rechnungsprüfung werden.

Als eingeschleuster Katharer könnte er vieles bewirken, wenn man berücksichtigte, dass seine Aufgabe darin bestand, alles zu prüfen, was im Konzern geschah. Das wäre ein bedeutender Schritt auf dem Weg, die Macht über den Konzern an sich zu reißen. Die Katharer könnten Millionen von Menschen in den Vereinigten Staaten und in der Welt beeinflussen. Vielleicht sogar Milliarden. Sie würden nach und nach mit den sehr mächtigen Medien, mit der gigantischen Propagandamaschine der Davis Corporation ihre Ideen verbreiten. Und dann wäre es ganz leicht, ihren Glauben zum herrschenden Glauben zu machen. Das war ein hinreichendes Motiv für Morde.

Konnte er so etwas billigen? Er dachte an seine Familientradition, an die Suche nach der Freiheit, an seine Selbstachtung. Mein Gott! Wie unwürdig und unsicher fühlte er sich! Könnte er aus Liebe zu Karen seine Würde opfern? Er fürchtete die Antwort.

Hinter ihm drohten aufgeblendete Scheinwerfer. Er drosselte die Geschwindigkeit und hielt auf dem Seitenstreifen der Autobahn. Hinter ihm bremste ein Streifenwagen. Mist! Er wusste, dass er zu schnell gefahren war. Man verlangte seine Papiere und machte einen Alkoholtest mit ihm. Zum Glück hatte er wenig getrunken und das schon vor längerer Zeit. Sein Alkoholpegel lag an der Grenze, aber er durfte weiterfahren.

Jaime verbrachte den Nachmittag mit seiner Gitarre, besang das meerblaue Wasser des Pazifischen Ozeans, den er hinter den Palmen des Gartens von seiner Wohnung aus sehen konnte. Er trank einen Brandy nach dem anderen, klimperte auf den Saiten und strich über die Rundungen seiner Gitarre. Während er so grübelte und die Geschehnisse analysierte, überkam ihn Müdigkeit.

Er wachte erst wieder auf, als die Sonne schon im Ozean versunken war. Nach dem Mittagsschlaf fühlte er sich frisch und munter. Er hatte geträumt, erinnerte sich aber nicht, wovon, und sagte sich, dass es keine Rolle spielte. Seine Stimmung hellte sich auf. Er hatte immer noch viele Fragen, doch sie schlugen ihm nicht mehr aufs Gemüt. Was sollte er mit dem Abend anfangen? Er wusste, dass Karen auf ihn wartete, dass sie ihm bei seinen Grübeleien helfen konnte und dass er gern bei ihr sein wollte.

Doch er spürte, dass es an der Zeit war, sich vom Boden zu lösen und zu fliegen. Karen war drauf und dran, ihn zu vereinnahmen, ihn zu beherrschen, zu kontrollieren, zu absorbieren. Seit er ihr begegnet war, fühlte er sich, als habe er in einem Blumentopf Wurzeln geschlagen. Doch in dieser Nacht wollte er fliegen und seine Freiheit spüren.

Er stellte sich unter die Dusche, kleidete sich an und brach auf in die Nacht. Er spürte seinen alten Abenteuergeist. Die Nacht lockte mit ihren funkelnden, geheimnisvollen Lichtern. Zwar fühlte er im Herzen ein leichtes Bedauern, und er wusste, dass dieser kleine Schmerz einen Namen hatte – Karen. Er wollte diesen kleinen Kummer vergessen, er wollte seine Abhängigkeit durchbrechen, wollte die Freiheit zurückgewinnen, die er fast, ohne es zu merken, verloren hatte. Er wollte eine andere Frau finden, um zu prüfen, ob Karen ersetzt werden konnte.

Er erinnerte sich an ein japanisches Restaurant mit angenehmer Atmosphäre und einer ausgezeichneten Sushi-Theke. Die Dinner-Frage war also geklärt. Danach würde er zu Ricardo's gehen. Vielleicht hielt die Nacht ein Abenteuer für ihn bereit.

34

Karen spürte die vertraute Beklemmung, die schwer auf ihrer Seele lastete. Mitten auf dem kleinen Platz des besetzten Dorfs, auf dem Gipfel eines Berges in den Pyrenäen, erschien das Gespenst erneut, dieser unbewegliche Geist, der ihr den Weg versperrte.

Wie so viele Male zuvor wuchs ihre Beklemmung, als die Gestalt auf sie zukam, und ihr Herz raste, bis sie einen Schlag verspürte. Das war der Augenblick, in dem sie stets erwachte, aus ihrer Erinnerung auftauchte und alles sich auflöste.

Heute war es anders. Sie war bereit, den Weg bis zum Ende zu gehen. Die Erscheinung kam auf sie zu, trat aus dem schwachen Lichtschein, der aus der Hütte kam, und tauchte in die Dunkelheit, die sie trennte. Karens Herz hämmerte in ihrer Brust. Sie schluckte und blieb still stehen. Nur die Sterne spendeten ein wenig Helligkeit. Sie spürte mehr, als dass sie sah, wie sich die Gestalt ihr auf wenige Meter näherte.

Die weißen Umrisse verwischten im Dunkeln beinahe zur Unkenntlichkeit, doch die unsichtbare Gestalt kam auf sie zu. Sie wollte einen Schritt zurücktreten und fliehen. Sie spürte, dass jenes Gespenst etwas Schreckliches symbolisierte – es war die Nähe des Todes. Der lebendige Engel der Verkündigung. Eine übermächtige Angst erfasste sie, aber sie musste es ertragen. Sie musste bis zum Ende durchhalten. Und das Ende war der Tod, das Ende jenes Lebens. Wenn sie es nicht aushielt, würde das Erlebnis erneut unterbrochen werden und der Albtraum würde noch unzählige Male wiederkehren. Sie zitterte, während die Gestalt langsam wie in Zeitlupe auf sie zuschwebte.

Sie spürte, dass die Gestalt nur noch wenige Schritte entfernt war, und erwartete, den letzten Schlag zu empfangen oder dass ihr Herz vor Angst zu schlagen aufhörte.

Das Gespenst blieb stehen. Die Umrisse ließen eine menschliche Gestalt erahnen. Jetzt stand sie vor ihr – und sie erkannte sie.

»Gott sei mit dir, Schwester«, grüßte die Gestalt.

»Gott sei mit dir, Guter Mensch«, sagte sie und spürte plötzlich eine unendliche Erleichterung. Sie entspannte sich, brauchte jedoch eine Weile, um sich zu fassen. Warum hatte sie vor ihrem besten Freund solche Angst?

Es war Bertrand Marti, der Bischof von Montségur, ein hochgewachsener schlanker Mann, der trotz der Kälte keine Kopfbedeckung trug. Sein fülliges graues Haar bewegte sich im Wind. Warum hatte sie solche Angst vor dem einzigen Menschen, der ihr helfen konnte? Vielleicht weil sie heute zum ersten Mal vorhatte, ihn zu belügen, etwas vor ihm zu verbergen? Fühlte sie sich schuldig? Karen trat zu ihm, senkte den Kopf, nahm seine Hände, um seine Handschuhe zu küssen. Er küsste sie behutsam auf die Kapuze.

»Was tut Ihr zu dieser Stunde auf dem Platz, meine Dame Corba?«, fragte er mit seiner tiefen Stimme.

»Bertrand, ich konnte nicht schlafen«, sagte sie, ohne seine Hände loszulassen, »und ich wollte den Tagesanbruch erleben.«

Der Gute Mensch sagte nichts und überließ ihr immer noch seine Hände. In der Dunkelheit spürte sie den durchdringenden Blick des alten Mannes. Er strahlte eine Ruhe aus, die ihr das Herz erwärmte und sie die Kälte vergessen ließ.

»Was tut Ihr hier?«

Er antwortete nicht.

»Habt Ihr die Sterbenden getröstet? Sagt mir nicht, wer heute Nacht gestorben ist, ich will es nicht wissen, Bertrand.«

»Ich habe Euch erwartet, meine Herrin.«

»Mich? Warum?«, fragte sie und ließ jäh seine Hände los.

Er schwieg, und sie spürte in der Dunkelheit seinen Blick und seine Ruhe.

»Wie lange können wir noch standhalten?«, fuhr Karen nach einer Weile fort, ohne mit einer Antwort zu rechnen.

»Ihr wisst es besser als ich. Gar nicht mehr. Brennholz und Lebensmittel sind aufgebraucht, unsere Leute sind erschöpft, und die Katapulte unserer Feinde zerstören alles.«

»Besteht noch Hoffnung, dass wir Hilfe bekommen?«

»Keine. Weder Kaiser Friedrich II. noch der König von Aragon noch der Graf von Toulouse. Niemand hilft uns.«

»O Allmächtiger! Wir sind die Letzten. Mit uns wird die okzitanische Kultur zerstört. Sie vernichten unsere Langue d'Oc und unsere katharische Religion. Die Kultur der Toleranz, der Poesie und des Troubadours wird für immer verschwinden. Weshalb verfolgen sie uns, warum töten und verbrennen sie uns auf dem Scheiterhaufen? Hat Christus sie nicht, wie uns, gelehrt, seinen Nächsten zu lieben wie sich selbst? Weshalb lässt der gute Gott zu, dass der Teufel diesen Sieg erringt und dass der böse Schöpfer, der böse Gott, auf der Erde obsiegt?«

»Verzagt nicht, meine Herrin, nicht alles endet hier. Ihr wisst, dass es Pere Bonet vor einigen Wochen gelungen ist, mit anderen Brüdern den Ring der Belagerer zu durchbrechen und unseren Schatz in Sicherheit zu bringen. Die Schriften unseres Glaubens und der Wandteppich mit dem Hufeisen, den Ihr mit Euren Hofdamen gestickt habt, sind gerettet. Unsere Wahrheit, unsere Botschaft wird nicht mit uns auf den Scheiterhaufen der Inquisitoren verbrennen, sondern mit ihrer Aufgabe siegen und künftigen Generationen werden unsere Gedanken überliefert werden.« Bertrand schwieg. Er wirkte erschöpft. Dann setzte er seine Rede fort:

»In unserer finsteren, vom Teufel beherrschten Zeit gibt es zwei Kirchen. Eine, die flieht und vergibt – das ist unsere. Und eine andere, die stiehlt, verfolgt und schmäht – das ist ihre. Doch auch jene, die uns verfolgen, sehen in Zukunft das Licht des guten Gottes und schließen sich seiner Sache an, und der Gott des Hasses wird für immer besiegt werden.« Bertrand umfasste erneut ihre Hände. »Nun, Herrin, beruhigt Euch. Fürchtet nicht um das Leben derer, die Ihr liebt, und fürchtet nicht Euren Tod. Der Tod ist nur ein Übergang.«

»Ich fürchte den Tod nicht, Guter Mensch, aber ich fürchte die

Kapitulation. Montségur muss bis zuletzt Widerstand leisten. Die Katholiken dürfen diese heilige Erde erst betreten, wenn ihr letzter Verteidiger gestorben ist.«

»Das ist unmöglich. Die Soldaten, die uns verteidigen, sind in der Mehrheit katholisch. Und unschuldige Kinder, die erst begonnen haben, den Zyklus dieses Lebens zu leben und ihn beenden müssen, werden überleben.«

»Aber die Kinder werden dazu gebracht, dem Glauben der Katharer abzuschwören, und sie vergessen die Botschaft des guten Gottes. Nein, Bertrand, es ist besser, sie sterben hier mit uns, als dass sie ihnen lebend in die Hände fallen.«

»Nein, meine Herrin. Wir können nicht für sie entscheiden und den Zyklus ihres Lebens gegen die Natur beenden. Seht Ihr denn nicht, dass Ihr Euch auf die Stufe unserer Verfolger stellt, wenn Ihr so etwas tut? Glaubt Ihr auch, die einzige Wahrheit zu kennen und das Recht zu besitzen, über das Leben Unschuldiger zu entscheiden? Sie müssen leben. Sorgt Euch nicht um ihre Seelen, sie werden ihren Weg gehen und zum guten Gott gelangen.«

»Ihr habt Recht, deshalb seid Ihr auch ein Auserwählter und ich nicht. Aber ich kann es nicht ertragen, meine stolzen Okzitanier besiegt, gedemütigt, gefoltert und verbrannt zu sehen. Ich ertrage es auch nicht, wenn die Fahnen unserer Feinde in Montségur wehen. Ich ergebe mich nicht, aber ich weiß, dass mein Gemahl vorhat, morgen über die Kapitulation zu verhandeln.« Karen ergriff erneut die Hände des alten Mannes. »Steht das fest, Bertrand? Ihr könnt nicht lügen, und er will es mir nicht sagen. Antwortet im Namen des Allmächtigen! Sprecht!«

Der Mann blickte ihr in die Augen und schwieg.

»Eines steht fest«, fuhr sie fort, als sie sah, dass er nicht beabsichtigte, sein Schweigen zu brechen. »Ich werde in Freiheit sterben. Ich unterwerfe mich nicht den Prinzipien des Hasses. Sie werden mich weder verurteilen noch verbrennen.«

»Meine Herrin, meine Liebe, lasst Euch nicht von Eurem Stolz blenden und tut nichts, was den Weg Eurer Seele verzögert. Zeigt Eure Demut, folgt dem Beispiel Christi, der sich von den Menschen verurteilen ließ, obwohl er Gott war.«

»Der Allmächtige weiß, dass ich sterben werde, und ich glaube nicht, dass Er eine besondere Vorliebe hat, wie es geschehen soll. Vergebt mir, Vater, aber in diesem Leben lasse ich es nicht zu, dass der Feind mich anfasst und mich demütigt. Ich bitte Euch um die letzte Ölung.«

»Nein, meine Tochter«, rief der alte Mann, löste seine Hände aus ihren und umarmte sie. »Vertreibt diese Gedanken aus Eurem Kopf.« Nach einer kleinen Weile bemerkte Corba, wie er sich aus der Umarmung löste. Der alte Mann schuf ein wenig Abstand zu ihr und sagte:

»Nein. Ich kann sie Euch nicht geben. Der Schmerz hat Euren Verstand verwirrt. Denkt noch einmal darüber nach. Überwindet Euren Stolz.«

»Bertrand, ich habe es schon zu Beginn der Belagerung entschieden. Corba de Landa y Perelha, die Herrin von Montségur, fällt ihren Feinden weder tot noch lebendig in die Hände. Auch wenn Ihr mir die letzte Ölung verweigert, ändert das nichts an meinem Entschluss. Ihr wisst das so gut wie ich, und deshalb habt Ihr mich heute Nacht hier erwartet. Ihr wusstet es und Ihr wisst, was geschehen wird. Ihr habt mich erwartet, alter Freund, um Euch von mir zu verabschieden. Und auch, um mir die letzte Ölung zu geben.«

Sie spürte erneut seinen durchdringenden Blick in der Dunkelheit und die Angst, die sie erfasste und wie eine Eisenklammer einschnürte. Ihre Augen füllten sich mit Tränen, während sie zitternd seine Entscheidung abwartete.

Nach einer Weile hörte sie eine leise, aber entschlossene Stimme:

»Kniet nieder, Herrin.«

Ihre Knie schmerzten, als sie den harten gefrorenen Boden berührten, und ihr Körper bebte. War ihr kalt? Hatte sie Angst?

Der alte Mann streifte sich die Handschuhe ab, schob seine knotigen Hände in Karens Fellkapuze und legte sie ihr auf den Scheitel.

Sie schloss die Augen und spürte nichts. Lediglich ihren Herzschlag, ihren schweren Atem und die Kälte.

Bertrand murmelte etwas, aber sie konnte nicht unterscheiden, ob es Latein oder ihre Langue d'Oc war. Nach und nach spürte sie, wie ihr Kopf sich erwärmte. Diese Wärme breitete sich aus. Weder an den Ohren noch an der Nase spürte sie noch die Kälte. Ihr Atem wurde ruhiger, und die Wärme strömte durch ihren ganzen Körper. Sie empfand einen tiefen Frieden, wie sie ihn seit langer Zeit nicht mehr erlebt hatte. Sie erwachte, aber nicht am selben Ort. Sie befand sich jenseits ihres Elends, sie fühlte keine Beklemmung mehr, sie spürte nicht einmal mehr ihren Körper. Sie erlebte ihre Vergangenheit, sah Bilder ihrer Jugend, ihrer Kindheit, sah sich im Uterus ihrer Mutter, beschützt und glücklich. Lebte ihre Mutter in dieser Welt oder war es ihre zukünftige Mutter?

Sie wollte jenen Ort und jenes Gefühl nicht aufgeben. Die Wirklichkeit, das Leben, das sie wollte, ihr wahres Schicksal. Das Übrige, ihr derzeitiges Leben, war nur ein Albtraum. Sie verlor das Zeitgefühl, dabei waren nur wenige Augenblicke verstrichen.

Der alte Mann löste seine Hände und drängte sie behutsam, sich zu erheben.

»O Bertrand. Ich spüre jetzt das, was die Kinder spüren müssen, wenn sie auf die Welt kommen. Deshalb weinen sie. Wie trostlos es ist, in die Welt zurückzukehren. Wie hart ist die Wirklichkeit des körperlichen Lebens«, sagte sie langsam. »Aber ich weiß jetzt, dass es irgendwo Frieden gibt.«

»Der Allmächtige möge Euch gnädig aufnehmen.«

»Euch ebenfalls, lieber Freund, und die Stadt meiner Söhne und der Übrigen.«

»Ja, meine Herrin.«

Sie umarmte ihn, und er erwiderte ihre Umarmung, doch Corba konnte das wunderbare Gefühl, das sie wenige Augenblicke zuvor empfunden hatte, nicht wieder aufleben lassen.

Der Gute Mensch entfernte sich langsam, tief gebeugt ging er zu der Hütte, die schwach beleuchtet war.

35

Jaime musterte die attraktive Asiatin. Sie saß an einem Tisch und unterhielt sich trotz der lauten Musik lächelnd mit einer Freundin. Ihr Minirock enthüllte hübsche Beine. Die beiden Frauen waren allein. Doch er wollte zuerst einen Schluck trinken, bevor er sich anpirschte.

Die hervorragende Band spielte eine Rumba, und das Publikum folgte auf die eine oder andere Art dem Rhythmus. Auf der überfüllten Tanzfläche wurde getanzt. Die karibische Musik klang lauter als gewöhnlich. In der bunten Mischung von Menschen schienen die Latinos nicht zu überwiegen. Offensichtlich war das Lokal in.

Jaimes Blick wanderte automatisch zu den Frauen. Sein Jagdinstinkt erwachte. Hübsche Latinas und Asiatinnen, eine sehr attraktive Brünette, außerdem blonde und kastanienbraune Frauen.

Plötzlich zuckte er zusammen. Die Blondine, die ihm den Rücken zukehrte … war Karen! Was tat sie hier? Sie unterhielt sich mit einem Mann. Jaime bahnte sich einen Weg zwischen den Menschen, um sich Karen zu nähern, während sein Herz schneller schlug. Er fühlte sich hintergangen. Hatte sie nicht gesagt, sie werde zu Hause bleiben? Als er hinter der Frau stand, tippte er sie leicht auf die Schulter. Sie wandte sich um. Blaue Augen, dieselbe helle Haut und fast die gleiche Frisur – aber sie war es nicht.

»Tut mir leid«, sagte er und empfand eine große Erleichterung. »Ich habe dich verwechselt.«

Als er der Blondine ins Gesicht sah, ließ sie ein perlendes Lachen hören.

»Ich hoffe, die andere ist hübsch.«

»Natürlich. Genau wie du«, erwiderte Jaime höflich.

»Vielen Dank. Sehr liebenswürdig«, gab sie zurück.

Die Blondine wollte die Unterhaltung mit ihm fortsetzen und hatte ihrem Begleiter mitten im Gespräch den Rücken gekehrt, als sei er ein Fremder.

Gute Chancen, dachte Jaime. Sie ist noch deutlicher zum Flirt bereit als ich. Doch sein Herz schlug immer noch wie rasend, wenn er an Karen dachte. Er brauchte dringend etwas zu trinken.

»Bist du mit ihr da?«, fragte die Blondine.

»Ja«, log Jaime. »Ich suche sie.«

»Viel Glück«, erwiderte sie, zuckte mit einer zweideutigen Geste mit den Achseln und wandte sich wieder dem anderen Mann zu.

»Danke«, sagte er zum Abschied und kämpfte sich zur Theke durch. Verdammte Karen, murmelte er, sie erscheint mir schon als Geist.

Als ihm jemand einen Cuba Libre servierte, hörte er:

»Du bist eingeladen, mein Freund.«

Hinter der Theke stand Ricardo. Er lächelte und zeigte seine hübschen Zähne unter seinem schwarzen Schnurrbart. Jaime erstarrte – die Gestik, die Intonation beim Sprechen. Plötzlich erinnerte Ricardo ihn an jemanden, den er am Morgen gesehen hatte. Nicht hier, sondern an einem sehr fernen Ort in längst vergangener Zeit. Es konnte nicht sein, dachte er, aber es war so. Hug de Mataplana. Blödsinn! Jaime verwarf diese absurde Idee auf der Stelle. Doch was er am Morgen erlebt hatte, berührte ihn viel tiefer, als er angenommen hatte. Er litt wohl bereits an Halluzinationen.

»Was für eine Ehre, dich zu begrüßen.« Er drückte ihm beide Hände. Dann fügte er plötzlich neugierig und mit boshaftem Glitzern im Blick hinzu: »Hast du die Blondine mitgebracht?«

»Schön, dich zu sehen«, erwiderte Jaime schnell. »Was ist los mit dir? Freust du dich, mich zu sehen, oder willst du sie sehen?«

Ricardo lachte laut auf.

»Aber ja doch, sie ist eine tolle Frau, und ich würde mich freuen, sie wiederzusehen. Und so wie du sie angeschaut hast, hatte ich nicht den Eindruck, dass du sie gehen lassen willst. Was ist los? Hast du dir schon wieder eine andere gesucht?«

»Nein. Ich bin allein hier«, erwiderte Jaime knapp. Obwohl er Ricardo vertraute, wollte er kein Gespräch über Karen anfangen. Es war nicht der richtige Augenblick, er hatte keine Lust dazu.

»Du bist hier richtig.« Ricardo war taktvoll und respektierte die Intimsphäre seiner Freunde. »Ich habe, was du brauchst.« Er strahlte übers ganze Gesicht.

»Wie viel Prozent hat der Tequila?«

»Aber Jaime, du brauchst keinen Tequila, sondern eine Frau.«

»Vielleicht hast du Recht, aber vermittelst du neuerdings weiße Frauen?«

»Gelbe und schwarze und solche, die man mir anbietet. Aber mir geht es nicht um Geld. Ich möchte meine Freunde glücklich machen. Wart mal!«

Ricardo kam hinter der Theke hervor. Er hatte die Bar im Blick und konnte sich einen Augenblick Zeit nehmen. Für Ricardo zählten in erster Linie Frauen; die Musik und die Freunde kamen an zweiter Stelle. Jaime sagte sich, dass Ricardo ein Geschäft führte, bei dem ihm die Arbeit Spaß machte.

Er fasste Jaime an der Schulter und sagte in vertraulichem Ton: »Da gibt es eine kleine Mexikanerin, die zwar hier geboren wurde, aber den ganzen Flair von Guadalajara besitzt, eine wirklich tolle Frau. Die Freundin, mit der sie immer herkommt, geht mit einem Gringo. Ich möchte, dass du sie kennen lernst. Wenn du dir Mühe gibst und ihr gefällst, wirst du lernen, was gut ist. Sie hat einen Körper und einen Rhythmus, die dir den Verstand rauben werden. Ich hoffe, du machst mir keine Schande. Mein Freund darf nicht scheitern! Verstanden?«

Jaime zuckte mit den Achseln. Ricardo kannte ihre Vorzüge bestimmt aus eigener Erfahrung, aber das störte ihn nicht. In ihrer Studienzeit hatten sie mehr als einmal die Freundinnen geteilt.

»Vielleicht willst du mich benutzen, um dein Geschäft anzukurbeln? Von wegen hallo, hier kommt Jaime, der das Dynamit sprengt, das die anderen nicht zünden können, weil ihr Zünder zu kurz ist.« Jaime betrachtete Ricardo spöttisch. »Mach dir keine Sorgen. Ich bin sicher, dass du keine Kundschaft verlierst, auch wenn sie mich kennen gelernt haben.«

»Du verdammter Scheißkerl«, erwiderte Ricardo und lachte laut.

36

Karen fror, aber sie hatte keine Angst mehr, als sie entschlossen den kleinen Platz überquerte. An seinem Ende begann sie sich an den Wänden entlang zu tasten. Die engen Gassen führten sie in der Dunkelheit zum äußeren Verteidigungsring des Dorfes. Sie gelangte an die nordwestliche Mauer, suchte in den Steinen nach den Stufen und blickte zu den Sternen hoch. Noch war es Nacht, aber nicht mehr lange.

Langsam und vorsichtig kletterte sie die Mauer hinauf. Sie hörte, wie jemand von oben rief:

»Halt! Wer bist du?« Es war ein Posten. Sie lächelte zu ihm hinauf und segnete jene, die bis zuletzt Widerstand leisteten.

»Ich bin es, Corba«, sagte sie mit fester Stimme.

»Guten Abend, meine Herrin.«

»Kalt?«

»Sehr, meine Herrin.«

»Der Allmächtige segne Euch, Soldat.«

Sie ging weiter die Treppe an der Mauer hinauf, die jetzt eine Biegung nach Osten machte. Das Feuer, das die Belagerer an der Stadtmauer schürten, brannte auf der anderen Seite.

»Meine Herrin, seid auf der Hut, bleibt im Schatten, die Bogenschützen liegen auf der Lauer.«

»Danke.«

Karen erreichte den oberen Ring der Festung und ging ihn entlang, indem sie sich hinter der Brüstung verbarg, um von außen nicht gesehen zu werden. Als sie einen ungeschützten Abschnitt passieren musste, lief sie rasch. Die Flammen drangen nicht so weit nach oben, doch sie bemerkte die Hitze, als sie stehen blieb.

Sie verweilte eine Weile – verborgen hinter der Brüstung in der Nähe einer Schießscharte.

Bald würde es hell werden. In dieser eisig kalten Nacht am ersten März schimmerten die Sterne am klaren Himmel.

Sie setzte sich auf einen behauenen Stein und blickte von oben auf ihr befestigtes Haus. Mit Mühe erkannte sie am anderen Ende des Dorfes die Umrisse. Dort waren ihre Söhne, ihr Gemahl und ihre Mutter. Der Allmächtige würde sie behüten. Ihre Augen füllten sich mit Tränen, als sie an sie dachte.

Sie spürte, wie tiefer Frieden über sie kam, und sie erinnerte sich an bessere Zeiten, als der König von Aragon in Liebe zu ihr entbrannte. Einst war sie die Schönste der Schönen gewesen, die Edelste unter den Edlen, die Dame mit dem größten Liebreiz, die alle Troubadoure besangen und die edelsten Männer aus Okzitanien, Burgund, der Gascogne, der Provence, Aragon und Katalonien begehrten. Ihre grünen Augen bezauberten, ihre Stimme verführte. Corba, die Hexe, nannten sie ihre Neiderinnen.

Sie war nicht geboren worden, um gedemütigt zu werden, und sie wollte den Inquisitoren diesen Triumph nicht gönnen.

Der dunkle Himmel begann sich in dunkelblaue Streifen aufzulösen, und man konnte die Berge im Osten und im Süden erkennen. Der Morgen dämmerte, und sie empfand die Ruhe eines Menschen, den kein Zweifel mehr quält.

Langsam band sie ihre Lederstiefel auf, holte ihre Tanzschuhe aus den weiten Taschen ihres Mantels und zog sie an. Sie ließ den Mantel fallen. Sie trug jetzt nur noch ihr Festgewand, das Kleid, in dem sie auf den Festen getanzt hatte, das Kleid des Königs, das Kleid, das sie getragen hatte, wenn sie auf Pedro wartete und wenn sie sich von ihm verabschiedete.

Ein eisiger, unbarmherziger Wind wehte und ließ sie frieren. Doch sie spürte ihren Körper längst nicht mehr, sondern bewahrte in ihrem Innern die Wärme, die Bertrand ihr gegeben hatte.

Sie blickte zu den Sternen empor und betete:

»Vater unser, der du bist im Himmel. Dein Reich komme.« Sie machte drei langsame Schritte und kauerte sich in eine Schießscharte der Stadtmauer. Sie bemerkte die Wärme des aufsteigenden Luftstroms, und über den Bergen in östlicher Richtung war der blaue Streifen breiter geworden, und ein noch hellerer kündigte sich an. »Dein Wille geschehe wie im Himmel als auf Erden.« Sie bemerkte, dass rechts von ihr an der steinernen Brüstung etwas zersplitterte. Ein Pfeil.

»Unser tägliches Brot gib uns heute.«

Sie näherte sich dem Rand und spürte die Hitze zu ihr aufsteigen. Sie blickte hinunter und sah durch ihre tränennassen Augen das Feuer, das sich wie ein riesiger Drachen, der nach seiner Beute gierte, den Hang heraufschlängelte.

Sie hörte einen weiteren Pfeil surren. Vor der Mauer schrien die Männer, sie hörte ebenfalls die Schreie aus der Festung.

»Und vergib uns unsere Schuld wie auch wir …«

Wieder ein Pfeil.

Corba breitete die Arme aus. Wie ein schwarzes Rabenweibchen flog sie in die Dunkelheit, um die Ketzerei in der Welt zu verbreiten. Zumindest erzählen es so die Katholiken, die sie für eine Hexe halten.

Tatsache ist, dass sie sich hinunterstürzte, wie sie sich einst als Kind von den Booten ins Mittelmeer gestürzt hatte, als ihr Vater in Barcelona Konsul von Toulouse war.

Sie spürte, wie sie in ein glühendes Meer tauchte, und der Tüll ihres geliebten Gewandes und ihr ehemals so glänzendes, tiefschwarzes fülliges Haar verwandelten sich in Licht und Wärme.

»Und führe uns nicht in Versuchung …«

Sie verspürte tiefen Frieden.

Der Aufprall in der Glut des Lagerfeuers ließ tausend Funken sprühen, die sich bis zum Tagesanbruch in die heiße Luft erhoben. Zweifellos gelangten sie nicht zu den fernen, kühlen Sternen, die gleichmütig die edle Dame Corba sterben sahen.

Karen erwachte aus ihrer Vision. Sie lag in ihrem Bett in ihrer Wohnung in Los Angeles. Sie spürte die angenehme Frische der Laken. Ihr Albtraum hatte ein Ende gefunden. Was sie bei den Zeremonien vor dem katharischen Wandteppich so sehr ersehnt und so sehr zu erzwingen versucht hatte, war nun ganz spontan im Traum eingetreten. Sie versuchte, sich einzuprägen, was sie gesehen und gefühlt hatte. Könnte sie so etwas überhaupt vergessen? Es war ihr gelungen, ihr Gedächtnis von der Blockade zu befreien und ihren Zyklus bis zum Ende zu gehen. Und nun, nachdem Schmerz und Angst überwunden waren, erlebte sie ein tiefes, schönes Gefühl. Was für eine schreckliche und zugleich schöne Geschichte! Niemals würde sie jene erlebten Augenblicke auslöschen können. Nur wann hatte sie sie erlebt? Vor Sekunden oder vor Jahrhunderten?

Mit den Bildern ihres Traums vor Augen streckte sie die Arme aus. Sie suchte jemanden, fand aber nur Leere. Die Wärme eines anderen Leibes fehlte ihr, Jaimes Wärme.

Wo war er? Er war geflohen. Um zehn, um elf und um zwölf hatte sie lediglich seine Stimme auf dem Anrufbeantworter gehört. Sie warf einen Blick auf die Uhr auf ihrem Nachttisch. Es war drei Uhr morgens, und er war da draußen, verloren in den unzähligen Verlockungen, die eine Metropole wie Los Angeles bei Nacht bot.

Jaime fürchtete sich. Er fürchtete sich vor ihr und vor dem Gelöbnis der Treue und des Gehorsams gegenüber der Gemeinschaft der Katharer. Er fürchtete, seine Freiheit zu verlieren, das eigentliche Erbe seiner Familie, das sich, wie jede Utopie, niemals in Geld verwandeln würde.

Er war auf der Flucht. Wie weit? Für wie lange? Karen wusste es nicht, sie wünschte sich jedoch, er möge bald zurückkehren. Am besten gleich. Sie spürte ein übermächtiges Verlangen, mit jemandem das großartige Erlebnis dieser Nacht zu teilen, und am liebsten mit Jaime.

Sie wusste, er würde zurückkehren. Niemand hatte je dem Zwang widerstanden, den Zyklus seines spirituellen Gedächtnisses zu schließen, nachdem dieser erst einmal eröffnet war. Jaime würde den Wunsch verspüren, die Geschichte und die Empfindungen König Pedros wieder zu erleben, und er würde keine Ruhe finden, bis er ans Ende gelangt war. Obwohl er darunter leiden würde. Obwohl er sich damit zum Sklaven der Vergangenheit machen und sogar auf seine Freiheit verzichten würde.

Karen erhob sich vom Bett, ging in die Küche und holte sich eine Flasche Perrier aus dem Kühlschrank. Sie goss zwei Finger breit Whisky in ein Glas und fügte Wasser hinzu. Sie stellte sich vor das große Fenster im Wohnzimmer, löschte das Licht und zog die Vorhänge auf. Die Nacht war ruhig, der Mond stand im ersten Viertel. Sie setzte sich auf den weichen weißen Teppich und war dankbar für die Wärme ihres guten alten Baumwollnachthemds, wenn es auch wenig sexy war. Und sie bewunderte die Lichter der Stadt. Er war dort, und was immer er tat, er würde zu ihr zurückkehren.

Karen wusste, dass sie nur zu warten brauchte. Wie sie es zuvor getan hatte, schon so lange und schon so viele Male. Sie brauchte nur zu warten, und er würde kommen.

In der Dunkelheit schloss sie die blauen Augen.

»Komm«, sagte sie zu ihm.

37

Ricardo erblickte Marta auf der Tanzfläche. Sie tanzte mit einem Mann. Marta hatte glänzende schwarze Haare und ausdrucksvolle Augen. Sie war um die dreißig und trug ein dunkles kurzes Kleid, das die anmutigen Kurven ihrer Hüften betonte und kurz genug war, um ihre wohlgeformten langen Beine zu zeigen. Sie bewegte sich anmutig. Ohne Rücksicht auf Martas Begleiter zu nehmen, bat Ricardo ein anderes Mädchen auf der Tanzfläche, es möge sie bitte rufen, weil sie ihn wegen der Musik nicht hören konnte. Als Marta zu Ricardo blickte, bedeutete er ihr mit vielen Gesten, sie solle zu ihm kommen.

»Marta, darf ich dir meinen besten Freund vorstellen?«, sagte er, als Marta vor ihnen stand. »Ich habe Jaime schon viel von dir erzählt, und er will dich unbedingt kennen lernen«, log Ricardo ungeniert.

»Sehr erfreut.«

»Ganz meinerseits.«

Marta und Jaime gaben sich die Hand.

»Ich lass euch jetzt allein, ich muss mich ums Geschäft kümmern. Aber erst muss ich noch etwas mit Marta unter vier Augen besprechen«, sagte Ricardo, zog sie zur Seite und flüsterte ihr etwas ins Ohr, während er Jaime mit spitzbübischen Blicken bedachte.

Marta schien sich zu amüsieren und betrachtete Jaime mit einem Lächeln, das je nach Wendung der Geschichte, die Ricardo erzählte, mehr oder weniger intensiv ausfiel.

»Mal sehen, ob du ihr gewachsen bist«, sagte Ricardo herausfordernd zu Jaime, bevor er verschwand.

Sie standen sich gegenüber und lächelten sich an. Jaime hielt seinen Cuba Libre in der Hand, und Marta betrachtete ihn aufmerksam, die Hände auf dem Rücken verschränkt.

»Was hat dieser unverschämte Kerl dir über mich erzählt?«, erkundigte sich Jaime.

»Nur Gutes. Aber ich würde gern wissen, was er dir über mich erzählt hat.«

»Wunderbare Dinge, dass du die ideale Kandidatin für meine nächste Ehe bist.« Jaime kannte den Stil seines Freundes sehr genau.

Marta brach in Gelächter aus.

»Mir hat er gesagt, du bist eine hohe Führungskraft, geschieden, hast viel Geld und ein gebrochenes Herz. Meine Aufgabe heute Nacht besteht darin, es zu heilen.«

Jaime lachte amüsiert. Typisch Ricardo!

»Ricardo ist ein wirklich guter Freund. Willst du die Aufgabe übernehmen?«

»Nun, ich habe gerade einen Mann kennen gelernt, der nicht übel ist, und ich habe ihn einfach auf der Tanzfläche stehen lassen«, erwiderte sie und tat, als treffe sie eine wichtige Entscheidung. »Andererseits wurdest du mir wärmstens empfohlen, und Ricardo hat mir mit Lokalverbot gedroht, wenn ich dich nicht anständig behandele. Sag: Wie sehr bist du daran interessiert, dass ich die Aufgabe übernehme?«

»Sehr. Meinem Herzen geht es schon viel besser, wenn ich dich nur anschaue.«

»Gut, dann komm mit. Ich gönne mir das Vergnügen, für eine kleine Weile zwei Verehrer zu haben«, sagte sie mit anmutigem Augenzwinkern. »Natürlich bist du ein bisschen im Vorteil.«

Jaime folgte ihr auf die Tanzfläche und musste zugeben, dass Marta anmutig und geschickt war. Sie stellte ihm ihren Begleiter vor und begann zu tanzen. Marta bewegte sich rhythmisch und voller Sinnlichkeit zwischen den beiden Männern. Das Gefühl, um sie zu buhlen, verstärkte Jaimes Verlangen.

Nach einigen Stücken erklang ein Bolero, und als er erkannte, was für eine Melodie gespielt wurde, forderte Jaimes Rivale Marta auf. Sie entschuldigte sich und behauptete, Jaime habe schon vor ihm um diesen Tanz gebeten und griff nach Jaimes Hand.

»Ich hoffe, du kannst einen Bolero tanzen«, sagte sie.

»Aber hallo. Hast du meinen kubanischen Akzent nicht bemerkt? Mein Großvater hat den Bolero erfunden.«

Marta lachte vergnügt, und beide konzentrierten sich auf den Tanz.

Danach lud Jaime die junge Frau zu einem Drink an der Theke ein. Sie unterhielten sich. Marta war Amerikanerin in der ersten Generation und hatte Erfolg. Sie hatte einen Abschluss in Wirtschaftswissenschaften gemacht und arbeitete für eine große

Bank in Südkalifornien. Vor langer Zeit hatte sie ihre Familie und ihr Viertel verlassen und lebte allein in einem Apartment. Das behagte ihren Eltern gar nicht, obwohl sie stolz auf ihre Tochter waren. Sie war weder von ihren Eltern noch von einem Mann abhängig und genoss ihre Freiheit. Ricardo hatte Recht. Sie war eine tolle Frau, und in der Erregung des Augenblicks vergaß Jaime die Ereignisse des Vormittags.

Um drei Uhr warf Marta einen Blick auf ihre Armbanduhr, und Jaime fragte, ob sie gehen wolle. Sie bejahte, und Jaime sah ihr lächelnd in die Augen und fragte:

»Zu dir oder zu mir?«

»Zu dir«, erwiderte Marta, und ein leichter Schauder der Vorfreude lief ihm über den Rücken.

Draußen empfing sie eine klare Nacht. Er legte den Arm um ihre Taille, sie den ihren um seine, und schweigend gingen sie im Licht der Sterne zu seinem Auto.

Unverhofft glaubte Jaime in der Dunkelheit etwas Seltsames, aber Vertrautes zu sehen: das Aufblitzen eines blauen oder grünen Augenpaars in der nachtschwarzen Dunkelheit. Er sah die Augen und hörte ein unverständliches Gemurmel, das nach ihm rief. Etwas geschah in seinem Inneren, das er nicht beeinflussen konnte.

An seiner Seite ging eine ungewöhnliche Frau. Und er begehrte sie. Doch etwas zog ihn zu einer anderen Frau. Eine Besessenheit.

»Wie der Schmetterling von der Flamme angezogen wird«, flüsterte ihm seine innere Stimme zu.

»Blödsinn«, murmelte er.

»Hast du was gesagt?«, fragte Marta.

»O, nichts, Liebling. Ich bin glücklich, bei dir zu sein«, erwiderte Jaime und öffnete die Wagentür.

SONNTAG

38

Als Jaime am späten Vormittag aufwachte, schlief Marta halb zugedeckt in seinem Bett. Beide waren nackt. Er schob die Bettdecke zur Seite und betrachtete seine Begleiterin.

Marta war eine schöne Frau, gut gebaut und mit den Rundungen an den richtigen Stellen. Doch wieder verglich Jaime sie mit Karen. Schon in der Nacht konnte er ihr Bild nicht aus seinem Kopf verbannen. In einem bestimmten Augenblick glaubte er sogar, er schlafe mit Karen statt mit Marta. Warum nur?

Karen muss eine Hexe sein, die ihn in ihren Bann gezogen hatte. Die beiden Frauen ähnelten sich überhaupt nicht, obwohl Marta ungefähr so groß wie Karen war. Karen war zartgliedriger, ihre Kurven waren weniger üppig. Sie war blond und Marta brünett. Martas Teint war leicht gebräunt, Karen Haut war heller. Die eine verführte mit ihren hübschen mandelförmigen Augen, die andere mit ihren dunkelblauen. Karens Schamhaar war blond und spärlich, Martas dagegen schwarz und lockig. Mit Marta sprach er Spanisch, mit Karen Englisch. Marta war reifer, hemmungsloser beim Sex. Sie verwöhnte ihn mit Spielen, die Karen womöglich nicht kannte. Es war zweifellos eine wunderbare Nacht gewesen, aber etwas stimmte nicht. Er hatte Karen betrogen. Quälte ihn dieser Gedanke?

Oder die verwirrende Erinnerung an die Erlebnisse des Vortags im geheimen Refugium der Katharer?

Was auch immer es war, Jaime empfand weder die Befriedigung noch das Behagen, die er nach einer solchen Nacht hätte empfinden müssen, in der er mit einer schönen Frau das Bett geteilt hatte. Warum?

Marta schlug die Augen auf. Sie blickte Jaime an, lächelte und griff nach der Bettdecke, um sich schamhaft zu bedecken.

»Guten Morgen«, sagte sie und zog die Bettdecke bis zum Kinn.

»Guten Morgen, Marta. Wie geht's dir?«

»Hervorragend. Und dir?«

»Ausgezeichnet. Es war eine herrliche Nacht.«

»Schön, freut mich. Aufgabe erfüllt. Ricardo lässt mich wieder in seinen Club.«

»Du willst doch nicht sagen, du hast es für Ricardo getan?«, fragte Jaime gespielt entrüstet.

»Nein, du Dummkopf. Ich habe dich durch ihn kennen gelernt, dann musste ich zwischen zwei Männern wählen, und ich bedauere meine Entscheidung nicht.«

»Umso besser.«

»Gut«, fuhr Marta mit spöttischem Lachen fort. »Aber warum stehst du hier splitternackt rum? Ist das eine Demonstration deiner Männlichkeit, falls ich sie noch nicht bemerkt haben sollte? Es war schön mit dir heute Nacht, du brauchst nicht für mich zu posieren.«

Jaime war auf Anzüglichkeiten nicht gefasst. In Wirklichkeit war er so in Gedanken vertieft, dass er ganz vergessen hatte, dass er nackt war. Er lachte schallend.

»Ich überlegte noch, ob ich unter die Dusche oder in die Küche gehen soll, um Frühstück zu machen.«

»Unter die Dusche!«, rief Marta und sprang fröhlich aus dem Bett. Jaime folgte ihr.

Unter der Dusche liebten sie sich und erforschten unter fließendem Wasser den Körper des anderen. Marta war eine phantasievolle Partnerin. Nachdem sie sich abgetrocknet hatten, gingen sie in die Küche und banden sich je eine Schürze um. Jaime bemerkte, dass Martas Hintern nicht so knabenhaft war wie Karens, sondern rund und unglaublich sinnlich.

Sie bereiteten sich ein üppiges Frühstück mit köstlichem Toast, Spiegeleiern, Schinken und Kaffee. Alles ist perfekt, dachte Jaime, aber warum war er dann so unruhig? Warum genoss er nicht den Augenblick und den herrlichen Morgen?

»Marta.«

»Ja, Jaime.«

»Ich bin heute mit meiner Tochter verabredet, wir wollen zusammen essen gehen«, log er. »Ich hoffe, es stört dich nicht, wenn ich dich nicht einlade, aber sie ist erst acht und sehr empfindlich, was meine Bekanntschaften angeht.«

Marta wirkte enttäuscht, aber sie lächelte.

»Kein Problem«, sagte sie. »Dann eben ein andermal.«

Als Jaime sie vor ihrer Wohnung absetzte, küsste sie ihn auf den Mund und verabschiedete sich.

»Ruf mich an.«

»Mach ich. Vielen Dank für diese Nacht.«

»Mach's gut, Jaime.«

Jaimes Gedanken waren bereits woanders. Er vergaß die Geldstrafe vom Vortag und fuhr zu schnell dorthin, wo er in Gedanken die Nacht verbracht hatte. Lieber Gott, lass Karen zu Hause sein!

Den Pförtner hatte Jaime noch nie gesehen. Mit einer entnervenden Langsamkeit rief der Mann Karen übers Haustelefon an, während Jaime wartete und tausend Tode starb. War sie ausgegangen?

Schließlich ließ der Pförtner die Schranke hoch und bedeutete ihm mit einer Handbewegung, er solle durchfahren. Jaime atmete erleichtert auf.

Als Karen die Tür öffnete, trug sie immer noch ihr altes warmes Nachthemd. Sie sagte nichts, sondern musterte ihn von oben bis unten und streckte die Arme nach ihm aus. Jaime umarmte sie stürmisch und war so glücklich, dass ihm Tränen in die Augen schossen.

»Karen, danke, dass du auf mich gewartet hast, mein Liebling.«

Karen ließ ihn eintreten und schloss die Tür. Als er sie in den Armen hielt, fühlte er, dass er angekommen war. Er war zu Hause, und er hatte keine Fragen mehr. Zumindest nicht jetzt. Er wollte nichts anderes als diesen wunderbaren Augenblick auskosten.

Auch Karen stellte keine Fragen. Sie murmelte nur: »Ich wusste, dass du zurückkommen würdest.«

DIENSTAG

39

Bei Tagesanbruch waren die Grünanlagen hinter dem Strand von Santa Monica verlassen. Eine frische Brise schüttelte die Palmen, und dahinter, jenseits des breiten Strandes, sah man den Pazifik, dunkel und endlos.

John Beck absolvierte in Shorts, Trainingsjacke und mit einer Kapuze auf dem Kopf seine morgendliche Joggingrunde. Er liebte die Einsamkeit dieser frühen Stunden und die Kälte, die Dunstwolken vor seinen Mund zauberte.

Doch an jenem Morgen war er nicht allein. Er lief schnell und hörte dennoch das Geräusch von Sportschuhen, die immer näher kamen. Ungewöhnlich.

Obwohl sich seine Arbeit beim FBI inzwischen hauptsächlich im Büro abspielte, blieb er stets vorsichtig und hellwach. In jenem Moment und an jenem Ort bedeutete etwas Befremdliches bestimmt nichts Gutes. Der andere kam immer näher. Im vollen Lauf öffnete Beck seine Joggingjacke und griff nach dem Revolver. Er bemerkte, dass der Unbekannte jetzt fast auf gleicher Höhe war. Er sprang zur Seite und sah ihn an.

»Guten Morgen, Beck«, grüßte ihn der Mann, der natürlich sah, dass die Hand des Agenten in der Joggingjacke nach dem Revolver griff. »Sie können Ihre Waffe stecken lassen, heute habe ich nicht die Absicht, Ihnen was zu tun.« Gus Gutierres, ebenfalls in Sportkleidung, deutete ein vergnügtes Grinsen an und forderte ihn mit einer Handbewegung auf weiterzulaufen.

»Guten Morgen, Gutierres.« Beck setzte seinen Lauf fort, und Gus blieb auf seiner Höhe. »Ich habe nicht erwartet, dass ich Gesellschaft bekomme. Deshalb werde ich das Gefühl nicht los, dass unsere Begegnung nicht zufällig ist?«

»Natürlich nicht. Solche Angelegenheiten bespreche ich zwar lieber in einer Bar, aber es scheint, dass Sie solche Orte meiden.«

»Sie haben mich überwachen lassen?«

»Sie haben es nicht bemerkt? Umso besser.«

»Was wollen Sie?« Beck lief schneller und versuchte damit die Spannung abzubauen, die diese unerwartete Begegnung in ihm ausgelöst hatte.

»Seit dem Essen auf der Ranch haben wir nicht mehr miteinander gesprochen, aber Sie sind nach Gusto im Weißen Turm ein- und ausgegangen und haben viele Fragen gestellt.« Gutierres hatte kein Problem, das Tempo zu halten.

»Natürlich. Und?«

»Ich habe Sie nicht daran gehindert, mit den Leuten zu reden, mit denen Sie reden wollten, und Ihre Fragen zu stellen. Sie haben mir trotzdem keine Information über die Sekte gegeben, die wichtige Positionen im Konzern besetzen will, wie Sie sagten. Jetzt ist der Augenblick gekommen, in dem Sie mir sagen sollten, was Sie wissen.«

»Und wenn ich mich weigere?« Beck ärgerte sich. Gutierres' Ton war zu fordernd, er hatte wohl die Arroganz seines Chefs übernommen. Und der Umstand, dass er ihn beim Joggen im Morgengrauen überraschte, beunruhigte ihn, denn dahinter steckte unverkennbar eine Drohung. Gutierres antwortete, als hielte er ihm eine Waffe in den Nacken, die er abdrücken konnte, wann immer er wollte, und warnte ihn, ohne es ausdrücklich zu sagen.

»Washington wird einen neuen Mann für den Job suchen müssen. Sie werden im Konzern zur *persona non grata* erklärt. Ich verbiete Ihnen den Zutritt zu unseren Einrichtungen, und Inspektor Ramsey wird Ihnen keine Informationen mehr geben.«

»Das können Sie nicht machen.« Obwohl Beck bereits sehr schnell lief, beschleunigte er sein Tempo noch.

»Natürlich kann ich. Davis kann, also können wir.« Gutierres hielt mühelos mit, das Laufen schien seine Fähigkeit zu sprechen nicht zu beeinträchtigen.

»Was wollen Sie wissen?«

»Alles.«

»Niemals werde ich Ihnen alles erzählen, was ich weiß«, stieß Beck keuchend hervor.

»Na schön. Dann erzählen Sie mir etwas, das mich zufrieden stellt. Welche Sekte meinten Sie letzte Woche auf der Ranch?«

»Ich meinte die Katharer, aber wir haben keine Hinweise darauf, dass sie in den Mord an Steven Kurth verwickelt sind. Wir wissen, dass auch Mitglieder anderer Geheimgesellschaften in den Konzern eingeschleust wurden.«

Beck lief langsamer, er konnte nicht laufen und gleichzeitig reden. Dagegen schien der Prätorianer beides mühelos zu schaffen. Dieser verdammte Gutierres verbuchte wieder einen Punkt für sich, das musste er akzeptieren, doch er sagte sich, er werde bestimmt eine Gelegenheit finden, die Konten auszugleichen.

»Die Katharer sind eine Sekte, die im 12. Jahrhundert in Europa entstanden ist. In den letzten Jahren hat sie sich in den Vereinigten Staaten stark ausgebreitet. Sie verfügt über Niederlassungen in mehr als vierzig Staaten. Die Katharer glauben an Christus und an die Reinkarnation. Eine ziemlich handelsübliche Mischung, die den Tendenzen des *New Age* entspricht, die in letzter Zeit im ganzen Land und besonders in Kalifornien in Mode sind. Sie verbreiten sich schnell und werden immer mehr.

»Nennen Sie ein paar Namen.«

»Ihr geistiger Führer in Kalifornien ist ein gewisser Peter Dubois, und obwohl er offiziell als Geschichtsprofessor arbeitet, nehmen wir an, dass er ihr oberster Religionsführer ist. Sie haben eine zweite, eher ideologische und politische Facette, die ein gewisser Kevin Kepler führt, ein charismatischer Soziologieprofessor an der UCLA. Dank seiner Agitation verbreitet sich die Sekte im Universitätsmilieu sehr rasch. Ihre philosophischen Grundgedanken wirken harmlos, aber es gibt eine hermetisch abgeschirmte Fraktion in der Sekte, und wir glauben, dass sie konkrete Pläne für ihre irdische Macht verfolgt. Das ist der Punkt, an dem es Ihren Konzern betrifft.«

»Nennen Sie mir Namen unserer Angestellten.«

»Wir haben nur Verdachtsmomente, nichts Konkretes. Ich nenne Ihnen keine Namen, solange ich keine Beweise habe.«

»Beck, diese Informationen reichen mir nicht aus.«

»Ich glaube, Sie haben jetzt genug Material, um zu arbeiten. Ermitteln Sie, und dann vergleichen wir unsere Ergebnisse. Ihr offizieller Sitz ist am Whilshire Boulevard, sie nennen sich christlicher Katharerclub.«

»In Ordnung, wir sehen uns wieder.«

Ohne ein weiteres Wort drehte sich Gutierres um und lief in raschem Tempo zu einem Auto mit verdunkelten Scheiben, das ihnen in einigem Abstand gefolgt war. Beck blieb keuchend stehen, stemmte die Arme in die Seiten und sah durch den Dunst seines eigenen Atems, wie Gutierres abfuhr. Das Morgenlicht wurde heller.

FREITAG

40

Auf einer Seite säumten pastellfarbene Gebäude aus den dreißiger Jahren die breite Straße. Die kleinen Hotels, Restaurants und Kneipen bildeten mit ihrem Jugendstil das Wahrzeichen Miamis. Die andere Seite führte zu dem breiten Strand, mit dem die Insel an den Atlantik grenzte.

Touristen aus aller Welt blockierten in einer bunten Mischung mit Einheimischen die Bürgersteige, während ein Straßengitarrist *Mi tierra*, den Klassiker von Gloria Estefan, sang. Es war Winter, doch das milde Klima lud in jener Nacht zum Bummeln ein, und die Straße war voller Autos, die mit ihren aufgeblendeten Scheinwerfern im Schritttempo fuhren. Die Menschen, zu Fuß oder im Auto, spielten die Hauptrolle in diesem seltsamen Schauspiel, in dem jeder gleichermaßen als Schauspieler und Zuschauer fungierte.

Linda Americo und ihre Rechnungsprüfer kamen aus einem kubanischen Restaurant am Ocean Drive in Miami Beach, in dem sie zu Abend gegessen hatten. Sie waren froh, dass sie endlich die Prüfung der Fernsehserie beendet hatten, die die Eagle-Studios in Miami drehten, und am nächsten Tag heimreisen durften. Ins gute alte L. A.

»Es ist reine Verschwendung, in dieser Stadt ins Hotel zu

gehen. Was haltet ihr davon, wenn wir noch was trinken gehen, und zwar dort, wo man sich bewegen kann?«, schlug Frank vor.

»Prima Idee«, stimmte ihm John zu. »Wir können ja morgen auf dem Rückflug schlafen. Man hat mir ein paar Lokale empfohlen, die ganz in der Nähe sind. Seid ihr dabei, Mädels?«

»Warum nicht?«, sagte Dana. »Wir haben rund um die Uhr gearbeitet, und der Bericht ist fast fertig. Wir verdienen es, uns ein bisschen in Miami Beach zu amüsieren, findest du nicht, Linda?«

Linda hatte geahnt, dass der letzte Abend in Miami so laufen würde, und ihre Antwort stand fest.

»Natürlich verdienen wir es, Dana, wir haben gute Arbeit geleistet. Aber es tut mir leid, ich muss ins Hotel«, erwiderte sie mit breitem Grinsen.

»Aber Chefin, sei keine Spielverderberin«, konterte Frank. »Alles ist unter Kontrolle, entspann dich. Gönn uns ein bisschen Spaß.«

»Komm mit«, sagte Dana zu ihr und ergriff liebevoll ihren Arm. »Entweder alle oder keiner. Du kannst mich doch nicht mit diesen aufdringlichen Kerlen allein lassen.«

Linda lachte amüsiert.

»Dana«, erwiderte sie, »ich bin davon überzeugt, dass du dich nicht nur großartig mit ihnen amüsieren wirst, sondern dass du auch verhindern wirst, dass diese Lümmel Ärger bekommen, weil sie eine scharfe Latina anmachen. Geh und amüsier dich.«

Linda hatte gute Gründe, nicht mitzugehen. Obwohl sie ein paar Jahre älter als Frank und seine Vorgesetzte war, zeigte er sich ungewöhnlich anhänglich und plante womöglich eine persönliche Annäherung. Sie wollte aber in keinem Stück mit »zwei Paaren« mitspielen. Frank war ein attraktiver und sympathischer Junge. Unter anderen Umständen wäre Linda durchaus mit ihm ausgegangen, doch seit ihrer Affäre mit Douglas war ihr Name in aller

Munde und sie konnte sich nicht die kleinste Bemerkung erlauben, die ihr im Konzern noch mehr Probleme bereiten könnte.

»Außerdem«, fügte sie hinzu, »bin ich ziemlich müde und muss morgen auch noch hier arbeiten. Ich treffe mich mit dem Produzenten der Serie, damit er mir für den Abschlussbericht zur Rechnungsprüfung seine Version zu den Unregelmäßigkeiten in der Buchhaltung und seine Entscheidungen zu den Lieferanten erklärt. Und ihr wisst ja, dass er den Ruf eines Halunken hat. Das wird bestimmt keine einfache Besprechung. Ich wünsche euch einen guten Heimflug.«

»Ach, Chefin …« Frank ergriff ihren anderen Arm. »Übertreib nicht und komm auf einen Sprung mit. Nur auf ein Glas, nur ein halbes Stündchen.«

Linda verspürte keine Lust, ins Hotel zu gehen, und die Art, in der Frank ihren Arm festhielt, verursachte ihr einen angenehmen Schauder, doch sie sagte:

»Nein, Frank. Ihr wisst, dass ich nicht übertreibe. Aber heute kann ich nicht, ehrlich. Geht und amüsiert euch. Ich nehme ein Taxi und fahre ins Hotel.«

»Bitte, Linda«, mischte sich John ein. »Lass uns nicht allein. Was sollen wir denn ohne unsere Chefin tun?«

Linda lachte schallend.

»Ihr werdet euch amüsieren wie noch nie, das steht fest. Ich geh jetzt. Viel Vergnügen. Ich sehe euch in Los Angeles.«

»Warte, Linda«, begann Frank wieder. »Ich begleite dich. Sollen die anderen ruhig losziehen.«

Linda wollte unter keinen Umständen allein mit Frank ins Hotel zurückkehren. Was danach passieren würde, war absolut unwichtig, was zählte, waren die anzüglichen Bemerkungen, die unvermeidlich folgen würden.

»Nein, Frank, auf keinen Fall. Das ist dein letzter Abend in Miami, amüsier dich. Du hast es verdient.«

»Wir lassen dich um diese Zeit doch nicht allein«, beharrte Frank. »Ich fühle mich verpflichtet, dich zu begleiten. Es macht mir nichts aus, allein im Hotel ein Glas zu trinken.«

»Frank, ich fahre allein ins Hotel zurück«, erklärte Linda in energischem Ton. Dann lächelte sie. »Wenn es euch Spaß macht, könnt ihr mich ja zum Taxi begleiten.«

41

»Kann ich Ihnen helfen, Miss?« Der Empfangschef zeigte sein schönstes Zahnpastawerbelächeln.

»Bitte, wecken Sie mich morgen früh um sieben Uhr. Zimmer 511.«

»Selbstverständlich, Miss Americo«, versicherte der Mann, nachdem er auf den Bildschirm seines Computers geschaut hatte. »Wollen Sie morgen früh das *Wall Street Journal*, wie üblich?«

»Gern, vielen Dank.«

»Ich wünsche Ihnen eine gute Nacht, Miss Americo.«

»Danke, Ihnen auch eine gute Nacht.«

Die Hotelhalle war um diese Zeit sehr belebt: Besucher aus dem Osten sowie ein Mann und eine Frau warteten vor dem Aufzug. Eine Gruppe älterer Touristen, die Herren in karierten Hosen und die Damen mit wasserstoffblondgefärbten Haaren und Frisuren aus den sechziger Jahren, verließen lachend das Restaurant und steuerten auf die Bar zu. Nord- oder Süddakota?, überlegte Linda. Ein Mann in einem pastellroten Jugendstil-Sessel sprach in sein Handy, die Bar hinter den geschliffenen Glasscheiben war brechend voll, dort wurde mit viel Gelächter gefeiert.

Als Linda den Klingelton des Aufzugs hörte, lief sie schneller.

Sie betrat den Aufzug hinter einem Paar, das offensichtlich aus Lateinamerika stammte und genauso offensichtlich seine Flitterwochen hier verbrachte, wie Linda aus ihrem verliebten Geturtel schloss.

»Gute Nacht«, wünschte sie ihnen, als der Aufzug im fünften Stock hielt, fest davon überzeugt, dass sie eine tolle Nacht vor sich haben würden.

»Danke«, erwiderte die junge Frau.

Linda schritt über den pastellgrünen Teppichboden mit der orangefarbenen Einfassung. Wo hatte sie die Magnetkarte für das Zimmer gelassen? Ach ja, in der Handtasche. Ein junger Mann, hoch gewachsen, blond, in Anzug und Krawatte, kam ihr von der anderen Seite des Flurs entgegen. Sie befanden sich allein im Gang, nur ein paar Schritte vor ihrem Zimmer.

Sie hatte es nicht eilig und wollte die Tür nicht öffnen, wenn der junge Mann gerade vor ihrem Zimmer stand. Da sie keinen Grund fand, zum Aufzug zurückzukehren, ging sie weiter in Richtung ihres Zimmers. Entschlossen hielt sie die Magnetkarte in der Hand. Als sie auf gleicher Höhe mit dem jungen Mann war, fielen ihr seine blauen Augen und seine gleichmäßigen Gesichtszüge auf. Einzig störte die platt gedrückte Nase. Sie grüßte mit einem kurzen »Hallo«.

Der Mann nickte zum Gruß und deutete ein verzerrtes Lächeln an. Kaum war sie an ihm vorbei, spürte sie einen plötzlichen Ruck. Der Mann umklammerte sie von hinten und hielt ihr die Hand vor den Mund. An der Kehle spürte sie die kalte Berührung einer Klinge.

»Keinen Mucks, dann passiert dir nichts«, sagte der Mann mit einer etwas rauchigen, beinahe angenehmen Stimme. New Yorker Akzent, dachte sie unwillkürlich. »Wir gehen in dein Zimmer«, befahl er.

Linda versuchte, sich zu beherrschen und in Ruhe nachzudenken. Ihr Herz klopfte zum Zerspringen. Nein. Sie wollte ihn unter keinen Umständen mit ins Zimmer nehmen.

»Besser, du tust, was ich sage, sonst schlitz ich dir die Kehle auf«, drängte er sie mit leiser, aber entschlossener Stimme. »Wenn du schreist, bist du tot. Wirst du wohl brav sein?«, fragte er, als sei sie ein kleines Kind.

Linda beschloss zu tun, als gehorche sie, und nickte.

»So gefällst du mir«, sagte der junge Mann zufrieden. »Los, vorwärts.«

Linda ging auf das Zimmer 515 zu und tat so, als passe ihre Magnetkarte nicht.

»Das ist das falsche Zimmer, meine Hübsche.« Die Klinge berührte ihre Kehle, und sie wich vor ihr zurück. Sie war überzeugt, dass er ihre Haut geritzt hatte. Im Zurückweichen stieß sie gegen die Brust des Mannes, die hart wie eine Betonmauer war. »Du hast 511.«

Woher wusste er die Nummer? Was wollte er?, fragte sich Linda, noch ängstlicher als zuvor, während der Mann sie zu ihrem Zimmer drängte.

»Mach auf«, befahl er.

Im selben Moment hörte Linda das Klingelgeräusch des Aufzugs. Aus dem Augenwinkel sah sie, wie jemand den Flur betrat. Vielleicht war das ihre einzige Chance! Sie tat, als führe sie die Karte in den Schlitz und stieß mit voller Kraft den Ellbogen nach hinten. Als sie dem Mann einen Stoß in die Magengrube versetzt hatte – zumindest glaubte sie, dass sie ihn an dieser Stelle getroffen hatte – rutschte die Klinge von ihrem Hals. Linda löste sich ruckartig aus der Umklammerung und rannte auf den Mann zu, der ihr entgegenkam.

»Helfen Sie mir!«, rief sie.

Das Gesicht hatte sie schon mal gesehen. Ah ja, es war der Mann mit dem Handy, den sie zuvor in der Halle bemerkt hatte!

Er blieb still stehen, wie überrumpelt. Aber als Linda ihn erreichte, verpasste er ihr eine kräftige Ohrfeige, sodass sie zu Boden ging. Linda versuchte, die neue Lage zu begreifen, als sie spürte, wie ihr in Sekundenschnelle ein Klebeband auf den Mund gepresst wurde und die Hände auf dem Rücken gefesselt wurden. Mit etwas Kaltem. Handschellen?

Obwohl sie über eins siebzig groß und entsprechend proportioniert war, hoben die Männer sie wie eine Feder hoch. Der junge Mann öffnete mit der Karte die Tür, und ohne Licht zu machen, schoben sie ihre Beute ins Zimmer. Linda stolperte und fiel mit dem Gesicht nach unten auf den Boden. Als sie einen Blick zum Fenster warf, sah sie einen hellen zunehmenden Mond, der sein geheimnisvolles Licht in das finstere Zimmer warf. Das Fenster. Vielleicht war es ihre letzte Möglichkeit zu entkommen, aber aus dem fünften Stock zu springen war Selbstmord. Und Linda wollte leben.

Es gab keinen Ausweg, und diesen beiden Männern war vollkommen gleichgültig, ob sie lebte oder starb. Natürlich, fiel ihr ein, der Typ in der Halle hatte dem anderen Bescheid gesagt, dass sie hochfuhr. Hatte er am Empfang ihre Zimmernummer gehört? Oder wussten sie die schon vorher? Die Antwort auf diese Frage entschied darüber, ob sie morgen noch leben würde.

Im Rücken hörte sie etwas wie Gummi, und sie fragte sich, was es sein könnte. Der eine trat ans Fenster und zog die Vorhänge zu, der andere machte das Licht an. Lindas Gesicht schmerzte, sie fühlte sich schutzlos und verletzlich. Der Jüngere schaltete den Fernseher ein und zappte durch die Sender, bis er etwas fand, das ihm gefiel. CNN-Nachrichten. Er stellte den Fernseher lauter, aber nicht zu laut, damit er keine Aufmerksamkeit erregte.

Linda hörte, wie der Mann hinter ihr einen Schrank öffnete.

»Soll ich deine Jacke aufhängen?«, fragte er.

»Ja, danke.«

In aller Ruhe, als ob sie hier zu Hause wären, hängten sie ihre Jacketts in den Schrank. Dann zerrten sie Linda an den Haaren und zwangen sie, sich aufzurichten.

»Du warst sehr ungezogen und hast mich zwei Mal enttäuscht. Ich habe mich über dich geärgert.« Der junge Mann stand vor ihr, etwa zwanzig Zentimeter von ihrem Gesicht entfernt und sprach mit rauer Stimme in einem drohenden Ton. »Ich will deine Stimme hören und ich will, dass du mich um Verzeihung bittest. Ich nehme dir das Klebeband ab. Wenn du schreist, schneide ich dir die Kehle durch. Hast du verstanden?«

Linda nickte.

»Wirst du schreien?«

Sie schüttelte den Kopf.

»Versprichst du es?«

Linda nickte. Sie glaubte nicht, dass der Kerl scherzte. Sie spürte einen starken Ruck auf Lippen und Wangen, als der Mann ihr das Klebeband vom Mund riss. Dann entdeckte sie, dass die Kerle diese Plastikhandschuhe übergestreift hatten, wie Chirurgen sie tragen. Sie wollen keine Spuren hinterlassen, dachte sie. Sie machten das wohl nicht zum ersten Mal.

»Gut, meine Schöne, bitte mich um Verzeihung. Sag: *Danny, verzeih mir, ich werde es nie wieder tun.*«

»Was wollt ihr von mir? Weshalb tut ihr mir das an?«

»Bitte ihn erst um Verzeihung«, sagte der andere und kniff sie in die Wange. »Sag: *Danny, verzeih mir, ich werde es nie wieder tun.* Und sag es liebevoll.«

»Danny, verzeih mir, ich werde es nie wieder tun.«

»Braves Mädchen. Paul, was willst du von diesem hübschen Kind? Sag es ihr, sei nicht schüchtern. Sag ihr, was wir wollen.«

Linda warf einen Blick auf den anderen Mann. Er hatte sich auf ein Sofa gesetzt und betrachtete sie mit zufriedenem Grinsen.

Er hatte eine helle Haut, war vermutlich über dreißig und korpulenter als der junge Mann.

»Danny und ich sind leitende Angestellte wie du, wir sind immer unterwegs, weit weg von zu Hause. Und wir haben uns gesagt: Soll sich ein so hübsches Mädchen langweilen und bereits um zehn Uhr abends schlafen gehen? Und dann noch ganz allein!« Der Kerl genoss es. »Wir haben gedacht, es würde dir Spaß machen, dich ein bisschen mit uns zu amüsieren.«

»Gute Idee«, stimmte Linda zu und versuchte, die Situation unter Kontrolle zu bekommen. »Dann wollen wir uns mal amüsieren. Aber mit gefesselten Händen macht das keinen Spaß. Warum löst ihr nicht meine Fesseln, und wir trinken was? Ich lade euch ein. Wir amüsieren uns, ohne dass ihr Dinge tun müsst, die ihr hinterher bereut. Was meint ihr?«

»Tolle Idee«, sagte der Korpulente spöttisch. »Mir gefällt sie. Was meinst du, Danny?«

»Ja, das ist eine tolle Idee, aber ich bin heute so müde aus dem Büro gekommen und möchte lieber zu meinem Frauchen nach Hause. Und … sie lieben, wie sie es verdient«, fügte er mit breitem Grinsen hinzu und wandte sich an Linda. »Wie gefällt dir mein Programm, meine Süße? Hast du Lust, heute Nacht mit mir zu schlafen?«

»Nicht unter diesen Umständen.« Sie vermutete, dass sie mit ihr spielten, aber sie musste versuchen, die Initiative zu ergreifen. »Nehmt mir die Fesseln ab, und wir gehen Einen trinken, und bestimmt habe ich danach auch Lust auf Sex.«

»Tut mir leid, meine Süße«, erwiderte Danny und legte ihr die Hände auf den Busen. »Morgen muss ich früh aufstehen, und deshalb ist es besser, wir tun es gleich.«

Linda trat einen Schritt zurück, aber er befummelte weiter ihre Brüste. Sie trat noch einen Schritt zurück und warnte ihn:

»Schau, Danny, das, was du vorhast, ist Vergewaltigung, darauf steht Gefängnis. Lass uns auf einen Drink runtergehen. Du bist ein hübscher Junge und brauchst so was nicht zu machen, wenn du Sex mit einer Frau willst. Wir tun es später mit meiner Einwilligung. Einverstanden?«

»Hör mal zu, meine Schöne«, erwiderte Danny knallhart, »glaubst du, ich bin auf den Kopf gefallen? Natürlich tun wir es mit deinem Einverständnis. Und du wirst mir beweisen, dass du eine ausgezeichnete Liebhaberin bist, und wenn nicht, schneid ich dir die Kehle durch. Hast du mich verstanden? Und jetzt zieh ich dich aus und zeige dich von deiner besten Seite, wenn du lebend hier rauskommen willst. Ist das klar?«

Ohne ihr die Gelegenheit für eine Antwort zu geben, erhob sich der andere Mann und drückte ihr erneut das Klebeband auf den Mund.

»Ich trau dieser Nutte nicht«, sagte er. »Vielleicht beißt sie. So ist es zwar weniger lustig, aber sicherer.«

Danny fing an, Lindas weiße Bluse aufzuknöpfen.

»Nun wirst du mir zeigen, was für ein braves Mädchen du bist.« Dann streichelte er sie und griff mit beiden Händen nach hinten, um ihren Büstenhalter zu öffnen.

Nicht nur die Berührung mit den Plastikhandschuhen war unangenehm. Linda versuchte nachzudenken. Sie konnte nichts anderes tun, als zu versuchen, ihr Leben zu retten. Der Jüngere begann sie zu befummeln.

Der Mann setzte sich wieder auf das Sofa und machte es sich gemütlich wie jemand, der sich ein Baseballspiel im Fernsehen anschaut. Danny schob Jacke und Bluse über Lindas Hände, die immer noch auf dem Rücken gefesselt waren. Sie war jetzt von der Taille aufwärts nackt. Er schubste sie nach hinten, und sie fiel um, als sie gegen die Bettkante stieß. Linda wehrte sich nicht, sondern versuchte, sich auf ein angenehmes Bild aus der Vergangenheit zu konzentrieren, auf etwas, das es ihr leichter machte, den Schmerz zu ertragen. Ihr einziges Ziel war zu überleben.

»Das hast du gut gemacht, meine kleine Nutte«, hörte sie Danny sagen, als er befriedigt von ihr abließ. »Nun musst du meinen Freund genauso gut behandeln. Und ich warne dich: Er ist viel anspruchsvoller.«

Sie öffnete die Augen und sah, dass der andere Kerl auf sie zukam. Er war viel schwerer als der junge Mann und roch nach Tabak und Alkohol. Sie war nahe daran, sich zu übergeben.

»Dreh dich um«, befahl er ihr.

Weil Linda sich nicht rührte, gab er ihr eine Ohrfeige. Sie wünschte so sehr, alles wäre mit einem Schlag vorüber und er würde von ihr ablassen, aber sie konnte wegen des Klebebands keinen Laut von sich geben. Sie krallte die Fingernägel in ihre Handflächen. Am Ende lag Linda völlig erschöpft auf dem Bett. Der junge Mann drehte sie um, sodass sie wieder auf dem Rücken lag.

»Braves Mädchen. Du hast dich gut gehalten, meine Kleine. Weißt du, was ich gern nach dem Sex tue?« Er erwartete keine Antwort, zumal Linda immer noch das Klebeband auf dem Mund hatte. »Eine Zigarette rauchen und mich ein bisschen unterhalten. Wie du siehst, bin ich keiner dieser Egoisten, die einfach einschlafen, nachdem sie gespritzt haben, ohne sich mit ihrem Mädchen zu unterhalten. Willst du auch eine Zigarette?«, fragte er und riss ihr mit einem Ruck das Klebeband vom Mund. Linda schüttelte den Kopf. »Ich schon.« Er zog eine Zigarette aus der Schachtel, schob sie in den Mund und zündete sie an.

»Hör mal, Danny, ich habe mich brav benommen«, begann Linda zu betteln. »Und ihr habt mir sehr weh getan. Lasst mich jetzt in Ruhe. Im Tresor liegen ungefähr vierhundert Dollar und ein bisschen Schmuck. Ihr könnt auch die Kreditkarten mitnehmen. Lasst mich hier einfach so liegen, und wenn ihr in Sicherheit seid, ruft ihr im Hotel an, damit mich jemand losbindet.«

Danny schaute sie grinsend an.

»Außer eurem Vergnügen bekommt ihr auch noch Geld. Was wollt ihr mehr?«

»Gute Idee. Verrat mir die Kombination des Tresors.«

Sie sagte die Geheimzahl, und der andere Kerl, der sich inzwischen wieder angezogen hatte, öffnete den Tresor und begann ihn auszuräumen.

»Das war sehr gut, Süße, aber wir müssen uns noch ein bisschen unterhalten. Wie lautet das Passwort deines Notebooks?«

Linda zuckte zusammen. Die Kerle wollten mehr als Sex und Geld. Sie sah, wie der Dicke ihr Notebook einschaltete.

»Aber was wollt ihr denn noch?«, fragte sie in panischer Angst.

»Antworte, mein Mädchen, wie lautet dein Passwort und wie lautet das Passwort für deine Mails?«

Sie wollen die Daten des Konzerns, überlegte Linda. Danny streifte sein Präservativ ab und legte es in eine Tüte neben dem Papiertaschentuch, mit dem er sich gereinigt hatte. Er zog seinen Slip an, spreizte Lindas Beine, die über dem Bett baumelten und pflanzte sich drohend vor ihr auf. Er tat einen tiefen Zug an seiner Zigarette, hielt sie Linda drohend vors Gesicht und herrschte sie an:

»Antworte.«

Linda gab ihm die Passwörter und der andere startete das Notebook.

»Gut, für den Moment machst du deine Sache gut. Und jetzt sag mir: *Wen informierst du in der Sekte der Katharer?*«

»Ich verstehe nicht.« Linda hatte panische Angst und versuchte, es zu verbergen. »Wer sind die Katharer?«

Danny verklebte ihr erneut den Mund, zog an seiner Zigarette, näherte die Glut behutsam ihrem Körper, damit sie nicht ausging, und drückte sie auf ihre Haut. Linda spürte, wie ihr Rücken sich krümmte, während ein übermächtiger Schmerz sie durchzuckte und sich zuerst über die Brust, dann über den ganzen Körper ausbreitete. Sie schrie wie noch nie in ihrem Leben, doch kein Laut war zu hören. Als der Schmerz so erträglich wurde, dass sie wieder denken konnte, war sie sich ganz sicher, dass sie in dieser Nacht sterben würde. Sie konnte nur hoffen, dass es bald geschah.

Sie begann zu beten.

»Vater unser, der du bist im Himmel …«

SAMSTAG

42

Jaime spürte die kühlen Steinplatten unter seinen nackten Füßen und den Stoff der Tunika auf seinem nackten Leib. Er befand sich in dem Raum mit dem Wandteppich, Karen stand rechts von ihm, Kevin links. Im Gegensatz zum ersten Mal, als er angeregt und neugierig auf die fremde Situation hierhergekommen war, war er sehr beunruhigt.

Sein Herz schlug schneller, und er spürte einen Kloß im Hals. Er wollte jene seltsame Erfahrung noch einmal machen. Er wollte diese irreale Wirklichkeit spüren, sie berühren. Das letzte Mal war er nicht darauf vorbereitet gewesen, er hatte das Erlebnis als simple Entspannung betrachtet, als Alternative zum Segeln am Samstagmorgen. Doch diesmal war alles anders, er wollte die Erfahrung um jeden Preis wiederholen.

Dubois am anderen Ende des Holztisches mit dem seltsamen Kelch, beeindruckend in seiner Tunika, mit seinem weißen Haar und Bart, schien nicht bemerkt zu haben, dass sie den Raum betreten hatten. Er hielt die Hände zum Gebet gefaltet und murmelte mit geschlossenen Augen vor sich hin. Sie blieben unbeweglich stehen und warteten darauf, dass Dubois sie anspreche, doch er wirkte nach innen gekehrt und in sein Gebet vertieft.

Der duftende Rauch der Kerzen stieg ihm in die Nase, und Jaime warf einen Blick auf die hintere Wand, auf den Felsen, die Höhle. Ein Ritus der unterirdischen Welt, alter Zauber. Hexerei?

Seine Augen ruhten auf dem faszinierenden Wandteppich, den Karen ihm erklärt und der damit einen neuen Sinn bekommen hatte. Nun wirkte er noch geheimnisvoller. Die Figur unten, innerhalb des von Flammen umgebenen Ovals stellte für die modernen Katharer den bösen Gott, den Herrn des Teufels, die Unvollkommenheit dar. Er trug das Alpha-Symbol über dem Kopf, denn er verantwortete die physische Schöpfung der Welt und des menschlichen Körpers. In einer Hand hielt er Adam und Eva, in der anderen das Schwert. Die sinnliche, erotische, schöpferische und zugleich grausame und zerstörerische Natur. In einer Hand die Geburt, die Schöpfung, in der anderen die Bestrafung und den körperlichen Tod. Aber nur den körperlichen, nicht den spirituellen. Deshalb war ER nicht das Ende. Er konnte nichts beenden, er hatte nicht die Macht dazu, denn sein Schicksal war es, am Ende der Zeiten besiegt zu werden.

Oben saß der gute Gott. Ruhig, majestätisch, eindrucksvoll in seinem himmelblauen Oval und mit seiner Krone des allmächtigen Königs. Engel waren ihm zu Diensten. Mit der einen Hand spendete er den Segen, die Vergebung der Sünden, in der anderen hielt er das Buch der Weisheit, die geistige Lehre. Der Buchstabe Omega über seiner Krone zeigte das Ende des Wegs für den Menschen an: die Vollkommenheit, den Abschied vom Leib und den Triumph des Geistes. Der gute Gott würde am Ende der Zeiten das Böse vernichten, der Geist würde über das Fleisch siegen.

Und zwischen beiden Gottheiten das Hufeisen: das Symbol der Reinkarnation in der katharischen Tradition. Es stand für den schweren Weg, der den Menschen zum ewigen Leben führt: Reinkarnation auf Reinkarnation, jedes Mal mit harten Erfahrungen und dem physischen Tod, um zum nächsten Leben und zur nächsten Lektion fortzuschreiten.

Dubois beendete sein Gebet, öffnete die Augen, bedachte sie mit einer segnenden Geste und sagte:

»Willkommen, ihr Gläubigen.«

»Danke, Guter Mensch«, erwiderten Karen und Kevin.

»Jaime Berenguer, deine Paten sagten mir, du möchtest die spirituelle Erfahrung vertiefen, die du während deiner Taufe erlebt hast. Stimmt das?«

»Ja, Guter Mensch.«

»Karen und Kevin, haltet ihr Bruder Jaime für würdig, in unserem Glauben weiter voranzuschreiten?«

»Ja, er ist würdig.«

»Jaime, bist du bereit, deinen Schwur zu halten, nichts von dem, was du hier siehst oder erlebst, einem Fremden zu enthüllen? Und deinen älteren Brüdern zu gehorchen, wenn sie dir zum Wohl der Gemeinschaft etwas befehlen?«

»Ja, Guter Mensch.«

»Dann leere den Kelch und stelle ihn erst auf den Tisch zurück, wenn du ihn geleert hast.«

Jaime hob den schweren Kelch an die Lippen und trank wieder den aromatischen Wein.

»Lasst uns beten«, sagte Dubois und begann sein merkwürdiges Vaterunser.

Jaime betete automatisch und heftete den Blick wieder auf den Wandteppich, der sich mit Leben erfüllte. Er war überzeugt, dass sich die faszinierende Erfahrung wiederholen würde. Er ging auf die andere Seite des Tisches. Als er sich auf das Sofa setzte, legte ihm Dubois die Hände auf den Kopf. Jaime schloss die Augen, spürte die Wärme der Handflächen und begab sich auf seine spirituelle Reise, ins Mysterium, in die Vergangenheit.

43

»Sagt, Miguel«, erkundigte sich Hug mit beruflicher Neugier. »Wie habt Ihr diesen oberflächlichen Schnitt gemacht? Es sah so aus, als hättet Ihr Huggonet die Kehle durchgeschnitten.«

Im Heerlager im Zelt des Königs Don Pedro II. von Aragon ruhte Jaime halb aufgerichtet auf kostbaren arabischen Sitzkissen. Ihm gegenüber, hinter einem achteckigen Tisch mit geometrischen Intarsien aus Perlmutt und Edelhölzern, saßen Hug und Miguel auf großen Polstern.

Sie scherzten. Ihre Zähne blitzten im Licht der Kandelaber. Niemand sah ihnen an, dass sie nur knapp eine Stunde zuvor bereit gewesen waren, einander mit Dolchen zu töten.

»Den Stahl zu führen ist das Einzige, was mein Adel mir erlaubt.«

»Das gilt auch für mich«, erwiderte Hug, »und ich führe den Stahl kunstvoll, wie es sich für einen Ritter gebührt.«

»Der verdammte Kerl verdiente eine Lektion für seine Dreistigkeit. Das nächste Mal töte ich ihn.«

»Er wollte unseren Herrn, den König, nicht beschimpfen, sondern nur verkünden, was seine Feinde tun und sagen.«

»Ich schwöre bei Gott, dass es nicht so ist!« Miguel erhob seine Stimme. »Huggonet behauptet, der König führe Krieg gegen die Franzosen, um die Katharer zu schützen. Und Ihr, Hug, wisst sehr wohl, was er wollte. Unter dem Vorwand zu singen, was andere geschrieben haben, und zu erzählen, was die Franzosen sagen, beleidigt und provoziert er. Er treibt die Truppe in den Krieg und beleidigt die Adeligen. Obwohl er so zerbrechlich wirkt, hat dieser verdammte ketzerische Troubadour mit seiner Laute mehr Macht als hundert Ritter aus Aragon mit ihren Schwertern«, behauptete Miguel. »Mit seinen Liedern gegen den Kreuzzug täuscht er die Einfalt der Soldaten und vieler Adeliger und versucht, unseren Herrn, den König, in die Pflicht zu nehmen für seine Ziele. Habt Ihr es nicht gehört? Heute verlangen sie bereits den Krieg gegen die Kreuzritter von Simón de Montfort. Das bedeutet: Krieg gegen den Papst!

Er soll Lieder über Ritter und ihre Damen singen oder traurige Geschichten von antiken Helden erzählen. Ein Spielmann hat die Aufgabe, die Damen zum Weinen zu bringen. Wenn er sich noch einmal mit seinen Liedern in die Politik einmischt, schneide ich ihm die Kehle durch. Dieser Narr in Strumpfhosen! Habt Ihr gehört, wie er gewinselt hat, als ich seine Kehle ritzte?«

»Huggonet besingt lediglich die Ereignisse«, widersprach Hug. »Unter dem Vorwand, die Katharer zu bekämpfen, ermorden die Franzosen die Vasallen unseres Herrn Don Pedro in Okzitanien und rauben mit Waffengewalt die Güter seiner Getreuen.

Es ist ihnen gleichgültig, ob sie Katholiken oder Katharer töten, sie wollen sich nur bereichern. Alle Abenteurer und der ganze Pöbel, der nach Gold und Titeln in Frankreich, Burgund und Germanien lechzt, sind über unsere okzitanischen Freunde hergefallen. Und der Papst erteilt ihnen auch noch seinen Segen, er vergibt ihnen die Morde und Vergewaltigungen und schenkt ihnen das eroberte Land. Es ist ihnen gleichgültig, ob sie einen Katholiken oder einen Katharer auf dem Scheiterhaufen verbrennen, Hauptsache, sie versetzen alle, die sich ihnen entgegen stellen, in Angst und Schrecken.« Hug wandte sich jetzt an Jaime. »Wenn dieser Kreuzzug zu Ende ist, gehört Okzitanien dem französischen König und Ihr, mein Herr, seid ohne Rechte. Wir müssen gegen die Kreuzritter kämpfen.«

»Hug, das wäre ein großer Fehler«, widersprach Miguel. »Wenn wir uns gegen den Papst stellen, könnte er den König und uns, seine Getreuen, exkommunizieren. Eine Exkommunikation würde viele unserer Adligen zur Rebellion verleiten und könnte zu einem Bürgerkrieg führen.« Miguel wandte sich an Jaime und fuhr fort: »In Rom gibt es jemanden, der Euch der Ketzerei anklagt, trotz des Beinamens Der Katholische, den Eure Majestät trägt. Eure Gemahlin, María de Montpellier, beklagt sich zur selben Stunde beim Papst über Eure Trennungsabsichten und weil Ihr anderen Frauen weit mehr Aufmerksamkeit schenkt als ihr. Sie behauptet, eine okzitanische Katharerin habe Euch verhext und mit ihren Teufelskünsten zur Ketzerei aufgewiegelt.«

»Aber Miguel«, unterbrach ihn Hug. »Es reicht doch, dass unser Herr, der König, den Beinamen Der Katholische trägt. Es wäre wahrlich übertrieben, wenn er auch noch den Beinamen Der Keusche tragen sollte wie sein edler Vater, den Gott an seiner Herrlichkeit teilnehmen lässt. Man muss die Frauen genießen, solange man kann, und niemand kann das besser als unser König.«

»Unseren Vater, den König«, hörte sich Jaime sagen, »nannte man nicht den Keuschen, weil er besonders keusch war, sondern weil er seine Bastarde nicht anerkennen wollte.« Die anderen grinsten. Sie kannten die Geschichten über die Liebesabenteuer des alten Königs Alfonso und wussten, dass der Sohn den Vater noch übertraf.

»Euer Problem, Miguel, besteht doch darin, dass Ihr ein so überzeugter Gefolgsmann des Papstes seid, dass Ihr es nur mit katholischen Frauen treiben könnt.« Hug wollte den Aragonier foppen und wandte sich mit spöttischer Miene an ihn. »Fürchtet Ihr, edler Herr, die Mösen der Sarazeninnen, Jüdinnen, Katharerinnen und anderer Frauen könnten Euren Schwanz mit ketzerischen Gedanken erfüllen? Ich schwöre bei meinem Schwert, Eurem Schwanz würde es gefallen. Ich bin überzeugt, dass er phantasievoller denken könnte als Euer starrer Grips.«

Jaime musste unwillkürlich lachen, und Miguel grinste verdrießlich, bevor er zum Gegenangriff überging.

»Hug, Euer Problem besteht darin, dass Ihr ein perverser Ketzer seid, der nur ans Vögeln denkt und dabei vorgibt, ein Troubadour zu sein, um einfältige Weiber rumzukriegen. Ich hörte, dass Ihr es mit Eurem Pferd treibt, wenn kein Weib zur Hand ist. Und da Ihr zweifellos mit dem Schwanz denkt, vertretet Ihr die Ideen eines edlen Raufbolds.«

Jaime lachte aus vollem Hals, während Hug schnaubte.

»Edler Herr, der Tee ist fertig«, rief der wachhabende königliche Schildknappe vom Eingang des Zeltes.

»Dann los«, meinte Jaime.

Das Gespräch wurde unterbrochen, als zwei Tänzerinnen mit verführerisch wiegendem Gang Silbertabletts hereintrugen. Ohne Schleier zeigten ihre vollen Lippen ein bezauberndes Lächeln. Sie knieten neben dem kleinen Tisch nieder und verneigten sich. Als Jaime ihnen die Erlaubnis erteilte, servierten sie einen Tee aus aromatischen Kräutern in kunstvollen maurischen Bechern.

»Ich habe eine Kusine, die Euch bestimmt gefällt«, begann Hug wieder. »Sie ist eine leidenschaftliche Katholikin und verrückt nach einem schönen papistischen Schwanz wie dem Eurem. Nur weil sie so hässlich ist, fand sie keinen Katholiken, der es ihr besorgen wollte, und sie wurde Nonne – und das ist ihr Problem. Ich bin jedoch fest davon überzeugt, dass Euer Papst es als einen Akt der Nächstenliebe betrachten würde, wenn Ihr meine Kusine erlöst, er würde Euch mit einer Sonderbulle belohnen.« Hug beendete seine Ansprache und ohne auf Miguels Erwiderung zu warten, neigte er sich der Tänzerin zu, die neben ihm kniete. Er streichelte ihren Hintern und schob seine Hände zwischen ihre Beine. Sie zuckte zusammen und kicherte. »O, meine Schöne! Gewährt diesem armen Krieger eine weitere orientalische Nacht«, sagte Hug zu dem Mädchen in annehmbarem Sarazenisch. Sie zeigte sich zuvorkommend bereit, und Hug küsste umständlich ihre Hand. »Gewährt Ihr mir das Privileg, mein Herr?«, fragte er Jaime.

Jaime lachte und sagte: »Hug, Ihr habt tapfer für meine Sache gekämpft, und obwohl ich Euch mit dieser Art von Privilegien eigentlich nicht belohne, gewähre ich es Euch, jedoch nur Eurem Streitross zuliebe, da ich Euch bald für neue Schlachten brauche, Euch und Euer Ross, und zwar beide in bester Verfassung.«

Die drei Männer brachen in schallendes Gelächter aus und tranken ihren Tee, während Hug die Tänzerin mit den blauen Augen aufforderte, sich neben ihn zu setzen. Das andere Mädchen näherte sich Jaime.

»Mein Herr«, fuhr Hug nach kurzem Schweigen fort, »Ihr habt Euch als gütiger und weiser Herrscher gegenüber Euren Untertanen und Flüchtlingen aus anderen Ländern gezeigt. Ihr habt Sarazenen und Juden erlaubt, die eroberten Ländereien zu besiedeln und ihre Religion auszuüben. Dem Papst gefällt das gar nicht, und genauso wenig gefällt ihm, dass Ihr nicht mit Feuer und Schwert gegen die Katharer in Okzitanien vorgeht. Von mir aus kann jeder Mensch Gott so sehen, wie Er sich ihm zeigt, und ich vermute, auch Ihr findet nichts Schlechtes daran. Wer ist denn der Papst, dass er den Menschen diese Freiheit verweigert?

Erinnert Ihr Euch an das theologische Streitgespräch, das 1204 unter Eurer Leitung in Carcassonne stattfand? Der katharische Bischof Bernard de Simorre bewies mit allen möglichen Zitaten und Texten aus dem Alten und Neuen Testament, dass die katholische Kirche Gottes Wort nach ihrem Belieben verdreht und verfälscht hat.

Das Einzige, was Innozenz III. anstrebt, ist die Ausmerzung des katharischen Wissens, um seine irdische Macht über Menschen und ihre Güter aufrechtzuerhalten. Er unterstützt die Angriffe gegen Euch, weil er Euch fürchtet. Schließt einen Pakt mit ihm, aber nur um Zeit zu gewinnen, denn er wird weiterhin Simón de Montfort und jene begünstigen, die Euch berauben.

Wir ziehen nach Barcelona, dann nach Huesca, wir überqueren die Pyrenäen bei Andorra und Foix und greifen die Kreuzritter an, während Euer Onkel Sancho mit seinen Truppen aus Nordkatalonien und der Provence vom Osten aus angreift und Euer Schwager Ramón von Toulouse aus das Übrige tut. Sobald Ihr die Kreuzritter geschlagen habt, wird der Papst mit großer Vorsicht verhandeln, da Eure Besitztümer bis nach Nizza reichen, was ja nicht allzu weit von Rom entfernt ist. Wenn es nötig ist, könnte man ihn sogar mit Waffengewalt einschüchtern.«

»Hug, Ihr seid verrückt«, mischte sich Miguel ein. »Der Dämon der Lüsternheit hat Euch den Verstand geraubt. Was Ihr Don Pedro vorschlagt, würde uns alle in den Ruin treiben. Innozenz III. ist der einzige Vertreter der einzig gültigen Religion, denn er stammt direkt vom Apostel Petrus ab, dem Unser Herr Jesus Christus seine Kirche anvertraute. Die Abgesandten des Papstes haben es beim Streitgespräch in Carcassonne bewiesen. Außerdem erkennen alle christlichen Fürsten ihn an.

In unserem Jahrhundert bedeutet die Religion Politik, und ein Herrscher muss seine Autorität auf die Gnade Gottes gründen und sich die Unterstützung der Priester sichern, die in den Kirchen predigen und das Volk die göttliche Ordnung lehren.« Miguel wandte sich jetzt an Jaime: »Ihr unterstützt die katholische Kirche. Der Papst und die Kirche erhalten Güter, und die Kirche bestätigt Euch in Eurem göttlichen Recht zu regieren, sie vergibt Euch Eure Sünden, wenn Ihr sterbt, und verheißt Euch den Himmel. Das ist ein guter Vertrag.

Es war gut und richtig, Eure Lehnspflicht gegenüber dem Papst zu erklären und Euch Der Katholische zu nennen. Dieser Beiname ist bedeutsam für einen König, der in seinem Reich Untertanen aus vier Religionsgemeinschaften duldet und dessen Katholizismus jeden Augenblick angezweifelt werden kann. Die religiöse Vielfalt ist eine Gefahr. Eure Staaten müssen eine politische Einheit bilden, und die erlangt Ihr nicht mit den verschiedenen Religionen.

Glaubt Ihr, dass die Sarazenen, die Juden und die Katharer Euch aufrichtig Loyalität schwören? Wisst Ihr zufällig, im Namen welches Gottes sie das tun?«

»Und welcher Gott ist mehr wert?«, erkundigte sich Hug. »Wichtig ist, dass sie an das, was sie schwören, glauben. Handeln wir nach unserem Gewissen! Wir können nicht zulassen, dass unsere okzitanischen Brüder vernichtet werden. Wir sprechen die gleiche Sprache wie sie, wir singen die gleichen Lieder, wir haben die gleichen Ideale. Mein Herr, sie nehmen sie nicht nur ihnen weg, sondern ebenfalls Euch. Man raubt Euch, was Euch gehört, und ermordet jene, die Eure Rechte verteidigen. Greifen wir zu den Waffen und vernichten wir jene ruchlosen Mörder, die sich Kreuzritter nennen.«

Jaime wusste, dass er wählen musste. Er hatte die Alternative tausend Mal geprüft. Sein Herz stand auf der Seite von Hug, aber Miguel de Luisián – der den Titel eines königlichen Bannerträgers nicht nur wegen seiner Tapferkeit im Kampf, sondern auch wegen seines guten politischen Urteilsvermögens trug – drückte aus, was sein Verstand ihm sagte. Was immer er tat, es war nicht wirklich gut.

Und das war noch nicht alles. Vor der Entscheidung musste er seine eigene religiöse Wahrheit finden.

Gott und die Wahrheit. Was war der richtige Weg? Was wollte der gute Gott von ihm? Was sollte er für Gott tun? Zu welchem Zweck hatte Gott ihm die Königswürde gewährt? Was für eine Qual war doch der Zweifel!

Die Tänzerin neben Jaime küsste seine rechte Hand und schmiegte ihre Wange daran. Sie war eine schöne Frau mit dunkler Haut und Mandelaugen. Sie duftete nach Jasmin. Er hatte mehrere Nächte mit ihr verbracht. Sie war eine sanfte Geliebte, und er war dankbar für ihren warmen Leib, der ihm Trost spendete.

»Mein Herr, vergesst Okzitanien«, fuhr Miguel fort. »Wenn der Papst nicht will, dass es Euch gehört, dann lasst es den Franzosen. Ihr könnt viel Ruhm erwerben, wenn Ihr Spanien für den Glauben zurückerobert. Überlassen wir die Balearen und Valencia den Sarazenen und sorgen wir dafür, dass der Seehandel auf unserer Seite des Mittelmeers sicher ist.

Wir können mit dem Papst verhandeln, damit er unsere Interessen auf See gegenüber den Genuesen begünstigt, als Gegenleistung dafür, dass wir nicht gegen die Kreuzfahrer kämpfen.«

»Wir können Okzitanien nicht aufgeben«, sagte Hug. »Das Recht unseres Königs wird beleidigt, seine Vasallen werden gefoltert und ermordet.«

»Gut«, fuhr Miguel fort, »wenn Ihr Okzitanien behalten wollt, zieht mit unserem Heer nach Toulouse. Graf Ramón VI. wird glauben, Ihr kommt ihm zu Hilfe und wird Euch freundlich empfangen. Wir erobern die Stadt und liefern den Grafen, seinen Sohn und ein paar hundert Katharer den Zisterziensermönchen aus. Sie können sie auf dem Scheiterhauen verbrennen.

Da wir die gleichen Rechte besitzen wie die Franzosen, zwingen wir sie durch einen Pakt oder mit Waffengewalt, Carcassonne, Béziers und die übrigen Städte zurückzugeben. Ihr könntet im Norden Eurer Staaten die religiöse Einheit wiederherstellen und Euch die Gunst des Papstes erwerben.«

»Aber Miguel, was für ein niederträchtiger Plan«, entrüstete sich Hug. »Wo bleibt Eure Ritterehre? Wie sollen wir den Okzitaniern zu Hilfe eilen und sie anschließend verraten? Ramón VI. ist immerhin mit der Schwester unseres Königs verheiratet.«

»Was ist in Euch gefahren, Hug?«, konterte Miguel sofort. »Habt Ihr die Heldenepen ernst genommen, die Ihr schreibt? Das Ritterideal gilt für Dummköpfe, die gleich zu Beginn der Schlacht fallen, und nicht für Fürsten, die große Staaten regieren müssen. Lasst für heute Abend Eure Lieder ruhen, denn heute braucht Ihr sie nicht. Ihr habt ja einen Schatz, der Euch das Bett wärmt.«

»So, meine Herren, nun ist es genug«, mischte sich Jaime ein. Er wusste, dass die Unterhaltung heftiger zu werden drohte. »Euch Miguel und auch Euch Hug danke ich für Eure Meinung und Euren Rat. Lasst mich darüber nachdenken. Gute Nacht, meine Herren.«

Miguel erhob sich und Hug sagte zu Jaime: »Kann ich Euch kurz unter vier Augen sprechen, mein Herr?«

»Natürlich, Hug.«

Miguel verneigte sich und nachdem er sich verabschiedet hatte, verließ er das Zelt.

»Huggonet hat eine persönliche Botschaft für Euch aus Toulouse«, sagte Hug. »Wollt Ihr sie hören?«

Jaimes Herz raste, denn er ahnte, von wem die Botschaft kam. Doch er verbarg seine Gefühle und erwiderte knapp:

»Ja.«

44

»Es war eine schwierige Entscheidung, und ich schwankte zwischen zwei Möglichkeiten.« Jaime sprach schleppend, als führe er ein Selbstgespräch, und bewegte die Hände, als stelle jede von ihnen die gegenteilige Option dar. »Was immer ich tat, es war schlecht, aber ich musste mich entscheiden. Ich hatte Angst. Große Angst. Die Zeit war abgelaufen, und ich musste mich schnell entscheiden.«

Jaime saß vor einem schmiedeeisernen, weiß lackierten Tisch und ließ seinen Blick schweifen. Es war ein strahlender Tag. Die Sonne malte die Schatten der Bäume auf die Wiese und die Sandwege. Auf dem Tisch standen drei Gläser mit Eistee. Karen und Kevin hörten ihm aufmerksam zu.

»Ich will dir helfen.« Kevin brach das Schweigen, in das Jaime sich gehüllt hatte. »Du musstest dich zwischen zwei Lagern entscheiden, zwischen dem Papst und seinen Kreuzrittern, die von Paris unterstützt wurden, also den fundamentalistischen und intoleranten Kräften, und einer friedlichen Revolution, die sich über den Süden des heutigen Frankreich, über Nordspanien und Italien ausbreitete. Eine Kultur der Toleranz, der Musik, der Poesie, der Troubadoure und der Spielleute, eine Kultur mit einem eigenen Stil der Liebe – platonische Beziehungen zwischen Rittern und ihren Damen. Es gab Gerichte, an denen mit Zustimmung und freundlicher Beteiligung der Angeklagten die Verbrechen gegen die Liebe geahndet wurden. Sogar Richard Löwenherz und König Alfonso, der Vater von König Pedro III., unterwarfen sich vor einem solchen Gericht der hinreißenden und verführerischen Adeligen Adelaida von Toulouse und ihrem Urteil.

Mit ihrem Widerstand gegen die katholische Kirche waren die Katharer der harte Kern dieser Revolution.

Sie waren in Vielem ihrer Zeit weit voraus. Zum Beispiel stellten sie Mann und Frau vor Gott und den Menschen gleich. Frauen konnten in der katharischen Kirche denselben Rang einnehmen wie Männer, und es gab Gute Frauen oder sogar Vollkommene, was die Inquisition auf den Plan rief. Das war vor achthundert Jahren schon revolutionär und ist es für viele zeitgenössische Religionen noch heute.

Sehr schnell bildete sich eine ganz neue Zivilisation heraus, und dieses Vorbild drohte die katholische Feudalgesellschaft jener Zeit zu zerstören. Als Reaktion erklärte die strenge und fanatische Gesellschaft dieser aufstrebenden Kultur den Krieg.

Es ist der ewige Kampf zwischen Demokratie und Absolutismus, zwischen Toleranz und religiöser Intoleranz. Das war damals so, und es ist auch heute noch so. Der Kampf zwischen Gut und Böse.«

»Ja, das war die Wahl, die ich treffen musste«, sagte Jaime und staunte über die vielen zusätzlichen Informationen, die Kevin ihm lieferte. »Ich stelle fest, du hast deine Hausaufgaben gemacht.«

»Ich habe viel über diese Zeit gelesen, aber ich weiß mehr durch das Erlebte als durch Bücher.«

»Hast du auch in dieser Zeit gelebt? Habe ich dich gekannt?«

»Wir sind uns begegnet, und vielleicht erkennst du mich eines Tages, aber dafür ist es noch zu früh.«

»Und du Jaime, hast du jemanden erkannt, den du kennst?«, fragte Karen.

»Ich habe einen Jugendfreund erkannt. Es lag weniger an seinem Äußeren als an meiner inneren Gewissheit. Es ist die Art, wie er sich bewegt, wie er spricht, wie er denkt und handelt. Ich bin sicher, er ist es.«

»Glaubst du, er würde sich gern unserer Gruppe anschließen?«

»Du kennst ihn, Karen. Es ist Ricardo, mein Freund aus dem Club.«

»Ja, ich erinnere mich gut an ihn. Bring ihn zu uns.«

»Na schön, obwohl ich daran zweifle, dass geistige Unruhe im Moment eine Priorität für Ricardo darstellt«, bemerkte Jaime. Er grinste, weil er sich den stark behaarten Ricardo in weißer Tunika und barfuß vorstellte. In seiner Fantasie sah er ihn mit goldener Krone und Watteflügeln vor sich. Ricardo, das Engelchen. Jaime riss sich zusammen, um nicht laut loszulachen. »Ich glaube, seine heutigen Interessen sind eher körperlicher Art als religiöser.«

»Du könntest eine Überraschung erleben. Urteile nicht voreilig über die Spiritualität der Menschen, die dich umgeben. Ihren Glauben behalten die meisten ganz für sich und erst recht jemand, der wie dein Freund den Macho herauskehrt. Aber sein

Geist ist vorhanden. Du hast nicht das Recht, ihm die Erfahrungen vorzuenthalten, die du im Augenblick machen darfst.«

»Karen, vielleicht hast du Recht, aber wir sollten auch nichts überstürzen.«

Ein Windstoß schüttelte die Bäume, und Jaimes Blick verweilte auf den schwankenden Blättern der Palme, die neben dem Swimmingpool stand. Dahinter lag ein hübsches Haus auf dem Gipfel eines Berges der Santa-Mónica-Kette, von dem aus man einen herrlichen Blick über das Tal von San Fernando genoss. Ein erhabener Ort, zu dem man über den San Diego Freeway und über zahlreiche Kurven des Mulholland Drive gelangte. Auch wenn es noch so unglaublich wirkte: noch wenige Augenblicke zuvor hatte sich Jaime am selben Ort befunden, nur ein paar Meter tiefer, in einem in den Fels gehauenen unterirdischen Raum vor dem Wandteppich mit dem katharischen Hufeisen.

»Wem verdanke ich die Ehre, das Äußere sehen zu dürfen, ohne die schwarze Brille aufsetzen zu müssen?«, fragte er spöttisch.

»Du hast die Erfahrung zweimal gemacht«, erwiderte Kevin mit durchdringendem Blick. »Bald findest du einen Sinn in deinen Erinnerungen und bringst sie in Zusammenhang mit deinem derzeitigen Leben. Der Zyklus ist eröffnet, und es gibt nichts, was du mehr wünschst, als ihn zu schließen, als zu erfahren, wie jenes Leben endete. Das verbindet dich unzertrennlich mit unserer Gruppe. Du bist einer der Unseren; wir wissen, dass du uns treu bist, wie du es geschworen hast, und die Geheimnisse bewahrst, so wie wir dich gebeten haben. Verrat an uns käme einem Verrat an dir selbst gleich.«

»Wo sind wir?«

»In Montségur, dem geistigen Mittelpunkt der Katharer«, antwortete Karen. »Das okzitanische Montségur verdankte seine Sicherheit einem unzugänglichen Berg in den Pyrenäen, auf dessen Gipfel es erbaut wurde. Dieser Ort ist für die Katharer des 21. Jahrhunderts sicher, weil er geheim ist. Nur eine ganz geringe Zahl von Eingeweihten, deren Loyalität außer Zweifel steht, kennt ihn. Du bist jetzt einer von ihnen.«

»Das ist also der Vatikan der Katharer?«, bemerkte Jaime und blickte sich um. »Niemand würde das glauben.«

»Das ist unser Ziel«, erklärte Kevin. »Niemand außer uns soll es auch nur ahnen; es ist ein Zufluchtsort, falls uns Gefahr oder Verfolgung drohen.«

»Ich verstehe eure Paranoia nicht. Was soll dieses Spiel mit geheimen Orten, die nur die Eingeweihten kennen?«

»Wir brauchen einen Zufluchtsort. Jeden Augenblick kann einer von uns – oder wir alle – in Gefahr geraten. Wir müssen die Schlüsselfiguren unserer Organisation schützen.«

»Was soll das Theater?« Jaime begann sich über Kevins Antworten zu ärgern. »Wer wird euch verfolgen? Wir leben in einem Land mit unumschränkter Religionsfreiheit. Die Inquisition ist abgeschafft. Wovor versteckt ihr euch? Ach, jetzt verstehe ich. Vor der Steuerfahndung«, bemerkte Jaime bissig. »In Wahrheit habt ihr eine Kirche ohne Gewinnstreben gegründet, um Steuern zu sparen.«

»Nein, du verstehst es nicht, Jaime«, sagte Karen sanft. »Es gibt einen Krieg.«

»Was?«

»Ja, einen Krieg. Genau wie vor achthundert Jahren, aber diesmal spielt er sich unterirdisch und im Geheimen ab, und nur wenige wissen davon.«

»Aber Karen, was redest du da?«

»Es ist so, Jaime. Bei deinen Erinnerungen an das 13. Jahrhundert musstest du dich entscheiden, welche Gruppe du im Krieg unterstützen würdest. Obwohl du den Konflikt vermeiden wolltest, konntest du dich nicht neutral verhalten. Heute, im 21. Jahrhundert, wiederholt sich diese Erfahrung. Jetzt und heute erlebst du einen neuen Krieg. Du bist mitten drin, und du kannst ihn nicht verhindern.«

Jaime blickte Karen durchdringend an. Sie war ernst und ihr Blick verriet Aufrichtigkeit. Ohne jenes spitzbübische spöttische Funkeln in ihren Augen, das sie zeigte, wenn sie gut gelaunt war. Sie scherzte nicht.

»Das meinst du doch nicht ernst, Karen?« Er konnte sich die Frage nicht verkneifen.

»Doch, Jaime.«

Er blickte sich um. Der lichtvolle Frieden des Nachmittags schien alles einzuhüllen. Ein Bussard kreiste am Himmel, und eine leichte Brise schüttelte die hohen Äste einiger Kiefern und Eukalyptusbäume. Er holte tief Luft, als könne er den Frieden des Augenblicks einatmen.

Er hatte die ganze Zeit geahnt, dass Karen etwas verbarg, und er spürte, dass eine Gefahr von ihr ausging. Jetzt war der Moment gekommen, in dem er in der Gegenwart dieselbe Angst ganz real spürte und erlebte, die ihn im Traum in seinem früheren Leben vor dem Wandteppich gepackt hatte.

Er begann zu begreifen, dass Karen Recht hatte und dass er dem, was jetzt kommen würde, nicht entfliehen konnte, auch wenn er es wollte. Er war gefangen.

Er wusste, dass der Frieden um ihn herum ein Scheinfrieden war, die Ruhe vor dem Sturm. Und der Sturm würde kommen, und zwar bald.

45

»Verdammt!«, rief Davis. »Diese Ranch gehört mir, und in meinem Hause tu ich, was ich will.«

Gutierres hatte ihm empfohlen, seinen üblichen Ausritt auf die Umgebung des Hauptgebäudes zu beschränken, bis sie die Urheber des Mordes an Kurth gefunden hätten. Die Ranch war viele Hektar groß, und trotz aller Wachsamkeit könnte ein Scharfschütze auf das Gelände gelangen.

Angesichts der abschlägigen Reaktion von Davis verschärfte Gutierres die Sicherheitsmaßnahmen. Zusätzlich zu den Videokameras und den Infrarotdetektoren, die an strategischen Punkten für Überwachung sorgten, ließ er noch am selben Morgen den äußeren Zaun der Ranch überprüfen. Sechs Reiter machten seit Tagesanbruch mehrmals die Runde um die Ranch auf der Suche nach Eindringlingen.

Auch jetzt hatte Gutierres ein Gewehr dabei und einen Revolver im Schulterholster. Er war per Funk mit zwei weiteren Reitern verbunden, die ihnen schwer bewaffnet in einigem Abstand folgten.

Davis weigerte sich starrsinnig, eine kugelsichere Weste zu tragen. Obwohl beide Männer ähnlich gekleidet waren – Jeans, Stiefel, breitkrempiger Sombrero – würde jemand, der ihn erschießen wollte, sich nicht irren, denn ihr Größenunterschied war auffällig.

Und so war bei jenem gemächlichen Ausritt an einem sonnigen Samstagnachmittag Gutierres beständig auf der Hut.

»Haben die Ermittlungen etwas ergeben?«, erkundigte sich Davis.

»Beck betont immer wieder, dass Sie gefährdet seien. Er beharrt auf seiner Theorie von der Sektenverschwörung und erwartet, dass Sie Ihre Nachfolge sobald wie möglich regeln. Wenn Sie einen Nachfolger bestimmen, hat ein Attentat auf Sie keinen Sinn mehr.«

»Oder ich werde im Gegenteil erst recht die begehrteste Jagdtrophäe«, sagte Davis nachdenklich. »Hat dieser Typ dir mehr über die Sekte erzählt, oder lässt er sich weiterhin nicht in die Karten schauen?«

Davis hatte großes Vertrauen zu Gutierres entwickelt, insbesondere nachdem er seinen engen Mitarbeiter Steven Kurth verloren hatte. Er schätzte seine Intelligenz und sein Urteilsvermögen. Da er keine Ambitionen innerhalb des Konzerns hatte und sich folglich nicht in die politischen Machtkämpfe der leitenden Angestellten einmischte, war er ein unparteiischer Berater. Abgesehen von dem üppigen Gehalt, das Davis ihm zahlte, erhielt Gutierres einen ansehnlichen Aktienbonus aus dem Überschuss des Konzerns. Und natürlich würde er all das nicht mehr bekommen, wenn Davis sterben würde. Davis hielt Gutierres für den vertrauenswürdigsten Mann, weil dieser durch seinen Tod am meisten verlieren würde.

»Er hat mir von einer Sekte erzählt, von den *Katharern,* und mir ein paar grundlegende Informationen gegeben, aber er weigert sich, Namen zu nennen. Er meint, es gebe noch weitere Sekten, denen verschiedene Angestellte des Konzerns angehören. Doch solange er keine Beweise habe, will er keine Namen nennen.«

»Und was ist das für eine Sekte?«

»Ich weiß nur, was Beck gesagt hat, aber ich habe einen meiner Männer da eingeschleust, und in ein paar Tagen kann ich einen Bericht vorlegen.«

»Und Beck vermutet, dass diese Katharer etwas mit dem Anschlag zu tun haben?«

»Er hat noch keine Gewissheit, aber er ist überzeugt, dass es sich um das Werk einer gut organisierten Gruppe handelt, die den

Konzern unterwandert. Das FBI setzt seine Untersuchungen fort.«

»Ich mag es nicht, dass das FBI hier nachforscht. Es folgt den Anweisungen Washingtons, und die unterscheiden sich erheblich von meinen. Warum glaubst du, haben sie so viel Interesse daran, dass ich einen Nachfolger benenne?«

»Die Besorgnis der Regierung scheint echt zu sein. Und ehrlich. Aber in Washington betrachtet man Sie offensichtlich als eine schwierige Person.«

»Sie denken, sie könnten meinen Nachfolger besser leiten, stimmt's?«

»Vielleicht.«

»Und genau das ist der Grund, weshalb ich keinen Nachfolger benennen werde. Wenn sie die Nummer zwei für lenkbarer halten, werden sie fordern, dass Davis sich zurückziehen soll. Aber ich denke gar nicht daran!«

»Und es ist meine Aufgabe zu verhindern, dass man Sie absetzt, wenn Sie es nicht wollen, auch wenn das nicht gerade einfach ist.«

»Du würdest nicht das viele Geld verdienen, das ich dir zahle, wenn du mich einfach in einen Tresor einschließt.«

»Es stimmt, dass ich viel Geld verliere, wenn Sie sterben. Aber Sie verlieren Ihr Leben.«

»Deshalb sind wir ein gutes Team, Gus. Da ich sehr alt bin, würdest du sicher mehr verlieren als ich«, erwiderte Davis und lachte schallend.

Die Männer schwiegen eine Weile, genossen den sanften Wind des Nachmittags und die Sommersonne in dem geschützten Tal.

»Und wie geht es Ramsey?«, wollte Davis dann wissen.

»Er arbeitet hart, aber er hat noch immer keine echte Spur. Heute hat er mir eine schlechte Nachricht überbracht. Und er behauptet, sie habe mit der Ermordung von Steven Kurth zu tun.«

»Eine schlechte Nachricht?«

»Ich wollte sie eigentlich bis Montag aufheben.«

»Ich bezahl dich, damit du meinen Körper schützt, nicht meinen Geist. Also sag schon!«

»Eine Rechnungsprüferin des Konzerns wurde gestern Nacht in ihrem Hotel in Miami ermordet. Man hat sie grausam zugerichtet. Es scheint das Werk einer Teufelssekte oder dergleichen zu sein. Sie wurde vergewaltigt und ihr Körper weist unzählige Schnittwunden und Verbrennungen von Zigaretten auf.«

»Irgendein Hinweis?«

»Bis jetzt keiner. Keine Verdächtigen, auch keine Fingerabdrücke. Es wird eine Autopsie durchgeführt, aber es gibt offenbar keine Spermaspuren. Man hat nicht einmal die Zigarettenkippen gefunden, als sei das Ganze ein Werk von Gespenstern.«

»Glaubst du, es besteht ein Zusammenhang zwischen den beiden Morden?«

»Stil und Ausführung sind völlig verschieden. Offenbar gibt es keine Hinweise, dass zwischen den Verbrechen ein Zusammenhang besteht.«

»Wer war das Mädchen?«

»Eine gewisse Linda Americo, eine Teamchefin bei den Rechnungsprüfern in der Produktion. Vor Kurzem hat sie Daniel Douglas der sexuellen Nötigung bezichtigt. Sie hatte Beweise, und wir feuerten Douglas.«

»Ich habe sie nicht kennen gelernt, aber ich erinnere mich an den Fall«, sagte Davis nachdenklich. »Armes Mädchen. War sie für die Firma in Miami?«

»Ja.«

»Sorg dafür, dass wir uns um alles kümmern. Die Familie soll jede erdenkliche Hilfe und jede finanzielle Unterstützung erhalten.« Davis schwieg, blickte mit glasigen Augen zum Horizont und fügte hinzu: »Ich kannte sie nicht, aber jetzt gehört sie zu meiner Familie. Und wenn das Motiv für ihren Tod mit Kurth zu tun hat, dann kommt der Fall auf meine persönliche Liste.«

»Ja, Chef«, seufzte Gutierres. Er wusste genau, was die »persönliche Liste« von Davis bedeutete.

46

»Schluss mit der Geheimniskrämerei!«, schimpfte Jaime wenige Minuten später. »Erklärt mir endlich, was hier los ist. Was soll diese Geschichte mit dem geheimen Krieg? Wer ist der Feind?«

Karen und Kepler sahen sich an. Nach kurzem Schweigen nickte sie Kepler zu und begann zu reden.

»Du kennst ja die Ideale, die uns leiten.« Karen richtete sich in ihrem Stuhl auf und beugte sich ein wenig über den Tisch zu Jaime, um sich besser verständlich zu machen. »Wir sind gegen die Besteuerung und gegen den Dogmatismus. Wir sind für die Freiheit eines jeden Einzelnen, die Lehren unserer Guten Menschen anzunehmen oder abzulehnen, denn wenn jemand einen bestimmten Grad seiner spirituellen Entwicklung erreicht hat, wird er sie ohne zu zögern annehmen.

Es ist im Grunde dieselbe Form, in der viele Menschen mit den großen Religionen in Verbindung treten, denen sie aus Familientradition oder ihrer regionalen Herkunft wegen angehören. Sie übernehmen nur das, was ihr Verstand ihnen zu glauben erlaubt, oder ihr Geist, der infolge all dieser Erlebnisse aus vorherigen weise geworden ist. Viele Menschen akzeptieren in unserer Zeit keine Dogmen mehr.»

»Und es gibt genau das Gegenteil, wie sowohl kleine Sekten als auch große Religionsgemeinschaften beweisen«, ergänzte Kevin. »Diese Neigung zur Intoleranz, die nicht zulässt, dass andere anders denken. Sie glauben, die absolute Wahrheit zu besitzen, und bekämpfen jede andere Meinung und verfolgen Abtrünnige.«

»Und was hat das mit dem Krieg zu tun, in den ich eurer Meinung nach eintreten muss?«

»Es gibt Interessengruppen, die wie die Mafia organisiert sind, sich als Religion oder Sekte tarnen und nach Macht und materiellem Reichtum streben. Wir haben es mit einer sehr mächtigen Gruppe zu tun. Mit einer radikalen fundamentalistischen Gruppe, die zu einer christlichen Religion gehört, die hier in den Vereinigten Staaten entstanden ist und die in aller Öffentlichkeit arbeitet. Die gläubigen Anhänger dieser Religion sind in ihrem jeweiligen Umfeld gut integriert, sie tun sich in der Geschäftswelt hervor, weil sie Reichtum für ein Symbol göttlicher Gnade halten. Außerdem spenden sie ihrer Kirche ein Zehntel ihres Gehalts oder ihrer Gewinne.

Im Grunde ist an dieser Religionsgemeinschaft nichts auszusetzen, abgesehen von ihrer Neigung zur Vorherrschaft der Weißen und ihrer Frauenfeindlichkeit. Eine ihrer wichtigsten Pflichten ist die wirksame gegenseitige Hilfe, und sie suchen stets nach einzelnen Parzellen der Macht, die sie besetzen und dann für ihr eigenes oder für das Fortkommen ihrer Getreuen benutzen. Diese Religionsgemeinschaft unterhält eine radikale, fundamentalistische Gruppe, die im Geheimen wirkt und sich selbst als *Hüter des Tempels* bezeichnet. Sie betrachten sich als das reine Wesen ihrer Religion. Für sie rechtfertigt das Ziel jedes Mittel, einschließlich Mord.«

»Haben diese Radikalen politische Verbindungen?«

»Ja, aber sie halten sie geheim. Wir glauben, dass sie mit Gruppierungen der extremen Rechten in Verbindung stehen, auch mit paramilitärischen Gruppen wie zum Beispiel der Nordamerikanischen Miliz. Sie könnten sich jederzeit der Devise von John Trochmann anschließen, dem Gründer der Miliz in Montana, der *Gott, Tapferkeit und Waffen* als Motto verkündet. Sie sind fundamentalistische Christen, und sie lieben Waffen. Sie benutzen sie gern und sind in radikaler Opposition zur Regierung unseres Landes.«

Jaime hatte große Mühe, das alles zu verstehen. Er löste seinen Blick von Kevin, schaute erneut in die sonnenbeschienene und befreiende Landschaft, lehnte sich auf seinem Stuhl zurück und merkte, dass er sich unwillkürlich die Haare glatt strich. Seine Körpersprache verriet seine Verblüffung.

»Und was haben die Katharer damit zu tun?«, fragte er und versuchte, den Anschein von Gleichmut zu wahren. »Warum sagst du, wir haben es mit ihnen zu tun?«

»Die *Hüter des Tempels* symbolisieren das Gegenteil von dem, was wir verteidigen. Sie repräsentieren die Barbarei, die Unvernunft und die Brutalität, gegen die wir kämpfen müssen. Aber noch schlimmer ist, dass sie die Davis Corporation beherrschen wollen. Und sie sind auf dem besten Weg, dieses Ziel zu erreichen. Wenn sie es schaffen, kontrollieren sie den mächtigsten Kommunikationskonzern der Welt.« Kevin zeigte sich wieder als erleuchteter Prediger, aber dieses Mal nervte es Jaime nicht, denn er war bereit, die Angst und die Dringlichkeit anzunehmen, die Kevin ihm vermittelte. »Stellt man die Macht der Davis Corporation in den Dienst der Politik, kann sie in den Vereinigten Staaten – bei zwei Kandidaten für die Präsidentschaftswahl – den Ausschlag geben. Sie besäße bei der Wahl von Senatoren und Kongressabgeordneten entscheidendes Gewicht und könnte über die Verabschiedung oder Ablehnung von Gesetzen bestimmen. Und natürlich würden die *Wächter* die Mittel des Konzerns für die Verbreitung ihrer ethischen Grundsätze und religiösen Dogmen benutzen.

Wenn die *Wächter* die Macht über den Konzern bekämen, wäre das eine verheerende Katastrophe für die Entwicklung des Bewusstseins der Menschen im Hinblick auf mehr Toleranz und auf ihre Vervollkommnung. Die Entwicklung der Menschheit würde sich um viele Jahre – vielleicht sogar um Jahrhunderte – verzögern, wie es mit dem Verschwinden der Katharer im 13. Jahrhundert geschah.

Es sind die gleichen reaktionären Kräfte, die damals gesiegt haben, nur dass sie sich unserer Zeit angepasst haben. Es ist wieder der Kampf des Bösen gegen das Gute, des bösen Gottes gegen den guten Gott, der Dunkelheit gegen das Licht. Für die *Hüter des Tempels* ist es ein Kreuzzug wie vor achthundert Jahren. Und erneut entbrennt der gleiche Krieg. Aber dieses Mal werden wir siegen.«

»Und woher wisst ihr das alles?«

»Weil wir seit einiger Zeit die Davis Corporation und die *Hüter des Tempels* überwachen. Wir konnten einige unserer Brüder bei den *Wächtern* einschleusen und kennen ihre Pläne und viele ihrer Aktivitäten. Auch deshalb müssen wir im Geheimen wirken, um unsere eingeschleusten Brüder zu schützen und weil die *Wächter* gefährlich sind und nicht zögern, ihre Widersacher auszuschalten.«

»Wissen sie, dass ihr sie überwacht?« Eine große Neugier überkam Jaime.

»Vermutlich nicht. Auf jeden Fall werden sie bald erfahren, dass es jemanden gibt, der ihnen Widerstand leistet. Und dann ist der Augenblick gekommen, in dem wir wirklich in Gefahr sind.«

»Wer sind die *Hüter des Tempels* im Konzern?«

»Ein paar haben wir identifiziert: zum Beispiel Paul Cochrane, der Vizepräsident der Eagle-Studios. Wir haben festgestellt, dass er viele seiner *Wächter*-Brüder in den Bereich Produktion eingeschleust hat. Auch die Sicherheit ist unterwandert. Nick Moore, der Sicherheitschef des Hauses, die drei Männer, die als Schichtleiter arbeiten, und viele seiner Wachleute gehören zu den *Wäch-*

tern. Unter Davis' Prätorianern konnten wir keinen ausmachen, vielleicht ist das eine saubere Zone. Aber wir sind sicher, dass es noch viele andere gibt, die an anderen Stellen des Konzerns gut verborgen sind. Einer ist Charles White, dein Chef, der Direktor des Bereichs Controlling und Konzernentwicklung.«

»Mein Chef?«, rief Jaime überrascht aus. »Habt ihr Beweise?«

»Ja, aber gib dich im Augenblick mit der Information zufrieden, die Beweise folgen bald.«

»Wie gehen diese Leute vor? Wie wollen sie die Herrschaft über den Konzern an sich reißen?«

»Die Achse, die sie in den Bereichen Produktion und Controlling gebildet haben, ermöglicht es ihnen, große Beträge abzuzweigen, die entweder als Provisionen für von den Studios beschäftigte Sektenmitglieder getarnt werden oder als Güter und Dienstleistungen, die von solchen Gesellschaften gekauft werden, die den *Wächtern* gehören. Die Käufer sind Sektenmitglieder und werden von Angestellten überprüft, die auch zur Sekte gehören. Damit können sie sich über die Normen und internen Kontrollen bei Vertragsabschlüssen und Zahlungen hinwegsetzen.

Du und dein Team, ihr werdet nichts entdecken, weil dein Chef dir lediglich Verantwortung für den Vertrieb und nicht für die Produktion übertragen hat.«

»Dann muss mein ehemaliger Partner Daniel Douglas, der den Bereich der Produktion leitete, einer von ihnen sein.«

»Ja, er gehört zur Sekte.«

»Dann muss Linda Americo, seine Untergebene und Ex-Geliebte, über alles Bescheid wissen.« Jaime bemerkte, wie sein Verstand plötzlich Beobachtungen zusammenfügte und schneller arbeitete, als er sprechen konnte. »Und nicht nur das. Ich verstehe Lindas Tun nicht, sofern sie nicht auch eine *Wächterin* ist. Und wenn sie zur Sekte gehört, wie konnte sie dann durchsetzen, dass er entlassen wurde? Es sei denn, ihre Liebesbeziehung war ihr unerträglich und er hatte ihr einen weiteren Karrieresprung versprochen und dann doch nicht ermöglicht? Weshalb sollte sie die Profite der Sekte durch seine Ausschaltung gefährden? Und wenn sie doch wusste, welche Macht die Sekte der *Wächter* im Konzern besitzt, weshalb wagte sie es dennoch, Douglas anzugreifen? Und warum siegte sie am Ende und erreichte, dass der Konzern ihn feuerte?«

»Bravo, Jaime«, lobte ihn Karen. »Das sind die richtigen Fragen. Du stellst sie, weil du die Antworten ahnst.«

»Nein, ich weiß es nicht, habe nur eine Theorie.«

»Wir hören.«

»Linda gehört zur Sekte der *Wächter*, aber du, Karen, hast gesagt, sie sei deine beste Freundin und du hast sie persönlich in Bezug auf Douglas beraten. Die einzige Erklärung für eure Freundschaft und die Ereignisse ist, was ich ahnte, als ich dich fragte und du nicht antworten wolltest.«

»Wie lautet die Erklärung, Jaime?« Karen lächelte, während er seine Schlussfolgerungen zog.

»Linda gehörte auch zu den Katharern, sie war eine Doppelagentin. Sie hat die *Wächter* unterwandert, weil Douglas bei ihnen eine bedeutende Position hatte. Die Liebesbeziehung zwischen Douglas und Linda kam den *Wächtern* gelegen, da es ihre Macht in der Achse Produktion-Controlling stärkte. Natürlich wussten sie nicht, dass Linda Katharerin ist. Und sie muss eine ziemlich weit fortgeschrittene Katharerin gewesen sein, weil sie offensichtlich eine Schlüsselstellung hatte.« Jaime schwieg und blickte Karen durchdringend an. »Das ändert meine Meinung über Linda keineswegs.«

»Aha.« Karen hielt seinem Blick stand, aber ihr Lächeln verschwand.

»Linda verführte Douglas, vielleicht aus edleren Motiven, als ich es ihr zugestehen will. Gut, sie tat es für die Katharer. Das kann eurer Meinung nach spirituelle Hintergründe haben, die ihr Verhalten rechtfertigen, ändert für mich jedoch nicht den physischen Tatbestand. Sie erklärte Douglas, dass sie ihn liebe und sie waren lange Zeit ein Paar. Sie lachte über seine Witze, flüsterte ihm zärtliche Worte ins Ohr und schwor ihm ewige Liebe. Als sie es im Sinne der Katharer für angebracht hielt, zerstörte sie Douglas eiskalt. Sag Karen, liege ich bisher richtig mit meinen Vermutungen?«

»Deine Analyse der Ereignisse ist brillant, aber dein Urteil über Linda ist außerordentlich hart und ungerecht.« Karen klang sehr ernst.

»Aber ich habe richtig geraten. Sag mal, Karen, ist das die katharische Reinheit? Ist das ein sexuelles Spiel, das du öfter spielst? Wer ist der nächste Dummkopf? Was sagen eure *Vollkommenen* zu diesem Treiben? Oder kann es sein, dass ihr anstelle der Bibel oder des Johannesevangeliums das Kamasutra der Katharer studiert? Wenn das so ist, habe ich Angst. Wir kommen nur langsam voran. Du musst mir noch eine Menge beibringen.«

Karen biss sich auf die Unterlippe und blickte Jaime weiter durchdringend an, ihre Augen füllten sich mit Tränen. Sie runzelte ein wenig die Stirn, was ihre Anspannung verriet.

»Du weißt ja nicht, was du sagst«, explodierte sie. »Du weißt nicht, was jetzt geschieht, und auch nicht, was früher geschah. Du weißt gar nichts. Du kennst weder die Motive noch das Ziel. Du weißt auch nicht, was ich fühle. Und du wagst es, über das, was wir tun, zu richten und zu urteilen, obwohl du gar nicht weißt, weshalb wir es tun.«

»Ah ja? Dann erkläre es mir. Ich würde gern wissen, wie die Katharer den Einsatz ihrer Frauen als Waffen im Kampf rechtfertigen.«

»Beruhige dich, Jaime«, mischte sich Kevin ein. »Wenn du das Verhältnis von Douglas und Linda auf deine Beziehung zu Karen projizierst, wirst du es bereuen. Hör zu, bevor du falsche Schlüsse ziehst und urteilst.«

»Ich höre zu«, erwiderte Jaime knapp. Kevin hatte Recht, dachte er. Wenn er sich mit Douglas identifizierte, fühlte er sich benutzt und gedemütigt. Er konnte sich irren und sehr ungerecht urteilen.

Er warf einen Blick auf Karen. Sie schaute zu den Bäumen empor. Tränen rollten ihr über die Wangen. Sie weinte lautlos und versuchte, sich zu beruhigen. Sie suchte in ihrer Tasche nach einem Taschentuch. Jaimes Empörung verschwand auf einen Schlag, und er empfand große Zärtlichkeit für sie. Diese verdammte Karen, dachte er, ich bin wahnsinnig verliebt in sie.

Er unterdrückte den Impuls, ihre Hand zu ergreifen und sie zu trösten, und schaute Kevin an, als warte er auf die angekündigte Erklärung.

47

»Erzengel:«

»Unsere Gesandten in Miami haben unseren Bruder gerächt und einen Teil der Information bekommen, die du über diese einst unbekannten Feinde angefordert hast.

Deine Vermutungen bestätigen sich. Wir bereiten einen Bericht vor. Die Neuigkeiten werden die Pläne für den Kreuzzug verändern.

Sobald du die Fakten analysiert hast, erwarten wir deinen Befehl zum Zeitpunkt des Angriffs. Sachiel.«

Erzengel schlug ärgerlich auf den Tisch. Dann beeilte er sich, die Antwort einzutippen:

»Sachiel:«

»Beeilt euch mit der Information. Lasst euch nicht ablenken, Brüder. Wir müssen genau wissen, wer die Feinde sind, und wir müssen effektiv handeln.

Wir müssen sie vernichten, bevor die Trompeten erschallen und die Mauern fallen. Erzengel.«

Der gespaltene Zeigefinger drückte auf »Abschicken«.

48

»Um Linda zu verstehen, musst du sowohl ihre Vergangenheit als auch ihre derzeitige Situation kennen«, begann Kevin. »Obwohl wir nie das frühere Leben unserer Mitglieder erzählen, glaube ich, dass ich eine Ausnahme machen muss, damit du verstehst, was vor sich geht.

Linda erinnerte sich genau wie du mühelos an ihr Leben als Katharerin. Sie war eine junge okzitanische Adelige, die sich als schlichte Gottesfürchtige zum katharischen Glauben bekehrte. Sie war schön und intelligent, und wie viele okzitanische Damen jener Zeit betrachtete sie sich als den Männern gleichgestellt.

Am Hof ihres Vaters verkehrten immer viele Spielleute, die ihre Lieder sangen und Gedichte vortrugen. Troubadoure und Ritter machten dem Baron und seiner schönen Tochter ihre Aufwartung.

Die Abende im Burgsaal waren erfüllt mit Poesie, Liedern, anderen Vergnügungen und Predigten der Katharer. Junge Ritter fuhren durch die okzitanischen Lande, und der Baron bot ihnen, wie es Brauch war, seine herzliche Gastfreundschaft an. Einige wagten sogar, mit den Troubadouren zu wetteifern und trugen Gedichte und Lieder vor.

Die galante, platonische Liebe galt als ein Grundpfeiler jener kulturellen Renaissance. Junge Ritter gestanden ihre Liebe sogar der Baronin, Lindas Mutter, in Gegenwart des Barons und seines gesamten Hofstaats, und ungeachtet ihres Alters und der Treuepflicht der Baronin gegenüber ihrem Gatten, baten sie sie, ihre Dame zu werden. Sowohl die Burgherrin als auch ihr Gemahl fühlten sich von solcher Liebenswürdigkeit geschmeichelt. Die Baronin antwortete mit eigenen Versen auf die Lieder und erklärte sich bereit, die Dame eines Ritters zu werden, der sie darum bat. Natürlich erhielten die jungen Damen – und vor allem Linda – sehr viel mehr galante Liebeserklärungen …

Zu den fahrenden Rittern gehörte auch Douglas, und Linda hat ihn ganz bestimmt erkannt. Er kam aus dem Norden, aus der Île de France, aus einer durch ständige Kriege zerstörten und verarmten Gegend. Er war den Gebrauch der Langue d'Oc nicht gewöhnt, da seine Muttersprache die Langue d'Oil war, aus der sich das moderne Französisch entwickelte. Douglas wurde herzlich aufgenommen und verliebte sich unsterblich in Linda. Die Spielregeln waren nicht einfach für ihn, aber er schien bereit, mit seinen Gedichten um ihre Liebe zu werben und sie zu seiner Dame zu machen.

Die toleranten Okzitanier ermutigten ihn und unterstützten ihn bei seinem Vorhaben. Aber wegen seiner dürftigen Kenntnisse der Langue d'Oc scheiterte seine Absicht, mit seiner Poesie Lindas Gunst zu erringen. Sie musste über seine Verse lachen und antwortete mit ein paar netten Reimen, über die alle anderen Bewerber in Gelächter ausbrachen. Es war ein derber Spaß, und er wurde in der hoch kultivierten okzitanischen Zivilisation zur Zielscheibe des Spottes.

Abgewiesen, verspottet, gedemütigt und von Hass erfüllt auf jene pedantischen eingebildeten Okzitanier, die sich wie Weichlinge den Bart rasierten, kehrte Douglas in sein Land im Norden zurück.

Bald kam die Zeit seiner Rache. Zu Beginn des Jahres 1208 riefen katholische Priester, Bischöfe und Äbte in allen Kirchen Nordeuropas ihre Gläubigen zu den Waffen. Die wahre Religion musste verteidigt werden – gegen die ruchlose Pest der Katharer, die den Worten von Papst Innozenz III. zufolge »*schlimmer als die Sarazenen, die Mohammed verehren*« waren.

Ein Kreuzzug in die reichen okzitanischen Lande versprach ein viel einträglicheres und weniger gefährlicheres Abenteuer zu werden als die Kreuzzüge gegen die Sarazenen im Heiligen Land oder in Spanien, bei denen große Entfernungen zurückgelegt werden mussten. Überdies war der Feind durch jahrelange Kämpfe abgehärtet, und Menschen und Städte waren verarmt. Die Kriegsbeute ging in das Eigentum der Kreuzritter über, und da ihnen jede Sünde vor und während des Kreuzzugs vergeben wurde, besaßen sie einen Freibrief für sämtliche Schandtaten.

Außerdem betrug die Mindestverpflichtung für den Kreuzzug gegen die Katharer nur vierzig Tage, und die Adeligen konnten mit der erworbenen Beute heimkehren, ohne allzu lange fort gewesen zu sein und sich wieder um ihre Ländereien in Frankreich, Burgund oder sonst einem Land im Norden kümmern.

Für das einfache Volk, das nichts zu verlieren hatte, und für jene, die mit der göttlichen oder menschlichen Gerechtigkeit noch Rechnungen offen hatten, war es ebenfalls eine ausgezeichnete Gelegenheit, die Vergebung ihrer Sünden und Reichtümer zu erlangen.

Douglas schloss sich begeistert dem Kreuzzug an, denn seine Belohnung sollte größer sein als die der andern: Er wollte Rache nehmen.

Am 24. Juni 1209, drei Jahre vor der Schlacht in der Ebene von Toulouse gegen die Almohaden, an die du dich erinnert hast, begann der Kreuzzug.

Zwanzigtausend Ritter brachen in Lyon auf, in der Mehrheit

Franzosen, unter dem Befehl von Arnau Almeric, dem Abt von Citeaux und päpstlichen Legaten, und einer Eskorte von Bischöfen, Äbten und Klerikern. Unter den Rittern befand sich Douglas mit einer Gruppe berittener Männer, die sein Vater ihm auf seine hartnäckigen Bitten hin überlassen hatte. Hinter den Rittern marschierten Tausende von Männern aus dem einfachen Volk. Sie hegten die Illusion, große Reichtümer im Leben zu erwerben und bei ihrem Tod einen Platz im Himmel zu bekommen.

Am 25. Juli gelangten sie vor die Stadtmauern der okzitanischen Ortschaft Béziers unweit der Küste des Mittelmeers. Der katholische Bischof von Béziers schlug den Bürgern vor, die 222 identifizierten katharischen Ketzer auszuliefern, um die Bevölkerung vor einem Angriff und die Stadt vor der Zerstörung zu bewahren.

Der Bischof konnte seine Gläubigen nicht überzeugen, und trotz der Drohungen der Belagerer weigerten sich Béziers Bewohner und beschlossen Widerstand zu leisten. Doch die Belagerten konnten dem riesigen Heer nicht standhalten, und die Kreuzritter drangen mühelos mit Feuer und Schwert in Béziers ein.

Die zwanzigtausend Bewohner Béziers', auch die Frauen und Kinder, die sich in die Kirchen geflüchtet hatten, wurden niedergemetzelt. Die Stadt wurde geplündert und dem Erdboden gleichgemacht.

Diese Grausamkeit und das riesige Blutbad entsetzten sogar viele in Schlachten und Gemetzeln abgehärtete Soldaten. Ein französischer Ritter wandte sich an Abt Almeric und fragte ihn, wie er die Ketzer von den Gläubigen unterscheiden solle.

Die Antwort des päpstlichen Legaten ging in die Geschichte ein: »Tötet sie alle. Gott wird die Seinen erkennen.«

Und so geschah es.

Weniger blutig, aber genauso grausam verliefen die Eroberungen von Carcassonne und vielen kleineren Dörfern, in denen die Kreuzritter Angst und Schrecken verbreiteten.

Die Mehrheit der französischen Adeligen kehrte in ihre Lande zurück, nachdem sie ihre 40 Tage gedient hatten, weil es sie entsetzte, dass ein angeblich edler Kreuzzug in einem grausigen Gemetzel endete. Ein kleiner Baron der Île de France namens Simón de Montfort, der in jenem Blutbad bei Béziers seine Berufung erkannt hatte, und Abt Almeric führten danach den Kreuzzug an.

Douglas, der seine Rache noch nicht genommen hatte, da Lindas Burg nach wie vor standhielt, blieb bei den Kreuzrittern, die in der gut befestigten Stadt Carcassonne überwintern wollten.

Der Rückzug des Großteils der französischen Adeligen stellte kein Problem dar, da im Jahr darauf die katholische Kirche abermals zum Kreuzzug aufrief und wieder viele Gläubige sowie Söldner und Abenteurer aus dem Norden kamen.

Simón de Montfort und der Abt planten angesichts des schwachen Widerstands weitere Eroberungen.

Der okzitanische Adel war uneinig und mehr an Turniere zu seinen Ehren und zugunsten der Damen gewöhnt als an den organisierten Kampf auf dem Schlachtfeld. Seine Untertanen waren in der Mehrzahl Katholiken und wenig geneigt, gegen die Kreuzritter des Papstes zu kämpfen, der ihr geistlicher Führer war. Die Katharer ihrerseits hielten Waffen für Instrumente des Teufels, betrachteten Krieg und Gewalt als Teufelsakte, das ging so weit, dass die Guten Menschen sogar das Kämpfen zur Verteidigung des eigenen Lebens verboten. Die Kreuzritter, die durch den Kampf den Himmel und Reichtümer gewannen, zogen voller Begeisterung in den Kampf. Dörfer und Burgen fielen reihenweise.

Inzwischen hast du, König Pedro, mit Besorgnis die Invasion der almohadischen Mauren aus dem Süden beobachtet und willst dich nicht auch noch auf einen Krieg im Norden einlassen.

Den einzigen Widerstand leisteten die Katharer, und zwar nicht mit Waffen, sondern mit der Weigerung, ihrer Religion abzuschwören. Abertausende von Gläubigen und Verdächtigen wurden auf Scheiterhaufen verbrannt.

Als Lindas Burg belagert wurde, bat Daniel um die Ehre, die Truppen zu führen, die ihm gewährt wurde und mit der er für seine Dienste als Kreuzritter belohnt wurde. Die Burg leistete ein paar Wochen Widerstand, und schließlich drang der Feind durch eine Bresche in der Stadtmauer in die Festung ein. Es folgte das übliche Blutbad, doch Douglas schenkte Lindas Eltern und Schwestern das Leben und steckte sie ins Gefängnis.

Douglas konnte nun endlich nach Belieben über Linda verfügen, da er ihre Familie als Geisel hielt. Er übte eine süße und angenehme Rache.

Sie gab seinem Drängen nach, denn der Leib ist ein Werk des Teufels und der Leib beschmutzt nicht die Seele, die ein Werk des guten Gottes ist. Aber sie willigte nicht in die Ehe ein, die Douglas ihr anbot. Sie war seine Dirne, aber nicht bereit, seine Gemahlin zu werden. Und niemals schwor sie ihrem katharischen Glauben ab.

Douglas kam in Not. Eine bekannte und störrische Ketzerin als Geliebte zu haben, brachte ihn gegenüber den katholischen Würdenträgern in eine schwierige Lage. Sie fragten ihn, ob Lindas katharischer Geist nicht doch sein reines Kreuzritterherz vergiftete. Bald lief er selbst Gefahr, auf dem Scheiterhaufen zu enden.

So bot er eines Nachmittags Linda die letzte Gelegenheit, ihrem Glauben abzuschwören, ihn zu heiraten und Burgherrin zu werden. Sie antwortete mit demselben Vers, mit dem sie ihn zwei Jahre zuvor unter dem Gelächter des Hofstaats ihres Vaters abgewiesen hatte. Douglas wurde wütend und überließ sie seinen beiden Stellvertretern, die sie in der Nacht vergewaltigten. Am Morgen darauf übergab er sie und ihre Familie den Inquisitoren. Noch am selben Nachmittag starben sie alle auf dem Scheiterhaufen, doch sie hielten an ihrem Glauben fest.«

»Linda war damals meine beste Freundin«, warf Karen ein. »Sie erkannte Douglas und mich in der ersten Sitzung, in der sie sich an ihr Leben im 13. Jahrhundert erinnerte.«

»Wie sind solche Zufälle möglich?«, erkundigte sich Jaime erstaunt. »Wie können Freunde und Feinde in den verschiedenen Reinkarnationen wieder aufeinandertreffen?«

»Das ist so«, erwiderte Kevin. »Das ist erstaunlich, aber es ist so. Wir haben unbewältigte Aufgaben aus früheren Leben zu lösen oder gemeinsame Pflichten zu erfüllen. Die spirituelle Entwicklung erfolgt nicht isoliert, sondern in großen Gruppen von Seelen. Wir treffen viele Menschen wieder, mit denen wir früher gelebt haben, und andere nicht; das hängt von den Schulden ab, die wir ihnen gegenüber abzutragen haben. Dubois kann dir das besser erklären als ich. Aber es ist so.«

»Wir sind mit Douglas und den Seinen nicht im Reinen«, fuhr Karen fort. »Es geht nicht um die Rache aus früheren Leben, obwohl die Menschen auch den Schmerz erfahren müssen, den die Niederlage erzeugt, um sich geistig zu entwickeln.

Die *Hüter des Tempels* stellen heute die intolerante, fanatische und autoritäre Macht dar, die einst die Kreuzritter repräsentierten, und sie streben danach, die größte Kommunikationsgesellschaft der Welt zu kontrollieren, um ausschließlich ihre Botschaft zu übermitteln. Damit bringen sie Menschen wie uns zum Schweigen, sie ersticken uns und machen uns sprachlos. Wie es im Mittelalter mit Katharern, Waldensern und anderen, die man der Ketzerei bezichtigte, geschah. Das heutige Schlachtfeld sind die Kommunikationsmedien.« Karen hatte Tränen in den Augen und sprach mit viel Gefühl und Zuversicht. »Aber dieses Mal wird es anders sein; dieses Mal werden sie ihren Willen nicht durchsetzen. Wir Katharer werden sie besiegen!«

49

Die Flut von Informationen und Gefühlen verwirrte Jaime. Er ließ seinen Blick über die Umgebung schweifen. Es war ein sonniger, friedlicher Nachmittag. Er betrachtete das blaue Wasser des Swimmingpools, hörte das Zwitschern der Vögel. Im Gegensatz zu seinem inneren Aufruhr lud die Umgebung zu Ruhe und Frieden ein.

Er schaute Karen an; sie erwiderte seinen Blick. Sie war schön, und er liebte sie. Er hatte das Gefühl, dass er vorhin zu weit gegangen war, aber er fürchtete, sie könnte ihn benutzen. Allein der Gedanke machte ihn zornig. Hoffentlich irrte er sich, und es blieb ein böser Gedanke.

Aber in Wahrheit würde es ihm das Herz brechen, wenn sie ihn ausschließlich dazu benutzte, ihren Krieg zu gewinnen. Denn er brauchte sie. Er war von ihr abhängig. Er ließ den Blick zu den Bäumen wandern, und sein klarer Verstand meldete sich wieder.

»Gut, einverstanden«, sagte Jaime. »Stellen wir uns vor, die *Wächter* sind eine kleine religiöse Mafia, die ein System entwickelt hat, um den Konzern zu beklauen. Aber von da bis zu einem geheimen Komplott, den ganzen Konzern zu beherrschen, ist es ein ganz weiter Weg.«

»Das ist keine kleine Mafia, im Gegenteil. Sie ist sehr mächtig«, protestierte Kevin, »und das Komplott existiert bereits, das wissen wir genau, von Linda und anderen eingeschleusten Katharern. Erinnerst du dich an die Bombe, durch die Steven Kurth, der Präsident der Eagle-Studios, ums Leben kam?«

»Natürlich.«

»Gut. Die Bombe war ein Werk der *Wächter*.«

»Aber was redest du da! Man vermutet, eine radikale gewalttätige Gruppe sei dafür verantwortlich, weil ihr die Inhalte einiger Programme des Konzerns nicht passen.«

»Korrekt in allen Punkten. Die *Wächter* sind eine radikale, gewalttätige religiöse Sekte, denen die derzeitigen Inhalte der Fernseh- und Kinoprogramme der Davis Corporation nicht passen. Und weil sie die Übernahme des Konzerns planen, haben sie ihre Tat als die einer erfundenen Gruppe von außen getarnt.«

»Aber was haben sie durch Kurths Ermordung gewonnen?«

»Kurth war ein alter liberaler Jude mit derselben Geisteshaltung wie Davis. Beide glaubten an die freie Meinungsäußerung, an die Nicht-Diskriminierung aus rassistischen, geschlechtsspezifischen oder religiösen Gründen. Sie glaubten daran, dass Toleranz der beste Schutz für alle ist, weil wir alle irgendwann oder irgendwo auf der Welt eine Minderheit sind. Doch Kurth pflegte auch denselben egozentrischen und autokratischen Stil wie Davis und dachte nie daran, sich um eine Nachfolge für seinen Posten im Konzern zu kümmern. Vielleicht glaubte er auch, dass Alter und Tod ihn verschonen würden.

Kurths Nachfolger wird wohl Cochrane werden, der Vizepräsident der Eagle-Studios, der, wie ich dir vorhin gesagt habe, eine hochgestellte Person der Wächter-Sekte ist. Stell dir vor, was sie erreichen, wenn Cochrane Präsident der Eagle-Studios werden würde: die ganze Macht über die Programmgestaltung und eine vortreffliche Position als potenzieller Nachfolger von Davis.«

»Weshalb erzählt ihr das nicht Inspektor Ramsey?«

»Wir haben nicht genug Beweise, und die wenigen, die wir besitzen, stammen aus einer rechtlich fragwürdigen Quelle. Die Polizei würde uns auf ihre Liste der Verdächtigen setzen, und für die *Wächter* wären wir die ersten, die aus dem Wege geräumt werden müssten. Nein, es ist noch nicht der richtige Augenblick, wir müssen abwarten«

Jaime wurde nachdenklich. Dann nahm er den Faden wieder auf.

»Lasst mich weiterraten. Wenn Linda es geschafft hat, dass

Douglas wegen ihrer Affäre entlassen wurde, die sie als sexuelle Belästigung darstellte, und wenn Douglas' Chef ebenfalls ein *Wächter* ist, muss sie ja wohl Unterstützung von jemandem erhalten haben, der eine sehr hohe Stellung im Konzern bekleidet. Und da ich nicht annehme, dass sie noch einen weiteren Geliebten im Konzern hatte ...«, Jaime blickte Karen an und wurde mit einem harten Blick von ihr bestraft, »muss derjenige, der sie unterstützt hat, ebenfalls Katharer sein. Wer ist es? Ist es der Mann im Hintergrund, der die Befehle erteilt?«

»Ich kann dir das im Augenblick nicht sagen. Tut mir leid«, erwiderte Kevin.

»Gut, aber ich hoffe, du kannst mir Folgendes erklären: Aus welchem Grund griff Linda Douglas an und sorgte für seine Entlassung? Ich verstehe ja, dass vielleicht noch eine Schuld aus einem anderen Leben offen ist, die er sühnen muss, aber warum hat Linda keine Beweise gegen Douglas und gegen White zusammengetragen und sie dann beide wegen Betrugs bei Davis angezeigt. Damit hätte sie euch auf einen Schlag von beiden befreit.«

»Diese Möglichkeit hatten wir erwogen, doch die Wahrscheinlichkeit, dass nur Douglas fallen gelassen würde, während White weiter im Amt blieb, war zu groß. Aber nachdem Douglas gefeuert wurde, hatte Linda Zugang zu Informationen, die er vor ihr geheim gehalten hatte und durch die White und vielleicht sogar Cochrane entlarvt werden könnten. Im richtigen Augenblick und vielleicht mit deiner Hilfe werden wir Davis über das Komplott aufklären.

Dann wird Davis eine beispielhafte Säuberungsaktion sowohl in den Eagle-Studios als auch in der Verwaltung des Konzerns durchführen lassen; er wird weder Titel noch Posten respektieren. Als Erste werden der Sicherheitschef des Hauses und seine Männer verschwinden, denn schließlich haben sie die Bombe ins Gebäude geschmuggelt und Kurth ermordet.«

»Was für eine Überraschung! So habe ich also bei der Sache auch eine Rolle zu spielen?«, erkundigte sich Jaime spöttisch. Er hatte das Gefühl, an der Reihe zu sein.

»Natürlich hast du eine Aufgabe«, erwiderte Karen entrüstet. »Du kannst deinem spirituellen Schicksal nicht entgehen. Auch wenn du es wolltest. Dir bleibt gar nichts anderes übrig als in diesem Krieg zu kämpfen. Und ich hoffe, du tust es mit mehr Verstand als vor achthundert Jahren. Du hast damals eine wichtige Rolle gespielt und bist dazu bestimmt, sie auch jetzt zu spielen. Ob es dir gefällt oder nicht.«

Jaime betrachtete Karen voller Verblüffung. Ihre Entrüstung über seinen spöttischen Kommentar, ihre Entschlossenheit und die Tatsache, dass sie es für selbstverständlich hielt, dass er bei dem Abenteuer eine Hauptrolle spielte, überraschten ihn. Bisher hatte sie lediglich Anspielungen gemacht.

Er sah Kevin an, der ihn amüsiert beobachtete. Dann ließ er seinen Blick wieder zu Karen wandern. Sie betrachtete ihn mit leicht gerunzelter Stirn und zusammengekniffenen Lippen. Ihre noch tränenfeuchten Augen schienen Funken zu sprühen. Sie war wütend auf ihn. Jaime war verwirrt. Zu viele Informationen. Zu viele Verflechtungen von Vergangenheit und Gegenwart. Und jetzt das mit seinen Verpflichtungen und seinem spirituellen Schicksal. Er wollte sich nicht mit Karen streiten, er wollte keine Diskussion mehr mit ihr führen, die sie einander entfremdete. Er wollte in Ruhe nachdenken und wechselte das Thema.

»Linda dürfte sich gegenüber den *Wächtern* in einer ziemlich verzweifelten Lage befunden haben.«

»Ja, natürlich«, erwiderte Karen, immer noch gereizt. »Linda ging ein hohes Risiko ein. Einer der Gurus der *Hüter des Tempels* hat sie befragt, warum sie Douglas angezeigt hat. Linda hat dasselbe gesagt wie immer: Sie hatte ihn satt, doch er belästigte sie weiterhin und gebrauchte sogar Gewalt. Douglas befand sich in einer ausweglosen Lage und Linda nutzte das.« Karens Stirn glättete sich und ihre Augen funkelten. »Aber die Gewalt und die Belästigungen waren nicht erfunden. Der Guru tadelte sie unerbittlich, weil sie sich nicht an ihn gewandt hatte, damit die *Wächter* die Angelegenheit regeln, sondern es gewagt hatte, ein solches Problem auf eigene Faust zu lösen. Er erklärte ihr, sie habe der Sekte großen Schaden zugefügt. Als ob Linda das nicht geahnt hätte! Er befahl ihr, ihre Anklage zu widerrufen, aber sie weigerte sich und erklärte, dass es die einzige Möglichkeit gewesen sei, sich von Douglas zu befreien und dass sie keineswegs die Absicht habe, einen Schritt zurück zu machen. Der Guru sagte ihr, dies sei kein Rat, sondern ein offizieller Befehl der *Wächter*, und Linda erwiderte, unter diesen Umständen sollten er und seine verdammte Sekte zur Hölle fahren.« Karen schwieg und fügte dann hinzu: »Immerhin kommen sie ja aus der Hölle.«

»Ich möchte meine früheren Bemerkungen über Linda zurücknehmen«, erklärte Jaime und bedachte Karen mit einem spöttischen Blick. »Vielleicht ist sie, wie ich früher sagte, eine Meisterin im Kamasutra, eine Verführerin und eine Mata Hari, aber sie ist eine sehr beachtliche Frau, und das respektiere ich.«

Kevin lachte, und Karen schenkte Jaime ein scheues Lächeln, als wisse sie nicht, ob sie weiter gekränkt sein oder ihm einen Kuss geben solle.

Jaime wünschte sich von ganzem Herzen das Letztere.

MONTAG

50

Zwischen Musik und Werbung informierte das Radio über die großen Staus und die Ausweichmöglichkeiten im Autobahnnetz um Los Angeles. Der Verkehr an diesem regnerischen Morgen war mörderisch, doch Jaime, der wie so oft über den Ventura Freeway fuhr, fühlte sich wohl.

Karen hatte ihm seine Vorwürfe vom Samstag gegen sie und ihre Freundin Linda nicht nachgetragen. Sie hatten den Rest des Wochenendes mit viel Reden, mit Liebe, Segeln und gutem Essen verbracht. Am Sonntagnachmittag wurde das Wetter schlecht, aber Jaime merkte es nicht. In seinem Innern schien die Sonne.

Allmählich gelang es ihm, die Fülle von Informationen und Emotionen vom Samstag zu ordnen. Alles ging sehr schnell. Zu schnell. Aber die Gespräche mit Karen halfen ihm, die Ereignisse zu verstehen und sich zu beruhigen.

Der Verkehr stockte, und keine halbe Minute später stand er im Stau. Gewöhnlich ärgerte er sich über all die Idioten, die solche Staus verursachten, und über das Radio, weil es nicht rechtzeitig davor warnte. Nur heute nicht. Er hatte sich in eine wunderbare Frau verliebt. Und sie sich in ihn. Noch eine Woche zuvor hatte er über sein langweiliges Leben ohne Liebe und Sinn geklagt, als sei er lediglich dazu bestimmt, seinen Lebensunterhalt zu verdienen. Jetzt hatte er eine leidenschaftliche Affäre, die obendrein eine epische Vergangenheit mit einer Gegenwart voller Fragen und Ungewissheiten vermischte.

Und vielleicht bekam er zum ersten Mal in seinem Leben die Gelegenheit, für seine alten Ideale zu kämpfen: für die Freiheit. Aber mehr als alles andere machte Karen ihn glücklich. Er hielt sich für einen Glückspilz.

Polizeiautos überholten ihn mit hoher Geschwindigkeit auf dem nicht ungefährlichen Seitenstreifen, und ihre leuchtenden Scheinwerfer wirkten im grauen Morgenlicht unheimlich.

Sein Blick traf auf den Blick eines Mannes mit kupferfarbenem Teint und Basecap am Steuer eines alten Pick-up, der neben ihm stand. Jaime lächelte ihm freundlich zu und machte eine resignierende Geste. Der andere betrachtete ihn verblüfft, reagierte mit einem leichten Kopfnicken und schaute wieder nach vorn. Jaime sagte sich, dass er gegen seine Gewohnheit viel zu liebenswürdig war. Am liebsten hätte er dem Mann zugerufen, dass er sehr glücklich sei, und das war alles.

Etwa zweihundert Meter weiter vorn landete ein Hubschrauber neben der Fahrbahn mit den stehenden Autos. Es gab einen schrecklichen Unfall mit Schwerverletzten.

Jaimes Gedanken kehrten zu Karen zurück. Mit seinen fast vierzig Jahren war er wie ein Primaner in sie verliebt. Er hoffte nur, dass er es nicht bereuen würde.

Liebe macht blind, heißt das Sprichwort, dachte er. Aber so blind war er nun auch wieder nicht, um mit seinem derzeitigen Wissen anzunehmen, seine erste Begegnung mit Karen in der Hamburgerbude sei Zufall gewesen.

Er war eine Figur, vielleicht eine wichtige, in dem Schach, das die Katharer gegen die *Hüter des Tempels* spielten. Aber war seine Rolle in diesem Spiel das Einzige, was Karen von ihm wollte, oder liebte sie ihn wirklich? Vielleicht wollte sie ihn nur für ihre Zwecke benutzen, wie Linda es mit Douglas getan hatte?

Der Teufel soll sie holen, dachte er. Die bösen Gedanken kehrten wie ein Mückenschwarm zu ihm zurück: Wenn Karen sich nur für mich interessiert, weil sie ihre Partie gegen die *Wächter* gewinnen will, was wird dann aus mir, wenn das Spiel zu Ende ist? Jaime schüttelte den Kopf, als wolle er diese Frage verscheuchen.

Na schön, sagte er sich schließlich, das Leben ist kurz und das Glück ein Vogel, der von Baum zu Baum fliegt. Heute ist es in meinem Garten in Gestalt einer wunderbaren Frau gelandet, vielleicht der Gefährtin, nach der ich mein Leben lang gesucht habe. Ich muss dieses Glück in vollen Zügen auskosten. Das Spiel kann sehr lange dauern, vielleicht dauert das Schachspiel ein ganzes Leben lang, und so lange will ich es auch genießen.

51

Jaime kam mit fast einer Stunde Verspätung ins Büro, was seine gute Laune jedoch nicht trübte.

»Haben wir heute Morgen verschlafen?«, erkundigte sich Laura, als sie sah, wie er mit Riesenschritten über den Flur eilte.

»Der Verkehr, Laura, die verdammte Autobahn.«

»Ich hätte gewettet, dass dein ausschweifendes Leben als Geschiedener schuld ist«, bemerkte sie augenzwinkernd.

»Es ist nicht meine Schuld, *sie* hat mich im Stich gelassen.«

»Nicht alle Frauen sind so geduldig wie deine Sekretärin. Willst du die Neuigkeiten vor oder nach dem Kaffee?«

»Sofort, was gibt's denn?«

»Der große Häuptling White hat zweimal angerufen und nach dir gefragt. Er will dich sehen.«

»Zur Hölle mit ihm! Gibt es für Chefs keine Staus?«

»Das hängt von verschiedenen Dingen ab. Für deinen Chef nicht, für den meinen schon.«

»Sehr witzig«, murmelte Jaime und ging in sein Büro.

Er hing sein Jackett auf und wählte Whites Nummer.

»White.« Die Stimme kam fast sofort.

»Guten Morgen, Charly. Laura hat mir gesagt, dass du mich sprechen willst.«

»Guten Morgen. Ich habe Besuch und ich brauche dich. Kannst du bitte herunterkommen?« Seine Stimme klang rau, irgendwas war passiert.

»Natürlich, ich komme sofort.« Dann drückte er den Knopf, um die Verbindung zu trennen. Scheiße! Wirklich ein toller Wochenanfang. Eine eilige Besprechung, ohne dass ich die Zeit habe, mich an den Schreibtisch zu setzen.

Laura tauchte mit dem Kaffee in der Hand in der Tür auf.

»Tut mir leid, Laura, aber ich kann jetzt nicht Kaffee trinken. White hat Besuch und erwartet mich.«

»Und was mache ich mit dem Kaffee?«

»Trink ihn selber.«

»Ich habe schon Kaffee getrunken.«

»Dann trink eben noch einen. Bis später!«

»Mister Berenguer, stellvertretender Geschäftsführer Controlling«, stellte White ihn mit ernstem Gesicht vor. »Jaime, das ist Inspektor Ramsey und das ist Special Agent Beck vom FBI.«

Er streckte einem etwa fünfzig Jahre alten Afroamerikaner und einem Mann mit kantigem Gesicht und blauen Augen die Hand hin.

»Inspektor Ramsey ermittelt zum Mord an Kurth, und Agent Beck arbeitet mit ihm zusammen. Bitte, setz dich.«

»Mister Berenguer, Linda Americo arbeitet in Ihrer Abteilung, nicht wahr?«, fragte Ramsey ohne Umschweife.

»Ja, sie leitet die Rechnungsprüfung«, erwiderte Jaime befremdet, »aber sie arbeitet nicht mit mir zusammen, sondern mit Daniel Douglas, und seit er die Firma verlassen hat, untersteht sie Mister White. Worum geht es?«

»Mister Berenguer«, ergriff Ramsey erneut das Wort, »es ist etwas Tragisches passiert, das mit der Ermordung des Präsidenten der Eagle-Studios in Zusammenhang stehen könnte. Wir wären Ihnen dankbar für jede Information, die Sie uns geben könnten.«

»Was ist passiert?«

»Linda Americo wurde Freitagnacht in ihrem Hotel in Miami ermordet.«

»Wie bitte?« Jaime hatte das Gefühl, als habe man ihm mit der Faust in die Magengrube geschlagen.

»Wir wollen, dass Sie uns alles sagen, was Sie im Zusammenhang mit ihr wissen, was Sie gehört oder beobachtet haben und was uns Aufschluss über mögliche Motive oder Feinde geben könnte«, fuhr Ramsey fort. »Etwas Ungewöhnliches? Gerüchte im Büro über ihr Privatleben?«

»Wie hat man sie ermordet?« Jaime begann zu verstehen. Der wunderbare Montagmorgen wurde plötzlich grau und düster, und die Gespräche vom Samstag waren keine hübsche Geschichte von Rittern, Prinzessinnen und Feen mehr. Es ging jetzt um eine reale Bedrohung.

»Die Art, in der es geschah, wird noch untersucht, und wir können Ihnen keine weiteren Details mitteilen«, erwiderte Beck knapp. »Erinnern Sie sich an irgendeine wichtige Information über Miss Americo?«

»Nein. Nichts, was nicht allgemein bekannt ist oder was Sie nicht bereits wissen. Vor ein paar Wochen sorgte Linda für einen Skandal, weil sie ihren Chef Daniel Douglas der sexuellen Nötigung bezichtigte und er daraufhin entlassen wurde.«

»Glauben Sie, das könnte mit dem Mord in Zusammenhang stehen?«, wollte Ramsey wissen.

»Ich weiß nicht«, erwiderte Jaime vorsichtig.

»Mister Berenguer«, mischte sich der FBI-Agent ein, »Miss Americo gehörte vermutlich einer Sekte oder einer speziellen religiösen Gruppe an. Was wissen Sie darüber?«

»Ich hatte wenig Kontakt mit Linda, er beschränkte sich ausschließlich auf berufliche Dinge, wir haben nur belanglose Worte gewechselt und uns nie über Religion oder Politik unterhalten. Hat denn die Religion mit ihrem Tod zu tun?«

»Nicht auszuschließen«, erwiderte Beck. »Wir sind dabei, diesen Aspekt sowie einige andere zu untersuchen. Haben Sie gehört, dass sie oder sonst jemand eine Bemerkung machte, die darauf hindeutete, dass Miss Americo einen ungewöhnlichen Glauben oder eine besondere religiöse Einstellung hatte?«

»Wie ich schon sagte, wir hatten wenig miteinander zu tun, und wenn, dann nur oberflächlich. Ich kann mich an nichts Besonderes erinnern.« Jaime versuchte, möglichst unbefangen zu lügen.

»Kennen Sie jemanden, mit dem Miss Americo außerhalb der Firma Kontakt hatte?«, fragte Beck weiter. »Jemand aus dem Büro oder außerhalb, jemand, der sie in der Firma angerufen oder gelegentlich abgeholt hat?«

»Nein. Ich weiß nichts über ihr Privatleben.«

Eine Weile herrschte Schweigen. Beck hatte wohl genug Fragen gestellt und warf Ramsey einen Blick zu.

»Gut, danke für Ihre Hilfe, Mister Berenguer. Sollte Ihnen noch etwas einfallen, dann setzen Sie sich bitte mit uns in Verbindung.«

Ramsey reichte Jaime eine Visitenkarte, und Beck tat dasselbe. Jaime gab ihnen seine.

»Danke, Jaime«, sagte White zu ihm. »Die Inspektoren Ramsey und Beck werden im Laufe des Vormittags die Personen in deinem Büro über die arme Linda befragen. Ich bin sicher, du hilfst ihnen so gut du kannst und sorgst dafür, dass deine gesamte Abteilung die Ermittlungen unterstützt. Am späten Vormittag wird ein offizieller Bericht über das Verbrechen veröffentlicht. Bitte, sprich vorher mit niemandem darüber.«

»Natürlich nicht.« Jaime erhob sich und verabschiedete sich von den Polizisten. »Wenn ich Ihnen sonst irgendwie helfen kann, wissen Sie ja, wo Sie mich finden.«

»Danke«, erwiderte Ramsey. »Ich bin davon überzeugt, dass wir uns erneut an Sie wenden müssen.«

Als Jaime in sein Büro zurückkehrte, stand der Kaffee auf seinem Glastisch; er war jetzt kalt und ungenießbar. Er schüttete ihn in die Töpfe der kleinen Zierbäumchen am Ende des Raums. Es wurde kalt.

Jaime trat ans Fenster. Es regnete in Strömen. Die Berge im Hintergrund waren nicht mehr zu sehen, und die Palmen neigten ihre großen Blätter unter der Last des Regens.

Es müssen die *Hüter des Tempels* gewesen sein, dachte er. Der Zusammenhang von Ursache und Folge ist zu offensichtlich, als dass es sich um ein Verbrechen handeln könnte, das nichts mit ihnen zu tun hätte. Er dachte an White, seinen Chef, der vermutlich zumindest Mitwisser war. Es fiel ihm schwer, White mit der geheimen Sekte in Verbindung zu bringen, doch die Katharer wussten, dass er ein *Wächter* war. Wenn das zutraf, dann hatte sich dieser Schurke vor den Polizisten gerade sehr geschickt verstellt. Natürlich musste er ebenfalls lügen.

Jaime spürte die Gefahr fast körperlich, sogar in seinem eigenen Büro. Sie schnurrte wie ein großer unsichtbarer Kater, den man streicheln konnte. Statt sich einschüchtern zu lassen, spürte er Erregung. Er wollte in irgendeiner Form dagegen angehen, und zwar sofort. Ein Atavismus seiner Vergangenheit als edler

Ritter mit Ross und Schwert? Plötzlich überkam ihn Angst. Nicht um sich, sondern um Karen. Ein weiteres Verbrechen drohte sehr real und konnte ziemlich schnell begangen werden.

Er griff nach dem Telefon. Beim zweiten Klingeln hörte er ihre Stimme.

»Karen Jansen.«

»Karen …« Die Verbindung wurde unterbrochen. Was war geschehen? Er rief sie noch mal an.

»Karen Jansen.« Erneut hörte er die geliebte Stimme.

»Ka…« Erneut wurde die Verbindung getrennt, sie wollte wohl nicht mit ihm am Telefon reden.

Jaime grübelte, den Hörer immer noch in der Hand. Er war überzeugt, dass sie seine Stimme erkannt hatte. Sie hatte gute Gründe aufzulegen. Was war geschehen?

Es regnete immer noch stark, wenn auch weniger heftig, und in der Kälte und in der Aufregung erhob sich Jaime vom Tisch und ging mit langen Schritten in seinem Büro auf und ab. Dann nahm er wieder Platz und versuchte, sich auf die Arbeit zu konzentrieren. Ein schwieriges Unterfangen. Die Sekunden verstrichen langsam, die Minuten schienen endlos. Er musste Karen sehen, aber wie sehr er auch an sie dachte, er fand keine Möglichkeit, die sicher genug war, sich mit ihr in Verbindung zu setzen. Die hauseigenen E-Mails? Sie waren nicht sicher, weil sie über eine Kontrollzentrale gingen. Verdammt, er konnte es nicht ertragen. Wenn ihm nicht bald etwas Geniales einfiel, würde er am Ende höchstpersönlich in ihr Büro platzen.

Am späten Vormittag brachte Laura die Post. Darunter war ein großes weißes Kuvert. Sein Name war mit Maschine geschrieben, und auf dem Umschlag stand: »Persönlich und vertraulich. Darf nur vom Adressaten geöffnet werden.« Es war mit Tesafilm zugeklebt. Jaime öffnete es sofort.

Es enthielt lediglich ein weißes Blatt Papier mit wenigen Worten, offensichtlich ein Computerausdruck. »Griechische Hamburgerbude um halb acht.« Ohne Unterschrift, aber es gab keinen Zweifel.

Der Tag nahm doch noch eine positive Wendung, und schließlich tat der Regen den trockenen Stauseen in der Umgebung von Los Angeles gut.

52

Um sieben Uhr zweiundvierzig atmete Jaime erleichtert auf, als sie das Lokal betrat und ihren Schirm schüttelte. Sie wirkte sehr ernst und verbarg ihre geröteten Augen hinter einer Sonnenbrille, die nicht zum Wetter, zur Tageszeit und zu ihrem Regenmantel passte. Trotzdem war sie schön. Sehr schön sogar.

Als Jaime aufstand, um sie zu küssen, wurde er diskret abgewehrt. Er insistierte nicht.

»Hallo Karen.«

»Hallo Jaime.« Ihr Lächeln war traurig.

»Das mit Linda tut mir sehr leid.«

»Danke.« Karens Augen füllten sich mit Tränen, und Jaime verspürte den Wunsch, nach ihrer Hand zu greifen, aber er hielt sich zurück.

»Wann hast du es erfahren?«, fragte er.

»Als ich ins Büro kam, hat es mir einer unserer Freunde erzählt.«

»Und woher hat dieser *Freund* es erfahren?«

»Er wusste es. Verzeih, dass ich dir weder sage, wer es ist, noch woher er es wusste, aber wenn wir früher schon vorsichtig waren, dann müssen wir jetzt noch vorsichtiger sein. Es gibt Gruppen von Gläubigen, die parallel wirken, sich aber untereinander nicht kennen. Zum Beispiel wissen nur fünf unserer Brüder, dass du einer von uns bist. Linda wusste es nicht, und deshalb bist du nicht in Gefahr. Es tut mir leid, wenn du das übertrieben findest, aber wir sind Jahrhunderte lang von der Inquisition verfolgt worden, und sogar die Besten reden unter der Folter.«

»Willst du damit sagen, dass Linda …?«

»Ja, Linda wurde brutal gefoltert und vergewaltigt. Wir nehmen an, von mindestens zwei Männern, in ihrem Hotelzimmer in Miami. Ihr Körper wies unzählige Brandwunden von Zigaretten, vor allem an den empfindlichsten Hautstellen der Brust und der Vagina auf. Unzählige Messerschnitte, einige sehr tief, im Gesicht und am Körper, bildeten geometrische Muster. Ein Blutbad. Sie muss buchstäblich verblutet sein.« Eine Träne rollte über ihre Wange. Dann noch eine. Karen holte ein Taschentuch aus ihrer Handtasche und trocknete sorgsam die Tränen, um ihr Make-up nicht zu verwischen. »Ich bin davon überzeugt, dass ihre Peiniger zu den *Hütern des Tempels* gehören und dass sie ihnen etwas erzählt hat, vielleicht nur, um bald sterben zu dürfen.«

»Warum bist du so sicher, dass sie es waren?«

»Es ist ungewöhnlich, dass ein Verbrechen dieser Art an einem derartigen Ort geschieht, trotz der Sicherheitsvorkehrungen des Hotels. Noch seltsamer ist, dass die Verbrecher sich nicht damit begnügten, zu stehlen, zu vergewaltigen und zu töten. Linda wurde stundenlang gefoltert. Der Zweck ihrer Ermordung war, Informationen zu erhalten, aber sie tarnten es als Raub und Vergewaltigung mit satanischen Nuancen, um realistischer zu wirken. Linda war kein beliebiges Opfer, sie wurde sorgfältig ausgewählt. Jaime, es waren die *Wächter*. Sie waren es ganz bestimmt.«

»Weshalb vermutest du, dass Linda geredet hat?«

»Die Mörder haben den Tresor im Zimmer geöffnet und sich

Zugang zu ihrem Notebook verschafft; sie muss ihnen das Passwort verraten haben.«

»Aber Karen, du vermutest, dass sie Zugang zu Lindas Notebook hatten. Wenn sie keine Fingerabdrücke auf der Tastatur hinterlassen haben, ist unklar, ob sie Daten kopiert haben.«

»Natürlich weiß ich es. Linda sammelte eine Unmenge von Informationen. Heikle Informationen über die vielfachen Betrügereien, mit denen die *Wächter* Geld aus dem Konzern herausholen und Aktien der Davis Corporation kaufen, auch über Aktivitäten der Gruppe, über ihre innere Struktur, über Namen und Projekte. Ihr Ex-Geliebter spielte eine wichtige Rolle in der Sekte, und er sprach gern darüber, wenn er bei ihr war. Linda hat ihre Informationen auf ganz besondere Weise geschützt, sie schickte uns Originale oder Kopien wichtiger Unterlagen mit einem Boten und wechselte häufig den Kurierdienst. Wenn sie eine Nachricht per E-Mail übermittelte, ließ sie keine Kopie in der Mailbox ihres Rechners. Nicht einmal unsere Telefonnummern hatte sie gespeichert. Per Hand markierte sie verschickte Mails und löschte sie sofort wieder. Das Einzige, was sie ihrem Computer entnehmen konnten, waren Daten und Informationen über ihre Arbeit als Rechnungsprüferin für den Konzern. Außerdem hatte sie eine spezielle Sicherheitsvorkehrung getroffen, die aus einem doppelten Passwort bestand. Benutzte man den ersten Teil des Passworts, bekam man Zugang zu den Programmen ihres Computers. Wenn man aber den zweiten Teil nicht benutzt, wird ein Alarmsystem aktiviert, das übers Internet eine Nachricht verschickt und uns warnt, dass jemand in Lindas Rechner eingedrungen ist. Sobald diese Nachricht aktiviert wird, löscht sich dieses kleine Programm selbst. Da die Mörder das Notebook öffneten, als es mit der Telefonleitung verbunden war, wurde die Alarmbotschaft noch Freitagnacht verschickt.«

»Wann hast du sie gelesen?«

»Ich habe sie noch nicht gelesen. Wir haben das Wochenende gemeinsam verbracht und das Leben genossen, und ich habe nicht in meinen Rechner geschaut. Lindas letzte Nachricht erwartet mich, wenn ich nach Hause komme.«

»Und jetzt bist du ebenfalls in Gefahr.«

»Nicht unmittelbar. Ich bin überzeugt, dass Linda mich mit keiner Silbe erwähnt hat. Sie hat bestimmt andere Namen genannt, aber nicht den ihrer besten Freundin und nicht den Standort von Montségur. Die *Wächter* wissen jetzt, dass es uns gibt und dass wir etwas gegen sie unternehmen werden. Obwohl sie nicht genau wissen, wer wir sind und welche Informationen wir haben, werden sie es ziemlich bald herausfinden.«

»Welche Sicherheitsmaßnahmen sind für dich vorgesehen?«

»Wir müssen ganz normal weiterleben, aber ich muss die Information, die ich zu Hause habe, in Sicherheit bringen. Sprich niemals mit mir im Büro, schon gar nicht am Telefon, es sei denn, es geht um etwas rein Dienstliches. Die Sicherheit des Gebäudes wird über Moore von ihnen kontrolliert, und sie können sogar die Telefone anzapfen. Möglicherweise bringen sie mich bald mit Linda in Zusammenhang, weil wir viele Jahre befreundet waren und erst vor kurzem unsere Freundschaft zu verbergen begannen. Jim, ich fürchte, dass wir für eine lange Zeit kein so wunderbares Wochenende mehr verbringen werden wie das letzte.« Karen betrachtete ihn wehmütig über ihre Sonnenbrille hinweg von der anderen Seite des Tisches. Dann fügte sie hinzu: »Ohne Linda ist deine Position im Konzern jetzt sehr wichtig, wir Katharer brauchen dich, wir dürfen dich nicht verlieren. Und wenn die *Wächter* mich mit Linda in Verbindung bringen und dann mit dir, ist unser Leben nichts mehr wert.«

Jaime spürte, wie seine Welt zusammenbrach. Nicht wegen der Gefahr, die ihn im Augenblick eher erregte, sondern weil er auf

Karen verzichten musste. Er konnte ohne sie nicht leben. Er nahm ihre Hand und drückte sie.

»Karen, nachdem wir uns in dieser äußerst gefährlichen Lage befinden, dürfen wir uns nicht verstecken und warten, bis sie uns finden. Wir müssen etwas unternehmen. Lass uns Lindas Informationen an Davis übergeben. Wenn wir die *Wächter* überführen, können sie uns nichts mehr anhaben. Erstens ist ihr Plan, die Davis Corporation zu beherrschen, dann vereitelt, und es lohnt sich für sie nicht mehr, weitere Risiken einzugehen, und zweitens sind sie die Hauptverdächtigen, wenn uns etwas zustößt.«

»Ja, das ist der Plan. Aber wir können ihn nicht sofort ausführen, weil das gesammelte Material zu umfangreich ist und ohne Linda sich alles verzögert. Wir müssen Beweise vorbereiten und für das Treffen mit Davis die wichtigste Information auswählen. Wir müssen ihn beim ersten Mal davon überzeugen, dass es ein Komplott gegen ihn gibt. Davis gibt niemandem eine zweite Chance. Das wird deine Aufgabe sein. Dann wird Davis höchstpersönlich dir helfen, die in das Komplott verwickelten Personen zu überführen.«

»Das Problem ist die Zeit.« Jaime fand den Plan vernünftig. »Die *Wächter* könnten Beweise vernichten, Zeugen töten oder mehr über unser Gruppe herausfinden und uns angreifen. Karen, wir müssen alles so schnell wie möglich in Angriff nehmen. Was ist der nächste Schritt?«

»Wir treffen uns morgen in Montségur. Wir besprechen unseren Aktionsplan, und du wirst die Unterlagen sehen, die Linda für uns beschafft hat.«

»Sehr gut. Je früher, desto besser. Und da es nicht so aussieht, als würdest du mich zu dir einladen, sollten wir lieber hier etwas essen. Ich lade dich ein. Worauf hast du Appetit?«

»Auf gar nichts.«

»Du musst aber etwas essen.«

»Nein, ich kann nichts essen.«

»Ich bestehe darauf.«

Jaime ging zur Theke. Die Vorstellung, etwas zu tun, belebte ihn. Er bestellte zwei Hamburger, Salate, Pommes, ein paar Zwiebelringe und Bier. Der Duft des gewürzten Fleisches weckte seinen Appetit.

Als er zurückkam, blickte Karen durch die großen Fenster in die regennasse Dunkelheit hinaus. Er stellte das Tablett auf den Tisch.

»Der sensationellste, köstlichste griechische Hamburger für meine Herzensdame«, rief er im Ton eines Jahrmarktverkäufers.

»Die Geschichte wiederholt sich«, sagte Karen ohne den Blick zu wenden.

»Wie meinst du das?«

»Lindas Ermordung war die Version des 21. Jahrhunderts für ihren Tod vor achthundert Jahren. Erinnerst du dich, was wir dir erzählt haben? Sie haben sie erst vergewaltigt und dann auf dem Scheiterhaufen verbrannt. Jetzt haben sie die Glut der Zigaretten benutzt.«

»Karen, quäl dich nicht. Versuch, das Ganze für ein paar Minuten zu vergessen. Ich schwöre dir, dass sie teuer dafür bezahlen werden.«

»Wir Katharer schwören nicht. Das ist bei uns verboten«, warnte ihn Karen. »Merkst du es denn nicht? Die Geschichte beginnt sich zu wiederholen. Was machen wir falsch? Was haben wir aus der Vergangenheit gelernt?«

»Es ist mir egal, ob wir schwören oder nicht.« Jaime nahm Karens kalte Hände in seine und versuchte, seine Wärme auf sie zu übertragen. Sie sah ihm in die Augen. Er konnte sie durch die Sonnenbrille hindurch ahnen.

»Karen, wir werden sie zur Strecke bringen, und sie werden für dieses Verbrechen teuer bezahlen. Wir werden siegen, wir werden sie vernichten. Das schwöre ich dir.«

DIENSTAG

53

Ich habe mich geirrt, dachte Karen, als sie mit einem Wachmann des Hauses allein im Aufzug stand. Eigentlich hätte er eine Etage früher mit den anderen aussteigen müssen. Sie biss sich auf die Unterlippe, weil sie spürte, wie ihr Puls schneller schlug, und sah den Mann an. Er erwiderte ihren Blick und nickte. Karen reagierte mit einem verkrampften Gruß. Er war ein Riese von etwa 28 Jahren und trug das Haar so kurz geschnitten wie die Marines.

Als die Tür aufging, wartete der Mann, dass sie als Erste ausstieg. Schnellen Schrittes eilte sie zu ihrem Auto. Sie hörte, wie ihre Absätze auf dem Boden des Parkhauses klapperten und spürte den Blick des Mannes in ihrem Rücken.

Karen entdeckte keine Menschenseele weit und breit. Am liebsten wäre sie gerannt, doch ihr Stolz verbot es ihr. Sie war immer schon ein wenig hochmütig gewesen und hoffte, dass sie es jetzt nicht bereuen musste. Sie vernahm die Schritte des Mannes hinter sich. Sie lief schneller. Der Wagen war noch etwa dreißig Meter entfernt, und wenn sie beide rannten, würde sie es nicht vor ihm schaffen. Der Mann war nicht mehr weit hinter ihr und beschleunigte ebenfalls seine Schritte. Ihr Herzschlag erschien ihr lauter als ihre Absätze auf dem Boden. Der Mann war nur noch wenige Meter entfernt.

Natürlich war der Wachmann viel stärker und besser vorbereitet, doch Karen hatte Selbstverteidigung gelernt und wusste: jetzt oder nie. Sie drehte sich herum und benutzte ihre Aktentasche als Schild. Nur einen Meter vor ihr blieb der Riese stehen und grinste sie dümmlich an.

»Entschuldigen Sie, Miss, ich wollte Sie nicht belästigen«, sagte er langsam, »ich wollte Sie nur darauf aufmerksam machen, dass ein Schloss Ihres Aktenkoffers offen ist und dass etwas herausfallen könnte.« Karen sah auf ihren Aktenkoffer, tatsächlich, eines der Schlösser stand offen.

»Ach danke«, sagte sie, »sehr aufmerksam von Ihnen.« Und ihre Anspannung ließ nach.

»Gern geschehen, Miss«, erwiderte der Mann mit breitem Grinsen.

»Auf Wiedersehen«, sagte Karen, die damit die Unterhaltung beenden wollte, aber den Aktenkoffer immer noch wie ein Schild vor sich hielt.

»Auf Wiedersehen«, sagte der Mann, machte auf dem Absatz kehrt und ging in die Gegenrichtung davon.

Karen hielt immer noch die Aktenmappe umklammert, spürte aber, wie ihr Blut langsam wieder normal zirkulierte. Nachdem der Mann ein paar Schritte gegangen war, wandte er den Kopf nach ihr um, ohne stehen zu bleiben. Sie ging rasch weiter und kramte mit zitternden Fingern in ihrer Handtasche nach ihren Schlüsseln. Endlich saß sie in ihrem Auto. Sie legte ihre Sachen auf den Beifahrersitz und verriegelte das Auto von innen.

Allmählich gewann sie ihre Ruhe zurück. Blöder Kerl! Warum war er ihr so dicht auf den Leib gerückt? Sie musste sich beruhigen. Linda hatte sie ganz bestimmt nicht verraten, nicht einmal unter der Folter.

Das Spiel hatte sich gewandelt. Und zwar sehr. Die *Hüter des Tempels* auszuspionieren und die Strategie vorzubereiten, sie aus dem Konzern zu vertreiben, war aufregend und sogar vergnüglich, aber selbst Beute und Objekt ihrer Brutalität zu sein, war etwas ganz anderes. Karen spürte ihre Anspannung. Aber es gab keinen Weg zurück; sie würde beenden, was sie angefangen hatte. Sie würde es der alten Zeiten wegen tun, der Zukunft und der künftigen Menschen zuliebe, ihrer lieben Freundin Linda und ihres eigenen Stolzes wegen.

54

Karen stellte ihren Wagen ungefähr zwanzig Meter von dem Eingang zur Mall ab. Anscheinend folgte ihr niemand, aber sie nahm sich ein paar Minuten Zeit, die ankommenden Autos zu beobachten.

Alles war in Ordnung. Sie betrat das Einkaufszentrum durch Bloomingdale's und mischte sich unter die vielen Menschen, die sich hier drängten. Sie richtete ihre Schritte zur Hauptpassage der Mall und schlängelte sich an den Menschen und Auslagen vorbei. Im Schaufenster eines Modegeschäfts konnte sie ihr Spiegelbild erblicken und hinter sich sehen. Sie entdeckte nichts Ungewöhnliches. Dann betrat sie eine Buchhandlung, blätterte in den Neuerscheinungen und beobachtete durchs Schaufenster die Menschen. Alles bestens. Raschen Schrittes ging sie hinaus. Als sie bei Macy's auf der anderen Seite der Mall angelangt war, steuerte sie auf das Parkhaus zu.

Etwa vierzig Meter entfernt sah sie Jaimes Wagen am vereinbarten Ort. Als er sie entdeckte, ließ er den Motor an und startete genau in dem Augenblick, in dem Karen neben ihm saß.

»Hallo«, begrüßte er sie. »Für eine Geheimagentin bist du aber ziemlich hübsch.«

Sie fuhren in die entgegengesetzte Richtung hinaus. Er vergewisserte sich, dass ihnen kein Auto folgte. Ungefähr zwanzig Meter weiter blieb Jaime vor einer roten Ampel stehen. Sie legte ihm die Arme um den Hals und küsste ihn.

»Das Leben einer Geheimagentin ist sehr aufregend«, sagte sie.

Sie nahmen den Ventura Freeway und dann den San Diego. Sie erzählte ihm von ihrem Schrecken im Parkhaus. An der Ausfahrt Sepúlveda Boulevard fuhren sie über die Brücke über die Autobahn, um auf die kurvenreiche Rimerton zu gelangen, die zum Mulholland Drive hinaufführte.

»Heute lernst du den geheimen Eingang von Montségur kennen«, kündigte Karen geheimnisvoll an.

»Wie das? Habt ihr Geheimgänge?«

»Ja, Sir«, erwiderte sie triumphierend, »wie in den echten Burgen.«

Sie fuhren auf der von Bäumen gesäumten Straße weiter durch die regennasse Dunkelheit.

»Vergewissere dich auf diesem Teil der Strecke immer, dass dir niemand folgt.«

»Niemand folgt mir«, versicherte Jaime und blickte durch den Rückspiegel in die Dunkelheit. »Wenn hier jemand hinter uns her ist, dann sind es Fledermäuse. Glaubst du, dass die Sekte Fledermäuse in ihrem Dienst hat?«

»Wenn ja, wären es Vampire«, erwiderte Karen schleppend. »Fahr langsamer«, befahl sie nach wenigen Minuten.

»Ist es dieses Haus?«, vermutete Jaime.

Das stilvolle Gebäude lag zur Linken, fast verborgen hinter dem Zaun und der Vegetation. Der Garten war schwach beleuchtet und hinter einigen Fenstern brannte Licht.

»Ja, fahr langsamer, aber halt nicht an. Achte darauf, ob in der Nähe des Hauses ein Auto parkt, das würde Gefahr bedeuten, denn wir parken immer im Haus. Prüfe auch, ob du jemanden auf dem Seitenstreifen oder zwischen den Bäumen entdeckst.«

Sie sahen kein Auto, und der Seitenstreifen war zu schmal, als dass jemand unbemerkt zwischen den Büschen hätte stehen können. Sie fuhren noch ein paar hundert Meter weiter. An einer Stelle, an der sie weder vom Haus noch von der Umgebung aus gesehen werden konnten, befahl Karen ihm, nach links in eine enge Asphaltstraße abzubiegen. Von allen Seiten hüllte Dunkelheit sie ein, niemand folgte ihnen. Einige Minuten lang fuhren sie ein steiles Gefälle hinunter.

Dann gelangten sie an eine Kreuzung. Als sie erneut nach links auf einen Sandweg abbogen, beleuchteten die Scheinwerfer eine beeindruckende Felswand und einen dichten Wald aus Bäumen und Büschen.

»Park hier zwischen den Bäumen.«

Jaime stellte den Wagen so ab, dass er nur gesehen werden konnte, wenn man den Weg für einige Meter verließ – ein gutes Versteck. Als er die Scheinwerfer ausschaltete, herrschte fast völlige Dunkelheit in der stürmischen Nacht. Jaime legte die Hand auf Karens Knie und flüsterte ihr zu:

»Ich fühle mich sehr verwegen. Hast du schon mal in einem BMW Sex gehabt?«

»Du lüsterner Kubaner«, tadelte sie ihn grinsend, »mehr Respekt vor diesem Ort bitte. Du befindest dich am Fuße von Montségur, dem heiligen Berg der Katharer. Hier versammeln sich die Guten Männer und Frauen. Und sie legen das Keuschheitsgelübde ab.«

»Aber du hast es nicht abgelegt, nicht wahr?«

»Lass den Unsinn. Gehen wir, sie erwarten uns.«

»Na schön«, erklärte sich Jaime in resigniertem Ton einverstanden. »Ich kenne die Ausrede mit den Kopfschmerzen, aber das mit dem heiligen Berg ist auch nicht übel …«

»Folg mir«, befahl Karen, öffnete ihren Koffer und holte eine Taschenlampe heraus.

Sie ging bis an die Felswand und bog in einen Gang zwischen einer Steinwand und einem Wall aus Gestrüpp. Nach wenigen Metern schob sie zur Linken ein paar Büsche zur Seite, und der Schein ihrer Taschenlampe fiel auf einen Steinbogen, der wie der Eingang zu einer Höhle aussah. Eine perfekte Tarnung.

Karen trat entschlossen ein, und als sie drinnen nach etwa drei Metern auf eine Metalltür stießen, suchte sie in der Wand ein kleines, schwach beleuchtetes Zahlendisplay. Sie gab einen Code ein und ein leiser Pfiff zeigte an, dass das Sicherheitssystem deaktiviert wurde. Sie steckte einen Schlüssel ins Schloss und die Tür öffnete sich leise. Sie betraten einen schmalen Gang, an dessen Ende sich eine metallene Wendeltreppe befand.

»Dieser Durchgang ist ein geheimer Eingang und ein Fluchtweg«, erklärte sie ihm leise. »Wegen deiner Rolle in der Gruppe wird Dubois dir heute einen Satz Schlüssel geben und du musst dir die Codes merken. Der erste ist nur für den Eingang, der folgende löst einen Alarm aus, um alle im Haus zu warnen, falls ein ungebetener Gast auftauchen sollte.«

Ohne eine Antwort abzuwarten, stieg sie die Wendeltreppe hinauf. Das Ganze wirkte wie eine riesige Schlucht, und Karen kletterte so schnell hinauf, dass Jaime zurückblieb und im Dunkeln gehen musste. Sie stiegen etwa zehn Meter hinauf und gelangten an einen in den Fels gehauenen Sims, von dem aus verschiedene Tunnel abgingen.

»Der rechts führt zu den Zellen der Guten Menschen und zur Kapelle, die du kennst. Wir gehen zum Hauptteil des Hauses.«

Vielleicht genügte die Erwähnung der Kapelle, damit Jaime plötzlich die Gegenwart jenes Wandteppichs spürte, auf dem die Figuren zum Leben erwachten. Er wollte dorthin zurückkehren, wollte noch einmal die Ritualhöhle betreten.

Doch Karen hatte bereits den anderen Tunnel gewählt. Am Ende stießen sie auf eine weitere Metalltür und ein weiteres Codedisplay. Karen wiederholte den Vorgang und auch diese Tür öffnete sich lautlos.

Sie betraten den größten Raum des Hauses, zu dem sie durch ein Holzpaneel gelangten, das perfekt in die Nordwand passte, sodass dieser Eingang von innen nicht zu sehen war. Das große Zimmer auf zwei Ebenen war modern eingerichtet und gemütlich, mit einem großen Kamin. An der Ost- und Westwand befanden sich große Fenster mit Blick auf den Garten.

Sie erkannten Kevin Kepler und Peter Dubois in dem Teil, in dem das Esszimmer eingerichtet war. Sie standen vor einem mit Papieren überladenen Tisch und unterhielten sich über ein Dokument. Auf dem Tisch stand ein Notebook, ein anderes stand auf einem kleinen Tisch in der Mitte des Zimmers zwischen den Sofas und gegenüber dem Kamin. Karen schloss die Tür hinter sich und sagte:

»Guten Abend, meine Herren.«

Die beiden Männer blickten in ihre Richtung und grüßten sie. Jaime ging auf sie zu, um ihnen die Hand zu geben.

»Sie sind ja sehr beschäftigt. Hier sieht es eher nach einem Rechnungsprüfungsbüro als nach einem religiösen Zentrum aus.«

»Es ist mehr als ein religiöses Zentrum«, gab Kepler zurück, »und es handelt sich leider um ein geheimes Rechnungsprüfungsbüro, das muss sein, denn wenn die *Wächter* wüssten, wo wir sind und was wir tun, würden sie uns ganz schnell aus dem Weg räumen.«

»Lindas Ermordung bedeutet, abgesehen von dem entsetzlichen Verbrechen«, fuhr Dubois fort, »eine große Verzögerung unserer Pläne. Sie kannte jedes Dokument in- und auswendig und war eine erfahrene Rechnungsprüferin.«

Er sah Jaime an. »Deshalb brauchen wir Sie mehr denn je. Bei der Unordnung, die teilweise unter den Dokumenten herrscht, ist es uns unmöglich, endgültige Beweise vorzulegen.«

»Gut, einverstanden, ich helfe Ihnen. Aber ich möchte etwas dafür haben.«

»Und was?«

»Ich muss ständig an König Pedro und sein Dilemma denken, und ich möchte unbedingt erfahren, was geschehen ist. Ich möchte in die Kapelle zurückkehren und in die Vergangenheit eintauchen. Und damit kann ich nicht bis Samstag warten.«

»Einverstanden«, erwiderte Dubois. »Das erscheint mir nachvollziehbar. Aber unter zwei Bedingungen.«

»Und welche?«

»Erstens: Es wird erst morgen sein, heute müssen wir noch viel Arbeit erledigen.« Jaime nickte. »Und zweitens: Sie müssen hier arbeiten und uns helfen, wenn Sie können. Wir dürfen nicht noch mehr Zeit verstreichen lassen. Die *Wächter* wissen, dass etwas geschehen wird, und bemühen sich, Beweise zu vernichten.«

»Abgemacht«, sagte Jaime und besiegelte die Übereinkunft mit einem kräftigen Händedruck.

MITTWOCH

55

»Herein!« Jaimes Antwort auf das Klopfen an der Tür war unnötig, da der Besucher bereits im Zimmer stand.

»Hallo Jaime,« grüßte White mit der Selbstsicherheit eines Chefs.

»Hallo Charly«, erwiderte Jaime liebenswürdig, während er innerlich fluchte. Alles ging viel schneller als er erwartete. Am Abend zuvor waren sie bis weit nach Mitternacht in Montségur geblieben. Er hatte sich verschiedene Punkte notiert, über die er sich zusätzliche Informationen besorgen wollte, um Lindas Arbeit zu vollenden. Es war gar nicht so einfach. Obwohl die Daten im Büro zugänglich waren, handelte es sich doch um Vorgänge, für die weder Jaime noch jemand aus seinem Team verantwortlich waren. Und abgesehen davon, dass nach Douglas' Entlassung niemand die Befugnis hatte, ihm die gewünschten Auskünfte zu erteilen, würden die Mitarbeiter des Controllingbereiches Produktion ihm nur ungern ihr Archiv zur Verfügung stellen.

Zudem war es riskant, da Mitglieder der *Wächter* in den Konzern eingeschleust waren und White sofort informieren würden, wenn er seine Nase in Angelegenheiten steckte, die ihn nichts angingen. Er nahm nicht an, dass sie ihn auf Anhieb mit den Katharern in Zusammenhang bringen würden, aber er käme zumindest auf die Liste der Verdächtigen.

Trotz der Gefahr sah Jaime keine andere Möglichkeit, als die Risiken der Suche nach Informationen auf sich zu nehmen. Er durfte keine Zeit mehr mit Spitzfindigkeiten vergeuden.

Er hatte die zu beschaffenden Dokumente in zwei Kategorien eingeteilt: in wichtige und weniger wichtige. Kaum hatte er sein Büro betreten, suchte er in den Archiven nach den wichtigen Unterlagen und machte Kopien. Mehrere Male musste er Mitarbeiter nach den Papieren fragen, die er suchte.

Wegen der weniger wichtigen Papiere wandte er sich an Laura, die ein sehr gutes Verhältnis zu Douglas' Ex-Sekretärin gepflegt und auf diesem Weg Kopien beschafft hatte.

Scheiße! Und jetzt verlangte White vermutlich Erklärungen von ihm. Wer hatte ihn so schnell informiert? Und Jaime hatte nicht einmal eine vernünftige Ausrede parat.

»Na, wie geht's dir heute Morgen?«, erkundigte sich White und ließ seinen massigen Körper auf einen Stuhl gegenüber von Jaimes Tisch fallen. Mit einer Geste bedeutete er ihm, sich ebenfalls zu setzen.

»Gut«, antwortete Jaime, nahm Platz und stellte seine Kaffeetasse auf den Tisch. Dann deutete er auf verschiedene Papierstapel und wartete ab, dass White etwas sagte. Es würde nicht leicht werden, eine überzeugende Erklärung zu improvisieren.

»Jaime, ich habe die Berichte der externen Rechnungsprüfer in Europa gelesen. Sie haben ein paar besorgniserregende Unregelmäßigkeiten bei den Abrechnungen im Film- und Fernsehvertrieb entdeckt«, erklärte der riesige Mann.

»Ja, ich kenne die Berichte und hab auch ein paar Dinge bemerkt.« Jaime fragte sich, weshalb White um den heißen Brei herumredete, obwohl seine bevorzugte Taktik gewöhnlich der Frontalangriff war. »Allerdings nichts Gravierendes.«

»Da bin ich anderer Meinung. Ich glaube, einige Angelegenheiten, die sie erwähnen, erfordern unser direktes Eingreifen.«

»Charly, externe Rechnungsprüfer haben häufig ähnliche Berichte abgeliefert, und wir haben ihre Empfehlungen immer akzeptiert, wenn die verantwortlichen Führungskräfte keine vernünftigen Einwände vorbringen konnten. Warum sollen wir jetzt eingreifen?«

»Ich glaube, dieses Mal ist es anders, und wir müssen die konfliktträchtigen Punkte mit den europäischen Rechnungsprüfern einzeln durchgehen«, erwiderte White energisch. »Und es ist dringend. Ich möchte, dass du noch heute Nachmittag oder morgen früh nach London fliegst.«

»Charly, ich halte das nicht für angebracht.« Jaime fand, dass sein Einwand wenig überzeugend klang. Er begann zu begreifen, was White vorhatte. Er wollte ihn aus dem Büro fernhalten, um Zeit zu gewinnen und etwas zu manipulieren. »Ich habe hier eine Menge wichtiger Dinge zu erledigen. Und diese Angelegenheit ist nicht wichtig, wir brauchen uns nicht einzumischen.«

»Jaime, ich bin für das gesamte Controlling verantwortlich.« White betonte die Worte sorgfältig und mit verhaltenem Zorn. Seine blauen Augen mit den dunklen Ringen blickten finster. »Ich habe direkte Anweisungen von Davis erhalten, und du erhältst direkte Anweisungen von mir. Ich habe deine Meinung gehört, und du irrst dich. Wenn du die Angelegenheit vor Ort untersucht hast, wirst du es merken. Fliege sofort nach London und führe dort meine Anweisungen aus.«

»Gut, ich finde allerdings, dass du aus einer Mücke einen Elefanten machst.« Jaime spürte, dass es absurd und gefährlich war, sich zu weigern. »Ich fliege nach London, aber ich muss hier wenigstens noch das Wichtigste erledigen. Sobald mir Laura einen Flug gebucht hat, sag ich dir, wann ich fliege.«

»Einverstanden. Aber möglichst schnell, und ich möchte vorher mit dir das Arbeitsprogramm für diese Tage besprechen.«

»Aufgrund der Zeitverschiebung wäre es vernünftig, dass ich am Wochenende fliege. Dann bin ich am Montag bei unserem Team.«

»Ich sagte bereits, dass du morgen fliegen sollst.«

»Gut, ich schau mir den Flugplan an und die Dinge, die zu erledigen sind, und sag dir dann Bescheid.«

»Du kommst um sechzehn Uhr zu mir und bestätigst mir deinen Abflug und deinen Arbeitsplan.«

»Gut, dann bis vier.«

»Bis später«, sagte White und schloss beim Hinausgehen mit unnötiger Heftigkeit die Tür.

Jaime grübelte. Hatte man White bereits informiert, dass er nach Dokumenten suchte? Nein, dann hätte er es erwähnt. Am wahrscheinlichsten war, dass er ihn einfach für ein paar Tage loswerden wollte, um ungestört Beweise zu vernichten. Und ihm blieb nichts anderes übrig als zu gehorchen. Es war ein verdammtes Missgeschick, weil es dringend erforderlich war, dass er alles vorbereitete und Davis die Beweise präsentierte. Sie würden mindestens eine Woche verlieren. Und so, wie die Dinge sich entwickelten, konnte eine Woche eine Ewigkeit sein.

Doch er würde nicht vor Samstag abreisen. Zum Teufel mit White!

Als er in Montségur eintraf, arbeiteten alle bereits auf Hochtouren. Karen stellte ihm Tim, einen vertrauenswürdigen Mitbruder vor, der ihnen half, den Bericht vorzubereiten. Jaime erinnerte sich an Tim; er hatte ihn im Nationalpark unter den Mammutbäumen kennen gelernt, und Tim war ihm sympathisch.

Jaime informierte die anderen über seine Europareise. Alle waren sich einig, dass es kein gutes Zeichen war. Obwohl sich die Gruppe abrackerte und rund um die Uhr arbeitete, würde sich durch Jaimes Abwesenheit der Bericht für Davis um mindestens fünf Tage verzögern.

Am Ende dieses Gesprächs fragte ihn Dubois: »Wollen Sie heute in die Vergangenheit reisen?«

56

Auf wessen Seite stand der wahre Gott, auf der Seite des Papstes oder der Katharer?

Miguel und Hug hatten ihre Debatte über das richtige Vorgehen gegen die Kreuzritter beendet und verließen das Zelt. Hug begab sich mit Erlaubnis des Königs auf die Suche nach dem Spielmann Huggonet, der eine Botschaft für Jaime hatte.

Jaime blieb nachdenklich sitzen, während Fátima ihm einen neuen Tee einschenkte. Er wog die Argumente ab und prüfte Hugs und Miguels Logik. Gefühlsmäßig stand er auf Hugs Seite.

Die Nachrichten aus Okzitanien empörten ihn. Er musste seinen Vasallen beistehen und das geraubte Land zurückerobern.

Sein einstiger Feind Ramón VI., Graf von Toulouse, bot ihm den Treueid an und folgte damit dem Beispiel der übrigen okzitanischen Adeligen. Wenn Jaime den Treueid annahm, verpflichtete er sich auch, den Grafen zu unterstützen. Ramón war zudem mit Jaimes Schwester verheiratet, was ihn ebenfalls verpflichtete.

Jaimes Verstand sprach jedoch für Miguels Haltung. Als Vasall des Papstes, wie sein Beiname Der Katholische bewies, musste er den Anordnungen des Papstes Folge leisten. Es war höchst gefährlich, sich Innozenz III. zum Feind zu machen, weil er die Macht hatte, ihn zu exkommunizieren.

Aber verdienten die Katharer diese grausame Verfolgung seitens der katholischen Kirche und der Ritter aus dem Norden?

Jaime glaubte es nicht. Sicher, die Guten Menschen der Katharer kritisierten die katholischen Dogmen heftig. Sicher, sie warfen der römischen Kirche vor, übergroße Macht und zu viele Ländereien zu besitzen. Stimmte das etwa nicht? Warum sollten die Katharer verfolgt und ausgerottet werden? Weil sie eine andere Meinung hatten? Gott schuf den Geist zum Denken und gab dem Menschen die Freiheit, es zu tun. Vielleicht zu viel. Oder war der Teufel der Schöpfer des Denkens?

Doch auf welcher Seite stand der Teufel? Nach Meinung der Katharer stand der Teufel auf der Seite des bösen Gottes, dem Gott des Hasses und der Verderbnis, dem Gott des Alten Testaments, dem Gott des AUGE-UM-AUGE.

Die Katharer standen auf der Seite des Guten Gottes und des unbestechlichen Geistes und der Seele, des Gottes des Johannesevangeliums, des Gottes der LIEBE.

Aber Innozenz III. betete nach Meinung der Katharer zum bösen Gott.

Auf welcher Seite wäre dann der wahre Gott?

Fátima schenkte ihm mit anmutigen Bewegungen noch einen Tee ein. Ihre vollen Lippen öffneten sich verheißungsvoll, und ihre pechschwarze Haut verströmte einen intensiven Geruch nach Jasmin. Seit der Schlacht in den Ebenen von Toulouse war sie gemeinsam mit ihren Gefährtinnen ein Teil der Beute und hatte jede Nacht mit Jaime verbracht.

Die im Harem aufgewachsenen Frauen waren in ihren Liebeskünsten den christlichen Frauen zweifellos weit überlegen. Sie konnten zärtlich sein, wenn es angebracht war, und leidenschaftlich, wenn Leidenschaft gewünscht wurde. Und Jaime hatte Fátima lieb gewonnen.

Nachdem sie den Tee serviert hatte, setzte sie sich neben ihn und küsste zart seinen Hals. Er genoss dieses Wohlgefühl und fasste sie um die Taille. Die Wärme der Frau, die sich an ihn schmiegte, erregte ihn.

Doch er konnte die Berührung nicht unbeschwert genießen. Seine Gedanken und die schreckliche Ungewissheit, wie er handeln sollte, quälten ihn unablässig.

»Hug de Mataplana wünscht Euch zu sehen, Herr«, rief der Befehlshaber der Nachtwache von außerhalb des Zelts. »Huggonet begleitet ihn.«

»Lasst sie herein«, befahl er, ohne sich von den Kissen zu erheben. Er hielt immer noch die Taille des Mädchens umfasst.

Die beiden Männer betraten das Zelt. Hug überragte den Spielmann, der sehr knabenhaft wirkte. Hug neigte den Kopf, und Huggonet, der einen blutgetränkten Verband um den Hals trug, verbeugte sich tief.

»Ich dachte, man hätte euch die Kehle durchgeschnitten«, sagte Jaime spöttisch.

»Der Gute Gott und Euer Eingreifen haben es verhindert. Danke, mein Herr«, sagte der Spielmann mit schwacher Stimme und verbeugte sich erneut.

»Und nur um mir zu danken, wolltet Ihr zu mir?«, fragte Jaime und verbarg seine innere Unruhe.

»Nein, Herr. Ich hätte nicht gewagt, Eure Ruhe zu stören, wenn ich nicht eine Botschaft für Euch hätte, von jemandem, der Euch großen Respekt zollt und noch mehr Zuneigung entgegenbringt.«

»Wen meint Ihr, Spielmann?« Jaime spürte, wie sein Herz schneller schlug.

»Die Dame Corba, mein Herr.«

»Gebt mir ihre Botschaft.«

»Es ist keine schriftliche Botschaft. Die Dame Corba wollte nicht, dass eine so persönliche Botschaft in fremde Hände fällt, und sie hat mir diktiert, damit ich sie Euch vortrage und wieder vergesse.«

»Dann fangt an, Huggonet.«

»Wenn Ihr erlaubt, Herr, ziehe ich mich zurück«, sagte Hug.

»Ich erlaube es Euch, Hug«, stimmte Jaime zu. »Nun sprecht, Huggonet.«

Hug eilte mit großen Schritten aus dem Zelt.

»Ich hoffe, meine Wunde lässt es mich zu Ende singen.«

»Zur Hölle mit Euch! Fangt endlich an«, schrie Jaime, der die Geduld verlor. Huggonet stimmte seine Laute. Als Fátima die sanfte Musik vernahm, schmiegte sie sich noch enger an Jaime.

Ich sehe die weiße Taube hochfliegen und erwarte Eure Nachricht.
Aber Ihr seid weit in der Ferne – und ich höre nichts von Euch.
Ich höre Eure Stimme, wenn der Wind über die Weiden streicht.
Aber Ihr seid weit in der Ferne – und ich bleibe mit meinem Verlangen allein.
Ich rieche meine Haut, die verbrennt, wenn ich den Rauch rieche.
Aber Ihr seid weit in der Ferne – und es ist mein einsames Schicksal.
Wenn meine Laute weint, fühle ich den Schmerz, weil Ihr fort seid.
Aber Ihr seid weit in der Ferne – und mein Heim ist kalt.
Ich höre Euer Pferd, wenn Hufeisen über das Pflaster galoppieren.
Aber Ihr seid weit in der Ferne – und es ist das Pferd eines anderen.
Ich bitte den Guten Gott um seine Hilfe, damit Ihr Eure Schlachten gewinnt.
Aber Ihr seid weit in der Ferne – und ich kenne Euer Schicksal nicht.
Ich höre das Wehklagen und die Angst der okzitanischen Kinder.

Aber Ihr seid weit in der Ferne – und sie verlieren die Eltern und ihr Leben.
Ich habe Angst, wenn die Krieger aufbrechen, um gegen die Franzosen zu kämpfen.
Aber Ihr seid weit in der Ferne – und ich weiß nicht, wer siegen wird.
Ich höre die Laute der Troubadoure und ihren Gesang in unserer Sprache.
Aber Ihr seid weit in der Ferne – und die Langue d'Oil besiegt die Langue d'Oc.
Mein Herr, kommt nach Toulouse und stellt die Ordnung wieder her.
Mein Herr, kommt nach Okzitanien und setzt Euer Recht durch.

Lasst mein Herz vor Glück hüpfen und strahlen.
Lasst die Mütter ein Lied anstimmen und die Kinder in Frieden spielen.
Bringt jene zum Schweigen, die Euch als Feigling bezeichnen.
Lasst meinen Körper den Hort Eures Körpers sein.
Macht Okzitanien zur Heimat der Troubadoure.
Kommt nach Toulouse, mein Herr und:
Lasst Euer Recht über Okzitanien gelten,
lasst Euer Recht, das einzige, auch über mich gelten.

Das Echo der letzten sanften Töne verklang. Jaime spürte einen Kloß im Hals, und seine Augen füllten sich mit Tränen.

Eine Flut von Gefühlen und Bildern überschwemmte seine Gedanken. Corba! Liebe Corba! Die Sanfte, die Verführerin. Er konnte Trost finden, aber keinen Ersatz für sie. Ihre grünen Augen … die Augen einer Hexe, behaupteten einige. Ihr glänzendes schwarzes Haar … wie die Schwingen des Raben, was ihr Name nahe legte.

Corba, die Troubadourin.
Corba, die edle Dame.
Corba, die Frau.
Corba, die Hexe.

»Mein Herr«, sagte Huggonet nach einer Weile, »soll ich der Dame etwas ausrichten?«

Jaime schwieg lange. Dann diktierte er:

Pedro kommt nach Toulouse
Und stellt Ordnung und Recht wieder her.
Und eignet sich für immer an,
was ihm gehört.

Huggonet deutete ein Lächeln an, bewegte die Lippen, um sich die Worte einzuprägen und verbeugte sich zum Abschied:

»Mit Eurer Erlaubnis, Herr, eile ich nach Toulouse, um der Dame Eure Botschaft zu überbringen.«

Als Huggonet das Zelt verließ, wusste Jaime, dass er seine Wahl getroffen hatte.

Okzitaniens Schicksal war entschieden.

Und seines auch.

57

Zu jener nächtlichen Stunde war der San Diego Freeway wenig befahren, und Jaime fuhr langsam, weil er versuchte, Ordnung in seinen Gedanken und Gefühlen zu schaffen.

Nach seinem Besuch in der unterirdischen Kapelle hatte er sich genau wie alle anderen fieberhaft mit Lindas Unterlagen beschäftigt. Diese Atmosphäre eignete sich nicht für den geistigen Erfahrungsaustausch, und dieses Mal machte nicht einmal Dubois seine Bemerkungen. Allen Bemühungen zum Trotz konnte sich Jaime nicht auf die Papiere konzentrieren. Bei früheren Gelegenheiten versetzten ihn die nachgelebten Szenen der Vergangenheit in Erstaunen, und seine Aufmerksamkeit richtete sich auf die Frage, wie diese unglaubliche Erfahrung überhaupt möglich war. Obwohl er dieses Geheimnis noch nicht lüften konnte, plagten ihn im Augenblick ganz andere Sorgen. Warum erlebte ausgerechnet er das? Es musste einen Grund geben, einen Zweck. Er gelangte immer mehr zu der Überzeugung, dass eine Botschaft, eine verborgene Warnung dahintersteckte, aber er war nicht fähig, sie zu enträtseln, doch allein schon der Verdacht, dass hinter all dem eine Warnung steckte, quälte sein Gehirn.

Etwas in seinen Erinnerungen aus jener Vergangenheit stand mit seiner Gegenwart in Zusammenhang, denn er hatte ganz ohne Zweifel die Dame Corba erkannt.

Corba war Karen.

Sie hatte die ganze Zeit gewusst, wer er und wer sie war, hatte es ihm aber verschwiegen, weil sie hoffte, er würde es selbst herausfinden. Ihre Beziehung war also nicht neu, sondern Jahrhunderte alt. Vielleicht stammte sie sogar aus vielen Vorleben, und dieses Bewusstsein gab seinem Leben einen anderen Sinn. Einen tieferen? Einen geheimnisvolleren? Jaime wusste es noch nicht, aber er spürte es deutlich und wünschte sich von ganzem Herzen, mit Karen zu reden.

Und da war noch etwas. Corba überredete König Pedro, in einen Krieg zur Unterstützung Okzitaniens zu ziehen, und das war selbst für einen mächtigen König eine gefährliche Entscheidung.

Und geschah nicht heute, in seinem derzeitigen Leben, genau dasselbe? Karen drängte ihn, bei seiner Unterstützung der Sache der Katharer nicht abwägbare Risiken einzugehen. Obwohl die

Katharer ihm sympathisch waren, und seine Erinnerungen an das 13. Jahrhundert ihn faszinierten, bewahrte er seinen kritischen Verstand in Bezug auf ihre Lehre und zweifelte an vielen ihrer Glaubenssätze.

Aber er war einer von ihnen, und Karen war der Grund dafür. Die Geschichte wiederholte sich.

Hatte Corba aufrichtiges Interesse an Pedro als Mann? Oder nur an Pedro, dem König, wegen seiner politischen und militärischen Macht und dem Schutz, den er den Katharern bieten konnte?

War Karen ernsthaft an ihm interessiert, an ihm persönlich? Oder galt ihr Interesse seiner Schlüsselstellung im Konzern, damit er ihnen half, die *Wächter* auszuschalten? Benutzte Corba König Pedro? Benutzte Karen ihn? Und wenn ja, liebte sie ihn auch?

Jaime hatte Fragen über Fragen. Und wenige Antworten, aber eine Gewissheit: Blut würde fließen, viel Blut, heute genauso wie im 13. Jahrhundert. Er kannte die Situation nicht, in der König Pedro sich befunden hatte, aber er wusste etwas über seine Gegenwart; ein sicheres Montségur würde die modernen Katharer nicht vor ihren Feinden schützen. Ihre Sicherheitssysteme und ihre Geheimgänge würden ihnen nichts nützen, wenn aus dem Spiel ernst wurde. Allerhöchstens könnten sie entkommen, aber wenn sie es nicht schafften, würden alle vernichtet werden. Sie behaupteten, Waffen seien Teufelswerk. In Montségur gab es nicht einmal einen Revolver.

Gut, er hatte den Katharern Treue geschworen, aber die *Wächter* würden einen Berenguer nicht wie eine Ratte jagen. Er hatte nicht die Absicht, in diesem Leben die Vollkommenheit zu erreichen, und auch nicht im nächsten Leben, sofern es eines gab. Er hatte es überhaupt nicht eilig zu sterben. Er würde mitspielen, um zu gewinnen und dafür sorgen, dass Karen mit ihm gewann.

Doch wenn er das Spiel verlor, würde ihn die Niederlage bestimmt das Leben kosten. Sich zu opfern brachte für die Katharer vielfältige geistige Freuden mit sich, aber falls sie sich irrten, würde er sich eine kleine materielle Genugtuung verschaffen.

Bevor er in diesem Krieg als Märtyrer starb, würde er einigen dieser Bastarde von *Wächtern* zuvorkommen.

Jaime trat auf das Gaspedal, sodass der Wagen einen Satz nach vorn machte, als wolle er die pechschwarze Nacht durchbrechen. Das Radio spielte in voller Lautstärke den aktuellen Rap: *To live and die in LA.*

Morgen werde ich Ricardo besuchen.

DONNERSTAG

58

Als Jaime am nächsten Tag zu Ricardos Club fuhr, war die Nacht bereits hereingebrochen. Er sah das Auto seines Freundes auf dem Parkplatz und spürte die tröstliche Wärme, die einem Mann entgegenschlägt, der nach langer Abwesenheit wieder nach Hause kommt. Sein Freund war da. Weit weg von den Katharern. Weit weg von der Davis Corporation. Jaime wusste, dass Ricardo immer für ihn da war, wenn er ihn brauchte.

Er blieb ein paar Minuten im Auto sitzen, hörte Musik und freute sich darauf, Ricardo die Hand zu drücken, ein Glas mit ihm zu trinken und sich mit ihm zu unterhalten. Er hatte Ricardo bereits angerufen und ihm gesagt, dass er ein ernsthaftes Problem habe und seine Hilfe brauchte.

»Wie früher und wie immer«, hatte Ricardo geantwortet. »Dafür sind Freunde da.«

Sie waren Freunde von klein auf, als sie Haus an Haus gewohnt hatten. Sie wuchsen in einer Wohnsiedlung der Mittelschicht mit Einfamilienhäusern auf. In den sechziger Jahren dominierte die weiße Bevölkerung, aber Afroamerikaner und Asiaten mischten sich bereits darunter. Ricardos Vater kam aus Mexiko und bekleidete einen hohen Posten bei der Polizei von Los Angeles.

Jaimes Eltern führten einen kleinen Handelsbetrieb, mit ihren

Vertriebskenntnissen aus New York und ihren Erfahrungen als Geschäftsleute in Kuba. Sie konnten davon leben, aber keine großen Sprünge machen.

Die Familien der beiden Jungs hatten vieles gemeinsam, und so schlossen die Nachbarn Freundschaft. Ihre Söhne waren schon als Kinder unzertrennlich, zumal ihre kulturelle Herkunft sie von den anderen unterschied. Ricardo fühlte sich zu den spanischen Gangs im Viertel hingezogen und pflegte eine Zeit lang engen Kontakt mit ihnen, und da Jaime nicht weniger Mann oder Latino war, sah man ihn stets an der Seite seines Freundes, im Guten wie im Bösen.

Ricardos Talent, sich in Schwierigkeiten zu bringen, war ebenso erstaunlich wie seine Geschicklichkeit, sich wieder herauszuwinden. Und deshalb genoss Ricardo schwierige und gefährliche Situationen, während Jaime sie mehr oder weniger ertrug. Aber er stand treu ergeben auf Ricardos Seite. Oft brachte Ricardo sich in Schwierigkeiten und Jaime eilte ihm zu Hilfe, und am Ende befreite Ricardo Jaime aus der Bedrängnis, in die Ricardo sie beide gebracht hatte. Ihre Zeit in den Jugendbanden verschiedener Rassen des Viertels endete, als die Polizei herausfand, dass der Sohn von Frank Ramos in einen Bandenkrieg verwickelt war.

Was alle Banden nicht geschafft hatten, das schaffte Francisco: seinen Sohn einzuschüchtern, und Jaime und Ricardo kamen zu dem Schluss, dass es lustig war und lange genug gedauert hatte und jetzt der Moment sei, etwas anderes zu tun. Sie ließen ihre Messer in den Taschen und nahmen zur Erleichterung ihrer Eltern die Gitarre in die Hand. Die Gitarre hielt lange, die elterliche Erleichterung nur kurz. Sie spielten Folk, Bob Dylan und Leonard Cohen, auch Countrysongs. Und natürlich fehlten der guten Mischung wegen auch Rancheras, Boleros und Salsas nicht. Sie spielten und komponierten gar nicht mal übel. Doch zur Verzweiflung ihrer Eltern beschlossen sie mit zwanzig, Berufsmusiker zu werden. Ihre Eltern versuchten, sie zu überreden, ihre Musik im Sommer zu machen und im Herbst an die Universität zurückzukehren. Sie taten es nicht, sondern spielten in vielen Bruchbuden an der Küste von San Diego bis San Francisco.

Jaime genoss die Freiheit, mit der Gitarre und nur wenig mehr als dem, was er auf dem Leib hatte, von Ort zu Ort zu ziehen. Na ja, sie waren frei, aber manchmal hatten sie keinen Dollar für ein Bier und keine Bleibe für die Nacht. Mit leeren Taschen war die Freiheit nicht viel wert.

Ricardo und Jaime waren Hippies, als die Zeit der Blumenkinder zu Ende ging. Etwas eigenwillige Hippies freilich, vor allem Ricardo. Frieden und Liebe waren gut und schön, wenn es um Mädchen ging. Aber wenn es darum ging, sein Territorium zu verteidigen oder das, was er für seine persönlichen Rechte hielt, zögerte er nicht, Gewalt anzuwenden.

»Wer zuerst angreift, ist doppelt so stark«, pflegte er zu sagen und hielt sich daran.

Wenn die Zuhörer nicht freundlich genug waren, konnte ein Konzert durchaus mit einer Prügelei enden. Und in den Kaschemmen, in denen sie auftraten, waren die Menschen keineswegs freundlich. Sie tranken zu viel Bier und Schnaps und waren viel zu rauflustig.

»He, von eurem Gewinsel bekommt man ja Bauchschmerzen«, rief öfter mal ein Mann, der so viel getrunken hatte, dass er gute Musik nicht mehr zu schätzen wusste.

Jaime und Ricardo sangen einfach weiter, weil der Lokalbesitzer schließlich der Ordnungshüter war. Doch manchmal schritt der Ordnungshüter eben nicht ein.

»Ihr Scheißhippies, ihr seid längst passé.« Schallendes Gelächter. »Das mit dem Frieden und den Blumen, das funktioniert so nicht.«

»Der Friede ist also vorbei, du Arschloch?« Und so begann die

Schlägerei, wenn Ricardo der Meinung war, dass man seine Geduld überstrapazierte.

»Der ganze Quatsch mit den Hippies und der Liebe ist was für Schwule«, rief der Provokateur zur Begeisterung der Zuhörer und zu Jaimes Resignation, der die Gitarre weglegte und sich auf die Prügelei einstellte.

»Schau mal, siehst du dieses Glas?«, pflegte Ricardo zu sagen, leerte es und nutzte die Pause und die Stille im Lokal, um zu sagen. »Ich werde es dir in den Arsch schieben, damit du lernst, die Liebe zu respektieren.«

Ohne zu zögern warf er dem Prahlhans das Glas an den Kopf und ging schnell auf ihn zu. Da der Mann nicht sofort reagierte, verpasste er ihm ein paar gezielte Faustschläge, die ihn außer Gefecht setzten. Damit war die Diskussion beendet.

»Damit du lernst, dich nicht mit uns anzulegen, denn wir verteidigen den Frieden«, erklärte Ricardo.

Jaime griff nach der Bierflasche, lief seinem Freund hinterher und zog ihn von seinem Opfer fort. Gelegentlich waren sie die Unterlegenen und mussten mehr einstecken, als sie austeilten. In solchen Fällen erwies sich die Bierflasche als gute Waffe. Oft traten sie mit blutüberströmten Gesichtern den Rückzug an, wurden von der Polizei festgenommen und beteten, dass Frank Ramos nichts davon erfahren würde. Doch Ricardos Vater erfuhr immer davon.

Am Ende des Sommers sah Jaime im Studium eine verheißungsvollere Zukunft als im Showbusiness, während Ricardo bei seinem Entschluss blieb. Doch die übermächtige Konkurrenz und sein Temperament trugen nicht dazu bei, dass er als Musiker Karriere machte.

Ricardos aktueller Club war schon der zweite, den er eröffnet hatte, und seine endgültige Berufung.

Sein erster Laden befand sich in einem konfliktreichen Stadtviertel. Als ein Vertreter der führenden Gang ihm den zum Arbeiten erforderlichen »Schutz« anbot, bekam der Kerl einen Revolverlauf in den Mund, noch bevor er zu Ende reden konnte und flog aus dem Lokal.

Frank Ramos hatte seinem Sohn und dessen Freund Jaime das Schießen beigebracht, als sie noch ziemlich klein waren, und Ricardo war ein guter Schütze. Wenn die Situation es erforderte, zögerte er nicht, den Revolver zu ziehen.

Beim zweiten Besuch des »Vertreters« setzten Ricardo und seine Angestellten ihn wieder vor die Tür, und der Laden verwandelte sich in Kürze zu einem Ort des permanenten Tumults. Ricardo gab mehr aus als er einnahm, und als Sohn eines hohen Polizeibeamten kam er bei seinen Besuchen auf der Polizeiwache noch gut weg. Doch die anderen waren Profis, und obwohl Ricardo gut mit Menschen umgehen konnte, ging der Laden pleite.

Nachdem Ricardo zu der Überzeugung gelangt war, er solle als Schuster bei seinen Leisten bleiben und seine Aufgabe sei es, die Leute zu unterhalten und Drinks gegen Geld zu servieren und keine Gratishostien zu verteilen, war es bereits zu spät. In seinem Club verkehrten nicht die richtigen Leute und nicht genug Leute. Aber Ricardo hatte immer Glück bei den Frauen. Und Fortuna ist schließlich eine Frau. Also beschloss er, den Laden zu verkaufen und in einem besseren Stadtviertel einen neuen aufzumachen.

Ricardo zahlte jetzt zwar Schutzgeld, aber dank seiner Geschichte und der Tatsache, dass die anderen auch »Geschäftsleute« waren und kein Interesse hatten, mit jemandem wie Ricardo einen gefährlichen Konflikt auszutragen, trafen sie ein ziemlich vorteilhaftes Abkommen. Der Club wurde zu einer Oase des Friedens, in der sich die Gäste sicher fühlten. Niemand aus der kleinen örtlichen Unterwelt würde es wagen, jemanden zu belästigen, der bei Ricardo verkehrte.

Ricardos Freunde und Gäste genossen Respekt. Sollte sich jemand daneben benehmen, würde es ihm die Gang, die Ricardo beschützte, oder Ricardo selbst heimzahlen.

»Sag mal Jaime, in was für Schwierigkeiten steckst du?«, fragte Ricardo, nachdem er Jaime einen Drink serviert hatte.

Jaime erzählte ihm in allen Einzelheiten die Verschwörung der *Wächter* und das, was Linda zugestoßen war. Er ließ seine Erinnerungen an ein vorheriges Leben und die katharische Spiritualität weg, denn er fürchtete, diese Dinge würden seinen Freund so irritieren, dass er sich mehr um seine geistige als um seine körperliche Gesundheit sorgen könnte.

»Warum geht ihr nicht zur Polizei?«, fragte Ricardo.

Jaime hielt es für eine Ironie des Schicksals, dass ausgerechnet Ricardo, der sich stets bemühte, seine Angelegenheiten selbst zu regeln, diesen Vorschlag machte.

»Wir haben keine Beweise, dass sie die Morde begangen haben. Und außerdem könnte die Polizei unsere Gruppe genauso verdächtigen.«

»Aber es gab zwei Morde, und die Mörder scheinen Profis zu sein«, sagte Ricardo nachdenklich.

»Ja, und mich beunruhigt, dass diese Leute, die Katharer, eliminiert werden könnten, bevor sie handfeste Beweise für den Betrug vorlegen können. Sie sind eine Gruppe harmloser Betbrüder, die sich mit sehr gefährlichen Kerlen angelegt haben.«

»Wie kann ich dir helfen?«

»Es kann sein, dass ich dich und ein paar deiner Freunde brauche, wenn ich sehe, dass die Dinge sich zuspitzen.«

»Ich werde da sein, wann immer du mich brauchst«, sagte Ricardo wie aus der Pistole geschossen. Seine Augen glänzten vor Begeisterung. »Seit ich ein Abkommen mit den Lokalmafiosi habe, sind unsere Beziehungen sehr viel besser geworden. Wir sind

Freunde. Und sie schulden mir einen Gefallen. Wenn es nötig wird, kann ich dir eine kleine Armee besorgen.«

»Danke Ricardo, ich wusste, dass ich auf dich zählen kann.«

»Hast du eine Waffe?«

»Seit wir uns das letzte Mal in ganz anderen Gegenden die Nächte um die Ohren geschlagen haben, verspürte ich keine Notwendigkeit mehr, eine zu besitzen.«

»Das kann doch nicht dein Ernst sein!«, rügte ihn Ricardo grinsend. »Na ja, ich kann dir eine leihen. Möchtest du eine mit oder ohne Registrierung?«

»Eine Registrierte.«

FREITAG

59

Jaime fürchtete den ganzen, endlos langen Tag, dass White ihn anrufen oder bei ihm aufkreuzen würde, um ihm vorzuwerfen, dass er nicht nach London geflogen war. Das Gespräch am Vortag war sehr unangenehm verlaufen: White hatte ihm Ungehorsam vorgeworfen, und Jaime hatte darzulegen versucht, dass seine sofortige Abreise keinen Sinn habe und dem Arbeitsablauf schade. Er würde sich selbstverständlich an Whites Anweisungen halten, vorausgesetzt, sie seien vernünftig und schadeten nicht den Interessen des Konzerns. Je länger Jaime in Whites tiefliegende Augen blickte, desto überzeugter war er, dass er es mit einem Kriminellen zu tun hatte.

Nie zuvor hatte er sich mit so heftigen Worten seinem Chef widersetzt, und er begriff, dass ihr Verhältnis für immer beschädigt sein würde. Jaime war aber auch überzeugt, dass Davis White entlassen würde, sobald er ihm Beweise vorlegen konnte. Doch fürs Erste musste er den Schein wahren und so blieb ihm nichts anderes übrig, als diese Reise nach London anzutreten.

White gab kein Lebenszeichen von sich. Vielleicht hatte er begriffen, dass seine Forderung unsinnig war, weil sein Untergebener tatsächlich nicht vor Montagmorgen im Londoner Büro sein würde.

Jaime spürte nicht das geringste Verlangen, mit ihm zu reden, und nutzte den Tag, um dringende Angelegenheiten zu erledigen, die Reisevorbereitungen zu treffen und vor allem zusätzliche Unterlagen und Informationen für das Dossier zu beschaffen, das sie in Montségur vorbereiteten.

Der Augenblick war gekommen, in dem es galt, schnell zu handeln und die Sorgfalt hintan zu stellen.

60

»Weißt du, dass ich morgen nach London fliege«, sagte Jaime leise zu Karen, »und dass wir seit letztem Wochenende nicht mehr miteinander geschlafen haben? Ich möchte die Nacht mit dir verbringen.«

Karen saß an einem Tisch und arbeitete, als er sich ihr geräuschlos näherte. Sie sah ihn an, lächelte und schwieg. In ihren blauen Augen lachte der Schalk. Jaime fand sie hinreißend und begehrte sie heiß.

»Ich dachte schon, du bittest mich nie mehr darum«, antwortete sie und genoss seinen überraschten Blick. »Ich bin bereit, aber wo? Nach deinem Streit mit White müssen wir damit rechnen, dass unsere Wohnungen beobachtet werden, und wenn sie uns zusammen sehen, erkennen sie einen Zusammenhang.«

»Und wie wär's hier?«

»Ach Jim, hier in Montségur wird lange gearbeitet, und manche werden sogar hier schlafen. Aber ich weiß ja nicht, was für Absichten du hast.« Karen lächelte spitzbübisch. »Vielleicht willst du es hinter der Küchentür oder im Bad treiben.«

Jaime lachte amüsiert.

»Gute Idee, Karen, ich bin begeistert. Aber ich möchte dich

heute Nacht unbedingt in der Horizontalen erleben. Ich schlage dir deshalb ein Hotel am Flughafen vor.«

»Einverstanden.«

Damit Jaime seine Sachen von zu Hause abholen konnte, verließ Karen Montségur eine Stunde später als er und fuhr auf den Parkplatz für die Inlandflüge am Flughafen. Dann wartete sie, immer noch angeschnallt, im Wagen. Endlich läutete ihr Handy.

»516.«

»516«, wiederholte Karen.

»Genau«, bestätigte Jaime und trennte die Verbindung sofort wieder. Karen stieg aus und überquerte die erste Hälfte der breiten Straße zum Ankunftsterminal. Sie blieb auf der kleinen Verkehrsinsel stehen, an der die Shuttles der Mietwagenfirmen und Hotels hielten.

Nach einigen Minuten erschien der Van des Hotels, in dem Jaime wartete.

Er war ungeduldig. Durch die Tür seines Zimmers konnte er das leise Klingelgeräusch des Aufzugs hören.

Karen stieg aus und ging über den mit Teppichboden ausgelegten Flur. Für einen Augenblick lief es ihr unwillkürlich kalt den Rücken hinunter, weil sie an Linda dachte.

Sie hatte keine Zeit, an die Zimmertür zu klopfen, weil Jaime sie stürmisch aufriss und Karen hereinzog. Sie umarmten und küssten sich leidenschaftlich.

»Tut mir wirklich leid, dass du verreisen musst«, sagte sie, als sie ihre Lippen von seinen löste.

»Ich werde dich vermissen, mein Liebling.«

»Keine Telefonate mehr im Moment, erst recht nicht im Büro; wir kommen jetzt in eine sehr gefährliche Phase. Wir verständigen uns übers Internet und nutzen meine geheime E-Mail-Adresse und Passwörter, die nur wir beide kennen. Meines ist Corba …«

»Und meines Pedro.«

Jaime half Karen aus dem Regenmantel, und sie löste seine Krawatte. Sie zogen sich hastig und ungeduldig gegenseitig aus.

Als sie nackt im Zimmer standen, inmitten ihrer auf dem Boden verstreuten Kleider, umarmten sie sich beinahe verzweifelt. Ihre jeweiligen Ängste um den anderen verschmolzen in ihrer Umarmung, mit der sie sich gegenseitig in Sicherheit wiegen wollten.

Sie liebten sich immer wieder, und jedes Mal war neu und intensiv.

»Jaime, ich vermisse dich schon jetzt, obwohl du noch gar nicht fort bist. Wenn du doch schon wieder zurück wärst«, murmelte sie.

»Pass bitte auf, geh keine Risiken ein«, flüsterte er ihr ins Ohr. Und er wollte bestätigt bekommen, was er bereits wusste. »Du warst Corba, nicht wahr?«

»Ja, das stimmt. Und du warst Pedro.«

Nach all den Jahrhunderten liebten sich Pedro und Cobra wieder. Die ganze Nacht lang. Sie fühlten sich in einen schwindelerregenden Strudel gerissen, durchliefen die Zeit ab jener dunklen Vergangenheit bis in eine Zukunft, die sich als klebrige, amorphe und drohende Masse vor ihnen auftürmte und zwischen den Nachtnebeln emporstieg. In jenem Augenblick erlebten sie einen Hauch der Ewigkeit, geschützt von den vier Wänden eines anonymen Hotelzimmers.

Ihre Körper vereinigten sich, und Jaime wünschte sich, er könne mit ihr verschmelzen – zu dieser sich krümmenden, vibrierenden und durch die Leidenschaft explodierenden Masse werden, in der sich Fleisch, Knochen, Nerven und Blut wie wild und automatisch bewegten, geleitet von einem unwiderstehlichen inneren Impuls, dass er fürchtete, ihre Herzen könnten zerspringen.

Sicher hielt der Teufel die Fäden in der Hand, bewegte ihre Körper wie Marionetten in einem lüsternen Tanz.

Und doch war es viel mehr. Es war das Echte, das Ewige. Das, was der Gute Gott schuf. Denn auch ihre Seelen zogen einander an, verfolgten sich in wilder Fahrt über Raum und Zeit. Ihr Geist konnte weder von der Welt noch vom Teufel verdorben werden. Sie waren für immer Corba und Pedro. Und Jaime wusste jetzt, dass Karen die Frau war, nach der er sein Leben lang gesucht hatte.

In diesem Leben. Und vor langer Zeit.

SAMSTAG

61

Die Figuren auf dem Wandteppich erwachten zum Leben, und Jaime spürte die Wärme von Dubois' Händen auf seinem Kopf. Er atmete tief ein und kehrte in jene ferne Zeit zurück.

Er kam in derselben Julinacht vor fast achthundert Jahren in König Pedros Zelt an, im Augenblick seiner letzten Erinnerung, in dem er auf die Botschaft der Dame Corba geantwortet hatte. Er hatte der Frau, die er liebte, sein Wort gegeben und sein Schicksal mit der Geschichte verbunden.

Kaum hatte Huggonet sich zurückgezogen, versank Jaime in quälendes Brüten.

Lieber Gott, habe ich die richtige Entscheidung getroffen?

Fátima, die immer noch an seiner Seite saß, rückte leicht von ihm ab, betrachtete ihn mit leuchtenden Augen, küsste ihn auf den Hals, auf die Wange und strich ihm über den Bart. Doch die Erregung, die er vor der Überbringung der Botschaft aus Toulouse empfunden hatte, war verflogen und kehrte nicht zurück.

Warum klammerte sich Corba so an Toulouse? Warum bestand sie darauf, das Schicksal dieser unseligen Grafschaft zu teilen? Corba war eine Katharerin, vielleicht nahm sie eine bedeutende Stellung als Gläubige ein oder hatte sogar ein Amt in der Kirche. Vielleicht war sie gar eine Gute Mutter?

Fátima blickte unter ihren langen Wimpern zu ihm hoch und flüsterte ihm auf Sarazenisch mit anmutigem levantinischem Akzent ins Ohr:

»Ich liebe Euch, mein Herr.«

Jaime hörte sie kaum, denn seine Gedanken kreisten nur noch um Corba.

Ich glaube nicht, dass Corba eine Gute Mutter ist, das hätten mir meine Kundschafter gemeldet. Außerdem ist es den Vollkommenen verboten, Waffen zu tragen, körperliche Liebe zu genießen und Reichtümer anzuhäufen. Corba trägt keine Waffen, doch sie genießt die Liebe, sie schmückt sich gern und zeigt wenig Demut. Vielleicht verhält sie sich wie manche angesehene okzitanische Dame, die bis zum hohen Alter wartet, um ihr Gelübde als Gute Christin abzulegen, erst nachdem sie Musik, Tanz, Troubadoure, verliebte Ritter und verbotene Liebe genossen hat. Auf diese Weise werden sie Gute Mütter und später Gute Großmütter. Sinnlichkeit in der Jugend und Spiritualität im Alter. Nachdem man alles in vollen Zügen genossen hat, ist es natürlich leichter, Enthaltsamkeit zu üben.

Das Mädchen küsste ihn auf den Mund, legte das Oberteil ihres zweiteiligen Kleides ab und enthüllte mit wollüstigen Bewegungen ihre wohlgeformten üppigen Brüste.

»Sehr hübsch«, sagte er halblaut.

Fátima kniete sich verspielt vor ihm nieder, schob seine Tunika behutsam nach oben und zog sie ihm schließlich über den Kopf. Er war nackt. Sie lachte und küsste ihn auf den Mund, während er ihre Brüste liebkoste.

Das Mädchen küsste seinen Bart und seinen Hals, doch in Gedanken war er wieder weit weg.

Er hatte Corba ein paar Jahre zuvor in Barcelona kennen gelernt. Ihr Vater, der edle Konsul, diente als Konsul der Grafschaft Toulouse. Corbas jugendliche Schönheit strahlte, sie beeindruckte durch ihr sicheres Auftreten und ihre wohlgesetzten Worte. Sie konnte mühelos mit den Troubadours konkurrieren, indem sie Lieder und Romanzen komponierte, und mit den Spielleuten, indem sie die Laute zum Klingen brachte. In Corba vereinigten sich Schönheit, Talent und Anmut.

Das begehrteste Mädchen von ganz Barcelona faszinierte auch den König, und der Konsul von Toulouse und seine Familie verkehrten häufig in seinem Palast. König Pedro erwiderte die Besuche. Bei einer der wenigen Gelegenheiten, bei denen Corba und Pedro allein blieben, gestand er ihr seine Liebe.

»Wollt Ihr Euch ausruhen, mein Herr? Soll ich Euch allein lassen?« Fátima spürte, dass Jaime abwesend war.

»Nein, bleibt bei mir«, erwiderte er auf Sarazenisch. Er wollte, ja, er konnte in jener Nacht mit seinen Grübeleien nicht allein bleiben. »Liebt mich, schöne Fátima.«

Sie stand auf und zog mit einer graziösen Bewegung ihren Rock aus. Sie war nackt und hob anmutig die Hände über den Kopf.

Sie gab Jaime, der sich aufgesetzt hatte, um sie zu betrachten, einen sanften Schubs, legte sich in umgekehrter Stellung auf ihn, küsste und liebkoste sein Glied.

Das Kerzenlicht bot Pedro einen direkten Blick auf die hübschen Pobacken und die wohlgeformten Beine der Tänzerin. Das Flackern der Flamme ließ die weiblichen Kurven der Frau besonders verführerisch erscheinen. Fátimas Duft nach Jasmin und Weihrauch war betörender denn je, und Jaime spürte seine Erregung. Doch sein Geist blieb abwesend.

König Pedro schlug Corba vor, mit ihm zusammenzuleben, obwohl er mit María de Montpellier verheiratet war, was lediglich eine politische Verbindung war, die obendrein ein schlechtes Geschäft gewesen war. Ein Jahr nach der Hochzeit überließ sie ihm gemäß des Heiratsabkommens Montpellier, aber die Stadt und ihre umliegenden Ländereien brachten dem Grafen von Barcelona nur Verdruss.

Ein paar Jahre später wollte er sich von María trennen und ihr Montpellier zurückgeben, doch weder sie noch der Papst stimmten einer Scheidung zu. Daraufhin bot Pedro an, nach der Scheidung María de Montferrat zu heiraten, die den frei gewordenen Titel einer Königin von Jerusalem trug. Im Ehevertrag wollte er, Pedro II. von Aragon, Graf von Barcelona, festlegen, dass er einen Kreuzzug zur Befreiung Jerusalems organisieren würde. Doch nicht einmal dieses Angebot bewog den Papst zum Einlenken. Erst viel später verliebte sich Pedro in Corba. Er versprach ihr, sie zur Gräfin zu machen, ihr ausgedehnte Ländereien zu schenken und ihren ersten Sohn zum zweiten Thronerben zu erklären.

María de Montpellier hatte es nämlich mit List und Tücke geschafft, dass Pedro einen Sohn mit ihr zeugte, obwohl er nicht gern mit ihr schlief.

Auf einem seiner Landgüter in Montpellier fühlte sich Pedro zu einer Dame hingezogen und wollte die Nacht mit ihr verbringen. Doch diese Falle hatte Maria gestellt. In der Dunkelheit nahm sie den Platz der anderen Frau ein. Vor dem Schlafgemach warteten hohe kirchliche und weltliche Würdenträger der Stadt, um die Hochzeitsnacht zu bezeugen. Pedro zog sein Schwert und hätte all diese Elenden am liebsten getötet, die morgens sein Schlafgemach betraten und seine Vergebung und sein Verständnis erbaten. Sie wollten doch nur einen Erben …

Er empfand keine große Zuneigung zu Jaime I., die Frucht jener Täuschung. Nach der Geburt ließ er sich über ein Jahr Zeit, bevor er den Sohn anerkannte. Wenn Marías Sohn erwachsen war und die Krone von Aragon und den Titel eines Grafen von Barcelona erbte, dann sollte Corbas Sohn die Grafschaft Provence oder die neuen Königreiche erhalten, die er von den Sarazenen erobern würde. Doch wenn Marías Sohn nicht überlebte, sollte Corbas Sohn den Thron erben.

Pedro schlug ihr vor, ihre Beziehung öffentlich zu machen, in Form eines urkundlich beglaubigten Paktes zu legalisieren und sein Wort als Ritter und König als Pfand zu nehmen. Als Zeugen sollten die erhabensten Granden seines Königreichs, darunter der Bischof von Tarragona und der Abt von Ripoll, fungieren.

Doch Corba weigerte sich. Sie wollte nur seine Liebe. Und er schenkte sie ihr. Und sie schenkte Pedro ihre Liebe.

Fátima bewegte sich rhythmisch, und die Berührung der jungen Frau ließ ihn wohlig erschauern. Ihr langes üppiges Haar lag über ihrem Rücken und enthüllte den unteren Teil ihres Körpers wie eine große, vollkommene Birne.

Er versuchte, sich vorzustellen, Fátima sei Corba, doch es gelang ihm nicht. Seine Gedanken lösten sich erneut von seinem Willen, sie verließen seinen Leib, der mit Fátimas Leib vibrierte, und flogen nach Toulouse zu Corba.

Seit ihrer Rückkehr nach Toulouse weigerte sie sich, die okzitanischen Lande zu verlassen, und jetzt flehte sie ihn an, er solle zu ihr kommen.

Doch in Huggonets Lied bat Corba ihn nicht nur, ihr zur Seite zu stehen; sie forderte ihn auch auf, einen Krieg für Toulouse, für ihre Familie und für die Katharer zu führen. Gegen den Papst und die römische Kirche. Gegen seinen katholischen Gott.

Sie hatte auf die Grafschaft verzichtet, auf die Ehren, auf die Macht und auch darauf, den Sohn eines Königs zur Welt zu bringen. Und alles nur aus Liebe. Und er glaubte ihr.

Doch jetzt bat sie ihn, alles aufs Spiel zu setzen, alles, was er besaß: sein Königreich und seine Seele.

Der Papst würde ihn exkommunizieren, und Exkommunikation bedeutete, dass seine Seele für immer in der Hölle schmoren würde. Doch er hatte Corba sein Wort gegeben, dass er nach Toulouse kommen und ihre Leute gegen die Kreuzritter des Papstes verteidigen würde.

»Gefällt es Euch, mein Herr?«, fragte die junge Frau und drehte ihren Oberkörper, um ihm ins Gesicht zu sehen. Intuitiv spürte sie, dass etwas nicht stimmte.

»Ja, Fátima, mach weiter.« Was gäbe er darum, wenn Corba bei ihm wäre und ihn liebte.

Fátima lächelte Pedro zärtlich an, drehte sich um, setzte sich auf ihn, gab ihm einen Kuss und blickte ihm in die Augen. Unmöglich, in dieser Situation an Corba zu denken. Und doch …

Seine Seele. Er würde seine Seele verlieren, wenn er exkommuniziert wurde, weil er den Ketzern beigestanden hatte. Aber was wäre, wenn die katharischen Ketzer im Recht wären und nicht der Papst? Und wenn Gott auf der Seite der Katharer stand?

Er streichelte die Brüste des Mädchens, das sich aufrichtete und seinen Kopf mit seiner üppigen Mähne nach hinten warf. Sie keuchte und beherrschte sich mühsam, um nicht zu schreien. Wie wunderbar wäre es, Corba hier zu haben.

Wenn Gott aber auf der Seite der Katharer stand, brauchte er sich nur um die politischen Probleme der Exkommunikation zu sorgen, und obwohl sie groß genug waren, würde er sie lösen können. Doch seine Seele und sein ewiges Leben wären gerettet.

Woher sollte man wissen, ob Gott hinter seinem Schwur stand, den Huggonet an Corba überbrachte, oder ob er auf der Seite des Papstes stand? Der Zweifel würde ihn noch umbringen.

Ein Gottesurteil! Das war die Lösung. Er würde sich einem Gottesurteil unterwerfen. Wenn er den richtigen Weg eingeschlagen hatte, würde Gott ihm seinen Segen geben und dafür sorgen, dass er siegte. Wenn nicht, würde er sterben und damit seinen Fehler sühnen. Er würde es tausendmal vorziehen, bei einem Gottesurteil zu sterben, als seine Seele zu verlieren, weil er sich gegen Gott gewandt hatte.

Auf diese Weise würde er auch den quälenden Zweifel besiegen, der ihn zu zerstören drohte.

Er wollte zum Höhepunkt gelangen, aber er konnte es nicht.

War Corba wirklich eine Hexe, und hatte sie ihn durch ihr Gedicht verhext? Konnte er deshalb nicht? Er versuchte, sich zu konzentrieren.

Das Gottesurteil. Beim nächsten Kampf, beim ersten Kampf gegen die Kreuzritter des Papstes, würde er seine Ritter anführen. Er würde als Erster den ersten Feind töten, in jedem Kampf bis zum Ende des Kriegs. Wenn Gott ihn rettete, wäre das ein Zeichen dafür, dass die Gerechtigkeit auf seiner Seite und mit seiner Sache war. Wenn er sterben würde, dann auf jeden Fall, bevor er Gott, dem Herrn, missfiel.

Fátima begann zu ermüden, und ihr Rhythmus wurde langsamer. Corba, meine Liebste. Warum bist du nicht hier? Ein Gottesgericht!

Pedro schloss die Augen und versuchte erneut Corba zu sehen, während er sie anrief: »Deine Gliedmaßen sind etwas länger, deine Brüste etwas weniger voll, deine Haare dunkler. Aber Corba, du bist es, die ich im Augenblick liebe. Dich, meine Herzensdame mit den grünen Augen und dem feinen Haar einer Rabenfeder.«

Er spürte, dass er sich endlich dem Höhepunkt näherte.

»Wollt Ihr eine andere Stellung? Gefällt es Euch so nicht?«

Fátima stellte diese Frage im falschen Moment. Der Zauber war gebrochen, und Corbas Bild löste sich auf.

»Nein, verschwinde!«, erwiderte Pedro barsch. Sie sah ihn erstaunt an.

»Geh fort, lass mich«, wiederholte Pedro, stieß sie grob von sich und versetzte ihr einen Schlag mit der Hand. Das Mädchen verlor das Gleichgewicht und fiel zur Seite auf die Polster.

Fátima sah ihn an, Tränen glitzerten in ihren großen Augen. Sie schluchzte und beeilte sich, ihre Kleider aufzuheben. Sie hatte seine Illusion zerstört. Sie kleidete sich stumm an und hörte nicht auf zu schluchzen.

»Bleib heute Nacht bei mir, meine schöne Fátima. Du bist eine bezaubernde Frau«, sagte Pedro schließlich, als sie sich bereits dem Ausgang zuwandte. »Komm her zu mir und mach die Kerzen aus.«

Sie wandte sich um, ohne ihn anzusehen, und löschte die Kerzen, eine nach der anderen. Dann näherte sie sich dem Lager und legte sich angezogen wie ein Baby zusammengerollt neben ihn. Sie schluchzte immer noch still vor sich hin.

»Verzeih mir, meine Kleine, es ist nicht deine Schuld.« Und dann sagte er leise, während er ihr Haar streichelte: »Was gäbe ich darum, wenn ich so weinen könnte wie du.«

»Ein Gottesurteil«, murmelte er nach einer Weile vor sich hin. »Ich werde mich Seinem Urteil beugen. Für dich, Corba. Gott wird mich retten oder töten.«

62

Die Triebwerke heulten auf, das Flugzeug vibrierte, und als die Räder sich vom Boden lösten, musste diese gewaltige Masse ihren Flügeln und der Luftströmung vertrauen. Wie ein riesiger Nachtvogel schwang sich die Maschine hinaus in die Dunkelheit und glitt hinaus über den schwarzen Ozean.

Es war ein sehr aufregender Tag gewesen: der Abschied von Karen im Hotel, der Besuch in Montségur, seine Erinnerung im Angesicht des Wandteppichs und später noch der Abschied von Karen, diesmal ganz offiziell. Jaime entspannte sich bei einem Glas Champagner und blickte in die undurchdringliche Nacht hinaus.

In der kleinen Fensterscheibe sah er sein Spiegelbild: dunkles, noch volles Haar, eine kräftige Nase und gerade Augenbrauen.

Ein paar Lichter unter ihm ließen auf ein Schiff oder eine Bohrinsel schließen. Eine bezaubernde Stewardess mit einer marineblauen Schürze über ihrer Uniform näherte sich und verteilte die feuchtwarmen Tücher. Das Essen wurde gereicht. Jaime wischte sich mit dem Tuch über die Stirn und genoss die wohlige Wärme auf der Haut.

Dann schaute er wieder hinaus in die finstere Nacht. Er wartete darauf, dass das Flugzeug nach seinem weiten Bogen über den Pazifik wieder über Land flog. Sie würden die südliche Küstenlinie von Newport Beach überfliegen, wo sein Segelboot vertäut war, über Laguna Beach und San Juan Capistrano.

In der mondlosen Nacht rückten die Lichter der Küste näher und wetteiferten mit dem Glanz der Sterne. Gewöhnlich machte er sich einen Spaß daraus, vom Flugzeug aus das Haus seiner Eltern in Laguna zu suchen. In jenem Häuschen mit dem gepflegten Garten verbrachten seine Eltern ihren Lebensabend, und er fühlte sich dort wirklich zu Hause.

Das Flugzeug erreichte eine Höhe von sechstausend Metern, und wenn es bereits bei Tage schwierig war, das Haus zu erkennen, so war es bei Nacht unmöglich.

Trotzdem spielte Jaime sein Spiel. Sein kleines Ritual. Lichterketten. Leuchtstreifen, die in Kurven verliefen und die Wege einer Wohnsiedlung anzeigten. Dunkle Zonen. Auch wenn er ohne Hinweise auf Geländeerhebungen oder Autobahnen das Haus seiner Eltern nur ahnen konnte, sagte er ihnen und seinem Zuhause Lebewohl.

In wenigen Augenblicken würden sie vermutlich den San Diego Freeway überqueren, um in die Dunkelheit des Cleveland National Forest einzutauchen, die Berge von Santa Ana, die Mojave-Wüste bis nach Las Vegas und dann den ganzen Kontinent zu überfliegen, mit seinem Schnee im Norden und seiner Wüste im Süden.

Er ließ sich noch etwas Rotwein nachschenken, aß sein Filet Mignon auf und überließ sich wieder seinen Gedanken. Ohne Karen fühlte er sich wie in der Verbannung; es lohnte sich, sie zu lieben und zu fühlen, dass sie ihn liebte, obwohl er fürchtete, dass ihre Liebe nicht ganz selbstlos war.

Zweifel bohrte sich wie ein Stilett in seine Brust. Betrog sie ihn? Waren jene Erlebnisse angesichts des Wandteppichs doch das Ergebnis einer Hypnose oder einer von den Katharern geschaffenen Suggestion? Wenn das so war, würde sich alles verändern. Nur seine Liebe zu Karen nicht. Besser nicht daran denken.

Nachdem er auch den Nachtisch gegessen und einen Cognac getrunken hatte, stellte er seine Lehne zurück, wodurch mit dem Sitz gegenüber ein Bett entstand. Nachdem er sein Licht ausgeschaltet hatte, blickte er in die Dunkelheit hinaus. Er rechnete seine Getränke zusammen. Ein Glas Champagner, ein paar Gläser Wein und ein Cognac. War er müde oder vom Alkohol benommen?

63

Am frühen Morgen des 12. September A. D. 1213. Regen fiel auf die Zelte des Feldlagers.

Pedro II. von Aragon und I. von Barcelona, der Herr von Bearn, des Roussillon, der Provence und Okzitaniens kniete auf dem Boden und richtete seine Waffen. Der Tag des Gottesurteils brach an.

Von einem einzigen siebenarmigen Leuchter erhellt, betete er zu dem Kreuz, das sein Schwert auf dem Boden bildete.

»Herr, Guter Gott, lass mich des Sieges würdig sein oder nimm mich im Kampf zu dir. Wenn ich dich beleidigt habe, sorge dafür, dass meine Strafe der Tod in der Schlacht ist, aber rette meine Seele. Und wenn du mir wohlgesinnt bist, schenke mir den Sieg über meine Feinde.

Herr, du wahrer Gott, ich weiß nicht, ob du Katharer oder Katholik bist. Vielleicht bist du beides. Schenk mir Tapferkeit, damit ich als Sieger aus dem Kampf hervorgehe, damit ich mich nicht hinter meinen Rittern verschanze. Heute kämpfe ich an vorderster Front.«

Pedro fühlte sich erschöpft, es war ein langer Tag gewesen, voller Diskussionen und diplomatischer Verhandlungen.

Und endlich in der Nacht hatte er Corba geliebt, die Frau seines Lebens, seine Leidenschaft, seine katharische Hexe, die ihn in ihrem Bann hielt. Sie liebten sich, als sei es das letzte Mal. Später, nur wenige Stunden vor dem Morgengrauen, schlief sie völlig ermattet ein. Er wollte nicht schlafen, und er konnte es auch nicht.

Ein paar Meter von dem Kreuz seines Schwertes entfernt, ruhten auf einem Klappschemel sein Kettenhemd, der Helm und die Kriegstunika. Und daneben der Schild mit seinem Emblem aus Gold- und Silberstreben.

Weit hinten im Zelt zwischen den Kissen erblickte er die rabenschwarze Mähne und einen Teil des schönen Leibes seiner Geliebten. Die feine Wolldecke, die in der kühlen Septembernacht notwendig war, enthüllte die vollkommene Linie ihres nackten Arms und eine ihrer zarten weißen Brüste.

Bei Tageslicht erkannte man vom Feldlager aus die Stadtmauer von Muret, halb verdeckt zwischen den Büschen der Loja und der Pappeln an der Garonne.

»Herr, hilf mir im Kampf. Wenn du mir nicht den Sieg schenkst, beschütze Corba und sorg dafür, dass sie sich retten kann.«

Obwohl Pedro müde war, legte er seine Waffen zurecht, wie es die Regeln einem Ritter vorschrieben, der sich dem Gottesurteil unterwarf.

Anfang des Jahres hatte der Graf von Toulouse, Ramón VI., eine weitere verzweifelte Botschaft gesandt und ihn angesichts des unaufhaltsamen Vorrückens der Kreuzritter um Hilfe gebeten. Pedro hatte seine Entscheidung bereits getroffen. Er akzeptierte den Treueschwur, den sein ehemaliger Feind ihm anbot, und alle Konsuln von Toulouse – darunter auch Corbas Vater – bestätigten den Eid ihres Grafen im Namen der Grafschaft und in ihrem eigenen.

Nun musste Pedro seine Pflicht als Lehnsherr erfüllen und Toulouse verteidigen.

Pedro hatte die Konfrontation mit dem Papst so lange wie möglich zu vermeiden versucht. Gesandte und Botschafter fuhren aus Barcelona über das Mittelmeer nach Rom und ersuchten um eine friedliche Lösung.

Die Diplomatie scheiterte, und Ende Juni trafen zwei von Simón de Montfort entsandte Äbte und der Gesandte des Papstes an Pedros Hof ein. Sie sollten ihn überreden, den Häretikern nicht zu helfen. Und als Pedro ihre Gründe nicht akzeptierte, brachte der päpstliche Legat sein wirkungsvollstes Argument vor: die Exkommunikation. Damit war der Bruch endgültig.

Pedro rief seine treuesten Ritter zu sich und zog nach Barcelona. Der Krieg im Jahr zuvor gegen die almohadischen Invasoren hatte ihm genauso viele Schulden wie Ruhm beschert. Da seine Schatzkammern leer waren, musste er die Ländereien belasten, die ihm geblieben waren. Mit diesen Geldern konnte er in aller Eile ein neues Heer aufstellen. Sie rückten zu den Pyrenäen vor und nutzten das schöne Augustwetter, um die Berge zu überqueren und in die Gascogne zu gelangen. Auf seinem Weg eroberte er die von Kreuzrittern eingenommenen Burgen zurück, und ohne Halt zu machen, oder gar in der Absicht, nach Toulouse zu gelangen, zog er in Gewaltmärschen nach Muret, wo er sich dem Gros des feindlichen Heeres stellen wollte.

Die Menge empfing ihn unterwegs als den Retter Okzitaniens, und die Grafen von Foix, Cominges und Toulouse schlossen sich ihm auf dem Weg nach Muret an und stellten sich als seine Vasallen unter seinen Befehl. Und Pedro übernahm als König das Kommando über sie alle.

Corba ritt mit den Truppen aus Toulouse ihrem Geliebten entgegen. »Mein Ritter, mein Liebster, mein König«, sagte sie zu ihm, als sie sich fanden. Tränen der Freude glitzerten in ihren grünen Augen, als sie sich niederkniete und seine Hand küsste. In Anwesenheit des Adels nahm er ihren Gruß als König entgegen, doch in der Intimität des Zeltes vereinte er seine Tränen des Glücks mit ihren und gab ihr tausend Küsse als Geliebter im Gegenzug dafür, als König anerkannt zu werden.

Doch nur kurze Zeit konnte er Corbas Liebe genießen. Das Heer bestand aus Männern aus verschiedenen Landstrichen, die verschiedene Sprachen benutzten, zu verschiedenen Göttern beteten und unentwegt in Streit gerieten.

Pedro stritt erbittert mit dem Grafen von Toulouse: »Feige ist eher ein Höfling und Politiker, aber kein Krieger. Gott gebe es, dass solche Männer niemals die Welt regieren. Man hat es in Castelnaudary gesehen! Ihr hattet Simón de Montfort eingekreist, besiegt und gewissermaßen in die Flucht geschlagen, und habt Euch dann zurückgezogen, ohne die Aufgabe zu Ende zu bringen, als ob Ihr, Ramón, der Besiegte gewesen wäret.«

Ramón VI., Graf von Toulouse, bat ihn, er möge auf Verstärkung durch die Heere aus der Provence mit Sancho, dem Grafen von Roussillon, und aus Bearn unter dem Kommando des Vicomte Guillem de Montcada warten.

Pedro wollte nicht warten.

Außerdem wollte Ramón VI. das Lager befestigen. Simón de Montfort und seine furchterregenden Kreuzritter standen hinter den Mauern von Muret, wo sie am Tag zuvor mit ihrer Verstärkung eingetroffen waren. In Muret gab es nicht genug Lebensmittel, um mit so vielen Menschen auch nur einer kurzen Belagerung standzuhalten. Deshalb würden die Kreuzritter am nächsten Tag angreifen. Dem Grafen zufolge wäre es besser, sie mit einem Hagel aus Pfeilen und Steinen aus einem befestigten Lager heraus zu empfangen. Ramóns Taktik war klug, aber Pedro wollte sie nicht anwenden.

Warum hörte er nicht auf den Rat von Ramón VI., der ein besserer Kenner der Kreuzritter war? Warum wartete er nicht auf Verstärkung? Warum befestigte er das Lager nicht?

Pedro kannte die Antwort nur zu gut. Auf der Suche nach seinem Schicksal war er nach tagelangen Gewaltmärschen in diese feuchte Ebene gelangt. Und er würde sich seinem Schicksal mit der Kühnheit eines Königs auf dem Schlachtfeld, an der Spitze seiner Truppen und mit seinen Waffen als Ritter stellen.

Sein Schicksal, verworren und geheimnisvoll, erwartete ihn in der Dunkelheit der Regennacht, irgendwo zwischen seinem Zelt im Lager und den Mauern von Muret. Er wollte seinen Pakt mit Gott erfüllen.

Er konnte nicht länger mit seinen Zweifeln leben, er musste Gewissheit erlangen, und zwar schnell, ob Gott ihn richten wollte oder ob er mit ihm war, mit dem König von Aragon.

Hier und heute würde Gott sein Urteil über König Pedro fällen.

Jaime erwachte jäh aus seinem Traum. Er erinnerte sich an alles, als ob es eben erst geschehen wäre. Die Vergangenheit und die Gegenwart überschnitten sich wieder. Und er spürte die greifbare Gefahr aus der fernen Vergangenheit. Jaime witterte die Gefahr in der Zukunft. In einer sehr nahen Zukunft.

SONNTAG

64

Zwischen den Wolken über dem Atlantischen Ozean dämmerte der Morgen, und kurz darauf wurde das Frühstück serviert. Jaime konnte nach seinem Traum nicht wieder einschlafen; wirre Gedanken gingen ihm durch den Kopf und ließen ihn nicht los.

Eine Mischung aus Aufregung, Überraschung und Verwirrung hielt ihn gefangen, denn die Erinnerung kam nun von allein. Er war zum ersten Mal aus eigener Kraft in sein Leben im 13. Jahrhundert zurückgekehrt, ohne Montségur, ohne die Unterstützung durch den einzigartigen Kelch, ohne den Wandteppich und ohne Dubois' Hilfe. Er wusste, dass Karen das Gleiche erlebt hatte, doch er wunderte sich, dass es auch ihm widerfuhr.

Mit dem Frühstück siegte die Faszination der Geschichte über sein Erstaunen.

Er spürte den unbezähmbaren Wunsch zu erfahren, ob der Kampf stattfand, wie er ausging und welche Schicksale Corba und Pedro zuteil wurden. Hatten sie sich bis ans Ende ihrer Tage geliebt?

Pedro, der König, Pedro, der Mann, vielleicht nur ein Spielzeug in den Händen einer verführerischen okzitanischen Dame. Er schwankte zwischen zwei Treuegelöbnissen, zwischen zwei Göttern. Voller Zweifel ritt er in den Kampf und überließ dem wahren Gott oder vielleicht dem Zufall das Urteil darüber, ob er im Recht oder im Unrecht war. In der Angst, für immer seine Seele zu verlieren, wagte er dennoch, seine Liebe zu retten. Jaime empfand große Zärtlichkeit für Pedro.

Er war der heldenhafte Ritter, der seiner Dame zu Hilfe eilte, bereit, sein Leben für sie zu opfern. Er trotzte den größten Mächten seiner Zeit: dem Papst und den Kreuzrittern.

Jaime sah immer noch das Bild des Zeltes vor sich, erhellt durch einen siebenarmigen Leuchter. Vielleicht war er der mächtigste König seiner Zeit, doch in der Einsamkeit der Nacht, während er vor dem Kreuz seines am Boden liegenden Schwertes kniete und betete, war er einfach nur ein Mann. Der ewige Mann. Der in Tausenden von Jahren das eine oder andere Mal gelebt hatte, der sich in jeder Dunkelheit einsam fühlte, mit seinen Zweifeln und Ängsten als einzigen Gefährten angesichts der Gefahr, die wie ein hungriger Wolf draußen auf ihn wartete, vor der er jedoch niemals fliehen würde.

Er könnte mit dem schnellsten Pferd zur Küste reiten und an Bord seines seetüchtigsten Schiffes gehen. Er könnte zur Insel der Drachen und Einhörner segeln und sich dort in der tiefsten Grotte verbergen, doch er würde sich selbst und dem brennenden Wunsch, von seiner Geliebten geliebt zu werden, nie entkommen. Deshalb würde er trotz der Gefahr und trotz der Angst nicht fliehen, sondern sich seinem Schicksal stellen, ungeachtet, wie es ausfallen würde, so wie es viele Männer und Frauen im Laufe der Jahrhunderte getan hatten und so wie es viele Männer und Frauen jeden Tag ihres Lebens taten. Diese anonymen Leben anonymer Helden, die in Bussen und Autos fuhren, gegen ihre Angst kämpften und sich täglich ihrem Schicksal stellten, ihre kleine Freiheit, ihre Würde und ihre Liebe verteidigten.

Jaime betrachtete die Wolkenberge unter dem Flugzeug und trank seinen Kaffee. Er warf einen Blick auf seine Armbanduhr. In Los Angeles war es drei Uhr morgens. Er schloss die Augen und ließ seine Gedanken schweifen. Wohin würde ihn dieses Abenteuer führen? Das gegenwärtige Abenteuer oder das der Vergangenheit. Doch welche Zeit war die gegenwärtige? Seine Gegenwart war Pedros Zukunft. Pedros Zukunft war Jaimes Vergangenheit. Wie viele Reinkarnationen hatte er bereits erlebt? In wie vielen spielte Karen eine Rolle? Wie viele würde er noch durchlaufen? Zu viele Fragen und keine Antwort. Er spürte Beklemmung. Er fühlte sich klein und verwirrt. Und er spürte ein Bedürfnis, das er seit langer Zeit nicht mehr empfunden hatte. Er wollte beten.

Zum katholischen Gott. Zum Guten Gott der Katharer. Zu ein und demselben Gott. Oder zu keinem.

Er begann zu murmeln:

»Vater unser, der du bist …«

»Bin gut angekommen. Kuss. Pedro.«

Er vergewisserte sich, dass die Mail gesendet wurde und löschte ihre Spuren im Notebook. Wie verabredet. Keine Anrufe, weder im Konzern noch bei Karen zu Hause. Es war viel sicherer, übers Internet miteinander zu kommunizieren. Karens Computer war durch ein zweiteiliges Passwort gesichert, und sie würde Jaimes Mail sofort nach Erhalt löschen.

Als er in sein Zimmer gekommen war, hatte er als Erstes den Computer eingeschaltet. Das war seine Angewohnheit, wenn er in einem Hotel abstieg. Er las seine Mails. Keine von Karen.

Dann erst sah er sich im Zimmer um. Dieser mit viktorianischen Möbeln ausgestattete Raum sollte für eine Woche seine Unterkunft bleiben, und er packte seinen Koffer aus.

Er war sehr müde. Das Bett zog ihn magisch an, doch er widerstand der Versuchung. Er wusch sich das Gesicht und zog einen Trenchcoat über. Ein mehrstündiger Spaziergang durch die Straßen von London oder gar durch den melancholischen Hyde Park schien ihm angebrachter. Nach einer Dusche und einem zeitigen leichten Abendessen würden sich seine Chancen auf einen geruhsamen Schlaf verbessern. Mit etwas Glück würde er nicht allzu sehr unter dem Jetlag leiden.

MONTAG

65

Jaime schreckte um fünf Uhr morgens aus dem Schlaf hoch. Er hatte etwas geträumt, an das er sich nicht erinnern konnte, das ihn jedoch beunruhigte. Er schaltete den Computer ein und sah in seiner Mailbox nach. In Los Angeles war es jetzt Sonntag und neun Uhr abends. Karen hatte nicht geantwortet. War sie noch in Montségur? War ihr etwas zugestoßen? Karen fehlte ihm.

Verdammt! Sie hätte doch eine kurze Mail schicken können, damit er wusste, dass es ihr gut ging.

Er spürte wieder dieses Gefühl einer Gefahr, das er bereits kannte und das einen bitteren Geschmack im Mund hinterließ. Die Gefahr lauerte in den viktorianischen Möbeln seines Zimmers, sie umschwirrte ihn wie eine unsichtbare Fledermaus. Oder sie kauerte hinter der Tür. Er sah sie nicht. Doch er spürte sie. Etwas würde geschehen, und er war allein in der Nacht, er kam sich vor wie der einzige wache Mensch im schlafenden London. Wenn er infolge des Jetlags oder einer nächtlichen Beklemmung nicht schlafen konnte, griff er für gewöhnlich nach einem Buch oder arbeitete an seinem Computer oder beschäftigte sich mit dem Zweck der Reise. Nur in dieser Nacht klappte nichts von all dem. Er blickte durch das Fenster auf die menschenleere Straße, die im Nieselregen glänzte. Er zog eine Jogginghose, einen dicken Wollpullover und Turnschuhe an. Darüber den Regenmantel. Er ging hinaus auf die Straße und eilte mit großen Schritten über die Bürgersteige der Stadt.

Am Montag traf er sich zum ersten Mal mit dem europäischen Leiter der internen Rechnungslegung der Davis Corporation in dessen Büro. Später mit einem Team von Rechnungsprüfern. Sie gingen die wichtigsten Punkte der letzten externen Prüfungen noch einmal durch.

Alles hatte seine Ordnung, nichts war dabei, das seinen Besuch rechtfertigte. Die Regeln der Rechnungsprüfung wurden korrekt befolgt, die Vorgehensweise entsprach den Vorschriften, es gab keinerlei Hinweis darauf, dass die Steuerhinterziehung im Bereich Produktion in den Vereinigten Staaten den Vertrieb geistigen Eigentums des Konzerns in Europa berührte. Jaime hätte die wichtigsten Punkte in einer Tagesbesprechung erledigen können, indem er die Berichte einfach prüfte und offene Fragen telefonisch klärte. Oder per E-Mail anforderte. Diese Überprüfung vor Ort war reine Zeitverschwendung.

In den kommenden Tagen würde er die Berichte der Abteilungen Kinofilm, Video, Fernsehen und Merchandising prüfen müssen, also auch die Geschäfte, die T-Shirts und tausend andere Fanartikel mit dem Eagle-Stores-Logo verkauften. Er würde sich auch mit weniger wichtigen Angelegenheiten und mit der Ausgestaltung einiger problematischer Lizenzverträge beschäftigen müssen.

Es könnten Routineangelegenheiten sein, einfache Controlling-Arbeiten, für die Jaime sich jedoch wirklich interessierte. Aber diesmal interessierten sie ihn überhaupt nicht.

Mit seinen Gedanken war er in Los Angeles, auch mit seinem Herzen. Er liebte Karen. Und mit der Entfernung war dieses Gefühl so stark, dass er ihre Abwesenheit besonders schmerzhaft empfand. Er konnte ohne sie nicht leben, und nach seiner Rückkehr musste er ihre Beziehung offiziell machen. Er hatte ihr seine Gefühle unmissverständlich gezeigt, aber er hatte ihr seine Liebe noch nicht offiziell erklärt. Er musste es unbedingt tun und wissen, ob seine Gefühle erwidert wurden, er wollte sich ihr verpflichten, und sie sollte sich ihm verpflichten.

Sein Notebook war immer eingeschaltet, und er nutzte die Zeit zwischen den Besprechungen, um in seine Mailbox zu schauen.

Endlich. Eine Nachricht von Karen. Er freute sich sehr, wurde aber enttäuscht, weil sie sehr knapp war. Aber was erwartete er denn? Einen Liebesbrief? Er begehrte sie mit jeder Faser seines Herzens, doch Karens Nachricht war so knapp wie seine vom Vortag. »Freu mich, dass es dir gut geht. Arbeite viel und komme voran. Pass auf dich auf. Corba.«

Sie hatte die Mail Sonntag nach Mitternacht geschrieben. Bestimmt arbeitete sie sehr viel.

Er aß in einem feinen Lokal mit dem europäischen Leiter der Rechnungslegung zu Abend. Als er ins Hotel zurückkehrte, fiel sein Blick auf eine hübsche Frau, die in der Halle saß. Sie hatte die Beine übereinandergeschlagen und zeigte sie großzügig unter einem keineswegs zu kurzen Rock. Sie hatte schöne grüne Augen und war passend zum Hotel dezent gekleidet. Sie schenkte ihm ein Lächeln, hielt seinen Blick für einen kurzen Moment fest und ließ ihre Augen dann wieder zerstreut weiterwandern. Jaime dachte, dass sich unkomplizierter Sex ohne Verpflichtung anbot. Als Gegenmittel gegen die Einsamkeit, allerdings gegen Cash.

Die Verbindung eines geschmackvollen Kleides mit einem gekonnten Make-up und die Tatsache, dass sie in diesem Hotel offensichtlich auf der Pirsch war, rief in ihm ein intensives Verlangen hervor. Er schaute kurz in die überfüllte Bar und machte kehrt.

Einen Augenblick lang spielte er mit dem Gedanken, seine Angst mit der Gesellschaft dieser Frau zu betäuben.

Aber nein. Er wusste, er könnte es nicht. Karen oder keine.

Er ging in sein Zimmer und setzte sich vor sein Notebook. Wie nicht anders zu erwarten, fand er keine Nachricht von Karen vor. Aber seine Mailbox enthielt mehrere Mails aus der Konzernzentrale, darunter zwei von White. Zwei weitere aus Japan und Australien. Er öffnete keine, sondern verschob es auf den nächsten Tag.

Er wollte Karen schreiben. Die vereinbarten Sicherheitsmaßnahmen – sich bei den Mails kurz zu fassen und nicht zu telefonieren – waren eine schreckliche Strafe für ihn. So vieles wollte er ihr sagen. Er wählte seine Worte sorgfältig und stellte sie immer wieder um, doch nie drückten sie aus, was er empfand. Schließlich entschied er sich für eine ihm harmlos scheinende Buchstabenfolge.

»Ich habe eine neue Rückerinnerung erlebt. Von ganz allein. Du bist darin vorgekommen. Ich bete dich an und möchte dich bald sehen. Pass auf dich auf. Pedro.«

Er las den Text noch mal durch und seufzte. Was für eine idiotische Mail!

Er war maßlos verliebt in Karen und musste und wollte ihr seine Liebe gestehen. Und nun schickte er nur diese blödsinnige Mail. Er tröstete sich damit, dass ein Computer kein ideales Medium für eine Liebeserklärung war.

DIENSTAG

66

»*Good morning, Sir*«, sagte eine höfliche Stimme mit britischem Akzent. »*Your awaking call. Have a good day*.«

Jaime bedankte sich brummend beim telefonischen Weckdienst und legte den Hörer auf. Er brauchte ein paar Minuten, um sich zurechtzufinden, schließlich stand er auf, ging zum Fenster und zog die schweren Vorhänge zur Seite, um auf die Straße zu schauen. Obwohl es draußen noch dunkel war, konnte er erkennen, wie das Wasser des Nieselregens in die Pfützen fiel. Er trat an sein Notebook, das die ganze Nacht eingeschaltet geblieben war, und betrachtete seine eingegangenen Mails. Keine Nachricht von Karen. In Los Angeles war es elf Uhr nachts. Arbeitete sie noch in Montségur? Oder spürte sie einfach kein Bedürfnis, ihm zu antworten? Nachdem er geduscht hatte, ließ er sich das Frühstück aufs Zimmer servieren. Kurz bevor er sein Notebook ausschaltete, kontrollierte er noch einmal die Mailbox. Endlich eine Nachricht von Corba! Sein dummes Herz klopfte vor Freude, als wollte es zerspringen. »Pedro! Das ist phänomenal! Du erinnerst dich von selbst. Bald kannst du deinen Zyklus abschließen. Glückwunsch. Ich freue mich sehr für dich. Ich möchte dich auch bald sehen. Wir haben viel zu reden. Tausend Küsse. Corba.«

Jaime saß wie verzückt vor dem Bildschirm. Er las ihre Mail immer wieder und beschloss, ihr sofort zu antworten, obwohl Karen vermutlich bereits schlafen gegangen war und die Mail erst morgen früh lesen würde. »Guten Morgen, Corba. Ich denke immer nur an dich. Du fehlst mir. Ich glaube, ich liebe dich. Ich glaube, ich bin sehr verliebt in dich. Pedro.«

Was für eine idiotische Art von Liebeserklärung! Ohne das Kerzenlicht bei einem romantischen Essen, wie das Klischee es vorschrieb, doch er konnte eben nicht warten, und nun war es passiert. Er merkte, dass er zu spät ins Büro kommen würde. Es kümmerte ihn nicht im Geringsten.

Die Würfel sind gefallen, sagte er sich, schaltete sein Notebook aus und verstaute es in seiner Tasche.

Der Tag verstrich langsam, und Jaime musste sich gewaltig anstrengen, um sich halbwegs auf seine Arbeit zu konzentrieren. Wie würde Karen reagieren? Sie musste etwas für ihn empfinden. Aber wie viel? War ihr Interesse echt oder doch nur Berechnung? Bald würde er es wissen.

Seit vier Uhr nachmittags dachte Jaime, Karen müsste aufgestanden sein und seine Mail gelesen haben. Warum antwortete sie nicht? Was ging in ihrem Kopf vor? Vielleicht hatte sie keine Zeit mehr zu schreiben, bevor sie aus dem Haus ging? Vom Büro aus würde sie ihm bestimmt nicht schreiben. Er würde lange warten müssen, sehr lange.

MITTWOCH

67

»Was für eine Überraschung, Pedro! Ist deine Nachricht nur eine Absichtserklärung oder handelt es sich um eine offizielle Liebeserklärung? *Glauben* reicht nicht, du musst dir sicher sein. Besser ist, du drückst dich deutlich aus, du hast es immerhin mit einer Anwältin zu tun. Ich habe deine Mail ausgedruckt, und du musst sie mir unterschreiben, wenn du zurückkommst. Komm bald wieder. Tausend Küsse. Corba.«

Karens Mail kam in den Moment, in dem Jaime ins Büro gehen wollte. Er hatte sie so sehnsüchtig erwartet, dass er nur noch angsterfüllt vor dem Notebook saß. Er las mehrere Male die für Karen so typische knappe Antwort. Sie ging auf ihn ein, ohne sich zu erklären; sie nutzte den dank Jaimes seltsamer Liebeserklärung entstandenen Vorteil ihrer Lage und antwortete nicht eindeutig. Mit ihrem bekannten Humor zog sie ihn auf. Doch ihr Ton war sehr zärtlich, und Jaime dachte, dass es gar nicht schlecht klang. Wieder würde er zum ersten Termin des Tages zu spät kommen, aber das war ihm gleichgültig. Er schrieb seine Antwort. »Frau Anwältin, das ist eine offizielle Liebeserklärung, aber ich unterschreibe nichts, bevor ich nicht das Kleingedruckte gelesen habe. Du bist an der Reihe, dich zu erklären. Ich liebe dich und ich möchte eine klare Antwort von dir. Pass auf dich auf. Pedro.«

Er las die paar Zeilen mehrere Male. Gut, jetzt war sie am Zuge. Er war sehr optimistisch.

Der Vormittag verlief angenehm, und Jaime behielt seine gute Laune. Heute fiel es ihm leichter als am Vortag, sich auf seine Arbeit zu konzentrieren.

Gegen elf Uhr warf er einen routinemäßigen Blick in seine Mailbox und fand eine Nachricht. Seltsam, sie musste sie um ein Uhr morgens in Los Angeles abgeschickt haben. Hatte Karen nachts vor ihrem Notebook gewartet, dass er antworte? Jaime war glücklich und starrte für wenige Augenblicke angenehmer Spannung auf die Ankündigungszeile für die Mail, ohne sie zu öffnen. Würde sie schreiben, dass sie ihn liebte? Dann öffnete er die Mail.

»Gefahr. Ein katharischer Mitbruder, Doppelagent, den wir bei den *Wächtern* eingeschleust hatten, ist vor zwei Tagen verschwunden. Man hat seine Leiche gefunden, gefoltert. Sie haben ihn zum Reden gebracht. Ich vermute, er hat unseren Plan verraten. Und mich. Ich kann dir nicht mehr schreiben. Du mir auch nicht. Deine Identität muss geschützt bleiben. Das ist meine letzte Mail, lösche sie. Ich habe Angst. Tausend Küsse. Pass auf dich auf. Corba.«

Er spürte, wie es ihm kalt den Rücken hinunterlief. Karen antwortete nicht auf seine Mail vom Vormittag, sie hatte sie vermutlich nicht gelesen. Jaime versuchte, im Geiste zu rekonstruieren, was geschehen war: Karen hatte seine Mail vom Vortag gelesen und sie beantwortet, und zwar um elf oder halb zwölf nachts in L. A. Dann war sie zu Bett gegangen. Ein Anruf oder ein Alarm musste sie mitten in der Nacht geweckt haben. Ohne seine Mail zu lesen oder vielleicht ohne gemerkt zu haben, dass Jaimes Mail darauf wartete, gelesen zu werden, schickte sie ihm diese Nachricht. Bestimmt verbrachte Karen den Rest der Nacht damit, die anderen Katharer zu warnen.

Er hoffte, sie würde seine Liebeserklärung lesen, bevor sie alle Mails aus ihrem Rechner löschte. Es war lebenswichtig, dass sie seine Nachricht entdeckte!

Jaime war überzeugt davon, dass dieser arme Unglücksrabe geredet hatte, genau wie Linda, und weil er Karen kannte, hatte er sie verraten. Sie befand sich jetzt in großer Gefahr. Diese Leute schreckten vor nichts zurück und würden es erst recht nicht tun, wenn sie wüssten, dass sie demnächst im Konzern entlarvt und überführt würden. Wenn sie Karen fanden, war sie verloren, und Karen zu finden war ganz einfach. Viele Sicherheitsbeamte am Hauptsitz des Konzerns gehörten zu den *Wächtern*. Wenn sie im offiziellen Adressenverzeichnis der Davis Corporation suchten, fänden sie im Nu ihre Anschrift! Lieber Gott, bitte, hilf ihr! In Sekundenschnelle fasste er seinen Entschluss. Er durfte Karen nicht allein lassen. Nur ihre Sicherheit interessierte ihn. Mit Karen durfte nicht das Gleiche geschehen wie mit Linda. Egal, wer die verdammten Banditen waren, die Linda gefoltert hatten, wenn er auf seiner Suche nach Karen einem von ihnen begegnete, würde er ihn töten, ohne mit der Wimper zu zucken. Und es wäre ihm ein Vergnügen. Er griff nach dem Telefon im Konferenzsaal, in dem er sein Büro zwischen den Terminen eingerichtet hatte, und rief den Leiter der europäischen Rechnungslegung an.

»Tom, bitte sag alle meine Termine ab. Man hat mich gerade über ein ernstes Problem mit meiner Familie in Los Angeles informiert. Ich fliege sofort zurück. Bitte deine Sekretärin, mir den nächsten Flug nach Los Angeles zu buchen. Ich rufe sie vom Hotel aus an.«

Alles schien sich im Zeitlupentempo zu bewegen. Der Empfangschef, der den Schlüssel suchte, der Aufzug, der auf sich warten ließ und eine Ewigkeit brauchte, bis die Tür aufging.

Jaime rief im Büro an. Man hatte einen Flieger für ihn gebucht, der um vier Uhr startete und am selben Tag um sieben Uhr abends in Los Angeles landen würde. Er musste sich beeilen. Er rief den Empfang an und bat, seine Rechnung vorzubereiten. Dann begann er seine Sachen zusammenzusammeln, auch die aus dem Bad. Karen war in Gefahr. Und sie fürchtete sich.

Er hatte Ricardos Revolver unter dem Sitz seines Autos versteckt, das am Flughafen von Los Angeles auf dem Parkplatz für die Interkontinentalflüge stand.

Wenn er ankam, würde er sofort nach Karen suchen. Aber wo? Er griff nach dem Telefon, um sie anzurufen. Nein, das durfte er nicht. Er rief Ricardo an. Seine Stimme klang formell und mechanisch – es war der Anrufbeantworter.

»Ricardo, der Tanz hat begonnen. Meine Freundin ist in Gefahr. Und ich werde ihr helfen. Ich komme um sieben Uhr abends in L. A. an, lass eine Nachricht bei Ricardo's, wo ich dich finde. Ich umarme dich, mein Freund.«

Er ging davon aus, dass Ricardo ihm helfen würde, egal, worin das Problem bestand. So war es immer gewesen. So würde es auch jetzt sein.

Der Flug verzögerte sich um eine Stunde. Wenn der Wind günstig war, würden sie einen Teil der Zeit aufholen, erklärte der Flugkapitän, als er sich für die Verspätung entschuldigte und die Überlastung des Flughafens dafür verantwortlich machte.

Jaime hatte drei Stunden endlosen Wartens damit verbracht, seine Beklemmung und sein Gepäck durch die Gänge des Terminals zu schieben. Er hatte sich einen Kofferkuli genommen und war durch die Duty-free-Zone geschlendert. Er war viel zu nervös, um sich zu setzen. Dann entdeckte er ein Telefon. Er hatte noch etwas Kleingeld. Er hoffte, dass es ausreichte, wenn nicht, würde er seine Kreditkarte benutzen. Er wusste, er durfte nicht anrufen. Aber er musste wissen, dass es Karen gut ging. Er warf einen Blick auf seine Armbanduhr. In Kalifornien war es morgens halb sieben. Schlief Karen noch? Nein, er durfte nicht anrufen.

Er schlenderte weiter durch den Flughafen, schaute in die Auslagen, um sich abzulenken und den vielen Menschen auszuweichen. In einem Schmuckgeschäft entdeckte er eine hübsche Sammlung von Ringen. Er erinnerte sich, dass er erst ein paar Stunden zuvor Karen seine Liebe gestanden hatte. War sie bereit, sich an ihn zu binden? Würde es ihm gelingen, sie zu seiner Frau zu machen? Wie sehr sehnte er sich danach, sie in den Armen zu halten und zu küssen. Er liebte sie, wie er noch nie zuvor jemanden geliebt hatte. Er war bereit, alles für seine Liebe zu geben. Alles zu opfern, nur für ein Lächeln von ihr, nur um zu wissen, dass es ihr gut ging. Die Zeit verging im Schneckentempo. Sein Blick kehrte zu den Ringen zurück und fiel auf ein paar bezaubernde Verlobungsringe. Welche würden Karen gefallen? Bestimmt einer mit einem riesigen Diamanten. Dann schob er seinen Kofferkuli weiter durch den Terminal. Seine Angst ließ nicht nach, und er fühlte sich wie ein Verdammter. Schon stand er wieder vor den Telefonen. Unwillkürlich schob er ein paar Münzen in den Schlitz, wartete das Freizeichen ab und wählte. Karens Stimme bestätigte, dass er die richtige Nummer gewählt hatte und erklärte, man könne eine Nachricht hinterlassen. Er war enttäuscht. Ein paar Sekunden lang hatte er gehofft, Karen sei selbst am Apparat. Er wollte ihr sagen, dass er bald bei ihr sein und sie beschützen würde. Jaime wusste, dass es Unsinn war. Vielleicht schlief sie. Oder auch nicht, oder war gar nicht zu Hause. Doch selbst wenn sie zu Hause war, würde sie nie und nimmer so unvorsichtig sein und ans Telefon gehen. Wahrscheinlich hatten die *Wächter* sie identifiziert, ihre Adresse und Telefonnummer herausgefunden und womöglich ihr Telefon abgehört. Denn sie mussten schnell handeln, um zu vermeiden, dass ihr Komplott im Konzern aufgedeckt wurde. Außerdem hielten sich diese Leute nicht mit Überlegungen auf. Jaime war überzeugt davon, dass nur ein Schuss in die Stirn die *Wächter* stoppen konnte. Er hinterließ keine Nachricht.

Als im Flugzeug das Essen serviert wurde, merkte er, dass er seit dem Frühstück nichts mehr zu sich genommen hatte. Der Nachmittag, der Abend, die Zeitverschiebung von acht Stunden – der Flug würde endlos dauern.

Nachdem Jaime gegessen und einen Cognac getrunken hatte, zog er das Rollo an seinem Fenster herunter und knipste das Licht über seinem Sitz aus. Er hüllte sich in eine Decke und verstellte die Lehne seines Sitzes, um zu schlafen. Er schloss die Augen und atmete tief durch. Auf dem Hinflug war er in sein Innerstes abgetaucht und hatte noch einmal eine Gefahr durchlebt und als Warnung für die Gegenwart interpretiert. Etwas würde geschehen, und zwar bald. Er hätte in Los Angeles bleiben sollen, er hätte bei Karen bleiben und White zum Teufel schicken müssen. Er atmete wieder tief durch und versuchte, seine Spannung abzubauen. Seine Glieder waren ganz steif. Er streckte Arme und Beine aus, spannte die Muskeln an, um sie dann wieder zu lockern. Mit großer Willensanstrengung versuchte er, seinen Körper im Rhythmus seiner Atmung zu entspannen und sich an Bilder auf dem Hinflug zu erinnern. Nach und nach beruhigte er sich und erinnerte sich. Die Bilder kehrten zurück. Aber sie waren verändert. Er kehrte in die Vergangenheit zurück! Doch zu einem anderen Zeitpunkt!

68

Pedro stand aufrecht da, stützte sich auf sein Schwert, trug sein Kettenhemd, seinen Helm und seine Kampftunika, die mit roten Streifen auf gelbem Grund verziert war, mit dem alten Symbol des Grafen von Barcelona, das jetzt das Wappen der katalanisch-aragonischen Krone zierte. Zu seiner Rechten stand Ramón VI., Graf von Toulouse, mit seinem Sohn. Ihre Wappen mit dem goldgelben Toulouser Kreuz auf rotem Grund, das mit drei abgerundeten Ecken in jeweils einer Troddel endete, leuchteten. Zu seiner Linken standen der Graf von Foix mit seinem Wappen aus roten und gelben Streifen und der Graf von Cominges mit dem Emblem mit den drei Stieren. Hinter ihnen hatte sich eine große Gruppe kampfbereiter Adeliger und Ritter versammelt. In der Mehrheit waren es Okzitanier, fast alle stammten aus Toulouse, einige aus Foix und Cominges. Auch eine stattliche Anzahl von Aragoniern hatten sich eingefunden mit Miguel de Luisián, dem Bannerträger des Königs, an der Spitze, und viele Katalanen, darunter Hug de Mataplana, der Frauenheld und Troubadour mit dem ironischen Lächeln. Die Formation der Ritter schloss die *Vertriebenen* ab, okzitanische Adelige, die von den Kreuzrittern aus ihren Burgen und von ihren Ländereien verjagt worden waren. Viele hatten ihr letztes Hab und Gut verkaufen oder sich Pferd und Waffen leihen müssen, um sich denen zu stellen, die ihnen alles genommen hatten.

Weiter hinten befanden sich die Schildknappen, die Hauptleute und Befehlshaber über die Fußtruppen, Bogen- und Armbrustschützen, Läufer mit Kurzschwert und Lanzenträger. Sie gehörten entweder zu den königlichen und gräflichen Truppen oder es waren Freiwillige, die in Toulouse, Foix und Cominges rekrutiert worden waren. Unter ihnen befanden sich auch viele Söldner, die für Gold auch auf der Seite des Gegners gekämpft hätten. Wenn der Feind zu siegen drohte, flohen sie als Erste.

Einige Augenblicke zuvor hatte die Morgendämmerung die Wolken der Nacht vertrieben, und das Heer nahm an der katholischen Messe vor dem Kampf teil. Es regnete nicht mehr, und als der Priester das Evangelium las, zeigte sich ein rötlicher Sonnenstrahl zwischen den Wolken. Die Männer gaben keinen Laut von sich. Lediglich das dumpfe Klirren der Waffen durchbrach die Stille. Die Männer sahen die Morgenröte und wussten, dass es für viele die letzte sein würde.

Das Zwitschern der Vögel, das aus einer anderen Welt zu kommen schien, lag unter dem Gebet, das der Priester mit volltönender Stimme in Latein vortrug.

Pedro hatte sich mit einem Kuss, einer Umarmung und einem Ich-liebe-dich von Corba verabschiedet, die ihn ihrem Guten Gott empfahl und ins Gebet versunken im Zelt zurückblieb.

Er hatte einen Großteil der Nacht im Gebet neben seinen Waffen verbracht, bis ihn die Müdigkeit überwältigt und er eine Stunde oder auch weniger geschlafen hatte, als Corba und sein Schildknappe ihn weckten.

Er war müde, todmüde, doch er setzte sein Gebet fort. Nachdem er die ganze Nacht gebetet hatte, hoffte er, den inneren Frieden zu finden, den Gott ihm so viele Monate lang vorenthalten hatte, und mit reinem Herzen in die Schlacht zu ziehen, seinem Schicksal entgegen. Aber das war nicht so.

»Mein Herr und Gott und Jesus Christus, Euer Sohn.« Pedro nahm sein inneres Gebet wieder auf, als ihn das Gefühl übermannte, die Worte des Priesters kämen von weit her und sein Helm sei zentnerschwer und stürzte ihm vom Kopf. Er fiel zu Boden! Er umfasste mit der ganzen Kraft seiner rechten Hand das Schwert, das sich noch tiefer in den Boden bohrte, und suchte mit der linken Halt.

Er spürte, wie der Graf von Foix ihn am Arm festhielt und der Graf von Cominges seine Schulter stützte. Er atmete mühsam, und das Blut schien in seinem Kopf zu brodeln. Fast wäre er vor seinem versammelten Heer in Ohnmacht gefallen. Die Ermüdung durch die tagelangen Gewaltritte, die verzweifelte Liebe zu Corba und seine Nachtwache, um seine Waffen Gott zu weihen – vielleicht hatte er seine Kräfte überschätzt. Der Priester unterbrach sein Gebet, und Gemurmel erhob sich in den Reihen der Truppe.

»Fahrt fort«, befahl der König mit seiner gewohnten Stimme. Dann löste er sich von den Grafen. »Vielen Dank, meine Herren«, sagte er leise.

Er hatte wohl bemerkt, dass der Graf von Toulouse zu seiner Rechten keinerlei Anstrengung unternahm, ihm zu helfen. Ganz im Gegenteil. Er hatte sich sogar ein paar Schritte entfernt und damit sein Missfallen bekundet.

Die Messe ging zu Ende. Der Priester sprach das *Vaterunser*. Das anfängliche Gemurmel verwandelte sich zu einem lauten flehentlichen gemeinsamen Rufen der im Gebet verbundenen Männer. Die einen beteten auf Latein, viele in ihrer Muttersprache, und einige veränderten den Text des Gebetes, eigentlich nur wenig, aber bedeutungsvoll. Ein Inquisitor hätte auf Anhieb das Vaterunser der Ketzer erkannt. Das katharische Vaterunser.

Der Lärm verschluckte das Getrappel eines herangaloppierenden Pferdes. Ein Reiter übergab die Zügel einem Schildknappen, ging auf Pedro zu, kniete vor ihm nieder und verkündete:

»Mein Herr, Don Pedro, die Franzosen haben Muret verlassen und marschieren geradewegs auf uns zu.«

»Mit welchen Truppen?«

»Mit den Reitern, mein Herr. Sie haben zwei Formationen von Rittern gebildet. Sie marschieren durch das Osttor die Garonne entlang, an der Rückseite der Stadtmauern. Es folgen ihnen Fußsoldaten mit Lanzen. Sie werden die Brücke über die Loja nehmen, um die Toulouser anzugreifen, die mit ihren Wurfmaschinen vor Muret stehen.«

»Wie viele sind es?«

»Ein paar tausend Ritter, mein Herr, und wenige Lanzenträger zu Fuß.«

»Gut, wir werden uns ihnen stellen, ebenfalls nur mit unseren Reitern.« Er wollte bei dem Gottesurteil keinen Vorteil haben, damit auf dem Schlachtfeld Gleichheit herrschte.

»Don Pedro.« Der Graf von Toulouse erhob seine Stimme. »Wir müssen unser Lager befestigen und auf ihren Angriff warten, wie ich Euch bereits erklärte. Sich der offenen Feldschlacht zu stellen ist Torheit.«

»Unsinn«, erwiderte Pedro. »Wir kämpfen unter gleichen Bedingungen und auf offenem Feld.«

»Es sind nicht die gleichen Bedingungen, Don Pedro. Die Zahl ihrer Ritter gleicht zwar in etwa unserer, doch unsere Pferde und Männer sind nach dem gestrigen Marsch erschöpft. Glaubt mir, Herr, die Franzosen sind in jahrelangen Kämpfen erprobt, erfahren im Angriff und sehr diszipliniert. Ich kenne sie gut, sie sind die besten Ritter der Welt. Außerdem haben ihre Truppen schon viele Male gemeinsam in Okzitanien gekämpft und unsere wurden erst gestern zusammengeführt, sie stammen aus allen möglichen Gegenden und sprechen verschiedene Sprachen. Es ist zu befürchten, dass sie auf offenem Feld die Schlachtordnung nicht aufrechterhalten können.«

»Nein, meine Ritter sind tapferer und viel besser als sie. Wir sind besser als die Kreuzritter. Lasst uns aufbrechen, um sie zu besiegen!«

»Auf in den Kampf!«, rief der Graf von Foix, und hinter ihm erhoben seine Truppen unter großem Getöse die Waffen.

»Einen Augenblick, mein Herr«, beharrte Ramón VI. und griff nach Pedros Arm. »Hört mich an, lasst uns hier die Verteidigung aufbauen. Wir befinden uns auf einer Anhöhe, und sie müssen den Abhang hinaufkommen. Eine erste Reihe aus Bogenschützen, Armbrustschützen und Bleikugelschleuderern; dann die Lanzenträger zu Fuß und dahinter die Truppe mit Schwertern und eine weitere Reihe aus Bogenschützen und Schleuderern. Die vorgerückte Reihe hat Zeit, nachdem sie ihre Schüsse abgefeuert hat, um an den Lanzenträgern vorbeizueilen und Waffen zu laden. Wenn sie gegen die Lanzenträger antreten, schießt die zweite Reihe der Bogenschützen ihre Pfeile ab. Dann geben die ersten Bogenschützen, die sich inzwischen dahinter aufgestellt haben, erneut ihre Schüsse ab, und im selben Augenblick schleudern wir ihnen aus den Katapulten der Nachhut die großen Steine entgegen.

Eine Gruppe von Rittern, mit meinem Sohn an der Spitze, wird vor den Katapulten die Feinde töten, denen es gelang, die Linien zu durchbrechen. Und das Gros unserer Reiter wird sich in drei Flügel aufteilen: Der Graf von Cominges und ich führen den rechten an; der Graf von Foix mit seinen Männern und einigen Eurer Ritter den linken. Wir schließen sie ein, Ihr greift mit Euren Männern aus der Nachhut in der Mitte an, und wir vernichten sie hier an Ort und Stelle. Wer die Flucht ergreift und sich nach Muret durchschlägt, wird sich zusammen mit der belagerten Stadt ergeben.«

»Nein, Graf Ramón. Der König von Aragon bleibt nicht in der Nachhut. Er wird kämpfen.«

»Ihr in der vordersten Reihe? Aber Pedro, habt Ihr den Verstand verloren?«, rief Ramón. »Ihr seid nicht mehr jung, Ihr seid fast vierzig. Und wenn Ihr fallt, bricht die Moral Eures Heeres zusammen, die Fußtruppen werden das Weite suchen, wir werden besiegt und die Überlebenden werden verfolgt und erschlagen. Aragon wird Okzitanien verlieren, und die Franzosen werden für immer hier bleiben.«

»Dann will Gott es so, denn Gott ist mit uns.«

»Gott unterstützt den Klügsten, der den kühlsten Kopf bewahrt und die beste Taktik einsetzt. Pedro, lasst Gott aus dem Spiel, wenn Ihr Eure Torheiten verteidigt«, sagte Ramón wütend.

»Was erdreistet Ihr Euch, Ramón?«, erwiderte Pedro und spürte, wie ihm die Röte der Empörung ins Gesicht stieg. »Was versteht Ihr unter Taktik und kühlem Kopf? Zu fliehen? Und was versteht Ihr unter Klugheit? Euch zu verstecken und andere für Euch kämpfen zu lassen? Ich würde Euch am liebsten auf der Stelle das Genick brechen.«

»Beruhigt Euch, Herr. Aber wollt Ihr Selbstmord begehen? Uns in den Tod führen?«, fragte Ramón eindringlich. »Vorgestern habt Ihr der Truppe einen Höllenmarsch zugemutet, und Eure Männer konnten sich nicht erholen. Ihr weigert Euch, das Lager zu befestigen, wie ich empfahl, Ihr wollt keine offizielle Belagerung von Muret erklären, und wir ließen zu, dass die Truppen von Montfort gestern in die Stadt einmarschierten. Die Bischöfe der Kreuzritter wollten verhandeln, uns eine Waffenruhe vorschlagen und vielleicht sogar die Stadt übergeben, und Ihr habt sie davongejagt, ohne mit ihnen zu reden.

Ihr wollt nicht auf Eure Truppen aus der Provence, aus Bearn und auf die Adeligen aus Katalonien und Aragon warten, die mit ihren Fußsoldaten kommen werden. Aber Ihr wollt persönlich an vorderster Front gegen die Kreuzritter kämpfen? Pedro, das ist der reine Selbstmord.«

»Ramón, der Augenblick des Kämpfens ist gekommen und nicht der des Redens oder Streitens. Kommt mit mir und kämpft zu meiner Rechten. Als Gatte meiner Schwester. Als tapferer, ehrenhafter Ritter. Wir werden die Franzosen aus Okzitanien verjagen. Wir werden die Scheiterhaufen abschaffen, auf denen gute Menschen verbrannt wurden, nur weil sie anders denken oder den Papst kritisieren. Wir schenken den Christen die Freiheit zu handeln, wie die Juden es tun. Die Frauen werden nicht mehr vergewaltigt, und die Kinder bekommen zu essen. Dein Volk wird frei, wohlhabend und glücklich sein.«

»Mit Eurer Tollkühnheit erreicht Ihr das genaue Gegenteil«, konterte Ramón. »Ich kann diesen Wahnsinn nicht billigen. Ich kenne den Feind seit vielen Jahren. Er ist wagemutig, diszipliniert, geschickt und grausam. Sehr grausam. Ihr wollt Selbstmord begehen. Und wenn Ihr hier sterben solltet, bringt Ihr großes Unheil über meine Ländereien und meine Vasallen.«

»Eure Ländereien und Vasallen erdulden bereits größtes Unheil«, mischte sich Miguel de Luisián ein, der bisher schweigend zugehört hatte, und fletschte die Zähne wie ein Löwe. »Sie haben einen feigen Grafen.«

»Wie könnt Ihr es wagen«, erwiderte Ramón und tat, als wolle er nach seinem Schwert greifen.

Miguel, der offenbar damit gerechnet hatte, war schneller, zog in Sekundenbruchteilen mit der linken Hand seinen Dolch aus dem Gürtel und drückte ihn auf Ramóns Kehle. Hug de Mataplana tat dasselbe mit dem Sohn des Grafen. Beide standen wie erstarrt, und die Ritter des Königs betrachteten wachsam jene des Grafen.

»Miguel, lasst ihn los!«, befahl Pedro, der ebenfalls nach seinem Schwert gegriffen hatte. »Auch Ihr, Hug. Sofort! Wir waren in der Vergangenheit Feinde, aber jetzt sind wir Verbündete.«

Hug und Miguel steckten ihre Dolche widerwillig zurück.

»Versteckt Euch in Eurem Zelt und jammert wie eine zahnlose Alte, wenn Ihr Angst habt«, zischte Miguel Ramón zu. »Wenn Ihr dagegen tapfer seid, erwarte ich Euch auf dem Schlachtfeld und nehme meine Worte zurück und gebe Euch Eure Ehre wieder.«

»Was habt Ihr dazu zu sagen, Don Pedro?«, fragte ihn Ramón mit aschfahlem Gesicht. »Ich bitte Euch zu veranlassen, dass Miguel Luisián seine Worte zurücknimmt und sich entschuldigt.«

»In Kriegszeiten überlässt der König seine Standarte und seine Stimme dem Bannerträger des Reichs. Ich werde Miguel um nichts bitten. Kommt mit mir, und er wird seine Worte zurücknehmen.«

»Verrückt«, stieß Ramón hervor. »Wenn Ihr es so wollt, dann werdet Ihr zusammen mit diesen prahlerischen Herren aus Aragon sterben. Kommt, mein Sohn.« Der Graf von Toulouse und sein Sohn lösten sich aus der Gruppe und kehrten zu ihren Zelten zurück. Die Ritter von Toulouse folgten ihnen.

Pedro blickte ihnen nach. Gern hätte er geantwortet, dass es keineswegs Selbstmord sei, wenn der König von Aragon sich einem Gottesurteil unterwerfe. Und wenn er überlebte, fürchtete er die Exkommunikation seitens des Papstes nicht, mit der die Bischöfe, die Simón de Montfort unterstützten, ihn am Tag zuvor einschüchtern wollten. Aus diesem Grund hatte er sie gar nicht erst empfangen.

Wenn er siegte, hatte er das von Gott verliehene Recht, die Kreuzritter und ihre kriegerischen Bischöfe zu besiegen. Vielleicht sogar den Papst. Er setzte alles auf eine Karte. Wenn er siegte, würde er ein Weltreich schaffen. Er würde siegen oder sterben und vor allem seine Seele vor der Hölle retten.

»Wir teilen uns in drei Gruppen auf. Wir lassen nicht zu, dass sie fliehen. Wir umzingeln sie auf dem Schlachtfeld«, sagte Pedro zu den Grafen. »Die beiden ersten Gruppen werden den Franzosen entgegenreiten, und die Nachhut wird zum Angriff übergehen, während wir sie umzingeln. Graf Ramón und sein Sohn führen diese dritte Gruppe mit den Rittern aus Toulouse an. Kaplan Arnau«, wandte er sich an den Geistlichen, der die Messe gelesen hatte, »Ihr seid beauftragt, Euch in das Zelt des Grafen von Toulouse zu begeben, ihm seine Position im Kampf mitzuteilen und ihn zu überzeugen.« Er dachte noch, er müsse versuchen, Ramón VI. wieder für den Kampf zu gewinnen, obwohl er wusste, wie schwer das nach so bösen Worten werden würde. Doch er war bereit, die Schlacht auch ohne ihn zu wagen.

»Der Graf von Foix und sein Sohn befehligen den ersten Flügel, der sich aus den Rittern von Foix und einer ersten Gruppe aragonischer Ritter zusammensetzt. Ihr macht einen Ausfall nach rechts, um die Fußtruppen von Toulouse zu unterstützen, die mit den Katapulten gegenüber den Stadtmauern von Muret postiert sind. Ihr müsst verhindern, dass die Kreuzritter über die rechte Flanke fliehen. Ramón Roger, Ihr müsst sehr schnell vorrücken, damit sie die Toulouser nicht schlagen und fliehen können.«

»Ja, Don Pedro«, brüllte der Graf von Foix. Und er begab sich zu den Pferden und rief: »Hier kommt Foix!«

»Miguel«, fuhr Pedro fort und wandte sich seinem Bannerträger zu, »weist dem Grafen von Foix eine Verstärkung von Rittern zu.«

»Ja, mein Herr.« Und Miguel de Luisián begann mit der lauten, kräftigen Stimme eines Bergbewohners der Pyrenäen, Namen aufzurufen.

»Die übrigen Ritter meiner Truppen und die okzitanischen Ritter kommen in meine Gruppe. Ich gehe an die Spitze.«

»Mein Herr, Don Pedro«, sagte Guillem de Montgrony, ein junger Ritter, der sich durch Tapferkeit ausgezeichnet hatte. »Gewährt mir die Ehre, mit Euren Insignien zu kämpfen.«

»Ich habe es Euch auf der Ebene von Toulouse versprochen und gewähre es Euch jetzt«, erwiderte Pedro und entledigte sich seiner Kampftunika, die sein Panzerhemd bedeckte und tauschte sie mit Guillem. Das Gleiche taten sie mit den Schilden. Die Tradition wollte, dass ein junger verdienter Ritter die königlichen Insignien trug, wenn ein König in die Schlacht zog. Damit schützte er den König davor, zu leicht identifiziert und getötet zu werden.

Die Gruppe des Grafen von Foix war bereits im Abmarsch, und Pedro wandte sich den Pferden zu, um seine Gruppe zusammenzustellen. Zur Sicherheit würde ein Teil der Fußtruppe mit Lanzen folgen. Die Bogenschützen, die Lanzenreiter und die übrige Truppe blieben in der Nachhut.

Pedro hob das Schwert und rief seinen Männern zu:

»Für Okzitanien! Für Katalonien und Aragon.«

Ein großes Geschrei erhob sich aus den Reihen des Heers. Ritter und Schildknappen eilten zu ihren Pferden, während Hauptleute und Befehlshaber brüllten. Pedro stieg auf sein Pferd, und seine Ritter umgaben ihn.

»Vorwärts«, rief er und lenkte sein Pferd zum Schlachtfeld.

Das ist kein Selbstmord. Das ist das Gottesurteil, wiederholte er im Stillen immer wieder. Herr, mein Gott, ich unterwerfe mich deinem Ratschluss und erflehe Deine Gnade, murmelte er, und der König Don Pedro II. von Aragon ritt an der Spitze seiner Männer seinem Schicksal entgegen.

69

Die Bilder des angreifenden Heeres, die Rufe, der Lärm, das Knirschen der Rüstungen und das Klirren der Waffen verschmolzen mit dem dumpfen Motorengeräusch und dem Anblick der Kabine der Business Class.

Die Schlacht stand bevor. Doch welchen Bezug hatte sie zu seinem heutigen Leben? Womöglich wiederholte sich auch diese Situation? Vielleicht musste er ebenfalls in einen Kampf auf Leben und Tod ziehen. Jaime war dazu bereit. Denn welchen Wert hätte das Leben für ihn, wenn Karen ermordet würde?

Er verstand jenen legendären Irren, der, obwohl er einer der mächtigsten Könige seiner Zeit war, dem Tausende von Rittern unterstanden, in der Schlacht in vorderster Linie kämpfen wollte.

Was bislang absurd schien, wurde jetzt verständlich; Pedro musste an der Spitze seiner Truppen siegen oder sterben. Lieber wollte er sterben als nicht zu behalten, was er liebte. Pedro liebte Corba und musste sich auf die Seite der Katharer stellen und sich davon überzeugen, dass Gott mit ihnen war, oder er würde sie für immer verlieren. Corba war für ihn zum Prüfstein für die Wahrheit geworden.

Jaime kehrte mit seinen Gedanken in die Gegenwart zurück. Karen trieb mit ihm das gleiche Spiel wie Corba mit Pedro, und er spürte die gleiche Leidenschaft wie Pedro vor achthundert Jahren. Die Ähnlichkeiten waren unglaublich. Was geschah? Waren sie dazu verdammt, das Drama mit anderen Kostümen zu wiederholen? Er schüttelte den Kopf, um diesen Gedanken zu vertreiben. Das Ganze war Wahnsinn. War er ein Opfer psychologischer Manipulationen, mit denen Dubois und seine Freunde ihm falsche Erinnerungen suggerierten? Und wenn doch alles der Wahrheit entsprach? Nein, er wollte sich den Kopf nicht weiter zerbrechen, er hatte keine Alternative.

Ob er getäuscht wurde oder nicht, er würde für Karen und seine Liebe kämpfen. Wie Pedro im 13. Jahrhundert hatte Jaime keine Wahl.

In Los Angeles erwartete ihn seine eigene Schlacht von Muret.

70

Sie landeten mit Verspätung. Jaime hatte sein Gepäck nicht aufgegeben, um Zeit zu sparen, und steuerte schnell auf den Ausgang zu. Er wollte mit dem Bus bis zu dem riesigen Parkplatz im Freien fahren, auf dem er sein Auto abgestellt hatte, in dem sein Handy und der Revolver lagen, den Ricardo ihm gegeben hatte.

Er hatte es sehr eilig. Er wollte Karen sehen, sich davon überzeugen, dass es ihr gut ging, und sie in die Arme nehmen.

Eine Gruppe von Menschen wartete auf die Ankömmlinge. Anonyme Gesichter, fröhlich, erwartungsvoll, voller Vorfreude auf den Freund, den Verwandten oder den Liebsten. Jaime beneidete für einen Moment jene, die den geliebten Menschen empfangen würden.

Dann erkannte er ein Gesicht. Ein breites Grinsen unter einem schwarzen Schnurrbart. Ricardo betrachtete ihn mit spöttischem Glitzern in den Augen. Er winkte ihm, und Jaime fühlte sich erleichtert. Was auch geschehen würde, mit Ricardo an seiner Seite würde es ihm leichter fallen. Ricardo setzte sich in Bewegung, wich den Wartenden aus, und an der Stelle, an der die Menge weniger dicht war, standen sie einander gegenüber und umarmten sich. Ricardo schlug ihm geräuschvoll auf die Schulter.

»Willkommen, mein Freund. Wie ist es dir ergangen?«

»Gut. Ich freue mich so, dich zu sehen. Danke, dass du gekommen bist.«

»Du bist mein Freund«, erwiderte Ricardo, griff sich einen Kofferkuli und lud das Gepäck auf. Gemeinsam gingen sie auf den Ausgang zu. »Jemand hat eine seltsame Nachricht auf meinem Anrufbeantworter hinterlassen: Julia steckt in Schwierigkeiten, nicht wahr? Und jetzt kommt Romeo, um seine Dame aus der Not zu retten. Bis dahin ist alles klar, und jetzt?«

»Ricardo, das ist eine lange Geschichte. Aber ja, es ist so. Karen schwebt in großer Gefahr. Eine Freundin von ihr wurde vor Kurzem auf bestialische Weise ermordet, und ich will verhindern, dass Karen etwas geschieht.«

»Du brauchst mir im Augenblick nicht viel mehr zu erzählen, sag mir nur, bevor der Kampf beginnt, mit wem ich mich schlagen werde?«

»Es wird gefährlich werden.«

»Umso besser.«

»Karen gehört zu einer religiösen Gruppe, die Gewalt ablehnt. Ihre Priester dürfen eine Waffe nicht einmal berühren. Sie stehen einer Sekte gegenüber, die Gewalt als nützliches Mittel betrachtet, ihre Ziele zu erreichen. Sie verwenden Waffen und Sprengstoff wie die Profis. Du solltest wissen, dass es hier nicht um eine Kneipenprügelei geht. Es ist verdammt ernst. Und wenn geschossen wird, dann sind wir beide ganz allein.«

Sie überquerten die zweispurige Straße, die Terminal und Parkplätze trennte. Unterschiedlich schnelle Fahrzeuge und Scheinwerfer, unzählige Taxis, Privatwagen und Kleinbusse bildeten einen regelrechten Strom, ein Chaos, in dem am Ende verblüffenderweise jeder sein Ziel fand.

»Informier die Polizei«, schlug Ricardo vor.

»Das können wir noch nicht. Karen und die anderen sammeln zur Zeit Beweise, um sie zu überführen. Ich muss Karen unbedingt treffen, wissen, dass es ihr gut geht, sie beschützen und dann entscheiden, was wir tun. Sie hat Informationen und Unterlagen, die die Sekte vernichten will; Karen ist in Gefahr.«

Sie gelangten zu Ricardos Auto. Eine luxuriöse Corvette in Rot mit schwarzer Lederausstattung.

»Na schön, da du dich nicht an die Polizei wenden kannst, hast du gut daran getan, mich zu benachrichtigen. Wenn wir Verstärkung brauchen, habe ich ein paar Freunde, die mir gern helfen, und wenn wir noch mehr brauchen, weiß ich, wo ich sie finde«, sagte er, als sie vom Parkplatz fuhren. Ricardo ließ den Motor aufheulen und fuhr Richtung Century Boulevard.

»Leihst du mir dein Handy?« Ricardo gab sein Passwort ein und reichte ihm das Telefon. Jaime wollte nur ihre Stimme hören, um sich zu beruhigen und ihr zu sagen, dass er zurück war. Er tippte Karens Handynummer ein, doch die Computerstimme sagte, dass der Anschluss außer Betrieb sei.

Er tippte wieder eine Nummer ein, diesmal die von Karen zu Hause. Karens Stimme vom Anrufbeantworter erklang. Er klinkte sich aus. Selbst wenn sie zu Hause war, nahm sie natürlich nicht ab. Er wählte noch einmal. Wieder der Anrufbeantworter.

Gut, dachte er, ich mache noch einen Versuch. Wenn Karen zu Hause war, würde sie seinem dritten Anruf wohl kaum widerstehen. Er drückte die Wiederholtaste und hörte das Rufzeichen.

»Hallo.« Am anderen Ende der Leitung antwortete eine Männerstimme. Jaime blieb vor Überraschung die Luft weg.

»Hallo. Ich möchte bitte Karen Jansen sprechen?« Eine Vorahnung ließ ihn sprechen, obwohl er sich vorgenommen hatte, nichts zu sagen.

»Wer will sie sprechen?«, fragte der Mann mit deutlichem New Yorker Akzent.

»Mit wem spreche ich? Wer sind Sie?« Im selben Augenblick hörte Jaime im Hintergrund Karens Wanduhr, die acht Uhr abends schlug.

»Ist unwichtig. Sie haben sich verwählt.«

Jaime bekam eine Gänsehaut.

»Sie haben mich gefragt, wer ich sei, und jetzt behaupten Sie, ich hätte mich verwählt?«

»Die Nummer ist falsch. Hier wohnt keine Karen.«

»Aber ...«

Der Mann legte auf. Jaime starrte das Telefon an, und tausend Gedanken schossen ihm durch den Kopf. Bei Karen befand sich ein Feind. Jaime hatte sich hundertprozentig nicht in der Nummer geirrt, er hatte die Wiederholtaste gedrückt, wie beim zweiten Anruf. Bei den beiden vorhergehenden hatte er Karens Stimme auf dem Anrufbeantworter gehört und beim letzten die Wanduhr. Was war los?

Wenn Karen zu Hause war, hatte sie ein grausamer Feind als

Geisel genommen, womöglich wurde sie gefoltert, wie Linda. Mein Gott, bitte, lass es nicht zu!

»Was ist los?«, erkundigte sich Ricardo.

»Jemand ist bei Karen, und er ist kein Freund.«

»Dann fahren wir hin.«

»Bist du bewaffnet? Deine Pistole ist in meinem Auto, und wir haben keine Zeit, sie zu holen.«

»Kein Problem, ich habe meine dabei und eine in Reserve.«

Ricardo fuhr möglichst schnell, was in dem dichten Verkehr jedoch nicht viel brachte. Die Lichter der Nacht zogen schnell an ihnen vorbei, und Jaime spürte, wie seine Angst wuchs.

Seine Vorahnung im Traum war Wirklichkeit geworden. Der Augenblick war gekommen, den Feinden gegenüberzutreten, von deren Existenz er ein paar Tage zuvor noch gar nichts gewusst hatte. Er hoffte nur, nicht zu spät zu kommen. Er stellte sich vor, wie er Karens Wohnung betrat und ihren nackten, blutüberströmten, leblosen Körper vorfand. Er ballte die Fäuste. Nein, nein, das durfte nicht geschehen. Er liebte diese Frau mit aller Verzweiflung, denn sie war zum Mittelpunkt und zum Sinn seines Lebens geworden.

71

Sie gelangten zum Pförtnerhaus, ohne von der Polizei wegen erhöhter Geschwindigkeit oder tollkühnen Fahrens aufgehalten zu werden. Wes hatte heute Dienst. Als er Jaime sah, grinste er.

»Sie wollen zu Miss Jansen, nicht wahr?«, sagte er und griff nach dem Telefon, um ihn anzumelden.

»Ja, Wes, aber Sie brauchen nicht anzurufen. Niemand wird abnehmen. Haben Sie Karen kommen oder gehen sehen?«

»Nein, ich habe sie heute nicht gesehen. Und ich weiß nicht, ob sie zu Hause ist. Ich probier es gleich mal.« Er griff zum Hörer.

»Halt! Bitte, rufen Sie nicht an! Wenn Karen zu Hause ist, befindet sie sich in großer Gefahr. Jemand hat sie überfallen. Geben Sie uns ihren Zweitschlüssel, öffnen Sie die Schranke und rufen Sie die Polizei. Die Schlüssel, schnell.«

Der Pförtner starrte sie mit offenem Mund an.

»Die Schlüssel, verdammt noch mal! Oder wollen Sie, dass man Miss Jansen umbringt?«, brüllte Ricardo.

Wes reagierte wie ein Marine auf den Befehl seines Sergeants. Er reichte Ricardo nach kurzem Suchen ein paar Schlüssel und öffnete die Schranke. Ricardo warf Jaime die Schlüssel zu. Er schaute auf das kleine Etikett, um sich davon zu überzeugen, dass es tatsächlich die Schlüssel zu Karens Wohnung waren.

Ricardo trat kräftig aufs Gaspedal, sodass der Wagen einen Satz nach vorn machte. Als sie auf dem Parkplatz ankamen, stiegen sie aus, ohne die Türen zu schließen.

»Ricardo, du nimmst den Aufzug, ich die Treppe.«

»Gut«, erwiderte Ricardo und zog seinen Revolver aus dem Jackett. Jaime hielt seinen Revolver in der Hand.

Er raste in den dritten Stock hinauf und langte im selben Augenblick dort an, in dem Ricardo aus dem Aufzug stieg. Die Wohnungstür war verschlossen, Zeichen von Gewaltanwendung waren nicht erkennbar. Wenn sie ohne Schlüssel hineingekommen waren, handelte es sich um Profis. Jaime steckte den Schlüssel so geräuschlos wie möglich ins Schloss und öffnete lautlos die Tür. Er ging voraus, Ricardo schloss behutsam hinter sich die Tür. Sie befanden sich in der kleinen Diele, von der aus ein kurzer Flur zum Wohnzimmer führte, in dem die Wanduhr hing. Rechts und links waren Türen: die eine führte zur Toilette, die andere zur Küche, die sich zum Wohnzimmer hin öffnete. Alles still, und sie konnten nichts sehen.

»Du übernimmst den Flur«, flüsterte Ricardo ihm ins Ohr und wollte die Küchentür öffnen.

Jaime schüttelte den Kopf und deutete auf die Toilettentür. Während Ricardo sich dahinter umsah, überwachte er den Flur und den sichtbaren Teil des Wohnzimmers. Die Tür verursachte ein kleines Geräusch, das in der Stille wie ein Schuss klang. Ricardo kam heraus und schüttelte den Kopf.

»Die Tür führt zur Küche, eine Theke trennt sie vom Wohnzimmer«, flüsterte Jaime. »Beide zugleich!«

Er hob den ersten, den zweiten und den dritten Finger. Jaime betrat mit gezückter Waffe das Wohnzimmer, während Ricardo in die Küche ging. Weit und breit niemand. Die Tür zu Karens Schlafzimmer war geschlossen. Im Wohnzimmer herrschte ein großes Chaos – die Bilder hingen schief, die weißen Sofas waren aufgeschlitzt, alle Schubladen aufgerissen. In der Küche sah es noch schlimmer aus. Auf dem Boden lag Müll verstreut. Jemand hatte ganze Arbeit geleistet.

Übrig war das Schlafzimmer, in dem Karen ihr kleines Büro eingerichtet hatte und hinter dem das Bad lag. Ricardo postierte sich schweigend vor die Tür, Jaime ihm gegenüber. Ricardo riss die Tür auf und sprang dabei zur Seite, um einem möglichen Schützen nicht als Zielscheibe zu dienen, während Jaime aus der anderen Richtung ins Zimmer trat. Auch hier war niemand. Die Tür zum Bad stand offen und mit drei langen Schritten ging Ricardo hinein.

»Niemand da. Die Vögel sind ausgeflogen.«

Auch in den Schränken hielt sich niemand verborgen, auch nicht auf dem Balkon. Das Schlafzimmer bot einen entsetzlichen Anblick: die Matratze war aufgeschlitzt, am Schreibtisch war der Boden mit Papieren übersät. Karens aufgeklapptes Notebook zeigte ihren Internetanschluss. Jemand hatte wohl das Passwort geknackt. Aber wie? Waren es Informatikprofis oder hatte Karen ihnen das Passwort verraten – bestimmt nicht freiwillig.

Haben sie Karen vielleicht aus dem Gebäude gebracht, ohne dass Wes es bemerkt hatte? Wenn diese Leute eine gute Ausrede hatten, ins Gebäude zu gelangen, war es ihnen bestimmt noch leichter gefallen, es zu verlassen. Natürlich konnten sie auch auf andere Weise ins Haus gelangt sein. Jaime begann instinktiv zu suchen: zwischen den Laken, im Schlafzimmer, auf den weißen Sofas und auf dem Boden des Wohnzimmers.

»Was suchst du?«, fragte Ricardo.

»Blutspuren. Gott sei Dank sehe ich keine.«

»Glaubst du, sie haben sie mitgenommen?«

»Das befürchte ich. Aber ich weiß, wo sie sein könnte.«

»Dann lass uns sofort hinfahren. Wenn die Polizei kommt, solange wir noch hier sind, vergeuden wir Stunden damit, etwas zu erklären, was du nicht erklären willst.«

Jaime begriff sofort. Wenn die Polizei sie hier antraf, würde sie ein Protokoll aufnehmen und sie mit zum Kommissariat schleppen wollen, und er hätte keine Chance mehr, Karen zu suchen. Das wäre unerträglich.

»Nichts wie weg hier!«

72

»Die Wohnung ist tatsächlich auseinandergenommen worden. Sie haben etwas gesucht und ein Riesenchaos hinterlassen. Miss Jansen ist nicht da. Wir gehen jetzt«, erklärte Jaime Wes.

»Hier sind die Schlüssel.« Ricardo warf sie Wes zu.

»Moment mal.« Der Mann hielt sie zurück. »Ich darf Sie nicht gehen lassen, die Polizei hat mir aufgetragen, Sie festzuhalten.«

»Wes, wir haben es verdammt eilig. Karens Leben ist in Gefahr! Mach die Schranke auf!«

»Tut mir leid, aber das geht nicht.«

»Wes, hast du Kinder?«, wollte Ricardo wissen.

»Ja, aber …«

»Dann wird deine Frau Waisen aufziehen, wenn du nicht sofort die Schranke öffnest«, drohte er und zielte mit dem Revolver durch das offene Fenster auf Wes. »Mach endlich die verdammte Schranke auf!«

Wes starrte sie mit weit aufgerissenen Augen an.

»Wes, tu, was er sagt«, riet ihm Jaime. »Er meint es ernst.«

Die Schranke ging langsam hoch, während Ricardo weiterhin auf Wes zielte. Erst als die Schranke oben und der Wagen durchgefahren war, steckte Ricardo die Waffe ein.

»Ich hätte auch durch die geschlossene Schranke fahren können, aber die schöne rote Farbe hätte Kratzer bekommen. Ich werde doch wegen eines solchen Idioten nicht mein Auto ruinieren.«

Jaime schwieg. Er wusste, dass man sie jetzt wegen bewaffneten Überfalls anklagen konnte. Aber das spielte keine große Rolle. Wenn Karen nur frei war und sich nach Montségur geflüchtet hatte. Darin bestand seine einzige Hoffnung, und die einzige Möglichkeit, es herauszufinden, bestand darin, nach Montségur zu fahren.

Sie hörten die Sirenen der Streifenwagen, und kurz darauf durchbrach das Aufleuchten der Scheinwerfer das schwache Licht der Straßenbeleuchtung. Die Wagen kamen ihnen entgegen und fuhren in Richtung der Wohnung.

»Das war knapp«, murmelte Jaime.

»Wenn Wes der Polizei erzählt, was passiert ist, sind uns alle Bullen dieser verdammten Stadt auf den Fersen«, sagte Ricardo. »Mein Auto ist zu auffällig. Sie brauchen nicht einmal das Kennzeichen, Marke und Farbe reichen allemal.«

»Wir fahren zum Flughafen und holen meinen Wagen.«

»Sie werden uns vorher schnappen.«

»Wo ist das nächste Hotel?«, fragte Jaime.

Der Parkwächter des Hotels reichte Ricardo den Schein für seine Corvette, und sie nahmen ein Taxi zum Flughafen. Unterwegs versuchte Jaime erneut Karen zu erreichen, doch ihr Handy war ausgeschaltet.

»Jaime, mach dir keine Sorgen«, wollte Ricardo ihn aufmuntern. »Deine Freundin ist ganz bestimmt in Sicherheit.«

Jaime wusste zum Glück noch, wo sein Auto stand. Er hatte sich die Koordinaten gemerkt, sonst hätten sie Stunden gebraucht, um es zu finden. Er nannte dem Taxifahrer eine Parkposition in der Nähe. Er wollte nicht, dass der Taxifahrer sein Auto sah, für den Fall, dass alles schief ging, die Polizei die Corvette fand und den Taxifahrer bei seiner Rückkehr ins Hotel ausfragte.

73

»Wenn ein Fahrzeug auftaucht, bleib sitzen«, warnte Jaime Ricardo, als sie nach Montségur kamen. »Das ist ein Zeichen für Gefahr, vor allem, wenn wir keine Personen sehen. Es könnte sein, dass *Wächter* uns in der Dunkelheit auflauern.«

Langsam fuhren sie auf das Haus zu, ohne etwas Auffälliges in der Umgebung zu bemerken. Der Garten war beleuchtet, aber im Haus brannte kein Licht. Vielleicht hatte sich Dubois angesichts der Gefahr in der Wohnung eines treuen Katharers versteckt.

»Jemand ist im Haus«, bemerkte Ricardo.

»Wie kommst du darauf?«

»Ganz einfach. Obwohl es drinnen dunkel ist, kommt Rauch aus dem Kamin.«

Jaime fuhr vorsichtig ein paar Meter weiter, bis er zur Linken die kleine asphaltierte Landstraße fand. Er bog ein, fuhr den steilen Abhang hinunter und vergewisserte sich im Rückspiegel, dass ihnen kein Auto folgte. Weit und breit nichts zu sehen. Kurz darauf entdeckte er die Abzweigung und fuhr in den Waldweg zur Linken. Die Scheinwerfer beleuchteten den steilen Felsabhang und die dichten Baumgruppen und Büsche zur Rechten.

Er fuhr langsam weiter und sah ein geparktes Auto zwischen den Bäumen. Sein Herz machte einen Sprung, als er den Wagen erkannte.

»Karens Auto. Da vorn.« Bald würde er sie in den Armen halten. Er parkte seinen Wagen neben dem seiner Geliebten und unternahm einen letzten nutzlosen Versuch, sie auf dem Handy zu erreichen. Dann nahm er die Taschenlampe aus dem Handschuhfach.

»Ricardo, komm. Wir müssen vorsichtig sein, denn wir wissen nicht, ob die *Wächter* hier schon eingedrungen sind wie in Karens Wohnung, und ob sie noch drinnen sind. Sicher scheint nur zu sein, dass Karen im Haus ist.«

»Na dann los!«

Sie stiegen in der Dunkelheit aus und eilten den schmalen Weg zwischen der Felswand und dem dichten Gestrüpp entlang. Kurz darauf standen sie vor dem Eingang zur Höhle, und Jaime leuchtete ins Innere. Da war die erste Metalltür mit dem Zahlenfeld. Jaime tippte den Nummerncode ein, den Karen ihm mitgeteilt hatte und der das Alarmsystem deaktivierte. Der Schlüssel, den Dubois ihm für das Sicherheitsschloss gegeben hatte, öffnete geräuschlos die Tür.

Gut geölt, dachte er, als er die Tür hinter Ricardo schloss.

Am Ende des schmalen Gangs erkannten sie die metallene Wendeltreppe und den Sims, von dem die beiden Tunnel abgingen.

»Rechts sind die Zellen der Guten Menschen, aber für diese Tür habe ich keinen Schlüssel«, flüsterte er Ricardo zu, »also kommen wir direkt in das große Wohnzimmer, in dem der Kamin steht, den du rauchen gesehen hast. Vielleicht ist Karen dort – und die *Wächter*, wenn meine schlimmsten Befürchtungen wahr werden. Wir überrumpeln sie, du übernimmst die rechte Seite, ich die linke. Wenn du jemanden mit einer Waffe siehst, ist das eindeutig ein Feind.«

Sie betraten den Tunnel und stießen am Ende auf die zweite Metalltür.

Jaime spürte sein Herz schneller schlagen. Hinter jener Tür befand sich seine Liebste, und sie war vermutlich in Gefahr. In wenigen Sekunden könnte ein Kampf stattfinden, wie ihm seine Vision im Flugzeug angekündigt hatte. Der Sieg bedeutete das Leben, die Niederlage den Tod. Er atmete tief durch und legte das Ohr an die Tür, um etwas zu hören, das ihm vielleicht sagen konnte, wie viele Personen sich im Zimmer befanden oder wie die Lage war. Nichts. Er hörte nichts. Was spielte sich dort ab? Lag es an der Tür, dass er nichts hörte, oder war der Raum leer? Aber Karen musste doch dort sein.

Mein Gott, betete er, mach, dass sie da ist und dass es ihr gut geht.

»Ricardo, ich höre nichts«, sagte er zu seinem Freund. »Ich weiß nicht, was passiert ist. Bist du bereit?«

»Gehen wir rein!«

Jaime steckte den Schlüssel ins Schloss und gab auf dem kleinen Zahlenfeld den Code ein. Dann drückte er *Enter*, aber das kleine Geräusch, das die Deaktivierung des Alarmsystems anzeigte, erklang nicht.

»Seltsam«, murmelte er. »Ich könnte schwören, dass ich den richtigen Code eingegeben habe.«

Er wiederholte das Verfahren noch ein paar Mal. Immer ohne

Ergebnis. Er dachte nach. Er war sich sicher, dass beim letzten Mal ein Geräusch für die Deaktivierung zu hören war.

»Ricardo, jemand hat den Code geändert.« Jaime holte seinen Revolver aus dem Jackett. »Wenn wir reingehen, lösen wir den Alarm aus. Ich weiß nicht, ob das gleich passiert oder ob wir noch einen kleinen Spielraum haben. Fertig?«

»Ja«, erwiderte Ricardo knapp, zückte ebenfalls seine Waffe.

Jaime drehte den Schlüssel im Schloss um und drückte gegen die Tür. Sie öffnete sich leicht und geräuschlos. Er trat schnell ein, hielt seinen Revolver in beiden Händen und trat zur Seite, um Ricardo vorbei zu lassen.

74

Das Feuer im Kamin und die beiden Tischlampen tauchten den Raum in schwaches Licht. Anfangs glaubte Jaime, das große Zimmer sei leer.

Dann entdeckte er Kleidungsstücke, die auf dem Boden, über dem Sofa und den Sesseln verstreut lagen. Ein Paar Frauenschuhe. Eine Bluse, einen Strumpfhalter, einen Büstenhalter. Und eine Männerhose.

Er ließ den Blick schweifen und entdeckte, schwach vom Licht des Kamins und der Lampen beleuchtet, zwei nackte Körper auf dem Sofa, die sich liebten.

Jaime erstarrte vor Überraschung: damit hatte er als Letztes gerechnet. Das Paar hatte ihn noch nicht bemerkt, und er konnte von seinem Standpunkt aus ihre Gesichter nicht erkennen. Der Mann hatte eine dunkle Mähne und die Frau blondes Haar. Er glaubte, eine Eisenfaust würde ihm den Magen und die Eingeweide zerquetschen. Der Mann drang langsam in sie ein, sie keuchte vor Leidenschaft. Jaime kam sich mit dem Revolver in der Hand sehr lächerlich vor. Er senkte den Arm, und in diesem Augenblick ging der Alarm los. Ein tiefer, dumpfer Ton, der nur im Innern des Hauses gehört werden konnte.

Nur wenige Augenblicke vergingen, doch Jaime schien es ewig zu dauern. Der Mann richtete sich ein wenig auf und als er sich zur Geheimtür umdrehte, fiel sein Blick auf Jaime. Es war Kepler! Lieber Gott, gib, dass sie es nicht ist. Nein, nein, bitte nicht sie!

Die Frau warf den Kopf in den Nacken und blickte ebenfalls zur Tür. Jaime sah die leuchtenden Augen, die er so sehr liebte. Karen. Ihre Blicke trafen sich. Auch wenn es nur Sekunden dauerte, kamen sie Jaime wie eine Ewigkeit vor.

Karen schob Kevin von sich, löste sich von ihm, drehte sich auf dem Sofa so um, dass sie ihm den Rücken zuwandte und kauerte sich zusammen. Das Feuer des Kamins und das schwache Licht schienen auf das Gold ihrer Haare, die weiße Haut ihres Rückens, die Rundungen ihres Hinterteils und ihrer Hüften. Jaime hatte das Gefühl, die Welt um ihn herum würde versinken. Kevin erhob sich vom Sofa, völlig nackt stand er da und blickte ihn an. Er hatte immer noch eine stattliche Erektion. Er machte keine Anstalten, sich mit den auf dem Boden verstreuten Kleidungsstücken zu bedecken.

»Jaime, wie taktlos. Wir haben dich nicht erwartet.« Seine Stimme klang selbstbewusst und arrogant, und er lächelte triumphierend.

Jaime schwieg. Einen Augenblick lang ging ihm der Gedanke durch den Kopf, sich für die Störung zu entschuldigen. Doch er verwarf ihn sofort. Jener Mann, der ihn so spöttisch musterte, entriss ihm gerade das Liebste auf der Welt. Er nahm ihm Karen und mit ihr seine Illusionen, seine Zukunft, sein neues Leben. Er spürte, wie ihm das Blut zu Kopfe stieg. Da stand dieser verfluchte Kerl mit seinem widerlich aufgerichteten Glied, glänzend im Lampenlicht, wie jemand, der eine Siegestrophäe präsentiert.

»Danke für den Besuch«, fuhr Kevin fort, »doch für heute ist die Arbeitssitzung beendet, und alle anderen sind schon gegangen. Wenn es dir nichts ausmacht, dann komm doch morgen wieder, im Augenblick störst du.«

»Du Hurensohn!« Der Ausdruck kam wie von selbst über Jaimes Lippen. Wie erdreistete er sich, so mit ihm zu reden? Er spürte, wie der Hass sein Blut zum Sieden brachte, wie sein rechter Arm sich hob und mit dem Revolver auf die Stirn des verdammten Kerls zielte. Der triumphale Ausdruck auf Kevins Gesicht verschwand.

Jaime war überzeugt, dass er schießen würde. Doch etwas hasste er noch viel mehr als jenes arrogante Siegerlächeln. Während er den Revolver auf den Penis des Mannes richtete, empfand er ein seltsames Vergnügen, als er sah, wie Kevins Glied zusammenschrumpfte. Er wollte, dass Kevin Angst bekam, große Angst, dass er wenigstens ein bisschen von dem durchmachte, was er gerade litt, bevor er schießen würde. Kevin sollte leiden, es sollte ihm sehr weh tun. So wie sein gebrochenes Herz ihm weh tat.

»Jaime, lass ihn«, hörte er aus weiter Ferne Ricardos Stimme. »Schieß nicht. Wenn du ihn umbringst, verurteilt man dich zum Tode.«

Na und, dachte Jaime. Ich bin schon tot.

Und er drückte ab.

75

»Wir Amerikaner glauben an Gott, an die Menschen nur bedingt und an den Staat überhaupt nicht.« Davis betrachtete die sonnenhellen bernsteinfarbenen Reflexe, die der Schein des Kaminfeuers in dem guten alten Whisky in seinem geschliffenen Kristallglas erzeugte.

Gutierres streckte sich bequem in seinem Sessel aus, trank einen Schluck Whisky, schwieg, wartete und musterte Davis aufmerksam. Der kleine, runzelige Mann versank in seinem riesigen Ledersessel. Der Alte hatte einen messerscharfen Verstand, und seine Zunge war so schnell wie die eines Chamäleons. Gus genoss diese Gespräche, mit denen sie ihre Einsamkeit teilten. Er betrachtete die Regale aus Nussbaum und Mahagoni voller Bücher, die im Halbdunkel schlecht zu erkennen waren. Gus genoss auch den Whisky. Er wusste, dass Davis keinen Kommentar von ihm erwartete, sondern laut nachdachte. Deshalb schwieg er.

»Fast neunzig Prozent von uns glauben an Gott, und fast fünfundsiebzig Prozent unserer Landsleute sind davon überzeugt, dass Politiker ein Haufen Betrüger und Verschwörer sind. Dagegen glaubt man in Europa weniger an Gott und mehr an den Staat, weil man hofft, dass der Staat die Bedürfnisse der Menschen befriedigen könnte. Natürlich fühlen sich Millionen von Menschen nach dem Zusammenbruch des Kommunismus betrogen, der jene ins Unglück stürzte, die ihrer Regierung vertraut hatten. Die Spiritualität, das Bedürfnis, an Gott zu glauben, nimmt wieder enorm zu.

Das ist doch logisch: Wenn man sich vor Augen hält, dass der Staat künftig die Ärzte nicht mehr bezahlen wird und kein Geld für die Altersrente vorhanden ist, dann beginnt man, inbrünstig zu beten.« Davis entblößte die Zähne zu einem knappen Lächeln. »Und dieses Misstrauen überträgt sich auf Westeuropa und seine

Wohlfahrtsstaaten. Der Humanismus ist in seiner eigenen Wiege, in Europa, gestorben, und das, bedauere ich sehr.«

»Ich kann nicht glauben, dass Sie allen Ernstes den Zusammenbruch des Kommunismus bedauern.« Gutierres' Ton verriet seine Überraschung.

»In gewisser Weise schon. Und ein Grund ist die Tatsache, dass wir jetzt keine Feinde mehr haben, und ohne sie ist das Leben viel langweiliger. Nach vielen Jahres des Kampfes empfindest du eine gewisse Sympathie für deinen Gegner, aber natürlich nur, wenn du gewinnst oder wenn zumindest ein Patt besteht.« Davis deklamierte mit erhobenem Glas. »Wenn du dich viele Jahre lang als Gegenteil von etwas anderem definiert hast und dieses andere verlierst, dann verlierst du einen Teil von dir selbst. Außerdem erschien mir der sozialistische Glaube an die Menschen statt an Gott als etwas sehr Romantisches.« Da Gutierres keine Anstalten machte, etwas zu erwidern, fuhr er fort: »Die Zeit hat bewiesen, dass der Kommunismus ein Irrweg war, aber das ist logisch, denn der Mensch ist per definitionem unvollkommen, nur Gott ist vollkommen. Das ist ein ungleicher Kampf. Es ist schwierig, dem Nachbarn, den man täglich sieht, blind zu vertrauen, aber es ist ganz leicht, einem Gott zu vertrauen, den man nicht sieht.«

»Bei den Katharern war es anders.« Gutierres beschloss, die Dialektik seines Chefs herauszufordern. »Ihr Gott ist unvollkommen.«

»Aber ja! Weil sie Manichäer sind, Dualisten, aber unvollkommene!«, konterte Davis erfreut, weil er auf Widerspruch stieß. »Da sie überzeugte Dualisten sind, mit allen Konsequenzen, glauben sie vermutlich, dass der Anfang des Bösen genauso mächtig ist wie der des Guten. Aber vollkommene Manichäer können in unserer Zeit nicht existieren, weil es heute weder Schwarz noch Weiß gibt, sondern Grautöne die Welt beherrschen.

»Ja, das stimmt schon. Die Neu-Katharer nennen den bösen

Gott aus dem Alten Testament nicht mehr beim Namen, sondern bezeichnen ihn als *Urschöpfer* oder *Natur*«, bestätigte der Leibwächter.

»Diese neuen Religionen müssen natürlich gute Werbung für sich machen, und nach allem, was du mir erzählt hast, hat sich die Religion der Katharer unserer Zeit wirklich angepasst und triumphiert – zumindest bei uns in Kalifornien. Urchristentum und Reinkarnation! Das ist die beste Mischung seit der Erfindung von Coca-Cola mit Rum.«

Davis schwieg und betrachtete den Inhalt seines Glases, als liege eine Weisheit darin. Gutierres genoss seinen Whisky und die Anspielung in den Worten des Alten.

»Sag mal, was hat dein Spion im Katharer-Club noch herausgefunden?«, erkundigte sich der Alte eine Weile später.

»Nicht viel. Die religiöse Struktur wird eindeutig von Peter Dubois bestimmt, und klar ist auch, dass Kevin Kepler, Professor an der UCLA, die Lehre verbreitet.« Gutierres Ton wurde etwas formeller, denn er berichtete lediglich. »Aber wir sind sicher, dass es eine hermetisch abgeschlossene exklusive Gruppe für Eingeweihte gibt, eine Machtstruktur, zu der unser Mann nicht vordringen konnte. Es scheint, als folgten Dubois und Kepler den Anweisungen eines verborgenen Führers. Wir wissen nicht, wer es ist, auch die Identität der meisten Anhänger bleibt uns verborgen. Die Leute, die man im Club trifft, sind einfache Gläubige oder Sympathisanten ohne größere Bedeutung.«

»Wo würdest du sie politisch einordnen?«

»Ihren eigenen Worten nach sympathisieren sie mit dem linken Flügel der demokratischen Partei. Sie erinnern mich sehr an die französischen Freimaurer.«

»Interessant. Auch sie sind Humanisten, allerdings nicht aus religiösen Überzeugungen, und glauben daran, dass der Mensch gut geboren wird.«

»Ja, aber auch sie verfügen über eine hermetische Gruppe, und es gibt ein paar beachtliche Übereinstimmungen mit den Katharern.«

»Welche?«

»Die französische Herkunft. Dubois ist französischer Abstammung, und die bedeutendsten Zentren der Katharer lagen in Südfrankreich.« Der Prätorianer hatte wie üblich viel weiter geforscht, als Davis es gefordert hatte. »Sie sind sich auch in Bezug auf die Gleichstellung der Frau einig. Bei den Katharern kann eine Frau das höchste Priesteramt erlangen und bei den französischen Freimaurern kann sie ebenfalls Großmeisterin werden.

Beide Religionen predigen Toleranz, Freiheit, Brüderlichkeit. Die Katharer akzeptieren nur das Johannesevangelium, und die Zusammenkünfte der Freimaurer werden immer mit dem Johannesevangelium eingeleitet.»

»Interessant. Glaubst du, dass sie miteinander in Verbindung stehen?«

»Vielleicht.«

»Kann es sein, dass die Katharer ihre Anhänger in den Konzern einschleusen, wie Beck vermutet?«

»Das ist sehr wahrscheinlich. Als unser Mann erklärte, dass er für uns arbeitet, zeigte Kepler großes Interesse und fragte ihn lange über die Art seiner Arbeit aus.«

»Konnte dein Mann einen unserer Angestellten erkennen?« Der Alte zeigte unverblümtes Interesse und lehnte sich in seinem Sessel zurück.

»Nein, aber vergessen Sie nicht, dass die meisten Gläubigen anonym bleiben.«

»Glaubst du, sie könnten in Stevens Ermordung verwickelt sein?«

»Sie predigen Gewaltlosigkeit, Mord wäre wider ihren Glauben. Aber wir wissen nicht, welche Absichten diese mysteriöse

Gruppe verfolgt und ob sie mit anderen Geheimgesellschaften in Verbindung steht.

Und da Ihre Freunde in der Regierung Sie für unbequem halten, nutzen sie vielleicht nicht den Geheimdienst, sondern eine von ihnen beherrschte religiöse Organisation, also vielleicht die Katharer, um Sie *in den Ruhestand zu schicken*.«

Davis betrachtete die Lichtreflexe in seinem Glas und sah Gutierres an.

»Nein, das glaube ich nicht. Wenn das so wäre, hätte Beck uns nicht auf diese Fährte gesetzt.«

»Beck vermutet, dass mehrere Sekten im Konzern aktiv sind. Und nach allem, was ich über ihn herausgefunden habe, scheint sein Terminkalender mit dem von Senator McAllen übereinzustimmen.«

»Kann sein. Verlier ihn nicht aus den Augen! Abgesehen von dem, was ich McAllen gesagt habe, weigere ich mich zu glauben, dass von Regierungsseite aus gegen mich gearbeitet wird. Ich bin ein Freund. Unbequem, aber immerhin ein Freund. Und diese Katharer scheinen nicht von der Sorte zu sein, die Bomben legt.« Nach einer Weile murmelte er nachdenklich: »Oder doch?« Dann fuhr er plötzlich im Befehlston fort. »Dein Mann soll die Augen offen halten, er soll um jeden Preis herausfinden, welche von unseren Angestellten Katharer sind. Ich will wissen, wer sie sind.«

Einen endlosen Moment lang blickten sie einander in die Augen. Dann leerte Gutierres sein Glas in einem Zug.

76

Jaime spürte den Rückstoß des Revolvers in seinem Arm, als sei er bloß Zuschauer der Tragödie. Der Knall war ohrenbetäubend, und Kevin riss entsetzt die Augen auf.

Nur einen Sekundenbruchteil zuvor hatte er den Schlag auf die Hand gespürt, mit dem Ricardo den Schuss ablenkte, so dass er in die Decke ging.

Jaime versuchte, Ricardo abzuschütteln, der ihm die Waffe entwinden wollte, und zielte wieder auf Kevin, der wie angewurzelt da stand. Sein erigiertes Glied hatte inzwischen seinen Normalzustand erreicht. Ihn so zu sehen, bereitete Jaime großes Vergnügen.

Ricardo packte mit der linken Hand Jaimes rechte und drehte den Revolver in eine andere Richtung. Er verstaute seine Waffe rasch im Jackett und versetzte ihm einen kräftigen Schlag mit der rechten Faust in die Magengrube.

Jaime krümmte sich, hörte das keuchende Geräusch der Luft in seiner Lunge und segnete den körperlichen Schmerz, der seine tiefe seelische Qual linderte. Als Ricardo ihm die Waffe abnahm, leistete er keinen Widerstand.

Unmöglich zu beschreiben, was er fühlte – Weltuntergang, eine ungeahnte Katastrophe, einen Schmerz, wie er ihn noch nie gefühlt hatte und der ihn in den Wahnsinn trieb, der ihn dazu trieb, diesen Mann zu töten. Aber der Hass auf seinen Rivalen verwandelte sich schnell in einen Schmerz, der ihm das Herz durchbohrte.

»Lass uns verschwinden.« Ricardo schubste ihn zu dem geheimen Eingang, der noch halb offen stand. Jaime gehorchte, warf aber beim Hinausgehen einen letzten Blick auf die Szene. Keiner der beiden hatte sich gerührt. Karen lag immer noch zusammengekauert auf dem Sofa, und Kevin stand einfach da, mit seinem schlaff und klein gewordenen, gedemütigten Penis.

Ricardo führte ihn durch den Gang zum Wagen. Jaime ließ sich lotsen wie ein Blinder. Sein Freund nahm die Wagenschlüssel und fuhr schweigend zum San Diego Freeway.

»Tut mir leid für dich, Jaime«, sagte Ricardo als Erstes nach langem Schweigen. »Aber du weißt doch, wie oft so was vorkommt. Frauen sind eben so. Und wir sind noch viel schlimmer.«

Jaime schwieg weiter. Er starrte in das Licht der Scheinwerfer der Autos, die ihnen entgegenkamen. Alle seine Hoffnungen und all seine Illusionen hatten sich um diese Frau gedreht, und niemals würde er diesen Schlag verkraften. Er hatte noch nie jemanden so geliebt wie Karen. Und er liebte sie noch immer. Mein Gott! Auch sie musste ihn geliebt haben, ihre Liebe hatte immerhin Jahrhunderte überdauert. Sie war Corba, seine Liebste, seine Geliebte im 13. Jahrhundert, und er war Pedro, der König, die alte Liebe von Corba. Sie hatten sich gesucht und endlich gefunden. Warum hatte Karen alles kaputt gemacht, die Vergangenheit, die Gegenwart und die Zukunft einer zeitlosen Liebe? Es war aberwitzig, es war einfach undenkbar.

Es sei denn, seine vorherigen Leben wären eine Lüge. Ein einziger Schwindel, eine Manipulation, eine Täuschung. Er schloss die Augen und seufzte tief.

»Aber, aber«, unterbrach Ricardo seine Gedanken. »Junge, morgen sieht die Welt schon wieder ganz anders aus. Heute ist es eine Tragödie und morgen eine Komödie. Lass uns was trinken und reden.«

»Das sagst du so einfach«, presste Jaime gequält hervor. »Du hättest den Dreckskerl getötet.«

Ricardo lachte schallend.

»Nein, du irrst dich. Ricardo Ramós würde niemals einen Mann wegen einer Frau töten. Ich töte einen Mann, weil er es verdient, oder eine Frau, weil sie es verdient. Aber wenn sie fremdgeht, trägt der Mann keine Schuld.

Es lohnt auch nicht, die Frau zu ermorden, sie wird nach einem ohne mich langweiligen und elenden Leben sowieso sterben. Wenn sie einen so schlechten Geschmack hat, dann hat sie mich auch nicht verdient. Zu schießen und Menschen zu töten, sind sehr ernste Dinge. Ich gehöre nicht zu den Leuten, die wegen einer treulosen Frau den Rivalen umbringen.«

Jaime spürte erneut, dass Ricardo Hug de Mataplana war, der Krieger, der Troubadour und der Zyniker. Er war sein Freund seit Hunderten von Jahren. Und seine Rede war verständig und half Jaime, den Schmerz zu lindern und ihn vor der tiefsten Verzweiflung zu retten.

Ricardo plapperte munter weiter, bombardierte ihn mit Fragen, um ihn zum Antworten zu zwingen und aus seinen Grübeleien zu reißen. Doch Jaime antwortete nur gelegentlich, denn immer wieder sah er Karen vor sich – und Kevins triumphierendes Grinsen. Zu seiner Überraschung stellte er fest, dass der Verlust dieser Frau viel mehr schmerzte als die Kränkung, die sie ihm zugefügt hatte. Die Vorstellung, sie nie wieder in den Armen zu halten, erfüllte ihn mit ungeheuerer Angst.

Nach einer Weile bekam Jaime das Gefühl, etwas klarer zu sehen und wandte sich an seinen Freund.

»Danke, Ricardo«, sagte er beinahe flüsternd. »Ich habe den Verstand verloren. Dieser Scheißkerl hat meine Freundin gevögelt und mich außerdem provoziert. Ich wollte ihn umbringen … Danke, dass du mich daran gehindert hast. Aber ich freue mich, dass ich ihm immerhin Angst eingejagt habe.«

Als sie im Club eintrafen, war es fast Mitternacht. Ricardo bestand darauf, dass sie etwas tranken und darüber sprachen. Danach wollte er Jaime nach Hause fahren. In einer langen Diskussion überzeugte Jaime seinen Freund davon, dass er keine Dummheiten anstellen würde, sondern nur frische Luft brauchte und ein bisschen allein sein wollte. Ricardo ließ ihn gehen.

»Gut, wenn du es willst«, sagte er und deutete auf den Revolver, den er ihm in Montségur abgenommen hatte. »Aber den gebe ich dir erst wieder, nachdem wir uns in Ruhe über alles unterhalten haben.« Ricardo umarmte ihn zum Abschied und sagte: »Ich warte hier auf dich, und du kommst, bevor die Nacht zu Ende geht.«

DONNERSTAG

77

Jaime war erschöpft. Er fuhr langsam durch die dunkle Nacht und hörte Musik aus einem lateinamerikanischen Sender.

Denn dir verdanke ich meine bitteren Stunden.
Dir verdanke ich die Stunden meiner Enttäuschung.
Denn auf dir ruhte all meine Hoffnung
Aber du hast mir mein Leben entrissen.

Eine traurige Melodie. Wie passend! Dieser Mann war er.

Warum hatte Karen ihn betrogen? Vielleicht hatte sie ihn nie geliebt und nur mit ihm geschlafen, um ihn zu benutzen, wie es Linda mit Douglas getan hatte. Und wenn es so war, dann war er ein vollkommener Trottel und sie eine Nutte.

Die Welt soll es wissen, alle sollen es wissen,
ich liebe dich immer noch wie gestern.

Er spürte, wie eine Träne über seine rechte Wange rollte und ihm die Sicht auf die Fahrbahn vernebelte. Er empfand tiefes Selbstmitleid. Er liebte sie, er hatte eine ganze Welt von Illusionen um sie gewoben, und diese Welt fiel jetzt in sich zusammen. Bis vor ein paar Wochen war sein Leben monoton und langweilig gewesen, bis gestern war es ein wunderbares Abenteuer und seit wenigen Minuten ein einziger Misthaufen. Und er hatte sie in Gefahr geglaubt, er hätte sein Leben für sie gegeben. Dummkopf! Wäre er ihr doch nie begegnet! Ein Schluchzen entrang sich seiner Kehle und überraschte ihn, denn seit seiner Kindheit war ihm das nicht mehr passiert. Er fing an zu weinen.

Er nahm die Abzweigung von der 55 und fuhr über den Newport Freeway in Richtung Ozean. Er tat alles ganz automatisch, wie beim Segeln. Er fuhr über die 1, den Pacific Coast Highway, in Richtung Süden. Wenn er Kummer hatte, führte sein Instinkt ihn stets zum Haus seiner Eltern in Laguna Beach, zu seinem wahren Zuhause.

Die Restaurants an der Küstenstraße waren bereits geschlossen, und nur wenige Autos kamen ihm entgegen.

Er schüttelte den Kopf. Schluss mit dem Selbstmitleid! Er wollte mit kühlem Kopf nachdenken und eine Bilanz der Ereignisse ziehen. Was wollen denn Dubois, Kevin und die Seinen wirklich?

Kevin, der revolutionäre und charismatische Universitätsprofessor. Der Idealist. Er hatte seine Geliebte Karen benutzt, um ihn verliebt zu machen, damit er bei seinem Projekt mitarbeitete. Offensichtlich war Kevin kein Guter Mensch und Karen keine gute Frau. Karen, Kevin, die zu früh verstorbene Linda, vielleicht sogar Dubois und noch andere bildeten eine radikale Gruppe, eine Sekte innerhalb der Kirche der Katharer. Sie wendeten keine physische Gewalt an, und dennoch kämpften sie und befolgten eindeutig nicht wortgetreu die Lehre Christi. Als Waffen benutzten sie Verführung und Sex. Sie bildeten eine besondere Sekte, aber eben eine Sekte – wie die *Hüter des Tempels*. Vielleicht war ihr höchstes Ziel ebenfalls die Herrschaft über den Konzern, und sie hatten ihn mit dieser Absicht angelockt und missioniert. Genau wie die anderen strebten sie nach Macht und waren womöglich ebenso skrupellos. Jetzt war ihm alles klar. Kevin und Karen hatten ihn für ihre Zwecke missbraucht. Und Karen hatte ihm das Herz gebrochen.

Jaime parkte seinen Wagen zwischen den Gärten über der Steilküste am Eingang von Laguna Beach. Er stieg aus und ging in der kühlen Nacht vom Getöse der Brandung geführt bis zu den Felsen, unter denen sich die Wellen brachen.

Heftig wehte der Wind, der Bote von Kälte und der Feuchtigkeit des Ozeans, während am Himmel die Sterne zwischen schnell ziehenden Wolken funkelten. Er setzte sich auf einen Stein und versuchte in der Dunkelheit, die kleine Insel zu entdecken, an der tagsüber die Seelöwen ihr Sonnenbad nahmen. Würden sie bei diesem Wellengang auch dort sein? Vermutlich nicht.

Die Felsen und die Wellen. Wie oft hatte er diese Landschaft bewundert, die ihn magisch anzog. Wenn er sich jetzt hinunterstürzte? Gegen die Gewalt der Wellen würde er bestimmt nicht ankommen. Er würde es nicht schaffen, er würde sterben. Selbstmord. Ohne Karen hatte sein Leben keinen Sinn. Er fühlte sich wie ein Idiot, er fühlte sich betrogen. Wenn er seinem Leben ein Ende setzte, wäre er vom Schmerz befreit. Doch konnten sie ihn wirklich so weit bringen? Etwas war noch nicht klar … die Erinnerungen an sein vorheriges Leben. Waren sie falsch? Dann mussten die Katharer imstande sein, in das menschliche Gehirn Erinnerungen einzupflanzen, sodass sie ein vorgefertigtes Erlebnis noch einmal erlebten.

Aber war das überhaupt möglich? Wie vielen anderen hatten sie eingebläut, sie seien König Pedro und Karen sei seine Geliebte gewesen?

Er schloss die Augen. Er stellte sich vor, wie Karen andere Männer mit derselben Geschichte verführte. Er ertrug es nicht. Er fühlte sich sehr müde. Das dunkle Meer unten war eine riesige dunkle Masse in Bewegung, die unaufhörlich gegen das Ufer schlug. Von der Sicherheit des Festlandes aus erschien ihm der Ozean wie ein wildes Raubtier, bereit, alles zu verschlingen, was ihm in die Fänge kam. Das Meer rief nach ihm, und sein ständiges Tosen war verführerisch. Die Anziehung war schier unwiderstehlich.

Aber etwas passte nicht ins Schema. Was war Dubois' Rolle? Er schien wirklich ein Guter Mensch zu sein, der sich verpflichtet fühlte, der Lehre Christi zu folgen und sie zu predigen. Aber er musste den anderen irgendwie geholfen haben.

Außerdem waren da noch seine Erinnerungen im Flugzeug. Er hatte sie außerhalb der Kontrolle der Katharer erlebt. Waren sie vorher programmiert worden? Schwer zu sagen. Zweifellos waren sie eine Fortsetzung und passten perfekt zu den vorhergehenden.

Pedros Vielschichtigkeit, sein innerer Kampf auf der Suche nach dem wahren Gott, waren einfach zu real. Hug de Mataplana und Ricardo. Jaime war überzeugt davon, dass sie ein und dieselbe Person waren.

Und wenn seine Erinnerungen trotz allem real waren? Dass Karen ihn mit Kevin betrog, bedeutete ja nicht, dass sie ihn mit allem anderen auch getäuscht hatte.

Doch wo fing die Wahrheit an, und wo hörte die Lüge auf?

Er senkte seinen Blick wieder auf den Ozean, der tobte und toste und seine Wellen ans Ufer rollte. Jaime hörte immer noch seinen Lockruf.

»Leb wohl«, sagte er. Ganz entschieden war er kein Selbstmörder.

Es waren zu viele Fragen offen, und er wollte Antworten.

78

»Erzähl mir alles«, forderte Ricardo ihn auf, und sie nahmen in einiger Entfernung von der Band Platz, um sich in Ruhe unterhalten zu können.

Ricardo hörte aufmerksam zu und kratzte sich ab und zu am Kopf, während Jaime ihm eine Zusammenfassung seiner Erlebnisse lieferte, wobei er seine Erinnerungen an die Vergangenheit und Ricardos Anwesenheit darin nicht ausließ. An diesem Punkt der Geschichte rief Ricardo aus:

»Na dann Prost, mein Freund!«

»Und jetzt kommt der Teil, den du eigentlich kennst. Ich schickte ihr meine Liebeserklärung, doch ohne eine Antwort darauf zu erhalten, bekam ich die Nachricht von ihr, dass sie in Gefahr schwebe und Angst habe. Ich ließ alles stehen und liegen und eilte voller Bestürzung zu ihr, ohne auf das Risiko zu achten, nur um sie zu schützen, denn ich liebte sie wie ein Wahnsinniger. Und was finde ich? Sie in flagranti mit einem anderen! Sie hat mich betrogen! Ich werde wie ein Dummkopf für die Ziele dieser katharischen Sekte benutzt! Verstehst du mich? Sie benutzen mich, weil ich ihnen helfen kann, ihre Schlacht gegen die *Wächter* zu gewinnen. Ein Bauer auf Karens Schachbrett. Ricardo, mir geht's dreckig. Ich war ein Idiot, und ich wurde wie ein Idiot behandelt.«

»Das ist traurig, aber wir sind alle manchmal Idioten. Man kann nicht immer der Klügere sein. Sag mir jetzt mal ganz ehrlich: Liebst du sie noch?«

Jaime hatte befürchtet, dass Ricardo diese Frage stellen würde. Er horchte in sich hinein und sagte:

»Ja.«

»Dann kümmere dich um sie. Lass nicht zu, dass dieser Kerl sie dir wegschnappt.«

»Wie kannst du so was sagen, Ricardo? Nach allem, was sie mir angetan hat?«

»Was sie dir angetan hat? Sie hat mit dem Kerl geschlafen. Na und! Gerade erzählst du mir, was du mit Marta getan hast! Du brauchst mir keine Details zu beschreiben. Gib mir nur einen Tipp.«

»Ja, wir haben miteinander geschlafen, aber das war etwas anderes.«

»Etwas anderes? Weshalb? Weil ihr es im Stehen und nicht im Liegen gemacht habt?«

»Als ich mit Marta geschlafen habe, hatte ich keinerlei Verpflichtung Karen gegenüber.«

»Ach tatsächlich? Dabei dachte ich, dass du schon 'ne ganze Weile mit ihr ausgegangen bist.«

»Ja, aber ich war ihr nicht verpflichtet.«

»Aha, du warst ihr nicht verpflichtet. Hast du sie gefragt, ob sie sich dir gegenüber verpflichtet fühlt?«

»Nein. Ich wusste nicht, wie sie unser Verhältnis sieht.«

»Gut, dann hast du ihr also erzählt, dass du Sex mit Marta hattest, nicht wahr?«

»Nein. Ich habe es ihr nicht erzählt«, erwiderte Jaime gereizt. »Sag mir endlich, worauf du hinaus willst.«

»Ganz einfach. Was sich zwischen Karen und diesem Kerl abgespielt hat, ist dasselbe, was du mit Marta getan hast. Ihr seid quitt!«

»Nein, das ist nicht dasselbe.«

»Warum nicht? Weil du es von ihr weißt und sie von dir nicht? Vielleicht hatte Karen ja die Absicht, dir von ihrem Abenteuer zu berichten.«

»Das glaube ich kaum.«

»Vielleicht ist sie ehrlicher als du. Aber das ist egal. Stell dir mal vor, wie wir in dieser Nacht wie zwei Gespenster aus dem Geheimgang aufgetaucht sind und sie beim Vögeln überrascht haben.« Ricardo lachte schallend. »Nach dem Schreck hätten sie ganz sicher nicht mehr weitergemacht.« Ricardo lachte gut gelaunt. »Versetz dich mal in seine Lage, du stehst da mit einem Ständer, und dann taucht plötzlich ein Kerl auf und bedroht dich mit einem Revolver?« Ricardo amüsierte sich köstlich.

Jaime musste unwillkürlich grinsen, wenn er sich die Szene vorstellte. Sein Freund verwandelte die Tragödie tatsächlich in eine Komödie, wie er es vorhergesagt hatte.

»Ricardo, du bist ein Scheißkerl. Aber dich trifft es ja nicht. Ja, ja, lach du nur!«

»Nein, Jaime. Ich habe auch schon Ähnliches erlebt. Manches weißt du, und bei Gelegenheit erzähle ich dir mehr darüber, und wir lachen gemeinsam über mich. Aber worauf ich hinaus will: Stell dir mal vor, du wärst heute aus London gekommen und wüsstest nicht, was passiert ist. Wärst du dann immer noch verrückt nach ihr?«

»Aber ja doch.«

»Dann sei taktisch klug. Schlimm wäre doch, wenn sie bei diesem Kevin bliebe. Aber wenn du sie zurückgewinnen kannst, dann tu es. Lass nicht zu, dass dieser Hurensohn sie behält. Dieser Kerl hat doch nur so gegrinst, weil er glaubt, dass sie dich verlässt.«

»Aber Ricardo, ich habe ihr doch gesagt, dass ich sie liebe. Und sie hat mich betrogen.«

»Wenn sie dir nichts versprochen hat, hat sie dich nicht betrogen. Nichts gehört dir, solange du es nicht geschenkt bekommen hast. Kämpfe um sie, Jaime, kämpfe um sie, wenn du sie liebst.«

79

Die Sonne drang mit schwachem Schein durch das große Fenster mit den halb geschlossenen Vorhängen. Am Himmel zeigten sich Wolken und ab und zu blaue Stellen. Es war bereits Nachmittag, als Jaime aufwachte. Er warf einen Blick auf seine Armbanduhr. Fünf Uhr! Er hatte Hunger und öffnete den Kühlschrank. Er bereitete sich Toast, Rühreier, Orangensaft und einen aufmunternden Kaffee zu. Was war geschehen? Mein Gott, mach, dass es nur ein Albtraum war! Einer dieser Albträume, die ihn nachts quälten? Hoffentlich! Dann hörte er den Anrufbeantworter ab.

Seine Exfrau Delores bat um Rückruf, um zu besprechen, wann er seine Tochter am Wochenende abholen sollte. Seine Mutter wollte wissen, wie es ihm ging. Ja, er sollte sich mehr um seine Familie kümmern, sagte er sich. Mehrere Nachrichten von Laura. Sie wollte wissen, wo er sei, man vermisse ihn im Büro. Ricardo teilte ihm mit, er habe seinen Wagen abgeholt und warte im Club auf ihn, um mit ihm zu reden. Und am Ende Dubois' Stimme:

Guten Tag, Mister Berenguer. Karen hat mir erzählt, was heute Nacht vorgefallen ist. Ich glaube, es wäre gut, wenn wir uns treffen könnten. Um acht Uhr in Ihrer griechischen Hamburger Bude. Ich werde aufpassen, dass mir niemand folgt. Bis bald!

»Ist Ihnen noch nie passiert, dass Ihnen Leute, die Sie kaum kannten, sympathisch oder unsympathisch waren und andere dagegen gleichgültig?«, fragte Dubois, während Jaime ihre Hamburger auf einem Tablett brachte und sich setzte. Der Mann betrachtete ihn mit seinen zu weit aufgerissenen, zu starren Augen.

»Doch, das ist mir durchaus schon passiert.«

»Sagen Sie mir ganz ehrlich, irre ich mich, wenn ich behaupte, dass ich Ihnen auf Anhieb unsympathisch war?«

»Was soll diese Frage?«

»Ich werde es Ihnen erklären, aber bitte antworten Sie erst.«

»Ja, das stimmt. Sie waren mir nicht sympathisch. Woher wissen Sie das? War das so auffällig?«

»Nein, keineswegs. Viele Male begegnen sich die Menschen in ihren verschiedenen Leben, ohne sich dessen bewusst zu sein, aber etwas an ihnen erkennen wir. Und der Hass und die Liebe halten sich. Das erklärt, weshalb uns gelegentlich jemand unsympathisch ist, ohne etwas getan zu haben, mit dem er sich unbeliebt gemacht hat. In diesem Leben natürlich.«

»Folglich sind wir uns schon früher begegnet?«

»Natürlich.«

»Was haben Sie mir in meinem vorherigen Leben angetan, dass ich Sie nicht leiden mag?«

»Haben Sie mich nicht erkannt?« Dubois ließ ihn nicht aus den Augen, strich sich über seinen weißen Bart und lächelte, was seinen starren Schlangenblick nur wenig milderte.

»Nein.«

»Wie weit sind Sie mit Ihren Erinnerungen gekommen?«

»Ich bin mit meinen Truppen losgezogen, um mich dem Heer der Kreuzritter vor den Stadtmauern von Muret zu stellen.«

»Dann hatten Sie bereits eine heftige Auseinandersetzung mit einem Ihrer Verbündeten?«

»Ja.«

»Erinnern Sie sich, mit wem?«

»Mit Ramón VI., Graf von Toulouse.«

Dubois antwortete nicht, aber lächelte und schaute Jaime mit starrem Blick an.

»Sie waren das?«, erkannte Jaime in einem Geistesblitz.

»Ja, ich war es.«

Er erinnerte sich an die Auseinandersetzung, die beide kurz vor der Schlacht ausgetragen hatten, und dass Ramón sich empört zurückgezogen hatte. Pedro verachtete ihn wegen seiner Feigheit, und Ramón VI. betrachtete Pedro als wahnsinnigen Selbstmörder.

»Erstaunlich.« Jaime grübelte und fragte nach einer Weile: »War Corbas Vater nicht Konsul Ihrer Stadt Toulouse?«

»Ja, er war ein guter Freund.«

»Und Sie sandten ihn als Konsul nach Barcelona und schickten Corba zu Pedro.«

»Worauf wollen Sie hinaus?«

»Haben Sie mir Karen geschickt, damit ich mich in sie verliebe?«

Dubois' Grinsen wurde breiter.

»So viel Macht besitze ich nicht. Sie überschätzen mich. Karen erkannte Sie bei ihren Erinnerungen an die Zeit der Kreuzritter und hat Sie aus freien Stücken gesucht.«

»Sind Sie sicher, dass das der Grund war? War das ihr einziges Motiv?«, erkundigte sich Jaime misstrauisch, wusste aber sofort, dass die Frage sich erübrigte. »Gut, dann sollten Sie eigentlich wissen, dass sie sich einem anderen zugewandt hat.«

»Karen hat mir erzählt, was passiert ist. Was wollen Sie jetzt tun, Berenguer?«

»Ihrer Katharersekte den Rücken kehren.«

Dubois blieb gelassen.

»Und zulassen, dass die *Wächter* siegen und die Davis Corporation beherrschen? Und dass Ihr Chef weiterhin Betrügereien deckt?«

»Das geht mich nichts an.«

»Das glaube ich nicht. Sie werden Ihren Zyklus nicht unvollendet lassen. Sie werden mit uns weitermachen, weil Sie an das, was wir tun, glauben. Und weil es die Fortsetzung eines Krieges ist, der vor Jahrhunderten begonnen hat. Damals waren Sie auf unserer Seite, und Sie sind es heute noch.«

Jaime schwieg. Dubois hatte Recht. Nicht einmal ohne Karen konnte er das Schlachtfeld verlassen; er war gefangen in seiner eigenen vergangenen Identität, und dieser Krieg hatte sich in etwas Persönliches verwandelt.

»Außerdem«, fuhr Dubois fort, »werden Sie nicht zulassen, dass Karen in Gefahr schwebt, nicht wahr? Sie wissen, dass man gestern in ihr Apartment eingedrungen ist?«

»Ich weiß, dass sie in Gefahr schwebt, aber sie hat ja jemanden, der sie verteidigt.«

»Es sei denn, er zieht sich zurück und überlässt Karen seinem Rivalen? Nicht wahr?«

»Nein.« Jaime dachte kurz nach. »Das will ich im Grunde nicht, aber Karen ist alt genug, um zu wissen, was sie tut, und sie hat ihre Wahl getroffen.«

»Vielleicht hat sie das gar nicht.«

»Was meinen Sie damit?«

»Sie haben noch alle Chancen.«

»Woher wollen Sie das wissen?«

»Ich habe bereits erwähnt, dass Karen mir von dem Vorfall berichtet hat. Und sie hat mich gebeten zu vermitteln.«

»Wozu?«

»Sie möchte Sie sehen. Sie möchte mit Ihnen reden, um die Dinge zu klären, aber sie traut sich nicht, direkten Kontakt mit Ihnen aufzunehmen. Und da komme ich als Vermittler ins Spiel. Sind Sie bereit?«

»Einverstanden.«

»Wo und wann werden Sie sich treffen?«

»Bei Ricardo's, heute Abend.«

»Gut. Und ich hoffe, dass ich Ihnen danach ein bisschen weniger unsympathisch bin.« Dubois erhob sich und reichte ihm zum Abschied die Hand.

Jaime drückte sie kräftig.

80

Ihre hellblonden halblangen Haare leuchteten in Ricardo's Club, als zeige sich der Vollmond hinter einer dunklen Wolke. Der Laden war voll, der Geruch nach Tabak, Rum, Tequila und Brandy vermischte sich mit lateinamerikanischer Musik.

Jaime verspürte bei ihrem Anblick dieses Herzrasen, an das er sich wohl nie gewöhnen würde. Sie war es. Karen blickte zur Theke und suchte ihn. Sie trug ein schwarzes Jackett und einen Pullover mit tiefem V-Ausschnitt. Ihre Lippen waren karminrot geschminkt. Sie war wunderschön. Ein kurzer Rock enthüllte ihre langen wohlgeformten Beine mit den dunklen Strümpfen, die nur ganz leicht die Farbe ihrer Haut durchscheinen ließen. Sie trug Schuhe mit hohen Absätzen und eine kleine Handtasche, die zu ihrer Jacke passte.

Zwei Männer mit ihren Drinks an der Theke unterbrachen ihr Gespräch, um sie anzugaffen. Der eine beugte sich zu ihr und flüsterte:

»Miss, suchen Sie etwa mich?«

Karen lächelte sehr selbstsicher und knapp.

»Danke, aber ich bin in Begleitung.«

Mit lasziver Langsamkeit und mit dem Hüftschwung, den sie nur außerhalb des Büros zeigte, ging sie in die Mitte des Lokals. Die Blicke aller Anwesenden folgten ihr.

In diesem Dress haut sie jeden um, dachte Jaime.

Ricardo stand hinter dem Tresen und grüßte sie mit einer Stimme, die die Musik übertönte:

»Hallo Karen, ich freue mich, dich zu sehen«. Dann fügte er spöttisch hinzu: »Dich wiederzusehen.«

Karen ging auf ihn zu und drückte die Hand, die Ricardo ihr mit seinem unwiderstehlichen Lächeln entgegenstreckte. Jaime konnte ihre Worte nicht verstehen, aber er stellte sich vor, wie sie nach dem Austausch von Höflichkeiten nach ihm fragen würde. Ricardo deutete mit dem Kopf in seine Richtung, und Karen verabschiedete sich graziös.

Als sie Jaime entdeckte, heftete sie ihre blauen Augen auf ihn, lächelte und zeigte ihre weißen Zähne. Sie freute sich, ihn zu sehen oder tat zumindest so. Sie war eine schöne Frau.

»Hallo Jim.«

»Hallo Karen.«

Sie setzte sich neben ihn und schlug die Beine übereinander. Dann blickte sie ihn intensiv an.

»Wie geht's dir?«

»Ich habe schon bessere Zeiten erlebt. Und du?«

»Ebenfalls. Ich komme aus meiner Wohnung, also aus dem Chaos. Ich hatte großes Glück, dass ich nicht zu Hause war. Sie sind reingekommen, indem sie den Metallzaun zerschnitten haben, der den Garten von dem Platz mit den Mülltonnen trennt. Ich hatte meinen Computer eingeschaltet gelassen und vorbereitet, damit sie nur die Information erhalten, die wir wollten. Und das hat funktioniert.«

»Ich sehe, du hast alles unter Kontrolle. Das Einzige, was du nicht erwartet hast, war wohl, dass ich mir Sorgen um dich mache.«

»Ich habe mit Wes gesprochen, er hat die Anzeige gegen euch zurückgezogen.«

»Danke, sehr großzügig.«

Jaime sagte nichts mehr, und beide schwiegen. Nach einer Weile begann Karen zu reden.

»Ich glaubte, du wärst in London.«

»Ich war es, aber eine Frau, die ich liebte, schickte mir eine Mail, in der es hieß, dass sie in Gefahr sei. Und ich Dummkopf ließ alles stehen und liegen, um ihr zu Hilfe zu eilen.«

»Was geschehen ist, tut mir leid.«

»Mir tut leid, dass ich euch den Abend verdorben habe.«

»Ja, das hast du tatsächlich.«

»Dann freut mich das sehr.«

Karen lachte und wurde dann wieder ernst.

»Ich habe deine Mail erhalten.«

»Ja? Und dann hast du beschlossen, die frohe Botschaft mit Kevin zu feiern, nicht wahr?«

Karen schwieg eine Weile und fragte dann:

»Hast du deine Meinung geändert, oder liebst du mich immer noch?«

»Was bedeutet das noch für dich?«

»Ziemlich viel. Antworte mir. Bitte!«

»Du bist diejenige, die mir antworten sollte. Erinnerst du dich an die Mail, die du ausdrucken wolltest? In der du mich gebeten hast, ich solle mich deutlich ausdrücken. Ich habe es getan. Erinnerst du dich?«

»Natürlich erinnere ich mich.«

»Und wie lautet die Antwort?«

»Ja.«

Jaime hatte das Gefühl, sein Herz bleibe stehen.

»Was ja?«

»Ja, ich liebe dich.«

»Verdammt noch mal, Karen! Du liebst mich, und kaum bin ich weg, vögelst du mit Kevin?« Jaime empfand eine seltsame Mischung aus Glück, Wut und Empörung. »Weißt du nicht, dass normale Menschen es als unvereinbar ansehen, jemanden zu lieben und zu betrügen?«

»Na ja, aber ich liebe ihn ebenfalls.«

Jaime sah sie an und glaubte, seinen Ohren nicht zu trauen. Karen hielt seinem Blick mit ernstem Ausdruck stand.

»Machst du Witze? Du liebst uns beide? Was zum Henker willst du damit sagen? Seid ihr verdammten Katharer polygam?«

»Aber dich liebe ich viel mehr.«

»Und was soll das heißen? Dass du mit mir fünfmal die Woche schläfst und mit ihm nur zweimal?«

»Nein. Beruhig dich, Jim und lass es mich dir erklären. Kevin und ich waren ein Liebespaar, bevor ich dich kennen lernte. Genauer gesagt, wir waren sogar verheiratet, doch für die Katharer ist die Ehe kein Sakrament, sondern eine freie Vereinbarung zwischen zwei Menschen. Wir haben ungefähr ein Jahr zusammengelebt. Und ich wollte ihn verlassen. Aber er akzeptierte es nicht und erhob weiterhin Anspruch auf mich, obwohl wir beide andere Partner hatten.

Als sie mich Dienstagabend anriefen und mir erklärten, was geschehen war und in welcher Gefahr ich mich befand, begann ich, andere Leute zu benachrichtigen, damit sie sich in Sicherheit brachten oder ihre Vorsichtsmaßnahmen verschärften. Das tat ich, bevor ich deine Mail fand. Dann sah ich deine Nachricht, und als ich sie las, war ich sehr glücklich. Aber ich war auch verängstigt, und du warst weit weg.

Als ich Kevin berichtete, was geschehen war, kam er sofort zu mir, um mich zu schützen, und blieb die ganze Zeit bei mir. Er erklärte mir seine Liebe und bat mich, dass ich zu ihm zurückkehre. Du siehst, ich weiß nicht, wie ich es dir erklären soll, aber ich hatte Angst, und bei ihm fühlte ich mich beschützt und war geschmeichelt. Und dann passierte, was passieren musste. Ich bin monogam und betrüge meinen Partner nicht, wenn wir eine gegenseitige Verpflichtung eingegangen sind. Wenn ich mich für einen anderen entscheide, breche ich meine vorherige Bindung ab.

Aber ich hatte mich dir noch nicht verpflichtet, obwohl ich eine Entscheidung gefällt hatte, nach der ich endgültig mit Kevin Schluss machen musste. Ihr habt beide Anspruch auf mich erhoben. Und ich weiß nicht, was genau in mir vorging. Vielleicht wollte ich mich prüfen, also herausfinden, wie meine Gefühle für Kevin waren, bevor ich dir antworte. Jetzt weiß ich, was ich für jeden von euch empfinde.«

»Soll das heißen, dass du mir Exklusivität garantierst?«

»Ja, wenn du es noch willst.«

»Eine Margarita für die Dame.« Ricardo unterbrach sie, indem er höchstpersönlich die Getränke servierte. Ohne zu fragen, stellte er einen Brandy für Jaime auf den Tisch. »Ich hoffe, ihr amüsiert euch gut. Eine gewisse Marta, die behauptet, eine alte Freundin von dir zu sein, hat nach dir gefragt.«

Ausgerechnet Ricardo! Er erinnerte ihn an die Nacht mit Marta, um anzudeuten, dass er davon ausging, Jaime und Karen hätten Frieden geschlossen. Verdammter Schelm, dachte Jaime.

»Wer ist denn Marta?«, erkundigte sich Karen und runzelte die Stirn. Doch sie war froh, das Thema wechseln zu können.

»Eine sehr hübsche Brünette, die manchmal nach diesem Herrn hier fragt«, erwiderte Ricardo mit breitem Grinsen. Der Hundesohn amüsiert sich, dachte Jaime. »Na ja, ich lass euch jetzt allein, es sieht ganz danach aus, als hättet ihr was zu bereden.« Er bemerkte den mürrischen Ausdruck seines Freundes, zwinkerte ihm zu, griff nach dem Tablett und zog sich zurück.

»Wer ist Marta?«

»Ein Mädchen, das ich schon lange kenne«, log er. »Aber sag mal, Karen, diese Geschichte unserer ewigen Liebe, unserer Liebe seit achthundert Jahren, was soll das? Wie kannst du nur damit spielen? Wie ist es möglich, dass du nicht weißt, was mit Kevin geschah? Du erklärst mir, dass er dir den Hof machte und du ihm gewährtest, worum er dich bat. So einfach ist das also! Karen! Wie kannst du nur so oberflächlich sein? Ich dachte, du betrachtest unsere Liebe als einmalig, gewissermaßen als heilig. Dass du mich in deinen Träumen aus der Vergangenheit entdeckt hast, dass du mich gesucht hast, um eine große Liebe fortzusetzen. Deine alte große Liebe! Du findest sie und betrügst sie sogleich. Das fasse ich nicht.«

»Jaime, du irrst dich«, konterte Karen entschlossen. »Ich habe dich nicht betrogen, da ich keinerlei Verpflichtung dir gegenüber hatte. Ich war eine freie Frau mit zwei Angeboten. Die Angelegenheit war sehr wichtig. Ich überdachte alles und traf eine Entscheidung. Ich habe dich keine Sekunde lang betrogen. Wenn du mich liebst, nimm mich. Wenn nicht, sag es mir, und wir lassen es. Aber wenn du mich nimmst, dann ohne Vorwürfe und ohne alte Geschichten aufzuwärmen.«

»Aber ich glaubte, unsere Liebe sei anders. Einmalig. Exklusiv. Ich habe dich in meinen Erinnerungen gesehen. Ich habe dich schon damals wahnsinnig geliebt. Und diese Liebe hat gehalten, sie ist mit der Zeit nur noch gewachsen. Wie kannst du unsere Liebe mit deiner Nummer mit Kevin vergleichen?«

»Du hast Recht, mit dem Ungewöhnlichen unserer Liebe, Jim, aber du irrst dich, wenn du sie für einmalig und exklusiv hältst.«

»Worauf beziehst du dich?«

»Darauf, dass ich dich mit Kevin vergleichen kann.«

»Wie?«

»Weil ich auch ihn früher geliebt habe.«

»Wie?«

»Jim, mehr kann ich dir nicht sagen. Du musst deinen Erinnerungszyklus an jenes Leben vollenden. Glaub mir einfach. Das war keine spontane Entscheidung für mich. Auch keine einfache. Ich musste einen Teil meines alten Lebens abstreifen und ein anderes annehmen.«

Jaime schwieg. Er wollte das alles erst einmal verarbeiten und wusste nicht, was er sagen sollte.

»Der Abend mit Kevin war eine Art Abschied«, fuhr Karen fort. »Du scheinst das als große persönliche Kränkung zu empfinden. Aber du irrst dich. Du hast nicht das Recht, mich zu kritisieren. Das war ich Kevin schuldig.«

Karen schwieg. Jaime wurde sich kurzfristig seiner Umgebung

bewusst. Er merkte erst jetzt, dass die übrige Welt während ihrer Unterhaltung aus seinem Bewusstsein verschwunden war. Er hörte die karibische Musik, und das Lokal war noch voller geworden. Und Karen saß neben ihm. So hübsch wie noch nie und so aufreizend mit ihrem ausgeschnittenen Pullover, der den Ansatz ihres Busens enthüllte, und mit ihren langen schönen Beinen, die immer verführerischer wurden, je höher ihr Rock rutschte. Er liebte diese Frau. Und er hatte tausend Gründe dafür. Ihre Persönlichkeit, ihr Lächeln, ihre Ausdrucksweise, ihre Bewegungen …

Was konnte er ihr vorwerfen? Vielleicht etwas oder vielleicht gar nichts. Nur eines stand fest: Die Vorwürfe führten zu nichts. Er musste die Geschichte mit Kevin so schnell wie möglich vergessen und sich freuen, der Sieger zu sein.

Karen schwieg und beobachtete ihn mit diesem besonderen Glanz in den Augen. Da Jaime auch schwieg, begann sie erneut zu reden.

»Das war ich dem armen Kevin schuldig. Und du hast uns den Abend verdorben, Jim. Tut mir leid. Jetzt stehe ich immer noch in seiner Schuld …«

»Wie bitte!«

Karen brach in schallendes Gelächter aus und lachte noch lauter, als sie Jaimes Gesicht sah.

»Das ist doch nur Spaß, du Dummkopf«, erklärte sie Jaime lachend.

Jaime spürte eine große Erleichterung, doch er konnte nicht darüber lachen. Nicht einmal ein Lächeln andeuten. Denn das gefiel ihm ganz und gar nicht.

FREITAG

81

Er stand auf und ging in die Küche, um sich ein Glas Wasser zu holen. In der vergangenen Nacht hatte er Karen vorgeschlagen, bei ihm zu leben, bis die Gefahr vorbei sei. Karen war einverstanden. Kaum jemand wusste, dass er zu den Katharern gehörte, und sie hielten seine Wohnung für einigermaßen sicher. Jaime würde später Laura, seine Sekretärin, anrufen, um ihr mitzuteilen, dass ein naher Verwandter einen Unfall gehabt habe. Deshalb sei er zurückgekehrt. Sie solle White bitte ausrichten, der Verwandte lebe in einer anderen Stadt und Jaime komme erst am Montag wieder ins Büro. Nein, man könne ihn nicht erreichen.

Jaime vertraute darauf, dass sie am Montag in der Lage sein würden, David Davis die Namen der *Wächter* zu nennen.

Als er ins Zimmer zurückkehrte, betrachtete er Karen. Sie lag auf der linken Seite, nur zur Hälfte zugedeckt. Ihr helles Haar auf dem Kopfkissen und ihr heller Teint bildeten einen hübschen Kontrast zu den blauen Laken. Sie war wunderschön. Jaime überlegte, dass sie heute Nacht ganz ihm gehört hatte und ihm immer noch gehörte. Er konnte es nicht glauben, dass er diese Frau besaß. Und das Gefühl, ihr Geliebter zu sein, erfüllte ihn mit einer Befriedigung, wie er sie nie zuvor empfunden hatte. Er hatte gewonnen, und Karen gehörte zu ihm. Im Moment. Doch für wie lange? Diese Frage quälte ihn. Wie lange würde er sie halten können? Er war davon überzeugt, dass Kevin seine Niederlage nicht einfach hinnehmen und versuchen würde, sie erneut zu erobern. Würde Karen ihn noch lieben, wenn er für die Pläne der Katharer nicht mehr gebraucht wurde?

Jaime legte sich wieder ins Bett und umarmte sie von hinten, drängte sich an sie und schlang seine Beine um sie. Sie lagen eng aneinandergeschmiegt.

Er verdrängte seine quälenden Gedanken und konzentrierte sich auf das angenehme Gefühl, sie zu berühren. Er spürte den gleichmäßigen Atem der Frau, die im Augenblick seine Frau war, und ein tiefer Frieden erfüllte ihn.

Dann erhob er sich, ging in die Küche, um das Frühstück vorzubereiten und kehrte ins Schlafzimmer zurück, um sie zu wecken. Er küsste sie auf die Wange, auf den Hals und zuletzt auf den Mund. Karen schlug die Augen auf, lächelte und schloss sie wieder. Doch Jaime ließ ihr keine Ruhe, bis sie anfing, sich zu rekeln.

»Guten Morgen, mein Liebling«, sagte er.

Karen streifte den Pullover von gestern Abend über und sie setzten sich, um zu frühstücken.

»Wie hast du geschlafen?«

»Sehr gut. Und du?«

»Ich bin wieder früh aufgewacht und hatte einen beunruhigenden Traum.«

»Wieso das? Hast du dich mit mir nicht wohl gefühlt?«

»Natürlich habe ich mich mit dir wohl gefühlt, vielleicht zu sehr. Ich liebe dich wie verrückt, und die Vorstellung, dass du zu Kevin zurückkehren könntest, lässt mir keine Ruhe.«

»O Jaime! Ich weiß nicht, was ich sagen soll.«

»Sag nichts. Es ist einfach so.«

»Gut. Du bist beunruhigt, weil du glaubst, dass ich dich morgen mit Kevin oder einem anderen betrügen könnte. Ist es so?«

»Nun … ja.«

»Dafür habe ich eine Lösung. Heirate mich, jetzt gleich.«

»Was soll das heißen, jetzt?«

»Na, sofort. Für Katharer ist die Ehe kein Sakrament, und kein Priester kann zu dem, was du und ich völlig frei vereinbaren, etwas hinzufügen.«

»So können wir also hier und jetzt heiraten?«

»Ja. Lass es uns tun. Ich schlage vor, dass wir es für eine begrenzte Zeit tun, bevor wir uns endgültig festlegen. Was hältst du von drei Monaten?«

»Drei Monate? Warum so wenig?«

»Zusammenleben ist nicht einfach, und die Vergangenheit ist keine Garantie für die Zukunft. Ich halte mich an meine Verpflichtungen. Du kannst völlig sicher sein, dass ich, solange ich deine Frau bin, einen anderen Mann nicht einmal anschauen werde. Was sagst du dazu? Nimmst du es an und bist drei Monate lang zufrieden?«

»Es sollen sechs sein.«

»Einverstanden. Dann los!«

Jaime erhob sich und stellte sich Karen gegenüber. Sie nahm seine Hände, blickte ihm in die Augen und sagte:

»Ich, Karen, verpflichte mich, sechs Monate lang deine Frau zu sein oder vielleicht für immer, je nachdem, wie wir für die Zukunft entscheiden. Ich werde dir völlig treu sein und stehe in guten und schlechten Zeiten zu dir, ich werde körperlich und geistig deine Frau sein. Ich bin dir ebenbürtig und du mir. Folglich wird meine Verpflichtung immer gültig sein, wenn du dich genauso verpflichtest und dich an die Vereinbarung hältst. Was sagst du?«

»Karen, die Ringe fehlen!«

»Die Ringe sind ein äußeres Symbol, das für Katharer keine Bedeutung hat.« Karen legte eine kleine Pause ein und lächelte zärtlich. »Ich liebe zwar Schmuck und freue mich über ein Geschenk, aber ich kann warten. Verpflichtest du dich ebenfalls?«

»Ja. Doch ich möchte den Vertrag gern um ein paar Punkte erweitern.«

»Um welche?«, erkundigte sich Karen überrascht.

»Dass ich dich wie verrückt liebe. Und dich immer lieben werde.«

»Und ich dich ebenfalls.«

Sie umarmten und küssten sich. Dann griff er nach ihrer Hand, zog sie zum Schlafzimmer und sagte:

»Es gilt nicht, wenn wir die Ehe nicht vollziehen.«

»Aber das haben wir doch erst heute Morgen getan«, protestierte Karen lachend.

»Im Voraus zählt nicht.«

Karen tat, als sträube sie sich. Er zog sie in die Arme, während sie ein wenig Widerstand leistete. Plötzlich kam ihm ein Gedanke, und er ließ sie wieder los.

»Hast du das gemeint, als du mir erzählt hast, dass du ein Jahr lang mit Kevin verheiratet warst? War es so, oder nicht?«

»Schluss jetzt mit der Eifersucht«, erwiderte Karen und runzelte gut gelaunt die Stirn. Sie schubste ihn, sodass er mit dem Rücken aufs Bett fiel, legte sich auf ihn und begann, ihn zu küssen. Jaime dachte, alles nahm seinen guten Lauf, und es sei besser, es nicht zu verderben. Im Augenblick würde er nicht auf dem Thema beharren.

Aber er musste sich sehr anstrengen, um diesen verdammten Kevin nicht mehr auf jenem Sofa vor sich zu sehen.

SAMSTAG

82

Während Jaime Dubois' warme Hände auf seinem Kopf spürte, warf er einen Blick auf den Wandteppich und schloss die Augen. Die Figuren erwachten zum Leben, und sein Blick fiel auf den bösen Gott. Die sicheren impressionistischen Pinselstriche des alten Meisters von Taüll verliehen dem Bild seine Kraft, Lebendigkeit und Macht. Der böse Gott schaute ihn an. Er schwang drohend sein Schwert, und in der linken Hand hielt er das kleine, verletzliche nackte Paar. Adam und Eva – vielleicht Pedro und Corba – wirkten verschreckt und versuchten, einander zu schützen. Die ernste, statische und abweisende Gottheit schien die Lippen zu kräuseln, und Jaime entdeckte ein grausames Lächeln. Er schloss die Augen leicht, da er eine Vorhersage befürchtete, aber Vorstellungen und Bilder verwischten sich, und er sah sich in die Vergangenheit zurückkehren.

Die Schlacht begann. Die Kreuzritter Simón de Montforts waren in Muret aufgebrochen, als die Morgensonne sich schüchtern zwischen den Wolken hervorstahl. Nachdem das Heer der Kreuzritter die Brücke über die Loja überschritten hatte, teilte es sich in zwei geordnete Einheiten. Die kleinere mit etwa dreihundert Rittern wandte sich nach Westen, wo die Söldner aus Toulouse mit ihren sechs Katapulten die Stadt belagerten. Die Toulouser begannen angesichts der vorrückenden Reiter, die viel stärker waren als sie, zurückzuweichen. Die zweite Einheit aus sechshundert Rittern schlug den Weg nach Norden ein, weil sie das Lager der Aragonier von der linken Flanke her angreifen wollte. Bald darauf teilten sie sich wieder in zwei Einheiten auf. Eine Gruppe ritt direkt auf die Truppen König Pedros zu und die andere marschierte weiter zur linken Flanke des Lagers.

Das katalanisch-aragonische Heerlager befand sich auf einer leichten Anhöhe, von der aus das Gelände bis nach Muret abfiel, das am Zusammenfluss von Garonne und Loja lag. Rechts hatte der Graf von Toulouse sein Lager aufgeschlagen. Ein freies Feld, leicht gewunden und von kleinen Rinnsalen durchzogen, die sich vom Regen gebildet hatten, erstreckte sich zwischen ihnen und dem Feind. Spärliches Gras und ein paar Sträucher bedeckten den Boden, über dem sich an einigen Stellen kleine Nebelbänke gebildet hatten, die aber die Sicht kaum behinderten. Dahinter standen die Stadtmauern von Muret. Und mittendrin rückten die drei Einheiten der Kreuzritter mit ihren weißen Standarten mit den großen roten Kreuzen in perfekter Schlachtordnung vor. Am Himmel vermischten sich weiße mit grauen Wolken.

Zum selben Zeitpunkt befand sich die Gruppe von Ramón Roger I., dem ungestümen Grafen von Foix, bereits auf dem Weg, dem Feind entgegen, der die Toulouser und ihre Katapulte bedrohte. Der Graf war begierig darauf zu kämpfen und seinen Verbündeten zu Hilfe zu eilen und wartete nicht, bis seine gesamte Truppe unter seinem Befehl zusammenkam. Seine Vorhut bewegte sich inzwischen im Trab, und die Reiter, die dahinter zurückgeblieben waren, galoppierten, um zur Hauptgruppe aufzuschließen, während die Lanzenträger zu Fuß hinterherlaufen mussten und ihr Abstand zu den Berittenen immer größer wurde.

»Vorwärts«, rief Pedro und ließ seine Truppe gegen den Feind vorrücken.

Miguel de Luisián, der die königliche Standarte mit vier roten Streifen auf goldgelbem Grund trug, ritt neben ihm; Hug de Mataplana und die übrigen Ritter des Königs folgten den beiden.

Pedro sah, dass die Franzosen langsam und vorsichtig vorrückten und auf die Bewegungen ihrer Verbündeten warteten. Die Kreuzritter, die ihren Pferden die Sporen gaben, hatten das Lager bereits verlassen.

Der König hielt seine Gruppe einen Augenblick lang an und richtete sich auf seinem Pferd auf, um zu sehen, ob sie zum Kampf bereit waren. Doch seine Einheit war noch dabei, sich zu formieren, und immer mehr Ritter gesellten sich von der Messe kommend dazu. Im Lager herrschte die hektische Aktivität eines aufgewühlten Ameisenhaufens, die sich zu einem chaotischen Tumult ausweitete, in dem Pferde wieherten, Söldner hin und her rannten, um zu ihren Truppen zu gelangen. Das Klirren der Waffen vermischte sich mit Fragen, Flüchen und Schreien in verschiedenen Sprachen. Katholische Priester und ihre Messdiener hielten die Silbergefäße hoch und besprengten diejenigen mit Weihwasser, die in den Kampf zogen.

Pedro erkannte die Gefahr. Die Teilung des Hauptheeres der Kreuzritter könnte seine Einheit dazu zwingen, an zwei Fronten zu kämpfen. Wenn das eintrat, geriet Pedro in höchste Not, weil er auf Gedeih und Verderb auf die Hilfe des dritten verbündeten Heeres angewiesen sein würde, dem Heer aus Toulouse unter dem Befehl des Grafen Ramón VI., mit dem er gerade eine heftige Auseinandersetzung geführt und der sich in sein Lager zurückgezogen hatte. Diese Aussicht beunruhigte ihn. Er konnte keine Reiter zurücklassen, er brauchte sie alle.

Der ungestüme Graf von Foix hatte es zu eilig, den Kampf zu beginnen und bremste seinen Vorstoß nicht, was zur Folge hatte, dass sich seine Nachhut chaotisch verstreute. Inzwischen gaben die Toulouser Fußtruppen die Katapulte auf und eilten de Foix entgegen, der sie vor den Kreuzrittern schützen sollte.

Pedro verfluchte im Stillen sowohl die Feiglinge, die sich in den Zelten des Lagers verkrochen als auch jene, die zu hohe Risiken eingingen. Beides war für seine Männer gleichermaßen gefährlich. Das gehörte eben zu den Nachteilen eines Heeres aus Männern verschiedener Herkunft, die sich gezwungen sahen, gemeinsam zu kämpfen, ohne die Zeit zu haben, sich an Disziplin zu gewöhnen.

»Beeilt euch mit der Aufstellung«, rief Pedro und gab mit einer Geste zu verstehen, dass seine Männer erneut vorrücken sollten. Doch zuvor wandte er sich an den Grafen von Cominges:

»Cominges, Ihr befehligt die Nachhut meiner Einheit und die zurückbleibenden Ritter. Und wenn die Truppe aus Toulouse nicht schnell genug kommt, verteidigt Ihr meine linke Flanke gegen die Kreuzritter.«

»Der Graf von Foix lässt seine Fußtruppen und verschiedene Ritter zurück«, warnte Miguel de Luisián, der neben dem König ritt. »Es ist unklug, ohne Unterstützung der Lanzenträger in die Schlacht zu ziehen, wenn die Kreuzritter zu Pferde kämpfen.«

»Selbst unter diesen Umständen können wir ihn nicht im Stich lassen«, erwiderte Pedro. »Wenn wir zu viel Abstand lassen, wird ihn die französische Hauptgruppe von der linken Flanke her angreifen und vernichten.«

»Aber das bedeutet, dass wir unsere eigenen Lanzenträger und die Ritter der Gruppe von Cominges zurücklassen«, bemerkte Hug de Mataplana. »Wir laufen Gefahr, von der Mitte und von links gleichzeitig angegriffen zu werden, wenn Cominges die dritte Gruppe der Kreuzritter nicht aufhalten kann.«

»Dann ist es so, Hug«, erwiderte Pedro, »aber es wird keine andere Möglichkeit geben, de Foix vor einem umfassenden Angriff des Hauptheeres zu schützen. Wenn wir den rechten Flügel unseres Heeres verlieren, den Ramón Roger de Foix befehligt, wird der Kampf besonders schwierig werden. Wir nähern uns in gebührendem Abstand dem französischen Hauptheer, damit sie nicht wagen, den rechten Flügel anzugreifen.«

»Dann werden sie uns angreifen, bevor die von Cominges geführte Truppe zu uns stößt«, sagte Hug.

»Außerdem wird die linke Gruppe auf unsere Nachhut stoßen. Die Lage ist verzweifelt«, fügte Miguel hinzu. »Möge Gott uns helfen.«

»Auf dass geschehe, was Gott will«, fügte Pedro II. hinzu.

Miguel bekreuzigte sich, und Hug, der trotz allem seinen Humor behielt, ließ sich die Gelegenheit für eine Stichelei nicht entgehen.

»Miguel, während der Messe habe ich Euch nicht aus den Augen gelassen, und Ihr hattet keine Zeit zu sündigen. Deshalb ist es nicht nötig, dass Ihr Euch noch mal bekreuzigt.«

»Ich denke nur an Eure schwarze Seele«, konterte Miguel schnell.

Hug lachte schallend. Pedro murmelte, als ob er sich selbst überzeugen wollte.

»Das ist kein Selbstmord, es ist ein Gottesurteil.« Und er betete: »Herr, mein Gott, ich unterwerfe mich deinem Gericht. Hab Erbarmen.«

Ungefähr sechshundert Meter von der feindlichen Gruppe entfernt, die sich nach rechts bewegte, richtete sich der Graf de Foix mit hoch erhobenem Schwert auf seinem Pferd auf und rief:

»Für Foix, für Okzitanien und für König Pedro!«

Seine Ritter brüllten aus vollem Halse, schwangen das Schwert und ritten zum Angriff auf die Schlachtordnung der Kreuzritter zu. Damit zwangen sie Pedro und seine Gruppe erneut, ihren Ritt zu beschleunigen. Doch die Kreuzritter in ihrer disziplinierten Schlachtordnung griffen nicht de Foix' Ritter an, sondern die Toulouser, sodass die Ritter getrennt wurden. In wenigen Augenblicken vermischten sich die flüchtenden Toulouser mit den Rittern des Grafen, die ihre Feinde angriffen.

Schreie ertönten, gegeneinander schlagende Waffen verursachten großes Getöse, Pferde wieherten in Panik: Das erste Treffen der Schlacht wurde entschieden.

Das Hauptheer von Simón de Montfort rückte weiter vor, und es schien, als wolle es nicht gegen Foix' Truppen kämpfen. König Pedros Ritter trabten weiter, nur noch fünfhundert Meter trennten sie vom Schlachtfeld. Pedro befahl, das Tempo zu drosseln, ließ die Pferde im Schritt gehen und hoffte, dass der Graf von Cominges, der von hinten nachrückte, bald zu ihnen stoßen würde.

Ramón Rogers I. Soldaten waren in größter Bedrängnis; die Verwirrung und Unordnung der verbündeten Truppen waren riesig. Die Ritter trafen auf die Toulouser Fußsoldaten und waren unfähig, sich zu formieren, um zum Gegenschlag auszuholen. Die Franzosen in ihrer festen Aufstellung konnten geschickt mit dem Schwert umgehen und ihre Fußsoldaten konnten mit ihren Lanzen eine große Zahl von verbündeten Rittern von ihren Rossen holen. Einige verwundete Ritter traten den Rückzug an, während die Reihen der Übrigen vor dem Ansturm der Kreuzritter zurückwichen. Ein Drittel von Foix' Rittern war bereits gefallen; die Kreuzritter schienen wenige Verluste hinnehmen zu müssen. Sie trafen mit ihren Schwertern auf ein blutiges Chaos von fliehenden Fußsoldaten und Rittern, die Widerstand leisteten. Inzwischen war die Truppe des Königs nur noch etwa vierhundert Meter von den Kreuzrittern entfernt.

Dann geschah es. Die Tapferkeit des Grafen von Foix nutzte gar nichts. Seine Ritter traten den Rückzug an.

In diesem Augenblick ertönte lautes Gebrüll im französischen Hauptheer. Feierten sie den Sieg? Nein, sie feierten nicht. Sie formierten sich zum Angriff auf Pedro.

83

Foix' schnelle Niederlage brachte Pedro in eine sehr heikle Lage: Er würde nicht nur gegen die Haupttruppe kämpfen müssen, die von vorn angriff, sondern sobald die erste Kreuzrittereinheit damit fertig wäre, Foix' Truppen zu zerstreuen, würde sie ihn über seine rechte Flanke in die Enge treiben, während die dritte Einheit ihn von links oder von hinten in die Zange nehmen könnte. Wenn Ramón VI. von Toulouse sich mit seinen Rittern nicht sofort in den Kampf stürzte, war er verloren. Pedros Herz schlug schneller, und er spürte einen Kloß im Hals. Ihre Lage war ungünstig für einen Angriff, sie waren weit entfernt von den Fußtruppen und Cominges' Rittern, die sich im Galopp näherten. Was tun? Sich hinter die Linie der Bogenschützen zurückziehen?

Zu spät. Wenn sie kehrt machten, hätten sie in Kürze die feindlichen Ritter im Nacken. Und selbst wenn die Mehrheit der Ritter entkäme, würden die Franzosen die Lanzenträger auf dem freien Feld mühelos vernichten. Außerdem war es ziemlich wahrscheinlich, dass dann seine Ritter auf ihrem Rückzug auf die Nachhut stoßen würden, wodurch eine noch größere Verwirrung entstehen würde.

So wollte er, dass Gott ihn richtete. Wenn Er es so wollte, dann sollte es so sein. Wie die Tradition des Gottesurteils es verlangte, würde Pedro sich seinen Feinden zum Kampf auf Leben und Tod stellen.

»Vorwärts, meine Ritter!«, rief er und schwang sein Schwert. »Für Okzitanien, für Katalonien und Aragon. Und für Gott!«

»Für Gott und König Pedro!«, rief Miguel, dessen dröhnende Stimme das Waffengeklirr des trabenden Heeres übertönte.

Und sie stürmten mit großem Geschrei im Galopp los.

Miguel, Hug und andere Ritter des Königs schlossen zu ihm auf, um ihn vor dem ersten Zusammenstoß zu bewahren, der wenige Augenblicke später erfolgen würde. Das Getöse von Beilen und Schwertern auf Metall vermischte sich mit Schreien und Flüchen, der Lärm war ohrenbetäubend.

Ein feindlicher Ritter überwand die erste Reihe links von Pedro. Er hatte wohl einen Schwerthieb abbekommen, schien verwirrt und sein Visier stand weit offen.

Pedro versetzte ihm einen mit beiden Händen geführten Hieb, den der andere nicht parieren konnte, und das Schwert drang zwischen Helm und Stirn und spaltete ihm Nase und Mund. Der Mann riss seine blauen Augen auf, das Schwert glitt ihm aus der Hand und sein Körper fiel rücklings zu Boden.

Pedro gab seinem Pferd die Sporen, das in dem Augenblick vorwärts preschte, in dem er einem Kreuzritter das Schwert in den Rücken stieß, der Hug hart bedrängte. Der Mann fiel nach vorn, und Hug versetzte ihm einen Hieb gegen den Hals, der ihm das Genick brach. Ohne einen Laut von sich zu geben, fiel der Ritter zur Seite. Aus dem seltsam verrenkten Hals spritzte Blut.

Weiter vorn wich Guillem de Montgrony, der junge Ritter mit den königlichen Insignien, vor dem Ansturm mehrerer Feinde zurück. Neben ihm hieb Gomes de Luna einen Franzosen nieder. In einer einkreisenden Bewegung postierten sich drei Kreuzritter hinter die beiden: Sie wollten den König töten. Pedro gab seinem Pferd die Sporen und schrie:

»Hilfe für Guillem!«

Miguel, Hug und andere Ritter, die sich nie von Pedro trennten, folgten ihm.

Zu spät: Guillem und Gomes fielen in einem Hagel von Schwerthieben.

»Das war nicht König Pedro«, rief der Kreuzritter, der die Gruppe anführte. »Der König ist älter und dicker.«

»Sucht ihr den König? Hier habt ihr ihn!«, schrie Pedro in dem Augenblick, in dem er einem Ritter, der Guillem von hinten angegriffen hatte, einen Schwerthieb versetzte. Der Ritter konnte sich nicht mehr drehen und mit dem Schild schützen,

»Mein Gott! Er ist verrückt!«, rief Miguel, während er einen anderen Kreuzritter links von Pedro angriff.

Hug kam von rechts und erschlug einen Ritter, der auf den König eindrang. Die Franzosen suchten König Pedro und hatten ihn gefunden.

Pedro schlug weiter auf seinen Feind ein, der bereits drei Schwerthiebe mit dem Schild parieren konnte. Der Kreuzritter gewann wieder eine gute Position und verpasste Pedro einen Schlag von rechts und ließ das Schwert über seinem Kopf kreisen. Pedro wich rückwärts aus und stürzte dann mit erhobenem Schwert in die Lücke, die der andere mit dem weit ausholenden Bogen seines Hiebs hinterlassen hatte. Er verletzte ihn an der Hüfte, aber nicht tief genug, um ihn außer Gefecht zu setzen. Der Ritter fiel nach vorn, während er mit dem Schwert heftig auf Pedro einschlug. Er schützte sich mit dem Schild, aber ein gewaltiger Hieb spaltete Pedros Helm und verwundete ihn.

Sein Kopf dröhnte, und Pedro spürte einen heftigen Schmerz, der zur Folge hatte, dass sein nächster Hieb ohne große Kraft nur den Oberarm seines Feindes über dem Schild traf.

Pedro rüstete sich für den nächsten Schlag, als der Ritter nach vorn fiel. Miguel hatte ihm einen schweren Hieb in die Seite versetzt. Jetzt platzierte er sich zwischen Pedro und die zahlreich anrückenden französischen Ritter.

»Es ist eine Falle, sie wollen Euch töten, Herr. Bringt Euch in der Nachhut in Sicherheit. Die Kreuzritter haben Euch entdeckt und umzingeln Euch.«

Pedro fühlte sich so erschöpft, wie er sich noch nie in einem Kampf gefühlt hatte, und das Blut, das ihm übers Gesicht lief, blendete sein linkes Auge.

»Nein, mein guter Miguel, dies ist die Stunde des Gottesurteils«, sagte er zu ihm.

»Hilfe für den König«, schrie Miguel mit seiner kräftigen Stimme. Hug, der soeben einen Feind erschlagen hatte, drängte sich ebenfalls an die Seite des Aragoniers. Im selben Augenblick rückte ein anderer Kreuzritter an und versetzte ihm einen wuchtigen Hieb gegen den Helm. Blut lief über seine Stirn. Doch Hug trieb sein Pferd an und stieß mit einer waagrechten Bewegung sein Schwert zwischen den Schild und den rechten Arm des Angreifers. Der Mann breitete die Arme aus und fiel nach hinten. Ein zweiter Gegner versetzte ihm einen Schwertstoß mit beiden Händen, den Hug nur mit Mühe mit seinem Schild abwehren konnte. Er verlor das Gleichgewicht und hieb auf den Kreuzritter ein, der sich mühelos befreite. Weil Hug zu wenig geschützt war, als er zum Gegenangriff überging, versetzte ihm der Franzose einen tiefen Schnitt in die Schulter. Hugs Schwert fiel zu Boden, doch er konnte mit seinem Schild den nächsten Hieb abwehren. Er wollte nach seiner Keule greifen, die an seinem Sattel baumelte, aber es gelang ihm nicht. Pedro gab seinem Pferd die Sporen, ritt hinten an Hug vorbei und rammte sein Schwert in das Gesicht des Kreuzritters. Hugs Gesicht war blutverschmiert. Sein rechter Arm hing herab, und seine Wangen waren aschfahl.

»Es ist eine Ehre, einen König als Leibwächter zu haben.« Er besaß noch so viel Humor zu scherzen. »Danke, mein Herr.«

»Hug, zieht Euch zurück«, sagte Pedro.

»Nein, mein Herr. Ich lasse Euch auf dem Schlachtfeld nicht allein«, erwiderte Hug und versuchte erneut, nach der Keule zu greifen. Seine Wunde blutete stark, und die Keule fiel zu Boden.

»Hug, zieht Euch zurück, ich brauche Euch noch für andere Kriege. Ich befehle es Euch Eurer Ehre wegen und der Treue wegen, die Ihr mir geschworen habt.«

»Der Gute Gott möge Euch schützen, mein Herr.« Hug, der sich nur mühsam auf dem Pferd hielt, trabte auf das Lager zu.

Pedros Truppe kämpfte verzweifelt. Ungefähr zwanzig Kreuzritter hatten sich auf den Trupp des Königs gestürzt, von dem nur noch fünf Ritter übrig geblieben waren. Ungefähr fünfundzwanzig Ritter mit Dalmau de Creixeill an der Spitze wollten ihm zu Hilfe kommen, aber die Ritter und die feindlichen Fußtruppen mit ihren langen Lanzen hielten sie auf.

»Sucht Schutz bei der Nachhut, Herr«, rief Miguel abermals. »Schnell, Don Pedro. Bevor sie uns umzingeln.«

Es waren seine letzten Worte. Ein Kreuzritter zerschmetterte mit einer Streitaxt seinen Helm, während ein anderer ihn unterhalb des Schildes am Rücken verletzte. Miguel fiel aufs Gesicht. Pedro spornte sein Pferd an und hieb auf den ersten von Miguels Henkern ein. Der Stich traf den Hals des Pferdes, das in die Knie ging. Schnell hob er das Schwert und stieß es in die Brust des Ritters. Er hatte gerade noch genug Zeit, sich mit dem Schild gegen den Schlag zu schützen, den der zweite Ritter ihm versetzte. Er stach noch mal auf den verwundeten Ritter ein, und das Schwert durchdrang das Kettenhemd zwischen Schulter und Brustbein. Mann und Pferd brachen zusammen.

Pedro spürte einen Schlag auf seiner linken Schulter, sein Schildarm sank herab, der Schild fiel zu Boden. Unmittelbar darauf spürte er einen schneidenden Schmerz in der Seite. Ein Fußsoldat hatte ihm seine Lanze in die Rippen gerammt.

»Mein Gott!«, murmelte er, während er das Gleichgewicht verlor und vom Pferd fiel.

In diesem Moment trafen seine Ritter ein und schlugen die Kreuzritter zurück.

Pedro hatte das Bewusstsein nicht verloren. Vor ihm auf dem Boden lag sein Freund Miguel mit seinem dichten blonden Bart und den weit aufgerissenen blauen Augen. Er blickte zu einem Himmel hinauf, den er nicht mehr sah. Seine Stirn war voller Blut, das aus einer klaffenden Wunde sickerte. Zwischen ihnen floss ein kleiner Bach, bis vor Kurzem führte er klares Wasser, dachte Pedro, und jetzt Blut.

Er wusste, dass seine Wunden tödlich waren. Gott hatte ihn gerichtet und verworfen.

Oben kämpften seine Ritter weiter und schufen einen Freiraum, um ihn zu schützen. Er sah, wie ein Ritter nach dem anderen aus der Gruppe fiel. Er hätte ihnen am liebsten zugerufen, dass alles verloren sei und dass sie fliehen sollten, weil das Gottesurteil bereits gefällt war. Aber er brachte kein Wort heraus. Er wollte, dass sie den Rückzug antreten sollten, denn er wusste, dass seine Ritter eher sterben würden als ihn allein zurückzulassen, auch wenn der Kampf bereits verloren war. Die Angst, die diese Gewissheit verursachte, schmerzte ihn mehr als seine Wunden.

Er hatte sich geirrt, als er Ramóns Rat in den Wind geschlagen hatte. Er hatte sich geirrt, als er seine Leute in einen Kampf auf offenem Feld führte. Er hatte töricht gehandelt.

Aber er hatte darum gebetet, von Gott gerichtet zu werden, um von jenem quälenden Zweifel erlöst zu werden. Und er war verurteilt worden. Doch jetzt begriff er, dass nicht nur er für seine Sünden büßte, sondern dass seine Ritter und die Männer, die ihm treu ergeben waren, sein Schicksal teilten. Tränen füllten seine

Augen. Er war verrückt gewesen, von der Liebe zu einer Frau besessen, und hatte sich deshalb dem Gottesurteil unterworfen. Ihretwegen hatte er sein Schicksal auf dem Schlachtfeld gesucht. Und dort fand er es. Sein Schicksal war der Tod.

Er spürte zweierlei Schmerzen in seiner Brust: die körperlichen Wunden und die Strafe. Er wusste nicht, welcher stechender war, doch beide töteten ihn. Er würde das Bewusstsein verlieren. Der Tod würde ihn vom körperlichen Schmerz befreien. Aber wie sollte er seiner Angst, dem Schmerz seines Geistes entrinnen?

»Mein Herr und Gott, verzeih, was ich meinen Männern angetan habe.« Mit letzter Kraft legte sich Pedro so, dass er zum Himmel hinaufblicken konnte. Das Getöse der Schlacht nahm er kaum noch wahr.

Tausende von Bildern gingen ihm durch den Kopf. Seine Kindheit, seine Kriege und seine Liebschaften. Corba.

»Mein Herr und Gott, schütze meine geliebte Corba, schütze meine Untertanen und meinen Sohn.«

Am Himmel zogen immer noch graue und weiße Wolken dahin. Sein Blick verschwamm, und er sah im Zeitlupentempo die Silhouetten der Kämpfenden, die einen makabren Todestanz um ihn herum aufführten.

»Mein Herr und Gott, vergib mir.«

Plötzlich zeigte sich hinter einer Wolke ein kleiner Sonnenstrahl.

Pedro sah einen hellen Glanz am Himmel, das Licht wurde stärker und näherte sich ihm. Und er spürte, dass er nicht allein war, hinter dem Licht verbarg sich jemand. Eine barmherzige Stimme sprach zu ihm und sagte, der Gute Gott habe ihm vergeben.

Pedro fand Frieden.

84

»Der Kreis hat sich geschlossen«, sagte Dubois und nahm seine Hände von Jaimes Kopf.

Jaime kehrte allmählich in die Gegenwart zurück.

Dubois fuhr fort:

»Jetzt müssen Sie mit sich selbst ins Reine kommen. Ich ziehe mich in meine Zelle zurück, um zu beten. Kommen Sie zu mir, wenn Sie mich brauchen.« Dann ging er zur Tür und ließ Jaime allein in der unterirdischen Kapelle.

Jaime legte sich auf das kleine Sofa und betrachtete erneut den Wandteppich mit dem katharischen Hufeisen und den merkwürdig primitiven Personen und Gottheiten, die sich jetzt nicht mehr bewegten. Da saßen der Gute und der böse Gott, sie schwiegen, aber sie besaßen eine verborgene Macht und eine Bedeutung, die Jaime nicht entziffern konnte.

Er stellte fest, dass seine Augen und Wangen nass waren, offensichtlich hatte er geweint, als König Pedro Tränen vergoss. Er hatte seinen eigenen Tod erlebt und gespürt, wie Strafe und Selbstvorwürfe ihm das Herz brachen, bevor er starb.

Jaime hatte großes Mitleid mit Pedro. Mit sich selbst. Mit dem Ritter, mit dem König, der an einen Gott glaubte, der seine Geschöpfe richtete, die Gerechten mit dem irdischen Leben belohnte und jene, die den falschen Weg gingen, mit dem Tod bestrafte. Er beklagte das Schicksal jenes Mannes, der aus Liebe zu einer Frau alles geopfert hatte: sein Leben, das Leben seiner Ritter und Freunde, sein Königreich und seine Seele.

Er war davon überzeugt, dass sich jene alte Geschichte in der Gegenwart wiederholen würde und fühlte das Gleiche wie Pedro, als er sich auf den Kampf vorbereitete und in der Nacht zu Gott betete.

Montag musste er zu Davis, wenn alles bereit war, und ihn

überzeugen und ihm beweisen, dass der Konzern unterwandert wurde und dass einige seiner höchsten Führungskräfte Mitwisser der Morde waren. Wenn er scheiterte, wüssten die *Wächter*, dass er ihr Feind war, und sein Leben wäre nichts mehr wert. Sie würden ihn suchen, um ihn zu ermorden. Und Karen auch.

Er spürte, dass seine Erinnerung von gerade eben keine Vorahnung war, sondern der Hinweis auf etwas Böses. Aber er hatte, wie Pedro damals, keine andere Wahl. Er betrachtete das Bild des guten Gottes.

»Mein Herr und Gott«, fing er an zu beten, »gib mir Mut und schenke mir den Sieg.«

85

Er fand Peter Dubois in seiner Zelle. Er betete im Stehen vor einem Buch, das auf einem Pult lag. Die Zelle war ein schmuckloser, weiß gestrichener Raum von etwa zwanzig Quadratmetern, der im Gegensatz zum übrigen Haus karg eingerichtet war. Mit einer Holzpritsche, einem Tisch, zwei Stühlen, einem kleinen Schrank und mehreren Bücherregalen. Kein Fenster, das Tageslicht drang durch ein Oberlicht herein, das den hinteren Teil des Raums erhellte, in dem das alte Buch lag. Jaime vermutete, es handele sich um eine Abschrift des Johannesevangeliums, das Buch der Liebe Gottes zu den Katharern, in dem sich der Wille des guten Gottes durch die Gestalt Jesu Christi ausdrückt.

»Heute habe ich meinen Tod erlebt«, sagte Jaime zu Dubois, nachdem sie beide auf den Stühlen Platz genommen hatten.

»Das Fleisch, das der Teufel schuf, starb«, erwiderte dieser lächelnd. »Ihr wahres spirituelles Ich ist jetzt hier bei mir. Es wird nie sterben.«

»Wegen meiner Torheit haben viele Menschen leiden und sterben müssen; dieser Gedanke bricht mir das Herz.«

»Uns des Schadens bewusst zu werden, den wir anderen zufügen, ist Teil unseres Fortschritts.« Dubois' Stimme klang sanft und vermittelte Jaime ein Gefühl des Friedens. »Sie können die Vergangenheit nicht ändern, Sie können nur lernen, in Zukunft klüger zu sein.«

»Ich hegte furchtbaren Zweifel, ob der Weg, den ich eingeschlagen hatte, dem Willen des Herrn entsprach. Ich unterwarf mich einer Art Gottesurteil, indem ich bei einer Schlacht an vorderster Front kämpfte, und ER bestrafte meinen Fehler, indem er mich verurteilte.«

»Natürlich hatten Sie sich geirrt, indem Sie sich einem solchen Urteil unterwarfen. Warum glaubten Sie, ein guter Gott werde akzeptieren, dass Sie und andere sterben, um Sie zu richten? Die Waffen, die Kriege, die Schlachten und der gewaltsame Tod sind das Werk eines abartigen Geistes, den man Teufel nennen kann und der vom bösen Gott abstammt. Oder wenn es einfacher für Sie ist, nennen Sie ihn Natur, mit ihrer großen schöpferischen Kraft, ihrer großen zerstörerischen Kraft und ihrer ganzen Grausamkeit. Pedro II. unterwarf sich nie dem Urteil des guten Gottes. Folglich verurteilte ER ihn nie.«

»Peter, Sie sagen, die Waffen und die Schlachten seien das Werk des Teufels. Ich bin gezwungen, mit anderen Menschen zu kämpfen. Wenn ich siege, werde ich ihnen schaden, und vielleicht stirbt jemand, aber wenn ich verliere, werden sie mich töten. Und alles wegen eines Kriegs, den Sie gegen die *Hüter des Tempels* angezettelt haben. Steht das nicht in starkem Widerspruch zu Ihrem Glauben?«

»Die *Wächter* bedienen sich physischer Gewalt, sie morden im Namen ihres Gottes. Sie sind auf dem falschen Weg. Der Mensch wurde von einem primitiven und grausamen Tier geboren und schuf den Dämon, den bösen Gott, die Natur, doch im Innern hat er eine reine Seele, die vom guten Gott geschaffen wurde. Und er macht unaufhaltsam ein Leben nach dem anderen durch und verliert auf seinem langen Weg zur Güte seine tierische Grausamkeit. Gott allein hat nur ein Leben, es ist ohne Anfang und Ende, und am Ende aller Zeiten nimmt der Gute Gott die Seele des Menschen in sein Reich auf.« Dubois' Gesten waren sanft und seine Augen hatten ihre Härte und die hypnotische Drohung verloren, die Jaime immer darin gesehen hatte. Er fühlte sich jetzt wohl in Gegenwart des Mannes mit dem weißen Bart. »Aber jedes Individuum erfindet seine eigene Version von Gott, entsprechend seiner Entwicklungsstufe. Und sein Gott ähnelt ihm psychologisch. In der Antike forderten die Götter Menschenopfer. Tieropfer. Aber es war nicht der gute Gott, der sie forderte, sondern die brutale und grausame Natur jener Menschen: der böse Gott.

Der gute Gott hat nie Mord, Raub, Rache, Betrug oder Vergewaltigung verlangt, obwohl es Menschen und Religionen gibt, die dies in seinem Namen rechtfertigen. Doch auch der Glaube entwickelt sich und passt sich den Notwendigkeiten eines Menschen an, der dem guten Gott näher steht. Lesen Sie das Alte Testament. Was die katholische Kirche vor achthundert Jahren praktizierte, würde ihre Gläubigen heute in Angst und Schrecken versetzen. Sie hat sich mehr in eine karitative Richtung entwickelt, sie ist reiner geworden. Auch wir Katharer haben uns verändert, weil unsere Religion, obwohl sie auf der Suche nach dem guten Gott ist, auch nicht vollkommen ist. Im 13. Jahrhundert glaubten wir, der Herr erwarte von uns, dass wir uns verfolgen und verbrennen lassen, doch wir hatten uns geirrt. Es ist legitim, dass sich unsere Anhänger jenen widersetzen, die Intoleranz und den rückschrittlichen Glauben verkünden, die für den bösen Gott typisch sind. Wir müssen lediglich Gewalt gegen andere Menschen möglichst vermeiden.«

»Und wie halten Sie es mit Verführung und Sex?« Jaime wusste, Dubois würde erraten, weshalb er diese Frage stellte. »Sind das erlaubte Waffen im Kampf?«

»Ich habe Keuschheit gelobt. Aber die Gläubigen tun es nicht. Sex ist gut, weil er die Geburt physischer Körper und die Inkarnation der Seelen ermöglicht. Er ist auch ein Vehikel für die Liebe, die die höchste Tugend des Menschen ist. Natürlich muss er mit Bedacht praktiziert werden, nicht weil er eine Sünde ist, sondern weil er Schmerz verursachen kann. Wenn er anderen oder einem selbst keinen Schaden zufügt, ist Sex wie alles andere in unserer Welt – eine Frucht der Natur. Oder des Dämons, wie es im Alten Testament geheißen hätte. Er sollte nicht als Waffe benutzt werden, aber es sollte auch keine andere Waffe benutzt werden.«

86

Als Jaime das Wohnzimmer betrat, standen Karen und Kevin mit Papieren in den Händen am Tisch und waren in eine heftige Diskussion verwickelt, während Tim ihnen sitzend zuhörte. Auf dem Tisch stapelten sich die Unterlagen, und ein Notebook war eingeschaltet. Auf dem Boden lagen Berge von Aktenordnern.

Seit dem Vorfall von Mittwochnacht in diesem Raum und auf jenem Sofa war Jaime nicht mehr mit Kevin zusammengetroffen. Als er ihn mit Karen sah, spürte er einen Druck in der Magengegend und er bebte innerlich. Er hasste diesen Mann, und in einer Reflexhandlung ballte er die Fäuste und biss die Zähne zusammen. Sein innerer Teufel war am Werk. Oder die Natur, wie Dubois sagen würde. Was immer es war, Kevin war wieder hier, und Jaime hasste ihn abgrundtief. Er riss sich zusammen und begrüßte die Gruppe.

»Guten Tag.«

»Guten Tag«, wiederholten Karen und Tim.

Kevin sah ihn mit verkniffenen Lippen herausfordernd an, ohne auf den Gruß zu reagieren. Auch er musste seinen Dämon im Zaume halten.

Als Karen ihn sah, leuchteten ihre Augen. Sie schenkte ihm ein liebevolles Lächeln, unterbrach ihr Gespräch, ließ Papiere Papiere sein und ging ihm entgegen. Sie küsste ihn auf den Mund, und als sie seine Hand nahm, empfand Jaime eine große Erleichterung. Er spürte, wie sich seine Muskeln entspannten. Karen war mit ihm zusammen, Kevin hatte verloren.

»Wie ist es dir ergangen?«, fragte sie ihn.

»Ich habe meinen Zyklus abgeschlossen.«

»Hast du mit Dubois gesprochen?«

»Ja.«

»Wir machen uns schnell ein paar Sandwiches und gehen in den Garten. Du musst mir alles erzählen.« Ohne sich von den anderen zu verabschieden, zog Karen Jaime in die Küche.

Es war ein schöner sonniger Nachmittag. Sie schlenderten über den Rasen, der von Sträuchern und Azaleen umgeben war. Sie stellten die Sandwiches und Getränke auf einen Gartentisch in der Nähe des Swimmingpools, und Karen zeigte ihm den Aussichtspunkt, von wo aus man das Tal von San Fernando und die Berge sehen konnte. Abgesehen von einem leichten Nebel im Tal war der Blick ausgezeichnet.

»Nun fang schon an«, bat sie und setzte sich an den Tisch.

Jaime erzählte ihr, was er erlebt hatte, berichtete ihr von seinem eigenen Tod und der Qual, seine Leute durch seine Schuld sterben zu sehen.

»Kann ich jetzt die offizielle Geschichte erfahren?«, fragte er am Ende.

»Ja, aber die wahre Geschichte kennst du bereits. Die Versionen der Sieger sollten dich nicht interessieren.«

»Trotzdem habe ich viele Fragen zu den Erlebnissen.«

»Was in den Büchern steht, ähnelt deinen Berichten sehr, aber Dubois weiß es besser. Er ist gerade in den Garten gekommen.«

Karen rief nach Dubois, der zu ihnen an den Tisch kam.

»Sie haben die Schlacht von Muret fast genauso erlebt, wie sie von Zeitgenossen beschrieben wurde.« Dubois lächelte: »Die Genauigkeit Ihrer Erinnerungen ist verblüffend.«

»Miguel ist mit mir gestorben, aber was wurde aus meinem Freund Hug?«

»Hug befolgte die Befehle des Königs und verließ das Schlachtfeld. Sein Schildknappe und seine Männer konnten ihn in Sicherheit bringen. Sie brachten ihn nach Toulouse, aber er war so schwer verwundet, dass er zwei Tage später starb.«

Außer einem leichten Bedauern spürte Jaime nichts. Ricardo war am Leben und bei bester Gesundheit. Als er sich an die Schlacht erinnerte, hatte er auch alle Gefühle mit grausamer Intensität erlebt, doch nun schienen sie nur eine Lektion der Geschichte.

»Was geschah mit meinen Rittern?«

»Sie sind fast alle gefallen. Eingeschlossen von den Feinden, wurden sie nacheinander getötet, nachdem sie einen Kreis zum Schutz ihres Königs gebildet hatten. Dann machten sich die Kreuzritter über die Leichen her, um ihnen Schmuck, Kleider und Waffen abzunehmen. Als Simón de Montfort kam, um den König zu sehen, lag er nackt am Boden und blutete aus vielen Wunden. Nur eine Wunde an der Seite war tödlich. Sie erkannten ihn an seiner großen Gestalt. Es hieß, der Feldherr der Kreuzritter habe Tränen vergossen, als er den König so fand.

Nach Pedros Tod löste sich das Heer auf und floh und ließ die Ritter der königlichen Truppe im Stich, die die Leiche ihres

Herrn verteidigten. Ramón VI., Graf von Toulouse, also ich (was ich bedaure), konnte mit seinen Rittern nicht mehr in den Kampf eingreifen. Sein Sohn, Ramón VII., der das Ganze aus der Ferne erlebte, erinnerte sich: *Der Lärm war so gewaltig, als ob ein ganzer Wald mit Äxten abgeholzt würde.* Der Graf von Toulouse zog sich mit seinem Sohn in seine Stadt zurück, aus der er vor den Kreuzrittern ins Exil flüchtete. Er verlor die Grafschaft mehrere Male, gewann sie auch wieder zurück und erwies sich als Meister der Intrige und Politik, wenn er auch kein großer Krieger war. Schließlich bekam sein Sohn Ramón VII. viele Jahre später Toulouse endgültig zurück, aber bereits als Vasall des französischen Königs.«

»Was geschah mit König Pedros Sohn? Führte er den Krieg seines Vaters fort?«

»Nein. Jaime I. war fünf, als Pedro starb. Wenige Monate zuvor hatte er seine Mutter verloren. Als María de Montpellier in Rom starb, wurde er unter die Vormundschaft des Meisters der Templer von Aragon gestellt. Minderjährig, mit erdrückenden Schulden und dank des Vaters von Simón de Montfort besetzt, verzichtete Jaime auf sein Recht auf Okzitanien und überließ es der französischen Krone, wie der Papst es wünschte.«

»Jaime I. sagte über Pedro II., seinen Vater: *Er verlor sein Leben in Muret infolge seiner eigenen Verrücktheit. Gewiss war er seiner Verpflichtung treu, im Kampf zu siegen oder zu sterben.* Obwohl er auf Okzitanien verzichtete, tat sich der neue König von Aragon militärisch hervor, indem er die Königreiche Valencia und Mallorca von den Mauren eroberte und die Grundlagen für ein Reich am Mittelmeer bildete, das sich später unter seinen Nachfolgern in Sardinien, Sizilien und Neapel festigte. Es gelang ihm sogar, Gebiete in Griechenland zu erwerben.«

»Was geschah mit dem Feldherrn der Kreuzritter?«

»Simón de Montfort starb bei einem Versuch, Toulouse zu erobern. Ein paar Mädchen beschossen ihn mit einem kleinen Katapult, und ein Stein traf ihn tödlich am Kopf. Sein Sohn Amauric konnte nicht halten, was sein Vater erobert hatte und musste sich schließlich nach Frankreich zurückziehen.«

»Und Corba? Was geschah mit Corba?«

»Ich antworte darauf«, sagte Karen. »Corba floh nach Toulouse, wo ihre Angehörigen lebten, die mit dem Grafen verbunden waren und ihm in die Verbannung folgten. Sie verkündeten den katharischen Glauben.

Um Corba bewarben sich viele Männer. Sie war nicht nur anziehend durch ihr Äußeres und ihre Intelligenz, auch die Tatsache, dass sie König Pedros Herzensdame gewesen war, stellte sie über die anderen Damen. Ein paar Jahre später heiratete sie einen Adeligen namens Ramón Perelha und gebar ihm mehrere Söhne. Ramón war der Herr des Dorfes Montségur und Esclaramonda de Foix, der Schwester des Grafen de Foix, der an der Schlacht von Muret teilnahm, zum Lehnseid verpflichtet. Esclaramonda war eine Gute Frau und befahl, Montségur zu befestigen, um die Katharer zu schützen, die vor der Inquisition flüchteten. Ramón Perelha sorgte für Corba bis zu ihrem Tod Anfang 1244 bei der Eroberung und Zerstörung Montségurs. Die offizielle Geschichte berichtet, dass die Inquisition sie mit weiteren zweihundertvierzehn Gläubigen auf dem Scheiterhaufen verbrennen ließ, weil sie ihrem Glauben nicht abschwören wollte. Aber das ist nicht verbürgt, und meine Erinnerungen sind anders. Corba stürzte sich von den Mauern Montségurs in ein Lagerfeuer, um in Freiheit zu sterben.«

»Ich weiß«, sagte Jaime. »Das hast du mir erzählt.«

»Ja. Aber du weißt noch nicht alles.«

Karens Ton ließ ihn aufhorchen.

»Gibt es noch etwas?« Jaime war beunruhigt.

»Ja. Ich konnte meinen Gatten aus jener Zeit erkennen.« Karen schwieg einen Moment lang. »Und er erkannte mich. Du weißt, wer es ist.«

Jaime wusste sofort, wer es sein musste.

»Kevin.«

»Ja.«

Nach dieser Enthüllung über Kevin den Rest des Samstags in Montségur arbeiten zu müssen, war für Jaime eine Qual. Er ertrug das Gesicht und die Gesten seines Rivalen einfach nicht. Ständig sah er diesen Angeber vor sich, und die Kenntnis seiner Rolle in der Vergangenheit ließ Jaime noch mehr daran zweifeln, dass er Karen halten konnte. Folglich bekam seine Liebe zu ihr die verzweifelte Intensität, die nur das Vorgefühl eines Verlusts hervorrufen kann.

Zu seinem Trost bemerkte er, dass Kevin nicht glücklicher wirkte als er. Er arbeitete schweigsam und konnte das notgedrungene Zusammensein in dem großen Raum in Montségur offensichtlich kaum ertragen.

Karen verhielt sich in Anwesenheit der anderen sehr diskret, doch wenn sie mit Jaime in der Küche oder im Garten allein war, versicherte sie ihm, dass ihre Zuneigung nur ihm und niemand sonst galt. Jaime spürte ein unendliches Vergnügen, das genau solange anhielt, bis er in Kevins Gesicht blickte.

SONNTAG

87

Sie wollten sich ausruhen, um die Spannung abzubauen, die immer stärker wurde, je näher der Montag rückte. Alles musste dann fertig sein und Jaime musste sich etwas einfallen lassen, um an Davis ranzukommen, ohne die Aufmerksamkeit eines *Wächters* zu erregen. Einfach war es nicht, aber er war davon überzeugt, dass er es schaffen würde.

Am Morgen holten sie Jaimes Tochter Jenny ab, um segeln zu gehen. Später frühstückten sie in einem Seerestaurant in New Port.

Karen und Jenny kamen gut miteinander aus, und der Vormittag verlief fabelhaft. Nachdem sie das Mädchen nachmittags bei seiner Mutter abgeliefert hatten, fuhren sie nach Montségur, wo Jaime eine echte Überraschung erwartete.

»Guten Tag, Berenguer, ich freue mich, Sie zu sehen«, begrüßte ihn Andrew Andersen, der Leiter der Rechtsabteilung des Konzerns.

Nachdem Jaime seine erste Verblüffung überwunden hatte, überlegte er schnell. Klar, er war das Steinchen, das in seinem Puzzle noch fehlte. Andersen war gläubiger Katharer und womöglich der Hauptverantwortliche und Kopf der Verschwörung, die die *Wächter* zu Fall bringen würde, damit die Katharer freie

Bahn hatten. Jaime hatte immer die Existenz eines mächtigen Katharers in der Davis Corporation vermutet. Aus diesem Grund war Douglas trotz der Unterstützung anderer hoher Führungskräfte aus seiner Sekte ausgestoßen worden. Jemand musste auf Davis eingewirkt haben, um dem politischen Druck der *Wächter* zu widerstehen, und Andersen saß auf dem richtigen Posten. Er hatte sicher auch Karen über Lindas Ermordung informiert, obwohl er als Leiter der Rechtsabteilung des Konzerns der Erste war, den die Polizei befragte.

Jaime betrachtete die adrette sportliche Figur Andersens, der mit Vorliebe Wassersport betrieb. Er war also der große katharische Anführer, der im Verborgenen die Fäden zog. Erstaunlich.

»Wir treffen uns morgen früh um neun Uhr mit Davis. Ich habe dem Alten eine sehr brisante Information angekündigt«, erklärte Andersen entschlossen. »Wir haben ein paar Stunden Zeit, um die Präsentation zu proben.«

»Sehr gut, also proben wir«, erwiderte Jaime. Er war beruhigt. Der Leiter der Rechtsabteilung war ein hervorragender Verbündeter, und das Treffen mit Davis war bereits beschlossene Sache.

»Gehen Sie den Weg entschlossen bis zum Ende?«, fragte Andersen und musterte ihn misstrauisch. »Wagen Sie es?«

»Selbstverständlich«, antwortete Jaime gelassen, obwohl er sich bewusst war, dass die Stunden vor Beginn der letzten Schlacht gezählt waren.

In jener Nacht würde er sich abermals auf das Gottesurteil vorbereiten.

MONTAG

88

Die Sekretärin war noch nicht da, und Jaime betrat ohne anzuklopfen das Büro. Andersen stand am Fenster und starrte in den Morgennebel.

»Bereit?«, fragte er Jaime ohne Umschweife.

Er wirkte gehetzt.

»Ja.«

»Dann gehen wir zu ihm, und viel Glück.«

Sie standen vom Wachmann beäugt eine Ewigkeit vor den Aufzügen. White pflegte morgens pünktlich in den Konzern zu kommen, und sein Büro befand sich ganz in der Nähe. Ihm jetzt zu begegnen, wäre fatal. Jaime hatte nicht vor, ihm eine Erklärung zu liefern, und sein Chef würde zweifellos Alarm schlagen.

Der Aufzug war leer. Andersen hielt seine Karte vor den Sensor, und als das grüne Licht blinkte, drückte er den Knopf für den 32. Stock.

Wenige Sekunden später kamen sie oben an, und Jaime wusste, es gab kein Zurück mehr. Es war ihm egal. Er hatte nicht die Absicht zu kneifen, die Würfel waren gefallen.

Gutierres, im tadellosen Anzug und mit ernstem Gesichtsausdruck, erwartete sie im Empfangsbereich.

»Guten Tag, Mister Andersen«, sagte er und gab ihm die Hand. »Guten Tag, Mister Berenguer«, wandte er sich mit derselben Bewegung an Jaime. »Ihren Aktenkoffer bitte.«

Erst in diesem Augenblick wurde Jaime bewusst, wie krampfhaft er sich die ganze Zeit an jenen Aktenkoffer geklammert hatte. Er enthielt die brisanten Informationen, die Beweise, für die Linda mit ihrem Leben bezahlt hatte. Zweifellos waren die *Wächter* bereit, noch ganz andere Verbrechen zu begehen, damit der Aktenkoffer nicht an sein Ziel gelangte.

»Bitte, gehen Sie da durch«, sagte Gutierres und deutete mit einer Geste auf einen Metalldetektor wie auf einem Flughafen.

Nachdem die Sicherheitskontrollen erledigt waren, führte Gutierres sie in den Konferenzsaal im Nordflügel des Gebäudes. Ein luxuriöser Tisch und die entsprechenden Stühle aus Mahagoni standen als einzige Möbelstücke in dem Raum, der ohne die Bilder an den Wänden sehr kahl gewirkt hätte. Immerhin stammten sie von Malern wie Picasso, Matisse, Van Gogh, Miró, Gauguin und noch einem anderen, den Jaime nicht kannte.

Jaime hatte Mühe, seine Ungeduld zu zügeln. Nach einigen Minuten schweigenden Wartens stand er auf, um aus dem Fenster zu sehen. Doch an jenem regnerischen und düsteren Montag sah die Welt auch aus Davis' Büro klein und grau aus.

»Guten Tag, die Herren«, sagte Davis mit fester Stimme. Ohne seinen Besuchern die Hand zu geben, setzte er sich ihnen gegenüber.

Alle grüßten höflich. Gutierres setzte sich neben ihn und öffnete ein Notizbuch. Davis hatte keine Papiere bei sich.

»Andrew, ich hoffe, du hast mir etwas Wichtiges zu sagen. Du weißt, ich vergeude nicht gern Zeit.« Die Augen des Alten waren glanzlos, er wirkte erschöpft.

»Du weißt, ich stehle dir nicht die Zeit, aber diese Angelegenheit erfordert deine ganz persönliche Aufmerksamkeit. Kennst du Mister Berenguer?«

»Ja, er untersteht White, nicht wahr?«

»So ist es.«

»Andrew, das gefällt mir nicht. Wenn wir über die Rechnungslegung reden, muss White dabei sein, seine Version vorbringen und wenn nötig, sich verteidigen. Ich mag weder Intrigen noch politische Spielchen. Das weißt du nur zu gut. Gus, benachrichtige White.« Der Alte sprach jetzt energisch und autoritär.

Jaime vergaß darüber ganz das äußere Aussehen dieses Mannes und sein Alter. Davis war eine Legende, der Mann aus Eisen, der die mächtigste Medienholding der Welt leitete.

»David, warte«, hielt Andersen Gus zurück. »Hör bitte erst zu, worum es geht. Ich habe um ein eiliges Treffen gebeten, weil die Angelegenheit ungeheuer wichtig ist und White nicht dabei sein soll. Hör jetzt bitte zu. Dann kannst du Berenguer und White miteinander konfrontieren, damit sie dir gemeinsam erklären, was du nicht verstehst.«

»Einverstanden«, erwiderte Davis nach einer kleinen Weile, in der er Andersens Worte abzuwägen schien. »Los, Berenguer, sprechen Sie.«

»Mister Davis.« Jaime begann mit fester, entschlossener Stimme zu sprechen. »Es gibt eine sehr mächtige Gruppe, die im Geheimen wirkt, um die Herrschaft über diesen Konzern an sich zu reißen.«

»Berenguer, ich hoffte, Sie könnten mir etwas Neues bieten«, unterbrach Davis ihn schroff und deutete ein sarkastisches Lächeln an. »Ich kenne verschiedene mächtige Gruppen, die seit langer Zeit versuchen, uns unter Kontrolle zu bekommen. Und mein Lieblingsspiel besteht darin, genau dies zu verhindern.«

»Diese Gruppe ist weitgehend in den Konzern integriert, und einige ihrer Anhänger besetzen hohe Posten.«

»Das ist auch nichts Neues«, fuhr Davis barsch fort. »Werden Sie mir noch etwas erzählen, das ich nicht schon weiß?«

»Es geht um eine religiöse Sekte.« Jaime spürte Davis' Ungeduld, doch er ignorierte sie. »Sie erhebt Anspruch auf den Konzern, um ihre fundamentalistische und intolerante Lehre zu verbreiten.« Er schwieg kurz und stellte fest, dass Davis und Gutierres aufmerksamer zuhörten. »Die Ermordung von Mister Kurth und die Person, die Sie als seinen Nachfolger als Leiter der Eagle-Studios benennen werden, sind für ihre Strategie entscheidend, und der Kandidat der Sekte hat meiner Meinung nach die besten Chancen auf diesen Posten. Wenn es diesen Leuten gelingt, die wichtigsten Führungspositionen zu besetzen, müssen sie sich nur noch Ihrer entledigen, um den Konzern zu beherrschen.«

»Wollen Sie damit sagen, Cochrane, der Vizepräsident der Eagle-Studios, gehört zu dieser Sekte?« Davis bekam glänzende Augen und jede Spur von Müdigkeit verschwand aus seinem Gesicht.

Jaime zögerte mit der Antwort, die eine direkte Beschuldigung implizierte. Er blickte zu Andersen. Dieser schwieg, nickte aber mit dem Kopf.

»Wir halten das durchaus für möglich.«

»Sie halten das für möglich?«, bemerkte Davis mit erhobener Stimme. »Sie kommen zu mir, um mir zu sagen, dass Sie eine der höchsten Führungskräfte dieser Corporation verdächtigen, in den Mord an Steven Kurth verwickelt zu sein? Sie glauben es, und mehr nicht? Ich hoffe, Sie haben Beweise.«

»Noch beschuldige ich niemanden. Zumindest nicht des Mordes. Erlauben Sie mir darzulegen, was ich weiß, dann sehen wir, was ich beweisen kann.«

Der Alte schwieg, musterte ihn jedoch mit seinen dunklen Augen, die wie Stahl funkelten. Jaime fühlte sich, als habe er eine erste Klippe umschifft. Gutierres betrachtete ihn ausdruckslos. Er tat nichts, um ihn einzuschüchtern, aber er erinnerte ihn an den primitiven Krieger, der auf die kleinste Geste seines Herrn lauert, um über den Tisch zu springen und seinem Opfer das Herz aus dem Leib zu reißen und seinem Herrn darzubieten, als sei er ein Gott.

Jaime fuhr fort. »Das Ziel der Sekte ist, wie ich bereits sagte, die Kontrolle der Corporation und …«

»Welche Sekte meinen Sie? Die Katharer?«, wollte der Alte wissen.

Jaime empfand die Frage wie eine Ohrfeige. Was wusste Davis über die Katharer?

»Nein. Ich meine die *Hüter des Tempels*. Sie bilden den fundamentalistischen Zweig einer bekannten, in diesem Land verbreiteten Religion. Jahrelang haben sie große Mengen Geldes aus dem Konzern geschafft, indem sie die Produktionskosten bei einer großen Anzahl von Filmen und Fernsehserien überhöhten. Diese Gelder investierten sie dann in den Kauf von Aktien dieser Gesellschaft.«

»Sie haben uns bestohlen?«, erkundigte sich Davis mit schockierter Ungläubigkeit. »Wie haben sie unsere Kontrollsysteme umgangen?«

»Mit einem Abkommen zwischen den Führungskräften der Rechnungslegung und denen, die für den Einkauf die Verträge aushandeln. Die Sekte und ihre Anhänger besitzen einige Firmen, die Material und Dienstleistungen für die Filmherstellung bereitstellen.« Jaime zählte die Einzelheiten auf.

»Die Angelegenheit ist ernst, und Sie, Herr Rechnungsprüfer«, sagte Davis am Ende der Erklärung mit aller Härte, »wissen, dass Sie Ihre Worte beweisen müssen. Ich möchte die Beweise auf der Stelle sehen.«

Jaime nutzte den Augenblick, legte in aller Ruhe seinen Aktenkoffer auf den Tisch und breitete seine Unterlagen aus.

»Das ist die Liste der Filme und Fernsehserien, bei denen wir Betrug entdeckt haben«, sagte er und schob das Blatt über den Tisch. Er wartete, während der Alte mit ausdrucksloser Miene die Liste überflog. Wortlos reichte Davis das Blatt Gutierres. »Das ist die Liste der Firmen, die unserer Überprüfung zufolge mit betrügerischen Verträgen arbeiten. Es sind über fünfzig, doch ihre Eigentümer, die neben dem Namen der Firma stehen, sind immer dieselben. Fünfzehn Personen, Strohmänner der Sekte.«

Jaime beschrieb, wie das Komplott funktionierte. Am Ende seiner Ausführungen musterte Davis ihn durchdringend. Seine Augen, die zu Beginn des Gesprächs die eines müden alten Mannes gewesen waren, sprühten Funken.

»Haben Sie einen Verdacht oder ein Indiz dafür, dass der Finanzchef in das Komplott verwickelt ist?«, fragte er.

»Nein, das habe ich nicht.«

»Gut. Dann wird er diese Daten prüfen, die tatsächlich einen großen Betrug vermuten lassen. Die Angelegenheit ist sehr ernst, und Sie deuten an, dass Kurths Ermordung Teil dieses Komplotts war, das weitere Führungskräfte einschließt. Ich will Ihre Theorie hören. Ich will wissen, wie Sie zu diesen Informationen gelangt sind und zu den Unterlagen über diese Angelegenheiten, die nicht in Ihren Verantwortungsbereich fallen.«

»Sie erinnern sich an Linda Americo?«

»Ja, natürlich. Das ist das Mädchen, das in Miami von Sadisten ermordet wurde.«

»Sie waren mehr als Sadisten. Linda war die Geliebte von Daniel Douglas, meinem ehemaligen Partner, der die Rechnungsprüfung für die Produktion leitete. Sie war seine Untergebene. Er führte sie in die Sekte der *Wächter* ein.« Jaime erklärte im Detail, ohne Karen zu erwähnen, wie Linda die Informationen bekommen und an ihre Freundin weitergegeben hatte.

»Welches Ziel verfolgen Sie, Berenguer?«, wollte Davis am Ende seines Berichts wissen. »Wenn es diese Sekte gibt, könnte sie eine tödliche Gefahr für Sie und Ihre Freundin werden. Warum nehmen Sie dieses Risiko auf sich? Welchen Nutzen haben Sie davon? Sind Sie ein gerechtigkeitsliebender Einzelgänger, der Linda rächen will? Oder wollen Sie White loswerden und seinen Posten übernehmen?«

Jaime hörte in der letzten Frage des Alten eine gewisse Boshaftigkeit.

»Mister Davis, ich bin Rechnungsprüfer, und ich habe einen Betrug zum Schaden des Unternehmens entdeckt, für das ich seit vielen Jahren arbeite. Meine Pflicht ist es, ihn zu melden. Was ist daran seltsam?«

»Ja, gewiss, das ist Ihre Pflicht«, erwiderte Davis und verzog den Mund zu einem Lächeln. »Aber es geht über Ihre normale Arbeit hinaus, und Sie gehen persönliche Risiken ein.«

»Nun. Ich gebe zu, es würde mich freuen, wenn Lindas Mörder bestraft würden.« Er schwieg einen Moment und fügte dann langsam hinzu: »Und ich hätte nichts gegen eine Beförderung.«

»Nicht so hastig«, unterbrach ihn Davis. Sein Lächeln war jetzt noch breiter. Offensichtlich gefiel ihm die Antwort. Diese Sprache verstand der Alte, an sie war er gewöhnt. »Nun ist es genug. Ich möchte Sie heute Nachmittag um drei Uhr noch mal sprechen. Und dich, Andrew, ebenfalls.«

Davis erhob sich und verließ, gefolgt von Gutierres, den Raum, ohne sich zu verabschieden.

89

»Wie geht's, Fremder?«, spöttelte Laura, als sie ihn sah. »Wir glaubten schon, eine hübsche Engländerin habe dich entführt.«

»Mit geht's gut, und dir?«, erwiderte Jaime und betrat sein Büro.

Laura folgte ihm.

»Du hast eine lange Liste von Anrufen zu beantworten, und du hast deine Mails noch nicht gelesen.«

»Ja, ich weiß. Ich war sehr beschäftigt.«

»Dein Chef hat ständig nach dir gefragt. Du sollst ihn sofort anrufen.«

»Ich habe ihm doch mitgeteilt, dass ein Verwandter einen Unfall hatte.« Jaime konnte sich nicht zurückhalten und zeigte die ganze Verachtung, die er für White empfand. »Reicht das etwa nicht?«

»Anscheinend nicht. Er hat pausenlos angerufen und gefragt, wo du steckst. Du solltest ihn unbedingt anrufen.«

»Mach dir keine Sorgen, Laura. Ich treffe ihn bald.« Jaime war davon überzeugt, dass Davis sie bei dem Treffen nachmittags gegenüberstellen würde.

Laura las ihm die Liste der Anrufe vor, die er während seiner Abwesenheit erhalten hatte, fasste die zu erledigende Post und andere weniger dringliche Angelegenheiten zusammen. Doch für Jaime gab es nichts Dringlicheres oder Wichtigeres als das, was am Nachmittag geschehen würde.

»Chef, wo hast du denn deinen Kopf? Geht's dir wirklich gut? Kann ich dir irgendwie helfen?«

»Nein, danke Laura. Es ist alles in Ordnung.«

»Gibt es wirklich keine Liebesaffäre? Keine kleine Engländerin?« Laura betrachtete ihn mit spitzbübischem Blick und kräuselte die Oberlippe.

»Vielleicht sollte ich dir ein bisschen was erzählen, bevor du vor Neugier platzt. Aber frag mich jetzt bitte nicht. Ich muss gehen.«

»Du willst weg? White wird toben, wenn er hört, dass du gegangen bist, ohne mit ihm zu reden.«

»Dann sag ihm einfach nicht, dass ich da war.«

»Und wenn er mich fragt? Du willst doch nicht, dass ich lüge!«

»Doch, lüg ihn an! Bis später!«

Jaime verließ eilig das Haus. Er fuhr zu Ricardo's, um mit Karen und Ricardo eine gelieferte Pizza zu essen und ihnen zu berichten, was geschehen war. Dann kehrte er in den Konferenzsaal zurück, in dem er morgens schon gewesen war. Er musste eine halbe Stunde warten, die ihm wie eine Ewigkeit vorkam, bis das Treffen begann.

90

»Die Informationenen, die wir überprüft haben, sind korrekt.« Davis sprach ernst und ruhig. »Es ist ein schwerer Fall von Betrug. Sie sagten, das sei noch nicht alles. Es handle sich vielmehr um ein von einer Sekte inszeniertes Komplott, und die Mörder von Steven und Linda seien Teil dieses Komplotts, in das diverse Führungskräfte der Corporation verwickelt seien. Bleiben Sie bei dem, was Sie gesagt haben?«

»Ja, obwohl ich keine konkreten Beweise für die Morde gegen besagte Führungskräfte habe.«

»Sie nennen uns doch ausnahmslos alle Namen, oder?«, mischte sich Gutierres ein.

»Nein. Ich nenne keine Namen von Personen, gegen die ich keine hieb- und stichfesten Beweise habe, ich möchte mir keine Verleumdungsklage aufhalsen.«

»Aber was sagen Sie über Ihren Chef Charles White?«, fuhr Gutierres fort.

»Seine Verwicklung in den Betrug ist offensichtlich, und die Beweise liegen auf dem Tisch.«

»Gut. Verlieren wir keine Zeit mehr. White soll hereinkommen«, befahl Davis.

Gutierres ging hinaus und kehrte kurz darauf mit White zurück. Er forderte ihn auf, am Ende des Tisches Platz zu nehmen.

White, aschfahl, betrachtete schweigend die Anwesenden aus seinen hellblauen ausdruckslosen Augen mit den dunklen Ringen darunter. Als er Jaime sah, hüllte er sich in Schweigen.

»Charles«, begann Davis, »Berenguer hat Unterlagen vorgelegt, die beweisen, dass ich im Rahmen der Eagle-Studios um ein paar Millionen Dollar geprellt worden bin. Daniel Douglas, dein Leiter der Rechnungsprüfung, den wir wegen sexueller Nötigung entließen, ist darin verwickelt. Linda Americo, das Mädchen, das ihn beschuldigte, wurde in Miami ermordet, weil sie Beweise gesammelt hat. Alles deutet auf deine Verwicklung in die Betrugsgeschichte hin, ob direkt oder indirekt. Ich möchte gern deine Version hören.«

»Ich war niemals in einen Betrug verwickelt«, konterte White gelassen. »Man will dich täuschen. Linda gehörte, genau wie Berenguer, zu einer Sekte, zu den Katharern. Andere Mitarbeiter wie Karen Jansen und ihr hier anwesender Chef Andersen sind ebenfalls Katharer. Sie wollen die Macht in diesem Konzern an sich reißen. Sie überhäufen mich mit Schmähungen, und Berenguer soll befördert werden, damit er einen größeren Einfluss im Konzern bekommt. Dieser Mann« – und er deutete mit dem Zeigefinger auf Jaime – »verschwand vor Tagen, vermutlich, um diese Fälschungen vorzubereiten. Wenn es hier ein Opfer eines Komplotts gibt, dann bin ich es. Frag doch Berenguer, ob er zur katharischen Sekte gehört.«

»Das ist eine absurde Verteidigung«, behauptete Jaime und spürte, wie sich alle Blicke auf ihn richteten. »Der Betrug fand in der Produktion statt, dort trage ich weder Verantwortung noch habe ich Zugang. Wenn ich an dem Komplott beteiligt wäre, hätte es sich im Bereich Vertrieb abgespielt.«

»Du warst ja mit Linda einer Meinung«, konterte White schnell und erhob die Stimme. »Sie hatte Zugang zur Produktion, und du warst ihr Chef. Ihr habt den Betrug begangen und beschuldigt jetzt mich: darin liegt die wirkliche Verschwörung. Antworte! War Linda Katharerin? Bist du ein Katharer? Antworte: ja oder nein.«

»Was für ein Unsinn!«, gab Jaime zurück und bewahrte trotz der Anschuldigung die Ruhe. »Linda wurde ermordet, weil sie den Betrug entdeckt hatte, und die Beweise, die sie fand, sind schlüssig: Du und deine Sektenfreunde, die *Hüter des Tempels*, sind dafür verantwortlich. Mach dich nicht lächerlich, indem du dich wie eine Wildkatze verteidigst. Es ist vorbei.«

»Er will nicht antworten«, sagte White und warf Davis einen Blick zu. »Er gehört zu einer Sekte, die versucht, den Konzern zu beherrschen.« Er sah Jaime an. »Antworte endlich! Gestehe, dass du zur Nachfolgersekte jener Katharer gehörst, die im Mittelalter als Ketzer auf dem Scheiterhaufen verbrannt wurden. Gib es zu!«

»Wir befinden uns nicht im europäischen Mittelalter, sondern in den Vereinigten Staaten von Amerika im 21. Jahrhundert. Ich muss auf diese Frage nicht antworten, und ich werde es nicht tun.«

»Siehst du, David? Er hat viel zu verbergen.« Dann wandte er sich an Jaime und fügte hinzu: »Du hast alles in den Tagen, in denen du nicht im Büro warst, vorbereitet, stimmt's?«

Jaime warf einen Blick auf Davis, der mit blitzenden Augen die Konfrontation verfolgte. Jaime hatte weder mit einem solch energischen Gegenangriff noch mit Whites demonstrativer Selbstsicherheit gerechnet. Doch als er zu einer Erwiderung ansetzen wollte, unterbrach ihn Davis mit lauter Stimme:

»Schluss mit dem Unsinn, Charles. Du kommst zu spät. Andersen hat mir alles erzählt, und Berenguer hat Beweise vorgelegt. Du und deine Leute, ihr habt euch der Unterschlagung, des Betrugs und sicher auch des Mordes schuldig gemacht. Die Religion meiner Mitarbeiter interessiert mich nicht: Katharer, Juden, Buddhisten oder Katholiken, solange sie sich nicht verbünden, um Verbrechen zu begehen, haben sie alles Recht der Welt zu glauben, was sie wollen.«

Jaime blickte erleichtert zu Andersen; er hatte befürchtet, dieser würde sich drücken und ihn im Stich lassen, und er müsse zu seinen Handlungen stehen, die Risiken auf sich nehmen und die Folgen allein tragen. Er begriff, dass Andersen nach dem Gespräch vom Morgen unter vier Augen mit Davis geredet und diesem genug über die Katharer berichtet haben musste, um diesem Angriff zuvorzukommen, den White aus seiner Verzweiflung heraus führte.

»Aber David«, murmelte White und spürte, dass alle auf ihn gerichteten Blicke jetzt unverhohlene Feindseligkeit ausdrückten.

»Kein aber, du Scheißkerl«, unterbrach ihn Davis, der nur darauf wartete, dass White zu sprechen anfing, um ihm ins Wort zu fallen. Er verhielt sich so sadistisch wie ein Raubtier, das mit seiner wehrlosen Beute spielt und nur die nächste Bewegung abwartet, um ihr einen weiteren Prankenhieb zu verpassen. »Du hast mich hintergangen, du Hurensohn. Du hast mich bestohlen. Und du hast meinen besten Freund umgebracht.« Davis schwieg.

»Sie haben dich getäuscht.« White riss die Augen weit auf. »Sie wollen mich vernichten. Du musst mir eine Chance geben, mich zu verteidigen.«

»Dann verteidige dich«, schrie Davis. »Da liegen die Beweise. Verteidige dich, wenn du kannst.« Und er schleuderte die Unterlagen auf den Tisch, nannte die wichtigsten Betrugsfälle und die darin verwickelten Firmen.

»Wenn es einen Betrug gegeben haben soll, dann habe ich nichts damit zu tun.« Die Worte des Mannes wirkten bereits nicht mehr überzeugend.

»Unmöglich! Ohne dein Wissen können diese Dinge nicht geschehen sein. Völlig unmöglich!« Der Alte senkte die Stimme zu einem Flüstern. »Du hältst mich für einen Dummkopf, aber ich sehe hier einen Toten. Ich rieche bereits deine Leiche.«

Jaime sah, wie sein Chef unwillkürlich Gutierres einen angstvollen Blick zuwarf, den Blick eines zum Tode Verurteilten. Gutierres erwiderte diesen Blick gelassen.

»David, bitte, du irrst dich.« Mit feuchten Augen und zitternd verlor White seine ganze Selbstsicherheit, er schien von Panik erfasst und kurz vor einem Zusammenbruch. Er senkte den Blick, weil er Davis' durchdringendem Blick nicht standhielt, und heftete die Augen auf eine bestimmte Stelle des Tisches.

Jaime, der ihn immer kühl und selbstsicher erlebt hatte, war verwirrt und überrascht. Er kannte Geschichten, wie hart Davis sein konnte, doch nie zuvor hatte er Gelegenheit gehabt, es selbst zu erleben: Der Alte zeigte die Zähne, und seine Augen glänzten vor makabrer Freude. Plötzlich stellte sich Jaime ein bedrohliches Ungeheuer aus einer Zeit vor, die achthundert Jahre zurücklag.

»Ich irre mich nicht, du Dreckskerl. Aber ich werde großzügig sein: Ich biete dir eine Vereinbarung an, mit der du deine Haut retten kannst.«

White hob den Blick und sah Davis mit wässerigen Augen hoffnungsvoll an.

»Wenn du mir alle Einzelheiten der Verschwörung verrätst, mir die Namen meiner treulosen Angestellten nennst und mir ihren Verantwortungsbereich erklärst, gehst du nur ins Gefängnis, aber immerhin mit heiler Haut.«

»Das kann ich nicht«, erwiderte White nach längerem Zögern mit gepresster Stimme.

Jaime wusste, er konnte die Sekte nicht preisgeben. Davis verzieh niemandem, aber die *Wächter* auch nicht.

»Doch, du kannst.« Davis' Verhandlungsinstinkt trat zutage. »Wenn deine Informationen korrekt und wertvoll sind, besorge ich dir vielleicht ein Ticket ins Ausland. Ich könnte dich vor der Polizei und vor deinen Freunden retten …«

White schwieg. Er hielt den Kopf gesenkt und schüttelte ihn abwehrend.

»Gut. Du hast vierundzwanzig Stunden zum Nachdenken«, sagte der Alte nach einer Weile. »Ich möchte dich morgen um halb fünf hier sehen. Geh und bleib zu Hause, bis wir dich abholen. Du lässt deine Schlüssel, deine Chipkarten und Zugangscodes hier. Du gehst weder in dein Büro noch holst du deinen Dienstwagen. Du bist entlassen.« Gutierres richtete sich auf. »Gus, bring ihn hinaus, und zwei deiner Männer sollen ihn nach Hause fahren.« Davis wandte sich erneut an White, der sich erhob. »Ich will, dass du mir morgen hier alle Informationen lieferst. Und jetzt geh mir aus den Augen.«

»David«, sagte Andersen, als die beiden hinausgegangen waren, »ich glaube, das Klügste wäre, ihn sofort der Polizei zu übergeben. Wir würden Komplikationen aus dem Weg gehen.«

»Ja, aber wir würden keine Liste mit den Namen aller beteiligten Personen bekommen. Ich will wissen, wer sie sind. Nein, Andrew, wir machen es auf meine Art.«

»Wir gehen das Risiko ein, dass er flieht, sich etwas Neues ausdenkt und sich mit seinen Sektierern abspricht«, mischte sich Jaime ein, dem es nicht gefiel, dass White auf freiem Fuß blieb.

»Machen Sie sich keine Sorgen, Berenguer.« Davis lächelte und zeigte drohend die Zähne. »Er kann nicht entkommen. Er wird nicht einmal wagen, sein Haus zu verlassen.«

»Gut«, erwiderte Jaime und stellte sich vor, was das implizieren könnte.

»Nun reden wir von Ihnen«, fuhr Davis fort. »Ich habe Whites letzte Bewertung über Sie gelesen. Sie ist rundum gut. Ich habe beschlossen, dass Sie sofort seinen Posten übernehmen. Im Augenblick wird es keine offizielle Ankündigung geben, aber Ihre vordringliche Aufgabe wird es sein, möglichst viele Informationen über die Verschwörung zu sammeln. Machen Sie sich sofort an die Arbeit. Cooper und die Herren von der Finanzabteilung werden Ihnen bei allem behilflich sein.

Sie und Andersen werden mit Inspektor Ramsey sprechen. Berichten Sie ihm, was Sie wissen und was bei der Ermittlung zu dem Mord an Steven hilfreich sein kann. Ich bin davon überzeugt, dass Special Agent Beck vom FBI sofort herkommen wird, sobald er davon erfährt. Behandeln Sie ihn höflich, aber erzählen Sie ihm nicht zu viele Einzelheiten. Washington wird sofort erfahren, was er weiß, und ich will nicht, dass Washington zu viel weiß.« Davis erhob sich und wandte sich zur Tür, ohne Jaimes Antwort auf seine Ernennung abzuwarten.

Jaime überlegte rasch. Dieses Ergebnis war viel besser, als er zu hoffen gewagt hatte. Die Schlacht war gewonnen. Er spürte den köstlichen Geschmack des Siegs. Doch allerlei Gedanken gingen ihm durch den Kopf.

»Mister Davis.«

»Ja?« Davis stand bereits in der Tür und wandte sich um.

»Ich möchte gern meine Sekretärin behalten.«

Davis sah ihn an, als habe er einen unglaublichen Unsinn von sich gegeben.

»Berenguer, Sie müssen in Ihrer neuen Stellung lernen, mich nicht mit solchen Details zu belästigen. Sprechen Sie mit Andrew Andersen darüber.« Nach diesen Worten ging er hinaus. Jaime blieb stehen und starrte zur Tür, während Andersen und Cooper ihm die Hände hinstreckten und gratulierten. Alt und gebeugt klammerte sich David Davis verzweifelt an die Macht, wie ein

Drogensüchtiger an die Droge, dachte er. Unverhofft wurde ihm etwas klar.

»Aber ich kenne dich«, murmelte er. »Seit sehr, sehr langer Zeit.«

91

»Amigo! Wir siegen!« Ricardos Jubelschrei erklang in der Telefonleitung, und Jaime dachte, dass er ihm nach all den Jahrhunderten diesen Sieg schuldete. »Heute Abend feiern wir ganz groß. Ich bitte Karen, ein paar von diesen katharischen Fantasten zu einem Fest einzuladen.«

»In Ordnung, Ricardo, aber nicht zu lange. Ich will meinen neuen Job nicht gleich mit einem Brummschädel anfangen.«

»Felicidades, Don Jaime«, sagte Karen auf Spanisch, und ihre Stimme klang herzlich. »Te quiero.«

»Und ich dich noch mehr«, antwortete Jaime erstaunt auf Englisch. »Ich wusste gar nicht, dass du Spanisch sprichst. Wo hast du das gelernt?«

»Bei Ricardo, während ich auf deinen Anruf gewartet habe.«

»Danke für die Auskunft, aber verlass dich nicht auf Ricardo als Lehrer. Wenn du meine Muttersprache lernen willst, bringe ich sie dir lieber persönlich bei.«

Karen lachte.

»Das ist nicht dein Ernst«, rief Laura.

»Doch! Das war gerade erst vor ein paar Minuten, oben, im Olymp, in dem Davis residiert.«

»Was für ein Schurke, dieser White! Arme Linda!«

»Behalt das alles im Augenblick für dich, wie eine gute Sekretärin, okay? Wir haben noch keine Beweise, dass White in den Mord verwickelt ist.«

»Aber das mit deiner Beförderung darf ich doch rumerzählen.«

»Ja, mit meiner schon, auch wenn es noch nicht offiziell ist. Und das mit deiner Beförderung auch. Du bleibst bei mir.«

»Wirklich?«

»Unbedingt. Du und ich, wir sind ein Team.«

»Fantastisch, Chef! Danke für die Beförderung«, rief Laura, fiel ihm um den Hals und küsste ihn auf beide Wangen. Zu Jaimes Überraschung gab sie ihm einen langen dritten Kuss auf den Mund. Sie löste sich von ihm, sah ihn spitzbübisch an und lächelte. »Gut, und jetzt reden wir mal von ernsten Dingen. Mehr Verantwortung bedeutet mehr Geld. Wie hoch ist meine Gehaltserhöhung?«

»Du Materialistin«, warf Jaime ihr vor, runzelte die Stirn und grinste. »Du hast Glück, dass ich dich nicht wegen sexueller Nötigung anzeige.«

»Du Puritaner!« Laura stemmte die Hände in die Hüften und blickte ihn herausfordernd an. »Wenn du den Kuss nicht willst, kannst du ihn ja zurückgeben, dann sind wir quitt.«

Sie scherzten häufig auf diese Weise miteinander, aber noch nie empfand er sie so provozierend. Die Chemie zwischen ihnen stimmte, und es gab ihm einen kleinen Stich, dass sie ihm ihre Weiblichkeit so ungeniert demonstrierte.

Er liebte Karen von ganzem Herzen, und die Avancen seiner Sekretärin schüchterten ihn ein wenig ein. Was wäre geschehen, wenn sie sich ihm so gezeigt hätte, bevor er Karen kennen gelernt hatte? Er verwarf den Gedanken, es war nicht der richtige Augenblick für eine Romanze. Er beschloss, die Spannung auf elegante Art zu lösen.

»Es war ein wunderbarer Kuss. Ich werde ihn für immer behalten.« Dann änderte er seinen Ton. »Heute Abend feiern meine

Verlobte und ich mit ein paar Freunden meine Beförderung. Ich würde mich freuen, wenn du kommst.«

»Vielen Dank. Ich weiß nicht, ob es geht, ich bin verabredet«, erwiderte Laura zögernd nach kurzem Schweigen. Die Erwähnung einer »Verlobten« überraschte sie. Der Zauber des Augenblicks verflog. »Ich sage dir nachher Bescheid, ob ich kommen kann«, fügte sie mit traurigem Blick hinzu.

92

Ricardo ließ Garnelen, Burritos, Fajitas, gefüllte Maisfladen, Avocadocreme mit Maischips, riesige bunte Salate und grüne Chilisoße servieren.

»Die besten Tortillas in ganz Kalifornien«, verkündete er selbstgefällig, während er hinter der Theke stand und Bier und Margaritas verteilte.

»Kevin gratuliert Ihnen«, erklärte Dubois Jaime. »Er sagte, Sie würden verstehen, dass er nicht kommt und dass Sie ohne ihn besser feiern könnten.«

»Ich habe vollstes Verständnis, sagen Sie ihm meinen Dank, wenn Sie ihn sehen. Ich hoffe, er findet ein Mädchen, das ihn glücklich macht.« Und das möglichst in den nächsten sechs Monaten, dachte er bei sich.

»Kevin lehrt seit Jahren an der UCLA, er sieht gut aus und hat Charisma. Er hat Chancen bei Frauen, das dürfen Sie mir glauben. Aber offenbar gilt seine ganze Aufmerksamkeit nur Karen.«

»Dann hat er leider Pech gehabt!«, meinte Jaime.

»Ich weiß nicht recht. Er hat sie vor Ihnen kennen gelernt.

Aber wie man sieht, entscheidet das Schicksal. Und jetzt sind Sie der Sieger.«

»Ich will Karen nie wieder hergeben.«

»Nie wieder ist eine sehr lange Zeit.« Der Alte musterte ihn mit seinem durchdringenden Blick. »Die Zukunft existiert nur in Ihrem Kopf, und es ist möglich, dass die Zukunft, die Sie sich vorstellen, falsch ist. Das einzig Reale ist die Gegenwart. Genießen Sie sie.«

Jaime bedachte ihn mit einem finsteren Blick; der heilige Mann begann ihn zu nerven. Er beschloss, das Thema zu wechseln.

»Heute hatte ich gegenüber David Davis ein seltsames Gefühl.«

»Und welches?«

»Dass ich ihn in meinem Leben im 13. Jahrhundert schon kannte.«

»Wer war er?«

»Jemand mit sehr viel Macht.«

»Ich versuche, mich an sein Bild und seine Gesten auf Fotos und Dokumenten zu erinnern.« Dubois schloss die Augen, und nach einer Weile begann er zu reden, ohne sie zu öffnen. »Das kann nicht sein ... Das wäre ja ungeheuerlich, aber er muss es sein ...«

»Wer denn? Sagen Sie es mir!«

»Simón de Montfort. Der Feldherr der Kreuzritter.«

»Ist er es? Dann habe ich doch Recht.«

»Verblüffend. Aber es ergibt Sinn, denn er strebt weiterhin nach Macht.«

»Wie ist das möglich? Davis ist Jude.«

»Was spielt das für eine Rolle? Die Seele sucht in ihren neuen Leben Wege, die ihr zu ihrer Vervollkommnung dienen. Juden und anderen gegenüber tolerant zu sein ist dasselbe, was tolerante Muslime, Katholiken oder Katharer tun.«

Jaime nahm Dubois' Antwort fraglos hin, nicht weil sie einleuchtend war, sondern weil ihm eine andere Frage viel stärker auf der Zunge brannte.

»Erkenne ich in meinem gegenwärtigen Leben alle Personen aus dem vorherigen? Warum?«

»Weil Sie jetzt die Augen offen haben und sehen, was Sie früher nicht gesehen hatten – der Kreis schließt sich.«

»Was geschieht, wenn ich einer Person, die ich in jener Zeit besonders schätzte, nicht wieder begegne?«

»Gar nichts. Vielleicht braucht diese Person keine Reinkarnation. Oder ihre geistige Entwicklung führt sie auf andere Wege. Sie werden nicht alle wiedersehen.«

»Ich würde gern Miguel de Luisián, den königlichen Bannerträger, wiedersehen.«

»Ehrlich?« Erneut erhellte ein mildes Lächeln Dubois' Gesicht. »Es ist, als ob man Sandkastenfreunde wieder treffen würde. Es ist wunderbar. Aber es handelt sich hier nicht um die Speisenkarte eines Restaurants, man kann es nicht bestellen. Führen Sie Ihr Leben weiter, und pflegen Sie Ihre Sensibilität. Vielleicht begegnen Sie ihm eines Tages.«

Inzwischen nahm das ganze Lokal an der Party teil. Ricardo hatte verkündet, dass ein Fest zu fünft, bei dem Männer in der Überzahl sind, nur ein Besäufnis sei. Und wie nicht anders zu erwarten, lud er alle Gäste seines Clubs zum Essen ein und forderte sie auf, auf das Wohl seines Freundes zu trinken, der heute zum Direktor befördert worden war.

»Wenn du ein Mädchen einlädst, das du nicht kennst und das sich in Begleitung befindet, bleibt dir nichts anderes übrig, als ihren Typen ebenfalls einzuladen«, sagte er augenzwinkern.

So wurde Jaime von allen Seiten beglückwünscht. Die Männer schüttelten ihm die Hand und klopften ihm auf die Schulter, die

Frauen küssten ihn. Viele tanzten zur Musik. Tim forderte Karen auf, und Jaime stellte überrascht fest, dass sie sehr gut tanzte. Sie bewegte sich voller Sinnlichkeit im Rhythmus.

Er begehrte sie, er liebte sie. Er wusste nicht, wer zuerst in diese Gefühlsverwirrung geriet: der Teufel und der Leib oder Gott und die Seele. So geht es zu auf dieser Welt, immer zwischen Himmel und Hölle, dachte er.

Und er stand in jenem Augenblick zwischen einer abgeschlossenen Vergangenheit und einer noch nicht angebrochenen Zukunft und war glücklich, sehr glücklich.

Gegen zweiundzwanzig Uhr tauchte eine einsame Gestalt in der Tür auf. Es war Laura, ohne Begleitung, was Jaimes Verdacht bestätigte. Sie hatte keinen Freund, und sie war so allein, wie er es bis vor Kurzem gewesen war. Laura war ein wunderbares Mädchen, mit einem starken Charakter und höchst attraktivem Äußeren. Manchmal begegnen sich die Menschen zur falschen Zeit, dachte er. Er eilte auf sie zu, um sie zu begrüßen, und sie küssten sich auf die Wangen.

»Vielen Dank, dass du gekommen bist«, sagte Jaime.

»Ich muss doch deine Beförderung mit dir feiern.« Und mit einem Lächeln fügte sie hinzu: »Außerdem muss ich es ausnutzen, wenn du mich nach so vielen Jahren endlich mal einlädst.«

»Du musst immer lästern«, konterte er mit einem Lächeln. »Du änderst dich nie.«

Karen kam auf sie zu, um sie zu begrüßen. Sie hatten im Büro ein paar Mal miteinander geredet, und Karen stellte Laura den anderen vor. Als Ricardo an der Reihe war, blickte er ihr zärtlich in die Augen und küsste ihr theatralisch die Hand.

»Wo warst du, meine Liebste? Ich habe den ganzen Abend auf dich gewartet.« Und er ergriff behutsam ihren Ellbogen und lud sie auf einen Drink ein.

Karen wunderte sich über Ricardos Verhalten und sagte amüsiert zu Jaime: »Ricardo ist ein Kavalier der alten Schule.«

»Ja, aber er muss aufpassen.«

»Warum?«

»Ich glaube, Laura ist ein einsames Herz auf der Suche nach Liebe.«

»Dann ist zu befürchten, dass Ricardo die Absicht hat, das auszunutzen.«

»Klar, wie immer. Aber Ricardo ist gerecht. Er gibt auch etwas im Austausch.«

»Nein. Nicht, wenn das, was sie sucht, wahre Liebe ist.«

»Na schön. Der Weg auf der Suche nach der großen Liebe muss nicht langweilig sein.«

»Du willst mich nicht verstehen.«

»Doch, ich verstehe dich. Ich wollte nur sagen, dass Ricardo eine Überraschung erleben kann, weil Laura gefährlich ist.«

Die Nacht und das Fest dauerten an. Plötzlich hörte die Musik auf zu spielen und die Lichter auf der kleinen Bühne gingen an. Ricardo stand auf der Bühne mit zwei Gitarren in den Händen. Er verkündete:

»Ich rufe den besten Direktor der Welt auf diese berühmte Bühne: Jaime Berenguer.«

Alle klatschten und drängten Jaime auf die Bühne. Als er raufkam, sagte Ricardo:

»Und einen der besten Sänger.« Alle lachten.

»Du Bastard«, beschimpfte ihn Jaime leise.

Sie sangen ihr altes Repertoire. Von Simon und Garfunkel *Cecilia. You are breaking my heart* … bis zu *La mujer que a mí me quiere ha de quererme de veras … Ay, corazón …!*

Jaime erinnerte sich an ihre glänzende romantische Vergangenheit. Er fühlte sich wie damals. Nein, besser, viel besser. Doch am meisten wünschte er sich, Karen in den Armen zu halten.

Nachdem sie ihren Auftritt beendet hatten und der Applaus verklungen war, erklang romantische Musik. Ricardo brach mit der Tradition, die er in seinem Lokal pflegte und forderte Laura zum Tanz auf. Beide blickten sich zärtlich in die Augen und lächelten.

»Der verdammte Ricardo wird mit meiner Sekretärin schlafen, um meine Beförderung zu feiern«, flüsterte Jaime Karen ins Ohr.

Sie ließ ein glockenhelles Lachen ertönen.

»Sei nicht neidisch und tanz mit mir.«

Sie tanzten und Jaime spürte, wie sich jede Faser seines Körpers nach ihr sehnte. Und dass seine Seele sich mit ihr vereinen wollte. Das war schon früher geschehen. Und es wiederholte sich.

Sie sahen sich in die Augen und genossen ihre Leidenschaft und Liebe. Unwillkürlich fanden sich ihre Lippen.

Jaime merkte, wie die Erde sich um sie drehte, während sich in einem inneren Aufruhr Vergangenheit und Zukunft vermischten. Und das Beste der Hölle vereinigte ihre Leiber. Und das Beste des Himmels vereinigte ihre Seelen.

Auf dem einzigen Raum, der existierte. Der, den sie im Augenblick einnahmen.

Und in dem einzigen Augenblick, der existierte. In diesem Augenblick. In ihrer Gegenwart.

93

Die Bildschirmseiten auf dem Notebook flogen rasch dahin und folgten dem Rhythmus der geschickten Finger auf den Tasten.

Sie riefen *Neue Mail* auf, um dann eine Liste mit zehn Adressen einzugeben. Und dann schrieben sie:

»An alle *Hüter des Tempels*, Code A, Südkalifornien:

»Sachiel, eine unserer Schlüsselpositionen für die Einnahme Jerichos, wurde bei einem Überraschungsangriff neutralisiert. Unsere katharischen Feinde haben sich mit Davis verbündet; die Einnahme Jerichos und der Kreuzzug sind in Gefahr, einige unserer Brüder ebenfalls. Jetzt führen wir den Notfallplan für den Angriff aus.

Alle Brüder von Code A nehmen sofort Kontakt mit ihren Anführern auf und informieren die Brüder von Code B, dass sie sich bereithalten sollen. Der Augenblick ist gekommen.

Morgen werden die Trompeten der Erwählten schmettern. Die letzte Mauer wird fallen, und wir werden die Gerechtigkeit Gottes wider die Ketzer walten lassen.«

Die Finger malträtierten die Tasten, während er den Text noch einmal las. Er brachte zwei kleine Änderungen an und unterschrieb: »Erzengel«. Dann drückte er *Enter*, schickte die Mail ab und löschte sie sofort. Er faltete seine Hände, deren Vollkommenheit nur durch die seltsame Narbe am Nagel seines Zeigefingers gestört wurde, zum Gebet.

Das Gemurmel seines Gebets erfüllte die Stille der Nacht.

DIENSTAG

94

»Guten Morgen, Laura«, grüßte Jaime gut gelaunt, als er sein Büro betrat.

»Guten Morgen«, erwiderte sie und sortierte weiter die Post. Sie war wohl sehr früh aufgestanden und lächelte nicht einmal.

»Wie war's gestern Abend? Hast du dich gut amüsiert?«

»Ja. Danke«, erwiderte sie knapp, ohne aufzublicken.

Jaime wunderte sich über ihre mangelnde Begeisterung. Das lag vielleicht an ihrer Müdigkeit, oder sie hatte Ärger mit Ricardo, sagte er sich.

»Anrufe für mich?«

»Nur ein John Beck vom FBI.«

»Ah ja. Der Alte hat gestern gesagt, ich müsse mit ihm reden.«

»Er bat um ein Treffen um halb fünf.«

»In Ordnung.«

Jaime sah sich in seinem neuen Büro um, öffnete Schubladen und Schränke.

Er musste Unterlagen sortieren, aber zuerst herausfinden, welche für seine Aufgaben wichtig waren. Er fand Whites Terminkalender und wollte Fotokopien machen, bevor er ihn zurückgab.

Am späten Vormittag rief Ricardo an.

»Hallo Jaime. Warum hast du mir nicht erzählt, dass du eine so tolle Sekretärin hast. Wie gemein von dir! So behandelst du also deine Freunde?«

»Was für eine Ehre, Ricardo. Du rufst mich sonst nie im Büro an. Willst du wissen, wie es mir geht, oder interessiert dich das Befinden einer anderen Person?«

»Mach keine Witze, Jaime. Du weißt, weshalb ich anrufe.«

»Wegen Laura? Hör zu, so geht das doch nicht, normalerweise rufen die Frauen dich an. Was ist passiert?«

»Sie ist ein ganz tolles Mädchen und etwas ganz Besonderes. Der Abend war wunderbar. Heute Morgen dachte ich beim Aufstehen sofort an sie. Ich möchte sie so bald wie möglich sehen.«

»Ich glaube aber nicht, dass Laura heute an dich denkt. Sie scheint wenig geschlafen zu haben und ist schlecht gelaunt. Hast du etwas getan oder gesagt, was sie gekränkt haben könnte?«

»Nein. Ich habe sie gebeten, die Nacht mit mir zu verbringen. Aber das ist doch eine Schmeichelei, die Frauen gern hören.«

»Ach, du glaubst, du hast ihr gefallen? Du bist ein eitler Geck«, sagte Jaime lachend und freute sich, weil Laura offenbar Ricardos legendären Verführungskünsten widerstanden hatte. »Und sie hat deine Einladung mit Begeisterung angenommen?«

»Sie hat abgelehnt. Sie ließ nicht mal zu, dass ich sie küsse. Ja, sie schien sich sogar belästigt zu fühlen. Glaubst du, ich habe sie gekränkt?«

»Ricardo, ich weiß es nicht. Ich kenne sie nur beruflich und weiß nicht, wie sie reagiert, wenn man sie in sein Bett einlädt. Das ist dein Problem.«

»Gut. Danke für deine Hilfe, mein Freund.« Er klang spöttisch, aber gut gelaunt. »Tu zumindest etwas für mich und verbinde mich mit ihr.«

»Viel Glück!« Jaime drückte auf den Knopf und ließ sich mit Laura verbinden.

»Hallo.« Laura hatte es mehrere Male läuten lassen, bevor sie den Hörer abnahm.

»Ich hab Ricardo in der Leitung. Er sagt, er freue sich sehr, dich kennen gelernt zu haben, und er möchte dich sprechen.«

Laura schwieg und schien nachzudenken. Schließlich erwiderte sie knapp: »Sag ihm, ich bin beschäftigt und kann im Augenblick nicht mit ihm reden.«

Jaime stellte zu Ricardo zurück.

»Sie sagt, sie ist beschäftigt und kann nicht mit dir reden.«

»Der Teufel soll sie holen!«, rief Ricardo. »Glaubst du, sie ist böse?«

»Kann sein. Oder du gefällst ihr nicht.«

»Du bist ein verteufelt schlechter Freund! Du könntest mir helfen, statt dich über mich lustig zu machen. Frag sie, was los ist.«

»Es ist besser, du rufst sie morgen an. Laura wirkt heute schlecht gelaunt. Morgen schau ich, was ich für dich tun kann. Okay?«

»Gut, aber wenn du heute noch etwas rausbekommst, rufst du mich an, ja?«

»Einverstanden, Ricardo, bis später!«

Jaime musste unwillkürlich lächeln. Es schien, als habe Ricardo seine Meisterin gefunden. Er hatte es wahrlich verdient. Jaime hatte kein bisschen Mitleid mit ihm.

95

»Mister Beck«, kündigte Laura am Telefon an.

Als Jaime auf seine Armbanduhr sah, stellte er fest, dass es bereits halb fünf war. Der FBI-Agent war pünktlich.

»Danke, Laura, er soll reinkommen.«

Beck war wenige Sekunden später bei ihm und stellte eine große Sporttasche neben die Tür. Er streckte Jaime die Hand hin und begrüßte ihn lächelnd.

»Hallo Berenguer, wie geht's?«

»Gut. Danke, Beck.« Sie gaben sich die Hand. »Bitte, nehmen Sie Platz«, sagte Jaime und deutete auf einen kleinen Konferenztisch mit Stühlen am anderen Ende des Büros. »Was kann ich für Sie tun?«

»Danke, dass Sie mich so schnell empfangen haben.« Becks Ton wurde formell. Er zog ein kleines Heft und einen Bleistift heraus. »Seit wir uns das letzte Mal gesehen haben, hat sich die Lage grundlegend verändert. Ramsey befindet sich zur Zeit bei David und verhört im oberen Stock White. Wir haben vereinbart, dass ich inzwischen mit Ihnen rede. Können Sie mir erklären, woher Sie die Information über den Betrug, den White organisierte, erhalten haben?«

Ein entschlossener Typ, der gleich zur Sache kommt, dachte Jaime, bevor er antwortete.

»Ich habe nicht gesagt, White habe den Betrug initiiert, sondern, dass er daran beteiligt ist. Hinter der Ermordung von Steven Kurth steht eine große organisierte Gruppe.«

»Interessant. Sagen Sie, um welche Gruppe handelt es sich?«

»Um eine radikale Sekte, um die *Hüter des Tempels*, die die Davis Corporation beherrschen will. Unterschlagung und Mord sind nur Schritte auf dem Weg zu dieser Machtübernahme.«

»Mag sein, aber Sie haben meine Frage nicht beantwortet.« Das Lächeln auf dem Gesicht des Agenten milderte die Schärfe seiner Frage. »Woher haben Sie die Informationen?«

»Eine Freundin sammelte Informationen und gab sie mir vor ihrem Tod.«

»Meinen Sie Linda Americo?«

»Ja, woher wissen Sie das?«

»Berenguer, ich weiß viel über den Fall, ich habe lange genug darüber nachgedacht. Und ich weiß auch, dass Sie, Linda und noch andere zu einer Sekte gehören, die sich *Gute Christen* nennen, obwohl sie gemeinhin als Katharer bekannt sind. Und natürlich haben Sie uns bei unserem ersten Treffen nicht die ganze Wahrheit gesagt.« Seine Miene war jetzt sehr streng, und er musterte Jaime mit seinen blauen Augen.

»Das ist keine Sekte«, protestierte Jaime. »Das ist eine philosophische und religiöse Bewegung.«

»Aha?« Becks Augen funkelten. »Warum haben sie sich dann die Mühe gemacht zu beweisen, dass innerhalb der Davis Corporation ein Betrug stattfindet und dass eine andere Sekte dahintersteckt? Ihre philosophische Bewegung scheint sich nicht gerade mit spirituellen Dingen zu begnügen, sie mischt sich auch in die Intrigen dieser Welt ein.«

»Was ist daran verwerflich, ein Delikt anzuzeigen?«

»Delikte anzuzeigen ist nicht die Aufgabe einer religiösen Gruppe. Meine Aufgabe beim FBI besteht darin, Sektenaktivitäten zu überwachen. Wie Sie sich vorstellen können, ist das eine sehr vertrauliche Angelegenheit. Solange sie keine Delikte begehen, schützt unsere Verfassung nicht nur alle Schwachsinnigen, sondern auch die Freiheitsrechte aller Sektenmitglieder.« Beck stützte sich auf die Lehne seines Stuhls, beobachtete Jaime und grinste breit. »Auch Sie wurden von einer Sekte angeheuert, die Sie benutzt und deren Ziele nicht nur geistiger Natur sind, sie streben ebenfalls nach irdischer Macht.«

Jaime wurde es allmählich unbehaglich. Dieser Mann bestätigte seine schlimmsten Befürchtungen.

»Sie sagten, dass alle Sektierer unter dem Schutz unserer Verfassung stehen, solange sie keine Delikte begehen. Die Katharer haben keine Delikte begangen.«

»Aber sie benutzen Sie. Wie haben sie Sie gekapert? Hat Sie eine schöne Frau verführt? So wie diese Karen Jansen? Ihrem Kollegen Daniel Douglas widerfuhr das Gleiche mit Linda Americo. Erinnern Sie sich?«

Jaime bekam einen trockenen Mund und einen Druck auf den Magen. Diese Zweifel hatte er alle bereits gehegt, doch es war ihm gelungen, sie zu verdrängen. Aber jetzt, da dieser Mann an die Wunde rührte, kehrte der verdammte Schmerz zurück.

»Oder benutzten sie ihr Hypnoseverfahren, um Ihnen vorzugaukeln, Sie seien im Mittelalter Katharer gewesen?«, fuhr Beck nach einer Pause fort, während er Jaimes Reaktion studierte. »Ist das nicht erstaunlich, wie es ihnen gelungen ist, Ihnen einzureden, Sie seien eine Reinkarnation? Sie besitzen ein raffiniertes Einpflanzungssystem für erfundene Erlebnisse. Das ist ihr genialer Trick, um Macht über andere zu erlangen. Und sie haben ihn auch bei Ihnen angewandt, nicht wahr, Berenguer?«

Jaime schwieg und spürte, wie ihm das Blut zu Kopf stieg. Hatten sie ihn getäuscht, wie es dieser Mann ihm nahelegte?

Nach längerem Schweigen und nachdem Jaime keine Anstalten machte zu reden, fuhr Beck fort:

»Sie benutzen Sie für ihre Ziele und danach werden sie noch viele weitere Menschen täuschen. Aber wir werden sie daran hindern. Ich brauche Ihre Mitarbeit.«

»Was wollen Sie von mir?«

»Ich will, dass Sie mir die geheimen Schlüssel, die Passwörter und die genaue Ortsangabe für den geheimen Eingang zu dem Ort geben, den sie Montségur nennen. Das FBI braucht Ihre Hilfe, um zu beweisen, dass die Katharer eine gefährliche Sekte sind, die Sie und viele andere täuscht und benutzt.«

»Sie wollen, dass ich Ihnen die geheimen Schlüssel und Passwörter gebe?« Jaime war erstaunt, wie viel das FBI über die Katharer wusste. »Wie kommen Sie darauf, dass ich einen solchen

Ort kenne? Und wenn es ihn gibt, warum bitten Sie dann nicht einen Richter um einen Durchsuchungsbefehl?«

»Wir wissen, dass Sie dort gewesen sind. Und Sie wissen, dass Sie von den Katharern benutzt worden sind.« Der Ton des Mannes wurde freundschaftlich. »Helfen Sie uns. Es handelt sich um eine geheime Operation, wir können uns noch nicht an einen Richter wenden. Wir brauchen Beweise und die bekommen wir nur in Montségur. Sie sind diesen Leuten nicht verpflichtet, denn Sie wurden von ihnen getäuscht. Karen ist die Geliebte eines gewissen Kevin Kepler. Sie hat Sie verführt, um Sie zu benutzen. Bald wird sie Sie wieder fallen lassen. Helfen Sie uns zu beweisen, dass sie illegale Methoden anwenden, und wir bringen sie ins Gefängnis.«

Jaime spürte, wie sein Triumphgefühl vom Vortag sich in Nichts auflöste. Beck hatte ins Schwarze getroffen und schürte seine schlimmsten Zweifel. Er spürte einen tiefen, unerträglichen Schmerz. Benutzte Karen ihn wirklich?

Ein jäher Hass auf dieses Individuum, das seine Illusionen zerstörte, wallte in ihm hoch. Das konnte nicht sein, er würde nicht so leicht auf sein Glück verzichten. Er bemühte sich, in Ruhe nachzudenken. Nicht alles an der Geschichte passte zusammen.

»Woher wissen Sie das, Beck? Woher haben Sie Ihre Information?«

»Das spielt keine Rolle. Das FBI hat viele Quellen. Ich sagte bereits, dass ich auf Sekten spezialisiert bin, und ich bin den Katharern schon seit einiger Zeit auf den Fersen. Es ist sehr wahrscheinlich, dass sie die Bombe gelegt haben, von der Kurth getötet wurde. Jaime, geben Sie mir, worum ich Sie bitte. Hinter Ihrem Rücken schläft Karen mit Kevin. Es ist gut, wenn Sie die ganze Wahrheit erfahren und erleben, dass jene, die Sie getäuscht haben, die Sie wie eine Marionette benutzt haben, ihre gerechte Strafe bekommen.«

»Ich weiß nicht, wovon Sie sprechen.« Jaime spürte, wie der Druck im Magen sich in Schmerz verwandelte. »Wenden Sie sich an den Richter und besorgen Sie sich einen Durchsuchungsbefehl. Was Sie vorschlagen, ist ungesetzlich.«

»Es ist nicht ungesetzlich, wenn Sie uns begleiten. Helfen Sie mir, und Sie werden es nicht bereuen.«

»Ich sagte bereits, ich weiß nicht, wovon Sie reden.«

»Lügen Sie ruhig weiter, Berenguer. Sie täuschen sich selbst wie ein Narr.« Beck sprach jetzt sehr autoritär. Dann warf er einen Blick auf seine Armbanduhr. »Hören Sie zu, ich habe keine Zeit zu verlieren. Geben Sie mir die Schlüssel und die Passwörter. Wenn nicht, werden Sie gemeinsam mit den anderen angeklagt.«

»Scheren Sie sich zum Teufel!«, brüllte Jaime, der spürte, wie sein Schmerz sich in Zorn gegen jenen Mann verwandelte. »Und verlassen Sie sofort mein Büro. Ich höre mir diesen Unsinn nicht länger an.«

»Sie bringen sich in eine schwierige Lage, Berenguer.« Beck grinste. »Wenn Sie mir nicht glauben, gebe ich Ihnen einen eindeutigen Beweis.«

»Was für einen Beweis?«

»Rufen Sie Ihre Sekretärin herein.«

»Laura? Warum soll ich sie rufen? Warum sollte ich auf Sie hören?«

»Haben Sie Angst vor der Wahrheit? Wollen Sie lieber getäuscht werden? Bitte, rufen Sie Ihre Sekretärin.« Beck sprach jetzt ganz milde und grinste breit.

Jaime beschloss, die Herausforderung anzunehmen. Er erhob sich und bat seine Sekretärin telefonisch, zu ihm zu kommen. Laura stand fast unmittelbar danach auf der Schwelle.

»Ist Miss Jansen schon da?«, fragte Beck Laura.

»Sie wartet draußen.«

»Karen?« Jaime wunderte sich. »Was tut Karen hier?«

»Ich habe mir erlaubt, sie in Ihrem Namen herzubestellen«, sagte Beck. »Ich war überzeugt, dass Sie die Wahrheit wissen wollen.« Dann wandte sich Beck an Laura. »Bitten Sie Miss Jansen herein.«

96

Gutierres beobachtete White aufmerksam. Er war beunruhigt, da war etwas faul, oberfaul sogar. White war pünktlich zum Treffen um halb fünf erschienen. Drei Prätorianer hatten ihn zu Hause abgeholt und in den Konzern gebracht. Er war Tag und Nacht überwacht worden, um seine Flucht zu verhindern. Drei Männer beobachteten sämtliche Ausgänge. Anfangs gab es ein paar Schwierigkeiten mit dem privaten Wachdienst der luxuriösen Siedlung, in der Whites Haus stand. Aber Davis' Name, ein bisschen Einschüchterung und ein gutes Schmiergeld konnten das Problem lösen.

Der Prätorianer freute sich, dass sich White an Davis' Anweisungen hielt und das Haus nicht verließ. Andernfalls hätten ihn seine Männer hindern müssen, was widerrechtlich gewesen wäre. Obwohl Gutierres nicht gerade übermäßigen Respekt vor den Gesetzen hatte, wusste er, wann er vorsichtig sein musste, um Probleme zu vermeiden.

Aber das war nicht der Grund seiner Besorgnis. White hatte sich verändert, er war nicht mehr derselbe wie gestern. Beim Reden vollführte er weit ausholende Gesten. Er hielt seine blassen Augen nicht gesenkt wie am Vortag. Er zeigte sich sehr selbstsicher.

»Ich bin überzeugt, dass alle Unterlagen, die Berenguer gestern vorlegte, gefälscht sind«, sagte er. »Wenn jemand Geld unterschlagen hat, dann die Katharer.«

»Wie kannst du so etwas sagen?«, erwiderte Davis aufgebracht. »Die Beweise sind schlagend, die Unterlagen authentisch.«

»Da muss ein Irrtum vorliegen.«

»Bob.« Davis wandte sich an den Finanzchef. »Du hast doch die Unterlagen geprüft. Was sagst du dazu?«

»Es besteht nicht der geringste Zweifel. Die Unterlagen sind aus erster Hand.«

»Ich bestehe darauf, dass ich nichts damit zu tun habe und verleumdet werde.«

»Jetzt ist es aber genug, Charles«, mischte sich Andersen ein. »Gib endlich deine Beteiligung an der Verschwörung zu. David erlaubt dir, unbeschadet davonzukommen. Das ist ein großzügiges Angebot. Wenn nicht, wartet Inspektor Ramsey nebenan, um dich festzunehmen. Dann bringen wir dich vor Gericht, und niemand rettet dich vor einem langen Gefängnisaufenthalt.«

»Du dreckiger Katharer«, stieß White verächtlich hervor und wandte den Blick ab.

Etwas war faul, überlegte Gutierres zum wiederholten Mal. Diese Arroganz; White war viel zu selbstsicher. Er wiederholte immer wieder, dass er unschuldig sei, dass die *Wächter* nicht existierten, und sie konnten ihm kein Geständnis entlocken. Seine Angst vom Vortag war verschwunden. Warum?

97

»Danke, Mike, du kannst dich zurückziehen«, sagte Beck zu dem Wachmann, der Karen begleitete. »Laura, bitte, bleib hier. Miss Jansen, ich heiße John Beck, ich bin vom FBI. Ich möchte gern, dass Sie an unserer Unterhaltung teilnehmen. Meine Damen, Jaime, wollen Sie bitte Platz nehmen?«

»Jaime, was ist los?«, fragte Karen, während sie Platz nahmen. »Ein Wachmann hat mich angerufen und gesagt, du wolltest mich dringend sprechen. Ist alles in Ordnung?«

»Das bezweifle ich, denn ich habe dich nicht gerufen.« Jaime wandte sich wütend an Beck. »Wie können Sie es wagen, Miss Jansen unter meinem Namen und ohne meine Zustimmung anzurufen? Wie können Sie es wagen, meine Sekretärin zu duzen und ihr Befehle zu erteilen? Was glauben Sie, wer Sie sind?«

»Ruhig Blut, Berenguer. Wollten Sie nicht die Wahrheit erfahren? Sie stehen kurz davor. Für den Anfang müssen Sie wissen, dass Ihre Sekretärin ebenfalls zur Sekte der Katharer gehört.« Beck legte eine Pause ein, um Jaimes Gesichtsausdruck zu beobachten. »Eine echte Überraschung, nicht wahr? Die Katharer haben Sie seit langem überwacht, noch bevor Sie Miss Jansen kennen lernten. Sie haben Sie über Ihre Sekretärin ausspioniert. Deshalb wussten sie alles über Ihre berufliche Karriere, Ihre persönlichen Daten, Ihre Schwachpunkte und wie sie Sie für ihre Sekte gewinnen konnten. Und das war die Aufgabe von Miss Jansen, stimmt es nicht, Karen?«

»Jaime, dieser Mann ist ein *Hüter des Tempels*«, sagte Karen bestürzt. »Ich bin überzeugt davon.«

Jaime war verwirrt. Laura, seine Sekretärin, spionierte ihn für die Katharer aus. Er suchte ihren Blick, aber sie starrte Beck an. Bald würde er Gewissheit bekommen.

Karen leugnete nicht, ihn für die Katharer gewonnen zu haben. Sie drehte den Spieß um und beschuldigte den FBI-Agenten, einer der *Wächter* zu sein.

Zu viel Information, zu viele Überraschungen und zu viele Fragen auf einmal.

»Karen, warum hast du mir nicht gesagt, dass Laura zu euch gehört?«

»Du weißt doch, dass wir uns schützen, indem wir die Identität unserer Mitglieder nicht preisgeben; sie wusste bis gestern auch nicht, dass du zu uns gehörst.«

»Und damit vermieden sie, dass wir erfuhren, welche Rolle Sie bei der Intrige spielten«, sagte Beck schneidend. »Die katharische Geheimniskrämerei ist ziemlich lästig.«

»Und woher wussten Sie, dass Laura Katharerin ist?«, fragte Jaime Beck, der ihn angrinste.

»Es gibt nur eine Möglichkeit, wie Beck erfahren konnte, dass Laura Katharerin ist: Laura hat es ihm gesagt«, unterbrach Karen. »Nur Dubois, Kevin und ich wussten es. Und es gibt nur einen Grund, aus dem Laura ihre Zugehörigkeit preisgeben würde – nämlich, dass sie ebenfalls zu den *Hütern des Tempels* gehört. Sie ist eine Doppelagentin!«

»Karen, Sie sind sehr schlau. Viel schlauer als Mister Berenguer. Es wundert mich nicht, dass Sie ihn nach Gutdünken benutzen konnten.«

»Schluss jetzt mit diesem Scheiß!«, brüllte Jaime und sprang auf. »Beck, verlassen Sie sofort mein Büro.«

»Manchmal tut die Wahrheit eben weh, nicht wahr, Berenguer? Aber Sie wollten sie ja wissen. Hier habe ich den letzten Beweis, und ich bin davon überzeugt, dass Sie ihn gern sehen.« Beck beugte sich über die Sporttasche, öffnete langsam den Reißverschluss und nahm eine Pistole mit Schalldämpfer heraus. Er grinste und deutete damit auf Jaime. »Das ist der letzte Beweis. Setzen Sie sich, Sie Dummkopf! Laura, nimm die andere Waffe.«

Jaime setzte sich, und Laura holte eine zweite Pistole aus der Tasche, ebenfalls mit Schalldämpfer, und stellte sich neben Beck.

»Laura gehörte von Anfang an zu uns. Ihr Vater war ein guter *Hüter des Tempels*. Unseren Anweisungen folgend schlich sie sich bei den Katharern ein und ist in diesem Spiel unser geheimer Trumpf. Ihre Position in der Abteilung Rechnungsprüfung war uns sehr nützlich. Wir konnten von außen beurteilen, ob das von

White und Douglas ausgeklügelte System des Betruges funktionierte. Ihre Informationen über die Katharer und über die Ereignisse im Konzern waren sehr wichtig. Danke, Laura.« Sie lächelte ihm zu. »Ach ja, und wenn ich daneben schieße, ist das auch kein Problem. Die Akte, die ich heute über Laura gelesen habe, besagt, dass sie eine Meisterschützin ist. Ist das nicht so?«

»Ich habe es von meinem Papa gelernt«, erklärte sie und lächelte wieder.

»Beck, haben Sie den Verstand verloren? Was wollen Sie tun? Uns töten? Damit erreichen Sie gar nichts. Alle wissen über Ihre Sekte Bescheid, es liegen Beweise für die Unterschlagungen vor. Im Augenblick legt White sein Geständnis ab und gibt Davis die Namen der Beteiligten. Sie sind verloren. Es ist doch Irrsinn, hier mit diesen Waffen einzudringen! Wie wollen Sie hier wieder rauskommen? Legen Sie Ihr Spielzeug auf den Tisch, und machen Sie keinen Unsinn.«

»Berenguer, Sie sind ein naiver Trottel. Ich weiß selbst, wenn ich Sie und Miss Jansen töten würde, kämen wir nicht aus dem Schlamassel raus, in das Sie uns gebracht haben. Ich muss zugeben, dass Sie uns überrascht haben. Aber glauben Sie wirklich, wir lassen zu, dass Sie uns vernichten? Einfach so? Sie haben uns gezwungen, schnell zu handeln, und wir mussten heute Morgen unseren Notfallplan umsetzen. Aber jetzt ist alles bereit, und ich verrate Ihnen, was geschehen wird. Von den Ermittlungen Inspektor Ramseys in die Ecke gedrängt, werden die Mitglieder der Sekte der Katharer heute Nachmittag in einem verzweifelten Versuch die Stockwerke 31 und 32 des Hauptgebäudes der Davis Corporation stürmen.«

»Aber Beck, was reden Sie da? Haben Sie den Verstand verloren?«, rief Jaime.

»Nun, ich erzähle Ihnen die offizielle Version. Unterbrechen Sie mich nicht, ich habe keine Zeit für Einzelheiten. Wir haben genug politische Macht, damit ich zum offiziellen Ermittler für den Tathergang ernannt werde. Deshalb stimmt die offizielle Version, die bekannt gegeben wird mit meiner hundertprozentig überein. Ganz bestimmt werde ich in diesem Moment nicht anwesend sein, aber Sie sind hier und machen sich bereit für den Überfall. In wenigen Minuten schalten Sie die Alarmanlage im Gebäude ein und verbreiten das Gerücht, dass eine Bombendrohung eingegangen sei. Die Sicherheitsbeamten werden den Mitarbeitern befehlen, in ihre Autos zu steigen und nach Hause zu fahren, und weil es schon spät ist, erst morgen früh wiederzukommen. Wenn Davis seine Zufluchtstätte verlässt, werden Sie, die Katharer, ihn zusammen mit Ramsey, allen Prätorianern und den übrigen Leuten, die die Geschichte kennen, die Sie gestern erzählt haben, ermorden. Da der Alte die Angelegenheit als höchst vertraulich behandelt hat, befinden sich alle, die etwas darüber wissen, in den beiden oberen Stockwerken.«

»Davis können Sie nicht täuschen. Er geht nicht raus, ohne sich zu vergewissern, ob der Alarm eine Falle ist. Er ist viel zu schlau.«

»Das ist möglich, es ist lästig, aber möglich. Aber es ist ein lösbares Problem. Wenn Davis in seinem Bau bleibt, treiben wir ihn raus.«

»Wie denn? Das ist eine Festung.«

»Tränengas. Alles ist bis ins Detail geplant.« Beck holte ein paar kugelsichere Westen aus der Tasche und zwei Gasmasken. »Laura, zieh eine Weste an«, sagte er und wandte sich dann wieder an Jaime. »Wie Sie sich selbst überzeugen können, sind sie gut vorbereitet. Mit Sprengladungen an der Decke hier werden sie mehrere Löcher in den Boden des 32. Stocks reißen, durch die sie Tränengasgranaten nach oben werfen. Die Menschen müssen dann flüchten. Wenn sie es über das Dach versuchen, werden sie vom Hubschrauber aufgelesen. Auf jeden Fall ermöglicht das Tränengas, über die Nottreppe hinaufzusteigen, die Sicherheitstüren zu sprengen und die Etage zu besetzen.

Und man wird vermuten, all das sei das Werk der Katharer! Und was für ein Pech! Wir Ermittler finden in diesem und im oberen Stock nur noch Leichen. Sie werden sich dann nach Montségur zurückziehen, wo aus irgendeinem unbekannten Grund der Rest der überlebenden Katharer Selbstmord begeht! Aber man weiß ja bereits – es ist eben eine Sekte von Wirrköpfen. Und in Montségur findet man kein einziges Dokument über die Geschichte, die Sie gestern zum Besten gaben, und wenn eines auftauchen sollte, werde ich als Ermittler es vernichten.«

In diesem Augenblick wurde an die Tür geklopft, und ein blonder Mann Mitte zwanzig erschien im Türrahmen. Er trug eine kugelsichere Weste, an seinem Hals baumelte eine Gasmaske, in der Hand hielt er ein Gewehr.

»Alles fertig, Joe«, sagte er mit auffälligem New Yorker Akzent zu Beck. »In zwei Minuten schalten wir die Alarmanlage ein und blockieren die Aufzüge.«

»Habt ihr auf den Nottreppen Stellung bezogen?«

»Ja. Wir warten darauf, dass sie runterkommen. Sie können nicht fliehen.«

»Wer ist noch in diesem Stockwerk?«

»Ein paar Sekretärinnen im Südflügel. Sie werden bewacht, und die Wachleute evakuieren sie, wenn der Alarm losgeht.«

»Sehr gut, Paul. Wartet nicht auf mich, beginnt genau nach Plan. Ich habe hier noch zu tun.«

»Wenn du willst, helfe ich dir, Chef. Du weißt ja, wie gut ich im Informationen sammeln bin. Und die Mädchen gefallen mir.« Der Mann grinste und sah Karen lüstern an.

»Nein danke. Heute nicht. Ich werde das allein erledigen.«

Der junge Mann wirkte enttäuscht, als er die Tür hinter sich schloss.

»Wie konnte er in diesem Aufzug die Sicherheitskontrollen passieren? Die Wachen gehören zu Ihrer Sekte, nicht wahr?«, fragte Karen.

»Ja, wir haben viele Freunde unter ihnen. Wenn der Alarm losgeht, werden sie das interne Telefonnetz außer Betrieb setzen. Niemand kann mehr telefonieren. Das Gebäude wird von der Außenwelt abgeschnitten.«

»Das nutzt gar nichts. Davis und seine Leute haben Handys«, meinte Jaime.

Beck sah ihn an wie einen zurückgebliebenen Schüler.

»Natürlich haben wir das bedacht. Wir sind Profis, Berenguer. Wir haben einen Sender eingerichtet, der Interferenzen bei den schnurlosen Telefonen hervorruft, egal, ob sie analog oder digital arbeiten. Kein einziges Wort, kein einziger Hilferuf wird nach draußen dringen.«

Jaimes und Karens Blicke trafen sich. Alles war verloren. Beck und Laura, die ihnen gegenübersaßen, legten ihre Pistolen in Reichweite auf den Tisch. Jaime sah, dass Becks Zeigefinger an der rechten Hand eine seltsame Narbe aufwies, die den Nagel spaltete und an die Klaue eines Huftiers erinnerte.

»Laura.« Jaime sah ihr in die Augen. »Warum hast du mir das nach all den Jahren gemeinsamer Arbeit angetan?«

»Du hast auch viele Jahre mit White zusammengearbeitet und machst dir keine Gedanken, was du ihm angetan hast.«

»Aber er hat den Konzern bestohlen. Der Teufel soll dich holen, Laura. Gestern Abend hast du noch mit uns gefeiert und warst unsere beste Freundin! Und heute bedrohst du uns mit einer Schusswaffe!«

»Ich wollte nicht kommen, so was macht mir keinen Spaß. Aber meine Vorgesetzten sagten, ich müsse es tun, und hier bin ich.«

In diesem Augenblick begann die Alarmanlage erbärmlich zu wimmern.

98

Gutierres witterte die Gefahr. White war viel zu arrogant. Heute wirkte er nicht wie ein Mann, der Angst hatte, ins Gefängnis zu müssen oder beim Betreten des Hauses eine Kugel ins Genick zu bekommen. Ganz eindeutig: Gestern hatte er Angst. Was war in der Nacht geschehen? Was hatten seine Leute ihm gesagt, um ihn zu beruhigen? Nichts Legales, das stand fest. Niemand konnte White vor dem Gefängnis retten, weder der beste Anwalt noch die höchste Kaution. David allein konnte es, und er konnte noch mehr.

Gutierres fing an, seine Männer zu zählen. Die sechs, die Whites Haus nachts und morgens bewacht hatten, ruhten sich aus. Acht hatten heute frei, und dreißig kümmerten sich um die Bewachung der Ranch. Er hatte geglaubt, alles sei unter Kontrolle, und hatte nur noch acht Männer im Haus und die Wachmänner, vermutlich noch mal dreißig.

Es kam ihm überhaupt nicht in den Sinn, dass Whites Freunde im Gebäude der Davis Corporation etwas planen könnten. Aber warum nicht? Berenguer war davon überzeugt, dass mindestens einer von ihnen bei dem Bombenanschlag mitgewirkt hatte. Stellte sich die Frage, wie loyal die übrigen Wachen sich verhielten. Der dickköpfige Davis wollte immer zwei unabhängige Sicherheitstruppen haben und lehnte es stets ab, wenn er sie unter seinem Befehl vereinigen wollte. Die Wachleute hatten sich häufig gegenüber den Prätorianern als Rivalen gezeigt. Und wie viele zuverlässige Männer waren es im Augenblick?

Plötzlich spürte Gutierres, wie sich seine Nackenhaare sträubten, als ihm ein Zweifel kam, eine dunkle Vorahnung. Er erhob sich, eilte hinaus und ließ die Anwesenden, die auf Whites Beichte warteten, erstaunt zurück.

Er griff nach dem Telefon und rief den Prätorianer an, der die Limousine in der Garage bewachte.

»Rob, alles okay?«

»Ja, alles okay.«

»Hast du in der letzten halben Stunde jemanden gesehen?«

»Nun, ja, tatsächlich …« Die Verbindung wurde unterbrochen.

Gutierres versuchte es noch ein paar Mal ohne Erfolg. Die Ranch! Er würde alle zusammentrommeln, die er erreichen konnte!

Er versuchte mehrere Male, übers Festnetz Verbindung mit der Ranch aufzunehmen. Dann mit dem Handy. Keine Verbindung kam zustande. Dann heulte die Alarmsirene des Gebäudes.

»Scheiße!«, fluchte er und warf das Telefon zu Boden. »Wie konnte ich nur so blöd sein? Es ist eine Falle!«

99

Als Jaime das Heulen der Sirene hörte, spürte er, dass es der Anfang vom Ende war. Er griff nach Karens Hand und drückte sie. Welche Bedeutung hatte es jetzt noch, ob sie ihn benutzt hatte oder nicht? Jaime wusste, dass sie zu den Leichen gehören würden, die Beck erwähnt hatte. Er nahm es Karen nicht übel, dass sie ihn in dieses Abenteuer verwickelt hatte, im Gegenteil, er liebte sie umso mehr, da er wusste, dass in wenigen Augenblicken alles vorbei sein würde. Es hatte sich gelohnt, auch wenn es ein schlimmes Ende nahm. Karen hatte ihn aus einem monotonen Leben gerissen, ihn dazu gebracht zu lieben, zu leiden und das Leben mit einer nie geahnten Intensität zu genießen. Acht Jahrhunderte in zwei Wochen.

»Die Zeit drängt, und ich möchte endlich die Information, um die ich Sie gebeten habe, Berenguer«, sagte Beck. »Geben Sie mir den Zugangscode für Montségur.«

»Sie müssen sich gewaltfreien Zugang zu Montségur verschaffen, nicht wahr? Um den letzten Akt des kollektiven Selbstmords zu inszenieren, aber Laura kennt die Codes nicht!« Beck nickte zustimmend. »Und dann? Sie können uns nicht laufen lassen, Sie müssen uns umbringen. Was habe ich also davon, wenn ich Ihnen den Code gebe? – Nichts. Sie können mir nichts dafür anbieten.«

Beck ließ sich Zeit mit der Antwort. Dann sagte er langsam und betonte jedes Wort: »Doch, ich habe etwas anzubieten, es nennt sich Schmerz. Ich werde Paul kommen lassen, der sich intensiv Miss Jansen widmen wird, und Sie werden zusehen. Entweder geben Sie mir, was ich verlange oder sie tut es. Und ziemlich schnell, das versichere ich Ihnen. Geben Sie mir die Codes jetzt und ersparen Sie ihr den Schmerz.«

»Sie haben gar nicht die Zeit, damit dieser Abschaum von Paul Karen das antut, was er Linda Americo in Miami angetan hat. Ihre Drohung ist hohl.«

In diesem Augenblick hörte man Schüsse vor der Tür. Das dauerte eine Weile, dann herrschte Stille.

100

Gutierres wies seine Männer an, darauf zu achten, dass niemand den 32. Stock verließ. Nachdem er sich davon überzeugt hatte, dass die Aufzüge blockiert waren, ging er eilig zurück in den Konferenzsaal. Trotz des Alarms hatte sich niemand fortbewegt, und Whites Verhör war ohne Ergebnis fortgesetzt worden. Ohne ein Wort packte Gutierres White am Revers seines Jacketts. White war korpulent, aber Gutierres war stärker und richtete ihn mit einem Ruck auf.

»Was ist los?«, fragte er ihn und spuckte ihm fast ins Gesicht.

»Die Alarmglocke schrillt«, erwiderte White spöttisch.

Gutierres ließ das Revers los, und bevor White zu Ende gesprochen hatte, verpasste er ihm mit dem Handrücken eine kräftige Ohrfeige, sodass er auf den Stuhl plumpste.

»Was ist los?«, wiederholte er.

»Ich weiß nicht. Woher soll ich das wissen, wenn ich hier festsitze?« White sprach etwas verstört und fuhr sich mit der Hand über die Wange. »Ich weiß nur, dass die Alarmanlage heult.«

»Was haben deine Freunde vor?« Gutierres' aufeinandergepresste Kiefer waren das einzige Zeichen, das seine Anspannung verriet. »Sag mir alles, was du weißt, und wenn du lügst, schneid ich dir die Eier ab. Sprich!«

»Ich weiß gar nichts. Ich schwöre es.«

In diesem Augenblick läutete im Nebenraum das Telefon. Gutierres war verblüfft, und der Prätorianer, der das Treffen protokollierte, griff nach dem Hörer.

»Es ist für Sie«, sagte er und reichte Gutierres den Hörer.

»Gutierres.« Er erkannte die Stimme von Moore, dem Sicherheitschef des Gebäudes. »Im 16. Stock im Südflügel ist durch eine Explosion ein Feuer ausgebrochen. Es wurde noch nicht unter Kontrolle gebracht. Wir müssen das Gebäude über die nördliche Nottreppe räumen. Den Sicherheitsbestimmungen folgend wurden alle Aufzüge blockiert. Es gibt weitere Bombendrohungen, kommen Sie so schnell wie möglich da runter.«

»Warum funktionieren die anderen Telefone nicht?«

»Ich weiß es nicht. Vielleicht sind ein paar Leitungen von dem Brand betroffen. Bitte, kommen Sie raus.«

»In Ordnung. Danke.«

Gutierres legte den Hörer auf, hob ihn wieder ab, um einen Anruf nach draußen zu tätigen. Doch der Hörer blieb stumm. Er versuchte, Moore zu erreichen. Das Gleiche. Alle Leitungen waren lahmgelegt.

»Niemand verlässt den Saal«, befahl er und ging hinaus.

Draußen stellte er Wachen auf und wählte zwei, die den Nordausgang überprüfen sollten.

»Äußerste Vorsicht«, bläute er ihnen ein, »es kann sein, dass sie uns erwarten.«

101

»Laura, sieh nach, was los ist«, sagte Beck, als er die Schüsse hörte. Laura wollte aufstehen, doch die Tür ging auf und ein Mann stand auf der Schwelle, der ebenfalls bis an die Zähne bewaffnet war: Daniel Douglas, Jaimes ehemaliger Kollege.

»Daniel, hat die Party schon begonnen?«, fragte Beck.

»Zwei Prätorianer kamen die Sicherheitstreppe an der Nordseite herunter. Wir haben sie erwartet, wir wollten den 22. Stock stürmen, aber sie waren gewarnt und eröffneten das Feuer. Wir haben einen von ihnen erwischt, er starb auf der Treppe, aber die Leute von oben haben uns zurückgedrängt, sich eingeschlossen und ihre Tür verrammelt und verriegelt. Wir bringen jetzt den Sprengstoff an der Decke an.« Dann warf er Jaime einen triumphierenden Blick zu und sagte: »Du hast dich für besonders schlau gehalten, Berenguer. Du hast es sogar geschafft, dass der Alte dich zum Direktor ernannt hat, stimmt's? Du hast geglaubt, du hättest mich und die *Wächter* vernichtet, du Narr!«

Jaime war verblüfft. Er wusste, dass Douglas einer der Drahtzieher der Unterschlagung war, aber er hätte nicht geglaubt, dass er mit der Waffe in der Hand das Gebäude des Konzerns stürmen würde. Er hielt seinem Blick stand und schwieg. Douglas unterbrach die Stille und sagte zu Beck:

»Leg sie um. Schnell.«

»Mit Vergnügen. Aber führe du deinen Auftrag aus, Emotionen dürfen keine Rolle spielen. Macht ohne mich weiter, wie geplant. Ich habe hier noch was zu erledigen.«

»Einverstanden, Erzengel.« Douglas bedachte Karen und Jaime mit einem zufriedenen Lächeln, ging hinaus und schlug die Tür hinter sich zu.

»Gut, Berenguer, dieses Mal haben Sie Recht. Ich habe keine Zeit, Paul zu rufen, damit er Ihre kleine Freundin zum Reden bringt, aber ich verrate Ihnen das Programm. Der erste Schuss geht in den Magen Ihrer Süßen, der zweite in ihre Eingeweide. Solche Wunden ziehen einen langsamen, schmerzhaften Tod nach sich. Sie wird mich anflehen, sterben zu dürfen, und Sie werden es miterleben. Doch Ihnen wird es noch schlechter gehen als ihr.« Beck deutete auf Karens Magen. »Laura, pass auf, dass Berenguer keine Dummheiten macht. Jaime, das ist Ihre letzte Chance.«

»Schweig.« Karens Stimme klang ganz ruhig. »Wir sterben so oder so, und Schmerz vergeht irgendwann. Ich will lieber körperlich leiden, als denen den Sieg gönnen.«

»Die Katharerin will eine Märtyrerin werden, nicht wahr? Gut, Berenguer. Ich zähle bis drei, dann drücke ich ab. Eins ...« Beck stand auf und zielte auf Karens Magen.

Jaime erkannte an dem kalten, entschlossenen Ausdruck des Mannes, dass er ein Mörder war und dass er es genoss. Dann sah er Laura an, die blass, aber entschlossen auf ihn zielte. Er sah die dunkle Mündung der Waffe auf seinen Magen zielen. Er konnte immer noch nicht glauben, dass es die Laura war, die er kannte. Sie kam ihm vor wie ein Gespenst in einem Albtraum und ihm wurde eiskalt.

Er überlegte, ob er sich auf sie stürzen sollte. Aber er verwarf die Idee. Sie würden ihn sofort durchlöchern. Unmöglich, aus dem Raum zu fliehen, und selbst wenn es ihm gelänge, würden sie ihn im Gang wie ein Kaninchen jagen. Dieses Vergnügen wollte er Beck nicht gönnen. Er drückte Karens Hand, und sie erwiderte seinen Druck.

»Zwei ...« Beck erhob die Stimme.

Jaime spürte, wie Gedanken und Bilder in seinem Kopf durcheinanderwirbelten. Verdammt, warum musste er so enden? Nein, nein! Die Erinnerung an seinen Tod in der Schlacht von Muret kehrte ganz deutlich zurück. Zumindest wusste er damals, worin er sich geirrt hatte. Was hatte er diesmal falsch gemacht? Er würde wieder verlieren! Mit irrwitziger Geschwindigkeit jagten Szenen seiner Kindheit durch seinen Kopf, dann die Geburt seiner Tochter Jenny, seine erste Begegnung mit Karen und die Intensität, mit der er sie geliebt hatte und liebte.

»Ich liebe dich, Karen«, sagte er ruhig.

»Ich liebe dich auch«, erwiderte sie.

»Und drei ...«

Das dumpfe Ploff eines schallgedämpften Schusses vermischte sich mit dem widerlichen Geräusch splitternder Knochen und platzender Haut. Die Kugel schlug in der Wand des Büros ein, ohne ihre grauenhafte Aufgabe vollenden zu können.

102

Der zweite Prätorianer musste seinen Kollegen auf der Treppe zurücklassen und nur unter größten Schmerzen gelang es ihm, unter Beschuss hinter die Panzertür zu kriechen.

»Es war eine Falle«, rief Gutierres.

Inspektor Ramsey hatte seinen Raum verlassen, als er die Schüsse hörte.

Gutierres befahl einem seiner Männer, Ramsey daran zu

hindern, in den Konferenzsaal zu platzen, und ging mit großen Schritten in den Saal zurück. Den Weg von der Tür bis zum Tisch legte er so schnell zurück, dass White nicht mehr aufstehen konnte.

Sein Fausthieb warf White zu Boden und riss ihm die Lippen auf. Die anderen erhoben sich von ihren Stühlen, um, hin und her gerissen zwischen Entsetzen und Lust an der Gewalt, zuzusehen, wie Gutierres ihn mit Fußtritten traktierte. Niemand sagte etwas. Die heulende Sirene schluckte das Geräusch der Tritte und Whites Wimmern. Als Gutierres sich abreagiert hatte, zerrte er White an seinen grauen Haaren auf den Stuhl hoch und hielt ihm seinen Revolver an die blutenden Lippen. Er schlug ihn auf den Mund, bis White ihn öffnete, und schob den Lauf der Waffe bis zur Trommel hinein.

»Zum letzten Mal, was geht hier vor?« Er ließ ein paar Augenblicke verstreichen und heftete seinen Blick auf die blassen Augen des Mannes. Dann zog er den Revolver zurück.

»Sie werden alle töten.« Die Worte entrangen sich nur mühsam den geschundenen Lippen. »Sie werden diese Etage stürmen.«

»Wie viele sind es?«

»Fünfundzwanzig oder dreißig.«

»Wie kommen wir hier raus?«

»Gar nicht. Alle Fluchtwege sind blockiert.«

»Wir müssen unbedingt Kontakt mit der Außenwelt aufnehmen.« Gutierres wandte sich zum ersten Mal an die übrigen Anwesenden. »Die *Wächter* belagern uns und haben die Telefone blockiert. Da wir keinen Fluchtplan haben, brauchen wir Hilfe. Versuchen Sie immer wieder, mit Ihren Handys oder Festnetzgeräten Verbindung nach draußen aufzunehmen.«

103

Alles geschah in Windeseile. Kaum hatte Beck die Zahl »Drei« ausgesprochen, hielt Laura ihm die Pistole an die Schläfe und drückte ab.

Jaime sah, wie auf der rechten Seite des Kopfes eine blutende Masse herausspritzte. Beck hielt sich noch auf den Beinen. Er grinste immer noch, aber seine Miene verriet Überraschung. Der Arm mit dem Revolver fiel herunter, während der Körper zusammenbrach und gegen den Tisch stieß, bevor er auf einem Stuhl landete. Dort blieb er liegen, seltsam verrenkt, mit den Knien auf dem Boden, den Kopf gegen den Stuhl gelehnt und leerem, nach oben gerichteten Blick.

»Reden wir jetzt über meine Gehaltserhöhung?« Laura, die Arme in die Hüften gestemmt, immer noch die Pistole in der Hand haltend, lächelte und zeigte die Zähne wie ein Raubtier. Jaime erinnerte sich nicht, das je bei ihr gesehen zu haben, und es war ihm dennoch vertraut. Er betrachtete sie verblüfft und fühlte unendliche Erleichterung. Erst jetzt roch er das Pulver. Die Lage war absurd. »Was ist nun mit meiner Gehaltserhöhung?«, beharrte Laura.

Jaime brauchte Zeit, um zu reagieren.

»Genehmigt!«, rief er schließlich und bewunderte ihren seltsamen Sinn für Humor. »Aber zuvor musst du mir einiges beichten.«

»Dazu haben wir jetzt keine Zeit«, mischte sich Karen ein, die das Telefon in der Hand hielt. »Beck hatte Recht. Alle Leitungen sind tot.«

»Wir müssen denen da oben helfen«, sagte Laura. »Jaime, kannst du mit einer Waffe umgehen?«

»Ein bisschen.«

»Und du, Karen?«

»Nein.«

»Jaime, nimm Becks Revolver, zieh seine kugelsichere Weste an und häng dir die Gasmaske um. Weißt du, wie sie funktioniert?«

Jaime hantierte mit der Maske und nickte dann.

»Während die mit den Sprengladungen beschäftigt sind, können wir die nördliche Nottreppe säubern, damit Davis und seine Leute entkommen können.«

»Einen Moment, Laura«, hielt Jaime sie zurück. »Woher sollen sie wissen, dass wir die Guten sind? Die Prätorianer schießen auf jeden Bewaffneten.«

»Das Risiko müssen wir eingehen«, konterte Laura. »Wenn der Anschlag gelingt, sterben wir alle und vermutlich auch, wenn es uns gelingt, aus dem Gebäude rauszukommen. Ich kenne sie. Sie verfolgen dich, bis sie dich zur Strecke gebracht haben.«

»Es gibt noch eine Möglichkeit«, bemerkte Karen.

»Welche?«

»Die Computerkabel im Gebäude hängen nicht mit den Telefonleitungen zusammen, stimmt's?«

»Ja.«

»Lasst uns prüfen, ob die internen Mails funktionieren.«

»Ich bezweifle, dass Davis sich in dieser Lage damit vergnügt, seine Mails zu lesen«, sagte Laura.

»Wer weiß«, meinte Jaime. »Die Leute da oben werden auch versuchen, mit der Außenwelt Kontakt aufzunehmen.«

Er ging mit Riesenschritten auf seinen Tisch zu, betätigte ein paar Tasten und gelangte sofort in die Mailbox des Konzerns.

Er schrieb eine Mail an Davis, mit Kopie an Gus Gutierres. Er trug den Vermerk »DRINGEND« ein und als Betreff: »Leben oder Tod.«

»Hier ist Jaime Berenguer. Sie sind dabei, den Boden Ihres Stockwerks zu sprengen und Sie mit Tränengas auszuräuchern.

Hüten Sie sich! Gehen Sie nicht auf die Dachterrasse, dort erwartet Sie ein Hubschrauber mit Scharfschützen an Bord. Wir haben zwei Waffen. Wir wollen die nördliche Treppe freikämpfen, damit Sie herunterkommen und hier Stellung beziehen können.« Jaime schickte die Mail ab und betete, dass sie Davis erreichte. Laura und Karen hinter ihm hielten die Luft an und starrten ängstlich auf den Bildschirm, während Jaime die Mails noch mal verschickte. Er versuchte es zweimal ohne Ergebnis. Die Zeit arbeitete gegen ihn. Sie versuchten es ein letztes Mal, bevor sie in den Flur hinausgingen.

104

Die Belagerten im 32.Stock bemühten sich verzweifelt um Kontakt mit der Außenwelt. Gutierres verfluchte sich selbst, weil er es nicht vorausgesehen hatte. Doch hätte er das ahnen können? Nicht im Traum hätte er für möglich gehalten, dass jemand im Gebäude des Konzerns einen Anschlag organisieren könnte. Er hätte den Sicherheitschef Moore verdächtigen müssen, aber selbst dann, wie konnte das geschehen? Die *Wächter* mussten sehr gut vorbereitet und ihres Sieges sehr sicher sein, um das zu wagen.

Er dachte angestrengt über eine mögliche Flucht nach. Von draußen würde niemand die Schüsse hören, die schalldichte Tür würde dafür sorgen, dass der Krach nicht nach draußen drang. Die Aufzüge waren blockiert, auf den Treppen erwartete man sie. Sie könnten auf das Dach hinausklettern und sich mit den kleinen Gondeln der Fensterputzer herunterlassen. Aber zweifellos hatte der Feind diese Möglichkeit bereits bedacht und würde sie auch auf dem Dach erwarten. Gutierres wollte das nur riskieren, wenn er alle anderen Möglichkeiten geprüft hätte. Inzwischen war das Beste, hier zu bleiben, Widerstand zu leisten und Kontakt nach außen aufzunehmen. Die interne Mailverschickung würde so tot wie die Telefonleitungen sein. Er wollte testen, ob er eine Mail abschicken konnte. Wenn die Mail funktionierte, könnte er zumindest die Wahrheit über die Vorgänge im Gebäude dokumentieren. Vielleicht konnten die Angreifer sie nicht löschen. Er öffnete seine Mailbox und zu seiner Überraschung las er im Posteingang eine Mail mit dem Betreff: »Leben oder Tod.«

105

Endlich eine Mail von Gutierres. Der Prätorianer hatte verzweifelt versucht, Hilfemails nach draußen zu schicken, als er Jaimes Mail bekam.

Jaime wunderte sich, dass die *Wächter* diesen Fehler gemacht hatten. Aber vielleicht konnten sie die Computer der letzten beiden Stockwerke nicht außer Betrieb setzen oder sie planen, in der Internetzentrale des Konzerns alle Mails zu löschen, nachdem sie uns getötet haben, überlegte er.

»Hier Gutierres. Beweisen Sie mir, dass Sie es sind!«

»Verdammt noch mal, jetzt wird dieser Hundesohn auch noch misstrauisch«, rief Jaime und zwang sich, in Ruhe nachzudenken. Was konnte er Gutierres schreiben, damit er ihm glaubte. Er verfasste die Antwort. Auf Spanisch. Er wusste, dass Gutierres ihn verstand. »Gestern habe ich Davis gebeten, meine Sekretärin behalten zu dürfen. Er sagte, ich solle ihn nicht mit solchen Details belästigen, sondern mit Andersen reden. Sie waren nicht mehr anwesend, White auch nicht. Überprüfen Sie das mit Davis und

Andersen. Sie werden mir trauen müssen oder Sie werden sterben. Sie werden uns erkennen, weil wir eine rote Serviette über der kugelsicheren Weste tragen. In einer Minute säubern wir die Treppe.«

Im selben Augenblick hörte man auf dem Gang einen Knall. Eine Minute später noch einen, etwas weiter entfernt. Und noch einen in der Nähe, sie sprengten Löcher in die Decken, um Tränengas einzusetzen.

Jaime sendete die Mail, holte ein paar rote Papierservietten aus einer Schublade und gab sie Laura.

»Wenn die von oben runterkommen, leg dir eine Serviette um. Wir gehen jetzt raus, mit der Gasmaske erkennen uns die *Wächter* nicht.«

»Gutierres sagt, er ist einverstanden«, rief Karen, die am Computer geblieben war.

»Tut mir leid, Karen«, sagte Laura und ergriff die Initiative. »Wir müssen raus, aber es gibt nur zwei kugelsichere Westen, Gasmasken und Pistolen. Du kannst nicht mitkommen. Das ist zu gefährlich, aber genauso riskant ist es hierzubleiben. Sie werden hier auftauchen, um Beck zu holen.«

»Du musst dich verstecken«, mischte sich Jaime ein. »Ich weiß auch, wo. Wir nehmen Whites Sachen aus den Schränken. Wenn wir die Regale aus dem Schrank hinter meinem Tisch rausnehmen, versteckst du dich darin.«

Jaime trat auf den Schrank zu, öffnete ihn, nahm die Bretter heraus und verstaute sie in einem anderen Schrank. Karen schlüpfte hinein und prüfte, ob der Platz reichte. Sie musste sich zusammenkauern.

»Eines Tages räche ich mich dafür«, versuchte sie zu scherzen. »Bitte, schließ nicht ab. Ich zieh die Tür von innen zu. Viel Glück. Ich liebe dich. Der gute Gott möge uns beistehen.«

Jaime küsste sie auf den Mund und erlebte erneut Pedros

Angst, als er sich von Corba verabschiedete. Dann schob er behutsam die Tür zu und murmelte »Lieber Gott, hilf uns.«

»Gehen wir!«, sagte er zu Laura und setzte die Gasmaske auf.

Als sie in den Gang hinaustraten, stand die Tür der Nottreppe wenige Meter zu ihrer Rechten offen. Im Hintergrund, in einem Bereich zwischen den Büros, entdeckten sie Schutt auf dem Boden und ein Loch in der Decke. Darunter standen fünf Männer in kugelsicheren Westen und Gasmasken. Einer wollte gerade eine Gasgranate durch die Öffnung in der Decke in den oberen Stock werfen. Die Übrigen deckten ihn.

Daniel Douglas und ein anderer Mann ohne Gasmaske standen mit Gewehren bewaffnet zwischen der Tür und der Gruppe und sahen zu. Hinter ihrem Rücken konnten sie im Gang gegenüber den Aufzügen weitere Angreifer entdecken, die unter einer anderen Öffnung in der Decke standen.

Jaime spürte einen Adrenalinstoß und das Blut in seinen Schläfen pochen. Er hatte keine Angst, er sorgte sich nur um Karen. Er war sehr aufgeregt. Raschen Schrittes folgte er Laura, die die Nottreppe betrat. Einige *Wächter* sahen sie, ohne zu reagieren. Die Gasmasken und die kugelsicheren Westen waren eine gute Tarnung.

Auf einem Absatz, eine halbe Treppe unter der Eingangstür zum 32. Stock, hatten sie einen Tisch als Barrikade aufgestellt. Zwei Männer hatten sich dahinter verschanzt und deuteten nach oben. Sie warteten darauf, dass Davis und die anderen herauskamen. Mit seinem eleganten zerknitterten Anzug lag der tote Prätorianer auf dem nächsten Treppenstück nach unten. Seine Augen waren weit aufgerissen, sein weißes Hemd blutbespritzt. Jaime erkannte den Mann, der am Tag zuvor bei dem Treffen das Protokoll aufgenommen hatte. Ein dritter Mann mit kugelsicherer Weste und Gewehr kam ihnen entgegen.

»Habt ihr die Gasgranaten schon raufgeworfen?«, fragte er mit deutlichem New Yorker Akzent, als er sah, dass sie ihre Masken bereits aufgesetzt hatten.

Es war Paul, der junge Sadist. Anstelle einer Antwort drückte ihm Laura den Revolver mit dem Schalldämpfer ins Gesicht und drückte ab. Der Kerl fiel nach hinten, während sie gefolgt von Jaime die Treppe hinaufstürmte. Die beiden Männer hinter dem Tisch merkten, dass sie angegriffen wurden, und einer wandte den Kopf. Laura war nur zwei Meter von ihm entfernt und schoss. Der andere versuchte sich zu drehen, und Jaime feuerte. Die Kugel prallte vom Tisch ab. Als der Mann auf ihn zielte, schoss Laura ihm direkt in die Stirn. Jaime war beeindruckt; Laura war tatsächlich eine Meisterschützin, und sie besaß eine bewundernswerte Kaltblütigkeit.

Jaime hob seine Maske und warnte sie:

»Achtung, sie kommen an die Tür.«

Laura nahm ein kurzes Sturmgewehr und die Magazine aus der Tasche des Toten. Dann gingen sie zur Tür. Auf der Schwelle erschienen die beiden Männer aus dem Flur. Laura schoss auf den ersten. Der zweite war Daniel, er schoss sein ganzes Magazin leer, doch sein erster Schuss landete in der Decke. Die beiden Kugeln, die Jaime auf ihn feuerte, trafen die kugelsichere Weste und den Oberschenkel. Der Kerl feuerte noch im Fallen, traf aber nicht. Laura und Jaime schossen gleichzeitig, und Daniels Gesicht war blutüberströmt. Jaime fühlte nur Erleichterung.

»Nimm die Pumpgun, es ist eine Remington 870, ausgezeichnet für mittlere Entfernungen. Und vergiss die Munition nicht«, befahl Laura, nahm die Maske ab und ließ sie herunterbaumeln. »Wir müssen den Eingang decken.«

»Die Servietten«, flüsterte Jaime ihr zu, als er oben Lärm hörte. Beide befestigten sie an ihren kugelsicheren Westen.

106

»Dreht die Tische um, damit sie euch von unten schützen!«, rief Gutierres. »Sie wollen den Boden sprengen.« Ungerührt von den Explosionen tippte er weiter auf seinem Notebook. Zum Glück fingen die dicken Teppiche einen Teil des Bauschutts ab, niemand wurde verletzt. Es blieb ihnen wenig Zeit.

Gutierres befahl allen, sich neben der Ausgangstür zur nördlichen Nottreppe zu sammeln. Bob, der korpulenteste Prätorianer, sollte White helfen, der sich kaum bewegen konnte. Zur Abwehr eines weiteren Angriffs bauten sie aus mehreren Tischen eine Barrikade an der Tür. Es gab nur zwei Gasmasken, und der Chef der Prätorianer reservierte sie für Davis und für sich. Die anderen mussten sich mit feuchten Handtüchern aus den Toiletten behelfen. Sie warteten einige Minuten. Auf der Treppe fielen Schüsse. Als das Feuer eingestellt wurde, sagte Gutierres:

»Gehen wir raus. Mike und Richy als Erste. Ich folge euch, wenn alles sauber ist, kommen die anderen. Am Schluss gehen Charly und Dan und schützen Mister Davis.«

107

Laura und Jaime hörten eine weitere Explosion in einem anderen Teil des Hauses. Vermutlich sprengten die *Wächter* die Tür zur südlichen Nottreppe und stürmten das obere Stockwerk.

Jaime sah, dass Gutierres und einer seiner Männer herauskamen und den Tisch zur Seite schoben, damit die anderen vorbei konnten. Ein Prätorianer namens Mike zog sich die kugelsichere Weste eines Toten an, griff nach einem Sturmgewehr und stellte sich neben Jaime.

Gutierres erteilte auf der Treppe Anweisungen:

»Inspektor Ramsey, nehmen Sie ein Gewehr und stellen Sie sich neben das Mädchen.«

Ramsey postierte sich neben Laura, sodass auf jeder Seite der Tür zwei Verteidiger standen. Weiter oben steckte man Davis in die kugelsichere Weste eines Toten. Der Rauch wurde immer dichter, und alle fingen an zu husten.

»Dan, stell White in die Tür, dann müssen sie zuerst ihren eigenen Mann erschießen.«

White wollte sich weigern, doch Dan versetzte ihm ein paar Schläge mit dem Griff seines Revolvers. Schließlich blieb White schwankend vor dem Türrahmen stehen und der Prätorianer bewachte ihn mit seinem Revolver im Anschlag. White konnte jeden Moment zusammenbrechen und leistete keinen Widerstand mehr. Jaime konnte das zerschlagene blutende Gesicht seines ehemaligen Chefs kaum mehr erkennen und wunderte sich, weil er Mitleid empfand. Die Leibwächter trugen Davis mehr oder weniger und Gutierres deckte ihn mit seinem Körper, als sie die gefährliche Tür erreichten, an der White ihnen den Rücken kehrte. Der Alte wirkte kleiner denn je.

»Berenguer, ich stehe in Ihrer Schuld«, sagte er zu Jaime, als er an ihm vorbeikam.

Hinter Davis gingen Cooper und Andersen hinunter. Ruth, die Beschließerin der 32. Etage, folgte ihnen. Die beiden Prätorianer am Ende des Zuges waren bereits vom Tränengas eingehüllt, das sich in der ganzen oberen Etage ausbreitete. Es gelang ihnen gerade noch, die obere Tür zu schließen, als die *Wächter* vom unteren Stock aus wieder mit heftigem Beschuss angriffen.

Schüsse, Flüche und Schreie vermischten sich mit dem Heulen der Alarmanlage. Auf der Treppe entstand als Reaktion auf das Feuer eine wilde Schießerei. Mehrere Angreifer fielen vor der Tür, die Übrigen zogen sich zurück und schossen weiter. Auf der Treppe und in den Fluren hörte man Schreie und Jammern. Jaime blickte zu Laura. Sie war nicht verwundet und deutete mit dem Daumen nach oben an, dass bei ihr alles in Ordnung war. Noch immer hatte er ein merkwürdiges Gefühl, wenn er sie so sah. Wem ähnelte sie?

Inspektor Ramsey trug keine kugelsichere Weste und hatte sich hinter Laura versteckt. Er war unverletzt, aber der Prätorianer Mike lag auf dem Boden mit einer Wunde am linken Bein, die stark blutete. Er jammerte nicht. Ein Feuerstoß hatte White voll getroffen, er lag am Boden. Cooper hatte genau in diesem Augenblick die Tür passiert und hatte einen Bauchschuss abbekommen. Er krümmte sich und stöhnte vor Schmerz. Als Ruth die Verwundeten sah, stieß sie einen entsetzten Schrei aus. White wälzte sich mit zerfetzter Brust zur Seite, spuckte Blut und starb. Jaime glaubte, sein Tod sei eine Hinrichtung gewesen, Gutierres' Gesichtsausdruck bestätigte es ihm. White hatte nicht geredet und würde es nie mehr tun.

»Werft den Tisch um«, rief Gutierres den beiden Prätorianern oben zu.

Ramsey schob Ruth und Andersen vor sich her, ließ sie über die auf dem Boden liegenden Leichen steigen und führte sie die Treppe hinunter aus der Gefahrenzone.

Die beiden Prätorianer stellten den kleinen Tisch so in die Tür, dass er sie gegen die Schüsse aus dem Gang und von oben schützte. Laura griff nach den Gewehren der Toten und warf sie ihnen zu. Ein Mann, der auf der Türschwelle lag, bewegte einen Arm und versuchte, sich mit einem schwachen Klagelaut aufzurichten, doch ein Prätorianer hinter seiner Barrikade tötete ihn mit einem Kopfschuss.

»Sie sind bereits oben«, erklärte Jaime Gutierres. »Sie werden bald merken, dass Sie auf diesem Weg entkommen sind, und wir stehen dann zwischen zwei Fronten. Sie müssen schnell nach unten gehen.«

»Die Gefahr lauert am Ausgang der Halle zur Straße«, bemerkte Gutierres nachdenklich. »Wenn Moore, der Sicherheitschef des Hauses, ein Feind ist, sind es die meisten Wachleute auch. Aber über die toten Leitungen können auch sie sich nicht verständigen. Wir müssen das ausnutzen und unten sein, bevor sie es merken. Wir versuchen dann, in der gepanzerten Limousine zu entkommen.«

»Die Notausgangstreppe endet in der Halle, und die Türen zur Tiefgarage sind immer abgeschlossen«, gab Jaime zu bedenken.

»Wir wissen, wie wir sie aufkriegen«, konterte Gutierres. »Verschwinden wir schnell, bevor sie uns von oben angreifen.«

»Moment mal, Gutierres«, sagte Jaime und hielt ihn zurück. »Wir haben zwei Verwundete und dürfen sie nicht zurücklassen, die Kerle würden sie ermorden.«

»Meine Aufgabe ist es, Davis zu beschützen. Ich werde ihretwegen seine Sicherheit nicht aufs Spiel setzen. Gehen wir!«

»Nein, ich gehe nicht«, verkündete Jaime. »Karen ist auch noch hier oben, ich lasse sie nicht im Stich.«

»Keine Diskussion. Bleiben Sie hier, wenn Sie wollen. Und danke für die Rückendeckung. Alle anderen gehen jetzt runter!«, sagte er sehr leise, damit der Feind ihn nicht hören konnte. »Bob und Charly, ihr geht als Erste, dahinter Inspektor Ramsey, dann Richy mit Davis und der Rest folgt mir.«

Die Gruppe machte sich auf den Weg zur Treppe.

»Ich bleibe bei Jaime«, erklärte Laura.

»Ich auch«, sagte Ramsey.

»Das dürfen Sie nicht«, wandte der Chef der Prätorianer ein. »Wir brauchen Sie unten, damit Sie mit der Polizei sprechen, sobald wir draußen sind. Sie müssen uns begleiten.«

»Die beiden können die Verwundeten nicht allein schützen«, beharrte Ramsey. »Sie müssen das selbst mit der Polizei regeln.«

»Nein. Ohne Sie wird die Polizei das Gebäude nicht umstellen, und diese Kerle können entkommen. Ihr Platz ist draußen. Sie brauchen hier nicht Ihre Tapferkeit zu beweisen. Unten ist die Gefahr genauso groß wie hier oben.«

»Tut mir leid, aber ich lasse sie nicht zurück.«

»Verschwenden wir keine Zeit mit Diskussionen, ich schlage Ihnen einen Tausch vor«, begann Gutierres zu handeln. »Ich lasse einen meiner Männer hier und Sie begleiten uns. Ein Mann gegen einen anderen. Einverstanden?«

»Einverstanden«, stimmte Ramsey zu.

»Dan, du bleibst. Viel Glück, Jungs.« Und Gutierres ging hinter Ramsey hinunter.

108

Sie liefen schnell die Treppe hinunter, aber ohne zu rennen. Bob und Charly führten die Gruppe an. Sie trugen die Sturmgewehre und kugelsicheren Westen der Toten. Ramsey folgte ihnen.

»Nach Davis sind Sie für den Erfolg der Operation der wichtigste Mann«, betonte Gutierres, als Ramsey sich weigern wollte, eine kugelsichere Weste anzuziehen. »Wenn Sie nicht mit der Polizei sprechen, werden sich diese Kerle aus dem Staub machen.«

Ramsey schlüpfte zähneknirschend in die Weste und fluchte, als er sich mit dem Blut des vorherigen Besitzers befleckte.

Das Personal hatte das Gebäude längst über die Notausgangstreppen verlassen, sodass sie bei ihrem Abstieg die Zugangstüren zu den einzelnen Etagen offen vorfanden. Bob und Charly wechselten sich ab. Der erste schloss die Tür und stemmte sein Körpergewicht dagegen, damit sie nicht von innen geöffnet werden konnte und sie überrascht wurden, wenn Davis vorbeikam. Charly tat das Gleiche mit der nächsten Tür. Wenn Davis vorbei war und Gutierres die Tür bewachte, rannte Bob los, um einen Vorsprung zur Gruppe zu bekommen und die nächste offene Tür zu blockieren. Andersen ging Davis voraus, der von Richy, dem dritten Prätorianer, gedeckt wurde, falls sie entdeckt und beschossen werden sollten. Ruth und Gutierres bildeten die Nachhut.

So gelangten sie bis in den ersten Stock. Gutierres rückte zur Vorhut auf, um den nächsten Schritt zu organisieren. Im Erdgeschoss gab es zwei Türen, eine führte in die Halle, die andere in den Garten, der das Gebäude umgab. Zwischen beiden lag ein breiter Treppenabsatz, von dem die Treppe weiter zur Tiefgarage führte.

Gutierres befahl Richy, die angelehnte Tür zur Halle zu schließen, während Bob und Charly sich beeilten, die Tür zum Garten zu besetzen. Von der Treppe aus konnte man sie nicht sehen. Doch Gutierres' Befürchtungen bestätigten sich, als sie Nick Moore und vier mit Gewehren bewaffnete Wachleute erblickten, die von außen die Tür bewachten. Zum Glück rechneten sie nicht damit, dass die Gruppe hier auftauchen würde, und nur zwei Wachleute standen so, dass sie die Tür sehen konnten.

»Vorwärts«, flüsterte Charly, und Gutierres rannte zur Treppe, die nach unten führte. Er trug Davis. Die anderen folgten ihnen, während Bob die Tür zum Garten zu schließen versuchte, was ihm allerdings nicht gelang, weil sie klemmte. Die Wachen warnten ihre Kameraden, die so taten, als wollten sie sich mit ihren Waffen umdrehen.

»Keine Bewegung oder wir schießen!«, brüllte Charly.

Die Wachen zögerten ein paar Sekunden, doch als Moore sich umwandte und sein Gewehr hob, begannen Charly und Bob zu schießen. Ramsey und Andersen waren bereits weitergegangen, als die ersten Schüsse fielen, doch Ruth wich nach oben zurück. Richy, der die Tür zur Halle schützte und keine kugelsichere Weste trug, wurde erschossen. Moore wurde am Bein getroffen und fiel mit zwei weiteren Wachen, während die anderen sich zu Boden warfen und über die Körper ihrer Kameraden hinweg feuerten. Charly und Bob schafften es, unverletzt die Türschwelle zu verlassen und deckten die Nachhut der Gruppe.

Gutierres hatte inzwischen den Eingang zum ersten Stock der Tiefgarage geöffnet. Er ließ die fünf Überlebenden vorbei und schloss die Tür, während er sich bangen Herzens fragte, ob sie es bis zur Limousine schaffen würden.

109

Oben organisierte die kleine Gruppe ihre Verteidigung. White war tot, sie ließen ihn zusammen mit den Leichen anderer Angreifer auf dem Treppenabsatz liegen. Jaime und Dan transportierten Bob Cooper trotz seiner tiefen Wunde zum nächsten Treppenabsatz. Er blutete stark und jammerte ununterbrochen.

Laura half Mike, dem verwundeten Prätorianer, bis zur Nische im Treppenhaus. Sie hatten ihm das Bein abgebunden. Stoisch ertrug er die Schmerzen und hielt immer noch seinen Revolver in der rechten Hand. Obwohl sie ihre vorteilhafte Position gegenüber dem 31. Stock aufgeben mussten, beschlossen sie, den kaputten Tisch, der ihnen als Barrikade gedient hatte, unterhalb des Treppenabsatzes aufzustellen; die Treppe war sehr eng, und die neue Stellung ermöglichte ihnen eine gute Verteidigung, egal, ob der Angriff von oben oder von der Tür aus erfolgte, die immer noch offen stand. Gut verschanzt, Schulter an Schulter, mit Laura in der Mitte, erwarteten sie den Angriff.

»Auch ich habe mein Leben im 13. Jahrhundert wiedererlebt«, hörte Jaime sie flüstern.

»Wie?«

»Ich war eine überzeugte Anhängerin der *Wächter*, wie mein Vater.« Laura sprach leise, wie bei einer Beichte. »White überredete dich, mich als Sekretärin zu nehmen, und die *Wächter* überredeten mich, mich bei den Katharern einzuschleichen. Ich ging in ihr Versammlungszentrum am Whilshire Boulevard, behauptete, ich habe von ihnen gehört und wolle sie kennen lernen. Allmählich gewann ich Keplers Vertrauen. Ihn interessierten die Informationen, die ich ihm über den Konzern und über Jaime Berenguer gab. Die *Wächter* freuten sich ebenfalls über das, was ich ihnen über die Katharer und den Konzern berichtete.«

»Das passt zu allem, was Beck gesagt hat.«

»Zum Teil. Trotz meiner anfänglichen Ablehnung machten mich Dubois' Predigten nachdenklich. Eines Tages führten sie mich mit verbundenen Augen nach Montségur, ich saß dem Wandteppich mit dem Hufeisen gegenüber und kehrte ins 13. Jahrhundert zurück, was mich ungeheuer beeindruckte.

Das habe ich den *Wächtern* gegenüber natürlich verschwiegen, auch den Rest der Erfahrung, die ich erlebte. Als sich mein Kreis schloss, erkannte ich nach einer Zeit innerer Einkehr, dass ich an die Lehren der Katharer glaubte. Ich gestand Dubois, welche Arbeit ich für die Sekte leistete, und von da an informierte ich Kevin über die *Wächter*.«

»Karen wusste, dass du zu uns gehörst und dass der FBI-Agent ein Feind war?«

»Na ja. Sie wusste von mir, aber ich nicht von Beck. Alles ging so verdammt schnell. Noch in der Nacht nach dem Fest teilten mir die *Wächter* mit, dass heute etwas geschehen würde und dass ich in allen Punkten Beck Gehorsam leisten müsste. In diesem Augenblick begriff ich, dass der Mann zu den *Wächtern* gehörte.«

»Das hättest du mir sagen sollen.«

»Weshalb? Ich wusste doch nicht, dass sie so viel wagen würden. Und außerdem seid ihr am Leben, weil ihr zum Glück so vernünftig reagiert habt.«

»Das stimmt.« Jaime grübelte noch über das, was er soeben gehört hatte, behielt jedoch den Treppenabsatz im Auge, weil er von dort einen neuen Angriff erwartete. Dann fielen ihm Lauras rätselhafte erste Worte wieder ein, und er wollte mehr erfahren. »Sag mal, hast du mich im 13. Jahrhundert gekannt?«

»Ja.«

»Und habe ich dich gekannt?«

»Ja.«

In diesem Augenblick quietschte die Tür zum oberen Stockwerk, weil sie geöffnet wurde. Dan stieß Laura mit dem Ellenbogen an.

»Hört auf zu flüstern und macht euch bereit!«

110

Gutierres stellte fest, dass im Widerspruch zu den Regeln bei Evakuierungen im Brandfall die Angestellten ihre Autos mitnehmen durften. Die Gruppe durchquerte die verlassene Tiefgarage ohne Zwischenfall. Der Chef der Prätorianer zog einen Schlüsselbund aus der Tasche und öffnete die Metalltür zur reservierten Zone für die Autos der Direktoren, manche mit besonders viel PS.

Sie überraschten zwei Männer Moores, die die Limousine bewachten und sofort die Hände hoben, als sie die Waffen sahen. Und sie fanden den Prätorianer, der die Garage bewachte, auf dem Boden. Er war tot.

Ramsey legte den Wachleuten Handschellen an, und Gutierres öffnete die Tür der Limousine. Davis und Andersen setzten sich in den Fond, und Gutierres inspizierte die Schlösser, den Unterboden, den Motor, den Kofferraum und die Karosserie auf Sprengladungen. In der Überzeugung, dass alles in Ordnung war, setzte er sich ans Steuer, und Ramsey nahm neben ihm Platz. Dann wollte er mit der Fernbedienung die Garagentür öffnen, doch ohne Erfolg. Die Tür reagierte nicht. Er befahl Charly und Bob, sich gegen den manuellen Öffnungsmechanismus zu stemmen.

Als die Tür einen Spalt offenstand, sahen sie, dass zwei quer gestellte Autos die Ausfahrt am Ende der Rampe blockierten. Gutierres legte den Rückwärtsgang ein, bis er fast an die Garagenwand stieß. Er hoffte, die Tür würde sich ganz öffnen und sagte:

»Legen Sie die Sicherheitsgurte an und halten Sie sich fest, es wird heftig.«

Er beschleunigte und trotz des kurzen Weges von etwa fünfzig Metern und trotz der Steigung der Rampe fuhr er im dritten Gang. Die imposante Masse der gepanzerten Limousine traf auf die Stelle, an der sich beide Autos berührten, die sich dank des Aufpralls um ein paar Meter trennten. Sie bekamen große Beulen, blockierten aber immer noch die Ausfahrt. An der Limousine wurde die Stoßstange abgerissen, doch die Karosse hatte nichts abbekommen.

Gutierres ließ den Wagen nach hinten über die Rampe rollen, bis er wieder die Hinterwand der Garage erreichte. Von draußen hörte man Schüsse. Vermutlich waren Bob und Charly auf die Wachen gestoßen. Gutierres beschleunigte und rammte die Autos abermals. Sie entfernten sich noch weiter voneinander, sodass ein freier Durchgang entstand, doch der Motor blockierte. Die Kugeln prallten von den Scheiben und dem Chassis ab. Vermutlich hatten sie es auf die Reifen abgesehen.

Gutierres ließ den Motor wieder an und raste mit Höchstgeschwindigkeit über die palmengesäumte Allee. Er hupte laut, und nachdem er die erste Ampel überfahren hatte, sagte er zu Ramsey:

»Inspektor, prüfen Sie bitte, ob Ihr Handy funktioniert!«

Ramsey wählte, bekam sofort eine Verbindung und begann, seine Anweisungen zu erteilen.

Gutierres betrachtete besorgt seinen Chef im Rückspiegel. Seit einer Ewigkeit hatte er kein Wort mehr gesagt. Er reagierte auch nicht auf Andersens aufgeregtes Geschwätz. Sein Blick ging ins Leere, er wirkte niedergeschlagen. Hatte er einen Schock erlitten? Wie alle Menschen spürte auch er sein Alter, und was er soeben durchgemacht hatte, war kein Abenteuer, das man mit fast achtzig locker wegsteckte. Der Alte schien in Gedanken versunken.

»Gus«, sagte er nach einer ganzen Weile.

»Ja, Mister Davis.«

»Ich möchte, dass du unseren besten Drehbuchautor anrufst. Sheeham oder Weiss. Besser Sheeham. Ich möchte ihn unbedingt morgen sprechen.«

»In Ordnung«, erwiderte Gutierres verwundert.

»Wir haben einen guten Stoff für einen Actionfilm, und die Studios werden nicht viel kosten.«

Gutierres lächelte, als er im Rückspiegel sah, dass Davis' Augen wieder glänzten. Der alte Satansbraten war wieder er selbst.

111

»Erst schießen, wenn ihr sie seht«, sagte Laura mit gepresster Stimme. »Dan, du zielst auf die Beine, Jaime und ich auf die Köpfe. Wenn sie runterfallen, müssen wir sicher sein, dass sie tot sind.«

Alle schwiegen. Die Sirene heulte immer noch, und von unten hörten sie Coopers Wehklagen.

Die Männer von oben bewegten sich behutsam. Ein Mann kam vorsichtig herunter und wandte sich an der Treppenbiegung um. Er war bewaffnet und trug eine Gasmaske. Ein zweiter folgte ihm. Die von unten schossen, und der Mann fiel nach vorn die Stufen bis zum Treppenabsatz hinunter vor den Tisch. Der andere floh.

»Den zweiten haben wir nicht getroffen«, sagte Jaime.

»Mindestens zehn von ihnen sind tot«, bemerkte Laura. »Wenn man die von draußen und die Wachleute des Gebäudes zusammenzählt, waren es knapp fünfunddreißig, und Beck ist auch schon tot. Sie müssten eigentlich merken, dass sie gescheitert sind.«

»Sie hoffen vermutlich immer noch, Davis zu schnappen«, überlegte Dan.

Im selben Augenblick hörten sie mehrere Schüsse hinter sich. Die ersten stammten aus einer Pistole und die nächsten aus einem Gewehr.

»Dan, Jaime, runter!«, rief Laura.

Als sie unten ankamen, sahen sie die angelehnte Tür zum unteren Stockwerk. Mike hatte sich in der Nische halb aufgerichtet, hielt den Revolver in der Hand und sagte mit schwacher Stimme:

»Sie haben versucht, vom 30. Stock aus anzugreifen, aber ich habe sie abgewehrt. Ich glaube, einen habe ich erwischt.«

»Wir haben Glück, dass sie nicht miteinander kommunizieren

und ihre Angriffe koordinieren können«, sagte Jaime. »Dan, Sie bleiben bei Mike. Ich geh mit Laura wieder rauf.«

Doch als Jaime sich umdrehen und hochgehen wollte, versuchten sie einen neuerlichen Angriff vom 31. Stock aus. Laura schoss zurück. Jaime spürte einen starken Schlag gegen die rechte Schulter und fiel nach hinten. Zum Glück landete er mit der Schulter an der Wand. Die kugelsichere Weste hatte ihm das Leben gerettet. Laura feuerte gut verschanzt und zielsicher weiter, die anderen zogen sich zurück. Jaime gelang es, hinter den Tisch zu robben. Er spürte starke Schmerzen.

»Die Kerle sind hartnäckig«, beklagte sich Laura. »Wenn die so weitermachen, schaffen sie es noch, uns zu töten. Ich hoffe nur, dass sie keine Handgranaten haben.«

»Es ist inzwischen genug Zeit verstrichen, sodass Davis und seine Leute entkommen konnten.« Dann fing Jaime an zu brüllen: »He, ihr Dreckskerle! Wir haben auch an den Eiern! Davis ist entkommen! Die Polizei ist unterwegs! Ihr habt nicht mehr viel Zeit, euren Arsch zu retten.«

Er erhielt keine andere Reaktion als das Heulen der Sirene und das Wehklagen der Verwundeten.

»Glaubst du, dass es funktioniert?«, fragte Laura.

»Es ist das Einzige, was wir tun können.« Und er fing erneut zu brüllen an. »Haut ab, solange ihr noch könnt! Davis hat das Gebäude verlassen! Ihr seid gescheitert!«

Etwas fiel herunter und polterte über die Stufen. Jaime verschanzte sich instinktiv hinter dem Tisch.

»Gasmasken«, rief Laura, die sich nicht bewegt hatte. »Eine Tränengasgranate.«

Jaime setzte die Gasmaske auf und gab Laura ein Zeichen, ihn zu decken. Dann schob er mit dem Gewehrkolben die rauchende Granate vorsichtig zum Treppenschacht, bis sie hinunterfiel. Als er wieder neben Laura stand, berührten sich ihre Schultern, und sie warteten in angespanntem Schweigen. Jaimes Gedanken kehrten zu seiner Geliebten zurück. Karen! Hoffentlich ging es Karen gut. Sie kannte Lauras Rolle, sie hatte ihn also benutzt, wie Beck gesagt hatte, aber das spielte keine Rolle mehr. Wenn sie ihn auch nur halb so liebte wie er sie, verzieh er ihr.

Laura. Jahrelang hatten sie zusammengearbeitet. Monotonie, Langeweile und jetzt das. Wer war sie wirklich?

Sie verbrachten zehn Minuten angespannten Wartens, doch nichts geschah. Die verdammte Sirene heulte noch immer so penetrant, dass sie Coopers Stöhnen übertönte. Jaime hielt es nicht mehr aus. Er berührte Lauras Schulter und gab ihr ein Zeichen, dass er in den 31. Stock hochgehen würde. Sie schüttelte abwehrend den Kopf und bedeutete ihm, dass sie warten würden. Jaime wartete. Der Rauch war nicht mehr ganz so dicht. Noch fünf, sechs Minuten. Er ertrug seine Sorge um Karen nicht mehr und auch die verdammte Maske auf dem Gesicht nicht. Schließlich straffte er die Schultern. Laura machte ihm ein Zeichen, dass sie mitkommen werde. Sie kletterten über den Tisch, gingen auf den Flur des 31. Stocks zu. Die Tür war unbewacht. Laura gab ihm Deckung nach oben, aber auch die Treppe war verwaist. Jaime spürte, dass sein Puls raste. Hoffentlich ging es Karen gut. Sie stiegen über die vielen Leichen und betraten den Gang. Niemand. Offensichtlich waren die *Wächter* geflohen und hatten die Leichen zurückgelassen. Jaime eilte in großen Sätzen in sein neues Büro.

Die Tür war geschlossen, und als sie das Büro betraten, stellten sie fest, dass das Tränengas noch nicht bis hierher gelangt war. Auf dem Boden lag Becks Leiche. Irgendjemand war hier gewesen und hatte ihn da hingelegt. Jaime nahm die Gasmaske ab und klopfte vorsichtig an den Schrank, in dem Karen versteckt war. Keine Antwort.

»Karen, die Gefahr ist vorbei. Bist du okay?«

Er rief erneut nach ihr, die Tür öffnete sich einen Spalt, dann weiter. Da hockte Karen. Sie verzog schmerzhaft das Gesicht.

»Nein.«

»Alles in Ordnung?«, fragte Jaime beunruhigt.

Als Karen herausschlüpfte, grinste sie ihn an.

»Ich habe mir zwei Fingernägel abgebrochen, weil ich die Tür des verdammten Schranks von innen festhalten musste«, sagte sie und umarmte ihn.

112

»Warum soll ich annehmen, dass die Katharer besser sind als die *Wächter?*«, fragte Davis. Jaime sah ihn an und ließ sein Besteck auf dem Weg zum Mund in der Luft verharren. »Es handelt sich um ein Freundschaftsessen«, hatte Gutierres ihm erklärt, als er ihn einlud. Und jetzt saß Jaime dem Alten gegenüber in seinem luxuriösen Esszimmer, das in einen riesigen offenen Bereich überging, der einen guten Teil des Südflügels des 32. Stocks des Hauptsitzes der Davis Corporation ausmachte. Die Schäden des Überfalls waren hier am geringsten und als Erste wieder ausgebessert worden.

Die sorgfältige Ausstattung kam mit möglichst wenigen Wänden aus, die verschiedene Zonen bildeten: eine intime für das Büro, eine legere für das Esszimmer. Außerdem gab es einen großen Saal, in dem mit Hunderten von Gästen gefeiert werden konnte. Antiquitäten, moderne Kunst und ein erlesenes Mobiliar waren mit Geschmack und Stil kombiniert.

Die großen Fenster boten einen Panoramablick von über hundertachtzig Grad auf den glänzenden Ozean in der Ferne, jenseits von Santa Monica und über Palos Verdes im Süden hinaus. Es war ein klarer strahlender Tag, und Ruth hatte die Vorhänge zugezogen, um die Intensität des Lichts von außen zu mildern.

»Dank den Katharern wurde ein Millionenbetrug aufgedeckt, Ihr Leben gerettet und vermieden, dass eine fundamentalistische Sekte die Herrschaft über den Konzern an sich riss. Scheint Ihnen das wenig?«, erwiderte Jaime.

»Nein, aber die Katharer haben mehr Macht erlangt. Woher weiß ich, dass sie nicht das Gleiche versuchen werden wie die *Wächter*?«

»Ich bin der Einzige, der mehr Macht bekommen hat, und nur, weil Sie mir Macht übertragen haben. Und Sie haben es getan, weil Sie gute Informanten haben und wissen, dass die Katharer keine Sekte sind. Sie streben nicht nach irdischer Macht wie andere, sie streben nach der spirituellen Vervollkommnung der Menschheit. Wir kämpfen nicht um die Kontrolle im Konzern, sondern um zu vermeiden, dass andere mit einer ultrakonservativen und fundamentalistischen Ideologie die Macht übernehmen. Wir glauben, dass die Botschaften der Davis Corporation an die Welt neutral sind oder zur Entwicklung besserer Menschen beitragen, und wir wollen, dass es so bleibt.«

»Also heißen die Katharer meine verlegerische Arbeit gut?« Davis lächelte amüsiert.

»Ja, und wir sind gute Verbündete, betrachten Sie uns als solche. Jeder braucht Freunde, sogar Sie.«

»Man sagte mir, Sie seien noch nicht lange Katharer?«

»Stimmt.«

»Ach ja, Sie haben eine große Zukunft vor sich.« Davis' Lächeln war ironisch geworden. »Und da Sie gerade erst die Religion gewechselt haben, kann ich Ihnen vielleicht eine empfehlen, die besser zu Ihrem Beruf passt.«

Jaime betrachtete ihn aufmerksam. Sein altes runzeliges

Sphinxgesicht zeigte immer noch jenes rätselhafte Lächeln. Er konnte nicht glauben, was der Alte gerade sagte. Wollte er ihn auf die Probe stellen? Seine Reaktion testen? Oder provozierte er ihn allen Ernstes?

»Diese Art von Unterhaltung verstößt gegen die Verfassung, Mister Davis.«

»Nein, absolut nicht. Ich habe einen Zeugen, der schwören wird, dass wir nie darüber gesprochen haben«, sagte er und deutete auf Gutierres, der ihnen beim Essen Gesellschaft leistete.

»Sie sprechen davon, einen Glauben anzunehmen, als ob man einem Club beiträte. *Treten Sie in meinen Club ein. Dann haben Sie gesellschaftliche Vorteile und vielleicht auch berufliche*.«

»Worüber wundern Sie sich? Menschen ändern sich. Sie wechseln die Stelle, die Religion und die Geliebten. Vor ein paar Jahren ließen Sie sich scheiden, vor ein paar Wochen haben Sie die Religion gewechselt. Warum sollten Sie sie nicht noch einmal wechseln?«

»Es ist unklug, Chancen im Leben nicht zu nutzen«, erwiderte Jaime vorsichtig, »aber ein beruflicher Vorteil kann mir den Verlust an Zuneigung niemals ersetzen, den ich durch einen Wechsel erleiden würde.«

»Ah!« Davis lächelte breit und warf Gutierres, der gleichmütig sein Steak kaute, einen verschwörerischen Blick zu. »Diese Blondine, nicht wahr?«

Jaime schwieg und konzentrierte sich auf das Essen.

Nach einer Weile änderte sich Davis' Ton im selben Maße, in dem sein Lächeln verschwand.

»Was vor einer Woche passiert ist, ist sehr ernst. Ich meine die *Wächter*. Wir haben ein paar Leute verloren und sie viele, aber nicht unbedingt die wichtigsten. Ich kann nicht warten, bis Sie Beweise sammeln, um sie der Gerechtigkeit auszuliefern. Wir werden auch nicht für alles Beweise finden. Ich vertraute darauf, dass White reden würde, aber er tat es nicht. Ich weiß, dass die Katharer Doppelagenten bei den *Wächtern* eingeschleust hatten, und ich will, dass Sie mir eine Liste der obersten Führer und ihrer Aufgaben erstellen. Kurths Tod ist immer noch ungesühnt, und ich kenne eine andere Gerechtigkeit, die schneller und sicher funktioniert.«

»Die Katharer werden das nie akzeptieren. Dieses *Auge-um-Auge* verstößt gegen ihre Prinzipien, es gehört zum bösen Gott, zum Gott des Hasses. Zum Gott des Alten Testaments. Ich werde Ihnen nur die Namen der Leute nennen, gegen die wir Beweise besitzen und die wir den Gerichten übergeben können.«

»Ich glaube sehr wohl an das *Auge-um-Auge*. Und ich bitte nicht die Katharer darum. Ich bitte Sie darum. Diese Leute sind immer noch gefährlich, und man muss dem Drachen den Kopf abschlagen, bevor er wieder zubeißt.«

»Was Sie andeuten, ist illegal. Wenn ich Ihnen Namen nenne, obwohl ich Ihre Absichten kenne, mache ich mich zu Ihrem Komplizen und kann ins Gefängnis kommen. Das möchte ich vermeiden.«

»Der Teufel soll Sie holen, Jaime!« Davis schlug auf den Tisch. »Seien Sie nicht töricht! Sie und Ihre kleine Freundin sind genauso in Gefahr oder sogar in noch größerer als ich. Die *Wächter* glauben an das Alte Testament und an die Rache, und Sie schulden Ihnen mehrere *Augen*. Ich habe mich über die alten Katharer kundig gemacht. Ein gewisser Brice Largaud schrieb: *Im Laufe der Geschichte hatte die Kirche der Katharer immer nur Zeit, zu vergeben und zu verschwinden*.

Was haben sie vor? Ihnen zu vergeben und zu verschwinden, während sie ihre Kräfte sammeln, um sich zu rächen? Natürlich sind die Katharer keine Sekte. Sie sind eine Bande von Wirrköpfen!«

Jaime zuckte mit den Achseln.

»Die Katharer werden Ihnen nie helfen, Ihre eigene Gerechtigkeit durchzusetzen. Niemals! Das wäre gegen die Grundsätze ihres Glaubens. Und ich gehöre zu ihnen.«

»Seien Sie nicht albern. Wollen Sie Selbstmord begehen? Vergessen Sie diese Leute. Sie setzen Ihr Leben aufs Spiel. Und vielleicht auch meines. Und das lasse ich nicht zu.«

Der Alte legte eine Pause ein und dann fuhr er energisch fort. »Und ich bitte Sie nicht um diese Liste, sondern ich verlange sie von Ihnen. Ich will diese Namen!«

Davis sprach jetzt mit jener einschüchternden Kraft, die ihn in Hollywood legendär gemacht hatte. Aber Jaime ließ sich nicht einschüchtern, im Gegenteil, seine innere Empörung wuchs, und er spürte, dass er diesen runzligen kleinen Alten hasste. Er hasste ihn seit langer Zeit.

»Was haben Sie vor, Davis? Wollen Sie die Inquisition wieder einführen? Sie schicken doch gern die Menschen auf den Scheiterhaufen, nicht wahr? Sie riechen doch gern das verbrannte Fleisch und sehen gern andere leiden.« Jaime erhob sich. Er spürte dem Alten gegenüber in seinem Inneren einen tief verwurzelten Groll aus längst vergangener Zeit. »Nach achthundert Jahren wollen Sie die Geschichte wiederholen, nur mit anderen Opfern. Sie wollen wieder Ketzer ausrotten, nicht wahr? Aber da mache ich nicht mit.«

»Ich weiß nicht, wovon Sie reden.« Davis betrachtete ihn überrascht.

»Ich schon.« Jaime schleuderte die Serviette wütend auf den Tisch. »Danke für das Essen«, sagte er, bevor er ihm den Rücken kehrte und zum Aufzug ging. »Aber der Preis für die Einladung war zu hoch«, fügte er leise hinzu, ohne sich umzudrehen.

Davis und Gutierres sahen sich fragend an.

SAMSTAG

113

»Wie läuft's bei den beiden?«, fragte Karen.

»Sie sind voneinander fasziniert und raufen sich zusammen«, erwiderte Jaime. »Noch nie habe ich Ricardo so verliebt gesehen, er betet Laura an wie ein Teenager.«

Jaime und Karen hatten es sich im Schaukelstuhl im gepflegten Garten der Berenguers in Laguna Beach gemütlich gemacht, zwischen den Bougainvilleas, den Rosen und Kolibris. Der Tisch im Garten war bereits gedeckt, und sie tranken vor dem Essen ein kleines Corona. Joan Berenguer hatte eine Paella gemacht, die er stolz auf einen Beistelltisch stellte. Jaimes Vater stand neben seinem Kunstwerk und verkündete auf Spanisch:

»Die Paella ist fertig, wir müssen in fünf Minuten essen.«

»Wir kommen gleich, Don Joan. Versprochen, in fünf Minuten setzen wir uns zu Tisch«, erwiderte Ricardo, der mit Lauras Hilfe die Hamburger vorbereitete.

»Was sagen sie?«, fragte Karen.

»Dass wir in fünf Minuten essen.«

»Wann hast du das mit Laura gemerkt?«

»Als wir auf der Treppe nebeneinanderstanden, erzählte sie mir, dass wir uns aus alten Katharerzeiten kannten. Dank ihrer Treffsicherheit und ihrer Kaltblütigkeit sind wir noch am Leben.

Sie verhielt sich bei der Schießerei, als hätte sie schon in tausend Schlachten gekämpft. Vorher hatte ich etwas Seltsames und gleichzeitig Vertrautes an ihr bemerkt. Anfangs verwarf ich die Vorstellung, aber am Ende war ich davon überzeugt: Sie war Miguel de Luisián, der königliche Bannerträger, und neben Hug de Mataplana damals mein bester Freund.«

»Ich habe dir doch schon mal erklärt, dass den katharischen Lehren zufolge die vom guten Gott geschaffenen Seelen geschlechtslos sind.« Karen lächelte amüsiert. »Der Sex und die Leiber sind eine Erfindung des bösen Gottes und seines verführerischen Dämons.«

»Dann wäre es ein übler Streich des Dämons, dich und mich mit dem gleichen Geschlecht auszustatten«, stammelte Jaime und spielte den Entsetzten. »Was würden wir dann tun?«

»Ich weiß nicht, aber du weißt ja, dass ich zumindest noch eine Möglichkeit hätte.« Karen begann zu lachen, als sie Jaimes Miene sah. »Mach nicht so ein Gesicht, du Dummkopf, das ist doch alles nur Spaß!«

Aber Jaime konnte sich darüber nicht amüsieren und hüllte sich in Schweigen. Die Erinnerung an Kevin stand zwischen ihnen, und seine Angst, Karen in den nächsten Monaten zu verlieren, bedrückte ihn. Mein Gott! Benutzte sie ihn etwa doch? Er wollte nicht darüber nachdenken. Nur die Gegenwart zählte, und im Augenblick gehörte sie ihm.

Karen amüsierte sich, doch als sie die Qual in Jaimes Augen entdeckte, versuchte sie, ihn zu beruhigen:

»Du bist ein Glückspilz, denn deine einstige Liebe ist auch deine heutige.«

»Ehefrau«, erwiderte Jaime.

»Gut, deine Ehefrau«, lenkte sie ein und küsste ihn auf die Wange. »Und du hast nicht nur deine beiden besten Freunde von damals wiedergefunden, sondern vielleicht heiraten sie sogar!«

»Glaubst du? Hast du mit ihr gesprochen?« Jaime fand wieder Gefallen und Interesse an der Unterhaltung. »Was hat sie über Ricardo gesagt?«

»Dass er sehr attraktiv ist und ihr sehr gefällt, aber sie deutete an, dass es mit dem Sex ein Problem gibt. Ich glaube, sie ist der Meinung, dass Ricardo zu freizügig ist, ein wahrer Lustmolch.«

»Das glaube ich schon seit achthundert Jahren.« Jaime lachte. »Klar, Ricardo ist ein Frauenheld, aber ich glaube, das eigentliche Problem liegt darin, dass Laura zu viel weiß. Sie erinnert sich an ihr vorheriges Leben, aber Ricardo nicht. Und natürlich ist es für sie nicht so einfach, mit einem Freund aus der Vergangenheit ins Bett zu gehen, weißt du.«

»Darum geht es nicht.« Karen stimmte in sein Lachen ein. »Ich glaube, das Problem entsteht durch die puritanische Tradition ihrer Familie. Denk mal daran, dass Laura eine völlig überzeugte *Hüterin des Tempels* war. Und als sie Ricardo trifft, amüsiert er sie, fordert sie zum Tanz auf, sagt ihr, wie hübsch sie sei und schlägt ihr vor, mit ihm ins Bett zu gehen. Ricardos Verhalten beweist Laura, dass es seine übliche Masche ist, und sie kommt zu dem Schluss, dass dein Freund ein Casanova ist.«

»Was immerhin beweist, dass ich eine besonders schlaue Sekretärin habe. Aber es wird alles gut. Ricardo ist verrückt nach ihr und bereit, sich zu bessern. Gestern Abend sind sie zusammen ausgegangen. Und Ricardo erzählte mir überglücklich, dass sie sich auf den Mund küssen ließ. Du wirst es noch erleben, dass sie heiraten.«

»Ja, aber es wird eine schwierige Beziehung bleiben.«

»Alles hat seinen Preis«, bemerkte er philosophisch und dachte an seine eigene Beziehung.

»Da kommt der Salat. Alle zu Tisch!«, rief Jaimes Tochter Jenny und brachte eine große Schüssel. Hinter ihr kam ihre Großmutter Carmen.

Alle machten sich mit Appetit über das Essen her, und die weiblichen Gäste lobten Joans Paella über den Klee.

»Muchas gracias«, erwiderte er glücklich und stolz.

»Mein Gott!«, kritisierte ihn Carmen. »Sprich Englisch mit ihnen, damit sie dich verstehen.«

»Gracias verstehen sie sehr wohl«, verteidigte er sich. »Und ich spreche Spanisch mit ihnen, damit sie es lernen. Für die Zukunft kann es sehr nützlich für sie sein, ein bisschen Spanisch zu verstehen.«

Ricardo und Jaime sahen sich an und grinsten, denn sie wussten, dass sie gleich eine köstliche Diskussion erleben würden, die die Eheleute Berenguer gern führten, wenn das richtige Publikum anwesend war.

»Nein! Jaime, pass mal gut auf!«, gestikulierte Carmen. »Sein Leben lang kämpfte dein Vater mit der katalanischen Sprache. Und jetzt will er mit seiner Enkelin und den Amerikanerinnen Spanisch reden. Verstehst du mich? Was für eine Strafe, so einen alten Streithammel ertragen zu müssen.« Dann wandte sich Carmen wieder an Joan: »Du erschreckst ja die Mädchen, die beiden werden keinen Mann kriegen.«

»Altes keifendes Weib!«, brummte Joan liebevoll. »Du bist doch nur neidisch, weil dir dein kubanischer Reis nicht so gut gelungen ist wie mir meine Paella.«

»Aber Vater!« Jaime beschloss, Öl ins Feuer zu gießen. »Erklär mir mal eines: Du hast immer darauf bestanden, dass wir Katalanisch mit dir reden. Warum immer der gleiche Kampf, wenn zuerst Jenny und jetzt Karen und Laura Spanisch sprechen sollen? Hast du im Alter deine Prinzipien geändert?«

»Ach, mein Sohn!«, erwiderte Joan mit einem Lächeln und offensichtlicher Resignation. »Ich fürchte, bei ihnen bin ich eine Generation zu spät dran. Sie haben keinen Schimmer, wo der Ort liegt, in dem ich geboren wurde.«

»Aber, aber«, fuhr Jaime fort und setzte ihn unter Druck. »Du hast also als alter Mann deine Ideale aufgegeben.«

»Nein, Jaime«, erwiderte er knapp. »Ich habe sie nur meiner Umgebung angepasst.«

Jaime betrachtete ihn nachdenklich, versuchte zu erraten, was er damit sagen wollte, und blickte dann zu Karen, die der Unterhaltung aufmerksam folgte, ohne etwas zu verstehen. Aber intuitiv erriet sie, worum es ging.

Am anderen Ende des Tisches erzählte Ricardo Carmen einen Witz auf Englisch, worauf sie in ein ansteckendes Lachen ausbrach, in das die anderen einstimmten.

Die Unterhaltung wurde nun auf Englisch geführt und drehte sich um andere Themen.

Alles war aufgegessen, sogar der Nachtisch. Carmen hatte alle aus *ihrer* Küche verjagt; lediglich ihre Enkelin Jenny durfte helfen.

Ricardo wollte Laura die verstecktesten Blumen in dem großen Garten zeigen und hoffte vielleicht, dass sie ihn mit einem Kuss belohnte.

Joan Berenguer saß am Tisch und genoss seinen zweiten Kaffee, seinen spanischen Brandy und seine geschmuggelte Havanna. Auf der anderen Seite leisteten ihm Jaime und Karen Gesellschaft, indem sie ebenfalls Zigarre rauchten. Die Wintersonne wärmte den Gartentisch, und eine leichte Brise strich über die Blätter der Bäume. Niemand sagte etwas, und das Gefühl des Friedens wurde übermächtig. Jaime dachte, dass dies einer der Augenblicke war, die man festhalten musste. Er war glücklich. Doch die Fragen kehrten wieder und trübten den Augenblick. Wie lange würde seine Zeit mit Karen dauern? Er wünschte sich die Ewigkeit, aber er bekam keine Antwort. Was war real und was vorgegeben? Was wollten die Katharer wirklich? Wer war der Führer im Verborgenen? Ihm fiel es schwer zu glauben, dass es Andersen war. Der elegante Segelfreak war bestimmt ein guter Anwalt, aber nachdem er sein Verhalten in den letzten Tagen gesehen hatte, war er davon überzeugt, dass er nicht der große Führer war. Wer dann?

Was spielte es letztlich für eine Rolle, sagte er sich. In diesem Leben erhält man nie alle Antworten. Man muss das Leben leben und mit all seinen Ungewissheiten genießen. Und er wollte diese Augenblicke voll und ganz auskosten. Er warf Karen einen Blick zu. Wie sehr er sie liebte! Auch sie blickte ihn an und schenkte ihm ein zärtliches Lächeln. Dann deutete sie komplizenhaft auf Joan. Jaime verstand.

»Joan«, sagte er auf Englisch, »Karen möchte dich etwas fragen.«

»Sprechen Sie, meine Schöne.« Joan lächelte unter seinem weißen Schnurrbart.

»Aber Jaime«, protestierte sie. »Wenn es das ist, was ich meine, ist es viel zu intim, wenn ich danach frage. Du bist sein Sohn und es ist deine Aufgabe, diese Frage zu stellen.«

»Gut, einverstanden«, erklärte er sich bereit und machte eine Pause, bevor er fragte: »Vater, du hast deine Heimat verlassen, um die Freiheit zu suchen, du bist über das Mittelmeer gefahren und dann über den Atlantik, um sie in Kuba zu suchen. Dann bist du nach New York und schließlich nach Kalifornien gekommen, immer auf der Suche nach der Freiheit. Hast du sie am Ende gefunden? Bist du ein freier Mann?«

Joan hatte aufmerksam zugehört und ab und an genickt. Aber als Jaime schwieg, saß er nachdenklich da und paffte seine Zigarre. Er schaute zu den am weitesten entfernten Bäumen des Gartens und dann verlor sich sein Blick an seinem inneren Horizont.

»Hör zu, Jaime.« Joan legte eine lange Pause ein. »Mein Vater starb für diese Dame namens Freiheit, und ich habe mein Leben damit verbracht, sie zu suchen. Aber irgendwo auf meinem langen Weg war ich plötzlich zu Tode erschöpft. Ich wurde sesshaft und beschloss, zwischen meinen Idealen und meinen Grenzen einen Kompromiss zu schließen.«

Die jungen Leute sahen sich verwundert an, während Joan sie betrachtete und an seiner Zigarre sog.

»Soll das heißen, dass du deine Suche aufgegeben hast?«

»Ich sagte nur, dass ich einen Kompromiss schloss.«

»Aber einen Kompromiss zu schließen, bedeutet nachzugeben, nicht zu erreichen, was man sich wünscht«, mischte sich Karen ein. »Ist das kein Verzicht?«

»Ja und nein.«

Sie schwiegen und blickten ihn an, weil sie eine Erklärung erwarteten. Joan nahm geruhsam einen Schluck Brandy, trank einen Schluck Kaffee, tat einen kräftigen Zug an seiner Zigarre und lächelte.

»Vor vielen Jahren erklärte mir ein Freund, dass er gelernt habe, zwischen seinen Träumen und seinen Grenzen einen Kompromiss zu schließen. Der Mann hatte die ganze Welt bereist, auf der Suche nach seinen Träumen, doch seine Träume waren immer schneller als er.

Und ich war genauso entrüstet, wie ihr es eben wart. Aber das Leben hat mich gelehrt, dass man häufig verhandeln muss, um zu gewinnen. Nachdem mein Freund diesen Kompromiss mit sich selbst geschlossen hatte, gelang es ihm, das Erreichbare zu erträumen, und so erfüllten sich seine Träume am Ende doch.« Joan legte noch eine Pause ein und wiederholte die Zeremonie mit dem Brandy, der Zigarre und dem Kaffee. »Wisst ihr, meine liebe Karen, mein lieber Jaime, was Freiheit ist?«

»Nun …« Jaime rang nach einer Antwort.

»Sie ist eine Utopie«, sagte Joan knapp. »Freiheit ist ein Begriff, etwas, das nur im Kopf existiert, von Mensch zu Mensch verschieden ist und eine physische und eine mentale Seite besitzt.

Sobald der physische Teil zu einem vernünftigen Minimum erfüllt ist, übernimmt der Verstand den Rest. Freiheit bedeutet, zu tun, was man will. Ich habe gelernt, zu wollen. Ich tu, was ich will. Ich bin frei.«

Sie betrachteten ihn nachdenklich, und Joan widmete sich erneut dem Kaffee, der Zigarre und dem Brandy.

»*Granpa!*« Jenny kam aus der Küche gerannt, Carmen im Schlepptau, die eine Kanne mit frischem dampfenden Kaffee trug. Die Kleine setzte sich neben Joan und legte besitzergreifend ihre Hand auf seinen Arm und bettelte: »Großvater, erzähl uns eine Geschichte aus Kuba oder Spanien.«

»Natürlich, mein Liebling.« Er lächelte die Erwachsenen an und sagte: »Aber schließt diesen Kompromiss nicht vor eurem sechzigsten Geburtstag.«

»Warum nicht früher?«, fragte Karen.

»Wenn ihr ihn zu früh schließt, erlebt ihr keine Geschichten mehr, die ihr euren Enkeln erzählen könnt.«

MONTAG

114

»Hier ist eine seltsame Nachricht in der Mailbox.« Davis hob den Blick von den Verträgen, die er gerade prüfte, und sah Gutierres an. »Sie ist an Sie gerichtet, mit Kopie an mich.«

»Worum geht es?«

»Erlauben Sie, dass ich sie auf den Bildschirm hole.« Gutierres klinkte sich in Davis' Mailbox mit dessen Passwort ein. »Da ist sie. Nicht zu fassen. Eine Liste der Führer der *Wächter*. Und eine Liste der Mitarbeiter und ihrer Verwicklung in die Verschwörung. Wenig. Mittelmäßig. Viel. Das ist sehr viel mehr, als Sie verlangt haben.«

»Das freut mich. Ich wusste, dass Berenguer im Grunde auf meiner Seite steht. Es ist besser, deinem Feind das Auge auszureißen, bevor er dir deines ausreißt.« Davis schwieg und blickte auf den Bildschirm. Dann fügte er leise hinzu: »White und Douglas sind tot. Nick Moore geht für Jahre ins Gefängnis.« Er deutete auf bestimmte Namen in der Mail. »Du weißt ja, was zu tun ist. Fang bei Cochrane und diesen beiden an, mit den obersten Führern. Wenn du fertig bist, sehen wir uns die nächsten auf der Liste an.«

»Ja, Sir.« Gutierres notierte die Namen in sein Notizbuch, und Davis widmete sich wieder den Verträgen. Er war so gleichmütig, als hätte er nicht Hinrichtungen, sondern einen Kaffee bestellt.

Ein paar Minuten später setzte Gutierres das Gespräch fort.

»Aber das ist wirklich seltsam. Linda Americos Passwort wurde nach ihrer Ermordung nicht gelöscht. Die Mail ist mit ihrem Namen unterschrieben. Man hat ihren Computer und ihr Passwort benutzt, um die Mail zu schicken. Alles sieht so aus, als käme sie von ihr, aber wir wissen, dass sie tot ist.« Gutierres Stimme klang ironisch. »Ist das eine Botschaft aus dem Jenseits?«

»Nein, Gus«, erwiderte Davis, nachdem er ein wenig überlegt hatte. »Die Toten schicken keine Botschaften. Dies ist eine sichere Art, Informationen zu übermitteln, ohne eine Spur zu hinterlassen. Sehr schlau, insbesondere, wenn es bald Tote geben wird und die Dinge sich komplizieren.

Außerdem weißt du doch, dass Miss Americo Katharerin war und dass die Katharer an die Reinkarnation glauben. Gus, wir sollten Vertrauen haben. Linda Americo ist wiederauferstanden und bittet uns, ihre Mörder zu richten.« Mit einem Lächeln fügte er hinzu: »Ja, die Vorstellung gefällt mir. Die Nachricht kommt tatsächlich von Linda. Denn Berenguer ist ein guter Katharer, der keinen Menschen der Todesstrafe ausliefern würde. Behaupten nicht die Katharer, sie seien die Kirche der Liebe?«

Gutierres nickte.

»Berenguer ist also aus Liebe Katharer geworden. Aus Liebe zu einer Frau.« Davis blickte nachdenklich über den Nussbaumtisch, ließ den Blick durch die Fenster zum blauen Pazifik schweifen und fügte hinzu: »Er ist sehr verliebt, aber ich glaube nicht, dass er blind oder verrückt ist. Er scheint auch nicht der Typ zu sein, der aus reiner Liebe zu den Katharern den Kopf verliert.«

»Ich glaube nicht, dass Berenguer diese Mail geschickt hat«, unterbrach ihn Gutierres.

»Natürlich hat er sie geschickt, wer denn sonst?«

»Die Information ist zu umfassend. Es sind auch Leute aufgeführt, die unwichtig sind, also viel mehr, als Sie wollten. Jemand hat sie geschickt, der annimmt, wir würden auch noch den letzten *Wächter* ausrotten. Jemand, der innerhalb der Davis Corporation nach Macht strebt. Es könnte sich um die echte Nummer eins der Katharer handeln, um den unbekannten Anführer.«

»Vielleicht hast du Recht, dass die Katharer noch mehr aushecken, aber die Mail stammt von Berenguer. Der Junge gefällt mir, ich glaube, er ist loyal und kann uns in Zukunft nützlich sein, um ohne die *Hüter des Tempels* ein Gleichgewicht aufrechtzuerhalten. Vielleicht haben wir in einigen Jahren zu viele fanatische Katharer im Konzern. Und dann muss man etwas dagegen unternehmen.«

Gutierres sah den Alten aufmerksam an. Er wusste, dass er sehr langfristig dachte. Davis glaubte natürlich nicht an die Reinkarnation. Für ihn war sie ein Hirngespinst, und außerdem hatte er nicht vor zu sterben.

Der Prätorianer blieb bei seiner Ansicht, dass die Mail nicht von Berenguer stammte. Er zuckte mit den Schultern, nicht aus Gleichgültigkeit, sondern weil ihn ein leichter Schmerz im Rücken quälte, der eine Vorahnung bedeutete.

FREITAG

115

Der Bildschirm flimmerte, ein paar nervöse Finger gaben das Passwort »Erzengel« ein. Die Maus verweilte auf »neue Mail«.

»Brüder, gestern wurde wieder einer der unseren ermordet. Viele fielen in der Schlacht von Jericho, doch das Massaker geht weiter.

Davis nimmt grausame Rache, wer entlarvt wurde, schwebt in Lebensgefahr.

Ihr müsst euch hüten. Flieht jene, von denen ihr euch bedroht fühlt. Wir müssen uns jetzt verstecken und Buße tun, um in den Augen Gottes würdig zu bleiben. Mit dieser Niederlage will Er uns Demut lehren. Aber ich schwöre beim Herrn, dass wir zurückkehren werden und dass unsere Rache biblisch sein wird.

Erwartet Nachricht, wartet vertrauensvoll auf meinen Aufruf. Erzengel II.« Die Hände über der Tastatur hielten inne und ein Seufzer durchbrach die Stille der Nacht, als die Mail an viele Empfänger verschickt wurde.

SAMSTAG

116

Einige Stunden später, im Morgengrauen des Samstags, wurde eine weitere, ganz andere Mail ins Netz geschickt:

»Brüder und Schwestern, Katharer ersten Grades: Der gute Gott hat uns den Sieg beschert und unsere Leute besetzen bereits Schlüsselpositionen in der Davis Corporation.

Die Bestie ist besiegt, und weitere unserer Feinde werden durch Davis' Hand fallen.

Jetzt müssen wir im Verborgenen unsere Positionen festigen. Im geeigneten Moment erhält jeder genaue Anweisungen.

Die Corporation wird als Kanzel dienen, um unseren Glauben zu verbreiten.«

Ein paar weibliche Finger mit zwei abgebrochenen Nägeln an der rechten Hand tippten die Unterschrift: »Linda Americo.« Nachdem sie die Mail verschickt hatte, löschte sie sie rasch wieder.

Die Frau schaltete den Computer aus und schlüpfte wieder ins Bett, lautlos, um ihren Partner nicht zu wecken.